山东省一流学科山东师范大学文学院中国语言文学学科建设经费资助 21世纪外国文学系列教材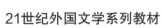

Twenty Lectures on
Classics of Foreign Literature

外国文学经典二十讲

于冬云 ◎主编

北京大学出版社
PEKING UNIVERSITY PRESS

图书在版编目（CIP）数据

外国文学经典二十讲 / 于冬云主编. —北京：北京大学出版社，2019.11
21世纪外国文学系列教材
ISBN 978-7-301-30851-6

Ⅰ.①外… Ⅱ.①于… Ⅲ.①外国文学—文学评论—高等学校—教材 Ⅳ.①I106

中国版本图书馆CIP数据核字（2019）第225123号

书　　名	外国文学经典二十讲 WAIGUO WENXUE JINGDIAN ERSHI JIANG
著作责任者	于冬云　主编
责任编辑	朱房煦
标准书号	ISBN 978-7-301-30851-6
出版发行	北京大学出版社
地　　址	北京市海淀区成府路205号　100871
网　　址	http://www.pup.cn　　新浪微博：@北京大学出版社
电子信箱	zhufangxu@pup.cn
电　　话	邮购部 010-62752015　发行部 010-62750672　编辑部 010-62754382
印刷者	北京鑫海金澳胶印有限公司
经销者	新华书店
	720毫米×1020毫米　16开本　25.5印张　458千字 2019年11月第1版　2021年7月第2次印刷
定　　价	76.00元

未经许可，不得以任何方式复制或抄袭本书之部分或全部内容。
版权所有，侵权必究
举报电话：010-62752024　电子信箱：fd@pup.pku.edu.cn
图书如有印装质量问题，请与出版部联系，电话：010-62756370

目　录

导　论 ·· 1

第一讲　荷马史诗《伊利亚特》与《奥德赛》························ 1

第二讲　古印度史诗《摩诃婆罗多》·································· 24

第三讲　紫式部《源氏物语》·· 39

第四讲　莎士比亚《哈姆莱特》······································ 57

第五讲　约翰逊《雷斯勒斯》·· 75

第六讲　歌德《少年维特的烦恼》···································· 92

第七讲　拜伦《唐璜》·· 111

第八讲　雨果《巴黎圣母院》·· 127

第九讲　夏洛蒂·勃朗特《简·爱》·································· 147

第十讲　福楼拜《包法利夫人》······································ 174

第十一讲　哈代《德伯家的苔丝》···································· 196

第十二讲　泰戈尔《齐德拉》·· 213

第十三讲　卡夫卡《诉讼》·· 236

第十四讲　赫胥黎《美妙的新世界》·································· 258

第十五讲　海明威《老人与海》……………………………………284

第十六讲　卡尔维诺《如果在冬夜，一个旅人》…………………303

第十七讲　阿斯塔菲耶夫《鱼王》…………………………………320

第十八讲　加西亚·马尔克斯《百年孤独》………………………336

第十九讲　索因卡《死亡与国王的侍从》…………………………356

第二十讲　弗兰纳根《深入北方的小路》…………………………375

人名中外文对照表……………………………………………………393

作品名中外文对照表…………………………………………………394

后　　记………………………………………………………………397

导 论

文学经典作为民族文化精神的载体，是各民族人民文化认同和心灵共情的重要基础。阅读外国文学经典，永远是将天涯化作比邻来了解的最佳途径。本书为面向普通高等院校非汉语言文学专业学生的外国文学经典通识课程教材。全书从亚洲、非洲、欧洲、美洲、大洋洲的不同文化地区、不同国家精选二十部文学经典名著，既注重对文学经典自身文化与文学价值的阐释，又注重撷其精彩片段品评赏析，为读者若比邻般赏天涯处的文学风景搭建一座有益的桥梁。

一、什么是外国文学经典

外国文学经典是经过时间过滤和选择的外国优秀文学文本，承载着各民族基本的文化精神、价值观念和审美诉求，是不同国家、民族的人们文化认同和心灵共情的重要基础。外国文学经典既是永恒的，又有相对性。一方面，那些能够穿越时空、跨越文化阻隔、被读者喜爱的文学作品是永恒的经典，像本书选取的古希腊荷马史诗、古印度史诗《摩诃婆罗多》、莎士比亚的《哈姆莱特》等，都是中国读者喜爱的外国文学经典。另一方面，随着时空的变换，经典的书目会变化，读者对经典的理解也会发生变化。在一个时代是经典的作品，到另一个时代其经典地位会受到质疑。在一个文化空间里是经典，到另一个文化空间里则不被看作经典。因此，能够被看作外国文学经典的书目有一个不断变化、更新的过程。比如,在美国文学界影响极大的《诺顿世界文学名著选》(*The Norton Anthology of World Masterpieces*,1956),其入选书目就是随时代变化而变换的。从1956年诺顿出版公司推出《诺顿世界文学名著选》到现在,这套世界文学经典作品选已经出版了十多个版本。《诺顿世界文学名著选》第一版选取的都是欧洲和北美国家的作品。1992年的第六版,在结尾处增加"当代探索"部分,收入了少量非西方国家的作家作品。1995年出版第七版扩展版,其中西方部分的内容4000多页,非西方部分的内容2000多页。扩展版体现了诺顿书目从西方中心向文化多元的转变。2002年,《诺顿世界文学名著选》更名为《诺顿世界文学作品选》(*The Norton Anthology of World Literature*,2002)。由"名著选"到"作品选",或许是诺顿公司对非西方世界质疑其名著评判标准的一种回应。事实上,被西方世界认定为经典的非西方世界名著,在他们自己所属的母语文化中,不一定就是读者公认的经典。从诺顿文选的不断扩版和更名可以看出,伴随着文化观念和评判标准的变化,即使是主流社会认定的权威经典书目,也是在不断变化更新的。

本书在选择外国文学经典时以新时代文化多元的立场,时间跨越古今,范围覆盖五大洲的日本、印度、英国、法国、德国、奥地利、意大利、俄罗斯、美国、哥伦比亚、尼日利亚、澳大利亚等十多个国家和地区。所选作品的文体和艺术风格也是丰富多样的。文体包括古代史诗和现代叙事诗,像荷马史诗、古印度史诗《摩诃婆罗多》、拜伦的长篇叙事诗《唐璜》;近代、现代和当代的戏剧,像莎士比亚的《哈姆莱特》、泰戈尔的《齐德拉》、索因卡的《死亡与国王的侍从》;中古、近代、现代和当代的小说,像紫氏部的《源氏物语》、约翰逊的《塞斯勒斯》、歌德的《少年维特的烦恼》、雨果的《巴黎圣母院》、夏洛蒂·勃朗特的《简·爱》、福楼拜的《包法利夫人》、哈代的《德伯家的苔丝》、卡夫卡的《诉讼》、赫胥黎的《美妙的新世界》、海明威的《老人与海》、卡尔维诺的《如果在冬夜,一个旅人》、阿斯塔菲耶夫的《鱼王》、加西亚·马尔克斯的《百年孤独》、弗兰纳根的《深入北方的小路》。上述经典作品的艺术风格则囊括外国文学发展史上的古典主义、浪漫主义、现实主义、现代主义、魔幻现实主义和后现代主义等主要文学思潮和流派,充分凸显文化多元背景下文学多样性的魅力。

二、如何阅读外国文学经典

阅读外国文学经典，要跨越语言和文化的阻隔。要跨越语言的阻隔，理想的方法是学习外文，阅读文学经典的母语版本。只有阅读母语版本，才能够体会到一些不能以另一种语言来传达的文学韵味。我们的唐诗宋词，如果翻译成另一种语言，必然会损伤原有的诗韵。然而，大多数情况下，读者阅读的是外国文学经典的中译本。因此，要尽可能选择比较理想的中译本。一般来说，由作品的母语版本翻译过来的中译本比较可靠。本书在作品导读中详细介绍了所选作品的中译本情况，为读者选择译本提供参考。

与译本选择同样重要的是，在阅读外国文学作品时，要了解作品产生的历史文化背景，消除可能造成阅读障碍，甚至是严重误读的文化隔膜。世界上不同地区和国家的历史、文化差异很大，了解文学作品背后的历史文化，有助于我们更好地理解作品。比如，欧美文学背后有深厚的基督教文化传统，受基督教灵与肉二元论的影响，作家多在作品中对人类的世俗品性进行批判反思。像英国剧作家莎士比亚的悲剧就为我们展示了戏剧人物自身的性格导致的悲剧，哈代在《德伯家的苔丝》中把苔丝悲剧的主观原因也归于其性格。再比如，对我们这些外国读者来说，哥伦比亚作家加西亚·马尔克斯的《百年孤独》是一本魔幻般难理解的小说，而这种魔幻风格的根源则是多元杂糅的南美文化现实。读者只有充分了解南美洲古老的印第安文化、白人的南美殖民历史、西班牙的巴洛克文化、西方现代派文学的艺术技巧，才能够理解《百年孤独》中多元文化杂交造成的神奇现实和多重叙事艺术杂糅而成的魔幻风格。

三、阅读外国文学经典何为

人们在阅读文学作品的时候，总是不自觉地带入自己已有的生活经验。同时，在阅读过程中，人们又会被阅读内容吸引，试图超越已有的经验局限，进入一个更丰富、更广阔的世界。这就是文学阅读的魅力。阅读外国文学经典的过程也是如此。我将阅读外国文学经典的建设功能概括为以下三个方面。

第一，以外国文学经典为折射镜，吸收世界文化精华，建构我们自己的文化。本书选取的俄罗斯著名作家维克多·阿斯塔菲耶夫的"短篇叙事集"《鱼王》，以自然与人、人与社会的关系为主题，通过叙事主人公自白似的回忆讲述，深刻细致地描绘了荒凉苦寒、尽显壮美的西伯利亚深处严酷的自然环境、社会文明与普通人的生活，以及种种掠夺自然、破坏社会生态平衡、道德沦丧的丑恶行径，触及许多重要的哲学、道德、生态、社会问题。诺贝尔文学奖获得者莫言2011年在香港中文大学的一次演讲中曾说道：

> ……苏联的作家阿斯塔菲耶夫写了一本小说《鱼王》，在这本小说结尾的时候，他也罗列了一大堆这种风格的话语，来描述他所生活的时代。我只记得他那里面写"这是建设的年代，也是破坏的年代；这是在土地上播种农作物的年代，也是砍伐农作物的年代；这是撕裂的年代，也是缝合的年代；这是战争的年代，也是和平的年代"等等。那我就感觉到要我来描述我们现在所处的时代，我实在是想不出更妙的更恰当的话语来形容。①

正如莫言所说的，阿斯塔菲耶夫的《鱼王》像一面折射镜，照出了中国社会发展过程中包括环境危机、生态失衡等一系列问题。同样的，英国作家阿道斯·赫胥黎的科幻乌托邦小说《美妙的新世界》警醒我们，科学技术的发展从来就是一把双刃剑：一方面能够造福人类，增强人类认识自然、改造自然的能力；另一方面也能够带来灾难，摧残人性，毁灭自然乃至人类文明。

第二，通过阅读文学经典，我们能够进入更广阔更高远的世界；通过拥抱作品中的细节，我们能够发掘更丰富更复杂的人性。一个人的生活阅历再丰富也是有局限的，一个人的精力再强大也难逃这样或那样的束缚。但是，你通过阅读文学经典，可以进入很多不同的世界，了解很多人物的内心。

本书选取了诺贝尔文学奖获得者泰戈尔的诗剧《齐德拉》。该剧的题材源自古印度史诗《摩诃婆罗多》，主要讲述齐德拉与阿周那的爱情故事。齐德拉是曼尼普国王唯一的公主。她从小被当作男儿培养，虽无美貌，但英勇无敌。一天，齐德拉偶遇般度族王子阿周那并向他表白爱情，无奈爱情被拒。痛苦不已的齐德拉向爱神祈祷，爱神赐给她一年的美貌。于是，她隐瞒自己的身份，以美貌赢得了阿周那的爱情，并喜结良缘。一年时间飞逝，阿周那听闻齐德拉公主保家护国的英勇壮举，流露出对齐德拉公主的仰慕之情，对"美貌"的妻子生出厌倦之情。在国难当头的时刻，齐德拉恢复自我的真实身份，施展武功，救国救民。

---

① 莫言：《文学与我们的时代》，《中国作家（旬刊纪实）》2012年第7期，第219—220页。

当齐德拉以真我形象再次出现在阿周那面前，阿周那感慨万千，不仅没有斥责、怪罪、厌恶齐德拉，反而与真正的齐德拉相爱，实现了从身体的结合到精神的结合的升华。这出戏的结局"既出乎意料又在情理之中"，恰到好处地诠释了泰戈尔本人的爱情观与婚姻观。剧中齐德拉的转变是一种蜕变，从自我意识模糊到获得独立的主体意识这一过程中，她明白了真实的自我是成长为一名真正女性的基础，真实是爱情的根基，虚幻的外表只是一时的愉悦，而不是长久深厚的感情的来源。齐德拉与阿周那的爱情故事折射出的爱情观与婚姻观对当代的男女爱情以及婚姻也有一定的借鉴意义：爱情的基础是真实，是坦诚相待。短暂的美貌或许能给对方短暂的愉悦，但虚假之爱终究不能持久。只有忠贞，只有为民造福的共同理想，才能使夫妻终生相守，白头偕老。

  第三，通过阅读外国文学经典，我们能够获得一种超越世俗生活羁绊、仰望遥远星空的能力。苏联作家帕乌斯托夫斯基的短篇小说集《金玫瑰》中收录了一篇小说《珍贵的尘土》。小说叙述的故事发生在19世纪中后期，男主人公夏米是一个在墨西哥服役的法国列兵。他因为生了疟疾要回国，团长委托他将女儿苏珊娜带回法国。在漫长的海上旅途中，夏米给苏珊娜讲了一个金玫瑰的故事：夏米的家乡在英吉利海峡边的一个渔村，村里有一个贫穷的老婆婆，老婆婆有一朵金玫瑰。人们劝她卖了金玫瑰改善生活，但是老婆婆不肯，因为金玫瑰是年轻时的恋人送她的礼物。金玫瑰在，幸福的希望就在。夏米回到巴黎后当了一名清扫工，总是与尘土和污浊的气味为伴，但他衷心希望苏珊娜幸福快乐。他把从银匠作坊打扫的尘土收集起来，从中簸扬出金粉，日复一日，年复一年，最终为他的苏珊娜打制了一朵金玫瑰。当金玫瑰终于打成的时候，夏米得知苏珊娜已在一年前去了美国，永远不回来了。夏米死后，老银匠在他的枕头下发现了蓝色缎带包着的金玫瑰，将金玫瑰卖给了一位老文学家。寒酸的文学家之所以买下金玫瑰，是因为他听了夏米的故事。他在札记中写道：

  每一分钟，每一个在无意中说出来的字眼，每一个无心的流盼，每一个深刻的或者戏谑的想法，人的心脏的每一次觉察不到的搏动，一如杨树的飞絮或者夜间映在水洼中的星光——无不都是一粒粒金粉。

  我们，文学家们，以数十年的时间筛取着数以百万计的这种微尘，不知不觉地把它们聚集拢来，熔成合金，然后将其锻造成我们的金玫瑰——中篇

小说、长篇小说或者长诗。①

金玫瑰的故事留给我们的启示在于,每一部文学经典都是一朵金玫瑰,"用于美化大地,用于号召人们为幸福、欢乐和自由而进行斗争,用于开阔人们的心灵,用于使理智的力量战胜黑暗,并像不落的太阳一般光华四射"②。

---

① [苏]康·帕乌斯托夫斯基:《金玫瑰》,戴骢译,百花文艺出版社1996年版,第18页。
② 同上书,第19页。

第一讲
荷马史诗《伊利亚特》与《奥德赛》

一、荷马

荷马（Ὅμηρος）被视为古希腊两部史诗《伊利亚特》与《奥德赛》的作者。因年代久远，没有准确可靠的史料记述，荷马的生平事迹多为传说而无从查证，其生卒年月、出生地、具体创作情况，甚至荷马是否实有其人、荷马史诗的真伪、两部史诗之间的关系等，在学界都存在较多异说与争议，成为"荷马问题"（Homeric Question）。

修昔底德在《伯罗奔尼撒战争史》中估算，荷马"出生在特洛伊战争以后很久"[1]。希罗多德在《历史》中记载道："荷马和赫西俄德斯最早撰写诸神的谱系，……他们生活的时代在我之前不过400年。"[2]希罗多德写作《历史》的年代约在公元前435年，依据他本人的推算，荷马的生活年代大约在公元前850年。大多数西方学者根据史诗的语言和内容推断，倾向于认为荷马的生活时代是在公元前9世纪至前8世纪之间。

---

[1] ［古希腊］修昔底德：《伯罗奔尼撒战争史》（上册），徐松岩译注，上海人民出版社2012年版，第37页。

[2] ［古希腊］希罗多德：《历史》，徐松岩译注，上海三联书店2008年版，第100—101页。

关于荷马出生地的说法各不相同，斯慕耳那、基俄斯、科洛丰、皮罗斯、阿尔戈斯、雅典等多个城邦都在争抢"荷马出生地或故乡"的荣誉。这几个地方位于小亚细亚的伊奥尼亚一带，或与小亚细亚隔海相望，其中呼声较高的有基俄斯和斯慕耳那。当时的诗人在引用荷马诗句的时候称荷马为"基俄斯人"，在基俄斯岛上，有一派叫作"荷马立达"（Homeridae）[①]的诗人和史诗吟诵人，他们视荷马为自己的始祖。在斯慕耳那则流传着关于荷马身世的神话，供有诗人的祠龛。虽然无法确证荷马的家乡，但上述地区提供了荷马活动范围的粗略线索。荷马史诗是不同语言形式构成的混合物，以伊奥尼亚方言为主，还有少量希腊本土的阿提卡方言，这说明荷马有可能出生于小亚细亚，游历过地中海的其他地方。

在古代关于荷马的描述中，"盲人"是其相对稳定的特征。大家都相信荷马是一位盲人，具有瞽者的内明[②]。他是歌手、诗人、预言者，这些角色都与"盲人"特征紧密相连。人们相信天机不可泄露，卜者或先知要承受一定的生理缺陷，双目失明是最普遍的情况。而失去了尘世的视力，便丧失了劳动能力，同时又获得惊人的记忆力，也就只能流离失所，以行吟歌唱为生。但也有人从荷马史诗的内容及风格上推断，荷马是帝胄苗裔，最起码是出身于上流社会，见多识广，受过良好教育，具有神圣本性。荷马的身上缠绕着数不清的传说，他已化为古希腊乃至西方文明的一个象征性人物，神秘而真实。

除了《伊利亚特》和《奥德赛》，托名荷马的作品可以分为两大类，一类是颂诗（ὕμνος），一类是英雄诗系（Ἐπικὸς Κύκλος）。颂诗大多作于古风时期，而且都是用荷马史诗六音步英雄格写成。英雄诗系的内容与忒拜战争和特洛伊战争有关，除了仅存的残篇均已失传。颂诗与英雄诗系虽然晚出于荷马史诗，但他们系出同源，关系交错复杂。"荷马"成了泛称，意指一切史诗传统。将荷马作为一位诗人，确切地考证其作品，则是到了公元前5世纪的雅典。柏拉图的引证限于《伊利亚特》和《奥德赛》，他似乎是有意识地把荷马专门看作两部史诗的作者，亚里士多德则将荷马定为《伊利亚特》《奥德赛》和《马耳吉忒斯》

[①] 即"荷马之子"，是个有组织的活动群体，类似于后世的同业行会。

[②] 一个人如果失去了视力，便会具有内在的洞见及先见之明，这是付出高昂代价获得的神明的青睐。

（Μάργος）的编制者。亚历山大里亚学者①除了少数分离派②（Chorizontes），大多认为，荷马的作品有《伊利亚特》和《奥德赛》两部流传于世。尽管荷马的具体创作情况缺乏确凿的史料支撑，存有种种疑问，尤其是两部史诗是否出自同一人之手，现代学者对此无力去证实或证伪，但大多数人还是认同传统看法，认为两部史诗是荷马所作。两部史诗虽然存在很大差异，但同属一个成熟的文化系统，具有相同的历史背景和重要的历史素材，以同样的方式全面综合地反映着相同的思维方式、生活理念和文明样式。③

二、荷马史诗《伊利亚特》（Ἰλιάς）与《奥德赛》（Ὀδύσσεια）

（一）作品生成过程及中译本

大约在公元前12世纪时，希腊人④和特洛伊⑤人之间发生了一次战争，为时10年之久，最终希腊人攻陷并毁掉了特洛伊。这场规模浩大的战争结束后，在小亚细亚一带便流传着许多歌谣，歌颂战争中涌现出的英雄事迹，并将英雄传说同神话故事交融在一起。这些故事被口口相传，代代加工。大约在公元前9至前8世纪，据说是荷马，在口头传说的基础上加工整理成了两部史诗《伊利亚特》

---

① 亚历山大里亚是埃及第二大城市，以其奠基人马其顿王亚历山大大帝命名。亚历山大里亚学者包括以弗所的芝诺多德（Ζηνόδοτος）、拜占庭的阿里斯托芬（Ἀριστοφάνης ὁ Βυζάντιος）、萨摩色雷斯的阿里斯塔科斯（Ἀρίσταρχος ὁ Σαμόθραξ）等，其中，阿里斯塔科斯被西塞罗和贺拉斯视为荷马史诗最权威的专家。

② 亚历山大里亚少数学者主张《伊利亚特》和《奥德赛》不是一人所作，他们被称为是分离派或是分离主义者。克塞农（Xenon）和海伦尼枯斯（Hellenicus）指出《伊利亚特》和《奥德赛》的不同和不一致，从而否认《奥德赛》是荷马所作。

③ 本部分关于荷马生平的考证，参考了罗念生、王焕生、程志敏、陈中梅、皮埃尔·维达尔-纳杰（Pierre Vidal-Naquet）、吉尔伯特·默雷（Gilbert Murray）等人的观点。

④ 在荷马史诗中称为阿开奥斯人、阿尔戈斯人、达那奥斯人。荷马并没有用"希腊人"来称呼过全体军队。

⑤ 特洛伊，位于小亚细亚半岛西端，是东方许多部族的霸主。"特洛伊"译自英文Troy，其希腊文Τροία直译英文应为Troia或Troie，因而有学者把该词音译为更接近希腊语的"特洛亚"，如罗念生和王焕生。本文还是采用更为常见的"特洛伊"。

（又译为《伊利昂纪》）和《奥德赛》（又译为《奥德修纪》）。意大利学者维柯（Giambattista Vico）认为，荷马不曾用文字写下任何一篇诗。[①] 被誉为现代荷马研究之父的伍尔夫（Friedrich August Wolf）指出，荷马史诗的文本出自更晚的一些编辑之手，荷马应当是口头创作诗人，具有高超的编制和吟诵技巧。荷马史诗当时是一种现场演述，在演述中会被创编。哈佛大学古希腊文学教授格雷戈里·纳吉（Gregory Nagy）认为，荷马史诗的传播经历了五个清晰连贯的时期（Five Ages of Homer），随着每一个时期的发展，荷马史诗渐进地呈现出越来越少的流变性和越来越多的稳定性。这五个时期分别是：从公元前2000年初期开始到公元前8世纪中期最具流变性的时期；公元前8世纪中期至公元前6世纪中叶的泛希腊化时期；公元前6世纪中叶至公元前4世纪后半叶确定权威的时期；公元前4世纪后半叶至公元前2世纪中叶的标准化时期；公元前2世纪中叶至约公元前150年相对最具稳定性的时期。其中，值得关注的是确定权威的这一时期。公元前6世纪荷马史诗在希腊地区广为流传，私人抄本大量出现，每个人都是编辑，各自为政。到公元前3世纪以前，荷马史诗版本繁多，人们争相抄录，竞相朗诵。公元前560年，雅典僭主[②] 庇西斯特拉图（Πεισίστρατος）或其子"雅典的希帕库"（Ἱππίας ὁ Ἀθηναῖος）立法规定在泛雅典娜节[③]（Panathenaea）上朗诵荷马史诗，将荷马史诗的演述体制化。也有人说这是梭伦（Σόλων）所立之法。史诗流传得越广，再创编的机会就越少，因为听众和吟诵者都会严格地恪守一个标准版本。每一次"演述中的创编"都会渐渐地在流布的过程中降低其变异的可能性。这样，一个潜在的文本就出现了，成为之后誊录本的基础。西塞罗（Marcus Tullius Cicero）认为，很可能是庇西斯特拉图"把先前散乱地流传的荷马史诗安排成我们现在阅读的样子"[④]。公元前3世纪至公元前2世纪的亚历山大里亚学者在史诗史上占据着非常关键的位置，他们收集各国编本，依据当时的图书编纂体例为后世修订出了荷马史诗的"定稿本"。亚历山大里亚学者的材料来源主要有两类，一是私人藏书，二是城邦抄本。这其中应当有较为权威的版本，学者们通过鉴别、增删，因革损益，完成了后世的通行本。从目前存在的公元前3世纪编本的

---

① ［意］维柯：《新科学》（下册），朱光潜译，商务印书馆1989年版，第464页。
② 僭主，古希腊通过非法手段夺取政权的独裁者。
③ 古希腊雅典人纪念雅典城守护神雅典娜的节日。
④ ［古罗马］西塞罗：《论演说家》，王焕生译，中国政法大学出版社2003年版，第605页。

断简残篇来看，它正是后来10世纪或11世纪荷马史诗最早的印刷全本劳仑提亚努斯（Laurentianus）标准本的母本，孕育了后世所有版本。荷马史诗的生成，经历了从口述到文本化再到最终定稿的漫长过程，是集体智慧的结晶。

在西方翻译史上，在所有的文学作品中，荷马史诗是除了《圣经》以外人们翻译得最多、最频繁的作品，几乎世界各国都有本土的荷马史诗译本。早在20世纪初期，荷马史诗就被以选译、评注的方式介绍到中国。傅东华从英文转译《伊利亚特》，于1934年由商务印书馆、1958年由人民文学出版社出版。徐迟用五音步无韵新诗体从七种英译本中选译了15段800余行，集成《依利阿德选译》，1943年由重庆美学出版社出版。杨宪益由英国"洛布丛书"希腊原文翻译的《奥德修纪》（即《奥德赛》）于1979年由上海译文出版社出版，其中的人名，为了便于记忆之故将尾音略掉，与目前通行译法相差较大。曹鸿昭根据英译本转译的《伊利亚围城记》于1984年由台北联经出版公司出版。罗念生于20世纪80年代中期开始由古希腊文用六音步新诗体翻译《伊利亚特》，译至第十卷第475行，因健康原因不得不中断，在临终之前嘱王焕生继续翻译，王焕生译完全诗，于1994年由人民文学出版社出版。王焕生翻译的《奥德赛》于1997年由人民文学出版社出版。陈中梅一人独立完成两部古希腊文史诗的翻译，分别于2000年和2003年由译林出版社出版，此外，陈译还有花城出版社、燕山出版社、上海译文出版社、中国书籍出版社的不同版本发行，前后略有修订。缪朗山（缪灵珠）翻译了部分《伊利亚特》，被收录于中国人民大学出版社2011年出版的《缪朗山文集》中。傅译和杨译为散文体，其余为诗歌体。杨宪益认为，原文的音乐性和节奏在译文中无法体现，因此还是译为散文体以突显其故事性，但史诗的开头十行开场白因为是说唱艺术的套话，遂采用诗体；而罗译、王译和陈译则更重视还原原文的韵律和节奏，可以说各有千秋。目前市面最常见的译本是罗译、王译和陈译。

（二）作品梗概

《伊利亚特》题名的意思是伊利昂之歌，伊利昂是特洛伊城的别名。这部史诗描写的是古希腊人与特洛伊人之间的一场战争。

希腊人远征特洛伊，第十年攻占了特洛伊地区的克律塞城，阿波罗神庙的祭司克律塞斯的女儿克律塞伊斯被俘，成为希腊联军统帅阿伽门农的伴侣。克律塞斯带着贵重的赎礼来到希腊人的战船前，请求释放他的爱女，未能如愿。克律塞斯向阿波罗祈祷，希腊军中因此暴发瘟疫。阿伽门农同意释放祭司的女儿，但需要用阿基琉斯的女俘布里塞伊斯来作补偿，两人因此发生激烈的争执。"荣誉礼物"被抢走，阿基琉斯愤而退出了战斗。内心备感屈辱的他来到海边，央告母亲忒提斯女神前去说服神王宙斯降祸给阿伽门农领导的希腊军队。宙斯派遣梦神误导阿伽门农，让他以为胜利在即而轻率盲动。

希腊人逼近特洛伊，特洛伊王子赫克托尔率领特洛伊人和他们的盟友出城迎敌。拐走海伦的特洛伊王子帕里斯（即阿勒珊德罗斯）向其兄赫克托尔提出，要和海伦的前夫墨涅拉奥斯单挑，以两人的决斗代替两军的厮杀，胜者占有海伦和她的财产，双方从此停战并保持友谊。海伦到望楼观战，向特洛伊老王普里阿摩斯介绍希腊众英雄的情况。怯懦的帕里斯难敌墨涅拉奥斯，被砍中盔顶，扼住了咽喉。爱神阿佛罗狄忒见状急忙将帕里斯救出，送回卧室。按照约定，希腊人取胜，战争本应到此结束，只是神明干预，烽烟再起。女神雅典娜唆使特洛伊人潘达罗斯暗箭射伤了墨涅拉奥斯，重燃战火。希腊壮士狄奥墨得斯勇立战功，甚至刺伤了美神和战神。赫克托尔与爱妻安德罗马克和幼子诀别，妻子断定他此去凶多吉少，难再复返，不由含泪哀悼尚且活着的夫君。赫克托尔匆忙出城，同希腊英雄埃阿斯进行激烈战斗，难分胜负。之后特洛伊人勇猛反攻，眼看希腊人就要失守，阿伽门农携带重礼向阿基琉斯赔罪，遭到断然拒绝。大批希腊将领受伤，阿伽门农甚至动了脱逃的念头，受到奥德修斯的严厉批评。神后赫拉见势不妙，便施展美人计，诱使宙斯入睡，海神波塞冬乘机鼓动希腊人反击，赫克托尔被埃阿斯击伤，幸得护卫，逃离险境。宙斯醒来，明白中了诡计，对赫拉大加训斥，并禁止众神再帮助希腊一方。特洛伊人再次反击，越过壁垒，冲到了希腊人的船边，放火烧船。阿基琉斯的好友帕特罗克洛斯忍无可忍，借了阿基琉斯的铠甲披挂上阵。特洛伊人误以为阿基琉斯已然抛弃积怨重返战场，不由心惊胆战。帕特罗克洛斯穷追猛打，最终死在了赫克托尔的枪下。好友的死令阿基琉斯异常悲痛，他决定替好友报仇。

匠神赫菲斯托斯连夜为阿基琉斯锻造了美轮美奂的铠甲，阿基琉斯与阿伽门农和解释怨，率军出征，杀敌如麻，力战克珊托斯河神，差点杀死敌方主将埃涅阿斯，最终挥舞长枪，正中赫克托尔的颈脖。对赫克托尔的遗体，阿基琉斯恣意凌辱，特洛伊人一片哀号。希腊联军为帕特罗克洛斯举行葬礼，令其魂灵得以安息。普里阿摩斯在神使的护佑下，来到阿基琉斯的营中恳求他归还儿子的遗体。阿基琉斯被感动，吩咐侍女将遗体清洗、涂油、盖上衫袍，交还了老人，并主动提出在赫克托尔葬仪期间休战。普里阿摩斯在神使的劝说下，尽早返家，特洛伊人全部出城迎接，安德罗马克、赫卡柏（赫克托尔之母）、海伦——哭诉，民众同声悲叹。特洛伊人花费九天功夫做足准备，在第十天举哀将首领隆重下葬，史诗到此结束。

《奥德赛》题名意为奥德修斯之歌。主人公是奥德修斯，这一部史诗讲述的是以木马计攻陷特洛伊的希腊英雄奥德修斯在战后返乡的故事。

亚里士多德在《诗学》第17章中对《奥德赛》的故事作过非常简明的概括。有一个人在外多年，有一位神①老盯着他，只剩下他一个人了；在他家里，一些求婚者耗费他的家财，并且谋害他的儿子；他遭遇风暴，脱险还乡，认出了一些人②，亲自进攻，他的性命保全了，他的仇人尽都死在他手中。这些是核心，其余是穿插。③

特洛伊战争结束后，希腊将士们纷纷回到故乡，只有足智多谋的奥德修斯还在海上漂流未归。众神怜悯奥德修斯，趁海神波塞冬外出之际，商议助他回归。此时，在奥德修斯的家乡伊塔卡，众多贵族子弟盘踞在宫殿里，向美丽的王后佩涅洛佩求婚。工于心计的佩涅洛佩借口在为公爹织完寿衣之前不能再嫁，寿衣白天织，晚上拆，三年多了还未完工。雅典娜幻化为外邦人的形貌，前来敦促少主特勒马科斯离家寻父。特勒马科斯召开集会，谴责求婚者的劣迹，决定出海远航。他先拜访老英雄涅斯托尔，听说了一些英雄返乡的故事。在涅斯托尔的建议下，他来到斯巴达墨涅拉奥斯的王宫，得知奥德修斯被女仙卡吕普索强行挽留在了海岛上。在伊塔卡，求婚者们谋划伏击，企图暗算特勒马科斯。心乱如麻的佩涅洛佩不知所措，幸而得到雅典娜的托梦，送来吉讯。

卡吕普索听从神谕，依依不舍地送奥德修斯启航。奥德修斯乘风破浪的第18天，波塞冬发现了他的身影，盛怒之下掀起风暴，击碎了木筏。奥德修斯在神明的帮助下漂到斯克里亚岛。公主瑙西卡遵照雅典娜的授意在海边洗衣，发现了奥德修斯，把他带回王宫。国王阿尔基努斯设宴款待，席间歌手吟咏特洛伊战争的故事，其中也有奥德修斯本人的英雄事迹，他听后不禁掩面而泣。应主人的要

---

① 指海神波塞冬。

② 意即认出了哪些人是朋友，哪些人是仇敌。

③ 参见［古希腊］亚理斯多德：《诗学》，《罗念生全集》（第一卷），罗念生译注，上海人民出版社2007年版，第73页。

求,奥德修斯讲述了自己的历险故事:当初,奥德修斯率船队离开特洛伊,先来到基科涅斯人的岛国,洗劫城堡之后,又遭到当地人的袭击,损失了一些伙伴。幸存者漂流到另一个海岸,前去打探消息的伙伴吃了"忘忧果",流连忘返,不再思乡。奥德修斯好不容易把同伴强行拖走,不久到了圆目巨人库克洛普斯人的邦界,误入波塞冬之子波吕斐摩斯的山洞。奥德修斯用一根削尖了的巨大木杆刺瞎了巨人的独眼,和同伴们躲在公羊肚皮下,逃了出来。奥德修斯得意忘形,出言不逊,激怒了波吕斐摩斯,引来波塞冬更大的报复,此后的行程愈加不顺。他们来到风神岛,风神赠送一只口袋,将疾风封锁其中,以便此后一帆风顺。不料众人以为口袋里面装的是金银财宝,乘奥德修斯入睡时打开了口袋,结果各路疾风顷刻呼啸而至,将他们重新吹回风神岛。风神认为他们为神明所厌憎,拒绝再次援助,他们只好继续驱船,来到巨怪岛。船队遇袭覆没,只有奥德修斯所乘坐的船只幸免于难,他带领同伴来到了魔女基尔克的海岛,基尔克调制药酒,奥德修斯的同伴饮用之后变成了猪。借助神的庇佑,奥德修斯战胜了魔女。为了求问前程,他在魔女的指点下游历了冥府,从先知忒瑞西斯的预言中,得知了自己的未来。接着又遇到许多故旧,并与阿伽门农、阿基琉斯的幽灵交谈。离开基尔克,奥德修斯一行人继续航行,经受住了以歌声诱人的妖鸟塞壬的诱惑,闯过了女海怪斯库拉的抓捕和大漩涡卡律布狄斯的喷吐,来到太阳神赫利俄斯的岛屿。同伴们不顾奥德修斯的警告,宰食神牛,遭到天谴,全部丧命,奥德修斯只身漂流到了卡吕普索的海岛,虽是受到悉心照料,却是无法脱身,直到此刻才来到这里。

阿尔基努斯听了奥德修斯的叙述,大为感动,派了一只船和许多水手护送奥德修斯回国。雅典娜将奥德修斯变成一个衣衫褴褛的老乞丐,让他去与牧猪人会面。经过一番试探,奥德修斯确证了牧猪人的忠诚。特勒马科斯在雅典娜的催促下,急速启程,在牧猪人家里与父亲相认。两人拥抱痛哭,随后谋划杀戮。求婚人伏击特勒马科斯的计划落了空,感到情势不妙决定加紧下手,被佩涅洛佩严厉叱责。第二天,父子相继回宫,衣衫褴褛的奥德修斯一进家就被家犬阿尔戈斯认出。老狗认出了阔别多年的主人,很快就死去了。为了测试人心,奥德修斯向求婚者行乞,遭到侮辱甚至殴打。奥德修斯和特勒马科斯忍辱负重,等待时机。奥德修斯开始试探自己的发妻,暗示他的回归。老奶妈为奥德修斯洗脚,从腿上的伤疤认出了主人。丝毫未曾注意到这一切的佩涅洛佩告诉老乞丐,自己第二天要比武招亲。这想法正合奥德修斯的心意。次日,奥德修斯在大厅中利用比武的机会杀死了求婚者,处死了不忠的仆人,又通过了妻子关于婚床的考验,一家人终于团聚。求婚人的亲属前来寻仇,双方最终在神的主持下缔结了和平盟约。

《伊利亚特》共24卷,共15000余行,自然卷按照夜幕降临、黎明来到或者戏剧场景的转换为分卷原则。为了便于掌握全书的结构,我们可以按照故事的整体框架来进行三分法:第一至第八卷是开端,是头;第九至第十七卷是中部,是身;第十八至第二十四卷是结尾,是尾。第一部分交代作战双方,入侵者希腊人和守卫者特洛伊人的众英雄纷纷亮相;第二部分是第一部分的延伸,众英雄轮番上阵,斩将杀敌;第三部分的主角是阿基琉斯,他成就了自己不朽的军功。在这三分法中,希腊联军的战绩在第一部分中呈上升势头,在第二部分呈下降趋势,在第三部分又重新占得上风,其走势跌宕起伏。最终,特洛伊战争以希腊联军的胜利而告终。

《奥德赛》也是24卷,共12000余行,可以分为三个部分:第一至第四卷讲述的是特勒马科斯的故事,第四至第十二卷讲述的是奥德修斯归家途中的历险,第十三至第二十四卷讲述的是奥德修斯返家后夺回王座的故事。

(三)作品分析

荷马史诗是西方文学的开端,哺育了希腊乃至于整个西方世界的精神,具有永久的魅力。下面从三个方面对其进行分析:

1. 荷马史诗的认识价值

荷马史诗是西方经典文献,篇幅浩大,场面恢宏,反映了古希腊从氏族公社向奴隶制城邦社会过渡时期[①]的生活图景,提供了原始宗教、政治、军事、教育、婚姻、艺术、民俗等诸方面的生动史料,堪称一部百科全书,具有极高的认识价值。

荷马史诗所表现的时代被称为"荷马时代",也被称为"英雄时代"。这一时期上承克里特文化,下启古典时期的雅典文化,由原始逐渐迈向文明。

关于荷马时代政治组织的性质,史学界存在重大分歧。美国人类学家路易斯·亨利·摩尔根(Lewis Henry Morgan)认为,当时实行的是由国王、长老会

---

① 据历史学家考证,史诗的核心内容是以公元前10世纪到前8世纪的希腊世界为基础的。

和人民大会组成的军事民主制。① 王权依然存在，几乎每一个地区都有一个王者执政官——巴赛列斯（βασιλεύς）。但是巴赛列斯的权力受到限制，不再是迈锡尼时代的官僚君主。势力最大的希腊联军统帅阿伽门农，每逢重大事情都要召集下属开会，会上贵族们可以自由发表自己的见解。摩尔根认为希腊社会处于阶级社会和国家形成的前夜，此观点受到众多学者的质疑，荷马史诗所反映的时代的主要生产资料——土地已经成为私有财产，私有制已经建立，社会划分为贵族、平民和奴隶等不同的阶级，荷马时代是早期阶级社会。

就经济与劳动而论，从史诗的相关描写可以推断当时农业生产、商品交换、手工艺水平等各方面的大致状况。《伊利亚特》第七卷中有这样的一幅画面："长头发的阿开奥斯人从船上买到葡萄酒，有的是用青铜，有的用发亮的铁，有的是用皮革，有的用整队的牛，有的用奴隶换取，准备欢乐地饮宴。"② 这说明，随着生产的发展，物品有了剩余，出现了商品交换，当时主要是以货易货的贸易方式。当然，人们也用黄金来作为工作的报酬，比如在阿基琉斯为亡友葬礼而办的竞赛上，优胜者可以得到两塔兰同黄金的赏赐。有了黄金，就可以有黄金购物的交易。士兵特尔西特斯就指出，特洛伊人可以用黄金来向阿伽门农赎取儿子。

阿基琉斯重上战场之前，母亲委托匠神赫菲斯托斯赶制铠甲。史诗细致地描绘了盾牌的制作过程，从盾牌的用料、工具、饰物、图案等可以看出当时的工艺技术水平已经相当高，出现了木匠、铁匠、皮匠等手工业者，手工业与农业实现了分离。

史诗有相当多的细节讲述住房、饮食、服饰、兵器、婚丧仪式，可以说是一部风俗民习的记录。史诗中有不少大吃大喝的场景描写，英雄们的职业是战斗，他们都是大口喝酒、大块吃肉的豪爽之人。只是，美味的烤肉一般出现在聚会、庆典、待客场合，平时常用的食物是面包，常喝的饮料是用葡萄酿制的水酒③，有时会往饮用的酒中添加一种埃及药草配制的药剂，可起舒心忘忧之效。

史诗中的婚丧嫁娶场面是非常隆重的。在《奥德赛》中，特勒马科斯来到墨

---

① 这是摩尔根在其人类学著作《古代社会》中提出来的。
② ［古希腊］荷马：《伊利亚特》，《罗念生全集》（第五卷），罗念生、王焕生译，上海人民出版社2007年版，第182页。以下凡引用该作品，只在括号中标明书名和页码，不再逐一详注。
③ 古希腊人饮酒时通常是两分酒里兑三分水。阿基琉斯在招待来客的时候，吩咐同伴调配纯一点的葡萄酒，意思是向酒里少兑水。

涅拉奥斯府上，正值主人大宴宾客，为一双儿女举办婚礼。婚宴时邀请歌手来助兴，还有演员的杂耍配合，气氛非常热烈。门当户对是基本原则，墨涅拉奥斯的女儿所嫁之人是阿基琉斯的儿子。当时实行的是等级内婚制，有不少政治联姻，两情相悦不是缔结婚姻关系的主要因素。确定了关系后，男方要给女方送大量的聘礼，礼物多是服饰、牲口，或是价值不菲的物件。佩涅洛佩批评求婚者大肆消耗她的家产："求婚人的行为不同于以往的常规，那时，求婚者竞相争比，讨好高贵的女子，富人家的千金。他们带来自家的牛和肥羊，食宴在新娘的家府，拿出光荣的赠礼。他们不会吞耗女方的家产，不付酬金。"①彩礼的数量取决于家庭条件。当然也有例外，比如说女方看上男方的家世或才华而主动追求，吕西亚国王认为柏勒罗丰是神的后裔，敬重他的英勇，决定将女儿许配给他，不但不索取任何彩礼，反而给予他丰厚的赠礼："把他的王权分一半给他，吕西亚人把全国最好的一块分地也献给他，一个美好的葡萄园、一片耕种地归他所有。"（《伊利亚特》第150页）女儿出嫁时，娘家需要筹办嫁妆。陪嫁的物品，与聘礼一样，一般和家庭地位相称。赫克托尔的妻子安德罗马克"妆奁丰厚"，阿伽门农许诺嫁女给阿基琉斯，一大笔陪嫁里包括"七座人烟稠密的城市"（《伊利亚特》第211页）。而一旦丧夫再嫁，女方可能会带走前夫的财产，所以百余位求婚者聚集伊塔卡王宫，主要是觊觎佩涅洛佩拥有的家产。至于葬礼，在史诗中所占据的篇幅就更多了。《伊利亚特》重点描绘了两场火葬。其一是阿基琉斯哭悼亡友帕特罗克洛斯，凌虐赫克托尔的遗体，且杀死了许多牛羊、四匹马、两只爱犬、十二名特洛伊贵族青年来作陪葬。葬礼结束之后，阿基琉斯为英雄们安排了丰盛的晚宴及竞赛。其二是特洛伊人为其首领赫克托尔举行丧葬仪式，垒好坟堆之后，特洛伊人就集合起来去王宫吃筵席。这些描写反映了当时火化、陪葬的习俗及死者入土为安的观念。

  《伊利亚特》是一部战争史诗，其中有大量关于胫甲、胸甲、盾牌、头盔、剑、枪、矛、弓箭、战车等兵械的描写。在写到阿开奥斯人的时候，惯用的套语如"戴胫甲的""胫甲坚固的""胫甲精美的"在书中反复出现。胫甲是一种护小腿的甲胄，戴在小腿的正面。希腊人作战都是持大盾刺长枪，胫甲被广泛使用，其功用主要是保护小腿不受盾牌的擦伤。弓战者使用小圆盾，为了轻装上阵经常不戴胫甲。当时的胫甲用材很是讲究，从早期的皮质变为金属，赫菲斯托斯

---

① ［古希腊］荷马：《奥德赛》，陈中梅译，中国书籍出版社2006年版，第326页。

用坚韧的白锡为阿基琉斯打造胫甲，上面安着银质的拌扣。阿伽门农身披闪亮的铜甲，胫甲上也是使用银质扣环，以便紧紧地固定在腿肚上。战场上的胜利者会剥取死者的盔甲，作为战利品，给自己带来巨大荣耀。赫克托尔杀死帕特罗克洛斯后，剥下了他的铠甲，穿到了自己身上，但最终还是被阿基琉斯剥除以示羞辱。

荷马史诗包罗万象，是全体希腊人的教化源泉，更是为后世全面了解古希腊文化提供了重要参考。

2. 荷马史诗中的英雄形象

荷马史诗被称为"英雄史诗"，塑造了以阿基琉斯、赫克托尔、奥德修斯为代表的众多英雄人物，反映出古希腊人崇拜英雄的民族精神。

《伊利亚特》对于古希腊学龄期的男孩子来说，是非常熟悉的故事[①]，史诗中大量出现的词语"卓越"（ἀρετή），是古希腊人才培养目标中的重要概念。荷马史诗以战争和历险为主要内容，洋溢着英雄主义、阳刚之气。英雄们构成史诗的主角，具有"能说会道、敢作敢为"[②]的共同性格特质。他们处于神和人之间，系属于半神阶层，都是勇武的人、智慧的人、杰出的人，是人中豪杰，是当时社会用以教化的标杆和典范。

荷马的英雄，一般是贵族、王者、首领，出身都是显赫的，有的甚至是宙斯或者其他神明的后裔，都具有"强壮、健美、魁梧"的外表和风度、高强的武艺和专项技能，出类拔萃，备受尊崇。《伊利亚特》的第一主人公阿基琉斯，除却上述这些英雄的共性，还具有鲜明的个性，而这个性，才是阿基琉斯之所以成为阿基琉斯的原因。

阿基琉斯有时表现得过于自尊，过于骄傲，我行我素，特立独行，有时又非常温和、善良，这种性格的单纯赋予了阿基琉斯以理想的色彩。阿基琉斯有着盖世的武功，但并不足以长生保命，他在肉体上有着一个致命之处，那便是"阿基琉斯之踵"。阿基琉斯的毁灭表明了神力的不可抗拒性，人的意志在命运面前是无能为力的，这其中隐含了人的必死性、不完善性及有限性，同时也反映了古希腊人的反省和忧虑，是在批判与自审之后得出的自我警诫式隐喻。

---

① Richard Hunter, *Critical Moments in Classical Literature*, Cambridge University Press, 2009, p. 170.

② Simon Goldhill, *Who Needs Greek?*, Cambridge University Press, 2002, pp. 251–252.

阿基琉斯是一个丰满的人。他的个性是极其丰富的，是多方面的。他既是自私的，又是慷慨大度的；既是残忍、暴烈的，又是悲天悯人、富有同情心的；既是冲动的，又是善于沉思的。他几乎没有表现出什么固定不变的让人学习和崇拜的品格，他的永恒魅力在于性格上的真实、自然与生动。黑格尔曾经这样说："关于阿喀琉斯（即阿基琉斯——引者），我们可以说：'这是一个人！高贵的人格的多方面性在这个人身上显出了它的全部丰富性。'荷马所写的其他人物性格也是如此，……每一个人都是一个整体，本身就是一个世界，每个人都是一个完整的有生气的人，而不是某种孤立的性格特征的寓言式的抽象品。"①

《奥德赛》的主人公奥德修斯，同样是一位蕴含了民族期待与理想的英雄，但他迥异于阿基琉斯。阿基琉斯的事业是向异族作战，奥德修斯的经历中更多的是面向自然的斗争，两种都是英雄主义，但却具有不同的特质和用武之地。只有将这二者结合起来，才算是能够绘制出一幅关于希腊民族性格的完整图画。

奥德修斯运用智谋，谨慎行事，能够承受屈辱，不求光辉夺目的短暂荣耀，但求平淡朴实的长久存活，在某种意义上，这是英雄被日常化。离开了特洛伊战场之后，奥德修斯面对未来种种不可预知的命运，更像是一个"人"，一个对未来的安定生活怀有热切渴望的普通人。他体现出来的是另一种英雄价值取向——在理性的支配下保存自我，为自己追求现世的幸福。在日常生活当中如何生存，这是奥德修斯展现给我们的一个重要问题。

为了生存，奥德修斯很能隐忍、克制、说谎、怀疑，他具有生存的智慧与策略，因此才能一次次化险为夷。奥德修斯的缜密理性与享受生活相结合的观念，同希腊人的幸福观是不谋而合的，这暗合了古希腊人追求的理性的日神精神。而阿基琉斯我行我素、非常任性的表现，又恰好体现了酒神的沉醉和放纵。简而言之，阿基琉斯比较单纯，偏向理想化，而奥德修斯相对复杂，更加世俗化。

与后世更加具有国族忧患意识的英雄相比，古希腊人崇拜的英雄多具有明显的个人主义特征，他们注重个人荣誉，追求个体生命价值的实现。《伊利亚特》的第一主人公阿基琉斯与《奥德赛》的第一主人公奥德修斯相辅相成，共同构建了古希腊人感性迷醉与理性求知、单纯勇武与多谋善断、不畏权贵与忍辱负重、建功立业与现世享乐相结合的英雄观念。

---

① ［德］黑格尔：《美学》（第一卷），朱光潜译，商务印书馆 1979 年版，第 303 页。

3. 荷马史诗的艺术特色

荷马史诗之所以成为历史初创期的伟大诗篇，还在于它有着人类童年时期艺术的鲜明特色。

首先，荷马史诗具有口诵诗歌的特点，其中比较突出的有：节奏感强烈的英雄格诗体、重复出现的程式化固定套语、生动的荷马式比喻。

荷马史诗的格律为六音步英雄格（Dactylic Hexameter），每行六音步，基本是以"长短短"（即扬抑抑）的韵律排列，节奏铿锵，前长后短有一种俯冲之势。除第五音步外，其他音步亦可接受长长格（即扬扬格），第六音步一般采用长短格（即扬抑格）。明确的韵律形式将诗句分割成可预期的长短单位，这种特点也方便口头吟诵。

荷马史诗是高度程式（Formula）化的，这种程式来自悠久的口述传统。"程式"又称作"套句"，指的是在相同的步格（Meter）条件下有规律地采用的一整套固定或相对固定的饰词、短语和段落，用以表达一个特定的基本观念。程式化用语有助于诗人的记忆、临场吟诵、即兴发挥。在《伊利亚特》中，"伟大的宙斯""白臂女神赫拉""头盔闪亮的赫克托尔""足智多谋的奥德修斯""初升的有玫瑰色手指的黎明""死亡的黑云立即笼罩了他的身体""酒色的海水"反复出现，有的是突出被修饰者的特点和属性，有的是开启一段叙事的引语，都令人印象深刻。

一位神或英雄往往有一个以上的饰词或程式化用语。比如阿基琉斯，被冠以"神样的""捷足的""光辉的""英勇的"等不同的修饰语，诗人根据情境、格律和音步的需要来选用合适的饰词。程式的使用，令史诗有了韵味，且能够建构起一种内在的一致性。

荷马史诗富有生活气息，善用比喻，尤其是从日常生活和自然现象中选取比喻。复杂型明喻（Simile）在其他民族的早期史诗中很少出现，在荷马史诗中却较为普遍，对后世欧洲作家影响很大，此类比喻被称为"荷马式比喻"。它不是一个简单的比附，而是用一连串的动作或现象来作比，结构特征是在甲像乙之后附加一整段内容，解说的对象不是本体甲，而是喻体乙。例如：

> 被杀人的痛苦和杀人的人的胜利欢呼
> 混成一片，殷红的鲜血流满地面。
> 有如冬季的两条河流从高高的山上，

> 从高处的源泉泄到两个峡谷相接处，
> 在深谷当中把它们的洪流汇合起来，
> 牧人在山中远处听得见那里的响声，
> 呐喊和悲声也这样从两军激战中发出。

（《伊利亚特》第102页）

其次，结构精巧、完整，具有几何对称性质，是一种严密而奇特的"环形结构"。

对于旷日持久的特洛伊战争及奥德修斯的漫长返乡经历，荷马并未面面俱到地平铺直叙，而是善于剪裁布局，撷取一些精彩片段以管中窥豹，围绕着一个完整的行动，比如阿基琉斯的愤怒及其平息的过程而展开，故事有头、身、尾，是一个活生生的整体。精巧的安排使得情节高度集中。除此之外，《伊利亚特》有人间的战争场景，也有诸神的争执，天上人间、天地神人奇妙交织，时空的大跨度转换大大拓展了史诗的空间。《奥德赛》采用倒叙、插叙、顺叙、补叙等多种叙事技巧，将奥德修斯归乡及其子外出寻父等几条线索有效编织在一起，使得史诗在结构上具有一种迥异于原始史诗的复杂性，产生悬念感和多变性。

荷马史诗中，相同或相似的要素、看法或概念，在故事的开头和结尾处都出现了，构成一个"环"（Ring）。全诗大到整体，小到每一卷，甚至每一次谈话，似乎都可以找到某种环形、对称的几何结构（Chiastic Structure）。整部史诗是一个大的环，第一卷和第二十四卷相似对称，第二卷和第二十三卷相似对称，每一卷都有"姊妹卷"，内容呼应或相反相成。环形结构在当时的诗歌形式中是比较普遍的，具有帮助记忆的功能，适于诗歌的传唱和流布。

（四）精彩片段欣赏

● 译文选自

［古希腊］荷马：《伊利亚特》，《罗念生全集》（第五卷），罗念生、王焕生译，上海人民出版社2007年版。

［古希腊］荷马：《奥德赛》，陈中梅译，中国书籍出版社2006年版。

1. 阿基琉斯的愤怒

　　女神啊，请歌唱佩琉斯之子阿基琉斯的
致命的愤怒，那一怒给阿开奥斯人带来
无数的苦难，把战士的许多健壮英魂
送往冥府，使他们的尸体成为野狗
和各种飞禽的肉食，从阿特柔斯之子、
人民的国王同神样的阿基琉斯最初在争吵中
分离时开始吧，就这样实现了宙斯的意愿。

(《伊利亚特》第5页)

　　那捷足的战士、神样的阿基琉斯回答说：
"阿特柔斯的最尊荣的儿子、最贪婪的人，
心高志大的阿开奥斯人怎能给你礼物？
我们不知道还存有什么共有的财产，
从敌方城市夺获的东西已分配出去，
这些战利品又不宜从将士那里回取。
你按照天神的意思把这个女子释放，
要是宙斯让我们劫掠那城高墙厚的
特洛亚，我们会给你三倍四倍的补偿。"

　　阿伽门农主上回答阿基琉斯说：
"神样的阿基琉斯，尽管你非常勇敢，
你可不能这样施展心机欺骗我。
你是想保持礼物，劝我归还女子，
使我默默失去空等待？心高志大的
阿开奥斯人若是把一份合我的心意、
价值相等的荣誉礼物给我作补偿——
他们若是不给，我就要亲自前去
夺取你的或埃阿斯的或奥德修斯的
荣誉礼物，去到谁那里谁就会生气。

但是这些事情留到以后再考虑；
现在让我们把一艘黑色的船只拖下海，
迅速召集桨手，把百牲祭品牵上船，
再把克律塞斯的美貌的女儿送上船，
派一个顾问担任队长，派伊多墨纽斯，
或是埃阿斯或是神样的奥德修斯，
或是你，佩琉斯的儿子，将士中最可畏的人，
前去献祭，祈求远射的天神息怒。"

  捷足的阿基琉斯怒目而视，回答说：
"你这个无耻的人，你这个狡诈之徒，
阿开奥斯人中今后还有谁会热心地
听你的命令去出行或是同敌人作战？
我到这里来参加战斗，并不是因为
特洛亚枪兵得罪了我，他们没有错，
须知他们没有牵走我的牛群，
没有牵走我的马群，没有在佛提亚，
那养育英雄的肥沃土地上毁坏谷物，
因为彼此间有许多障碍——阴山和啸海。
你这个无耻的人啊，我们跟着你前来，
讨你喜欢，是为墨涅拉奥斯和你，
无耻的人，向特洛亚人索赔你却不关心。
你竟然威胁我，要抢走我的荣誉礼物，
那是我辛苦夺获，阿开奥斯人敬献。
每当阿开奥斯人掠夺特洛亚人城市，
我得到的荣誉礼物和你的不相等；
是我这双手承担大部分激烈战斗，
分配战利品时你得到的却要多得多。
我打得那样筋疲力尽，却只带着
一点小东西回到船上，然而属于我。
我现在要回到佛提亚，带着我的弯船，

那样要好得多，我可不想在这里，
忍受侮辱，为你挣得财产和金钱。"

　　人民的国王阿伽门农回答他说：
"要是你的心鼓励你逃跑，你就逃跑吧；
我不求你为我的缘故留在特洛亚。
我还有别人尊重我，特别是智慧的宙斯，
你是宙斯养育的国王中我最恨的人，
你总是好吵架、战争和格斗。你很有勇气，
这是一位神赠给你。你带着你的船只
和你的伴侣回家去统治米尔弥冬人吧。
我可不在意，也不理睬你的怒气。
这是我对你的威胁：既然福波斯·阿波罗
从我这里夺去克律塞斯的女儿，
我会用我的船只让伴侣把她送回去，
但是我却要亲自去到你的营帐里，
把你的礼物、美颊的布里塞伊斯带走，
好让你知道，我比你强大，别人也不敢
自称和我相匹敌，宣称和我相近似。"

　　他这样说，佩琉斯的儿子感到痛苦，
他的心在他的毛茸茸的胸膛里有两种想法，
他应该从他的大腿旁边拔出利剑，
解散大会，杀死阿特柔斯的儿子，
还是压住怒火，控制自己的勇气。
在他的心灵和思想正在考虑这件事，
他的手正要把那把大剑拔出鞘的时候，
雅典娜奉白臂赫拉的派遣从天上下降，
这位天后对他们俩同样喜爱和关心。
雅典娜站在他身后，按住他的金发，
只对他显圣，其他的人看不见她。

> 阿基琉斯感到惊奇，转过头去认出了
> 帕拉斯·雅典娜，她的可畏的眼睛发亮。
> 阿基琉斯对她说出有翼飞翔的话语：
> "手提大盾的宙斯的女儿，你怎么又降临？
> 是来看阿特柔斯之子阿伽门农的傲慢态度？
> 我告诉你，这事一定会成为事实：
> 他傲慢无礼，很快就会丧失性命。"
>
> （《伊利亚特》第9—13页）

> 佩琉斯的儿子、神的后裔、腿脚敏捷的
> 阿基琉斯满腔愤怒，坐在快船边。
> 他不去参加可以博取荣誉的集会，
> 也不参加战斗，留下来损伤自己的心，
> 盼望作战的呼声和战斗及早来临。
>
> （《伊利亚特》第23—24页）

《伊利亚特》以阿基琉斯的愤怒开篇，全诗也是围绕着"愤怒"展开的，不但写到了阿基琉斯两次事关重大的"愤怒"，而且写到了阿伽门农的愤怒、诸神的愤怒。阿基琉斯愤怒的原因，可作多重解释。阿基琉斯与阿伽门农在女俘归属问题上发生争执。一方面阿基琉斯是因为个人尊严受到践踏，起而捍卫；另一方面，也是因为他与阿伽门农所持政见不同，他们的治国理念存在巨大的分歧。阿伽门农的政治是把国王的权威置于民众意愿之上，而阿基琉斯则是要求民主与平等，试图把体现民众意愿的议事会置于国王的威权之上。两人的冲突体现出了民主制和奴隶主王权之间的冲突。阿基琉斯决不屈从于威权，遂不再为阿伽门农效力，之后因密友战死，不得不与阿伽门农和解释怨，第一次愤怒到此告终，继之而起的第二次愤怒直到以赫克托尔的遗体祭奠亡友方才终结。两次愤怒的此起彼伏使得史诗故事情节跌宕曲折，引人入胜。在"愤怒"产生、发展、突变及消解的过程中，阿基琉斯的性格、选择及命运得到了生动的呈现。

2. 赫克托尔与阿基琉斯的对决

　　赫克托尔这样说，一面抽出锋利的长剑，
那剑又大又重，佩带在他的腰边，
他挥剑猛扑过去，有如高飞的苍鹰，
那苍鹰穿过乌黑的云气扑向平原，
一心想捉住柔顺的羊羔或胆怯的野兔，
赫克托尔也这样挥舞利剑冲杀过去。
阿基琉斯也冲杀上来，内心充满力量，
把那面装饰精美的盾牌举在胸前，
头上晃动着闪亮的四行饰槽的头盔，
美丽的金丝在盔顶不断摇曳，
赫菲斯托斯把它们密密地紧镶盔脊。
夜晚的昏暗中金星太白闪烁于群星间，
无数星辰繁灿于天空，数它最明亮，
阿基琉斯的长枪枪尖也这样闪光辉。
他右手举枪为神样的赫克托尔构思祸殃，
看那美丽的身体哪里戳杀最容易。
赫克托尔全身有他杀死帕特罗克洛斯
夺得的那副精美的铠甲严密护卫，
只有连接肩膀和颈脖的锁骨旁边
露出咽喉，灵魂最容易从那里飞走。
神样的阿基琉斯一枪戳中向他猛扑的
赫克托尔的喉部，枪尖笔直穿过柔软的颈脖。
沉重的梣木铜枪尚未能戳断气管，
赫克托尔还能言语，和阿基琉斯答话。
阿基琉斯见赫克托尔倒下这样夸说：
"赫克托尔，你杀死帕特罗克洛斯无忧虑，
见我长时间罢战无惊无恐心安然，
愚蠢啊，那里还有一个比帕特罗克洛斯
强很多的人在，我还留在空心船前，

现在我杀了你,恶狗飞禽将把你践踏,
阿开奥斯人却将为帕特罗克洛斯行葬礼。"

　　头盔闪亮的赫克托尔声音虚弱地回答说:
"我求你,以你的心灵、双膝和双亲的名义,
不要把我丢给阿开奥斯船边的狗群,
你会得到许多黄金、铜块作赎金,
我的父王和母后会给你送来厚礼,
让我的身体运回去吧,好让特洛亚人
和他们的妻子给我的遗体火葬行祭礼。"

　　捷足的阿基琉斯怒目而视回答说:
"你这条狗,不要提膝盖和我的父母,
凭你的作为在我的心中激起的怒火,
恨不得把你活活剁碎一块块吞下肚。
决不会有人从你的脑袋旁把狗赶走,
即使特洛亚人为你把十倍二十倍的
赎礼送来,甚至许诺还可以增添。
即使普里阿摩斯吩咐用你的身体
秤量赎身的黄金,你的生身母亲
也不可能把你放上停尸床哭泣,
狗群和飞禽会把你全部吞噬干净。"

　　头盔闪亮的赫克托尔临死这样回答说:
"我这下看清了你的本性,我曾预感
不可能说服你,因为你有一颗铁样的心。
不过不管你如何勇敢,也请你当心,
我不要成为神明迁怒于你的根源,
当帕里斯和阿波罗把你杀死在斯开埃城门前。"

　　他这样说,死亡降临把他罩住,

灵魂离开肢体前往哈得斯的居所，
留下青春和壮勇，哭泣命运的悲苦。
捷足的阿基琉斯对死去的赫克托尔这样说：
"你就死吧，我的死亡我会接受，
无论宙斯和众神何时让它实现。"

（《伊利亚特》第557—560页）

  这段选自《伊利亚特》的第二十二卷，位于史诗的尾部。赫克托尔和阿基琉斯分别是交战双方的将帅，属于不同的英雄类型（责任型和力量型），互为参照。阿基琉斯血气方刚，率性而为，亲密战友为赫克托尔所杀，他怒气冲天。从这一段描写可以看出，阿基琉斯既看重友情，豪气干云，又凶猛任性，暴烈如火。他痛悼逝去的朋友，决意为之复仇，无论赫克托尔生前如何恳求，也不为所动，对其尸体极尽虐待以泄愤。赫克托尔明知自己的噩运，却以群体利益为重，身先士卒，慨然赴死，具有高度的责任感，承担着深重的苦难。两位英雄在战场上相逢决战的这个时刻，是史诗的高潮，令人动容。荷尔德林指出："赫克托耳（即赫克托尔，下同——引者）是一位完全出自义务和纯净良知的英雄，而阿基琉斯则一切来自于丰饶而美的自然……从而，当阿基琉斯最后作为赫克托耳的死敌登场时，才愈加富有悲剧性。"①

3. 奥德修斯劝慰自己要忍耐

其时，高贵的俄底修斯在前厅里动手备床，
垫出一张未经鞣制的牛皮，压上
许多皮张，剥自阿开亚人杀倒的祭羊。
他躺倒皮面，欧鲁诺墨将篷毯盖上。
俄底修斯只躺不睡，心中谋划悲难，
给求婚的人们。这时，一帮女子走出宫门，
说说笑笑，嘻嘻哈哈，喜气洋洋，
求婚者们的情妇，早已和他们睡躺。
俄底修斯见状，胸中极其愤烦，

---

① ［德］荷尔德林：《荷尔德林文集》，戴晖译，商务印书馆1999年版，第201—202页。

一个劲地争辩,在自己的心魂里头,
是一跃而起,把她们尽数杀砍,还是
让她们再睡一夜,和骄狂的求婚人合欢,作为
最近,也是最后一次同床?心灵呼呼作响,在他的胸膛。
像一条母狗,站护弱小的犬崽,
面对不识的主人,咆吼出拼斗的狂莽,俄底修斯
愤恨此般恶行,心灵在胸膛里咆响。
但他挥手拍打胸脯,发话自己的心灵,责备道:
"忍受这些,我的心灵;你已忍受过比这更险恶的景状:
那天,不可抵御的库克洛普斯吞食我
强健的伙伴,但你决意忍耐,直到智算
把你带出洞穴,虽然你以为必将死亡。"

(《奥德赛》第354页)

　　这段选自《奥德赛》第二十卷,此时奥德修斯(即选段中的"俄底修斯")已经回到伊塔卡,正在筹划杀死求婚者的计谋。他和儿子特勒马科斯,加上忠心耿耿的牧猪奴和牧牛奴,协力与求婚者展开了一场激烈的较量,最终杀死了百余位显贵及其侍从。复仇大计的成功实施当然归功于奥德修斯的智慧,但他的忍耐也是必不可少的品质。奥德修斯阔别故土近廿载,归来时以面目全非的老乞丐形象出现,一直隐忍着没有暴露真实的身份。入夜,奥德修斯目睹家中女仆与求婚人鬼混,激愤难平,这些佩涅洛佩视如亲生女儿的女仆竟是如此地令人失望。奥德修斯竭力忍耐着,他知道如果逞一时之勇,大计就会功亏一篑。在关键时刻,精明的奥德修斯总能适时地克制愤懑和冲动情绪,说服自己隐忍一时。他所擅长的自我规劝显示出他非同一般的自制力和清醒地预知全局的能力,这是他终成大业、得以善终的基础。奥德修斯无疑是一个能够在纷乱的世界中顽强生存的赢家。

第二讲
古印度史诗《摩诃婆罗多》

一、毗耶娑

  制谛国国王婆薮在森林中猎鹿,心中却思念着妻子山娘。他的元阳涌流出来,落入阎牟那河中,被化身为鱼的天女石姑获得。后来渔夫网住了这条鱼,从鱼肚子里剖出一男一女两个孩子,婆薮王带走了男孩摩差,将女孩贞信送给了渔夫。破灭仙人看到美丽的少女贞信在河中撑船,便向她求爱与她结合。此后,贞信在阎牟那河中岛上生下了一个婴儿,名唤"岛生",又因为皮肤黑所以称"黑岛生"。他刚一出生,就一下子长大,并且专注于苦行。他将吠陀编为四部,因此得名"毗耶娑"(编者)。后来,福身王娶了贞信,生下奇武与花钏,在两人均尚未生子就英年早逝之时,贞信要求毗耶娑与奇武王的遗孀施行转房婚,生下了般度、持国与维杜罗。毗耶娑曾赐福持国王的妻子甘陀利生育百子,后来又帮助她把产下的肉团变成了一百个儿子。般度五子流亡森林时,毗耶娑也多次帮助与赐福。在般度族与俱卢族大战之时,毗耶娑目睹并参与了战争的全过程。毗湿摩去世后,毗耶娑教导坚战不要悲痛,并且为他主持马祭。在般度五子远行升天后,毗耶娑用了整整三年时间,创作出了《摩诃婆罗多》,并传授给五位弟子。在继绝王之子镇群王举办蛇祭之时,毗耶娑也带领诸弟子来到大会上。应镇群王邀请，他让徒弟护民子讲述了这部历史传说。

以上便是《摩诃婆罗多》之中有关史诗作者毗耶娑的传说，而且也是有关毗耶娑这个人物最详细的描述。往世书传统认为毗耶娑是毗湿奴大神的化身之一，《摩诃婆罗多》之中也提到毗耶娑的前生阿般多罗多摩生自毗湿奴的语言[①]，"毗耶娑"这个名字有"划分""编排"的含义，一方面，毗湿奴要他编排吠陀经典，另一方面，还预言说从他而生的家族也将出现分裂与战争。因此毗耶娑作为史诗的创造者有着双重身份，首先他创作了这部伟大的作品，其次但也许更为重要的是，故事中大战双方俱卢族与般度族均由他而生。在印度传统中，不仅四吠陀和《摩诃婆罗多》，还有众多跨越数千年的经典著作，例如往世书和吠檀多哲学经典《梵经》，都署着"毗耶娑"这个名字，因此这可能仅仅是一个托名或者称号，历史上未必确有其人。然而，将《摩诃婆罗多》的作者与吠陀的编订者冠上同一个"毗耶娑"的名字，看作同一个人，也为将《摩诃婆罗多》称为"第五吠陀"打开了方便之门，提高了史诗作为宗教经典的地位与权威性。

二、《摩诃婆罗多》（*Mahābhārata*）

（一）作品生成过程及中译本

《摩诃婆罗多》故事之中提到，文本经过了三重叙述：起初，毗耶娑讲述这个故事的时候，仅仅叙述了故事的主干情节，没有插话；此后，镇群王举行蛇祭的时候，毗耶娑的徒弟护民子又为镇群王讲述了这部史诗，并回答了镇群王提出的一些问题，二人的问答也成了整部作品的组成部分；最后，蛇祭时的听众之一，也就是歌人厉声来到了寿那迦大师的飘忽林中，在十二年祭祀大会上再次为众多婆罗门仙人讲述了《摩诃婆罗多》的故事。在《摩诃婆罗多》北方通行本（青项本）中还提到，最初毗耶娑口述、象头神记录下来的《胜利之歌》故事只

---

① ［古印度］毗耶娑：《摩诃婆罗多》，黄宝生等译，中国社会科学出版社2005年版，第5卷第663—664页。以下凡引用该作品，只在括号中标明卷册和页码，不再逐一详注。有学者认为在《摩诃婆罗多》中，毗耶娑与梵天关系更近，参见 Bruce M. Sullivan, "The Religious Authority of the Mahābhārata: Vyāsa and Brahmā in the Hindu Scriptural Tradition," *Journal of the American Academy of Religion*, Vol. 62, 2, 1994, pp. 377–401。

有八千八百颂；后来毗耶娑还编了长达两万四千颂、没有插话的《婆罗多》；而同样由毗耶娑编定的《摩诃婆罗多》，已经长达十万颂。

这些说法当然都是传说，但它们以象征的方式反映了史诗口耳相传的流传方式和篇幅越来越长的发展过程。学者一般认为，《摩诃婆罗多》的成书年代在公元前4世纪至公元4世纪之间。[①]最初的创作者大概是一群名字早已被忘记的歌手或者诗人，后来经过一代代诵唱者的传唱与再创作，形成了长达十万颂的《摩诃婆罗多》。

公元4世纪，《摩诃婆罗多》基本定型，在此后的一千多年里，它主要以抄本的形式流传。1919年，印度班达卡尔东方研究所开始编订这部史诗的精校本，当时收集到的抄本已经超过一千种。从1919年至1966年，历时近半个世纪，《摩诃婆罗多》全书的精校本才出齐。这部史诗的汉译工作，始于20世纪50年代金克木先生翻译《莎维德丽》插话，直至2005年全书才翻译出版完成，同样长达半个世纪之久。不过金克木先生只是翻译了这部巨著的一小部分，《摩诃婆罗多》翻译工程的正式实施，始自20世纪80年代末期，然而即使从此时算起，也花费了近二十年时间，参与者有金克木、黄宝生、赵国华、席必庄、郭良鋆、葛维均、李南、段晴等。最终完成的《摩诃婆罗多》中文译本全六卷，共四百余万字，由中国社会科学出版社出版。中文译本是梵文精校本、英文散文及诗体全译本之后的第一种其他语言全译本，翻译工程主持者黄宝生先后获得印度总统奖和莲花奖。

（二）作品梗概

用一句话概括，《摩诃婆罗多》讲述的是般度族战胜俱卢族、获得王位继承权的故事。

持国和般度是象城的两位王子。持国年长，然而天生目盲，因此般度即位。但后来般度早死，持国摄政。般度有五个儿子，就是以坚战为首的般度族。持国有一百个儿子，就是以难敌为首的俱卢族。坚战是般度之子，比难敌早出生，而且遵行正法受人爱戴，理应继承王位。但持国偏心，难敌骄横，想要霸占象城的王位。

难敌让般度五子住进紫胶宫，放火想把他们烧死。但小心谨慎的般度五子提

---

① 黄宝生：《〈摩诃婆罗多〉导读》，中国社会科学出版社2005年版，第6页。

前逃出，趁机装死流亡森林。后来他们假扮婆罗门，参加黑公主的选婿大典，阿周那为大铁弓安上弓弦，射箭赢得黑公主为五兄弟的共同妻子，这才暴露身份。持国将他们召回，分给他们一半国土。般度族建都天帝城，国泰民安，举行盛大的王祭。眼红的难敌故意邀请坚战赌博，精通掷骰子的沙恭尼代表难敌，让坚战输掉了全部财产和国土、四个兄弟和自己，最后连妻子黑公主也输掉了。持国在黑公主的请求下出面干预，把这些赌注都还给了坚战。然而难敌要求再次赌博，约定输者流放森林十二年，而且还要隐姓埋名度过第十三年，如被人认出就再流放森林十二年。坚战再次赌输，般度五子在各处森林度过十二年，又在摩差国王宫中做仆役一年。

第十三年难敌四处寻找般度族，期间攻打摩差国。般度五子帮助毗罗吒王迎战俱卢族大军，胜利之时刚好十三年期满。他们公开身份，要收回自己的国土，难敌当然不愿意归还。谈判不成，双方各自集结军队，大战开始。在俱卢之野激战十八天后，俱卢族在战争中全军覆没，般度族军营中的将士又在马嘶夜袭时被全部杀光。最终，俱卢族只剩马嘶、慈悯与成铠，般度族一方只余般度五子、黑天和萨谛奇。持国与象城妇女前往战场，为双方阵亡将士哀哭。坚战登基为王，统治三十六年。此时雅度族灭亡，黑天也死去，坚战将王位传给阿周那之孙继绝，般度五子和黑公主前往雪山升天。

不过以上仅仅是这部史诗主体部分的梗概，除此之外，它还有更多丰富而有趣的细节，以一种特殊的叙述形式呈现，即"插话"，也就是故事讲述者在介绍主干故事之外，穿插着讲述各种传说和故事。这些插话虽然让《摩诃婆罗多》的叙事显得有些枝枝蔓蔓，但是许多插话本身就是比较精彩的小故事，它们也为整部史诗增色不少。比如《那罗传》讲述尼奢陀国王那罗在赌博时输掉国土和财富，流亡森林，后来掌握掷骰术赢回国土的故事；《罗摩传》则是古印度另一部史诗《罗摩衍那》故事的一个简短的版本，它讲述了王子罗摩为使父亲遵守诺言，甘愿流放森林，后来与猴王结盟，救回被十首魔王罗波那劫走的妻子悉多，返回阿逾陀城灌顶为王的故事。

（三）作品分析

1. 故事套故事的叙事结构

前面我们已经提到过《摩诃婆罗多》整个故事的三重叙述关系：毗耶娑叙述

故事的主干情节，毗耶娑的徒弟护民子为镇群王讲述这部史诗，当时的听众歌人厉声又为众婆罗门复述《摩诃婆罗多》的故事。可以说，故事的主线情节尚未开展，层层嵌套的叙事结构已经出现。在主线情节之中，也有故事套故事的情况出现，比如俱卢之野这场大战的情景，并不是厉声复述护民子讲述的直接发生的战事，而是又套一层，以御者全胜向持国汇报战况的形式呈现出来。

当然，更多的故事套故事是主线情节进行当中为了解释某种现象或者交代背景而插入的其他英雄或者天神的故事。例如上文提到的《那罗传》，出现在《森林篇》，坚战因为掷骰子输掉国土之后，巨马仙人向他讲述同样因为掷骰子失去国土的那罗的故事，是想要通过那罗更加悲惨的经历和最终的圆满结局来鼓励坚战。《罗摩传》也出现在《森林篇》，但讲述这个故事的背景与《那罗传》不同，《罗摩传》的上文是黑公主被信度王胜车劫走，般度五子打猎归来打败胜车，救回黑公主。这时坚战向摩根德耶仙人诉苦，仙人向他讲述了《罗摩传》和《莎维德丽》插话，罗摩同样由于某种原因失去国土，流放森林，也有妻子被劫走又救回的经历，莎维德丽与黑公主一样对夫君忠贞，这两个故事实际也都是为了开导坚战而讲说的。

最著名的插话是《薄伽梵歌》，这是阿周那在大战开始之前怀疑战争的意义时，黑天为了开导他遵行刹帝利正法投身战斗而讲述的一部宗教哲学诗。从形式上说，《薄伽梵歌》并不像其他的插话那样讲者从头讲到尾、听者仅仅聆听，而是阿周那与黑天的问答对话录。可以说，《薄伽梵歌》仍属于故事的主线情节，与《和平篇》与《训诫篇》中毗湿摩的长篇教诲类似，属于广义的插入部分或者说教成分。《薄伽梵歌》的内容体现了中古印度教的黑天崇拜，后世吠檀多教派、毗湿奴教派、湿婆教派哲学家均有对《薄伽梵歌》的阐释。直至今日，《薄伽梵歌》仍然是印度最流行的宗教哲学经典，深刻影响着印度社会的思想。

传统观点认为，从毗耶娑的《婆罗多》到《摩诃婆罗多》，主要是增加了大量的插话。[①]这种说法来自《摩诃婆罗多》的开头部分："他著作了二万四千颂的《婆罗多族故事集》，没有插话，智者称之为《婆罗多族故事》。"（1.1.61）（第1卷第7页）这些插话的作用，是调节和活跃气氛，以及说教，而插入时期越晚，这些插话往往愈加膨胀。[②]

---

① 黄宝生：《〈摩诃婆罗多〉导读》，中国社会科学出版社2005年版，第9页。
② 季羡林主编：《印度古代文学史》，北京大学出版社1991年版，第71—72页。

近年来有学者强调，不能不经论证就认为插话是《摩诃婆罗多》文本中的"晚期"成分，它们并非胡乱插入，而是文本之中不可缺少的组成部分。希尔特贝托列出了《摩诃婆罗多》文中或章节标题中明确使用"插话"（upākhyāna）一词指代的67个插话故事，对它们进行了详细的分析。这些故事的听者绝大多数都是婆罗多族的成员，其中超过三分之二的插话是直接讲给坚战听的。[①]故事的内容则均与主线情节密切相关，例如《初篇》中《极裕仙人》与《股生仙人》两个与婆罗门相关的插话，出现在婆罗门向般度五子讲述黑公主的故事之后、般度五子参加黑公主选婿大典之前，成了他们在典礼之中化装成婆罗门的技术指南。[②]从时间与空间的角度考察，插话力图让《摩诃婆罗多》的故事帮助大战发生的俱卢之野、恒河与阎牟那河之间的冲积平原成为最早的印度民族共同体的土地，并且将民族的宇宙观与历史观纳入其中。[③]实际上早在六十多年以前，印度本土的研究者就主张《摩诃婆罗多》是一个有机的整体[④]，而上述学者的最新研究可以说与此观点不谋而合。

值得注意的是，前面提到的《薄伽梵歌》，以及毗湿摩教导坚战的《和平篇》与《训诫篇》两章，并不在希尔特贝托列出的67个插话之列。也就是说，在《摩诃婆罗多》文本与章节标题中，这些教诲性的内容并未使用"插话"一词来标识。这些一般认为属于晚期插入的内容，与所谓并不晚期的狭义的"插话"之间的区别与联系，它们在《摩诃婆罗多》文本演变过程中究竟来自何方，仍是值得研究的问题。

2. 刹帝利与婆罗门传统的纠葛

大多数学者认为《摩诃婆罗多》文本经历了漫长的演变过程，一种原因在于这部长篇巨著之中存在非常多的前后不一致之处。例如在《大会篇》中，坚战第二次与沙恭尼掷骰子赌输之后，准备前往森林，此时受到难降的奚落，而在《德

---

① Alf Hiltebeitel, "Not without Subtales: Telling Laws and Truths in the Sanskrit Epics," Vishwa Adluri, Joydeep Bagchee ed., *Argument and Design: the Unity of the Mahābhārata*, Brill, 2016, pp. 27–28.

② Ibid., p. 37.

③ Alf Hiltebeitel, "The Geography of the Mahābhārata's Upākhyānas", Vishwa Adluri, Joydeep Bagchee ed., *Argument and Design: the Unity of the Mahābhārata*, Brill, 2016, pp. 428–429.

④ ［印度］苏克坦卡尔：《论〈摩诃婆罗多〉的意义》，季羡林、刘安武编选：《印度两大史诗评论汇编》，中国社会科学出版社1984年版，第214—216页。

罗纳篇》中两军交战，怖军把这件坏事记在了此时的对手迦尔纳头上。又如《斡旋篇》和《杵战篇》中提到独斫被黑天杀死，《马祭篇》则说阿周那在大战之后进行的马祭之中战胜了独斫，后者俯首称臣而并未被杀。

除了故事情节的细微差别，还有一个更大的问题。般度族与俱卢族争夺王位的故事是一个刹帝利武士阶层的英雄传说，镇群王身为般度族后裔，想要了解祖辈之间发生的大战情有可原。但是，在森林之中举行祭祀的婆罗门仙人为什么会对这种故事感兴趣，邀请歌人厉声来为他们讲述这个故事呢？这还要从《摩诃婆罗多》产生的历史背景谈起。

公元前6世纪至公元前5世纪，印度处于列国纷争时期，同时也是沙门思潮兴起的时期，它们反对婆罗门的特权，争取刹帝利与吠舍等种姓的支持，对婆罗门教产生了极大的冲击。原本垄断《吠陀》经典解释权、以祭祀为中心的婆罗门不得不利用与刹帝利王族关系密切的歌手（"苏多"）创作的有关帝王的英雄颂歌，来抵抗这种冲击，争取刹帝利阶层的支持。婆罗门把这些作品称为"第五吠陀"，一方面把故事划归婆罗门传统，另一方面又解决了妇女和首陀罗不能学习吠陀的问题。[①]

这种歌人与婆罗门的联合创作造成了《摩诃婆罗多》之中刹帝利与婆罗门传统的纠葛，产生了很多歧异之处，此处举一个很小的例子。黑羚羊皮是婆罗门与林居者的衣物和坐具，在《摩诃婆罗多》中经常出现，然而文中涉及的人物对于黑羚羊皮的态度在不同的段落中却有相当大的差距。

坚战掷骰子两次输给沙恭尼之后，般度五子换上林居者的衣物黑羚羊皮前往森林，黑天到迦摩耶迦林中看望他们，一见面就火冒三丈："看到普利塔之子们处境艰难，身上披着黑鹿皮[②]，黑天怒不可遏，对坚战说道：'……我要为你夺回荣华富贵，还要夺取他们的性命。……'"（3.48.16—23）（第2卷第96页）此时黑天表现得不像是全知全能毗湿奴大神的化身，也不是后来面对阿周那的退缩讲出一整篇《薄伽梵歌》的那个婆罗门般明智的御者，而是看见黑羚羊皮披在朋友身上就义愤填膺的刹帝利王子。这是因为，对以弓箭为臂膀的般度五子来

[①] James L. Fitzgerald, "India's Fifth Veda: the Mahābhārata's Presentation of Itself," *Journal of South Asian Literature*, Vol. 20, 1, 1985, pp. 136–137.

[②] 梵文 kṛṣṇājina 一词，在汉译《摩诃摩罗多》中有黑羚羊皮、黑鹿皮、黑兽皮等多种译法。为行文方便，正文中称"黑羚羊皮"，引用时则遵照译本。

说，放下弓箭而身着黑羚羊皮象征财富与领土的丧失，是一种贬低甚至侮辱。黑天与般度五子同属武士阶层，他对婆罗门的标志物黑羚羊皮也有同样的情绪。这段文字中体现的，就是以刹帝利为首的其他各种种姓的视角。

然而般度五子身上的黑羚羊皮，并不总是意味着耻辱。在《马祭篇》的祭祀场景中有这样的描述："身穿绸衣，外披黑鹿皮，手持木杖，正法之子（坚战）光彩照人，犹如另一位生主出现在祭场。"（14.72.5）（第6卷第602页）黑羚羊皮此时成了一种美好的装饰，仿佛让坚战带上了天神的光辉。这又是为什么呢？此时坚战的装束，实际与般度五子流亡森林时的穿着并不相同，除了黑羚羊皮，里面还加了一层绸衣。在《爱达罗氏梵书》中，这是马祭之前的苏摩祭准备仪式之一，坚战作为献祭者要在仪式中像胎儿一样重生，他身上的绸衣代表羊膜，外面的黑羚羊皮代表胎盘。①这种先穿绸衣再加披黑羚羊皮的方式，包括后文正式马祭仪式中祭柱使用什么材质、黑公主坐在祭牲旁边以及祭司烧煮祭马骨髓等叙述，都属于祭祀仪式的细节。一见黑羚羊皮就蹦高的刹帝利写不出这样的细节，这部分内容应该出自掌握祭祀仪式的婆罗门的视角。

黑羚羊皮在《摩诃婆罗多》文本之中出现时蕴含的情感有如此大的差异，这背后所体现的其实是两种立场：我们看到黑天为般度五子身穿黑羚羊皮感到气愤时，分明能够感觉到叙事者已经和刹帝利王子站在了同一立场；然而马祭中坚战身披黑羚羊皮的光辉形象，却昭示了一种与前者截然不同的婆罗门传统。

主线情节的一件小道具可以体现出刹帝利与婆罗门传统之间的复杂关系，插话故事之中也有这种阶层之分。上文提到的《那罗传》与《罗摩传》，主角是刹帝利武士，而《极裕仙人》与《股生仙人》主角则是婆罗门。这些插话故事的听者大多是身为刹帝利的婆罗多族王子，而讲述者一般是林居的婆罗门。

前面我们提到过《薄伽梵歌》，它是具有说教性质的宗教哲学诗，按照以上两分的方法仿佛应该属于婆罗门传统。然而，在《薄伽梵歌》之内，也有说婆罗门坏话的地方。比如："阿周那啊！无知的人说些花哨漂亮的话，他们热衷谈论吠陀，宣称没有别的存在。充满欲望，一心升天，举行各种特殊仪式，获取再生的业果，求得享受和权力。"（6.24.42—43）（第3卷第492页）此处说热衷谈论吠陀、举行特殊仪式的人无知，明显是讽刺宣传"吠陀天启、祭祀万能"的婆罗

---

① Arthur Berriedale Keith tr., *Rigveda Brahmanas: The Aitareya and Kauṣītaki Brāhmaṇas of the Rigveda*, Harvard University Press, 1920, pp. 108–109.

门。刚才提到的《马祭篇》中细细描绘的祭祀仪式,也被顺道打击了。

这些行文上的种种差别所体现的刹帝利与婆罗门传统之间的纠葛,都是学者认为《摩诃婆罗多》,也甚至于其中的插话《薄伽梵歌》,有各自长期形成过程以及复杂来源的原因。如果按照希尔特贝托等学者的观点,插话整体上并不属于《摩诃婆罗多》的晚期成分,那么故事和插话之中的这些歧异之处,史诗之中这些更加微观的片段,也许可以为讨论文本的演变过程提供一些思路。

3. 人间故事与神话传说的交融

除了历史传说中其他英雄人物与婆罗门仙人的故事,《摩诃婆罗多》之中还有无数神话传说,这些神话传说往往出现在插话以及更广义的插入成分之中。

《五个因陀罗》插话讲述由于阎摩准备祭祀,世人迟迟不死,湿婆大神命令五个因陀罗转生下凡,让众人生命完结,吉祥天女转生为他们的妻子,毗湿奴大神也用头发生出黑天的故事。这个故事是毗耶娑向木柱王、贡蒂以及般度五子讲述的,目的在于解释黑公主一妻多夫这种不符合伦理的状态,也为后文大战中两军死者众多做了铺垫。《敦杜摩罗》插话讲的虽然是甘蔗族国王古婆罗娑战胜阿修罗敦杜的故事,然而毗湿奴大神才是真正的主角。敦杜要毁灭世界,是因为毗湿奴大神此前杀死了他的父亲,而古婆罗娑之所以能够战胜敦杜,则是因为毗湿奴大神将自己的威力注入了国王身上。摩根德耶讲述这个故事,听者除了般度五子和众婆罗门,还有毗湿奴的化身黑天。这也是一个预言性的故事,预示着大战中黑天一方的最终胜利。

以上插话将人间故事与神话传说融为一体,般度族是天神的化身,虽经磨难仍然注定像神话传说之中的天神一样,取得最终的胜利。作为读者,我们可能会有些疑惑,王位之争即使没有神话的装饰似乎也可以同样精彩,这些已然注定的命运,会不会让故事中的人物失去主动性,而被动等待天命的来临呢?

《薄伽梵歌》是《摩诃婆罗多》之中流传最广的插话、史诗的中心内容,在这里阿周那对手足相残的战争的意义产生怀疑,甚至说出"我不参战"这样的话,而黑天教导他应该遵行刹帝利正法,投入战斗。难敌一方先后派出四位主将:毗湿摩、德罗纳、迦尔纳与沙利耶。他们虽然都因为种种原因代表俱卢族出战,然而毗湿摩是俱卢般度两族共同的祖辈,德罗纳是两族共同的老师,迦尔纳与坚战、怖军与阿周那同母所生,沙利耶是般度小王后玛德利的哥哥,也就是无种与偕天的舅舅,他们均与般度五子有着种种关系,在战争之中内心的纠结可想而知。"法"与"情"之间的冲突，体现了以刹帝利为首的非婆罗门种姓的权力与财富观念与婆罗门尊崇的传统社会结构与世俗伦理之间的冲突，观念的冲突时至今日仍是每个人都可能遇到的问题，诉诸神话或者民间信仰是古代各民族共通的一种解决问题的方式。

除了解决人生问题之外，神话还有寄托世界观、宇宙观的作用。《森林篇》的《鱼往世书》讲述摩奴在梵天化身的大鱼指引下，躲避洪水重新创造世界的故事。《和平篇》，特别是其中的《解脱法篇》一部分，介绍了宇宙循环创造与毁灭的神话，以及五大元素、时间划分、灵魂自我等数论、瑜伽、吠檀多等多个宗教派别对宇宙起源、万物生灭的哲学思考。与部落列国纷争逐渐趋向国家联盟统一的历史状况相似，吠陀时代的多神崇拜转向史诗时代的三大主神崇拜，特别是以《薄伽梵歌》为代表的黑天信仰以及后来的毗湿奴教派。

这部史诗之所以从古至今在印度广泛流传，并不仅仅因为它是一部惊心动魄的英雄史诗。神话与传说之中隐含的对于世界与人生的思考，也是使这部伟大作品经久不衰的原因之一。史诗之所以被称为"第五吠陀"，正是由于它包罗万象："关于法、利、欲、解脱，婆罗多族的雄牛啊！这部书中有的别处才有，这里没有的，任何地方也不会有。"（1.56.33）（第1卷第138页）

（四）精彩片段欣赏

● 译文选自

［古印度］毗耶娑：《摩诃婆罗多》，黄宝生等译，中国社会科学出版社2005年版。

1. 独衅断指谢师

看到德罗纳的武功超群，数以千计的国王和王子纷纷前来，都想学到他的弓箭术。后来，尼沙陀王金弓的儿子独衅，大王啊！他也来投拜德罗纳为师。明了正法的德罗纳，考虑到他是一个尼沙陀人的儿子，同时也为其他众人着想，没有接受他做学习弓箭术的徒弟。可是，这位灭敌的英雄，用头顶礼过德罗纳的双足，走入了森林，却用泥土塑成了德罗纳的像。当时，他在森林里，十分虔诚地将德罗纳奉为师尊，潜心练习弓箭术和刀法，遵守着严格的规则。他满怀着信心，付出了艰苦卓绝的努力，搭箭上弦，放箭中靶，他练就了神速的技巧。

尔后的一天,得到德罗纳的允许,俱卢族和般度族的王子们,以及所有英勇的武士们,全都驾起车辆外出打猎去了。有一个人抓住一辆车的部件,也偶然跟着般度诸子一起来到了森林。国王啊!那人还带了一条狗。

当王子们四处奔走,一心想实现各自计划的时候,那条狗也在森林中窜来窜去,蠢东西跑向了尼沙陀人。那条狗发现了森林中黝黑的尼沙陀人,他身上沾满了泥土,穿着黑色的鹿皮衣,那狗在他附近狂吠起来。那条狗狂吠不止,这时,尼沙陀人显示出了放箭神速的绝技,他向狗嘴里射入了七支箭,仿佛是在同一瞬间。

那条狗的嘴里满是利箭,又跑回到般度诸子身边。般度族的英雄们一见那狗,都十分惊奇。他们看到了箭法的神速,领略到闻声发箭的绝技,全都自愧弗如,对射手倍加赞扬。随后,般度诸子在森林中四处寻找那位林居者,国王啊!他们发现了一个人正在不停地射箭。尼沙陀王子已经面目全非,当时,般度诸子没有认出他来。接着,他们询问他说:"阁下是谁?是谁家之人?"

独斫说:

诸位英雄!请知道我是尼沙陀王金弓的儿子,德罗纳的徒弟,我在苦练弓箭术。

护民子说:

般度诸子认出他果真是尼沙陀王子。他们回去之后,按照事情经过,向德罗纳禀报了这场奇遇。贡蒂之子阿周那,心中却总忘不了独斫。国王啊!他悄悄地会见了德罗纳,恭恭敬敬地说道:"在只有我一个人的时候,您曾经拥抱我,亲切地说过这么一句话:'我没有哪个徒弟会胜过你。'可是,为什么却有人胜过我?他英勇盖世,是您的另一位徒弟,尼沙陀王的儿子。"

德罗纳略微思索之后,打定了一个主意,他带了左手挽弓者(阿周那),径直前往尼沙陀王子那里。他看见独斫身上沾满泥土,长发盘头,衣衫褴褛,手挽弓弧,正在不停地射箭。而独斫一见德罗纳来到附近,便迎上前去抱住他的双足,以头叩地。尼沙陀人的儿子向德罗纳敬礼如仪,接着,他禀报自己是他的门徒,双手合十侍立在他的面前。

尔后,国王啊!德罗纳对独斫说道:"如果你是我的徒弟,你要立刻付给我酬金!"独斫听了这话,很高兴,回答说:"我给您什么呢?先生!请师父吩咐我吧!因为我没有什么不可以送给师父。通晓圣典的佼佼者啊!"德罗纳吩咐他说:"你把右拇指给我!"独斫听了德罗纳残忍的命令,仍然恪守自己的诺言,始终信守真诚。他的脸上依然带着喜色,他的心中依然毫不沮丧,他不假思索地砍下了自己的拇指,把它送给了德罗纳。

从此以后,尼沙陀人之子虽然能用其余的几个手指放箭,却再也没有先前那般神速了。国王啊!阿周那随之消除了心病,满怀欣喜。德罗纳的话语也变成真实,没有人胜过阿周那了。(1.123.9—39)

(第1卷第306—307页)

独斫是《摩诃婆罗多》故事之中的一个非常次要的人物,他的这段故事仅仅是为了铺垫阿周那弓箭术天下第一而插入的,后文也并没有多少篇幅讲述他此后的经历。然而这样一个出身低微的小人物,在十万颂之多的《摩诃婆罗多》之中这样一段千把字的小故事,却引得无数读者感动落泪。为了学习武艺,独斫远道而来求拜名师;被人拒之门外,他却依然忠心耿耿;无人指导,他仍凭借自身的努力练成神速的箭术;而当心中的师父前来,虽然是为了他人索取,要求的谢师礼也完全可以说是毫无道理,独斫仍然因为师父的承认而高兴,并毫不犹豫砍下拇指相赠。另外两个人物,德罗纳和阿周那在《摩诃婆罗多》的主体故事中均是比较正面的人物,对待独斫虽然胜之不武,却也并非面目可憎。德罗纳要求独斫以拇指做谢礼,是因为婆罗门所言必然成真;阿周那利用德罗纳的诺言战胜独斫,是因为刹帝利善用计谋。然而在两千年之后的今日,阿周那利用德罗纳战胜独斫一事,并不再像史诗成书之时那样,是为阿周那与德罗纳的形象增光。独斫的悲剧已不再是阿周那的喜剧,从某种意义上说,这是种姓制度带给其中所有种姓的悲剧。

从语言上来看,文中某些诗句一句之内人称跳来跳去,两句之间内容又仿佛前后重复,这是因为梵语译为汉语会失去名词变格,原句中名词性成分只能用新的从句来表达。往往是原句中仅有一个修饰词,译文却不得不补充上中心词。翻梵为汉,如果强求语言精练,就容易指代不明偏离原意。这虽然不能完全说是原文的语言特色,但考虑到梵语文学作品往往也有大量注释文献来解说词句,也可以说是一种印度风情吧。

2. 黑公主的质问

在难降的拽拉下,黑公主披头散发,衣服也滑脱了一半,又羞又怒,身上灼热。她又慢慢地说道:"大会堂里这些人都精通经典,遵守礼仪,如同因陀罗,都是可敬的师长,我不能像这样站在他们面前。行为卑鄙残酷的人啊!你不要让我赤身裸体,不要拖我,否则,即使有因陀罗为首的天神们帮助你,王子们也不会饶恕你!正法之子坚战王恪守正法,而正法微妙,只有聪明人懂得。即使丈夫发话,我也不愿意放弃自己的美德,而犯下哪怕极其微小的过错。在俱卢族的英雄们中,你强拉硬拖我这样一个正在经期的妇女,这是卑劣的行为。而这里没有人表示对我敬重,一定是都同意了你这样的做法!呸!婆罗多族的正法和刹帝利的高尚品行已经毁灭!所有的俱卢族人居然在大会堂上睁眼看着俱卢族正法遭到践踏!德罗纳和毗湿摩的勇气失去了,灵魂高尚的维杜罗和持国王肯定也是这样。这些俱卢族的长辈都看不见这种残暴的非法行为!"

细腰的黑公主这样悲伤地诉说着,轻蔑地望着她的怨怒的丈夫们。她的轻蔑的眼光点燃般度五子充满全身的怨怒。王国、财产和珠宝都被剥夺,这一切没有黑公主怨怒的蔑视带给他们的痛苦深。

难降也注意到黑公主在观看她的那些可怜的丈夫。他粗暴地拽拉几乎失去知觉的黑公主,仿佛笑着叫喊道:"女奴!"

听了难降这话,迦尔纳非常高兴,笑着大声喝彩。妙力之子、犍陀罗国王沙恭尼也同样高兴地祝贺难降。除了他们两个和持国之子难敌外,大会堂里所有的人看到黑公主被这样拖到大会堂都非常难过。

毗湿摩说:

贤女啊!正法微妙,我不能正确解答你的这个问题。一个没有钱的人不能拿别人的钱做赌注,但女人们又应当听命于她们的丈夫。坚战可以抛弃整个富饶的大地,但他不能抛弃真理。他已经说他自己输了,所以我无法说清这个问题。在赌博方面,世上无人能与沙恭尼相比。而灵魂高尚的坚战自愿和他赌博,不认为那是欺骗。因此,我无法回答你的问题。

德罗波蒂说:

这些灵魂邪恶的赌博高手热衷赌博,卑鄙狡诈,在大会堂里向不谙此道的坚战发出挑战,这怎么能说是出于自愿呢?俱卢族和般度族的佼佼者坚战心地纯洁,不知道是阴谋诡计。他们串通一气,赢了他。他先输掉自己,然后再把我赌上。大会堂里坐着的这些俱卢族人都有儿子和媳妇,请大家考虑考虑我的话,对我提出的问题给一个适当的回答。(2.60.28—45)

(第1卷第613—615页)

争夺王位的英雄传说本是男性的天下,然而黑公主和贞信、贡蒂、甘陀利等女性一样,在故事情节的发展中发挥了自己的作用。这段引文出现在《大会篇》坚战第一次输掉一切之后,难敌派难降将她拽来当面羞辱,她的反应是大声抗辩,质问在座所有婆罗多族长辈,后来也是她请求持国将一切赌注归还。在流亡森林期间,她与般度五子同行,经常提醒坚战要报仇。《那罗传》一方面是仙人讲给坚战的国土因掷骰子失去又夺回的故事,另一方面,离开丈夫的达摩衍蒂也象征着此时阿周那不在身边的黑公主,达摩衍蒂在支谛国做宫娥的经历还预示了此后黑公主在摩差国做王后的侍女的类似情形。

毗湿摩是婆罗多族的长辈,在后面的《和平篇》与《训诫篇》中,他用两个章节的篇幅向坚战讲述刹帝利国王的正法,帮助因为大战而灰心丧气的坚战重拾统治王国的信心。而此处黑公主的质问,连毗湿摩都无法回答。"正法微妙"中的"法"是印度传统人生四目标之首,也是《摩诃婆罗多》全文的主题之一。

3. 薄伽梵歌

> 如遍处水漫兮,
> 　　而小池之为用!
> 如有用于明智之士兮,
> 　　是《韦陀》之赞颂。
> 尔之分唯在于行兮,
> 　　无时或在其果。
> 勿因业果故为兮,
> 　　亦毋以无为而自裹。①

---

① 徐梵澄:《薄伽梵歌》,《徐梵澄文集》第八卷,上海三联书店·华东师范大学出版社2006年版,第22—23页。

> 在洪水遍地的时候，一口井的用处能有几何；对于有学识的婆罗门，全部吠陀的用处就有几多。您的责任就在于履行职责，任何时候都不要追求它的结果，切勿使追求业果成为动因，也不需要将那无为执着。①

> 所有的吠陀经典，对于睿智的婆罗门，其意义不过是水乡的一方池塘。你的职责就是行动，永远不必考虑结果；不要为结果而行动，也不固执地不行动。（6.24.46—47）

（第3卷第492页）

直至今日，《薄伽梵歌》在印度几乎每年都会出现新的现代语言译本，中文译本也有徐梵澄、张保胜、黄宝生三个，其中徐译、张译为《薄伽梵歌》单行本，黄译为汉译《摩诃婆罗多》中的对应内容。此处仅选择两颂略做对比。

徐译采用离骚体，译名也均选取古译，例如veda一词译作"韦陀"，张译和黄译均采用现在通行的"吠陀"译法。对于诗中提到的有宗教哲学意味的词汇，徐译和张译多选用古代译名，而黄译全部使用现代汉语用词。例如karmaphala，徐译、张译"业果"，黄译"结果"；akarman，徐译、张译"无为"，黄译"不行动"；saṅga，徐译"自裹"，张译"执着"，黄译"固执"。张译注释最为丰富，且常注出词汇或诗句隐含的哲学含义，徐译、黄译注释略少。

此处引用的第一颂，采用了史诗及印度文学作品之中常用的一种修辞方法，即比喻。原文一颂之中前两音步与后两音步词词对照，形成比喻关系。此颂中以井喻吠陀，洪水比喻有学识的婆罗门，洪水与井水的关系比喻有学识的婆罗门与吠陀的关系。徐译、张译不但体现出了这种比喻关系，还保留了原文的四个音步的区分，黄译由于全书采用散文，没有保留四个音步的形式。

---

① 《薄伽梵歌》，张保胜译，中国社会科学出版社1989年版，第29—30页。

第三讲
紫式部《源氏物语》

一、紫式部

紫式部（Murasaki Shikibu）是日本平安时代杰出的女性作家、歌人。她创作的小说《源氏物语》是世界上最早的一部长篇写实小说，比中国最早的一批长篇小说《三国演义》《水浒传》早300年左右，比《红楼梦》更要早700多年。《源氏物语》被誉为日本物语文学的巅峰之作，对后世日本文学文化都产生了深远的影响。日本第一位诺贝尔文学奖获得者川端康成在颁奖典礼上的演说中指出："这些作品（指平安时代的文学作品——引者）创造了日本美的传统，影响乃至支配后来八百年间的日本文学。特别是《源氏物语》，可以说自古至今，是日本最优秀的一部小说，就是到了现代，日本也还没有一部作品能和它媲美。在10世纪就能写出这样一部近代化的长篇小说，这的确是世界的奇迹，在国际上也是众所周知的。……在《源氏物语》之后延续几百年，日本的小说都是憧憬或悉心模仿这部名著的。和歌自不消说，甚至从工艺美术到造园艺术，无不都是深受《源氏物语》的影响，不断从它那里吸取美的精神食粮。"[①]可以说，《源氏物语》是日本古典文学的典范之作，到现在仍然保有其独特的文学魅力，为日本乃

---

① ［日］川端康成：《我在美丽的日本》，叶渭渠译，河北教育出版社2002年版，第243页。

至全世界读者所喜爱。

在日本平安时代，男性作家将主要精力用于创作汉诗汉文，专心创作日本母语文学的女性作家社会地位低下，以至于后人无法得知这些女性作家的真实姓名。后人只知道紫式部原姓藤原，但名据现有文献无法考证。关于"紫式部"这个名称的来历，一般认为，"式部"来源于她的父亲藤原为时担任的官职式部大丞，当时的宫中女官多以父兄官衔为名，所以紫式部的女房名为"藤式部"；"紫"的称呼则是源自《源氏物语》的主角紫上的名字，《源氏物语》问世后广受欢迎，人们以此称呼她。

紫式部出身于地位显赫的藤原氏一族，但紫式部一系早已降为中层贵族。紫式部父亲藤原为时怀才不遇、沉沦下僚，花山天皇时曾出任式部丞，后来辗转各地担任地方官吏，先后被任命为淡路守、越前守、越后守，官至正五位下，最后中途辞职在三井寺出家。但藤原为时有很好的文化修养，擅长作汉诗和和歌，其中为时所作汉诗有13首入选《本朝丽藻》，3首和歌入选《后拾遗和歌集》，1首入选《新古今和歌集》。在这氛围熏陶之下，紫式部从小也受到了完善的文化教育，她博览父亲收藏的汉籍，特别钟爱白居易的诗文，还对佛经和音乐颇有研究。紫式部聪颖过人，才华出众，很早就崭露头角，但当时的女性没有学习典籍的权利，更没有升学入仕的资格。据《紫式部日记》记载，她父亲藤原为时曾感叹：可惜她没有生为男子，真不幸呀。

约998年，紫式部嫁给了比她年长26岁的山城守藤原宣孝。藤原宣孝已有家室，紫式部成为宣孝的第四个妻子，婚后次年为他生了一个女儿贤子。但不满三年，丈夫就因染疫病去世，紫式部独自带着女儿，过着孤苦的孀居生活。1006年，紫式部应召入宫，侍奉一条天皇的皇后、太政大臣藤原道长的长女中宫彰子，为她讲解《日本书纪》和《白氏文集》。此前一条天皇已有中宫定子皇后，她是藤原道长哥哥藤原道隆的女儿。道隆死后，道长权倾一时，千方百计把自己女儿彰子推入宫中，作了一条天皇的皇后。定子和彰子身边都围绕着一些文化修养极高的贵族妇女教导他们，提高其贵族品位和文化涵养。平安时代另一位著名的散文女作家清少纳言侍奉定子，而紫式部侍奉彰子。在紫式部为彰子侍讲的过程中，两人相处得十分融洽。她的知识修养得以展示，才华也受到一致的肯定，一条天皇曾称赞说："她精通《日本书纪》，真有才华。"紫式部担任宫中女官至少到1012年左右，之后离开宫廷。出宫后的相关事迹不详，去世时间也存在多种说法。据《河海抄》记载，紫式部的墓就在京都紫野一带。

二、《源氏物语》(The Tale of Genji)

(一)作品生成过程及中译本

《源氏物语》问世以来,不少学者力图考证主人公源氏的现实原型,在这一过程中产生了诸多不同的说法,如源融、在原行平、在原业平、菅原道真、藤原道真、藤原道长等。但整体而言,《源氏物语》是一个虚构的故事,主人公也是紫式部虚构的人物,其中可能含有一定的真实历史成分。正如《源氏物语》中紫式部借源氏之口所说:"而所谓物语也者,初不必限于某人某事的实相记述,却是作者将他所见世态百相之好好坏坏,把那些屡见不嫌,屡闻不厌,希望传诸后世的种种细节,一吐为快地记留下来罢了。"①

由于相距已过千年,且紫式部《源氏物语》的原稿早已佚失,学界对于《源氏物语》的文本生成与流传历来众说纷纭。流传较广的一种说法认为,《源氏物语》约作于1001年至1008年间。紫式部在丈夫藤原宣孝之逝后、入宫侍奉彰子之前,带着女儿孀居期间开始构思创作。据《紫式部日记》,1008年有一个被认为是《源氏物语》的册子作成,人们推断此时《源氏物语》已经完成一定的部分。像《源氏物语》这样篇幅巨大的小说的创作必然是经历了长期的酝酿、构思和写作的过程。紫式部写作《源氏物语》并非一蹴而就,而是一卷一卷写成后,陆续公之于世。《源氏物语》最初是在中上层宫廷贵族女眷中广为阅读和传播,到平安末期也成为贵族男性爱不释手、争相传阅的物语作品,并且陆续出现众多相关的绘卷、注释书、戏剧等派生作品。平安时代的《源氏物语》多以相互转抄形式传播,文本的可靠性存疑,值得信赖的《源氏物语》最早版本可以追溯到镰仓时代的"青表纸本"和"河内本"。"青表纸本"是镰仓初期的歌人兼学者藤原定家整理编订的文本,因定家作成写本的封皮为青色得名;"河内本"是源光行、源亲行父子整理编定的文本,因其父子先后担任过河内守得名。他们校勘的方针并不相同,文本也存在很多差异,两个版本系统在不同的历史时期都有流行,现在所见的《源氏物语》各本多以这两个系统的版本为底本,多方参照整理而成。由于《源氏物语》以古代日语写成,语汇丰富、内容复杂,对于一般日本读者

---

① [日]紫式部:《源氏物语》(第二部),林文月译,译林出版社2011年版,第202页。以下引文若未说明则均出自该版本,只标明卷册和页码,不再逐一详注。

来说阅读原文仍然非常困难，因此20世纪以来有许多作家将其翻译成现代日语语体，其中尤其以著名作家与谢野晶子和谷崎润一郎译《源氏物语》最为有名。

《源氏物语》不仅受到日本读者的喜爱，而且在世界各地均受到极大关注，陆续被翻译成英语、法语、西班牙语、意大利语、德语、汉语等二十多种语言。在我国，《源氏物语》出现了丰子恺、林文月、殷志俊、梁春、夏元清、姚继中、郑民钦、康景成、王烜、叶渭渠、唐月梅等人翻译的译本。其中，丰子恺先生最早于20个世纪60年代完成翻译工作，几经周折，终于在1980年至1983年由人民文学出版社陆续出版，之后多次重印，是中国大陆流传最广、接受度最高的中译本，不断为广大读者和研究者援引。林文月的译本20世纪70年代初在台湾大学外文系刊物《中外文学》连载出版，近年来被引进到大陆出版。丰子恺和林文月译本各有特色，是目前评价较高的两个中译本。

（二）作品梗概

《源氏物语》共有54帖，一般按内容可分成三个部分：第一部分，第1帖至第33帖，讲源氏的青年和中年时代，蒸蒸日上；第二部分，第34帖至第41帖，讲源氏四十岁后的生活，逐渐衰落，最后郁郁而终；第三部分，第42帖至第54帖，是源氏的儿子薰君与几个女子的生活记录。

前两个部分的故事以源氏为中心展开。故事开始于桐壶帝在位之时，有一位出身卑微的桐壶更衣，独得宠爱。但桐壶更衣诞下一位皇子后不足三年，便抱恨而逝。桐壶帝伤心难过，对更衣生下的皇子宠爱备至。这个皇子自幼聪明颖悟，绝世无双，光彩照人，所以被人称作"光华公子""光君"。但桐壶帝考虑到他是出身卑微的更衣所生，又无强大外戚作后援，很难在宫中立足，便将其降为臣籍，赐姓源氏，也就是故事的主人公源氏（或称光源氏、源氏之君）。源氏在贵族的生活方式和教育中长大成人。在举行成人冠礼后，桐壶帝安排源氏与左大臣之女葵姬结婚。但葵姬性情冷漠，源氏并不喜欢她，而是逐渐爱恋上桐壶帝续娶的妃子、自己的继母藤壶，后来发展到私通的关系。最后藤壶生下一子，即后来的冷泉帝。源氏成人以后在朝廷为官的同时，不断在外猎艳寻芳，构成了《源氏物语》一条重要的故事线。17岁时，光源氏发现伊予介的后妻空蝉体态端严，容貌动人，心生感动，向其求爱，但空蝉坚决不从。与此同时，源氏还向已故皇太子的妃子六条御息所、源氏好友头中将的情人夕颜、五十六七岁的老宫女源内侍、丽景殿女御的妹妹花散里、相貌丑陋的末摘花等人求爱。有一次，源氏在一所寺院里发现了一个肖似藤壶的女孩，名叫紫姬，心生爱怜，把她接回家里据为己有，悉心培养成一个高贵优雅的女性。源氏正妻葵姬生下源氏儿子夕雾时，六条御息所因嫉妒化为怨灵害死了葵姬。葵姬死后，源氏将紫姬立为正妻。

后来桐壶帝驾崩，让位于源氏政敌弘徽殿女御的儿子朱雀帝。弘徽殿女御得知源氏与自己要入宫作内侍的妹妹胧月夜有染，便借此机会打击源氏，迫使源氏远离京都到边远的须磨隐居。在须磨，源氏与明石国守的女儿明石姬结合，诞下一女儿，后来被选入宫成为明石女御。源氏离开京都之后，京都宫中不断发生不祥之兆，朱雀帝病重，朝政混乱，于是朱雀帝把源氏召回京师。之后不久，朱雀帝让位于冷泉帝，冷泉帝就是源氏与藤壶女御所生的儿子。源氏自此官场顺遂，飞黄腾达，升任内大臣，最后官至太政大臣。冷泉帝后来得知自己真实身世，甚至一度想把天皇之位让于源氏，源氏执意推辞。源氏在六条院旧址营建了豪华的宅邸，将昔日的恋人都接到这里居住，共享荣华。源氏登上人生巅峰。

源氏40岁时，受朱雀帝所托娶三公主为妻，但两人并不亲密。之前对三公主求婚未成的头中将儿子柏木利用探视机会，与三公主相会私通。不久三公主怀孕并且生下一个儿子，即薰君。源氏闻知此事，念及平生艳事，将其视为所犯可怕罪孽的"报应"。源氏心情复杂，但薰君生来可爱至极，源氏真心怜爱薰君，把他当作亲生子看待；三公主因私通痛不欲生，最后出家为尼；柏木惧悔交加，病势加重，郁郁而终。后来，源氏最钟爱的紫姬心力交瘁，生病而逝。源氏悲恸不已，心灰意懒，但觉世事无常，终日诵经念佛，对于生平种种风流艳事后悔莫及。小说第41帖《云隐》有标题而无正文，一般认为暗示源氏之死。

《源氏物语》第三部分主要以薰君为主人公，其中最后十帖主要发生在京都南边的宇治，因此也被称为"宇治十帖"，主要人物除薰君外，还有明石女御的儿子匂皇子、宇治八亲王的三个女儿——大女公子、二女公子、私生女浮舟。话说宇治八亲王是桐壶帝的第八皇子，隐居宇治，临终时把大女公子和二女公子托付给薰君。薰君恋慕大女公子，但大女公子决意独身，拒绝了薰君求爱，后来抑郁而终，而二女公子则被匂皇子夺走。薰君寻找到被八皇子抛弃的私生女浮舟，把她接到宇治山庄。好色的匂皇子得知后，心生不轨，深夜假扮薰君的声音潜入浮舟闺房占有了她。浮舟夹在薰君和匂皇子之间，进退维谷，痛苦不已，于是投水自杀，但被横川的僧都所救。浮舟厌世之心日重，最终落发为尼。薰君得知浮舟自杀未遂，前去探望，但浮舟心意已决，只字未复。《源氏物语》至此结束。

（三）作品分析

《源氏物语》真实反映了日本平安时代的贵族生活和精神世界，对后世的日本文化产生了深远的影响，是日本古典文学的杰作。下面就两点进行分析。

1. 源氏的形象与"好色"观

《源氏物语》之所以千年之后仍然为世界各国读者喜爱，人物形象的成功塑造是一个重要方面。据统计，《源氏物语》中共有497人出场，其中主要人物有59人。①与源氏交往的"群芳"大多个性鲜明、血肉丰满、熠熠生辉，给人留下深刻印象。藤壶冷静贤明，紫姬品貌端丽，葵姬高傲幼稚，空蝉刚毅不屈，胧月夜轻佻随和，六条御息所嫉妒成性，明石姬清秀娴静，末摘花滑稽古板等。

源氏形象鲜明生动，却有许多令人费解之处。《源氏物语》的主干情节是源氏与诸多女性的交往史，而且源氏的猎艳往往违背正常的伦理道德规范。比如，源氏与自己的继母藤壶女御私通，并且诞下一子；蓄养幼女紫姬，长大后又娶为正妻；还与宫中年近60岁的女官通奸；等等。源氏的种种行为常常引起中国读者的不解和误会，但紫式部对源氏的态度并非完全是否定的。源氏是一个正面人物，紫式部对源氏基本持肯定和赞美的态度。例如第7帖《红叶贺》将源氏描绘得美妙绝伦："在多彩的叶色之下，光源氏明艳的《青海波》突然舞出，那光景简直美得惊人。插头之红叶已呈散乱，被他那张艳丽的脸夺去了光彩，看来不甚相称，所以左大臣替他换插了御前的菊花。日暮时分有微雨，像是老天爷都深受感动似的。源氏之君曼妙的舞姿衬以各色菊花的变化，今日他刻意用心舞蹈，如换场时之入舞，更是风情万种，令观者看得禁不住打寒噤，几不能相信是人间之舞哩。"（第一部，第146—147页）这段优美的文字从正面和侧面刻画了源氏在御前舞蹈的情形，源氏几乎变成了十全十美理想化的主人公，源氏的美颜在秋日红叶美景的映衬下光彩照人，他的舞姿之美连没有文化的下人们都"无不感动而落泪"。又比如源氏的乱伦行为。源氏在冷泉帝时期政治生涯达到巅峰，而冷泉帝正是源氏和藤壶的私生子。当冷泉帝得知自己的身世之后，曾一度想让位于源氏；源氏坚决拒绝，但欣然接受一人之下万人之上的太政大臣职位。由此可见，源氏的政治地位恰恰是其乱伦得到的结果。紫式部在描写源氏的时候，并没有因

---

① 姚继中：《〈源氏物语〉与中国传统文化》，中央编译出版社2004年版，第169页。

为源氏的背德行为而否定源氏。相反，紫式部笔下的源氏出身高贵、形貌昳丽、才华横溢、仁慈和善，而且紫式部还对源氏的猎艳行为予以辩护：

> 光源氏，这三个字已经变成响当当家喻户晓了。固然他有不少受人指责的瑕疵，再加上种种的绯闻，虽然本人极力想要隐秘起来，以免传说出去，被后世的人当作笑柄。但是，却连一丁点儿秘密都保留不住，反而像这样子被人们谈论着，可见世间人士是多么好管闲事了。
>
> 事实上，为着身份关系，他也还相当自重谨慎的，并没有什么过分香艳的故事。假如被物语中的那位好色之徒交野少将知道了，这岂不是要笑掉他大牙吗？
>
> ……不过，说实在的，他倒不是那种喜欢随兴拈花惹草一类型的男人，却偶尔会明知不可能的对象死心塌地付出感情，因而弄得自己无法脱身，也教人看着不能谅解。
>
> （第一部，第21页）

紫式部明言源氏的种种行为并非"香艳的故事"，他也不是"拈花惹草"的男人，源氏虽然与女性交往频繁，但他对这些女性都"死心塌地付出感情"，以至深陷其中，不能自拔。试想一个浮薄轻佻玩弄女性的男性又怎会使自己陷入绵绵不绝的哀伤情绪之中呢。何况源氏对与其交往过的女性都负责到底，自己官职复归之后就着手把这些女子接到六条院共享荣华，即使源氏已经意兴阑珊、相貌丑陋的末摘花也不例外。《源氏物语》中多次出现"好色"（"色好み"）一词，丰子恺先生也将上文"种种的绯闻"处另译为"好色行为"[①]，但从具体用例来看，紫式部并没有对源氏的好色行为持否定的价值判断。

"好色"一词源自中国古代文学，但中国文学多对"好色"持否定态度。"好色"与"好德"时常被对立起来，否定"好色"成为主流价值观念。而到日本古代文化语境中，"好色"逐渐转向正面，好色行为演变成理想人物形象的重要维度，甚至出现了一系列的好色文学。对"好色"的理解也不尽相同。"日文中的'色好み'既包括了中国文学中的好色意义，又有所发展。'色好み'不只是指肉欲，同时也指男女之间心灵与情感的深层交流，指男子具有能够吸引女

---

① ［日］紫式部：《源氏物语》（上），丰子恺译，人民文学出版社2008年版，第17页。

人的风度气貌和才华。"①因此，紫式部不仅没有因为好色而把源氏当成负面角色，反而把他塑造成完美的理想男性，赞美之词随处可见。

某种程度上，《源氏物语》写实地再现平安时代女性的悲惨命运，紫式部客观呈现出当时男性占主导地位的贵族生活圈中女性被追逐、玩弄的奢靡生活。这些女性大多遭受到悲剧性的命运，即便被当作淑女典范的紫姬也时时忍受着难于堪忍的痛苦。古代物语中风流好色的男主角都会找一个固定的女性安顿下来，而面对源氏的猎艳行为，紫姬只能夜深独自感叹"自身竟到如今都像浮萍似的飘荡不定"（第三部，第96页）。这些写实描写与紫式部对待源氏好色行为的态度形成尖锐冲突，可以说，紫式部是从男权为中心的视点刻画源氏和众多女性之间关系的。由此也可以窥见紫式部思想上的时代局限性。

因此，要理解源氏的完美形象，理解"好色"在《源氏物语》中如何成为一种正面价值，就不得不回到故事发生的平安时代，从当时的语境出发探讨源氏形象的生成。平安时代的历史背景和婚姻制度是重要的考虑因素。

紫式部创作《源氏物语》的时代正是日本平安时代藤原道长执政下贵族社会的全盛时期。当时天皇大多年幼即位，没有实权，权力控制在藤原氏一族，天皇幼时藤原氏出任摄政，待天皇成年亲政后，再担任"关白"辅佐天皇。藤原道长把持朝政三十年，为了控制皇权，先后把自己的三个女儿送入皇宫，长女彰子嫁给一条天皇，次女妍子嫁给三条天皇，威子嫁给后一条天皇。这种背景下，贵族的女性完全沦为争权夺利的工具。紫式部在宫中侍奉的正是藤原道长长女彰子。描写平安贵族生活的《源氏物语》中的男女关系不可避免带上当时历史语境中的烙印。比如，朱雀帝强行将三公主下嫁给源氏，二人并无感情基础，婚后关系不睦，都成了这桩婚姻的受害者。又如明石姬的父亲誓要将女儿嫁与达官贵人，连播磨国守的儿子都予以拒绝，最后攀上源氏。源氏将自己与明石姬所生的女儿，接到京都，由紫姬悉心抚养，成年后也是送入宫中，成为明石中宫。在这些婚姻中都看不到女性自己的意志，完全由男性主导，而在当时的环境下爱情并非受到认可的价值和思想，这些行为被当成理所当然的事情。

平安时代的访婚制也是《源氏物语》男女关系展开的基础。所谓的访婚制指男女结婚以后并不同居，而是女方仍然居住在母家，婚姻生活则是男方到女方

---

① 张哲俊：《〈源氏物语〉与中日好色观的价值转换》，《北京师范大学学报（社会科学版）》2007年第6期，第26页。

家造访来实现，或短期居住，或暮合晨离。访婚制确立的婚姻关系比较松散，男性有更多的空间，女性却被笼闭在家中，受到男性的支配和独占。源氏与葵姬结婚以后，自己居住在宫中，葵姬则仍然居住在父亲左大臣的宅邸，源氏"往往接连四五天都住在宫中，间歇地才回大臣邸住上两三天"（第一部，第15页）。访婚制下，男性可以不受约束地在外"东钻西营、拈花惹草"，在正式婚姻之外与若干女子保持着密切关系。女性则受到贞操观念的影响居于深闺之中，饱尝丈夫渔色之苦。夕雾对自己的夫人说："你看这世间还有像我这样的男人吗？地位已爬得相当高了，却目不斜视，守一如终，像只胆小的雄鹰似的，世人不知怎样在背后讥笑我哩。给这么一个乖僻的男人守着，你自己也不见得有多光彩吧。妇道人家呀，还是要在众多美丽的妻妾之中显得出类拔萃，被人家另眼相待，别人才会觉得她含蓄有致，而她自己也才能始终保持年轻的心境，时时感受世间的情趣啦，哀感什么的。我不过是像古老小说中那终身小心护守一个女人的某翁似的，真是遗憾极了。"（第三部，第187页）平安时代的女性不仅婚前没有自主婚姻的权利，婚后也要忍受一夫多妻制带来的苦痛。在夕雾看来，男性护守一个女性反倒没有情趣、没有美感，在当时环境下是受到其他人嘲笑的行为。

"物哀"的审美理想也是理解《源氏物语》"好色"的关键词之一。江户时代的日本"国学"家本居宣长指出，《源氏物语》的主题就是"物哀"（ものあわれ），而不是劝善惩恶的道德劝诫。本居宣长说："每当有所见所闻，心即有所动。看到、听到那些稀罕的事物、奇怪的事物、有趣的事物、可怕的事物、悲痛的事物、可哀的事物，不只是心有所动，还想与别人交流与共享。或者说出来，或者写出来，都是同样的道理。对所见所闻，感慨之，悲叹之，就是心有所动。而心有所动，就是'知物哀'。"① "物哀"突出的是《源氏物语》重视感受性、抒情性，排斥教谕性、道德性，与之相对的是中国儒家文学道德说教的一面。本居宣长认为人情之中最使人刻骨铭心的就是男女恋情，"最能体现人情的，莫过于'好色'。因而'好色'者最感人心，也最知'物哀'"②。虽然源氏的诸多恋情违背伦理道德，但只要是出于真情，发乎本心，都是"知物哀"的表现。《源氏物语》的思想背景是佛教的，而不是儒教的。从佛教来看，源氏的无常恋情是无常世界本质的一部分，源氏也是在宿命面前微不足道、有限的存

---

① ［日］本居宣长：《日本物哀》，王向远译，吉林出版集团2010年版，第31—32页。
② 同上书，第73页。

在。"物哀"如同出淤泥而不染的莲花,人们关注的重点是莲花之美,而不是淤泥之丑;《源氏物语》表现的重点是源氏的"物哀",而不是他的风流成性、离经叛道。物语放弃善恶的判断,只追求物哀。所以,紫式部塑造源氏的形象不在于劝诫"好色",而在于借"好色"来表现"物哀"。

可见,源氏的"好色"行为有其独特的历史背景和文化传统,紫式部的刻画描写很难超越当时的历史局限,而且她本身也是平安时代婚姻关系的牺牲品。这种现实情况下,基于今天的眼光对源氏的形象进行过度的道德意识判断并不符合实际。

2.《源氏物语》与白居易的文学关系

紫式部熟悉中国文学,《源氏物语》也是在中国文学的影响下产生的。《源氏物语》研究者发现作品大量引用《白氏文集》《史记》《汉书》《文选》《礼记》等中国古籍的典故、史实,而且紫式部对中国文学的接受不限于直接摘引,还能融合到故事情节的发展中,不露痕迹地化用,达到水中着盐的艺术效果。这其中,紫式部引用中国唐代诗人白居易的诗句最多。

白居易是平安时代贵族文人最喜欢的中国诗人,当时在日本的地位远远高于杜甫和李白,崇"白"之风一直延续到日本中世。当时诗文中提到"文集",就是指白居易的文集。据《白氏长庆集后序》,在白居易生前白诗已经传入日本新罗诸国,平安中期崇白尊白已蔚然成风。《千载佳句》是平安中期日本人编选的汉诗秀句集,成书于963年左右,比紫式部生活年代略早。该书共选唐诗1083联,其中选白居易诗多达507联,接近一半,元稹次之,65联,而杜甫仅有6联,李白3联。紫式部熟读白居易诗文,熟稔《白氏文集》。《紫式部日记》有一段记载:"皇妃却叫我在她跟前这一段那一段地选读《白氏文集》,她很想了解这些诗的含意。但她不肯让人知道。从前年夏天起,乘侍奉的人不在跟前时,我就半生不熟地给她读了两卷《乐府》。此事皇妃虽叫保密,却终于让主公和夫人知道了。主公并叫擅长书法的人给抄写这些典籍。"[①]紫式部宫中担任女官侍奉中宫彰子时,讲解白诗是主要职责之一。这既说明阅读白诗是平安贵族修养的重要组成部分,理解白诗的内涵是贵族有文化涵养的表现,同时也说明紫式部专长于《白氏文集》才有资格有能力给彰子皇妃讲解,体现了紫式部对白居易的喜爱和

---

① 转引自[日]丸山清子:《源氏物语与白氏文集》,申非译,国际文化出版公司1985年版,第32页。

熟悉程度。紫式部及平安贵族的崇"白"之风还"席卷"《源氏物语》内部虚构的世界。源氏公子贬谪须磨收拾行装："至于将来隐居处的日用物品则尽量减少到最低程度，且以朴质为旨。除此之外，则只有装置各种书籍，例如《白氏文集》等的箱子，以及琴一具而已。"（第一部，第251页）源氏行囊务求简单，然"必要的汉文书籍"（丰子恺译文）却是必备之物，而《白氏文集》正是源氏时时常读的案头之书。可见，无论《源氏物语》的创作者，还是故事人物都经常引用白诗。

根据日本学者古泽未知男的研究，《源氏物语》中引用《白氏文集》97处，引自白居易的47篇诗文；而丸山清子认为有106处引自《白氏文集》的47篇诗文。虽然二者存在甄别考证的差异，但无碍白诗是《源氏物语》引用中国典籍最多的出处。而且，紫式部的引用既包括一部分直接借鉴，还包括化用白诗表露情感、渲染气氛、营造意境等，形式多样，意蕴深厚。丸山清子认为："物语作者吸取运用白氏诗文时，所用手法从明白显著的摘词引句，到不易察觉的出隐入微，有着浓淡不一的表现。……对于中国诗的讽喻性、思想性，第一个真正吸收融化的就是《源氏物语》作者。……《源氏物语》在摘引某一诗句时，必置于原诗相同的气氛之下，使之不失有机的联系。"[①]比如，第47帖《总角》："中纳言之君终日沉思，谈说世事乏味之际，十二月的月光普射，遂令人卷帘眺望。这时，对岸的寺钟'今日又空暮'然微响，他'欹枕听'而吟咏道。"（第四部，第63页）此句暗引白居易《香炉峰下新卜山居草堂初成偶题东壁》诗"遗爱寺钟欹枕听，香炉峰雪拨帘看"。同样是拨帘看雪，同样是倚枕听钟，但《源氏物语》原文并未加引号直接引用，而是巧妙地化用白诗描绘的情景，移花接木，为我所用。二者又有些微差异，白诗表达了结庐闲居的悠然心境，而紫式部则以此情景表现薰君追忆逝去恋人大女公子的感伤愁绪。

白诗中影响源氏物语最深的首推《长恨歌》，特别是第1帖《桐壶》，紫式部以唐玄宗对杨贵妃生前的溺爱、死后的怀念用于桐壶帝与更衣的关系。开卷就提道："不知是哪一朝帝王的时代，在后宫众多女御和更衣之中，有一位身份并不十分高贵，却格外得宠的人……许多人对这件事渐渐忧虑起来，有人甚至于杞人忧天地拿唐朝变乱的不吉利的事实来相比，又举出唐玄宗因迷恋杨贵妃，险些儿亡国的例子来议论着。"（第一部，第3页）首段描述的内容无疑和《长恨

---

① ［日］丸山清子：《源氏物语与白氏文集》，申非译，国际文化出版公司1985年版，第107—108页。

歌》第一部分所言重色轻国的帝王后宫专宠一人的情形相似，而且宫中的议论和谏言无疑也是建立在《长恨歌》荒淫误国的讽喻意识之上。桐壶更衣逝后，桐壶帝沉浸于思念更衣的愁绪中："早晨又因为想到伊势所咏的'玉帘深垂兮春宵短'那首歌，真是无限怀念有更衣陪伴的甜蜜往日，竟而迟迟不能起床，以致怠慢了朝政。"（第一部，第10页）《长恨歌》"春宵苦短日高起，从此君王不早朝"说的是玄宗与贵妃笙歌纵酒、沉迷享乐而耽误早朝的事件，紫式部没有直接照搬，而是桐壶帝沉浸在与更衣甜蜜往昔的回忆中而怠慢了朝政。紫式部接受《长恨歌》故事的途径多样，除了白居易诗歌和陈鸿《长恨歌传》外，《源氏物语》之前已有不少以此为主题创作的和歌也成为紫式部接受长恨歌故事的间接媒介。此处"伊势所咏的'玉帘深垂兮春宵短'那首歌"就是指平安时代女歌人伊势的一首和歌《诵亭子院长恨歌屏风》，出自《伊势集》第55首"珠帘锦帐不觉晓，长恨绵绵谁梦知"[①]。天皇令人把李杨故事绘成画册和屏风，并请文人题写和歌和汉诗，这在当时宫中非常流行，《源氏物语》内外形成了推崇《长恨歌》的文化艺术氛围。桐壶帝看着《长恨歌》画册，"图画里的杨贵妃容貌，即使是再优秀的画师恐怕也终究笔力有限，表现不出那种栩栩如生的情态来。据说她有'太液芙蓉未央柳'的姿色，谅那种唐风的装扮定必华丽绝俗；但是，想起更衣生前那种温婉柔顺而楚楚动人的模样儿，又岂是任何花色鸟音所能比拟的呢？'在天愿作比翼鸟，在地愿为连理枝'那种朝朝暮暮的誓约仿佛还萦绕耳际，而今却已人天相隔，命运如此不可把握，怎不教人长恨啊！"（第一部，第10页）紫式部描写更进一步，画师画不出贵妃的美貌容颜，因为桐壶帝把更衣视作贵妃，在他心目中更衣殊胜绝俗，任何一种再现都达不到更衣生前的完美形象。李、杨与桐壶帝、桐壶更衣的爱情故事构成了古、今对应的两条线，将《长恨歌》的气氛更加浓厚地渗透到物语中，突出了桐壶帝对更衣的痴恋和追怀，增强了爱情主题的渲染，提高了物语的文化深度和抒情性，有利于形象的塑造和故事情节的推进。

《长恨歌》李、杨的爱情故事以"长恨"作结，《源氏物语》中的男女恋情也往往是悲剧性的，恋情的基调更是哀伤惆怅的。主人公光源氏虽然追求众多的贵族女性，但与继母藤壶恋慕不得，求爱空蝉遭拒绝，夕颜去世，连深爱的紫姬

[①] 翻译出自《源氏物语》（上），丰子恺译，人民文学出版社2008年版，第10页。原文：玉簾明くるも知らで寝しものを夢にも見じと思ひけるかな。

也深受爱情之苦遽尔病逝。源氏之子薰君同样如此，深爱大女公子而不可得，与浮舟反复纠葛，浮舟最后遁入空门，拒不见薰君。《源氏物语》世界中的人物内心世界都存在一股孤独、焦虑、哀伤的潜流，这种诗化的悲剧性恋情基调无疑与《长恨歌》有异曲同工之妙。这种基调在第1帖《桐壶》已经奠定，并且贯穿全书始终。但是，紫式部在借鉴《长恨歌》的同时，也循着日本的美学趣味做出了一些调适和转换。日本古典文学自来有脱政治性的一面，异于中国古代诗人，感时忧国不是日本文学关注的重点。白居易作《长恨歌》"意者不但感其事，亦欲惩尤物、窒乱阶，垂于未来也"，而紫式部在接受李杨爱情故事的过程中，舍弃了讽喻性、劝诫性的一面，集中到爱情事件本身，展示了桐壶帝与更衣、源氏与藤壶等诸女性、薰君与浮舟等悲剧性恋情的多重画面。

（四）精彩片段欣赏

● **译文选自**

[日] 紫式部：《源氏物语》，林文月译，译林出版社2011年版。

1. 源氏之君在须磨

如今须磨地方已吹起"撩人愁绪"的秋风。光源氏的居所虽然离海岸稍远，可是诚如平中纳言所咏，"越过渡山"的海涛鸣响，入夜之后尤觉刺耳。这荒海僻壤之秋，别有一番诱人感伤的情调。左右侍候的仆人本来就不多，这时刻大家已都入睡了吧。光源氏独醒难眠。他倚枕聆听四方的风响，觉得海浪袭近身边似的，眼泪也不知何时下落，枕头尽湿，若要浮起然。揽琴轻抚，自觉音声悲切，故而弃琴咏歌：

恋京城兮泪下流，
　涛声缘何似呜咽，
　　悲风岂发兮故乡秋。

美妙的吟咏惊醒了众侍，教人既感动且伤怀，于是，大家纷纷起床来抹泪擤涕。源氏之君见此情景，内心甚是过意不去。不知大家心底如何想法呢？为了身为主人的我一个人，大伙儿都得忍痛别亲离爱，追随自己到此穷乡僻壤来受苦啊。如此一想，悲悯之情油然而生，觉得自己不该再这样消沉下去，以增加别人的负荷。遂勉强振作起来，昼间故意谈笑戏谑以助忘忧，有时为着消磨时光打发无聊，命众人粘贴各种色纸，于其上书写汉诗和歌等。又在珍异的唐绢上随意涂画，令人做成屏风。倒是看来十分出色。从前居住城里时，有关山水风光，只是听人描述，自己在心中想象其状而已；如今就近亲睹景色，方知海边风物百闻不如一见，画笔下的美景遂逐一展现了。"恨不能召请名画师如千枝、常则之辈来着彩哩！"人人都在惋惜。源氏之君和蔼可亲的态度终于使众侍忘却忧愁，而都以能近侍左右为荣，他身边总是有四五个人追随着。

庭前种植的花儿正开放得五色缤纷。夕阳西下时分的海景饶富诗情画意。光源氏伫立在望得见海滨的走廊上，他那稀世的美妙姿容在这种背景的衬托下显得超凡绝俗了。上身着白色柔软的丝衣，下身则穿淡紫色的裤绔，外面随便地罩着一袭褂子。他穿着这一身便装，态度从容地自诵"释迦牟尼佛弟子"，音声优美，令人感动。眺望远方，海上正有舟子讴歌摇桨的船只。船影渐行渐远，有如漂浮水平线上的点点岛屿，极诱人感伤，适又见雁群列队飞过，那啼叫声伴着模糊的欸乃楫声，终于使他禁不住泪水夺眶而出，遂悄悄用手弹拂泪珠，姿势十分优雅。那白皙的肤色映着黑檀木的念珠，委实堪称一绝，予人无限情致与美感。此情此景，使亲眼拜见的侍从们大有忘忧消愁之感，一时连家乡的伴侣情人都给遗忘了呢。

  初雁过兮遗悲鸣，
   行行列列展旅翼，
    禽鸟岂解兮恋人情？

源氏之君咏成一首和歌。接着随从们也纷纷相和。

  ……

月已上升，光华皎洁，始知今宵为十五夜。回想往时，每逢这种时候，宫里总有游宴娱乐，更教人怀念京城；谅京城方面各处此刻必也有一些人同望此月吧？于是，他禁不住更用心仰望那月亮，不觉地低吟："二千里外故人心。"左右近侍闻之，无不泪潸潸而下。源氏之君自己则追忆皈道之宫咏歌"云雾阻隔遂朦胧"的夜晚，往事种种似又在眼前，一时思恋之情难禁，竟举声而泣涕。"夜已深了。"侍从们在背后轻呼，可是他仍未肯进入室内。

> 路迢迢兮京城远,
> 　　相思难偿情依依,
> 　　　　聊望此月兮暂缱绻。

　　那夜,与皇上促膝恳谈之事也浮现脑际来。记得当时长兄的脸庞像极了亡去的父亲。这又是教人十分怀念的,遂低吟着"恩赐御衣今在此"进入室中。那一袭恩赐之御衣真的时刻不离身边,放在近侧呢。

(第一部,第262—264页)

　　此段选自《源氏物语》第12帖《须磨》,讲述了源氏告别京都、远赴须磨生活的经历。须磨今在兵库县神户市附近,濒临濑户内海,而在平安时代远离京师,路途遥远,是远戍贬谪之地。源氏公子来到此地正是秋风萧瑟之时,不免对景伤情,怀念故人,忧叹己身。这段文字历来受到评论家激赏。首先,情景交融。源氏公子的情感与须磨的秋日风景融为一体。日本古典文学对季节的变化异常敏感,秋风、秋月、秋雁无不触动源氏悲秋的情愫。沉浸在阴柔忧愁情感中的源氏面对此番萧瑟秋景屡次潸然泪下,沾湿衣袖,须磨的秋景已经不仅是自然之风景,更是源氏公子感伤情感的外化和象征。其次,源氏形象的塑造。紫式部唯美的笔触正面刻画了贬谪中的源氏公子的心理活动。源氏虽然身处艰难环境中,但是仍然保持着高雅的文艺追求,作歌作画,以潇洒的诗人之心对待身份的转变。他没有自怨自艾,相反时时体贴关怀身边一同患难的友人,展示出源氏有情有义的一面。中秋之夜,对月怀友,更将源氏多愁善感、细腻柔婉的心绪呈现出来。

2. 源氏之君与紫夫人雪夜闲谈

　　雨雪霏霏。积雪之上更继续地下个不停。黄昏时分,松与竹都判然可辨。源氏之君的姿容也显得更为清晰美丽。"四季风情之中,比起那人人都懂得欣赏的春秋花叶之盛来,倒是这种冷月映雪的冬天夜空,看似空无一色,其实更能感动人心。望着它,就像可以想见现世以外的事情,情趣和感伤遂亦徒增。从前的人真傻,竟以为这是乏味的呢。"源氏之君令人卷帘外眺。月华普照,庭中雪白一色,草花冻萎,姿色可怜。泉水凝滞不流,地面的薄冰更予人荒凉之感。遂令童侍下去戏雪。女娃们可爱的身影以及发型,在月光下清晰浮现。有些身材较高大,较为成熟的女童,随便地穿着彩色缤纷的重重里衣，裙裤的带子系得挺孩子气的，那一身仕官的装扮，看来竟也饶有一番情趣，而摇曳在她们背后的长发，在月华之下，看来更乌黑有致。那些年纪较小者，一心玩耍，蹦蹦跳跳，扇子掉落都不知觉，脸蛋儿真可爱。有的在滚雪球，贪心想滚得更大些，终于无法再移动，正站在那儿发愁。另外一些人则在东廊上观看热闹，替孩子们着急。"不知是哪一年的事情了……当时在中宫（指藤壶——引者）御前堆雪山；其实，也只是寻常游戏罢了；却是挺费心血呢！唉，真个是睹物思人，无时不教人遗憾哪。她总是那么矜持，所以也无由就近拜见玉颜，可是，在宫中那一段时间，她倒是十分信赖我的。而我这方面也仰靠着她，每逢有什么要紧事情，总是请她拿主意；她为人绝不卖弄才智，实则凡事都能思考周全，妥为安排。像她那样子的人，这世上哪里再去找寻第二位呢？温柔内向又伶俐聪慧，实在是无人及得上他啊。只有你与她因存有紫色深缘，所以颇有些相像之处；你呀，就是有些儿爱使性子，个性倔强一点，这是美中不足之处。……"源氏之君滔滔不绝地谈。……在闲话今昔之间，夜已深了。月色愈澄，把这夜晚衬托得更有情致。

　　冰封泉兮似凝脂，
　　　岩间留滞若明镜，
　　　　唯见月影兮西向移。

夫人即景咏成一首和歌。那微侧着头眺望外边的姿态，实在美得出奇。头发啦，脸庞啦，仿佛似那位衷心恋慕的人儿（指藤壶——引者）幻影，委实端丽。这样看来，源氏之君一时彷徨的心，大概还是会回到紫夫人这儿来吧。忽闻鸳鸯鸣啼。源氏之君遂咏道：

　　雨雪夜兮愁绪生，
　　　旧情难忘强自抑，
　　　　鸳鸯啼声兮复添情。

退入寝室之内，仍难忘怀藤壶。迷迷糊糊似睡似醒之际，竟不知是梦是真，看见藤壶之宫的身影。她似乎深深埋怨地说："你发誓过绝不泄露秘密的，如今竟害我没法子隐藏浮名，死后犹觉羞愧。我恨你啊！"源氏之君想要回答，却觉得有什么东西压在胸口，呼吸都困难。"哎呀，到底是怎么回事啊！"

人一声惊叫，把他从噩梦里唤醒来。可是，衷心无限依恋，难禁胸中骚扰激动，正努力要抑制，却发觉眼泪都流下来了。于是，他忍无可忍，索性一任泪水自流。夫人在一旁看着，不明就里。源氏之君则一动不动地静卧着。

   有所思兮遂不眠，
    寂寞冬夜何其短，
     梦也难成兮泪涟涟。

梦中所见，使他挥不去心头悲伤，遂早早起床。也不说明原因，便令人在各寺院中举行诵经之会。"害得我好苦哇！"那梦中的幻影这样埋怨，恐怕她是真的打心底怀恨自己了。她生前勤修佛事，似乎也减轻了罪障的样子，实则为了一项秘密，无法洗清现世的污秽，而未得成佛的吧？光源氏深思之下，更觉悲苦。自己甘愿备尝众苦，恨不能探寻漂泊之亡魂于无人知晓的冥界，请为其代罪。假如现在为了藤壶之宫而特别举行法会什么的，怕世人定会讶异，皇上也会起疑念，而察知那件隐秘，这样仔细思虑的结果，只得在自己心中默默念诵阿弥陀佛了。但愿来世共生于同一莲华之上。

   难忘怀兮总依恋，
    魂为徘徊奈何津，
     倘寻冥界兮恐难见。

这等思念，何其悲苦啊！

（第二部，第103—106页）

  此段选自《源氏物语》第20帖《槿》，讲述了雪夜源氏与紫姬的对谈。冬夜雪庭，月光朗照，源氏之君是"知物哀"之人，面对此番情景，心有所动，有感而发。"物哀"与自然美紧密结合在一起，即便是常人觉得乏味的冬天，源氏也能体会到其独有的情趣。雪庭戏雪的片段是开心惬意的场景，活泼的意趣深深打动了源氏。江户时代画家土佐光起还创作了以此为题材的画作。"物哀"不仅有偏"哀"的惆怅婉约的负面情绪，快乐、有趣、可笑的正面情绪也包含在内。古代的人对所见所闻之事心有感动，就可以发出"あわれ"（汉字标记作"哀"）的感叹，所以"物哀"强调的是感动。接下来，"知物哀"的源氏展示了其对男女恋情中的人情的敏锐察觉，源氏与紫姬眺望着雪庭，评点起与自己交往过女性，如藤壶、槿姬、胧月夜。这些女性各有优长，而藤壶新逝不久，悲悼之情萦于心际，源氏最寄予深情，以至夜梦藤壶而惊醒。源氏对这段悖德之恋，心有愧疚，而体会到尘世"悲苦"的意蕴。《源氏物语》"物哀"的思想背景是佛教，而苦为佛教"四谛"之一。由此可约略感受到源氏的"知物哀"形象和"物哀"的美感氛围。

第四讲
莎士比亚《哈姆莱特》

一、莎士比亚

威廉·莎士比亚（William Shakespeare，1564—1616）是英国伟大的戏剧家和诗人，欧洲文艺复兴时期文学最光辉的代表。他的戏剧成就将世界艺术推向一个新高峰，成为经典中的经典。同时代的剧作家本·琼生称他为"时代的灵魂"，认为莎士比亚不属于一个时代，而属于所有的世纪。

莎士比亚的生平资料留存很少。数百年来，即使西方学者作了细致的考证，我们对于他的生命历程、思想性格的了解还相当有限。莎士比亚于1564年4月出生在英国中部沃里克郡埃汶河上的斯特拉福德镇。圣三一教堂的登记簿上只记录着"1564年4月26日——约翰·莎士比亚的第三个孩子威廉·莎士比亚在此受洗"。英国传记作家西德尼·李在他的名作《莎士比亚的一生》中认定，按莎士比亚时代人们的习俗，新生婴儿都是在出生后的第三天去教堂受洗，于是推断他的生日是4月23日。莎士比亚去世的日子也是4月23日，这一天又恰恰是英国民俗中英格兰守护神圣乔治的纪念日（St. George's Day），因此莎士比亚的生辰、忌日与圣乔治日交叠在同一天。莎士比亚少年时在当地文法学校上学，学习了拉丁文和古代史哲、诗歌、逻辑、修辞学等。十三四岁时，家道中落，他辍学帮父亲料理生意，23岁到伦敦闯荡。他最初几年当过杂役，后参加剧团，打杂、跑龙套、当提词人，又编写剧本，从改编到创作，成名之后成为剧院股东，1613年告老还乡。由于莎士比亚举世瞩目的艺术成就，他的家乡斯特拉福德如今已经成为英国最著名的文学朝拜圣地。

莎士比亚的创作生涯历时二十多年，他一共写了38个剧本，154首十四行诗，2部叙事长诗。他的戏剧创作通常被分为三个时期：早期（1590—1600）为历史剧、喜剧时期，主要作品有历史剧《亨利四世》（上、下）、《亨利五世》，喜剧《仲夏夜之梦》《第十二夜》《威尼斯商人》，以及早期悲剧《罗密欧与朱丽叶》《裘力斯·恺撒》等；中期（1601—1607）为悲剧时期，主要作品有《哈姆莱特》《奥赛罗》《李尔王》《麦克白》和《雅典的泰门》；晚期（1608—1613）为传奇剧时期，三部传奇剧包括《辛白林》《冬天的故事》《暴风雨》。

四百年来，莎士比亚的作品在世界各地不断被整理、翻译、上演、评论。据统计，它们所涉及的语种和发行数量仅次于《圣经》。莎士比亚的剧作还被多次搬上银幕，改编成百老汇的轻歌剧，甚至在中国被改编成京剧或地方戏。仅《哈姆莱特》一剧，从1900年法国将它拍成电影开始，在一个多世纪的时间里，美国、英国、意大利、印度、德国、丹麦、苏联、西班牙、中国相继改编拍摄电影共30多部。其中，1948年英国的劳伦斯·奥利弗自导自演的《哈姆莱特》最为经典，赢得了一项英国电影学院奖、两项金球奖、两项威尼斯电影节奖和五项奥斯卡金像奖。我国还将《哈姆莱特》改编成川剧《杀兄夺嫂》、沪剧《窃国盗嫂》，以及京剧和越剧的《王子复仇记》。莎士比亚的经典作品在各个时代以不同的形式不断地被重新演绎着，更被广泛地学习、借鉴和研究。后世的许多作家都对莎士比亚怀有一种高不可及的感叹。歌德就曾经告诫他的追随者：我们还是不要讨论莎士比亚，因为任何讨论都是"不恰当"的，"对他的伟大心灵来说，舞台太窄狭了，甚至……世界也太窄狭了"[1]。T. S. 艾略特也认为："要谈论莎士比亚，也许我们永远也不可能正确。"[2]莎士比亚的作品滋养了一代又一代作家、评论家和文学爱好者，成为西方文学和思想的重要成果和基石。

---

[1] ［德］爱克曼辑录：《歌德谈话录》，朱光潜译，人民文学出版社1978年版，第93页。

[2] Helen Gardner, *Religion and Literature*, Faber and Faber, 1971, pp. 13–14, 69–76.

二、《哈姆莱特》(*Hamlet*)

(一)作品生成过程及中译本

《哈姆莱特》的故事取材于12世纪萨克索·格拉马蒂库斯所著《丹麦史》。弗朗索瓦·德·贝勒福雷在《悲剧故事集》(1570)中重述过这个故事。

《哈姆莱特》有三个版本。"第一四开本"出版于1603年,篇幅较短,只有2200行,多有误记或误读之处,也被称作"盗印版四开本"。1604年出版的"第二四开本"有3800行,以莎士比亚的手写稿为蓝本。第三个版本为1623年的"第一对开本",该版做了大量改动,也有重要的增删。通常认为"第一对开本"中的版本是基于手抄本修订的,更接近莎士比亚在世时剧场上演的《哈姆莱特》。

俄国批评家别林斯基把《哈姆莱特》誉为"前无古人后无来者的全人类所加冕的戏剧诗人之王的灿烂王冠上一颗最辉煌的宝石"。莎士比亚对第一四开本的修改,增加了大段哈姆莱特的独白,使哈姆莱特成了哈姆莱特。出版商雅各布·汤森、诗人亚历山大·蒲柏、剧作家刘易斯·西奥博尔德都对莎士比亚全集的出版和校对做出了贡献。不仅在英国,在世界的许多国家,不断地出版《莎士比亚全集》成了一个产业。单在英语世界,到目前为止,已经有了许多为莎迷所熟知且津津乐道的莎士比亚版本,如"阿登版""河滨版""皇家版""牛津版""企鹅版""环球版""朗曼版""耶鲁版""新阿登版""新剑桥版""新企鹅版"等,许多版本都标注上"权威版本""注释完备"的字样。

中国读者的莎士比亚接受史最早可上溯至19世纪末,那时莎士比亚的名字已传入中国。1902年,梁启超在《饮冰室诗话》中第一次将Shakespeare译成"莎士比亚",从此莎翁有了在中文世界的固定大名,后世一直沿用下来。1921年,莎士比亚作品正式登陆中国,这一年出版了田汉翻译的莎剧《哈孟莱特》。20世纪30年代,朱生豪、梁实秋两位后世公认的著名译者几乎同时开始了莎剧翻译。除朱、梁二位,曹未风、孙大雨、卞之琳、曹禺等译者都在20世纪30年代、40年代翻译过莎士比亚。改革开放以来,方平和辜正坤及其团队用诗体翻译了《莎士比亚全集》,均引起了读者的积极关注。在众多版本中,主人公的译名以"哈姆雷特"和"哈姆莱特"居多,本文因使用朱生豪先生的译本,因此沿用"哈姆莱特"之名。

（二）作品梗概

丹麦国王老哈姆莱特猝死，弟弟克劳狄斯继承了王位。新国王娶嫂子乔特鲁德为王后。王子哈姆莱特从德国威登堡大学赶回奔丧，对父亲的死和母亲的仓促改嫁甚感郁闷悲苦。老王的鬼魂现身并告诉哈姆莱特自己是被弟弟毒杀的，哈姆莱特发誓复仇。为了探明鬼魂所言的真实性，掩饰自己的动机，哈姆莱特开始装疯。御前大臣波洛涅斯的女儿奥菲利娅和哈姆莱特正在交往中，波洛涅斯认为恋爱不遂是导致哈姆莱特发疯的原因。在波洛涅斯和国王的暗中安排和监视下，哈姆莱特与奥菲利娅会面。哈姆莱特粗暴地否定了对奥菲利娅的爱，并说了很多饱含深意的疯言疯语。国王心存疑虑，派哈姆莱特年少时的同学罗森格兰兹和吉尔登斯吞继续试探。此时一个戏班正好到达宫廷，哈姆莱特要求他们上演一出戏，剧情与鬼魂所述情节相似，他希望通过这场戏来迫使国王暴露自己的罪行。哈姆莱特要求霍拉旭同他一起观察叔叔的反应，他的怀疑得到了证实。母亲召唤哈姆莱特，叮嘱他注意自己的言行，不要开罪了国王。哈姆莱特则痛斥了她的变节失贞、草率再婚，并在情绪激动的情境下误杀了藏在帷幕后面偷听的波洛涅斯。国王将计就计把哈姆莱特送去英国，密谋借英王之手将其除掉。波洛涅斯之子雷欧提斯誓报父仇，带着一支队伍杀进王宫，高呼造反，被国王以权宜之计稳住并加以利用。雷欧提斯的妹妹奥菲利娅因忧伤过度以致发疯，溺水而亡。哈姆莱特识破国王诡计，修改了密函，打发两位押送他的同学去英国受死，孤身回到丹麦。在奥菲利娅的葬礼上，哈姆莱特碰到雷欧提斯，二人约战，国王和雷欧提斯合谋在击剑比赛中杀死哈姆莱特。雷欧提斯在比赛时使用毒剑，不料雷欧提斯自己被毒剑刺中身亡。乔特鲁德喝了国王预备给哈姆莱特的毒酒，也毒发而死。哈姆莱特亦被毒剑刺伤，死前挺剑刺杀了国王。临死之时，哈姆莱特让好友霍拉旭昭告天下，将这段历史的真相告知民众，并举荐年轻的挪威王子福丁布拉斯继承丹麦王位。

（三）作品分析

就整个剧本而言，从人物形象的塑造和场面描写的语言来看，《哈姆莱特》在所有莎剧中是最好的，是无与伦比的精品佳作。《哈姆莱特》以其丰富而复杂的内涵，不仅被誉为莎士比亚四大悲剧之首，也成为艺术家们不断重新改编和演绎的世界名作之一。下面主要从三个方面来分析：

1. 复杂的哈姆莱特形象

英国文学史家威廉·朗说，一经莎士比亚之手，"古老的题材立刻闪耀出能使我们的人性变得高尚的最深刻的思想和最细腻的情感，对此，每一代人都会比上一代人觉得更惊奇"①。美国当代著名评论家哈罗德·布鲁姆认为，"莎士比亚成为西方经典的中心至少部分是因为哈姆莱特是经典的中心"②。哈姆莱特是莎士比亚创造的最伟大、最永恒的一个戏剧人物，莎士比亚在他身上挖掘出了人性深处最丰富、最复杂的隐秘世界。

（1）哈姆莱特是高贵有为的王子。

在莎士比亚的四大悲剧之中，与奥瑟罗、李尔王、麦克白三个悲剧主人公相比，哈姆莱特最符合古典意义上的悲剧英雄主人公形象。他贵为丹麦王子，英俊潇洒、博学多才、品格出众、为人谦和，然而正在国外读书的他突遭大难：父死母嫁、失去王位。在痛苦的复仇过程中，哈姆莱特并没有丧失他本性中善良和谨慎的特质，没有让狂怒和野心扭曲他的心灵、激发出残忍和变态的欲望，他始终保持着高贵的品行，这是哈姆莱特形象历经几个世纪的品读、探讨仍然被观众和读者喜爱的重要原因，也是这个悲剧最让人惋惜、悲痛，最具壮美感的主要原因。

哈姆莱特的品性和能力为众人所瞩目，恋人奥菲利娅评价他是"朝臣的眼睛、学者的辩舌、军人的利剑、国家所瞩望的一朵娇花、时流的明镜、人伦的雅范、举世瞩目的中心"，在巨大打击下，他陷入忧郁之中，即使内心对父亲的死因有所怀疑，但仍保持了对现存秩序的尊重和矜持，直到鬼魂的出现才使他生发复仇的意志；对手克劳狄斯非常忌惮他，说他"为糊涂的群众所喜爱"，因此认为"大人物的疯狂是不能听其自然的"；哈姆莱特对自己也有充分的自信，在吉尔登斯吞试探他是否对王位有僭越之心时，哈姆莱特自比藏着绝妙音乐的乐器，怒斥道："你以为玩弄我比玩弄一支笛子容易吗？无论你把我叫作什么乐器，你也只能撩拨我，不能玩弄我。"③他为验证鬼魂的说法用疯狂伪装自己，设计戏

---

① William J. Long, *English Literature*, Ginn and Company, 1955, p. 138.
② ［美］哈罗德·布鲁姆：《西方正典》，江宁康译，译林出版社2011年版，第56页。
③ ［英］莎士比亚：《莎士比亚全集》（五），朱生豪译，人民文学出版社1994年版，第360页。以下凡引用该作品，只在括号中标明页码，不再逐一详注。

中戏观察克劳狄斯的反应，及时识破被送往英国赴死的阴谋，还写信通知克劳狄斯自己活着回来了，在与雷欧提斯的决斗中诚恳道歉、公平决斗，在生命的最后时刻杀死克劳狄斯、为父复仇。自始至终，哈姆莱特没有使用暗杀等阴谋的复仇方式，没有不择手段地寻求一个简单的结果，在克劳狄斯一次次试探和谋害中忍辱负重，最终光明磊落地完成了自己的使命，却也造成了同归于尽的悲剧。当霍拉旭表示要像一个古罗马人一般服毒追随王子去时，哈姆莱特立刻制止他："……我一死之后，要是世人不明白这一切事情的真相，我的名誉将要永远蒙着怎样的损伤！你倘然爱我，请你暂时牺牲一下天堂上的幸福，留在这一个冷酷的人间，替我传述我的故事吧。"（第420—421页）由此，我们可以看出哈姆莱特绝不仅仅想复仇，他的终极目标是保持自己的品格和名誉，让谋杀和复仇的真相昭告天下，完成整饬纲纪、重整乾坤的责任。

（2）哈姆莱特是善于反思的内省者。

法国现当代著名思想家列维纳斯认为，所有哲学只不过是莎士比亚的一次思考。这也许是对莎士比亚的最高赞誉，道出了莎士比亚的深邃及其与哲学的密切关联。

《哈姆莱特》是莎士比亚哲学思想体现得最直接、最深刻的悲剧。这出悲剧中的主要人物都有自我审视和内省的特征，甚至连波洛涅斯和克劳狄斯也不例外。剧中波洛涅斯让女儿拿一本书装成用功的样子等待哈姆莱特的到来，自己和国王躲起来暗地观察哈姆莱特，他说："人们往往用至诚的外表和虔敬的行动，掩饰一颗魔鬼般的内心，这样的例子是太多了。"（第340页）从这句台词，我们可以看出波洛涅斯在谄媚献计的同时意识到此行为的卑鄙阴暗。一旁的克劳狄斯听到波洛涅斯的话感叹道："啊，这句话是太真实了！它在我的良心上抽了多么重的一鞭！涂脂抹粉的娼妇的脸，还不及掩藏在虚伪的言辞后面的我的行为更丑恶。难堪的重负啊！"（第341页）这段台词和观看戏剧表演之后他向上帝忏悔、祈祷时一大段台词一样，是克劳狄斯犯下重罪后不堪重负的良心之自省，既证明其确有其罪，也展示出罪恶带来的痛苦煎熬。

哈姆莱特更是时时处处进行具有哲思倾向的自我反省。哈姆莱特对思想的自由极为珍视，他说："即使把我关在一个果壳里，我也会把自己当作一个拥有着无限空间的君王的。"他反复思考To be 还是Not to be 的问题，反思活着承受苦难和死后面对未知哪一个更有价值的问题，反思复仇的意志与行动的问题，反思少时的仆人郁立克、恺撒与亚历山大大帝死后的尸体是否一样高贵的问题，反思

"所看见的幽灵也许是魔鬼的化身,借着一个美好的形状出现……对于柔弱忧郁的灵魂,他最容易发挥他的力量……要把我引诱到沉沦的路上"(第338页),"我的罪恶是那么多,连我的思想也容纳不下"(第343页)……这些反思使哈姆莱特忧郁和痛苦,也消解了复仇的迫切和意义。真正的悲剧世界就是痛苦充盈的存在,是一种毁灭的力量,如果思考足够深邃,就会看到虚无,就会穿透客观的和假定的价值而直面被尼采称为狄奥尼索斯之国度的令人恐怖、毫无意义的无限之混沌。他的虚无主义情绪看起来是消极的,成为他行动的障碍,但与此同时也体现出人文主义者对人的本性、对自身认识的升华。从哈姆莱特对人性恶甚至他自身之恶的认识中我们不难发现,他和早期人文主义者很不一样,他不再一味赞美人性,而是在自身不幸的遭遇中发现了人性恶,发现了人战胜自己的困难。在哈姆莱特形象身上,莎士比亚寄托了自己对他那个时代、对生活的意义和价值的思考和探索。哈姆莱特的心灵上每时每刻都在上演一出戏中戏,因为他比莎剧中任何其他人物都更像一位自由的自我艺术家。他的得意与痛苦同样植根于对自我形象的不断沉思之中,那种自由反思的内省意识是所有西方形象中最精粹的。

(3)哈姆莱特:性格即命运。

以上我们分析了哈姆莱特既是高贵的王子,又是善于反思的内省者,二者共同造成了他性格的忧郁和犹豫。从剧情的时间线索来看,整个复仇的过程用了几个月的时间。从与鬼魂见面到装疯、戏中戏、误杀波洛涅斯、出使英国,直到哈姆莱特回到丹麦时才跟霍拉旭用商量的口气正式谈到复仇的真实理由:"你想,我是不是应该——他杀死了我的父王,奸污了我的母亲,篡夺了我的嗣位的权利,用这种诡计谋害我的生命,凭良心说我是不是应该亲手向他复仇雪恨?如果我不去剪除这一个戕害天性的蟊贼,让他继续为非作恶,岂不是该受天谴吗?"(第410页)在这几个月里,雷欧提斯曾带兵冲进王宫造反,将士们欲推举他为国王;小福丁布拉斯为了荣誉去攻打波兰的一块不毛的弹丸之地,不惜牺牲二万人的生命。他们的行为都得到哈姆莱特的激赏。在最初听到鬼魂说到罪行和谋杀时,他急切地要求:"赶快告诉我,让我驾着像思想和爱情一样迅速的翅膀,飞去把仇人杀死。"(第306页)但是后来哈姆莱特复仇的行为显然迟缓而犹豫,剧中他的几次大篇幅的独白都在赌咒发誓、反省追问、自我否定、自我激励:"叔父,我把你写下来了"(第308页),"重重的顾虑使我们全变成了懦夫,决心的赤热的光彩,被审慎的思维盖上了一层灰色,伟大的事业在这一种考虑之下,也会逆流而退,失去了行动的意义"(第341—342页),"现在我明明有理由、有决心、有力量、有方法，可以动手干我所要干的事，可是我还是在大言不惭地说：'这件事需要作。'可是始终不曾在行动上表现出来；我不知道这是因为像鹿豕一般的健忘呢，还是因为三分懦怯一分智慧的过于审慎的顾虑。"（第379页）"从这一刻起，让我屏除一切的疑虑妄念，把流血的思想充满在我的脑际！"（第380页）

哈姆莱特的复仇行动一直在延宕，装疯和戏中戏虽然让他确定了父亲被谋杀的事实，但也让克劳狄斯警觉并在波洛涅斯被误杀后下决心要除掉哈姆莱特。克劳狄斯与雷欧提斯密谋的时候的一番话或许可以说清哈姆莱特拖延的原因和结局："一切事情都不能永远保持良好，因为过度的善反会摧毁它的本身，正像一个人因充血而死去一样。我们所要做的事，应该一想到就做；因为人的想法是会变化的，有多少舌头、多少手、多少意外，就会有多少犹豫、多少迟延；那时候再空谈该作什么，只不过等于聊以自慰的长吁短叹，只能伤害自己的身体罢了。"（第393—394页）这也是心狠手辣之罪徒与高贵自省者在思维和行动上最大的区别。

哈姆莱特的犹豫和拖延不仅直接导致了自己被克劳狄斯的阴谋所害，也直接或间接导致了其他七人的死亡。最令人惋惜的是曾经的恋人奥菲利娅，她先被哈姆莱特抛弃，又因哈姆莱特而丧父，最终发疯自溺而亡。哈姆莱特对奥菲利娅的冷淡一直为评论者所诟病。王后的仓促改嫁给他造成极大的心理创伤，使他对所有女性失去了信任。那个曾经深爱父亲的母后，在老国王死后不到两个月就钻入了叔叔乱伦的衾被，因此在哈姆莱特将个别推演为一般，认为即使美丽单纯如奥菲利娅，她的美丽也会令她陷入罪恶的情欲，使贞洁遭到玷污。他在奥菲利娅面前宣泄着情绪，故作尖刻地说自己没有爱过她，让她住进尼姑庵去，还在观看戏中戏的时候跟她开下流的玩笑。但在奥菲利娅的葬礼上，从海上赶回的哈姆莱特遇到了悲伤的雷欧提斯，面对雷欧提斯的挑战，他喊出了迟来的表白："四万个兄弟的爱合起来，还抵不过我对她的爱"，"你跟她活埋在一起，我也会跟她活埋在一起；要是你还要夸说什么高山大岭，那么让他们把几百万亩的泥土堆在我们身上，直到把我们的地面堆得高到可以被'烈火天'烧焦，让巍峨的奥萨山在相形之下变得只像一个瘤那么大吧！"（第407页）从这些疯狂的话语我们可以看出他对奥菲利娅真挚的爱，还能从他赌咒发誓的语气中感到他对死的无畏，甚至是渴望。哈姆莱特对奥菲利娅的态度和方式似乎冷淡而残酷，但这又符合他在情感遭受重创后过度自我封闭、自我保护的应激状态。在绝望的心境里，他在摧毁最宝贵的爱情的同时，也显示了复仇的决心和自毁的欲望。

早在波洛涅斯想让女儿试探哈姆莱特而暂时向他告别的时候，哈姆莱特佯装疯狂连说了三遍"但愿我也能够向我的生命告别"，这看似疯狂的话语已经暗示哈姆莱特有求死之心。他承担着为父复仇的责任，也肩负着重整乾坤的重担，正直和自省使他迟疑犹豫，无法果断做出杀伐的动作，过度的忧郁甚至让他做好了死亡的准备，但基督教教规又在他意识深处起约束作用，使他尽量推迟死亡的到来。因此在最后一场与雷欧提斯的决斗中，克劳狄斯的阴谋使整个悲剧加速达到高潮和结局，哈姆莱特终于结束了迟疑和拖延，以复仇之剑与敌人同归于尽。

哈姆莱特的高贵有为、反思自省和迟疑延宕构成他形象的高度复杂性，他身上既有人文主义者对生活的热爱和批判的激情，又有基督教传统思想和意识的克制和约束，这种复杂构成他作为一个复仇者形象的丰富而深刻、多元而复杂的独特魅力。后来的读者和观众，尤其是文学家和哲学家、心理学家，都能从他的身上得到灵感和启发，或提出新的观点，或建树新的理论。

2. 一千个读者心中有一千个哈姆莱特

莎士比亚笔下的哈姆莱特这一形象诞生四百多年来，一代又一代的读者、观众、批评家用不同方式解读出他们心目中的哈姆莱特。有人关注他的性格特点，还有人剖析他的内心世界，对他复仇的方式的评价更是众说纷纭。

《哈姆莱特》中，由于行动的延宕，王子既没有完成"重整乾坤"的历史使命，还直接或间接造成了包括他自己在内的八个生命毁灭的悲剧。如何解读哈姆莱特行动的延宕，是理解这部悲剧的关键，也是把握哈姆莱特形象的抓手。一千个读者心中有一千个哈姆莱特，每个评论者的解读都能从哈姆莱特身上找到独特的人性印迹，甚至找到符合自己时代的精神气质。

在17世纪晚期，哈姆莱特通常被理解为"富于生气、勇敢和英雄气概"。到了18世纪中叶，哈姆莱特的英雄特征消失了。1795年歌德的小说《威廉·迈斯特的学习时代》"让一个脆弱、敏感的哈姆莱特更为出名"[①]。在歌德看来，作为"一个美丽、纯洁、高贵而道德高尚的人"，哈姆莱特"缺乏成为一个英雄的魄

---

① Susanne L. Wofford ed., *Case Studies in Contemporary Criticism: William Shakespeare "Hamlet"*, St. Martin's Press, Inc., 1994, p.185.

力,却在一个他既不能承担又不能放弃的重担下被毁灭了"。①法国学者泰纳则认为,哈姆莱特悲剧的根源在于"他的想象使他丧失了那种从容不迫地按照预定计划去杀人的冷静和力量"②,他像一扇在狂风中摇曳的破门,理智只能像枢纽一样勉强把门固定在门框上不致随风而去。一个世纪的时间,哈姆莱特的形象从"英雄"变得日益"脆弱"。

浪漫主义时代,英国诗人柯勒律治不再强调哈姆莱特的敏感,却突出其"智性的力量"。他认为哈姆莱特是一个耽于冥想的人——有伟大的目标,却在从不付诸行动的延宕中幻灭了,他沉溺于强烈非凡的智性活动,表现出对真实行动的厌恶。20世纪到来之前,布拉德雷解读出了一个"分裂的哈姆莱特",认为哈姆莱特的过度忧郁阻碍了他的行动,这忧郁不仅是一种情绪,而且是一种疾病。他将导致忧郁病的原因归结为"突然发现母亲的真相所带来的道德震撼"。

到了20世纪,出现了试图从莎士比亚的宗教隐喻和政治影射的角度来解释哈姆莱特延宕的原因的学说。有学者认为哈姆莱特的延宕是对《圣经》中耶稣形象的模仿;德国学者卡尔·施米特认为莎士比亚用哈姆莱特的延宕影射了伊丽莎白女王的宠臣埃塞克斯伯爵在图谋叛乱时的长期犹豫不决,以此对詹姆斯一世表达声援和敬意③;还有学者将此解读为表现了女王在宗教大变革和社会大动荡中对天主教徒和基督徒身份转换与认同的犹豫和纠结。更有学者用精神分析和哲学、文化人类学等理论来分析哈姆莱特延宕的原因。弗洛伊德从《哈姆莱特》和索福克勒斯的《俄狄浦斯王》中得到启发,最早在1900年版《梦的解析》的一个注脚中写入对《哈姆莱特》的分析,后来在文章中提出了著名的"俄狄浦斯情结"假说。他认为人们必须在索福克勒斯提供的结构中去理解哈姆莱特,即哈姆莱特在无意识中辨认出他的叔父在他之前实现了他的强烈的无意识的欲望:杀父娶母。这个假说引起了激烈的反响和争议。哈罗德·布鲁姆在《西方正典》中批评弗洛伊德所谓的哈姆莱特的"俄狄浦斯情结"名实不符,认为弗洛伊德对《哈姆莱特》进行了低劣的解读,并用大量论据证明和揶揄弗洛伊德受惠于莎士比亚却不愿承认的事实。④拉康在论及哈姆莱特延宕的原因时认为,"哈姆莱特力图在他

---

① 《莎士比亚研究》,张可译,上海译文出版社1982年版,第6页。
② 同上书,第151页。
③ 参见[德]卡尔·施米特:《哈姆雷特或赫库芭——时代侵入戏剧》,王青译,上海人民出版社2015年版。
④ 参见[美]哈罗德·布鲁姆:《西方正典》,江宁康译,译林出版社2011年版,第305—324页。

的对象中寻找其时间感,他甚至正是在对象中学习计算时间",也就是说,哈姆莱特在等待自己的时间,等待自己所遭受的精神创伤重现的那一刻。"他似乎认为,只有在这一刻出击,才能挽回自己与母亲原初的合一。但他不明白这个事实:他永远只能在他者的时间中实施自己的计划,那曾经拥有的合一与完满已经不可挽回了。"①

哈姆莱特形象的生命力和延展性如此之强,每一个时代的最普通的读者和最优秀的头脑都能从他的身上找到自己的影子,被他恣肆的独白激起共情,为他忧郁的高贵和厌世的迷茫重构一种解读的可能性。作为莎翁笔下经典形象,哈姆莱特是永远挖掘不完的宝藏,期待着被人们再次发现。

3.《哈姆莱特》的艺术成就

人物内心世界、戏剧情节和语言的生动性和丰富性构成了莎士比亚戏剧的主要艺术特点。马克思和恩格斯提倡戏剧的"莎士比亚化",就其根本意义上说,就是保卫艺术本身形象思维的特点,不要使艺术变为思想的传声筒。

(1)语言具有生动性和丰富性。

莎士比亚是一位修辞学大师。与莎氏同代作家作品中一般拥有4000—5000个词汇,17世纪的诗人弥尔顿采用了8000个单词。马克思·缪勒原以为莎士比亚使用过的词汇最多为15000个,美国教授爱德华·霍尔登经过一番考察后认为至少可达24000个,有学者甚至声称用电脑检索出莎士比亚用的词汇多达43000多个。《哈姆莱特》中有名有姓的人物有17人,不具名的出场者超过10个,从国王、王子、廷臣、贵族,到少女、戏子、水手、小丑,莎士比亚大都能找到适合他们的语言,使他们的对白都充满个性。即便是同一个人物,在不同情境下,语言的风格也有很大变化:哈姆莱特独处时,他的独白一泻千里,滔滔不绝;在敌人面前,他的话真真假假,疯癫又带嘲讽;在朋友面前,他言辞恳切,坦率真诚;在情人面前,他前后矛盾,热切又尖刻。莎士比亚善于运用比喻、错位、夸张、突降等手法以求取新鲜的艺术效果,有时候用一句话就能勾出一个人物的性格轮廓,如哈姆莱特对谄媚侍臣奥斯里克的讥讽:"他在母亲怀抱里的时候,也要先把母亲的奶头恭维几句,然后吮吸。"(第414页)

---

① Jacques Lacan, "Desire and the Interpretation of Desire in Hamlet," Shoshana Felman (ed.), *Literature and Phychoanalysis*, Johns Hopkins University Press, 1982, p. 17.

(2) 人物形象具有生动性和丰富性。

莎士比亚笔下的人物形象，都是鲜活立体的人、复杂的人。我们可以从四面八方去观察他们，不能仅从一个方面用简单的规律去判断他们。如波洛涅斯，他一方面善于察言观色，为国王出谋划策，是谄媚阴暗的御前大臣；另一方面，他为儿子雷欧提斯送行时的叮嘱却体现出他的城府深谋、世事练达以及对子女深沉的爱。莎士比亚还善于通过人物之间的对比来凸显人物性格，如以雷欧提斯为父复仇的鲁莽和狭隘突出哈姆莱特的谨慎和宽厚，以霍拉旭的理智和冷静来突出哈姆莱特的热情和深沉。戏剧性独白是莎士比亚悲剧展现人物内心世界的一种重要手段，独白仿佛给剧中人物打开了心灵的窗子。哈姆莱特在剧中有6处大段独白，反反复复吐露心迹，这些独白是整个剧本塑造哈姆莱特性格的不可或缺的结构性因素，对表现他的内心矛盾和思想变化起到了非常关键的作用。

(3) 情节具有生动性和丰富性。

莎士比亚充分吸收了伊丽莎白时代流行的复仇剧诸多情节元素，鬼魂揭露真相、复仇者的疯癫与延宕、戏中戏的安排、敌对双方的死亡等丰富情节满足观众的审美趣味和心理期待。哈姆莱特为父复仇是剧情主线，作者同时还安排了雷欧提斯和福丁布拉斯为父复仇这两条辅线，与主线形成对照，丰富了剧情，凸显了主线的意义。由克劳狄斯一手策划而由雷欧提斯挑起的"比武"情节，以加速推动整部戏剧达到最后的高潮和结局，用时很短，却异常激烈，人物内心的矛盾冲突更加激烈，充分表现了莎士比亚对戏剧节奏的非凡的把控能力。

(四) 精彩片段欣赏

● 译文选自

[英] 莎士比亚：《莎士比亚全集》（五），朱生豪译，人民文学出版社1994年版。

1. 哈姆莱特遭遇人生重大打击

第一幕　第二场

哈姆莱特：啊，但愿这一个太坚实的肉体会融解、消散，化成一堆露水！或者那永生的真神未曾制定禁止自杀的律法！上帝啊！上帝啊！人世间的一切在我看来是多么可厌、陈腐、乏味而无聊！哼！哼！

那是一个荒芜不治的花园,长满了恶毒的莠草。想不到居然会有这种事情!刚死了两个月!不,两个月还不满!这样好的一个国王,比起当前这个来,简直是天神和丑怪;这样爱我的母亲,甚至于不愿让天风吹痛了她的脸。天地呀!我必须记着吗?嘿,她会偎倚在他的身旁,好像吃了美味的食物,格外促进了食欲一般;可是,只有一个月的时间,我不能再想下去了!脆弱啊,你的名字就是女人!短短的一个月以前,她哭得像个泪人儿似的,送我那可怜的父亲下葬;她在送葬的时候所穿的那双鞋子还没有破旧,她就,她就——上帝啊!一头没有理性的畜生也要悲伤得长久一些——她就嫁给我的叔父,我的父亲的弟弟,可是他一点不像我的父亲,正像我一点不像赫剌克勒斯一样。只有一个月的时间,她那流着虚伪之泪的眼睛还没有消去红肿,她就嫁了人了。啊,罪恶的匆促,这样迫不及待地钻进了乱伦的衾被!那不是好事,也不会有好结果;可是碎了吧,我的心,因为我必须噤住我的嘴!

(第292—293页)

这是《哈姆莱特》中的第一段独白,天之骄子哈姆莱特面对突然降临的灾难,从美好的理想世界跌落残酷的现实之中,老王新丧,叔叔篡夺了王位,母亲在一个多月后就成为新的王后,这对哈姆莱特产生了巨大的冲击,陷入近乎疯狂和幻灭的精神状态。这个段落显示,这一巨大的精神刺激很大程度上改变了哈姆莱特对人性的看法,认为贞节在情欲的蛊惑下会变得脆弱和苍白。他对母亲的行为极度失望,喊出了"脆弱啊,你的名字就是女人",并把对母亲背叛的痛恨延伸到所有女性身上,对人性的本质,甚至对自身也产生了深深的怀疑和厌恶。因此,若不是对基督教禁止自杀的教律有所敬畏,他希望这被情欲控制的自私而脆弱的肉体能够融解和消散。这段独白不仅交代了哈姆莱特痛苦的根源,也将他的怀疑主义的自省又厌世的情绪渲染得淋漓尽致。

2.哈姆莱特与旧时同学的对话

第二幕 第二场

哈姆莱特:那么世界末日快到了;可是你们的消息是假的。让我再仔细问问你们；我的好朋友们，你们在命运手里犯了什么案子，她把你们送到这儿牢狱里来了？

吉尔登斯呑：牢狱，殿下！

哈姆莱特：丹麦是一所牢狱。

罗森格兰兹：那么世界也是一所牢狱。

哈姆莱特：一所很大的牢狱，里面有许多监房、囚室、地牢；丹麦是其中最坏的一间。

罗森格兰兹：我们倒不这样想，殿下。

哈姆莱特：啊，那么对于你们它并不是牢狱；因为世上的事情本来没有善恶，都是各人的思想把它们分别出来的；对于我它是一所牢狱。

罗森格兰兹：啊，那是因为您的雄心太大，丹麦是个狭小的地方，不够给您发展，所以您把它看成一所牢狱啦。

哈姆莱特：上帝啊！倘不是因为我总作恶梦，那么即使把我关在一个果壳里，我也会把自己当作一个拥有着无限空间的君王的。

吉尔登斯呑：那种恶梦便是您的野心；因为野心家本身的存在，也不过是一个梦的影子。

哈姆莱特：一个梦的本身便是一个影子。

罗森格兰兹：不错。因为野心是那么空虚轻浮的东西，所以我认为它不过是影子的影子。

哈姆莱特：那么我们的乞丐是实体，我们的帝王和大言不惭的英雄，却是乞丐的影子了。我们进宫去好不好？因为我实在不能陪着你们谈玄说理。

（第324—325页）

吉尔登斯呑：殿下，我们是奉命而来的。

哈姆莱特：让我代你们说明来意，免得你们泄漏了自己的秘密，有负国王、王后的付托。我近来不知为了什么缘故，一点兴致都提不起来，什么游乐的事都懒得过问；在这种抑郁的心境之下，仿佛负载万物的大地，这一座美好的框架，只是一个不毛的荒岬；这个覆盖众生的苍穹，这一顶壮丽的帐幕，这个金黄色的火球点缀着的庄严的屋宇，只是一大堆污浊的瘴气的集合。人类是一件多么了不得的杰作！多么高贵的理性！多么伟大的力量！多么优美的仪表！多么文雅的举动！在行为上多么像一个天使！在智慧上多么像一个天神！宇宙的精华！万物的灵长！可是在我看来，这一个泥土塑成的生命算得了什么？人类不能使我发生兴趣；不，女人也不能使我发生兴趣，虽然从你现在的微笑之中，我可以看到你在这样想。

（第327页）

这是哈姆莱特与少时的同学罗森格兰兹和吉尔登斯吞的对话。他们曾经是亲密的朋友，如今这两位成了国王的臣仆，便一心迎合国王，被国王派遣来试探哈姆莱特的真实想法。在对话中，我们发现他们与哈姆莱特已经完全离心离德，哈姆莱特说丹麦是一座监狱并常做噩梦，而他们却说这噩梦是由哈姆莱特的野心造成的。相比高贵而追求思想自由的哈姆莱特，他们更像是资质平庸服从现存秩序的鹰犬，用卑鄙的猜测和低劣的想象来解释哈姆莱特的思想。哈姆莱特看穿了他们的来意，故意在他们面前用半严肃半调侃、夸张而又玩世不恭的语气说出他们想听却又令人迷惑的话。他赞美人是宇宙的精华、万物的灵长，这是人文主义者最推崇的观念；但话锋一转，他又说人类不能使他发生兴趣，女人也不能使他发生兴趣，这是他经受打击后的真实的精神状态，可是他知道面前的这两位同学是不会理解的。从这次交流之后，哈姆莱特已经不再把他们作为朋友来对待，在去英国的途中发现国王的阴谋之后，就毫无良心负担地让他们去英国受死了。

3. 哈姆莱特的独白

第三幕　第一场

哈姆莱特：生存还是毁灭，这是一个值得考虑的问题；默然忍受命运的暴虐的毒箭，或是挺身反抗人世的无涯的苦难，通过斗争把它们扫清，这两种行为，哪一种更高贵？死了；睡着了；什么都完了；要是在这一种睡眠之中，我们心头的创痛，以及其他无数血肉之躯所不能避免的打击，都可以从此消失，那正是我们求之不得的结局。死了；睡着了；睡着了也许还会做梦；嗯，阻碍就在这儿：因为当我们摆脱了这一具朽腐的皮囊以后，在那死的睡眠里，究竟将要做些什么梦，那不能不使我们踌躇顾虑。人们甘心久困于患难之中,也就是为了这个缘故;谁愿意忍受人世的鞭挞和讥嘲、压迫者的凌辱、傲慢者的冷眼、被轻蔑的爱情的惨痛、法律的迁延、官吏的横暴和费尽辛勤所换来的小人的鄙视,要是他只要用一柄小小的刀子,就可以清算他自己的一生?谁愿意负着这样的重担,在烦劳的生命的压迫下呻吟流汗,倘不是因为惧怕不可知的死后,惧怕那从来不曾有一个旅人回来过的神秘之国,是它迷惑了我们的意志,使我们宁愿忍受目前的磨折,不敢向我们所不知道的痛苦飞去?这样,重重的顾虑使我们全变成了懦夫,决心的赤热的光彩,被审慎的思维盖上了一层灰色,伟大的事业在这一种考虑之下,也会逆流而退,失去了行动的意义。且慢!美丽的奥菲利娅!——女神,在你的祈祷之中,不要忘记替我忏悔我的罪孽。

(第341—342页)

这是哈姆莱特最著名的一段独白。哈姆莱特已经安排好一出戏,戏的内容便是借用相似的故事来重现鬼魂所说的谋杀。他要确认叔叔的罪恶才能制定复仇的计划。经历着生活的变故,哈姆莱特在精神上陷入巨大的痛苦和忧郁之中,不停地思考生存还是毁灭、活还是不活的终极问题。他历数了现实中人们经历的各种苦难,生存下去继续活着就是要继续承受这些患难,用一柄小刀结束生命是简单的,然而死后却要面对一个不可知的世界。在拥有基督教思想的哈姆莱特看来,那是一个更加危险的噩梦般的存在,因此他想要摆脱对行动的顾虑,去勇敢地承担起自己复仇的责任。他的独白大多以对行动的肯定和决心来驱除审慎和怯懦,反反复复的表达却又暴露他犹豫拖延的特点,充分显示了形象的复杂性。

4.哈姆莱特关于戏剧表演的观点

第三幕　第二场

哈姆莱特及若干伶人上。

哈姆莱特:请你念这段剧词的时候,要照我刚才读给你听的那样子,一个字一个字打舌头上很轻快地吐出来:要是你也像多数的伶人们一样,只会拉开了喉咙嘶叫,那么我宁愿叫那宣布告示的公差念我这几行词句。也不要老是把你的手在空中这么摇挥,一切动作都要温文,因为就是在洪水暴风一样的感情激发之中,你也必须取得一种节制,免得流于过火。啊!我顶不愿意听见一个披着满头假发的家伙在台上乱嚷乱叫,把一段感情片片撕碎,让那些只爱热闹的低级观众听了出神,他们中间的大部分是除了欣赏一些莫名其妙的手势以外,什么都不懂。我可以把这种家伙抓起来抽一顿鞭子,因为他把妥玛刚特形容过分,希律王的凶暴也要对他甘拜下风。请你留心避免才好。

伶甲:我留心着就是了,殿下。

哈姆莱特:可是太平淡了也不对,你应该接受你自己的常识的指导,把动作和言语互相配合起来;特别要注意到这一点,你不能越过自然的常道;因为任何过分的表现都是和演剧的原意相反的,自有戏剧以来,它的目的始终是反映自然,显示善恶的本来面目,给它的时代看一看它自己演变发展的模型。要是表演得过分了或者太懈怠了,虽然可以博外行的观众一笑,明眼之士却要因此而皱眉;你必须看重这样一个卓识者的批评甚于满场观众盲目的毁誉。啊!我曾经看见有几个伶人演戏,而且也听见有人把他们极口捧场,说一句比喻不伦的话,他们既不会说基督徒的语言,又不会学着基督徒、异教徒或者一般人的样子走路,瞧他们在台上大摇大摆,使劲叫喊的样子,我心里就想一定是什么造化的雇工把他们造了下来:造得这样拙劣,以至于全然失去了人类的面目。

伶甲:我希望我们在这方面已经有了相当的纠正了。

哈姆莱特:啊!你们必须彻底纠正这种弊病。还有你们那些扮演小丑的,除了剧本上专为他们写下的台词以外,不要让他们临时编造一些话加上去。往往有许多小丑爱用自己的笑声,引起台下一些无知的观众的哄笑,虽然那时候全场的注意力应当集中于其他更重要的问题上;这种行为是不可恕的,它表示出那丑角的可鄙的野心。去,准备起来吧。(伶人等同下。)

(第345—347页)

这段话是哈姆莱特向来宫里演出的演员们传授表演经验和艺术标准,也是莎士比亚借用剧作里的人物表达对戏剧创作与表演的观念和看法。与中世纪落后的文艺观相对照，这段话表达了新型的人文主义戏剧观。他强调表演不要过火，要有节制，也不能太平淡，人物的语言、动作要符合他的身份和性格，总之，表演要合乎自然。戏剧是自然的一面镜子，目的始终是反映自然，显示善恶的本来面目，给它的时代看一看它自己演变发展的模型，这是莎士比亚对戏剧艺术的真知灼见，直到今天对戏剧表演也有着非常重要的现实指导意义。

5. 哈姆莱特面对复仇机会的思虑与选择

第三幕 第三场

哈姆莱特：他现在正在祈祷，我正好动手；我决定现在就干，让他上天堂去，我也算报了仇了。不，那还要考虑一下：一个恶人杀死我的父亲；我，他的独生子，却把这个恶人送上天堂。啊，这简直是以恩报怨了。他用卑鄙的手段，在我父亲满心俗念、罪孽正重的时候乘其不备把他杀死；虽然谁也不知道在上帝面前，他的生前的善恶如何相抵，可是照我们一般的推想，他的孽债多半是很重的。现在他正在洗涤他的灵魂，要是我在这时候结果了他的性命，那么天国的路是为他开放着，这样还算是复仇吗？不！收起来，我的剑，等候一个更惨酷的机会吧；当他在酒醉以后，在愤怒之中，或是在乱伦纵欲的时候，有赌博、咒骂或是其他邪恶的行为的中间，我就要叫他颠踬在我的脚下，让他幽深黑暗不见天日的灵魂永堕地狱。我的母亲在等我。这一服续命的药剂不过延长了你临死的痛苦。

（第363—364页）

这是全剧中非常重要的一段独白。首先，国王克劳狄斯作恶多端，他尚有一丝良知未曾泯灭，在与上帝的交流中坦陈了自己的罪愆并流露悔恨，但他又被更为激烈的世俗欲念所牵引而不能自拔。哈姆莱特本来可以趁着他忏悔的时候完成复仇的任务，但他想到基督教的教义中所讲的有罪的人如在向上帝忏悔时死亡，即可升入天堂，这个结局和他的复仇的目标是相悖的，对正在受痛苦折磨的父亲的鬼魂也是极不公平的。因此哈姆莱特希望在叔叔犯下罪过的时候再动手，从而放弃了一个绝佳的复仇时机。这也反映出他性格中的自我反省和谨慎犹豫的特点。复仇的正义性导致了哈姆莱特的"延宕"，也证明了其"延宕"的复杂性。

第五讲
约翰逊《雷斯勒斯》

一、约翰逊

塞缪尔·约翰逊（Samuel Johnson，1709—1784）是18世纪英国著名的诗人、散文家、文评家、辞典编纂家。由于其影响之大，整个英国18世纪中期被称为"约翰逊时代"（The Age of Johnson）。

1709年，约翰逊出生于英国利奇菲尔德一个书商之家。幼时的疾病影响了他的健康和相貌（一眼失明，一耳失聪，面部肌肉抽搐），使其脾气急躁，性格忧郁敏感。但他从小博闻强识，在父亲的书店里博览群书，后就读于当地文法学校。1728年，约翰逊到牛津求学一年，后因家庭贫困被迫休学。1731年父亲病故后，他做过门房、家教等工作，生活清贫。1735年，约翰逊与年长二十岁的波特太太结婚。他用妻子的嫁妆开办一所学校，不久因招生太少（从未超过八人）而关闭。迫于生计，约翰逊于1737年与学生加里克离家到伦敦谋生，为《绅士杂志》等刊物撰写政论文。1738年，约翰逊模仿朱维纳尔（Juvenal）第三首讽刺诗，匿名发表长诗《伦敦》（1738）。该诗用英雄双韵体写成，抨击了伦敦都市生活的种种腐化（多年后，约翰逊却爱上这座城市，说出了"谁厌倦了伦敦，谁就厌倦了生活"的名句），也表露了约翰逊对自身境况的不满。当时的大诗人蒲柏读完此诗后，认定作者会在文坛上声名鹊起。随后几年，约翰逊继续在《绅士杂志》上撰稿，并于1744年出版了《萨维奇传》（1744），以纪念这位颇具才华又命运多舛的诗人。这部作品也引发了约翰逊后来对传记创作理论和实践的持续关注。1747年，约翰逊将自己编纂一部英语大辞典的计划呈送给切斯特菲尔德伯爵，后者因提携年轻文人而享有盛名。然而，他却遭到伯爵的冷遇，只能自己从出版商那里预支费用雇佣数名抄写工，默默地艰苦工作。1755年，大辞典的出版使约翰逊名震文坛。面对切氏的示好，他写下了著名的《致切斯特菲尔德伯爵书》（1755），被视为作家的"独立宣言"。在编纂词典的同时，约翰逊还创办杂志。1750年至1752年，他独自创办并撰稿的《漫步者》杂志刊登了其208篇文章。后来，他还为《冒险者》以及《环球纪事》的"闲散者"专栏撰稿。这些文章主题严肃广泛，文笔工整持重，继承了18世纪英国报刊文以载道的传统，也体现了约翰逊独到的文风，奠定了其一代文豪的基础。与此同时，他的生活依旧穷困，妻子和母亲先后病逝。1762年，鉴于他的文学贡献，英王乔治三世于授予他每年三百英镑的养老金。这笔年金在经济上给他以极大的支持。一年后，他和鲍斯威尔相识并成为忘年交。后者对约翰逊十分崇敬，写成了著名的《约翰逊传》（1791）。1764年，约翰逊与文友们创办文学俱乐部，座上嘉宾有政治家、文学家埃德蒙·伯克、小说家哥尔德斯密斯、画家乔舒亚·雷诺兹、演员加里克、历史学家爱德华·吉本、东方学家威廉·琼斯等政界、文化界名人。他们在此对文学创作、社会时政等问题各抒己见，对当时的文化风尚产生了重大影响。约翰逊在其中很受人推崇。他因其广博的学识和丰富的阅历而洞察秋毫，常出睿智雄辩之语，为时人所传诵。许多经典话语都被记述在鲍斯威尔的传记中。1765年，约翰逊出版了筹划多年的《莎士比亚全集》（1765）。他为其撰写的长篇序言成为英国文学评论的经典文章。同年，因其所取得的文学成就和巨大社会影响力，都柏林三一学院授予约翰逊名誉博士学位。十年后，牛津大学也授予其博士学位，故时人常称呼其为"约翰逊博士"。晚年的约翰逊仍旧保持着惊人的创作能力，先后出版了《西岛游记》（1775）、《诗人传》（1781）及一系列政论作品和布道辞。他的思想日趋保守，日益热衷于宗教，并常年忍受病痛的折磨。1784年约翰逊病逝于家中，葬于威斯敏斯特修道院。

有论者说约翰逊是"英国文学史上最令人深思和涉及面最广的作家……包括莎士比亚在内的所有英国作家中，他的作品在各种论文和谈话中被引用得最多"①。众多英国文学家如简·奥斯丁、托马斯·卡莱尔、T. S. 艾略特、弗吉尼亚·吴尔夫、F. R. 利维斯等无不受其影响。艾略特在《批评家和诗人约翰逊》中认为约翰逊的《诗人传》是英语中"唯一一部不朽的评论英国诗人的论文集"②，而卡莱尔更是称其为"文人英雄"。在中国现代文学史上，约翰逊也对林语堂、钱锺书、杨绛等文人产生很大影响。钱锺书在去英国的船上就阅读约翰逊的《英语辞典》。二百多年来，约翰逊的许多言论和观点不断被后人讨论、否弃或再阐释，但是他的思维方式和生活风格却永不过时。人们总是能从其人其文中看到超越时空的卓绝睿智和伟大心灵。

二、《雷斯勒斯》（*The History of Rasselas, Prince of Abissinia*）③

（一）作品生成过程及中译本

1735年，约翰逊把一位神父撰写的《阿比西尼亚④游记》译成英文。译本自身价值有限，但其中的东方异域描写长留于译者脑海，成为日后《雷斯勒斯》的故事背景。1749年，他模仿罗马讽刺诗人朱维纳尔而创作了长诗《人世希望皆虚幻》（1749）。长诗既表达了怀疑主义的哲学思想和世界观，也体现了斯多葛式的坚韧精神，成为《雷斯勒斯》的先声。后来，他又在《漫步者》杂志中写了多篇以东方为背景的故事。其中，第204、205两期虚构了埃塞俄比亚国王西格德的故事。该国王治国有方，使得国泰民安，遂决定暂从国务中抽身，到一个美丽小岛享受十天"绝对的快乐"。然而，预想的快乐之旅总被各种不期而至的问题困扰，并在丧失亲人的巨大悲痛中结束。这令国王彻底放弃人在一段时间内能完全幸福快乐的想法。该故事在背景、情节、人物等方面都为后来的《雷斯勒斯》做了铺垫。⑤此外，《闲散者》第101期也有一个与《雷斯勒斯》相似的故事。主

---

① Greg Clingham ed., *The Cambridge Companion to Samuel Johnson*, 上海外语教育出版社2000年版，第1—3页。
② 王恩衷编译：《艾略特诗学文集》，国际文化出版公司1989年版，第236页。
③ 又译《快乐王子：雷斯勒斯》《拉塞拉斯——一个阿比西尼亚王子的故事》等，以下简称《雷斯勒斯》。
④ 阿比西尼亚即今天的埃塞俄比亚。
⑤ http://www.johnsonessays.com/the-rambler/no-204-the-history-of-ten-days-of-seged-emperour-of-ethiopia/，访问日期：2019年7月11日。

人公奥马从政界退隐，希望通过智慧和德行得到幸福和快乐。他广交天下宾客，并受到埃及总督之子加里德的敬仰。当加里德请教他如何规划人生时，他却现身说法，追述自己当年的计划和后来的作为如何大相径庭。故事中的主人公让人看到《雷斯勒斯》中殷讷的影子。①尽管《雷斯勒斯》是约翰逊酝酿许久的作品，但其最直接的创作原因是他母亲的去世。据鲍斯威尔在《约翰逊传》中记载，约翰逊是为了偿付母亲的丧葬费和遗留债务而创作了此故事："他每天晚上工作，连续了一个星期，把稿子分批送到印刷厂去，连重读一遍的时间都没有。"②1759年，这部哲理小说出版后成为一本畅销书，被译成多国文字，至今仍是约翰逊最受欢迎的作品之一。有学者统计，到20世纪60年代时，该书已在全球发行了450多版。截止到2018年，该书在国内有王增澄（辽宁教育出版社，2000年）、郑雅丽（北京大学出版社，2003年）、蔡田明（国际文化出版公司，2006年）、陈西军（译林出版社，2012年）以及由郑世东、董旭明、刘欣怡、蒋倩倩合译（中信出版社，2018年）的五个中文译本。

（二）作品梗概

《雷斯勒斯》含有东方浪漫故事的标准模式，如异国背景、出身名门的男女主人公、隐藏的身份、故事套故事的结构以及一个游历冒险的故事框架。文本讲述了年轻的阿比西尼亚王子雷斯勒斯与其他众多王子公主生活在伊甸园般的"幸福谷"（happy valley）中。这里环境优美、安静祥和，众人衣食无忧、终日享乐，唯一的缺憾是不能自由出入。大家对此司空见惯，只有雷斯勒斯因为找不到生活的意义而不满现状、郁郁寡欢。他的老师殷讷向其讲述了外边世界的各种危险和不幸，让他珍惜当下生活，却更激起王子探寻外部世界的欲望。他立志要选择不同的生活方式，执着探寻幸福生活的本相。在殷讷的筹划下，王子与公主妮卡亚、宫女佩凯一同逃出幸福谷，沿尼罗河探访各阶层生活。然而，出人意料的是，无论权贵富商还是贫民隐士，都悲叹自己的不幸而羡慕邻人的幸福。他们遇到不同的人，给他们指出各种找寻幸福的道路，却总是南辕北辙。每一个侃侃而谈的人，在现实面前都难以做到知行合一。在此期间，他们参观了金字塔，经历了宫女被劫持的变故，造访了天文学家。尝遍人生百味后，雷斯勒斯发现没有一

---

① http://www.johnsonessays.com/the-idler/no-101-omars-plan-of-life/，访问日期：2019年7月11日。

② ［英］包斯威尔：《约翰逊传》，罗珞珈、莫洛夫译，中国社会科学出版社2004年版，第65页。

种生活方式是自始至终都幸福的。其实，这样的结局早在老师殷讷预料之中，因为他年轻时也有过同样的人生经历和心路历程。早在出行前，他就向年轻的王子公主提及"天理平衡""鱼和熊掌不可兼得"的道理，却未引起后者的注意。最终，王子和公主游历完大千世界后参透出其中的道理，遂返回阿比西尼亚。故事以一个开放式的结局收尾。

（三）作品分析

《雷斯勒斯》是约翰逊的急就之作。有论者认为，这部小说在情节设计和人物刻画等方面不及笛福、菲尔丁、理查逊、斯特恩等18世纪知名小说家，然而它却"独占了18世纪英国哲理小说的鳌头，并且以它那对人生聪慧的见地和深厚贴切的人情博得了许多读者"[①]。贝特在他的《塞缪尔·约翰逊》一书中把《雷斯勒斯》视为"一个关于追寻的故事，是聪慧而不安分的人对人生目的和意义的探索"[②]。他认为约翰逊对人性的分析建立在"人性贪得无厌，欲壑难填"这一理论之上，并与其伦理思想紧密相连。沿此思路，我们从以下三点分析作品：

1. 一种现象：永不满足的心灵

小说开始给我们展示了一幅人间天堂的图景。主人公雷斯勒斯和其他王室成员居住在风景秀美、气候宜人的"幸福谷"中。谷内有奢华皇宫，四季歌舞升平，安详富足，与世无争，是享受人生的绝世之地。但若细读文本，读者会发现表面的欢快下潜藏着不安因素。

首先，"幸福谷"四面环山，没有出口，唯一的洞口被铁门深锁。这铁门"高大沉重，以前由铁匠锻造而成，没有机器，单靠人手，不能开关"[③]。王子、公主在谷中随心所欲，有求必应。但是，除非登基或出嫁，他们绝不能外出。其次，文本一方面强调山谷"与世隔绝，让人觉得安稳、快乐"，另一方面又写到每年一度国王来访，谷中各人必须上书"如何为深宫平添情趣，充实空余空间，减少沉闷日子"（第2页）。表面的笙歌曼舞无法遮掩内里的空洞无聊。

[①] 吴景荣、刘意青主编：《英国十八世纪文学史》，外语教学与研究出版社2000年版，第180—181页。

[②] W. J. Bate, *Samuel Johnson*, The Hogarth Press, 1984, p. 337.

[③] ［英］塞缪尔·约翰逊：《快乐王子：雷斯勒斯》，郑雅丽译，北京大学出版社2003年版，第2页。文中作品引文均出自该译本，后文引文在括号中只标明书名和页码。

为了让王子公主们安于现状，宫中老师将外边描述为一个互相杀伐、充满疾苦的世界。皇宫甚至每天播送主题是"幸福谷"的乐章，以令宫中王室子弟庆幸自己得天独厚的命运，并在终日的寻欢作乐中故步自封、终其一生。他们在人身自由和思想意识上都受到严密控制，就像笼中饲养的宠物，饱暖无忧。

因此，"幸福谷"远非人间乐园，而是国王用来软禁王室的高级监狱。它并非智慧和德行的结晶，而是政治和权术的产物。实际上，文本说雷斯勒斯是"禁闭"（confine）而非"居住"（reside）在谷中，就是对他实际生存状态的真实写照。①而在小说第47章，殷讷用"快乐监狱"（prison of pleasure）形容幸福谷，更是无意间点出此地的本相。②

若仅从生存角度看，这种软禁对许多人而言未必是坏事。如小说所言，这里"没有劳苦，却有劳苦得来的享受，没有危险，却有危险换来的安逸"（第8页）。大家就像"四周闲逛的动物……饿了就吃青草，渴了就喝溪水，饱了就满足地睡，醒来饿了又吃，吃了又睡"（第5页）。然而，正如雷斯勒斯所说，人与动物之别在于"人必然有一秘密知觉，永不能满足；或者有些非感官性欲望，满足了这欲望，才能快乐"（第5—6页）。

因此，在这个原本平稳的伊甸园里，雷斯勒斯是偏要做好事的亚当。他不满于谷中的奢侈空虚，计划到外面世界寻找"幸福的生活方式"。此时，雷斯勒斯遇到了知音和出逃的诱惑者——殷讷。后者年轻时周游各国，求取知识和智慧，也力图找到最幸福的生活方式，却疲于奔命，四处碰壁，遂决定遗世而居。从全文看，殷讷年轻时的经历就是雷斯勒斯的预演。作为一个"过来人"，他本应劝诫雷斯勒斯放弃无效的尝试。然而，他不仅对年轻人的冲动未加劝解，反倒扮演了诱导者的角色。之所以如此，皆因其进入"幸福谷"后也后悔自己"满腹才思逸兴……不能学以致用"。正是永不满足的心灵让师徒踏上寻找幸福生活的征途。

面对大千世界，雷斯勒斯和妹妹妮卡亚满怀希望地找寻幸福的生活方式。他们首先寻求青春的欢乐，却发现那不过是"粗鄙的声色之乐"。他们又寻求理性力量，投靠两位哲学家。一位标榜用坚忍理智战胜激情是通往幸福的唯一途径，

---

① Samuel Johnson, *The history of Rasselas prince of Abyssinia*, introduction, Gwin J. Kolb ed., Appleton-Century-Crofts, 1962, p. 1.

② Ibid., p. 103.

然而他自己却因痛失爱女而悲哀得发了疯；另一位高谈乐天知命，顺从自然，却在被雷斯勒斯刨根问底后越说越玄，不知所云。此后，他们转向牧羊人"淳朴自然"的田园生活，却只发现愚昧、贫困、卑劣、嫉妒等丑态。再后来，兄妹分头行动：雷斯勒斯探寻达官贵人的生活，只看到权谋的阴险和罪恶；妮卡亚探索寻常百姓家，却发现家庭无一不吵吵闹闹，"婚姻虽带来很多痛苦，独身却毫无乐趣可言"（第72页）。即便最富有和最睿智的人对生存现状同样存在焦虑和不满，无人敢说自己是幸福的。这其中，最典型的是雷斯勒斯与隐士的对照。隐士豁达的语调，安详的神态，让雷斯勒斯自认为找到正确的人生选择。然而，高谈阔论后，隐士却对自己当下过于平淡的归隐生活心生不满，萌生入世之意。颇为讽刺的是，其早年隐遁的原因恰是不满于入世生活的喧嚣。有人认为他入世后"可能再次韬声匿迹；然后在其有生之年，若不怕难为情的话，会再次放弃隐居，重返社会"（第60页）。

约翰逊用一种时而戏谑时而严肃的语调描绘出人生境遇：人们总是不满于自己而羡慕旁人。许多人羡慕甚至嫉妒别人所拥有的，却无视别人家那本难念的经。如上所述，雷斯勒斯一边痛斥自己在幸福谷的苦闷，一边赞扬隐士生活。然而，后者恰恰是幸福谷的缩影。此外，在他羡慕苏丹王手握重权、称霸一方时，并未看到后者头上那柄达摩克利斯之剑——不久即因政变被杀，"没人再提起他的名字"。正如殷讷所言："我们常互相羡慕，虽早已相信没有快乐，却以为别人都快乐……因此我们遇上大多数人，都认为旁人比自己快乐。"（第46—47页）

其实，早在故事一开始，叙述者就发出了怀疑和嘲讽的预言："你热烈追求希望，相信梦想成真吗？你认定年轻时的憧憬，老来必然兑现，今天的缺陷，明天可得偿还吗？听听阿比西尼亚王子雷斯勒斯的故事吧！"（第1页）而在王子和公主踌躇满志地出逃时，其潜意识反应已暗示了他们最终的失败和回归。在他们踏出"幸福谷"的一刻，公主与宫女便"惊慌失措，担心会迷路"。而雷斯勒斯也同样害怕，只是觉得"这话大丈夫不能说出口"。（第41页）相似心境，在殷讷年轻时亦早有体验。未知之境，开启了年轻人的想象力，所有的收获与苦楚，皆与此有关。

2. 一种原因：饥渴的想象

在先前作品中，约翰逊就强调不满现状既是人性的特点，也是其不安因素。

他将这种不满归因于人们充满活力的想象和现实生活之间的巨大差距,并颇费笔墨地描述主观想象对人的吸引力。其在《漫步者》第89期就描述了人的白日梦:"人类头脑中无形却又丰富的思想恰是人类如此复杂的秘密。"在《英语辞典》的"前言"里,约翰逊也用很大篇幅论述了梦想和现实之间的鸿沟。[①] 而在《雷斯勒斯》中,对"人心不足"的论述集中体现在殷讷对金字塔的议论:

> "除了中国长城,金字塔是人类最伟大的杰作,我们现已一睹其真实面目。
>
> "兴建长城,不难想象其动机。中原物资丰盛,却不勇武擅战,长城保卫国土,抵御匈奴侵略。匈奴不擅经营,对他们来说,解决生活所需,豪夺比巧取容易。他们时常入侵太平安定之民居,如大鹰猎食家禽。他们行动敏捷,凶猛无比,中原不能没有长城;而长城能够发挥其效用,皆因匈奴没有文化之故。
>
> "金字塔花上的人力与物力,我们却找不到充分理由。墓室狭隘,大敌当前,撤退不方便;要把珠宝藏好,其他办法同样安全而更合算。看来,建筑金字塔,原因在于人一生不断追求梦想,必要付诸行动才甘心。我们得寸进尺,起初为了实际需要而大兴土木;满足了需要,便为求美观而大显身手,向人类极限挑战。否则,过了不久,我们又有新主意。
>
> "我认为这庞大建筑物,证明了人心不足的现象。王者无上权威,其财富超越国家平常开支及不时之需,遂营建金字塔,扩张领土,酒池肉林,从中取乐。他们的日子越来与苦闷,见万民劳劳碌碌,永无宁日,把石头毫无意义地一块一块搭起来,便眉开眼笑。不懂节度的人,以为位处一国之尊便快乐,以为有财有势便能永远得陇望蜀,大家应来参观金字塔,自我反省才是。"

(第87—88页)

中国长城旨在抵御外敌入侵,而金字塔的建造却是缺乏功用,只为追求梦想。原文中,约翰逊将金字塔建造者这种"人心不足"的追求称为"饥渴的想

[①] 参见[英]塞缪尔·约翰逊:《饥渴的想象:约翰逊散文作品选》,叶丽贤译,生活·读书·新知三联书店2015年版,第261—263页。

象"（the hunger of imagination①）。这一比喻及其变体反复出现在其作品中，是作家对人心灵状态的生动描述。与之相伴生的，可以是"好奇心、冒险的冲动和开拓的精神"，也可以是"贪婪、欲望、怪想、虚荣、自我欺骗等心理"。②

小说中陷入"饥渴想象"的不乏其人。雷斯勒斯在幸福谷中最大的乐趣就是想象自己上演英雄救美的好戏，或是臆造自己建立一个完美的政府。他在这种想象的自娱中忙得不亦乐乎，如其所言："哪怕是父王兄弟过世，我亦漠不关心。"小说用略带讽刺的口吻写道："二十个月过去了，雷斯勒斯整天忙于建造空中楼阁……却忘了考虑怎样才能投入社会。"（第12页）在小说另一处，殷讷的旧友埋头于天文研究，却逐渐将臆想视为现实，本末倒置地认为自己可以支配日月，调节四时，以此经世济国、福泽万民，最终在自我想象中走火入魔。佩凯被劫后，妮卡亚痛苦万分，誓要终身生活在对佩凯的怀念中。但是随着时间推移，她"不由自主地轻松起来"。小说戏谑地写道："她限定每天一段时间，想念佩凯……但渐渐变得马虎，遇上要事、急事，就挪后每天的流泪时间。之后，事非重要，也照样延搁……最后，索性完全放弃这件例行苦差。"（第97页）对挚友的无尽思念居然只是自己想象的苦情戏。此类个人臆想会让读者感同身受地会意一笑，并无大害。然而，有些饥渴的想象则会激发贪婪的欲望，招致灾害。小说对金钱的描述就是一例。

逃离幸福谷后，殷讷不时提点王子要懂得用"金钱的力量"为人处事。宫女佩凯先前也不明白商人们为何"视金银币这种鸡毛蒜皮的东西如命根"。当她被强盗劫持后，不由感叹金钱让她从一个俘虏变成了"大军的首领"。颇具讽刺意味的是，痛斥道德沦亡，大谈坚忍的哲学家面对王子递上的小袋金子，却是"稍作迟疑，惊喜交集地收下"。更为可笑的是，声称"隐居之地不能指望奢华"的隐士，决定重新入世后做的第一件事，就是从石碓中挖出一大包埋藏的珠宝。纵观小说，是金钱的力量保证了雷斯勒斯等人的顺利出行，从而保证故事情节的不断发展。这种对金钱的饥渴想象构成了小说文本与社会现实的对话。对此，约翰逊本人决不会陌生。我们从他那"除了傻子，没有人不为金钱写作"的著名论断

---

① Samuel Johnson, *The history of Rasselas prince of Abyssinia*, introduction, Gwin J. Kolb ed., Appleton-Century-Crofts, 1962, p. 69.
② 参见［英］塞缪尔·约翰逊：《饥渴的想象：约翰逊散文作品选》，叶丽贤译，生活·读书·新知三联书店2015年版，第2—3页。

里读出了一种笛福式的时代精神。

不过，在肯定金钱重大作用的同时，约翰逊也对由它激发的饥渴想象时刻警惕。在小说第20章"钱财惹祸"中，文本陈述了富人的生活"表面快乐，其实虚有其表。钱财招来杀身之祸"。其实，早在长诗《人世希望皆虚幻》中，约翰逊就对金钱激发的物欲想象表示了担忧和批判：

> 看那孜孜的操劳、看那急切的奋战
> 看熙熙攘攘的人群忙忙碌碌的场面；
> 然后说希望和恐惧、还有仇恨和欲念，
> 如何在云遮雾罩的命运迷宫里设阱布陷。①

诗歌罗列了不同的人生——富人、政治家、士兵、学者、美女、期盼长寿者、有德行的人。他们都沉溺于各种"饥渴的想象"中，或是"渴望财富"，或是"急切地想成为大人物"，甚至连孤僻冷静的学者都被"成名的狂热"所鼓动，燃起全部激情。当达到一个高度后，人们会急切地争抢更多：红衣主教想得到更多权势，而瑞典王要再打两个胜仗。最终，他们都落得人财两空的境地：政治家处心积虑拉选票，却最终落选；红衣主教功高盖主，被贬谪到一个修道院苟度余生；瑞典国王骁勇善战，成就一方霸业，最终却被部下谋反推翻。人们下意识地受想象的激情驱使，将物质的追求与人生的幸福画上等号，并未弄清自己究竟所求为何。正如约翰逊在一篇文章中所言："我们手里已有的东西愈多，心里的欲望就愈大；我们一旦知道什么东西是自己尚未享有的，享受眼前美好东西的兴致总会大打折扣。"②通过不同的人生肖像和隐喻，约翰逊反复阐述一个主题：不受节制的妄想和欲求终会是空幻的人生愿望。这种对物欲腐化人心的思考成为小说的"前文本"，一直延续到《雷斯勒斯》的写作。

因此，小说中无人感受到生活幸福的无奈现实归因于如下事实：世人凭着自我想象，错把"幸福感"等同于特定欲求的实现，从而将途径当作追求的目标。然而，想象常会美化过去、将来和远方，并由此反衬当下的不满与失落。正所谓

---

① 转引自黄梅：《推敲"自我"：小说在18世纪的英国》，生活·读书·新知三联书店2003年版，第312页。

② ［英］塞缪尔·约翰逊：《饥渴的想象：约翰逊散文作品选》，叶丽贤译，生活·读书·新知三联书店2015年版，第150页。

"眼前"尽是"苟且","诗意"都在"远方"。当其实现既定目标后,或因无聊而不满,或因新的愿望未能达成而痛苦。如前述引文所言,许多需求不是自然的需要,而是通过想象被人为创造出来的。

表面看去,约翰逊用略带悲观的语调进行老生常谈的道德说教。然而,在其看来,说教的目的就在于通过这种"耳提面命"和"反复提醒",防止人们将腠理之疾发展成膏肓之病。而这种"文以载道"的写作宗旨也成为当时的文学特征。对18世纪的英国新兴中产阶级文人而言,"以虚构文学思考、应对当代社会问题和思想问题乃至介入政治时事是从文的正路"①。文学作品不仅是娱乐工具,更是当时中产阶级的生活指导。因此,面对雷斯勒斯的探求,约翰逊在小说对话中潜藏了自己的回答。

3. 一种策略:理智而节制的生活

小说最后一章的标题是"The conclusion, in which nothing is conclusion",它有两层含义:在行动层面是"没有结局的结局",在谈话层面则是"没有结论的结论"。经历一系列挫折的年轻人心中怀揣新的目标重返幸福谷,小说开放性的结尾也引起批评家对小说主旨的激烈争论。在《约翰逊传》里,鲍斯威尔强调雷斯勒斯的经历"告诉我们生命的舞台上,塞溢着'虚荣与精神的烦扰'"②。弗里德·帕克则认为《雷斯勒斯》体现了约翰逊对现实生活的怀疑主义倾向,这与其宗教上的坚定立场对比鲜明。③

诚然,约翰逊写作此书时生活困顿,亲人的离世也令其对人生幸福的可能性心生怀疑。

但若简单用其自身经历去生硬解读《雷斯勒斯》也欠妥当。小说第六章,约翰逊似乎给读者上演了一出闹剧:一名精通机械设计的工艺家向雷斯勒斯推销飞行器的设计方案,而该构想也让王子重燃跨越高山、逃离幸福谷的希望。飞行器大功告成后,工艺家亲自披挂上阵,"从站立处一跃而起,却立即掉进湖里"。这则看似节外生枝的笑话其实隐喻了约翰逊对人生境遇的理解:人们总是在希

---

① 转引自黄梅:《推敲"自我":小说在18世纪的英国》,生活·读书·新知三联书店2003年版,第5页。
② [英]包斯威尔:《约翰逊传》,罗珞珈、莫洛夫译,中国社会科学出版社2004年版,第68页。
③ Fred Parker, "The Skepticism of Johnson's Rasselas," Greg Clingham ed., *The Cambridge Companion to Samuel Johnson*,上海外语教育出版社,2000,第127—141页。

望、尝试、失败的过程中走向成功或堕落。"屡战屡败"是一种结果,但"屡败屡战"却是一种精神。幸福不在于目标的实现,而在于不断选择,不断有希望和目标。正如幸福谷中的雷斯勒斯所言:"不知所缺为何物,正是不快乐的因由。……想象自己也有目标追求,那多快乐。"(第8页)

实际上,作为引路人的殷讷和隐士,在不断提醒年轻人幸福生活不可求的同时,又宽容甚至鼓励他们不断探寻。当雷斯勒斯把出逃计划告诉殷讷时,他一边诉说外边世界的险恶,一边却又劝慰他不要绝望。而王子、公主在一次次挫折面前心灰意懒时,又是殷讷及时提醒年轻人过程比结果更重要:"在选择人生道路的过程中,您已经忘记如何生活。"(第81页)在妮卡亚失去挚友,看破红尘时,还是殷讷劝诫她切勿将自己变成死水一潭,应重新投入生活。正如文中一位哲人对于隐士的评价:"追求快乐的人死心不息,……即使饱历风霜,亦不能将希望磨灭。不管眼前的生活是什么,我们都觉得或者硬要说,一切是痛苦的。可一旦成为明日黄花,加上想象,又变得其甘如荠。"(第60—61页)这正是约翰逊的结论。细读文本,会发现整个故事用象征手法勾勒了人的一生:幸福谷象征着人的母体,雷斯勒斯的出逃象征他们来到人世,而文本最后参观的木乃伊则象征着死亡。主人公们在不断变换人生场景的同时,也经历着精神上的洗礼和提升。他们返回阿比西尼亚,也只是像隐士那样暂时蛰伏,生命不息,追求不止。正如隐士所说:"只要活得好,哪个生活方式都好。"而"生活的选择"(the choice of life)这一表述在小说中也屡次出现,并被作者用斜体着重强调。

因而,有论者认为全书被一种明显的矛盾思想所贯穿:"即一方面反复论证人类欲望和追求的虚妄,另一方面又承认欲望乃是活力和创造的源泉。"[1]

其实,在看似矛盾的观念中,秉持"文以载道"的约翰逊仍有偏重。而这部作为"生活指南"的小说亦潜移默化地暗指了某种生活策略。面对熙来攘往的大千世界,约翰逊所言的"选择"并非赌徒式的撞大运,也不是苦行僧式的弃绝享乐。在其《匮缺与幸福》一文中,他将人们生活中的诸多不幸归因于匮缺。其解决之途有二:增添财富与缩减欲望。尽管后一种更易为多数人所掌控,但人们却多选择第一条路,将占有与幸福挂钩,并在"饥渴的想象"中不断"制造新的匮缺"。[2]因此,约翰逊认为若要避免人生的诸多不幸,就应该在"理智"的引

---

[1] 黄梅:《推敲"自我":小说在18世纪的英国》,生活·读书·新知三联书店2003年版,第275页。
[2] [英]塞缪尔·约翰逊:《饥渴的想象:约翰逊散文作品选》,叶丽贤译,生活·读书·新知三联书店2015年版,第167页。

导下过一种"有节制"的生活。在《想象的节制》一文中，他认为"幻想的快感和欲望的冲动比罪的意念更为危险，原因在于它们更为隐蔽"。人们一旦放纵欲念，就会将不可获致之物视为唾手可得，进而付诸行动，害己害人。因此，他强调人们要"使想象处于理智的监控"，以令自己"免受怪异动机的影响，不会无度地沉迷于想象的狂欢之中"。①这一思想也反映于《雷斯勒斯》。在参观金字塔一章中，作者便借殷讷之口提醒"不懂节度"的人应自我反省。

因此，他强调幸福与否与占有多少并无多少关系。一种快乐的人生，在相当程度上是恬静淡泊的。但现实中，人们喜好攀比，并因此心生不满。如若每个人都合理地控制自己的需求，幸福的人生所要求的其实很少。所以，约翰逊把"节俭"称为"审慎"的女儿，"节制"的姐妹，"自由"的母亲。

尽管这些话题自古有之，但约翰逊却可以结合时代现实，通过文学的形式给读者呈现出新意。这正是约翰逊作为一个道德作家广受欢迎的原因。表面上悲观冷酷的叙述语调下，是他对日常生活的细腻体验和对生命的无限热爱。正如吴尔夫所说："约翰逊的魅力源自他爱生活的热心肠。"②

（四）精彩片段欣赏

● **译文选自**

[英]塞缪尔·约翰逊：《快乐王子：雷斯勒斯》，郑丽雅译，北京大学出版社 2003年版。

1. 想象的快乐

　　他最大的乐趣，就是想象一个世界，前所未见；经历人生百态，想象自己出生入死，险象环生；但他行侠仗义，结局总是云开月明，水落石出，锄强扶弱，把快乐带给人间。

　　二十个月过去了，雷斯勒斯整天忙于建造空中楼阁，无视自己遗世独立。他时刻思想如何应付各种人事，却忘了考虑怎样才能投入社会。

---

① [英]塞缪尔·约翰逊：《饥渴的想象：约翰逊散文作品选》，叶丽贤译，生活·读书·新知三联书店 2015年版，第 8—14 页。
② 黄梅：《推敲"自我"：小说在 18 世纪的英国》，生活·读书·新知三联书店 2003年版，第 275 页。

一天，他坐在河边，想象有名闺女，无父无母，被爱人抛弃，骗走她微薄私蓄，她边哭边追，要把钱讨回来，讨回公道。当时景象栩栩如生，王子要拔刀相助，跳起来往前跑，把贼子抓回来，像真有其事。那人做贼心虚，心里害怕，自然越跑越快，雷斯勒斯任追也追不上，却穷追不舍，追到山脚，筋疲力尽，才停了下来。

在那里，他定一定神，自觉平白一场冲动，实在好笑。他仰望高山，说："就是这致命绊脚石，妨碍我不能享受快乐，不能助人为乐。多少日子以来，我的希望，我的梦想，早已飞出生命藩篱，可我从没试过攀越这高山！"

一言惊醒，便坐下来，想到自决心离开这牢笼，太阳已两趟环行其周，内心从未如此懊悔。这些日子以来，许多事可为而不为，结果一事无成。他把二十个月与人一生相比，说："儿时年少无知，老年懵然不知，心智成熟需要时间，身体力行却苦日无多。按合理估计，人生真正若有四十年，我却花掉二十四分（之）一想东想西。过去的，我曾经拥有，但肯定已失去，未来二十个月谁敢担保？"

王子自觉愚昧，不禁痛心疾首，半天不能原谅自己。他说："在此之前，我虚度光阴，乃因祖先愚昧失德，国家制度荒谬所致，想起来深恶痛绝，但不会自怨自艾。但自从曙光首趟射进脑海，我想办法寻找理性的快乐以来，一月复一月给浪费掉，这是自己的错。光阴一去不再，二十个月来，我看日出日落，天色变幻，而游手好闲：期间，雏鸟离开母巢，飞往树林，飞往苍穹；小羚羊不再吃奶，自力更生，一步一步往石壁爬去；我却一事无成，一筹莫展，一无所知。月圆月缺何止二十次，警告我流年似水；足下溪水经过，责备我无所事事。我坐着做梦，看不见大地类同的范例，宇宙星辰的指引。二十个月已过去，谁能追回来？"

王子愁肠百结，又浪费了四个月，矢志不再花时间胡思乱想。……

（第10—11页）

这段文字描述了物质丰裕的王子雷斯勒斯只能在"想象"的世界中寻得"最大的乐趣"。如前文所述，匮乏之物往往成为人们痛苦的原因，也容易被人预设为获得幸福快乐的途径。一旦获取，那种求而不得的痛苦和想象中获取后应该具有的喜悦往往被新的欲求和想象所取代。所以，在他人眼中令人快乐的锦帛玉食、歌舞升平却令久居其中的王子日久生厌。只有想象的世界日日常新，令其快乐。但是，王子一般的人并非个例。公主就时常在"白日梦"中将自己想象为快乐的牧羊女，甚至专门穿上村妇似的裙子以求"发挥想象力"。而宫女佩凯则把自己想象为阿比西尼亚的皇后，以至于混淆想象和现实，忘记向真实的公主下跪。值得注意的是，叙述者揭示了沉溺想象的两种弊端：其一是耽于想象浪费现实时间，让人忘记"怎样才能投入社会"。作者用调侃夸张的笔调写了王子的百无聊赖：在想象世界中蹉跎二十个月后，又用四个月悔过自新。其二是人们常在想象世界中把自己设定得更完美、理想。王子常把自己想象为锄强扶弱、英雄救美的侠士，与现实中的自己天壤之别。若不辨真假地将这种设定代入到现实生活中，则或如王子般"自觉愚昧""痛心疾首"，或如天文学家般走火入魔，以假乱真。约翰逊对王子的描写看似轻松戏谑，实则暗藏其对人性的深刻思考。

2. 一个快乐的聪明人

一天，王子走在路上，看见一座宽敞楼房，门户大开，欢迎公众入场。王子随着人群进去，发现原来是一间讲堂，也像一所演说学院，里面有教授对群众说话。王子留意到其中一位学者，这人鹤立鸡群，口若悬河，大谈克己之道。他道貌岸然，举止斯文，腔圆字正，措辞华美；慷慨陈词，旁征博引，指出世人舍本逐末，以致道德沦亡。情感包括七情六欲；欲令智昏，结果自然满盘皆落索，心烦意冗，方寸大乱。情感用事，攻下理性的堡垒，七情六欲失控。他把理性喻为白日，日光始终如一，同质均匀，与天地共存。而情感如流星，光华四射，却转眼即逝，飘忽不定，来无踪、去无迹。

他又念了数则不同时代有关克己复礼的格言，表示战胜情感，犹如赢了大仗，何等快乐！从此，我们不再诚惶诚恐，痴人说梦；不再妒火焚身，怒发冲冠，我们柔情不能俘，哀痛不能创。不管国破家亡，抑或国泰民安，我们行若无事，心贯白日，不管晴阴，照样运转。

他罗列许多英雄豪杰为例，他们无视痛苦与快乐，常人所谓祸福，他们无所容心。他规劝众人切勿先入为主，遇上厄运时，应坚强忍耐。他的结论说：只有这样，才能得到快乐；而这快乐，人人唾手可得。

雷斯勒斯洗耳恭听，俨然视之为神明。他站在门口等候，必恭必敬恳请这位真正高人接见他。王子把一小袋金子塞进他手里，这名讲师稍作迟疑，惊喜交集地收下。

王子回去对殷讷说:"我已经找到一个人,能把一切需要的知识教给我。他坚强理智,不屈不挠;居高临下,静观世情变幻。他慎言谨语,词严义密。此人将是我的导师,我要学习他的思想和生活方式。"

"请勿动辄相信或崇拜道德家。"殷讷说:"他们说话冠冕堂皇,生活却与常人无别。"

雷斯勒斯却认为,这人言之成理,若不身体力行,决不能如此理直气壮。几天后,他登门造访,不料被拒门外。王子现在懂得金钱的力量,送上一枚金币后,得以进入内室。只见这位哲学家坐在半明不暗的房里,双眼含泪,脸容苍白,他说:"先生,您来得真不巧,现时没有朋友可帮助我,因为我的创伤无法复原,我的损失不可弥偿。我的女儿——我的独生女儿,在晚年会悉心照料我一切的女儿,昨夜发烧死了。我的将来、我的目标、我的希望,全都完了。现在我被社会抛弃,孤苦伶仃。"

"先生,"王子说:"智珠在握,即使噩耗传来,亦不致手足无措。要知,死神如影随形,随时都会降临。""年轻人,"这位哲学家回答说:"这么说来,您必定没有受过生死离别之苦。"雷斯勒斯说:"难道您已经忘掉自己大声疾呼的格言吗?难道您不能运用智慧,武装心灵,渡过难关吗?试想,沧海桑田,惟有真理永恒不变。"他伤心地说:"真理怎能安慰我?现在,真理有何用?真理只告诉我,我女儿一去不复还。"

王子心慈面软,见他悲恸万分,不忍加以责备,只得离去。他明白了:语调抑扬顿挫,常流于空洞;言辞字斟句酌,只是华而不实。

(第50—52页)

《雷斯勒斯》是一部哲理小说,也有人称之为道德训诫小说。这一文类常常会因重于说教而弱化作品的故事性。但在这段引文中,约翰逊通过一个略带调侃的小故事和一个知行不一的哲学家形象反讽了斯多葛主义的道德学说,把原本晦涩枯燥的道理生动形象地呈现给读者。"什么是幸福"是18世纪最热门的道德话题之一。包括约翰逊在内的许多道德家都感受到,一种日益"世俗化"的时代精神令许多人把幸福等同于物欲和感官享受。约翰逊对此持否定态度。但另一方面,他也认为斯多葛派那种摈弃七情六欲的抽象道德"有悖于天性"。其在《漫步者》中曾专门撰文对此进行批判。小说中的哲学家表面秉持斯多葛派的理念,宣称用理性驱斥情感即可快乐。他言之凿凿，信心满满，一度令王子顶礼膜拜，奉其为人生导师。然而，爱女的离世令其露出真容。当王子用哲学家训诫他人的"真理"安慰其本人时，却招致后者诘问："这么说来，您必定没有受过生死离别之苦。"这一反问恰恰点出哲学家先前的弱点，缺乏"经验"和"常识"的说教往往违情悖理。正如王子对其的评价："语调抑扬顿挫，常流于空洞；言辞字斟句酌，只是华而不实。"而这种平衡持重、一针见血的评论正是约翰逊的语言风格。情与理，孰轻孰重，自古难辨。约翰逊在此没有长篇大论，也未提供答案，而是通过一个人物的自我否定，将生活的真实面貌展现在读者面前，由后者自己思考判断。正是这样的一种书写方式，令其在当时和后世拥有众多读者。

第六讲
歌德《少年维特的烦恼》

一、歌德

约翰·沃尔夫冈·封·歌德（Johann Wolfgang von Goethe，1749—1832）被视为德国古典文学最主要的代表，将德国文学从闭塞状态提高到世界水平的伟大民族文学作家，世界顶尖的大文豪之一。

1749年8月28日，歌德生于美因河畔的法兰克福。祖父弗里德里希·乔治·歌德生于铁匠之家，以裁缝为业。父亲约翰·卡斯帕尔·歌德得以享受高等教育并获法学博士学位，后娶法兰克福市市长的长女为妻。由此，歌德获得了较父辈更为优越的成长和教育环境。

1765年，歌德离开故乡前往莱比锡求学。1768年，歌德因病离开莱比锡，回到故乡法兰克福。在莱比锡大学求学期间，歌德结识了艺术史家温克尔曼的好友奥塞尔先生，初次阅读了温克尔曼的著作。

1770年，痊愈后的歌德再次离开故乡，前往斯特拉斯堡大学求学。在斯特拉斯堡，歌德结识了对其产生重要影响的赫尔德。赫尔德不仅使歌德由对莎士比亚的一般阅读转向深入钻研，了解英国感伤主义文学，还带领他搜集德国民歌，使其改变了早期诗作的洛可可风格。更重要的是，赫尔德还将其资产阶级民主主义思想和强烈的反封建精神传递给了歌德,影响了歌德狂飙突进运动时期的文学写作主旨。这个时期,歌德爱上了斯特拉斯堡城郊塞森海姆乡村牧师布里翁的小女儿弗里德莉克,在此期间写下的具有浓郁民歌风味的《五月之歌》等青春、爱情诗歌,后收入《塞森海姆之歌》。1771年8月,歌德毕业返回故乡,迎来了他的第一个创作收获期。至1775年离开故乡前往魏玛,歌德不仅完成了剧作《铁手骑士葛兹·封·伯利欣根》(1773)和长篇小说《少年维特的烦恼》(1774),还写出了《浮士德》初稿(1773),诗剧《普罗米修斯》中的颂诗《普罗米修斯》,并着手翻译莪相的诗歌。

  1775年11月,歌德应魏玛公国公爵邀请前往魏玛,开始了其人生的魏玛时期。这段时期大致被分为三个阶段:与席勒结识前(1775—1794);与席勒订交的十年(1794—1805);晚年(1805—1832)。在1775—1786年初至魏玛的十年里,歌德在仕途上可以说是一帆风顺的。他最初被任命为矿务总监,后于1779年升任枢密顾问,并于1782年获得贵族封号,成为功勋贵族。但该时期在创作方面少有收获,除《魔王》《迷娘曲》等诗歌外,最重要的作品是剧本《伊菲革涅亚在陶里斯》(1779)。该剧本在宫廷剧场上演,歌德亲自扮演了俄瑞斯忒斯。这段时期,歌德私人生活中发生的重要事件是爱上了对其人生和写作均产生了持久、重要影响的夏绿蒂·封·施泰因夫人。

  1786年,为了重新调整自己,歌德开始了为期三年的意大利艺术朝圣之旅。在意大利期间,歌德完成了历史剧《埃格蒙特》(1787)以及诗剧《塔索》的部分内容,修改了《伊菲革涅亚在陶里斯》(1787),并推进了《浮士德》的写作。回到魏玛后,歌德调整人生方向,在他的请求下被免去了除矿务总监之外的大部分职务,担任了艺术与科学事务总监,专心致力于科学研究和文化艺术事业,一心将魏玛打造成第二个佛罗伦萨。也正是在1788年,歌德结识了他的妻子克里斯蒂安娜·符尔皮乌斯,两人于1806年正式结婚。法国大革命爆发后,歌德写了剧本《受鼓动的人》(1794),表达了对大革命的理解和否定。

  早在1788年年底,歌德就应朋友之约推荐席勒任耶拿大学历史学教授,但直至1794年,二人才正式订交,开启了德国文学史上为期十年的魏玛古典时期。在此期间,歌德完成了长篇小说《威廉·迈斯特的学习时代》(1778—1796)及叙事诗《赫尔曼与窦绿苔》(1797),《浮士德》第一部接近完成(1806),诗歌创作主要集中于讽喻短诗和叙事谣曲。

  1805年席勒去世后,歌德仍持续了近三十年的文学创作,完成的主要作品有长篇小说《亲和力》（1809），自传《诗与真》（1811—1830），诗集《西东合集》（1819），《浮士德》第二部（1831）。1827年1月31日，歌德在与秘书爱克曼的谈话中明确提出了"世界文学"的概念。在此期间发生的重大政治事件是拿破仑入侵。在法军的军事占领中，歌德与一直陪伴他18年的克里斯蒂安娜·符尔皮乌斯正式完婚。1808年10月，拿破仑三次召见歌德，与他谈论文学艺术，并亲自授予他法国荣誉团勋章。①

从启蒙早期探索市民悲剧的莱辛时代，经标举反叛、天才、个性、激情、自由的狂飙突进运动时期，到回归和谐、平衡、改良的魏玛古典时期，再到德国及英美浪漫主义崛起的18世纪末19世纪初，直至诞生了欧洲现实主义文学奠基之作《红与黑》的19世纪30年代，歌德的一生经历了德国和世界文学思潮的多番起伏更迭及转型时期欧洲政治、军事的风云变幻，其在文学领域致力于熔铸古典精神与现代精神、东方文化与西方文化的丰硕建树，在自然科学领域的切实贡献，在政治、实业领域的多方探索，乃至其热烈追求个人幸福的丰富情感经历，均在1832年迎来了他可以说"你真美呀，请你暂停！"②的辉煌时刻。3月22日，歌德在魏玛家中辞世，结束了其浮士德式的持续探索的一生。

二、《少年维特的烦恼》（*Die Leiden des Jungen Werthers*）

（一）作品生成过程及中译本

1772年5月，青年歌德遵父命去韦茨拉尔的帝国高等法院见习，在那里结识了同在公使馆服务的不来梅大公视察团团员克斯特纳，后来又在参加一次舞会时认识了克斯特纳的未婚妻夏绿蒂·布甫。歌德次日就登门拜访，自此往来日密。歌德与克斯特纳的关系日益尴尬，夏绿蒂也明示歌德只能给予他友情，歌德便在朋友约请下离开了韦茨拉尔，但稍后又与朋友重返韦茨拉尔，再次见到夏绿蒂。由于朋友泼冷水，贬低夏绿蒂，歌德对夏绿蒂热情降温，但当他于9月再次离开韦茨拉尔时，仍然彻夜难眠，于夜晚和次日清晨给克斯特纳和夏绿蒂写了两封忧

---

① 上述文学史实内容参照余匡复：《德国文学史》，上海外语教育出版社1991年版；李大可著：《天·地·人》，河北人民出版社1999年版。

② ［德］歌德：《浮士德》，董问樵译，复旦大学出版社1983年版，第667页。

郁伤感的告别信。夏绿蒂·布甫就是《少年维特的烦恼》中绿蒂的原型。1773年，歌德的剧本《铁手骑士葛兹·封·伯利欣根》出版，歌德也寄给了克斯特纳和夏绿蒂。

歌德在韦茨拉尔帝国高等法院见习时，其在莱比锡大学时期的同学耶路撒冷在韦茨拉尔的布朗斯威克公使馆做秘书。耶路撒冷给歌德的印象是英俊可亲，艺术兴趣广。歌德风闻耶路撒冷爱上了朋友之妻，并于痛苦离开夏绿蒂所在的韦茨拉尔一个月后，听到了耶路撒冷因表白遭拒而以手枪自杀的消息，深受震动。在爱情无望的痛苦中，歌德也曾屡次动过自杀的念头，不过他最终认为，只有可以体现精神之伟大的自杀才是被许可的，必须死得其所。这一点上，他与《少年维特的烦恼》中的阿尔伯特达成了一致。耶路撒冷最终成为维特的原型人物之一，他惯常穿着的仿英式服装也被安排在了维特的形象上。

1772年歌德离开韦茨拉尔后，拜访了作家封·拉洛塞夫人，结识了她的大女儿玛克西米丽安娜。1774年，玛克西米丽安娜嫁给了法兰克福商人布伦塔诺。歌德本与玛克西米丽安娜情投意合，所以常去拜访她，渐渐激怒了布伦塔诺。布伦塔诺最终粗鲁地对歌德下了逐客令。这一强烈刺激，照亮了歌德关于夏绿蒂·布甫和耶路撒冷的记忆。他仅用四周时间，就以他久想尝试的书信体一气呵成了《少年维特的烦恼》。

《少年维特的烦恼》出版后引起巨大舆论反响和社会风波，歌德本人在其自传《诗与真》中曾有论及，中国学者也曾在研究专著中详加介绍。[1]据中国学者考察，清朝大臣李凤苞在其《使德日记》中第一次提到《少年维特的烦恼》，称之为《完舍》（1878年11月29日），这也是歌德在中国文字中第一次被记载。[2]1903年由上海作新社出版的译著《德意志文豪六大家列传》（原作者为日本的大桥新太郎，中译者为赵必振）第一次介绍了此小说（小说名译为《乌陆特陆之不幸》）在当时的巨大反响。1914年上海文明书局出版的《马君武诗稿》中收录了马君武翻译的《少年维特的烦恼》（《威特之怨》）片段，并对部分小说情节做了简述。这是该小说（也是歌德作品）最早的中文译文。[3]1922年，郭沫若翻译的《少年维特的烦恼》由上海泰东图书局出版，这是该小说的第一个中文

---

[1] 参见高中甫：《歌德接受史1773—1945》，社会科学文献出版社1993年版，第8—15页。

[2] 参见杨武能：《歌德与中国》，生活·读书·新知三联书店1991年版，第91—92页。

[3] 参见同上书，第97—100页。

完整译本。该译本多次重印，影响广大，并引发了更多新译本的出现。[①]

（二）作品梗概

1771年5月，维特遵母嘱去故乡处理遗产继承事务，一路上不断写信将自己的情感经历和所见所闻等向朋友威廉倾诉，有时也请他向母亲转达信息。多愁善感的他在雷奥诺莱姐妹间引起感情芥蒂，对井边汲水姑娘们念念不忘，深深怀念已经去世的女友，渴望早日见到新结识的侯爵总管S家的大女儿，怜爱并帮助村里遇到的贫穷男孩儿和他们的母亲，为偶遇的青年农民对其女东家的真挚爱情热血沸腾，甚至产生移情心理。在经历了这些感情序曲之后，他终于在去参加一个舞会时见到了总管家的大女儿夏绿蒂，并与她产生了强烈的感情共鸣。虽然夏绿蒂已与阿尔伯特订婚，但恰逢阿尔伯特外出去料理父亲后事，而且看起来时代风尚给维特与绿蒂（夏绿蒂的昵称）亲密友好的自由交往留有很大余地。维特陪绿蒂去探望牧师，与她一起散步，听她讲述各种见闻感受，听她弹奏钢琴，为她画肖像，细心体会二人无意间的肢体接触。阿尔伯特返回瓦尔海姆后，在侯爵府中得到了一个待遇优厚的差事。他对维特很友好，维特对他的最初印象也很好，认为他善良、亲切、高尚、诚恳、精细、勤谨，能体贴、尊重绿蒂，对他甘拜下风。不过，虽然有人劝说维特自行退出，他却完全无法接受。维特也能与阿尔伯特一起散步交谈，但他更渴望阿尔伯特不在的时候去拜访绿蒂。痛苦不断加深，1771年10月，维特终于选择离开瓦尔海姆，去D城的公使馆做事。

但维特在D城的经历并不顺利。在公使馆给公使做秘书，他受不了公使对他文稿的百般挑剔和种种繁文缛节；在与D城居民的交往中，无论是妄自尊大的贵族还是蝇营狗苟的市民，都让他感到压抑窒息，心灵孤独。只有在他眼里与绿蒂颇为相似的贵族B小姐以及开明贤达的C伯爵才使他在苦闷中得到一些感情、精神上的安慰和支持。但是在C伯爵家的一次贵族聚会上，不明内情的维特被守旧贵族们排斥，顷刻间闹得满城风雨。于是维特愤而辞职，于1772年4月离开了D城。维特先回了一趟家乡，然后应约去了一位侯爵的猎庄。这位侯爵是现役将军，维特本打算去从军，但被侯爵劝阻了。由于与侯爵缺乏共同语言，维特离开

[①] 杨武能：《歌德与中国》，生活·读书·新知三联书店1991年版，第112—114页。关于《少年维特的烦恼》的中译详情可参阅顾正祥编著：《歌德汉译与研究总目（1878—2008）》，中央编译出版社2009年版；顾正祥编著：《歌德汉译与研究总目（续编）》，中央编译出版社2016年版。

了侯爵的猎庄,他本打算四处漫游,但是深情再次把他带回了6月的瓦尔海姆。此时的瓦尔海姆已今非昔比:他资助过的那位农妇的小儿子已经夭折,她去继承遗产的丈夫也两手空空地回来,得了寒热病;而那位热恋女东家的青年农民,虽然最初爱情取得了一点进展,但后来仍被拒绝和解雇,最终做出了杀人的疯狂举动,面临法律的惩罚;老牧师家的两棵胡桃树也被新任牧师夫妇、村长和镇公所联手砍了。维特还偶遇了因痴恋绿蒂而被解雇、最终发疯的S总管的原秘书。所有这一切都深深刺激了陷入更深情苦中的维特,推动他在12月最终走上自杀的道路。

(三)作品分析

《少年维特的烦恼》虽然仅属长篇小说中的短制,却体现了青年歌德耀目的天才和持续磨炼积累的深厚功力。青年作家的天才个性与狂飙突进的时代精神相融相助,成就了既映照时代又超越时空的不朽世界文学经典。

1. 书信体与第三人称叙事联合打造的意义结构,抒情穿绕的叙事

《少年维特的烦恼》的卷首是编者致读者的话,没有标题,近似散文体献词,很简短。小说的主体部分是两编维特书信,第一人称,最后一部分的标题虽然是"编者致读者",实际上仍是小说的一个有机组成部分,由编者的第三人称叙事与维特的第一人称书信混合而成。第一编维特书信的轴心是荷马,时间跨度从春到初秋,对应维特生命的平稳和积极上升的状态,具有热烈、明朗、欢快的抒情性。第二编维特书信的轴心是莪相,时间跨度从秋到次年冬,对应维特生命的下降走势,抒情郁愤、晦暗、沉滞。最后的"编者致读者"是荷马(编者)与莪相(维特)的交响,日神与酒神的合奏,光明拥抱缠绕着黑暗,既表达了编者对维特的挚爱和保留,也体现了作家追求形式华丽的倾向。由于插入了维特吟诵莪相诗歌的段落,这部分的抒情性大大增强,三首莪相诗歌如同裹挟着波涛的呼啸长风,哀悼着逝者,呼唤着变革,扫荡了文本和读者心灵的每个角落。不过,编者的第三人称叙事并非天衣无缝,比如维特与绿蒂感情失控的那段描写,就显然逾越了"编者"的客观性界限。

2. 爱情、身份、天才三重叙事

爱情叙事是《少年维特的烦恼》最受读者关注的层面。恰如其原型人物、事件的多源性，在此，青年歌德似乎也在向他仰慕的莎士比亚戏剧的丰饶性致敬，为维特对绿蒂的热恋设置了两条辅助线索：青年农民对其女东家的追求，绿蒂父亲的秘书对绿蒂的痴恋。从狂飙突进运动标举个性、叛逆、情感的角度看，一方面这三条爱情线索具有一致性，两条辅助线索支持、强化了维特的爱情主线索。另一方面，三条线索又形成区别、对比。与青年农民毁灭性的占有欲和秘书彻底丧失理性的身份上升迷狂相比，自杀前还在读莱辛的市民悲剧《艾米莉亚·迦洛蒂》的维特是清醒、觉悟的，不愧是启蒙思想哺育的杰出平民青年的代表之一。他是怀着爱情无望的痛苦和出路狭窄的平民的郁愤，清醒、决绝地与旧世界决裂的。

身份叙事集中体现了青年歌德对社会现实的敏锐洞察和思考。从第一编过渡到第二编，爱情叙事与身份叙事的衔接是极其自然的。由于在公使馆叙事部分引入了贵族B小姐这一人物，身份叙事与爱情叙事自然纠结了起来。属于一般市民阶层的维特在C伯爵家被守旧贵族们排斥，C伯爵的身不由己和B小姐的尴尬、愚蠢，都暴露了彼时封建身份等级制依然顽固和强大，揭示了维特走向自杀悲剧的结构性的社会推动力。

天才叙事具有部分的独立性，也穿插于爱情叙事和身份叙事中。它体现为对儿童、自然以及优美女性的热爱和崇拜，也体现为与官场和庸俗市民价值观的水火不容，以及对规范社会的法律及日常通行的常识、常规的质疑和叛逆。作为维特与编者（乃至阿尔伯特）的合一体，青年歌德在爱情叙事层面上是自我反思、对话的，而在身份叙事和天才叙事层面则具有明晰的坚定性，只是当天才叙事交融于爱情叙事中的时候，它才被投映了些许可疑的负面色彩。

3. 绿蒂的出场

终生热爱戏剧的歌德曾明言自己从青年时代起就深受莫里哀的影响。[①]莫里哀的代表喜剧之冠《伪君子》是五幕剧，但是其主人公达尔杜弗直至第三幕才出场。这一设计曾被歌德视为"现存最伟大的最好的开场"[②]。在《少年维特的烦

[①] [法]莫里哀：《莫里哀喜剧全集》（第一卷），李健吾译，湖南文艺出版社1992年，第10页。
[②] 郑克鲁主编：《外国文学史（修订版）》（上），高等教育出版社2006年，第118页。

恼》中，绿蒂的出场也是滞后的，经过了前期充分的渲染、铺垫，隐然显露了青年歌德向喜剧大师学习的痕迹，是该小说高超叙事艺术的重要体现。

绿蒂的出场是在维特6月16日写给朋友威廉的信件里。此前是维特写于5月的10封信件，小说就是从维特1771年5月的信件开始，经5月4日、10日、12日、13日、15日、17日、22日、26日、27日、30日的10封信件，直接跳到6月16日的信件，中间相隔了半个月的时间空白。虽然维特对此做出了说明，但并不能否定这种空白在形式上可以起到分割叙事区域的功效，读者只要细心留意，就会注意到这种时间安排，意识到它是为凸显绿蒂出场而有意为之的一个隔离装置，一个重大转场，一次落幕和一个较长时段的幕间休息。经过这样一种强调和凸显设置，绿蒂出场的重要性就被预先告知给读者，尽管此前小说实际上已经在5月17日的日记里以"尤其对他的大女儿，人家更是赞不绝口"的方式首次侧面提到了绿蒂。

绿蒂出场的重要性首先是对谁而言的重要性呢？当然是对维特而言。信是维特的信，日期是维特生命史中的日期，绿蒂就是维特生命史中唯一的、致命的"那一个"。绿蒂并非圣女贞德那样的史诗女英雄，她不具备民族史意义。在作为市民文体而崛起于18世纪的"小说"这一个人主义私人叙事形式中，在非象征的意义上，绿蒂仅仅是维特的恋人，阿尔伯特的未婚妻（继而是妻子），八个弟妹的长姐，以及已经去世的母亲和依然在世的父亲的听话的大女儿。这就难怪在并非情人的他者眼中，绿蒂会完全失掉在维特眼中的那种独特魅力，被贬得一无是处。

> 夏洛蒂（即夏绿蒂——引者）实在是平淡无味，她是维特导演的富有个性、有声有色并且催人泪下的一幕戏中一个微不足道的人物；由于恋人的美好意愿，这个平庸的对象被置于舞台中心，受到赞美、恭维，成为进攻的目标，被花言巧语（也许还有诅咒）包裹得严严实实；就像一只肥母鸽，呆头呆脑，毛茸茸缩成一团，旁边是一只兴奋得有点发狂的雄鸽围着它转个不停。①

"平淡无味""平庸""微不足道""呆头呆脑"——仅仅作为一个超历史的女性个体而存在的绿蒂，在罗兰·巴特的笔下完全失去了个性魅力，仅仅是均

---

① ［法］罗兰·巴特：《恋人絮语》，汪耀进、武佩荣译，上海人民出版社2004年版，第29页。

质的"爱情"符号,是作为笼统的整体而存在的"爱情"得以投射自身、反射自身、享受自身的镜子和傀儡。

  我渴求的是自己的欲望,而情偶不过是它的附属品而已。①

  20世纪的罗兰·巴特,其爱情心理学拒绝认可绿蒂"那一个"的独特美学价值,而18世纪70年代的青年歌德,看起来却显然对展现个体的魅力孜孜以求。仔细分析绿蒂出场前的文本内容就会发现,半个月的时间隔离带只是作家凸显绿蒂形象的手段之一。为了制造后来居上、千呼万唤始出来的艺术效果,作家还有意在此前的信件中采用了其他具有迷惑性的延迟叙事装置。

  在绿蒂出场之前,作家在维特的信里安置了五组女性作为迂回叙事装置,她们分别是雷奥诺莱姐妹、井边汲水的姑娘们(重点写了一个使女)、"我青年时代的女友"、一位青年母亲以及青年长工的女东家。

  在作为开篇的第一封信里,几乎是起首就直接推出了维特与雷奥诺莱姐妹的感情纠葛。通过维特的反思、自责,以及随之而来的自我安慰(甚至自我表扬),揭示了维特性格中轻灵活跃、柔弱肤浅的一面:喜欢妹妹,对姐姐的感情也乐于享受;为因此而造成的人己痛苦而忏悔,又能轻而易举地借满足朋友的期待而使遗忘合理化(维特特别强调了自己过去并非如此,而是"总把命运加给我们的一点痛苦拿来反复咀嚼回味",因而无法"享受眼前"②)。一言以蔽之,维特的烦恼并非自绿蒂才开始,而是在小说开始之前就开始了,而此后与绿蒂发生的爱情,则是他烦恼的极致和终点。细细推敲一下,这个在小说一开篇就被首先讲述的故事是否非讲不可呢?其在叙事结构上的必要性何在呢?从《诗与真》我们可知,雷奥诺莱姐妹的故事也是有原型的,因此可以说,对往事的消化和纪念也是青年歌德要讲述此故事的原动力之一。但仅此仍不足以释尽该情节装置的全部效用,在结构上,它实际上还起到了有效阻挡和延迟绿蒂出场的荡开去的功效。也就是说,这个故事的插入实际上具有总结作家往事、呈现维特性格、延迟和阻挡绿蒂出场的三重功效。

  第二个作为延迟装置出现的女性是井边的汲水使女,但她并不是单独出现

---

① [法]罗兰·巴特:《恋人絮语》,汪耀进、武佩荣译,上海人民出版社2004年版,第29页。
② [德]歌德:《少年维特的烦恼》,杨武能译,人民文学出版社1999年版,第5页。以下凡引用该作品,只在括号中标明页码,不再逐一详注。

的，而是伴随着"姑娘们"的群像中出现的。从5月12日的信开始，维特开始了关于"一口井"的叙事。这个故事延展得比较长，并未在一封信中结束，而是继续延展到了5月13日和15日的信件中。三封信的时间长度实际上是四天。从"我没有一天不去那儿坐上个把小时"的自述来看，至少在这四天里，这口水井是维特魂牵梦绕的中心，用他的话说，"我真像人鱼美露西娜和她的姊妹似地迷上了它"。水井在城市近郊，"常有城里的姑娘们来打水"，这是"古时候连公主们也亲自做过的"。（第5页）读到这里，熟悉圣经故事的读者无法不联想到雅各在水井边遇到拉结的故事（《创世记》29），并会自然而然地揣测在此发生的故事会成为小说的叙事主干，而被重点描述的汲水使女，则有可能成为小说叙事中的核心人物或重要人物，因为她不仅不是孤立、突兀地直接出现，而是经由常来打水的"城里的姑娘们"的群像烘托和先导之后才出现的——确切地说，常来打水的"城里的姑娘们"出现在5月12日的信里，接下来5月13日的信是一段维特的自我剖析，再接下去是一个日期空白，一个有意的停顿、隔离，类似进行一次斋戒沐浴，然后在15日的信中，才出现了对汲水使女的叙事。必须注意，这个叙事是补叙，与汲水使女的相遇并不是发生在维特写信的15日这一天，而是"最近"。揣测这个"最近"的确切日期，应该是在12—15日这四天时间里。参照后面的绿蒂叙事，可推知维特是因遭遇汲水使女而连日心潮激荡，无法将之即刻付诸笔端。与绿蒂出场的方式比较一下就会发现，汲水使女的出场有烘托，有先导，有明显的时间隔离，在这两点上，她的出场方式都与绿蒂的出场方式有相似性。但由于对于维特以及整个文本来说，绿蒂的意义大于汲水使女，因此导致了二者占有文本形式的级别差异。尽管存在这种明显的区别，二者又是相互连接的，对汲水使女的叙事既是对绿蒂出场的一个技术性阻挡和延迟，又是为之进行的一个必要铺垫。因此，汲水使女的出场被特别给予了一段简洁精细、古意盎然的近景速写。

在《创世记》中，雅各帮前来汲水的拉结移开了盖在井口的石头并与她相认，最终与她结为夫妻。在此处，维特帮使女将水瓮放到她头顶上，她便飘然离去。期待会发生更多故事的读者最终将发现自己上当受骗，汲水使女从此在小说中消失，再也没有出现，因为她已经完成了作家赋予她的美学及叙事使命。需要补充说明的是，在讲述汲水使女之前，维特首先发了一通有关等级歧视现象的议论，这就使紧接下来讲述的汲水使女故事，具有了礼赞平等的意味。

本地的老乡们已经认识我，喜欢我，特别是那班孩子们。起初，我去接近他们，友好地向他们问这问那，他们中有几个还当我是拿他们开心，便想粗暴地打发我走。我并不气恼；相反只对一个我已多次发现的情况，有了切身的体会：就是某些稍有地位的人，总对老百姓采取冷淡疏远的态度，似乎一接近就会失去什么来着；同时又有一些轻薄仔和捣蛋鬼，跑来装出一副纡尊降贵的模样，骨子里却想叫穷百姓更好地尝尝他们那傲慢的滋味。

　　我清楚地知道，我与他们不是一样的人，也不可能是一样的人；但是，我认为谁如果觉得自己有必要疏远所谓下等人以保持尊严，那他就跟一个因为怕失败而躲避敌人的懦夫一样可耻。

（第6页）

　　显而易见，这通纯理性的议论与其后出现的田园牧歌式的汲水使女画面并不那么水乳交融，而是有些生硬和突兀。因此，这种剪辑上下文的方式，也可以阐释为作家意在显露维特心神不安的一面，制造妙趣横生的效果。换言之，对多情善感的维特而言，帮助使女这件事并非像帮助一般村民那么坦然、无感，他渴望与朋友威廉分享他的美好经历和感受，但又心有踌躇，担心朋友打趣，因此便不由要给自己的行为以一个宏大、高尚、正当的先导理由，尽管从根本上说，这些见解的确是他的真实思想，而不是虚伪之辞。维特分明要在议论与叙事之间建立起某种因果联系，却又不明白说出来，只是将二者暧昧地并置在一起，其曲折、细微的心思跃然纸上，令人忍俊不禁。

　　在这两幅清晰、明丽的女性群像和个体肖像、场景速写之后，由一段混沌的抒情文字引出了另一位女性形象："我青年时代的女友"。这是在维特5月17日的信里出现的。

　　可叹呵，我青年时代的女友已经去世！可叹呵，我曾与她相识！——我真想说："你是个傻瓜！你追求着在人世间找不到的东西。"可是，我确曾有过她，感到过她的心，她的伟大的灵魂；和她在一起，我自己仿佛也增加了价值，因为我成了我所能成为的最充实的人。仁慈的主呵！那时难道有我心灵中的任何一种能力不曾发挥么？我在她面前，不是能把我的心用以拥抱宇宙的奇异情感，整个儿抒发出来么？我与她的交往，不就是一幅不断用柔情、睿智、戏谑等等织成的锦缎么？这一切上面，全留下了天才的印记呀！可而今！——唉，她先我而生，也先我而去。我将永远不会忘记她，不会忘记她那坚定的意志,不会忘记她那非凡的耐性。

(第8页)

与水井叙事描绘的林间仙女图不同,青年歌德在此处为读者呈现的显然是一幅知性、母性的女性肖像。这是绿蒂出场前最模糊的一幅女性肖像描述,准确地说,它实际上仅仅是一幅精神肖像,没有提供任何外在肖像信息。在绿蒂出场前,这位女性对维特的重要性和影响力似乎远远超过了其他女性,她看起来已经完全渗透至维特的生命内部,与他的思想和灵魂融为一体,成为他心灵的寄托和精神的支柱。因此,对于认识维特的性格、其生命结局及其与绿蒂的爱情而言,这个视觉面目最为模糊的女性形象反而最具重要性。而且应该并非巧合的是,也正是在同一封信里,维特第一次提到绿蒂一家,提到了绿蒂。因此,可以推断,作家的这种绝非无意为之的安排,意在暗示二人之间的联系最为紧密。

> 我还结识了一位很不错的男子,是侯爵在本城的总管①,为人忠厚坦诚。据说,谁要看见他和他的九个孩子在一块儿,谁都会打心眼里高兴;尤其对他的大女儿②,人家更是赞不绝口。他已邀请我上他家去,我也打算尽早前往拜访。他住在侯爵的猎庄上,离城约一个半小时路程;自从妻子亡故以后,他住在城里和法院里都心头难受,便获准迁到猎庄去了。
>
> (第9页)

这个段落经济有效地提供了绿蒂一家的基本信息,只有绿蒂的未婚夫阿尔伯特没有被提到,但是推敲文本我们就会发现,这封信里还提到了一个被称作"V"的青年。了解了小说的后续发展之后,我们就无法完全将这个"叫V的青年"与阿尔伯特形象分开。可以说,作家通过V这个"完完全全是纪实"的形象,预告了阿尔伯特的出现。二者虽然性格不同,但是在与维特相左这一点上却有共性。由此看来,5月17日这封信是极其重要的,它出现了两个叠影:"我青年时代的女友"是绿蒂的叠影,而"叫V的青年"则是阿尔伯特的叠影。书信内容看似随意,仿佛信笔而至,实则下了大功夫,或是作家卓越写作天才的自然果实。

5月17日的信之后是空白,直到5月22日,维特才又给威廉写信。青年母亲形

---

① 后称"总管S先生"(第16页)。
② 后称"S家的夏绿蒂"(第16页)。

象出现在5月27日的信里,与5月17日的信相隔5月22日和26日的信。细看文本叙述就会发现,5月26日、27日的信实际上应该是连在一起的一封信,因为它们讲的是同一件事,只不过是分割成两个部分放在两天的信里讲述罢了。具体说来,5月22日的信是省思、讥刺庸碌无意义的一般世俗生活常态以及种种欺世盗名的"伟大事业",抒发自己的人生志向(第一次提到自杀这一可能的选择),5月26日的信讲述在瓦尔海姆以村里的小哥俩为模特作画的故事,而5月27日的信则接着讲述了维特作画期间男孩子们的母亲到来之后发生的事情。从主题来看,5月27日的信确实可以自成一体,因为它讲述的实际上是一个救助底层的社会问题〔"少爷"维特送给男孩和他们的母亲"银毫子"(第12页)〕,与前面汲水使女故事的主题相呼应,或者说,是那个主题的变奏,而5月26日的信,其主题则在田园情趣以及在与此相关的脉络上进行的有关艺术、情感和人生的哲思,与5月22日的信一脉相承。乐于对不幸的人施以援手是维特和绿蒂的共同性格特点,是他们心心相印的思想情感基础之一。维特做自杀前的安排时,有一项安排是差佣人"把他本来按月施舍给一些穷人的钱提前一次给两个月"(第103页),维特也提到他与绿蒂一起去探望老牧师,提到绿蒂去城里陪伴和看护重病的女友。因此,5月27日的信同样既在形式上是一种延迟绿蒂出场的机制,在内容上开启了维特此后类似行为的连续性,又是与理解此后绿蒂对维特的爱慕以及绿蒂的形象塑造间接相关的。单独分割叙述,既是主题集中的需要,也可暗示维特心情的沉重和波动。

青年农民与其做长工的女东家之间的恋爱故事出现在5月30日的信里。注意,这是距离绿蒂出场最近的那封信。紧接下去,就是6月16日的信,在那封信里,绿蒂就出场了。明了这一点非常重要,因为从文本内容来看,作家的这种安排是深有意味的,与前面出场的所有人、事一样,都是精致谋划的产物,而不是无意为之的散漫之笔。也是在菩提树旁,一个很快就被维特接纳的青年农民向维特讲述了自己的爱情,由此引出了绿蒂出场前作家安置的最后一位女性——青年农民的女东家。整封信的大部分内容都是在描述青年农民对女主人的热烈爱慕以及他的激情对维特的强烈感染。维特讲述这些时,使用的表述是最高级别的,空前的。

要对你描述出这个人的倾慕、痴情和忠心,必须逐字逐句重复他的话。对,还必须具有最伟大诗人的才分,才能绘声绘色地描述出他那神态表情,他那悦耳的嗓音，他那火热的目光。不！没有任何语言，能够表现出他的整个内心与外表所蕴藏的柔情；经我重述，一切都会变得淡而无味了。……如此纯洁的爱恋，如此纯洁的渴慕，我在一生中从未见过，是的，也许可以讲，连想也不曾想过，梦也不曾梦过。

（第15页）

这样一种最高级别的、空前的激情，只有此后维特对绿蒂的狂恋可以相比。而实际上，在小说中，青年农民这条恋爱线索，正是作家用来辅助维特这条恋爱线索的，只不过二者结局不同，青年农民因杀人而面临法律制裁，而维特则是自杀。在作家的设计里，维特与这个青年农民是如此心有灵犀，以至于维特不由自主地产生了移情，将自己与青年农民错觉为一体，与之共有了对那位女东家的爱慕之情。

请别骂我，要是我告诉你，当我回忆起这个真挚无邪的恋人来时，我自己心中也热血沸腾，眼前便随时出现一个忠贞妩媚的倩影，仿佛我也跟着燃烧起来，害起了如饥似渴的相思。

我现在渴望尽快见到她；或者不，仔细考虑之下，我又想避免和她见面。通过她情人的青眼去看她，岂不更好；她要真来到我面前，也许就不再如我眼下想象的样子，我又何必破坏这美的形象呢？

（第15页）

因为听到一个声气相投的人谈论自己对恋人的倾慕，便生出如此纠结、复杂的思虑和渴念，这种过度的多情善感，充分说明了维特在情感方面的性格特征。这种过度的充盈和恣肆，正是其此后与绿蒂发生爱情悲剧的重要主观因素。青年农民的情感与维特的情感最相通，他的故事与维特的故事最接近，因此，这个故事被放置在距绿蒂出场最近的结构点上。可以说，正是这个故事，真正拉开了维特悲剧命运的序幕。他没有见到那位青年农民的恋人，但是他迎来了自己的致命绝恋。在接下来的6月16日的信里，绿蒂出场了。

（四）精彩片段欣赏

● 译文选自

［德］歌德：《少年维特的烦恼》，杨武能译，人民文学出版社1999年版。

1. 天才与庸众的对立

　　大大小小的学究们一致断定,小孩儿①是不知何所欲求的;岂止小孩儿,成人们还不是在地球上东奔西闯,同样不清楚自己打哪儿来,往哪儿去,同样干起事来漫无目的,同样受着饼干、蛋糕和桦木鞭子的支配。这个道理谁都不肯相信,但我想却是显而易见的。

　　因为我知道你听了会说些什么,我乐于向你承认:我认为,那些能像小孩儿似地懵懵懂懂过日子的人,他们是最幸福的。他们也跟小孩儿一样拖着自己的布娃娃四处跑,把它们的衣服脱掉又穿上,穿上又脱掉,不然就乖乖儿围着妈妈藏点心的抽屉转来转去;终于如愿以偿了,便满嘴满腮地大嚼起来,一边嚷嚷着:还要!还要!——这才是幸福的人啰。还有一种人,他们给自己的无聊勾当以至欲念想出种种漂亮称呼,美其名曰为人类造福的伟大事业;他们也是幸福的。——愿上帝赐福给这样的人吧!可是,谁要虚怀若谷,正视这一切将会有怎样的结果;谁要能看见每一个殷实市民如何循规蹈矩,善于将自己的小小花园变成天国,而不幸者也甘负重荷,继续气喘吁吁地行进在人生的道路上,并且人人同样渴望多见一分钟阳光——是的,谁能认识到和看到这些,他也会心安理得,自己为自己创造一个世界,并且为生而为人感到幸福。这样,他尽管处处受着限制,内心却永远怀着甜滋滋的自由感觉;因为只要他愿意,他随时可以离开这座监狱。

(第10页)

　　这个发现增强了我今后皈依自然的决心。只有自然,才是无穷丰富;只有自然,才能造就大艺术家。对于成法定则,人们尽可以讲许多好话,正如对于市民社会,也可以致这样那样的颂词一般。诚然,一个按成法培养的画家,绝不至于绘出拙劣乏味的作品,就像一个奉法惟谨的小康市民,绝不至于成为一个讨厌的邻居或者大恶棍;但是,另一方面,所有的清规戒律,不管你怎么讲,统统都会破坏我们对自然的真实感受,真实表现!你会讲:"这太过分啦!规则仅仅起着节制与剔除枝蔓这样一些作用罢了!"——好朋友,我给你打个比方好吗?比如谈恋爱。一个青年倾心于一个姑娘,整天都厮守在她身边,耗尽了全部精力和财产,只为时时刻刻向她表示,他对她

---

① 需要说明的是,这里的"小孩儿"在意味上是不同于小说中的其他儿童形象的。

是一片至诚。谁知却出来个庸人，出来个小官僚什么的，对他讲："我说小伙子呀！恋爱嘛是人之常情，不过你也必须跟常人似地爱得有个分寸。诺，把你的时间分配分配，一部分用于工作，休息的时候才去陪爱人。好好计算一下你的财产吧，除去生活必需的，剩下来我不反对你拿去买件礼物送她，不过也别太经常，在她过生日或命名日时送送就够了。"——他要听了这忠告，便又多了一位有为青年，我本人都乐于向任何一位侯爵举荐他，让他充任侯爵的僚属；可是他的爱情呢，也就完啦，倘使他是个艺术家，他的艺术也完啦。朋友们啊！你们不是奇怪天才的巨流为什么难得激涨汹涌，奔腾澎湃，掀起使你们惊心动魄的狂涛么？——亲爱的朋友，那是因为在这巨流的两边岸上，住着一些四平八稳的老爷，他们担心自己的亭园、花畦、苗圃会被洪水冲毁，为了防患于未然，已及时地筑好堤，挖好沟了。

（第11—12页）

上面两段引文分别选自维特于1771年5月22日和5月26日写给朋友威廉的信，都是通过喻指和冷嘲的方式展现狂飙突进运动的天才价值观与庸众价值观的格格不入和尖锐对立，表达对后者的决绝否定和强烈愤慨。第一段引文很容易令读者联想起莎士比亚的伟大悲剧《哈姆莱特》中哈姆莱特的那段"生存还是毁灭"的著名独白，而结尾处的"他随时可以离开这座监狱"也会使读者联想起哈姆莱特的那句著名台词——"丹麦是一所牢狱"。由此首先可以看到歌德所受莎士比亚的影响。不同于文艺复兴时期的哈姆莱特所表达的对死的疑虑，启蒙时代的维特对死是坦然的。第二段引文，其核心思想可以简化为两组概念之间的对立，即"自然""艺术家""天才""爱情"与"成法定则（清规戒律）""市民社会""庸人""小官僚""有为青年""四平八稳的老爷"之间的对立。在这封信里，并未出现与后一组概念相对应的人物形象或事物，而只出现了与前一组概念相对应的人物形象和事物，（按出现的次序）即"挺立在教堂前的小坝子上"的"两株大菩提树"，"约莫四岁的小男孩儿"和他搂着的"半岁光景的幼儿"弟弟，维特本人。宽泛一点的话，房东老妇也可以包括进去。作为天才的维特与大自然的代表菩提树在精神上和谐一致，因而被作家用作维特生命的象征。维特在他的遗言里正是请求把自己安葬在"公墓后面朝向田野的一角"的"两株菩提树"下。（第119页）虽然看起来二者并非是同两棵菩提树，但其作为菩提树对维特的象征意义却没有什么分别。而天真的孩童，淳朴的乡人，也与大自然和谐一致，体现着大自然繁荣共生的养育精神。实际上，在维特眼中，毋宁说他们就是大自然的一个组成部分，他对他们的爱与对大自然的爱是一体的，难以分割、无法分割的。

2. 贵族阶级与平民阶级的对立

> C伯爵喜欢我，器重我，这你知道，我已经对你讲过上百遍了。就在昨天，我在他府上吃饭，可没想到正巧碰着个当地的贵族男女晚上要来他家来聚会的日子；再说我也从来没留心，像我们这样的小人物是不容插足他们的集会的。好啦。我在伯爵府上吃饭，饭后我们在大厅中踱起步来，我和伯爵谈话，和一位后来的上校谈话，不知不觉间聚会的时候就到了。天晓得，我却压根儿没想到呵。……我只留心着我的B小姐，没注意到女人们都凑到大厅的头上，在那儿叽叽咕咕地咬耳朵；没注意到，后来男人们也受了传染；没注意到，封·S夫人一个劲儿在对伯爵讲什么（这些情形全是事后B小姐告诉我的），直到伯爵终于向我走来，把我领到一扇窗户跟前。
>
> "您了解我们的特殊处境，"他说，"我发现，参加聚会的各位对您在场感到不满。我本人可是说什么也不想……"
>
> "阁下，"我抢过话头说，"千万请您原谅；我早该想到才是呵。不过我知道，您会恕我失礼的。我本早想告辞，却让一个恶灵给留住了。"我微笑着补充道，同时鞠了一躬。
>
> 伯爵含意深长地紧紧握着我的手。我不声不响地出了一帮贵族聚会的大厅，到得门外，坐上一辆轻便马车，向着M地驶去。在那儿，我一边从山上观赏落日，一边读我的荷马，听他歌唱俄底修斯（即奥德修斯——引者）如何受着好客的牧猪人的款待。一切都是如此的美好啊。

（第65—66页）

上面的引文选自维特1772年3月15日的信，中间有删节。这段叙事展现的是守旧贵族群体对平民的堪比种族隔离的歧视。删节掉的部分有对这些贵族的讽刺性描写，写他们的矫揉造作、装腔作势和日薄西山的窘迫处境。尽管这个贵族阶层并非铁板一块，其中也有像C伯爵和B小姐这样的开明贵族，但是他们终究扛不住本阶级守旧势力的压力，最后都选择了放弃对维特的公开维护，使维特处于孤立无援的绝对弱势境地。与《红与黑》中的于连不同，维特对自己的平民身份以及贵族与平民之间的阶级鸿沟缺乏敏锐、警醒的自觉意识。尽管他不止一次遭遇贵族的歧视，但仍对其中像C伯爵和B小姐这样的开明贵族抱有幻想。此外，由于他秉持天才价值观，推崇自然人性，亲近乡民，超然物外，不像于连那么具有世俗功利心，所以他根本就不把贵族身份以及那些守旧贵族对他的态度放在眼里。正因如此，虽然被迫离开了伯爵家，他的心境并未受影响，乐得安享在大自然中阅读荷马的快乐，尽管奥德修斯的归家与他自己的客居他乡事实上正好形成了反差。就此而言，他的心灵远比于连健全，几乎完全没有受到等级社会的毒化和扭曲。但是此后发生的事情却影响了他，使他柔弱的性格遭到致命打击。那就是来自同属市民阶层的鄙陋同僚们的幸灾乐祸、恶意放大、恶毒嘲讽和攻击。这显示出即使在已经诞生了莱辛的《艾米莉亚·迦洛蒂》的启蒙时代，当时的德国市民阶层不仅完全不具备革命意识，而且乐得成为封建贵族阶级压制、摧折本阶级优秀成员的打手和帮凶。本来就无意于仕途的维特在贵族阶级和本阶级的双重夹击下，就此铩羽而归，在与守旧贵族和本阶级庸众的敌众我寡的对峙、冲突中放弃了战斗，转而再次向爱情寻求寄托和安慰，最终走向自杀。

3. 被围在"一群活泼的孩子中间"的绿蒂

当我看见她在那一群活泼的孩子中间，在她的八个弟妹中间，我的心是何等欣喜啊！

（第16页）

我下了马车，一名女仆赶到大门口来请我们稍等一会儿，说小姐她马上就来。我穿过院子，走向那建筑得很讲究的住屋。就在我上了台阶、跨进门去的当儿，一幕我见所未见的最动人的情景，映入了我的眼帘。在前厅里有六个孩子，从十一岁到两岁，大的大，小的小，全都围着一个模样娟秀、身材适中、穿着雅致的白裙、袖口和胸前系着粉红色蝴蝶结儿的年轻女子。她手里拿着一个黑面包，按周围弟妹的不同年龄与胃口，依次切给他们大小不等的一块；她在把面包递给每一个孩子时都那么慈爱，小家伙们也自自然然地说一声：谢谢！不等面包切下来，全都高擎着小手在那儿等。而眼下，又一起津津有味地吃起来，一边按照各自不同的性格，有的飞跑到大门边，有的慢吞吞地踱过去，好看一看客人们，看一看他们的绿蒂姐姐将要乘着出门去的那辆马车。

（第18页）

上面的引文出自维特于1971年6月16日写给朋友威廉的一封长信，诉说他第一次见到绿蒂时兴奋、幸福的感受。维特对绿蒂的爱恋，可以从多方面寻找理由，比如："那么聪敏，却那么单纯；那么坚毅，却那么善良；那么勤谨，却那么娴静……"（第16页）再比如："谈话间，我尽情地欣赏她那黑色的明眸；我整个的灵魂，都让她那活泼伶俐的小嘴与鲜艳爽朗的脸庞给摄走了！她的隽永的谈吐完全迷醉了我，对于她用些什么词我也就顾不上听了！"（第20页）再比如："我顿时想到了此刻萦绕在她脑际的那首壮丽颂歌，感情也因之澎湃汹涌起来。她仅仅用一个词儿，便打开了我感情的闸门。"（第24—25页）感性的吸引，情感与精神的共振、共鸣，这些都是令维特迷醉于绿蒂的重要原因，但是这一切都是以维特对绿蒂的第一印象为基础，为出发点的。这个第一印象就是上面的引文所呈现的分面包的情景。维特第一眼所见到的绿蒂，不是茕茕孑立的幽怨的绿蒂，也不是孤芳自赏的骄傲的绿蒂，而是与快活并爱戴着她的弟弟妹妹在一起的慈爱的长姐绿蒂。这一点对维特来说非常重要，因为在他看来，"在这个世界上离我的心最近的是孩子们"（第27页），在他心目中，儿童、大自然、淳朴的乡民都是与天才分享着同一属性的。在前面提到过的"自然""艺术家""天才""爱情"与"成法定则""清规戒律""市民社会""庸人""小官僚""有为青年""四平八稳的老爷"的对立中，儿童属于前一阵营，是具有神性的一种存在。绿蒂被环绕在儿童间，就意味着她也属于这一阵营，也是这样一种神性的存在。因此，尽管绿蒂是侯爵的S管家的女儿，而非一般乡民，而且是居住在"建筑得很讲究的住屋"里，在维特眼中，身处瓦尔海姆侯爵猎庄的她仍属于大自然的女儿，是"密藏在幽谷中的珍宝"（第16页）。换言之，对于维特来说，绿蒂从一开始就被赋予了超乎个体生命实体意味的象征意义，她是维特的生命激情所在，更是其价值理想所在。因此，失去绿蒂，与绿蒂隔绝，才会对他如此致命。

第七讲
拜伦《唐璜》

一、拜伦

乔治·戈登·拜伦（George Gordon Byron，1788—1824）被鲁迅称为浪漫派"宗主"。作为个性鲜明而影响巨大的诗人，其浪漫如烈火和为自由而不惜殒身的情感与行为方式激励了差不多整整一个世纪，并且如罗素所言："如此深远地影响了哲学思潮的气质，以至于如果忽略了他们，便不可能理解哲学的发展。"[①] 他是一位独立不羁的天才、目光犀利的观察者、热情洋溢的批评家和为自由理想而叱咤风云的斗士，更是一个充满矛盾的人物……对这样一个诗人，几乎没有理由忽略其存在，而一旦接触之，则旋而为他的诗所感动，同时为他强有力的个性所吸引，结果就像歌德一样，"想抓住一切恰当时机，去向他表示尊敬和怀念"[②]。

拜伦生于伦敦，父系是英格兰世家，母系是苏格兰豪门。拜伦的父亲，一个参加过镇压北美独立战争的王家军官兼浪子，曾与某公爵夫人私奔，生女奥古斯塔，不久夫人被厌弃致死；后续娶颇有财产的凯瑟琳小姐，生子拜伦，但将妻的

[①] ［英］罗素：《西方哲学史》（上卷），何兆武、李约瑟译，商务印书馆1963年版，第5页。
[②] ［德］爱克曼辑录：《歌德谈话录》，朱光潜译，人民文学出版社1978年版，第150页。

财产挥霍殆尽后只身浪迹欧陆，落魄潦倒，于1791年夏死在法比边境小镇。诗人的童年是随母亲在苏格兰的阿伯丁城度过的。

拜伦天禀聪颖，但生来微跛，稍稍解事便极为敏感、自尊，从稚龄起就形成了孤独、傲岸和反叛的性格。10岁从第五代勋爵伯祖父（拜伦的祖父是位海军上将，爵爷乃其兄长）承袭爵位和位于诺丁汉的纽斯台德并兰开夏的罗代尔两处产业，之后便移居祖居地。1801年，他就读于伦敦市郊的贵族名校哈罗公学，之后进入剑桥大学，酷爱历史、哲学与文学；1808年毕业后，他世袭上议院议员职位，随后迁居伦敦。

1807年，拜伦出版处女诗集《懒散的时刻》，主要是爱情诗，尽管不甚成熟，但已预示了诗人未来的发展。由于《爱丁堡评论》杂志的一篇书评粗暴地否定了它的价值及其作者的才能，使拜伦后来发表一部极富战斗性的长诗《英格兰诗人和苏格兰评论家》（1809），以对所遭恶评致以反击。拜伦所处时代的文艺界，正值古典主义强弩之末、浪漫主义奇峰崛起。诗人是新文学运动中一代隽秀的最杰出代表，他尽情揶揄了文坛上颇具势力的消极保守倾向，初步显示出其诗作强烈的批判及讽刺锋芒。这篇驳论诗的出现是英国文学思想史上的重大事件，它掀起了文学或者说文学批评生活的一个浪潮，同时也开辟了一种传统。

1809年至1811年间，拜伦游历了葡萄牙、西班牙、马耳他、希腊、土耳其等一些南欧和西亚国家，视野大开，并因此写出《恰尔德·哈洛尔德游记》这部抒情叙事诗的第一、第二两章（第三、第四章为后来所补写，完成于1817年）。长诗除了抒写异域绮丽的自然风光，叙述各地风土人情之外，尤其反映了希腊等地中海国家被奴役民族渴求自由解放的愿望，首次塑造了一个孤独、忧郁、悲观的所谓"拜伦式英雄"哈洛尔德。《游记》获得了巨大成功，一经问世即轰动文坛，4周之内行销7版。诗人声誉鹊起，不仅名噪英伦，而且风闻欧陆；他在日记里不无得意地写道：一觉醒来，发现自己已成大名。

当时正值英国劳工自发捣毁机器的所谓"勒德运动"高涨，政府拟制定旨在镇压的死刑法。拜伦挺身而出，在国会发表演说，反对采取暴力政策；而该法案的通过使其愤怒写下的讽刺诗《法案制定者颂》（1812）和后来的《勒德分子之歌》（1816），不仅显示了他出色的演说家才能，而且表现了政治家的远见卓识，同时说明其自由思想有了更明确和丰富的内容，即透露出无产者的意识和深厚的人道主义。埃文斯在《英国文学简史》中对此评论说："可以看出他头脑里具有一种更为深远的思绪。要是他朝那篇讲演的方向发展，在那个英国迫切需要领导的时代,他可能已成为一位伟大的民族领袖。"①

1813年至1816年,拜伦创作出一组通常被称为"东方故事诗"的传奇作品,包括《异教徒》(1813)、《阿比道斯的新娘》(1813)、《海盗》(1814)、《莱拉》(1814)、《柯林斯之围》(1816)、《巴里西纳》(1816),共6部。它们题材新颖,充满浪漫情调。中心人物或主人公不是流放者就是流浪汉,有的没有家,像《异教徒》中的威尼斯人;有的是强人,如《海盗》中的康拉德和《阿比道斯的新娘》中的塞里姆;有的是犯上者甚至是叛逆者,像《莱拉》中的莱拉、《柯林斯之围》中的阿尔普。他们无不具有愤世嫉俗的思想、叱咤风云的勇气和各种狂热而又浪漫的冒险经历。作为匹马单枪的复仇者,他们均有崇高的道德观和侠义心肠,爱好自由,忠于爱情,却不幸成为社会的牺牲品。这些形象发展了哈洛尔德所体现的拜伦主义——失望忧郁的情绪和纯粹个人式反抗,而为典型的"拜伦式英雄"——高傲而倔强、忧郁而孤独、神秘而痛苦、与社会格格不入并对之进行彻底反抗的叛逆者英雄——烫烙着拜伦思想个性气质的深刻印记。在以后的诗剧《曼弗雷德》和《该隐》等作品中,该性格还有所继续和发展。拜伦式英雄在当时和其后欧洲广大民主阶层中引起广泛的共鸣,而故事诗令人耳目一新的独创性更受到读者狂热的欢迎。此间,拜伦还发表了另一组取自圣经《旧约》题材的抒情诗《希伯来曲词》(1815),包括《在巴比伦的河边我们坐下来哭泣》《耶弗他的女儿》等许多精彩诗歌。在这组诗歌中,东方情调与被奴役者对自由的呼唤水乳交融,短小的形式却被史诗性主题赋之以深刻的政治哲学含义,全部24首都被作曲家谱了曲。

拜伦的成名、他的议员身份、令人倾倒的容貌和仪表,加上交际界津津乐道的有关他的风流韵事,甚至逐渐被传诵成狂妄与邪恶人物的名声,都给这位青年勋爵锦上添花。他成了上流社会女子心目中十全十美的英雄,为那些名媛淑女的追逐和崇拜所簇拥,不时被卷进感情的漩涡,终致铸成婚姻大错。1815年,他与一位恪囿贵族传统的贵族女子安娜贝拉·米尔班克小姐结合。这位喜爱数学、精于逻辑思维的女继承人无法适应丈夫的生活方式,也难理解其事业和观点,一年之后两人分居,诗人据此写出《家室篇》诸诗。

婚变事件立即引起飞短流长,舆论哗然。其实诗人的政治态度和反叛精神早就触怒了上流社会,权贵们借机大肆渲染,掀起了一个毁谤拜伦的运动。诟谇谣

---

① [英]艾弗·埃文斯:《英国文学简史》,蔡文显译,人民文学出版社1984年版,第82页。

诼纷至沓来，迫使他不得不于1816年春愤然离开祖国，凭吊滑铁卢战场后经法国来到瑞士。在这些日子里，诗人的异母姐姐奥古斯塔是唯一理解并慰抚他的忠实朋友，拜伦献给她几首美妙的诗《给奥古斯塔的诗章》（1816）、《书致奥古斯塔》（1816）等；同时，他还写了像《普罗米修斯》（1816）那样巨人气派十足的诗篇，表示他反抗到底的决心。

  在瑞士期间，他结识了差不多因同样缘故而被迫诀离故土的另一天才诗人雪莱，两位如彗星般闪耀于不列颠文学星空的大诗人一拍即合，相见恨晚，遂成知音，后一块迁居意大利。

  流亡生涯加强了拜伦的孤独与空虚，以至思想濒临危机。忧郁、悲观乃至绝望的情绪笼罩于这时期的作品中。例如自传体的长诗《梦》（1817），苍凉寂寥之感令人压抑；《黑暗》（1817）描写太阳熄灭、沦入黑暗大地的人类逐渐死亡的景象，几乎算是诗人最阴郁的作品了。除了自身遭遇的不公正，这所谓"世界悲哀"的主题同时也反映了欧洲民主革命运动处于低潮的时代氛围在诗人心灵上的折光。然而拜伦并未就此放弃和减弱为自由而引吭高歌，《锡隆的囚徒》（1816）、《曼弗雷德》（1817）即为写照。前者是极悲壮的叙事长诗，讴歌为自由而牺牲的历史英雄精神。后者被作者称为哲理剧，悲观与反叛意识的表现都达到了顶点：主人公对世界和人生灰心丧气，终于感到包括知识在内的一切追求都毫无意义，因此只图遗忘。在很大程度上，该剧是拜伦主义及其诗歌立意哲学概括的一个方面，即对现实的强烈不满导致彻底的怀疑与否定。他说："狮子是孤独的……"好像除了孤傲的意志，一切都虚浮荒诞。此剧也不啻是道水分岭，假如把诗人的创作分为前后两个阶段的话。此后，由于这位漂泊的阿波罗同意大利革命运动的联系，他的竖琴便弹出了与《曼弗雷德》的"世界悲哀"完全不同的调子。

  的确，打击反而使他变成一位更坚决的战斗的骑士，这个被伪君子视为"憎恨人类"的漂泊者把反叛的热情从思想和诗的领域带向行动的天地，意大利时期他成为烧炭党的一员，希腊时期成为民族独立军的指挥官。他慷慨地播下的自由的种子，他那普罗米修斯式的孤独的反抗意志，在19世纪欧洲人的精神生活中非同凡响。

  意大利时期是从1816年10月开始的。在这里，拜伦参加了烧炭党人反对奥地利控制的秘密活动。直到1823年的近七个春秋，是其诗才发挥最为灿烂的时期，各种体裁的充满睿智和战斗精神的作品相继问世。例如，最后完成《恰尔德·哈洛尔德游记》的末两章，使这部杰作平添了更为成熟的思想和更加完整的形式；长诗《塔索的哀歌》（1817）、《威尼斯颂》（1818）、《但丁的预言》（1819），旨在激励处于异族压迫下的意大利人民的解放斗争。还有故事诗《别波》（1818）、《马赛普》（1819）、《岛》（1823）等，尤其是《别波》，赞扬了生活的愉快和人生应有的享乐，对清教徒式的虚伪道德加以调侃，被认为是长诗《唐璜》的准备。更有历史悲剧《马里诺·法利哀诺》（1820）、《两个弗斯卡利》（1821）、《萨达纳帕勒斯》（1821）等，或贯穿成熟的民主政治思想及反抗暴政的主题，或表现伊壁鸠鲁式的人生态度，无论此还是彼，均刻画了鲜明的个性。此外，尚有被作者称为神秘剧的《该隐》（1821）和《天与地》（1823），前者取材《圣经》，或许是拜伦创作中最难懂的一部杰作，对《圣经》原典作了几乎是相反的处理，把本是人神共诛的杀人者塑造成反抗上帝权威的顶天立地的汉子，一个叱咤风云的拜伦式英雄。而讽刺诗《审判的幻景》（1822）、《爱尔兰的化身》（1821）和《青铜世纪》（1823）则对英国的君主、君主制和御用文人以及"神圣同盟"各国的统治者进行尖刻辛辣的戏谑嘲讽。最后是代表诗人创作高峰的长篇巨作《唐璜》，为其非凡的诗人生涯挥洒了最辉煌的一笔。所有这些，无不显示出作者的博大精深，显示出其政治热情的奔放和哲学思想的深刻；同时表明他逐渐摆脱沉重的悲哀，愈加焕发出思想家和战士的风采。

  1821年烧炭党人起义失败，拜伦感到十分沉痛。这位自由的使者决定去往战火纷飞的希腊，那里的爱国志士们正如火如荼进行着反对土耳其统治的民族解放斗争。1823年8月，诗人率自己招募的一支军队，乘自己出资武装的一艘战舰远航巴尔干，受到希腊人的热烈欢迎，并被推任为某远征方面军统帅。他立刻陷入劳心劳力的军务之中，整饬队伍，协调各部关系，表现出作为政治家和军事家的卓越才能与坚忍顽强。

  在戎马倥偬的半年时间里，拜伦写的诗数量虽少，却充满深沉的感情，最动人的莫过于纪念36岁生日的那首《这一天我度过三十六年》（1824）。这是诗人的绝笔，一首悲壮美丽的天鹅之歌。他仿佛在神秘中预感到不久将面临死亡而做好了告别尘世的准备，对整个一生概括论定，并一再申明献身希腊的决心——

    为荣誉而捐躯的大地
    是这里——在此片战斗的田野

请献出你的呼吸！①

可叹英雄壮志未酬，两个多月后，诗人骑马出巡遇雨受寒，致重疾，于1824年4月19日不治殒逝。

拜伦现象是19世纪西方精神文化的重要内容之一。诗人体现了那个不朽时代的激情，代表了它的才智、深思、狂暴和力量；他那普罗米修斯式的孤独的反抗意志，在欧洲人的精神生活中非同凡响，以致影响着"社会结构、价值判断或理智见解"②。但拜伦是矛盾的。这个独立不羁的天才，有着如海洋般博大的政治家胸襟和长风般高远的哲人才智。他的气质敏感而暴烈，感情深沉而细腻。但他也是个放浪形骸的公子、虚荣傲岸的爵爷和孤高悒郁的自我主义者。他崇尚伟大的精神，向往壮丽的事业，却无时不被黑暗的时代所窒息。他的心是伤感的，他的叹息充斥了整个的生涯……所有这些，都把他塑造成了一个反叛者——对贵族资产阶级及其观念体系的反叛者。毋庸置疑，这反叛包含着巨大的社会进步性，代表了备受阻遏的历史潮流的激进。众所周知，诗人活动的年代欧洲思想生活的背景是相当黑暗的，拿破仑帝国的倾覆标志着革命低潮的到来，由启蒙学者宣扬开来的政治理想因法国大革命的失败而负上了沉重的十字架。正是在如此关头，诗人勇敢地继续将自由民主的种子播撒，因为他坚信："但自由啊，你的旗帜虽破而仍飘扬天空……"③

作为浪漫主义的一代宗师，拜伦创作了包括抒情诗、驳论诗、讽刺诗、故事诗、诗剧、长篇叙事诗等在内的大量作品。它们虽然宗旨不同，体裁各别，风格多样，但无不饱富才情与机敏，显示出强有力的个性和潇洒独立的风采。

二、《唐璜》（*Don Juan*）

（一）作品生成过程及中译本

长篇叙事诗《唐璜》（1818—1823）是拜伦的代表作，共16000余行，或可

---

① 这几行诗为笔者自译。
② ［英］罗素：《西方哲学史》（下卷），马元德译，商务印书馆1963年版，第294页。
③ ［英］拜伦：《恰尔德·哈洛尔德游记》，杨熙龄译，上海文艺出版社1959年版，第226页。本节所引《游记》中诗句，均见该版本，以下不再另注。

称为诗体小说。虽因诗人早逝而未能最后完成，但它仍以深厚的思想容量和无与伦比的独特风格代表了浪漫主义时代欧洲诗歌创作的最高成就。

主人公唐璜，欧洲文学中一个大名鼎鼎却也声名狼藉的传奇人物，是生活于14世纪西班牙塞维利亚城的纨绔子弟。他胆大妄为，诱惑总督大人的千金安娜小姐而为其父撞见，于急迫的殴斗中将总督杀死。他的罪行并不止此，终成为一个彻头彻尾的色鬼、恶棍，最拿手的还是勾引良家妇女、拆散别人的婚姻，甚至对最痴情他的女孩也始乱终弃而使之自杀。他胆大包天，竟邀墓园总督坟前的石像赴宴，岂料对方如约而至，捉了这登徒子到魔鬼的境地。传说的版本大同小异又纷纭错综，后屡见于西方文学。著名者并较早的是16世纪的西班牙僧侣作家蒂尔索·德·莫利纳的剧作《塞维利亚的骗子和石像客》，再就是17世纪的法国喜剧大师莫里哀的《唐璜或石像的宴会》，同世纪的英国剧作家托马斯·沙德威尔的《放荡者》，还有18世纪奥地利作曲家莫扎特谱写的歌剧《唐璜》（意大利文"唐·乔瓦尼"，犹太作家达·蓬塔撰脚本），另有19世纪初德国作家霍夫曼写成小说。在拜伦的创作之后，仍有莱瑙（19世纪匈牙利诗人）写成诗剧（理查·施特劳斯据此谱成交响诗）、普希金写成诗剧（后由达尔戈梅斯基谱为歌剧）、霍塞·索利亚（19世纪西班牙戏剧家）写成《唐璜·德诺利奥》，甚至现代作家萧伯纳也将其化入剧本《人与超人》之中。凡此种种，数以百计。拜伦从这样一个几乎是尽人皆知的老故事以及曾被不同程度处理过的材料堆里披拣，以超人的独创性去芜存菁、点铁成金、使成奇葩。最主要的有两点改变：首先将时间往后拖了大约400年，把14世纪的老传说放在18世纪末叶；其次是改造了唐璜这个人物，将其写成一个天真、热情、善良的贵族青年，一个别开生面的"拜伦式英雄"。

拜伦的《唐璜》流传极广，被翻译成多国文字。最早节译为汉语的是其中的《哀希腊》，大约在1903年，梁启超以填词形式发表其中两节；此歌共16节全译出自马君武，发表于1905年；之后好几个版本陆续问世，译者有苏曼殊、胡适、卞之琳等。长诗的第一个完整译本出自朱维基，1956年12月由新文艺出版社分上、下两册推出，平装精装共印五次；1959年，上海文艺出版社又推出该译本的新版，共印五次；1978年6月至1982年7月，再由上海译文出版社两次印行它的新版。1980年7月，人民文学出版社推出查良铮译本。两个译本均屡次重印，已成译苑佳话。

（二）作品梗概

长诗叙述一个充满传奇色彩和浪漫际遇的十分引人入胜的故事，主人公因闹出桃色事件不得不去国远行。长诗就是以他整个的游踪及数次爱情历险为线索，加入作者本人的大量插话组成的宏伟诗篇。

西班牙世家公子唐璜，"身材高，俊俏，细长，可是结实"[①]，虽然假道学的母亲对其煞费苦心，严加管束，但16岁情窦初开时，即同邻居朱丽亚——长他7岁的贵妇——结了私情。有天夜里，一对情人正蜜意缱绻、难解难分，不期那丈夫带了打手闯来捉奸。少年人虽得逃脱，然其母认为儿子必须离开家乡，就安排他周游列国。唐璜的初游并不顺利，船遇暴风罹祸，水尽粮绝，两百多人葬身鱼腹，唯他一人历尽苦难，漂到一个孤岛，为霸居此地的希腊海盗兰勃洛的女儿海甸所救。两人一见钟情，私订终身。兰勃洛出海未归，音讯杳然，后有传说他已死在海上。谁知，当海甸与唐璜举行婚礼之际，他却突然归来，并强行将二人拆开。海甸矢志不移，哀伤逾恒，香消玉殒；唐璜则被弄到土耳其奴隶市场出卖。苏丹王妃古尔佩霞兹欲将其作自己的面首而把他买进后宫。在申演了一幕风流闹剧之后，他逃出宫墙，适逢俄国军队围攻土耳其伊斯迈尔城，便盲目参加俄军投入战斗。因骁勇立功，他被派往彼得堡向女皇卡萨琳报捷，备受女皇青睐，遂成其头等嬖宠。后来，他身患疾病，出于怜悯，女皇才在他愈后委以特使之任出使英国，他于是又踏入伦敦上流社会。正当唐璜在一个贵族的哥特式乡间堡寨又面临"哥特"式冒险之际，长诗中断。拜伦的书信透露，主人公还要"遍游欧洲，其中要适当地穿插进围攻、战斗、冒险等经历"，最后参加法国大革命而献身。不难想见，法国大革命应是长诗的高潮。

（三）作品分析

1. 人物形象

在拜伦所塑造的一系列典型形象中，唐璜拥有崭新的性格，特别与前期塑造的所谓"拜伦式英雄"差距较大：鲜有哈洛尔德的忧郁孤独，不见康拉德式的豪迈反抗，亦无曼弗雷德那样的愤世嫉俗。他顺从天性，无视清规戒律，绝少虚伪

[①] ［英］拜伦：《唐璜》，朱维基译，上海译文出版社1978年版，第31页。以下所引《唐璜》中诗句，均见该版本，为简洁计，不再另注。

做作；对恋人总是倾心相与，并不朝三暮四，倒常常被迫分离，依依难舍。他不怯懦，关键时刻还能表现出英雄气概。当海上遇险，饥饿使人生吃同类时，他宁死不干这野蛮行为；在苏丹王妃求欢的咄咄进逼下，他亦能神态自若；战场上，别人退却他则前进；在英吉利的荒道，他甚至只身把强人打翻……然而他缺乏坚定信念，又意志薄弱，经不住诱惑，故易于随波逐流，随遇而安，无法掌握自己的命运。这使他做出过一些越轨行为和愚蠢事情。此外，他与传说中的唐璜亦非完全绝缘，如喜好女色、玩世不恭等，还能见出其原始性格的痕迹。作者认为，其荒唐不过是人类本性的自然流露。可见这是个芸芸众生式的人物，相类菲尔丁的汤姆·琼斯，除了多少是命运的宠儿外，精神品格都不过普通人而已。从客观上看，如此典型为诗人对人性的理性分析提供了一个生动的标本，因为其性格的二重性再好不过地体现了现实世界里生活的多样性和道德的复杂性。当然，我们仍可以将之归入"拜伦式英雄"系列，因为这个概念的内涵也是在发展和丰富的。

除唐璜外，长诗还刻画了一系列人物，如贵族、海盗、苏丹、女王、阉臣、妃嫔、宫女、将军、议员、政客、学者……有历史的过客，也有当代的名流；有的属艺术虚构，有的则实有其人。其中尤以妇女形象最为突出：伊内兹的装模作样，朱丽亚的热烈温柔，古尔佩霞兹的娥眉任性，卡萨琳的骄奢淫逸，以及阿得玲那伶人般的做作，奥罗拉修女般的神秘，甚至宫娥罗拉的冶艳，嘉丁加的娇弱，杜杜的柔媚，都写得特色各具，神采飞扬。然而最令人难忘的，则是天真纯朴的希腊少女海甸，她"洋溢着绝无仅有的纯洁与诗意"[①]，是一个天真无邪、只播撒爱的天使。她与唐璜牧歌式的相恋，是充满诗意的自然儿女之爱，美丽"犹如一对活的男女恋神"[②]。诗人用光洁的笔调歌颂她的纯真，哀叹她的夭亡，对"使她纯洁心儿的最纯洁的血变成了眼泪"的悲剧爱情抱恨再三。

2. 社会内容

拜伦诗歌遗产中最有力的因素是辛辣的社会讽刺，诗人自己就称这部作品为讽刺史诗。的确，《唐璜》最值得珍视者是它的讽刺性内容，所针对的即主人公活动的18世纪末以及作者生活的19世纪初之"各国社会的可笑方面"，以及由此

---

① ［苏］阿尼克斯特：《英国文学史纲》，戴镏龄等译，人民文学出版社1959年版，第319页。
② ［丹麦］勃兰兑斯：《十九世纪文学主流》（第四分册），徐式谷等译，人民文学出版社1984年版，第425页。

反映出的诗人与一切反动势力为敌的民主与自由思想。

首先,通过主人公的冒险足迹——海盗称霸的希腊岛屿、土耳其禁闱、俄罗斯宫廷及英国上流社会——揭示出那个时代的特征就是封建专制的暴虐和社会道德的虚伪。到处是流血、战争、兼并,到处是欺诈、出卖、抢劫。残暴的君主专制,猖獗的商业资本,把人作为物出卖的奴隶交易等,统治阶级气焰嚣张、横行无忌。诗人剥下那些女皇、君主、政客、将军的画皮,原来他们不过是荡妇、恶棍、无赖、刽子手之流,锋利的诗句像无情的长鞭,抽得他们体无完肤。

其次,以英国社会为标本,讽刺它的各个方面。由于诗人对此最为熟悉,因而讽刺也最为有力。帝国屠杀恫吓世界,政府压迫盘剥国民;权贵跋扈,政治家撒谎;绅士老爷高视阔步,街头神女风尘飘荡;无行文人变节,唯心主义横行。而最为痛快淋漓的,则是对贵族上流社会罪恶及拜金主义猖獗的冷嘲热讽:贵族男女心灵空虚,沉溺声色犬马,其冠冕堂皇的外表,不过遮掩着无耻淫乱而已;至于那些把青春早已"挪用"了的青年纨绔们,则是"喝酒、赌钱、嫖妓","漂亮可是消衰,富有却没有一文钱;他们的精力在一千个怀抱中用尽了……";而淑女们,或则品论流行的时尚,或则彬彬有礼地打情骂俏,"把十二张信笺塞进一只小信封……";至于说已大有"掌握世界平衡"之势的拜金道德,既毒化了社会,也腐蚀了灵魂,以至几乎无人不把钱看得高于一切:"拿走性命,拿走老婆,但绝不要拿走人的钱袋……"诗人还以鄙夷的口吻揭露出社会的普遍堕落:"结婚了,离婚了,又结婚了";"有的女继承人咬上了骗子的钩子;有的少女做了妻子,有的只做了母亲"。这似乎是可笑的,然而又很难笑出来,唯其如此,读者才仿佛体会到诗人那颗酸楚的心:"假使我对人间的事物好笑,那是为了我可以不哭……"

拜伦的讽刺还有一个极重要的方面,是针对不合理的婚姻以及与之相联系的上流社会夫妇之间互相欺骗的现象,由此揭示建筑在封建的或是资产阶级的经济与伦理基础上的婚姻之普遍的不幸。23岁的少妇朱丽亚背着50岁的荒唐丈夫勾引一个16岁的孩子,本身便是对其婚姻的绝妙讽刺。诗人还以讥诮谑弄的笔调写到唐璜父母的不和、苏丹王卧榻上的同床异梦和沙俄女皇的沉醉嬖宠,尤其是亨利爵士"明媒正娶"的模式化家庭以及某公爵夫妇虚假的"神圣"关系:

> 他们的结合是最好的结合,不用疑惑,
> 他们从不合在一起,因此就无从反目。

由此可见，上流社会的夫妻关系有时仅仅是个摆设，而且通常伴随着男女间的相互欺骗：

> 她们说谎，我们说谎，大家说谎，但依然热爱……

他戳穿了遮羞的面纱，一切都成为赤裸裸的。

长诗除大量揭露、批判和讽刺之外，还充满对正义事物的爱、对失去自由的人的同情和对被压迫者的战斗号召。拜伦说他有种恒常不变的感情，这就是对自由的热爱。爱自由，一向是其创作的主调，当然《唐璜》也不例外，它无处不跳荡着这位自由的信使不驯的思想；而其同情与怜悯正是从人是否保持了自由这一点出发的，基于此，他才对被关押在像"修道院那样冰冷"的后宫里的嫔娥们哀哀长叹："那里一千个胸膛为爱情而跳动，像笼中的鸟儿渴望着天空。"也正是为了自由，他坚决主张革命："如果可能，我要教会顽石，起来反抗人世的暴君"；他随时准备去当战士，不仅靠文字，也靠行动……这火一般豪迈的诗句，表现了可贵的革命思想和叛逆精神。

勃兰兑斯谓拜伦"有着极强的沉思的倾向"。所以他的诗作一向富有哲理，而《唐璜》里亦不乏哲学的思索："沉思人世的变化无常"，推究"生与死"之奥妙。面对"永恒的岁月之流滚滚而去"，唐璜不免陷入迷惘，因生之疑虑、死之魅惑的搅扰而陷入不可知论："我怀疑是否怀疑本身也是怀疑"。这就往往导致虚无主义，视"人生是场游戏"而滑向另一个极端享乐主义，于是他哼着"生命的妙处只能是陶醉"的悠然调子耽于醇酒妇人。但这类消极的情调不是主要的，在《唐璜》里，诗人更多的是把人生体验，诸如爱的苦恼、家庭风波、内心回旋之类娓娓倾吐，随便却深刻，把人类生活中各样奇异的矛盾变化——尤其心理的或精神的——微妙但是向着极端的发展揭示出来，启发你洞察心灵或意识的幽微。这样的杰作，才算得上窥到了人生之海的纵深处，"拥抱了全部人类生活"。

的确，这是部包含着整个人生海洋的作品，不唯如此，还与它所产生的时代息息相通。诚然，作者把故事发生的时间放在18世纪末叶，但诗中的议论却几乎触及当时英国与欧陆所有重大的政治事件，这就把历史和当代的社会生活奇妙地交织起来。拜伦是时代的歌者，《唐璜》则是时代精神的结晶，正如诗人自己所说，像《伊利亚特》之于荷马时代一样，它应合着当前的时代精神[①]。

3. 诗艺特点

在这部出自浪漫派大师之手的长篇叙事诗中，在艺术上，尽管其中现实主义的描绘比比皆是，但浓郁的浪漫色彩仍然是主要的。这突出表现于它的传奇性以及那妙笔营造的传奇性氛围——离奇的故事、异域的情调、层出不穷的戏剧性场面，诸如对人吃人的惨剧、土耳其宫闱内的风波之类的描写，可谓典型的罗曼蒂克。再就是那优美而略带感伤的抒情性，似乎无处不在、统贯全篇。拜伦长于抒情，连歌德也叹赏不已："温柔到优美感情的极纤细动人的地步。"其奥妙在于恰到好处地把握分寸，放纵或者含蓄，根据情境与火候使之"水到渠成"。很多情况下，"淡淡的哀愁"可用以描述拜伦诗情之特殊优美的境界，这从唐璜与朱丽亚相恋的场面，甚至仅仅从朱丽亚的诀别信就足可体会了。

从表现手法上说，《唐璜》之最突出的特点是以兼叙兼议为主，形式灵活多样，不拘一格。对比、夸张、铺陈、讽喻甚至调侃等常常交互变化使用，但最注重的还是兼叙兼议，即在娓娓的人事叙述中插入"题外话"。诗人似乎无法按捺自己，随时向他的主人公和读者大发议论，这种议论在篇幅上几乎占到一半。通过该形式，评点国事，臧否人物，追思遐忆，海阔天空无所不至，而且娓娓动听，似无穷尽。若从性质上说，插笔大致有两种，一是讽刺性的，二是抒情性的。前者多涉及时事，这给了了长诗以相当浓烈的现实主义成分；后者则多直抒胸臆，比如或回忆儿时的故乡，或倾吐去国的哀思，或吟哦大自然的神奇，或高歌往古的雄迹，更多属于浪漫主义的感慨和鼓动。该类插笔不惟美妙，而尤其感人。如：

> 我坟头的青草将悠久地
> 对夜风叹息，而我的歌早已沉寂……

插笔不仅使内容丰富多彩，而且使文气洒脱从容。

拜伦诗作的语言是明白而晓畅的，他总是化繁缛为简约，变抽象成具体；广采口语词汇，亦不拒散文句法，形成白而不俗、谑而不陋、风趣中见隽永、轻

[①] 参见［丹麦］勃兰兑斯：《十九世纪文学主流》（第四分册），徐式谷等译，人民文学出版社1984年版，第424页。

松里显力度的风格。读其诗,感觉若泉水涌出,洋洋洒洒,既不装腔作势,更无故弄玄虚,但幽默、婉曲、感伤、愤激、讥嘲等却尽在其中,仿佛信笔而成,无意为之,在滔滔不绝里显出奔放、俊挺与雄辩。长诗的笔调极富变化,时而缠绵如切切琴诉,时而雄辩如江水滔滔,时而激昂如惊涛拍岸,时而凌厉如峭风肆虐。海甸是那样的轻灵可爱,"像一只小鸟飞向她年轻的配偶";卡萨琳又是那样轻浮佻薄,"她的停经期像少女时代一样逗恼她";写土耳其王宫或希腊风的华宴,便极尽铺陈,呈现旖旎风光;写海上罹难或战场上的格杀,则充满神情动作,淋漓着血的殷红。整部长诗,既高亢激越又哀婉深沉,犹如交响乐一般扣人心弦。

在格律上,诗人创造性地借鉴意大利滑稽史诗所用的"八行三韵体",即每行五音步,前六行隔行互韵,最后两行变韵对押。拜伦驾驭这种诗体到了得心应手的境界,嬉笑怒骂,皆成诗章,而且常常警句迭出,妙语连珠。为了加强讽刺效果,或忽庄忽谐,或欲擒故纵,一切都成竹在胸,挥洒自如:挖苦、奚落、反语、调侃等俯拾即是,滔滔不绝;而机智、幽默、诙谐、打趣也仿佛是信手拈来,无有穷尽。洋洋万余行,似乎随处能感到诗人从容不迫的风度,难怪奥顿称他"潇洒风格的大师"。危乎高哉,一曲千古绝唱!它是拜伦的骄傲。

(四)精彩片段欣赏

● 译文选自

[英]拜伦:《唐璜》,朱维基译,上海译文出版社1978年版。

1. 唐璜的母亲唐纳·伊内兹

朱丽亚是唐纳·伊内兹十分喜爱的朋友——
可是我还猜不透这由于什么原因——
在她们的嗜好之间很少有共通之点,
因为朱丽亚从没有写过一行诗句:
有人窃窃私语(但是他们无疑在撒谎,
因为恶意往往带着一些私人的目的)
说伊内兹在唐·阿尔封索结婚之前,
在他面前忘却了她十分谨慎的举止;

> 又说她还继续着这旧日的关系,
> 虽然时间最近已使这关系缓和得多,
> 她甚至对他的太太也热爱起来,
> 而当然这个办法是再好也没有:
> 她以自己明哲的保护使朱丽亚觉得欢喜,
> 而且对唐·阿尔封索的鉴赏力极力恭维;
> 假使她不能(谁能呢?)抹杀这种丑闻,
> 她至少已使它成为一个不容易抓住的把柄。
>
> (第一歌第66、67节,第38页)

此两节诗以闪烁其词、欲露还藏的笔调讽刺唐璜之母唐纳·伊内兹的虚伪。前面已铺叙她与丈夫不和并最终将其烦恼致死,但故意不予交代夫妇对立的原因;另,竭力描写伊内兹装模作样、自为风雅以及如何教子有方,其实均为事件的发展作铺垫。这儿就把缘故抖擞出来了,原来她恋着别人。但如何于老情人的年轻妻子面前隐藏真相仍然是个问题,所以她煞费苦心笼络那少妇。说到底她在为自己打掩护以继续其暗中勾当,同时也承启后面的情节进展,即放纵朱丽亚与唐璜耳鬓厮磨而故作不见,因为这样就有了一堵最有效的遮掩的墙。此前极言伊内兹管教儿子之严,并且成效显著,"宣称她的少年哲学家已经变得如何正经、如何沉静、如何稳健"——既然如此,发生了其"闺蜜"与儿子频频偷情的一段公案居然完全不知情,直到丈夫带人深夜捉奸轰动街区,匪夷所思乎?这就是诗人的"春秋笔法",隐隐约约、虚虚实实,其间的调侃、讥嘲、奚落、幽默,造成讽刺文字的最大张力,令人拍案叫绝。

2. 朱丽亚写给唐璜的信

> "他们告诉我已经决定你要远行,
> 这是贤明——这是好的,但依然是一个痛苦;
> 我对于你的年轻的心儿不再有所要求,
> 我的心已成为牺牲,将来还会如此:
> 爱得太过分是我所使用的
> 仅有的技术;——我写得匆忙,
> 假使这纸上有一点污迹,不是眼泪的痕迹;

我的眼球只是发烧和急跳,但是没有泪水。

"我过去爱你,现在还爱你,为了这爱情失去了
身份,地位,天国,人类的和我自己的自尊,
而还不能为它所付的代价而惋惜,
那个美梦的记忆仍是那么亲切;
可是,我若说出我的罪名,那不是要夸耀,
没有人能像我对自己那样更苛责:
我潦草写了这些因为我不能定下心来——
我没有什么好谴责,也没有什么好要求。

"你将在欢乐和骄傲之中继续前进,
为人所爱也要爱好多人;在这人世
对于我一切是完了,除了还有几年
把我的羞愧和烦恼深藏在心底:
这些我都受得了,可是不能抛掉
那仍旧像从前一样汹涌的热情,——
从此别了——宽恕我,爱我——不,
这个字现在是无意义了——但就让这样吧。

"我没有更多的话要说了,但是还在迟疑,
没有勇气把我的印章捺在这张笺上,
我还是可以一样地把这桩事情做完,
可是我惨苦的情景将无以复加了;
我到现在没有生活过,能够丢开烦恼;
死亡避开那愿意迎受那打击的可怜人,
在这最后的分手后我甚至必须活下去,
熬着活下去,为了爱你,为了替你祝祷!"

(第一歌第192、193、195、197节,第101—103页)

这4节诗选自朱丽亚写给唐璜的信。两人的私情败露后,朱丽亚被丈夫

唐·阿尔封索关进了修道院，而唐璜即将被母亲安排去国远游。不知用了几多心机、费了几多周折，朱丽亚给她的情郎转来此信。该情书可谓心理分析的杰作，同时也感人至深。幽怨、难舍、无奈、酸楚、不甘等各种情绪像打破了的五味瓶涌溢于字里行间。作为一个二十多岁正值青春期的美艳少妇，面对年已半百、还不忘惹花拈草的丈夫，内心如枯井一般空虚，可以想见她在阿多尼斯般的美少年身上下了多大的激情赌注，那是一种不惜生命的爱，尽管欲望的成分更多些。岂料转瞬成空，等于一下被打入地狱。但那段爱太美妙了，她为此失去身份、地位、天国、自尊在所不惜。可是对方，情况却完全相反，仍然将承受很多爱也会去爱很多人……何等不对称！她一方面被隐修院的高墙所埋，一方面"将在欢乐和骄傲之中继续前进"。然而即使如此，她依旧不由自主地发出乞求："——宽恕我，爱我——"这就是朱丽亚，爱是她的生命支柱，那内容往往由她一厢情愿的想象去填充。她的理性战胜不了情感，朱丽亚表白："甚至必须活下去，熬着活下去，为了爱你，为了替你祝祷！"——一篇欧版的怨妇辞！尽管我们从涩苦的爱痴里嗅得到一缕酸味，却不影响我们陶醉。

第八讲
雨果《巴黎圣母院》

一、雨果

维克多·雨果（Victor Hugo，1802—1885）是法国浪漫主义文学运动的领袖，伟大的人道主义作家，法国文学史上最伟大的诗人、戏剧家、小说家之一。他的创作生涯长达60年之久，经历了浪漫主义文学和现实主义文学的全过程，他在诗歌、戏剧、小说、美学和政论等方面都有重大建树，在世界文学史上留下了辉煌的一页。

雨果1802年2月26日生于法国的贝尚松城。祖父是个木匠，父亲是个共和党人，从士兵擢升为将军。在雨果的幼年和少年时代，父亲征战疆场，无暇顾及家庭，雨果在母亲身边度过。母亲是个虔诚的天主教徒，拥护波旁王朝，雨果深受其影响。雨果天资聪慧，具有文学天赋，9岁就开始写诗，10岁随母亲来到巴黎上学，中学毕业进入法学院学习。但他的兴趣在于写作，15岁时在法兰西学院写的《读书乐》受到法兰西学士院的奖励，17岁在"百花诗赛"中获得第一名，20岁出版诗集《颂诗集》，因歌颂波旁王朝复辟，获得路易十八赏赐和查理十世的奖金。他被名噪一时的夏多布里昂誉为"神童"，雨果自己则表示："要么成为夏多布里昂，要么一事无成。"

19世纪20年代初,他发表诗集和戏剧,同情保皇党,赞美君主政体和天主教。1826年后,随着资产阶级知识分子中自由思想的兴起,他揭露贵族、教会的罪恶以及波旁王朝的反动统治。在政治上,雨果转向了资产阶级自由主义。在浪漫主义与古典主义的斗争中,雨果主张自由的浪漫主义。

1827年创作的剧本《克伦威尔》表现了对革命精神的赞扬,发表的《〈克伦威尔〉序言》(1827)是法国浪漫主义文学的战斗纲领和宣言书,在法国文学史上具有划时代的意义。雨果抨击古典主义,提出新的文学主张和影响深远的"美丑对照原则"。文章提出,"丑就在美的旁边,畸形靠近着优美,丑怪藏在崇高的背后,美与恶并存,光明与黑暗相共"[①],宣称"浪漫主义不过是文学上的自由主义而已"。

1829年发表的短篇小说《死囚的末日》呼吁废除死刑,显示雨果早期的人道主义思想。1829年至19世纪40年代,雨果发表了大量的抒情诗集:《东方集》(1829)反映了20年代希腊人民反抗土耳其的统治,富有浓郁的东方异国情调;《秋叶集》(1831)抒写家庭和个人生活;《晨夕集》(1835)抒发忧郁,憧憬未来;《心声集》(1837)回忆家庭生活,描绘大自然美景;《光与影集》(1840)记录他与朱丽叶的爱情。

雨果还写了许多剧本。1830年创作的剧本《欧那尼》描写了16世纪西班牙贵族出身的强盗欧那尼发誓要为父报仇,企图杀死国王。国王知道欧那尼的来意,却善待了他,由一个暴君变成一个宽恕仁爱的开明君主。该剧打破了古典主义的创作原则,违反了"三一律",把悲剧因素和喜剧因素糅合在一起,尤其是反暴君反贵族的主题,引发了浪漫主义与古典主义的决战。《欧那尼》的成功上演,标志着浪漫主义战胜了古典主义,确定了浪漫派的地位。《吕依·布拉斯》(1838)是雨果另一部重要剧作,是他戏剧创作的一个总结。他与高乃依、拉辛和莫里哀并列为法国四大戏剧家,他们的胸像陈列在法兰西剧院的大厅中。

1831年,雨果发表了第一部长篇小说《巴黎圣母院》,代表着浪漫主义的最高成就。

1832年,雨果结识了女演员朱丽叶·德鲁埃。她不久成为雨果的情人,在雨果以后的生活和创作中给予他极大的感情和精神上的支持。雨果与朱丽叶曾两度游览莱茵河,并于1842年出版游记《莱茵河》。

---

① 柳鸣九:《雨果论文学艺术》,河北教育出版社1999年版,第35页。

1841年他被选入法兰西学士院，1845年路易·菲利普封他为"法兰西世卿"，当上了贵族院议员。19世纪40年代，雨果投笔从政，把主要精力投入到政治活动中。他为欧洲弱小民族辩护，为社会伸张正义，反对死刑，但政治立场属于自由派，其思想基础是人道主义。1834年雨果发表中篇小说《克洛德·格》提出了工人贫困和由此造成犯罪的问题。1848年"二月革命"后，他担心工人骚动，同意关闭"国家工厂"。他同年创办的《时事报》，座右铭是"恨无政府主义深恶痛绝，爱人民情深意切"。雨果曾一度对拿破仑寄予希望，1848年12月支持其竞选总统。但一年以后，雨果对新上台的亲王总统失去信心，两人关系疏远。1850年，雨果在哄闹的议会上责骂总统为"拿破仑小丑"。12月2日，拿破仑发动政变，雨果和共和派人士组织抵抗无效，政治形势急转直下，雨果在朱丽叶的掩护下逃离法国，开始了他长达19年的流亡生涯。

　　雨果先在布鲁塞尔稍作停留，后去英属英吉利海峡群岛，家人和朱丽叶也随之前往。1852年至1855年，雨果住在泽西岛上的"海景台"，完成了抨击政变者的《拿破仑小丑》（1852），1853年出版讽刺诗集《惩罚集》，立刻引起轰动，被偷运回法国。英国政府不满雨果参加流亡者的政治活动，下逐客令，雨果全家于1855年年底迁往更远更小的根西岛，诗人在楼顶建成玻璃小屋"畅观楼"。15年间，诗人每天清晨站在"畅观楼"里，头顶蓝天，俯视大海，遥望天际依稀的法兰西祖国，诗思奔涌，下笔滔滔，写下了一部部杰作：抒情诗集《静观集》、"小史诗"《历代传说集》、长篇小说《悲惨世界》等。《悲惨世界》是一部史诗般宏大而深邃的作品，也是雨果长篇小说的最高成就，兼具现实主义和浪漫主义的创作手法，表现了悲惨世界里悲惨人们——"潦倒的男子"冉阿让、"堕落的女子"芳汀、"羸弱的儿童"珂赛特的悲惨遭遇，并给予深切的人道主义同情。

　　流亡生活带给雨果的不仅是寂寞和孤独，还有创作的灵感，使他不断求索和思考。雨果的思想走向成熟，成为充满激情的共和主义者。他的创作也达到新的高度，作品不仅数量多，而且主题精深，艺术丰富。流亡后期，雨果先后出版专著《威廉·莎士比亚》（1864）、诗集《林园集》（1865）和长篇小说《海上劳工》（1866）、《笑面人》（1869）等。

　　1870年9月4日，第三共和国宣告成立。雨果结束了流亡生活返回巴黎。雨果在普法战争中是一个充满爱国热情的积极参与者，但在巴黎公社期间则是一个无可奈何的旁观者。在诗集《凶年集》（1872）中，老诗人捧出了一颗忧国忧民的赤子之心，对国家政治生活感到失望，为巴黎公社社员争取大赦而奔走呼号。最后一部长篇历史小说《九三年》（1874）以1793年法国大革命为背景，描写了革命军对旺岱省叛军的镇压，展开了革命暴力与反革命暴力、革命原则与人道主义原则之间的尖锐冲突，阐发了雨果对革命和理想的基本立场，集中体现了他的人道主义思想："在绝对正确的革命之上，还有一个绝对正确的人道主义。"1877年出版诗集《祖父乐》，借孙子、孙女再一次把"儿童"引进诗歌的题材。此外，还创作了大量的诗作结集出版，如《历代传说集》第二、三集和《驴子集》《精神四凤集》等。

在雨果晚年，亲人多已离去，老诗人以陪伴孙儿孙女为乐，虽已淡出政治，但其声望有增无减，被尊为"共和国的祖父"。1881年，巴黎60万市民列队通过雨果家门前，庆贺他80岁诞辰。1885年5月22日雨果因肺病发作逝世，享年84岁。6月1日法国人民为其举行了国葬，200万人民上街送葬。灵柩停放在凯旋门下，安葬处嵌着"祖国感谢伟人"的题铭，遗体被安放在先贤祠。法国传记作家莫罗亚在《雨果传》中说："一个国家将这种迄今习惯上只授给君主和军事首脑的崇高荣誉授与一位诗人，在人类历史上这还是头一次。"①

作为一个民主主义战士和人道主义者，雨果一生为民主与和平而斗争，反对侵略战争，反对民族压迫。1860年英法联军侵入中国，雨果撰文进行了抨击，表现出对中国人民的深切同情，对侵略者的满腔愤慨。作为法国最伟大的诗人和小说家之一，他的创作表现出鲜明的反封建、反暴君和反宗教偏见的民主精神，蕴含着丰富而深邃的人道主义思想。他的诗歌创作丰硕，题材多样，形式完美，将抒情议论、讽刺幽默、写景咏物、叙史哲理等有机地融为一体。他的小说情节离奇曲折，人物个性鲜明，故事精彩动人，将浪漫主义文学推向高潮，同时也开辟出现实主义的广阔天地，对世界文学产生了重大影响。

二、《巴黎圣母院》（*Notre-Dame de Paris*）

（一）作品生成过程及中译本

《巴黎圣母院》这部长篇历史小说出版于1831年，它的创作时期正值维克

---

① ［法］安德烈·莫洛阿：《悲惨世界的画师：雨果传》，沈宝基、筱明、廖星桥译，湖南文艺出版社1983年版，第707页。

多。雨果在政治上逐渐脱离保守派立场而倾向于自由民主立场，文艺上逐渐脱离为古典主义而提倡浪漫主义之际。当时的雨果在文学上初露锋芒，发表过几部作品，上演过几部戏剧，但《巴黎圣母院》的出版，才真正奠定了他作为法国以至于整个欧洲最重要的作家之一的声誉。

1831年，雨果仅花了6个月时间完成了鸿篇巨制《巴黎圣母院》，几乎是一气呵成。但在写作之前的三年里，他花了大量时间构思和搜集材料，浏览过路易十一时代的通史、年鉴、证书和账册，寻访了当时的古老屋宇。在这部小说里，雨果用他擅长诗歌和戏剧的文笔，把四百年前法王路易十一统治时期的历史真实，艺术地再现于读者的眼前。宫廷和教会如何狼狈为奸、残害百姓，人民群众如何同两股黑恶势力英勇搏斗，这些都通过可歌可泣的故事和生动活泼的戏剧性场面得以连缀铺排开来。

年轻时代的雨果敢于打破传统，标新立异，向具有权威的伪古典主义文学传统挑战，以革新者的姿态，与古典主义者设置的种种清规戒律决裂，从而竖起了浪漫主义文学的大旗。在1827年的《〈克伦威尔〉序言》中，他集中批判了古典主义把悲剧因素和喜剧因素、崇高优美和滑稽丑怪截然分开的做法。他明确地提出新时代的艺术应将二者融为一体，并提出符合自然的美丑对照原则。《巴黎圣母院》就是根据这一美学原则精心创作的艺术标本，带有强烈的反封建意识。在作品中，他打破了古典主义将美与丑、善与恶完全对立的做法，让他们互相交错，相互融合。外表美好的，其心灵未必善良；外表丑陋的，其心灵未必不美，未必不善。敲钟人伽西莫多外表奇丑无比，驼背、凸胸、独眼、耳聋、腿跛，但他心灵的美好与善良伴随着情节的发展而愈益突出；副主教克洛德外表令人肃然起敬，但骨子里却是个衣冠禽兽；宫廷弓箭队队长弗比斯是个薄情寡义的花花公子，而单纯的少女却容易以貌取人。天真貌美、心地纯洁善良的爱斯梅拉达用纯真的爱情去爱弗比斯，至死不渝，而对伽西莫多崇高而真挚的感情却视而不见。这种构思和设计让我们领略到了雨果新的美学观。在他的作品中，善与恶、美与丑、情与理等都是相对照而产生的，相斗争而演变的，滑稽丑怪多半流于外表，典雅高尚则蕴蓄于心灵，而它们又常常是结合在一起的。雨果善于通过美丑对照原则，透过表象，揭示善恶美丑的本质，在外在美与内在美的对照中，心灵美高于一切。

《巴黎圣母院》的译本有很多，其中著名的有：陈敬容翻译的贵州人民出版社1980年版和人民文学出版社1982年版；管震湖翻译的上海译文出版社1989

年版;施康强翻译的译林出版社1995年版;李玉民翻译的上海文艺出版社2005年版;安少康翻译的长江文艺出版社2006年版等。除了翻译者的功劳外,名著改编成电影也加速了该作品的传播和影响,使《巴黎圣母院》在中国家喻户晓、脍炙人口。

《巴黎圣母院》还被选入我国中学语文阅读篇目。可见,这部经过时间和空间筛选的经典在我国读者中很受欢迎。

(二)作品梗概

《巴黎圣母院》代表了19世纪法国浪漫主义文学的最高成就,在世界文学史上具有里程碑式的重要意义。小说按照《〈克伦威尔〉序言》中提出的"美丑对照原则"创作而成,带有强烈的反封建反教会的色彩,表达了作者对封建统治阶级的憎恨和对受压迫底层人民的同情。故事以15世纪的巴黎圣母院为主要场景,描写了吉卜赛女郎爱斯梅拉达、圣母院敲钟人伽西莫多及副主教克洛德·弗罗洛三个主要人物之间错综复杂、曲折离奇的故事。小说一开始就提出"命运"或"天数"的概念,让美丽的爱斯梅拉达、善良的伽西莫多、邪恶的副主教克洛德·弗罗洛这三个人物在命运的安排下上演了一出悲剧色彩十分浓重的凄惨故事。作品主要安排了两条线索:一条是女主人公爱斯梅拉达的悲惨命运,一条是丑八怪伽西莫多的觉醒和反抗。两条线索都是围绕着女主人公爱斯梅拉达的命运展开的。由女主人公爱斯梅拉达先后五次遇险和得救的曲折过程构成,最后出现的悲剧性结局与开头的戏剧性场面遥相呼应,一切都处在鲜明强烈的对照之中。

故事发生的地点在巴黎圣母院周围的格雷沃广场上。那是一个宗教盛日,教民们从四面八方赶到圣母院周围,穷人们兴高采烈地抬着"丑八怪",举行化装游行,欢度"愚人节"。美丽的吉卜赛女郎爱斯梅拉达翩跹起舞,巴黎圣母院副主教克洛德·弗罗洛被其美艳吸引,指派天生丑陋的圣母院敲钟人伽西莫多拦路劫持。爱斯梅拉达被巡逻的宫廷弓箭队队长弗比斯所救,从而触发了少女的爱情。心存邪念的克洛德趁这对恋人幽会之机刺伤了弗比斯,事后以爱斯梅拉达妖术附身祸害弗比斯为由,判处她死刑。爱斯梅拉达在刑场上被打得遍体鳞伤,忍受不了酷刑,屈打成招,后被伽西莫多救进巴黎圣母院钟楼避难。克洛德在圣母院企图强占爱斯梅拉达没有得逞,于是便唆使教会和宫廷取消圣母院的避难权,派来大批官兵抓捕爱斯梅拉达。乞丐王国的乞丐和流浪汉们闻讯后前来营救,不明真相的伽西莫多看到后把烧得滚烫的岩浆从巴黎圣母院钟楼上倒下去,致使流浪汉和乞丐们血染格雷沃广场,死伤无数。正在混乱之际,克洛德指使他的学生甘果瓦从后门把爱斯梅拉达诓骗出去,交给了克洛德。克洛德要爱斯梅拉达在他的兽欲和绞架之间做一选择,爱斯梅拉达宁死不屈从于他的淫威。克洛德气急败坏,只得暂时把她交给隐居在广场旁边的一个老妇人看管,自己前去引领官兵。此时老妇人突然发现这个将要被处死的少女,就是她朝思暮想、寻觅多年的亲生女儿。白发苍苍的母亲竭力搭救女儿,但终因力所不敌,被刽子手一脚踢开,头部撞石而死。爱斯梅拉达被执行绞刑。正当克洛德站在圣母院的高楼胜处,俯视刑场,发出狰狞狂笑时,已经觉醒、明白真相的伽西莫多怒不可遏,将克洛德从圣母院钟楼上推了下去摔死了,自己也从圣母院消失了。几年后人们在清理墓地时发现了伽西莫多和爱斯梅拉达紧紧拥抱在一起的尸骸。当人们试图将他们分开时,伽西莫多化成了灰尘。

(三)作品分析

《巴黎圣母院》是浪漫派小说的典范作品。这是一曲反封建的悲歌,凸显出作家的人道主义思想和浪漫主义创作原则。这里主要从以下三个方面进行分析:

1. 鲜明的反封建反教会的主题

《巴黎圣母院》以中世纪为背景,矛头直指代表宗教势力的巴黎圣母院和代表反动政治势力的路易十一。小说借古喻今,影射1830年七月革命后的法国社会现实,无情地揭露了教会和贵族统治阶级的罪恶。克洛德·弗罗洛是宗教邪恶势力的代表,他最终被推下钟楼摔得粉身碎骨,象征了黑暗的宗教威权终将崩溃。小说刻画了封建王朝最高统治者怯懦昏庸、凶狠残暴的丑恶嘴脸。路易十一害怕人民起来造反,长期蜷伏在戒备森严的巴士底狱,整天谋算如何保住王位和长命百岁,他的一道"把平民杀尽、把女巫绞死"的诏令,致使圣母院周围变成一片血海。巴黎的流浪汉和乞丐们对巴黎圣母院的攻打,是19世纪20年代以来人民群众反对封建专制和教会斗争的写照,显示了人民群众推翻封建专制的巨大力量。揭露封建专制和教会统治的黑暗、暴虐,歌颂底层百姓人性的美好、善良,肯定人民群众反暴政斗争的合理性,这是《巴黎圣母院》最鲜明的主题。

纵观整部小说的情节发展,纵横跌宕,曲折纷繁。女主人公爱斯梅拉达时悲时喜,时而厄运临头,时而绝处逢生,她的每一次遇险和每一次得救都有不同的前因后果,都有强烈的对照性质。善恶美丑的尖锐冲突,都在层层对照中愈演愈烈,显示出它们各自的政治背景和社会内容,有力地反映了统治阶级和被统治阶级之间深刻的矛盾。通过爱斯梅拉达的悲惨命运,我们可以看到封建专制制度和宗教的黑暗势力如何勾结起来残害人民的骇人听闻的暴虐行为和无恶不作的反人民的本质。

2. 对比鲜明的人物形象体系

《巴黎圣母院》的中心人物是爱斯梅拉达。雨果采用了圆形结构,围绕着女主人公,安排了四个男性:副主教克洛德和敲钟人伽西莫多都爱上了这个吉卜赛女郎,弓箭队队长弗比斯也对她颇感兴趣,诗人甘果瓦一心想成为她名副其实的丈夫。小说的几个主要人物都围绕着这个圆心旋转。但实际上,爱情描写在小说中只起着穿针引线的作用。小说描写爱斯梅拉达的经历和悲剧则是主线。爱斯梅拉达是作者倾注深情,全力塑造的一个无比善良、纯洁的少女形象,是内在美和外在美高度统一,是真善美的化身。她是一个纯洁无瑕、热情坦率的姑娘,不仅有迷人的身材、乌黑的大眼睛、淡金色的皮肤以及婀娜多彩的舞姿,更重要的是她心灵美好,心地善良,富有同情心,而且还有见义勇为、舍己救人的侠义心肠。为了救人一命,她愿意与自己不爱的诗人甘果瓦误结为夫妻,根据乞丐王国的"法律",甘果瓦才免于一死。伽西莫多曾经遵循克洛德的指使,企图劫走她。但他在广场上遭受鞭刑、口渴难熬时,又是她出于恻隐之心,走上前去给他水喝,这杯水解除了伽西莫多的干渴,也抚慰了他的心灵。她真诚地同情别人的不幸,一片赤忱救人危难,显示出她水晶般纯净的心灵。在长期的流浪生涯中,她守身如玉,洁白无瑕,洁身自好,充分表现了她的自尊自爱。

对待爱情她有自己的向往,"那是两个人合成一个,那是一个男人和一个女人合成一个天使,那是天堂"。但是她误把花花公子弗比斯的逢场作戏当成是真正的爱情,并忠贞不渝,一往情深,至死不变,从未想到海誓山盟中还会有负心和背叛,临死还呼唤弗比斯的名字,其纯真令人心痛欲裂。而对自己所厌恶的克洛德,她的恨则刻骨铭心,坚拒不从,表现她性格的刚毅和勇敢的一面。为此种下了祸根,受到接二连三的迫害。她因弗比斯被克洛德刺伤而下狱,忍受不了穿"铁靴"的酷刑,作了假招供。克洛德对她的迫害,表现了教会上层人物为了满足兽欲而不惜施展恶毒阴谋。法庭只靠酷刑来审问,千古奇冤层出不穷,她的受刑反映了封建统治的阴森可怖、腐败黑暗。爱斯梅拉达屈打成招被判死刑后，还要付给官府三个金币作为招认费，这点睛之笔把封建官吏贪赃枉法的面目揭露无遗。这个纯洁美丽的姑娘被无辜地绞杀了，惨死在封建专制制度和教会黑暗势力所编织的双重罗网之中。更不幸的是，爱斯梅拉达失散多年的母亲虽然终于找到了自己的亲骨肉，但重逢的欢乐瞬间又变为悲痛欲绝的诀别。爱斯梅拉达的悲剧是社会黑暗势力造成的，在中世纪妖魔四伏的黑暗中，她犹如一束熊熊燃烧的火焰，光芒四射，鲜亮夺目。爱斯梅拉达的美是完整的美。

　　副主教克洛德·弗罗洛是一个矛盾复杂、具有两面性的人物。一方面他是宗教邪恶力量的代表，是淫邪、虚伪、凶残的化身；另一方面他又是违反人性的宗教禁欲主义的牺牲品。道貌岸然的外表和阴险毒辣的内心是这个人物的主要特征。克洛德·弗罗洛外表道貌岸然，骨子里是个衣冠禽兽，对爱斯梅拉达的感情是一种淫邪欲念，完全出于占有欲，并非真挚的爱情。他抵挡不住美色，不惜施展恶毒阴谋。他派遣自己的义子伽西莫多去绑架爱斯梅拉达；遭到爱斯梅拉达拒绝后，又煽起宗教狂热，散布对波希米亚人的偏见，诬陷爱斯梅拉达是"以巫术害人的女巫"，他经常制造这一类"巫术案"。而实际上，他在自己的房间里大搞"炼金术"，以这种巫术去骗人。他集巫师和教士黑袍于一身，是个卑鄙、诡诈、毒似蛇蝎的人物。他为了满足私欲，要尽了阴谋诡计，最后不择手段致对方于死地。克洛德的哲学是："我要得到你……否则我就得把你交出去，你得去死或属于我。"①凶神恶煞的蛇蝎心肠暴露无遗。他多次威逼爱斯梅拉达屈从于自己的淫欲，愿望落空后，立即通知官府捉拿她，并暗中操纵法庭，把她判处死刑。最后他站在巴黎圣母院的高楼胜处，得意地观看处死爱斯梅拉达的场面，露出难以觉察的奸笑。雨果在塑造这一人物时，既把他看成罪人，又把他写成宗教禁欲主义的牺牲品。雨果运用强烈的美丑对照原则，揭示了这个人物表面上恪守宗教禁欲主义而内心深处渴求淫邪的本质矛盾。他的职业操守一向使他憎恶女性，自觉放弃尘世的生活享受，放弃人的心灵和意向的一切需求，俨然是一个道貌岸然的圣徒；然而，雨果并没有将其塑造成一个简单的类型化人物，而是同时又写出了克洛德作为宗教殉葬品的一面。克洛德并非天生的恶人，他从小刻苦学习，博学多才，18岁时就精通三种文字，钻研了四门学科，也曾有过善良之

---

① ［法］安德烈·莫洛亚：《雨果传：奥林匹欧或雨果的一生》，程曾厚、程干泽译，浙江大学出版社2014年版，第52页。

举，如收养孤儿伽西莫多、独自抚养弟弟长大成人、善待穷人等。长期的禁欲主义使他心理变态，人性扭曲，而年轻貌美的爱斯梅拉达出现，唤醒了他压抑已久的人性欲望。他在熊熊燃烧的情欲和神职人员禁欲的义务与责任之间痛苦挣扎，导致其人格分裂最终成为一个迫害爱斯梅拉达的恶魔般的人物。他接受宗教的培育，却为宗教教义所害，又以宗教的名义害人。雨果在揭露非人道的宗教教规、教义的不合理的同时，也表达了自己基于人道主义的人性论思想。正因为雨果突破了传统的观点，才塑造出一个血肉丰满的人物形象，我们应该辩证地认识这个人物。

巴黎圣母院的敲钟人伽西莫多则是个奇特的角色，也是使这部长篇小说具有浪漫色彩的重要人物。他外貌奇丑无比，体型残缺，驼背、凸胸、独眼、耳聋、腿跛，"他简直像一座被打碎但并没有好好粘合起来的巨人像一样"。身世不明和外貌丑陋的双重灾难，使他从小在唾骂和嘲笑中长大。然而伽西莫多有着善良和美好的心灵，富有正义感和真诚的感情。他是个弃儿，平日遭人笑骂，乐趣只在于抱住圣母院的大钟不停地撞击，似乎根本没有常人的一般感情。然而，在小说里，唯有他内心燃烧着对爱斯梅拉达纯真的爱情之火。在他爱的演绎过程中，也具有对照的意义。开始他受克洛德的指使，拦路劫夺过爱斯梅拉达。而当闯进乞丐王国接受审判受刑，口渴如焚时，爱斯梅拉达则以德报怨给他送上甘泉，这使得愚痴的伽西莫多人性觉醒。于是他劫持法场，将爱斯梅拉达救入巴黎圣母院避难，成为她忠实的保护者并对她悉心照料。在百般照顾、保护女郎的过程中，他平生第一次点燃起爱情的火焰。伽西莫多把女郎看成是"一道阳光、一颗露珠、一只鸟儿的歌声"。为了爱，他痛感自己外形的丑陋，时时用手把脸部遮盖起来，不让心爱的女郎看见他；为了爱，他宁愿受她的虐待而不愿意看见她的痛苦，把一切苦痛藏在自己的心里。作品有一处精心设计的片段令人难忘：伽西莫多在发现女郎强烈呼唤弗比斯的名字，明白她永远不会爱自己的时候，强吞下眼泪，并甘心帮女郎把弗比斯找来。伽西莫多在宫廷外从早到晚直站到后半夜，才见到弗比斯。他一把抓住弗比斯的马缰，要他跟着去见爱斯梅拉达。弗比斯则给了他狠狠的一鞭和一阵怒骂，然后扬长而去。这时，伽西莫多全然不顾自己蒙受的侮辱和痛苦，心里只惦念着女郎的哀愁。他回来告诉女郎，"找不到弗比斯"，又遭到一阵怒骂叫他滚开。他毫不介意地走了，宁肯把一切痛苦深藏在心里，绝不叫女郎再添烦恼。作品中还有一幅清新明澈的素描式的画面：在爱斯梅拉达的窗台上有两个花瓶，一个是水晶的，外形美而亮，却有个裂口，不能蓄满水，插在里面的鲜花已经枯萎了；另一个是陶制的罐子，粗糙平凡却能蓄满水，插在里面的鲜花清新芬芳。这是伽西莫多放在爱斯梅拉达窗前的摆设，是他心灵的展示。摆设虽小，但却凝结着他的全部痛苦、深情、理性和希望。女郎早上醒来走出房间，把枯萎的花整天抱着，于是一整天都没有听见伽西莫多的歌声。这个外表丑陋粗糙的丑八怪内心是多么细致、感情是多么细腻、思想是多么纯朴呀！

自从发现副主教对爱斯梅拉达有不轨行为以后，他索性睡在她的门口保护她。乞丐们攻打圣母院，用意是保护他们的姐妹，不让她绞死在广场上。伽西莫多不愿她离开自己，独自奋战在圣母院的塔楼上。他的行动堪与中世纪的骑士为了自己的美人冲杀在原野上相比。最后，他瞥见副主教站在那里观看爱斯梅拉达接受绞刑，副主教露出一丝魔鬼的微笑。副主教的卑劣和残忍激起了他正义的愤恨，他毅然决然地将副主教从高处推了下去。他的行动反映了他对爱斯梅拉达的爱情超过一切，这是小说最震撼人心的情节之一。伽西莫多是雨果理想化的人物，是按照他理解的最美的灵魂来塑造的，这个形象具有很高的审美价值，说明外表的滑稽丑怪淹没不了灵魂的纯正洁白，反而更加衬托出他心灵的晶莹剔透，这是一种内在的美。

弗比斯的形象与爱斯梅拉达、克洛德和伽西莫多相比较而言，显得不是那么丰富多彩。这是一个寻花问柳、喜新厌旧的花花公子。他本来已有未婚妻，遇见活泼多情、窈窕俏丽的爱斯梅拉达，便想逢场作戏。爱斯梅拉达出身低微，他不可能娶她为妻。他的表妹出身名门，又有一笔诱人的嫁妆，这才是他追求的对象。为了骗取爱斯梅拉达的爱情，他把在许多相似情景下说过多少遍的"我爱你，我除了你没有爱过别的人"的情话背诵出来。但爱斯梅拉达因为他被刺而被判死刑之时，他却根本不愿出庭证明她无罪。他的卑劣面目昭然若揭。

诗人甘果瓦则是一个平庸的诗人，以卖文为生的知识分子。虽然他能编宗教剧，懂拉丁文，颇有知识才学，但"他的思想基本上是一种混合体，优柔寡断而且比较复杂"，"凡事求得中庸"便是他的处世哲学。他误入"怪厅"，本应该按照穷人法律处死，爱斯梅拉达为拯救他的性命，表示愿意与他结婚，目的是将诗人置于自己的保护下，而不是真的爱上他。这对男女虽在一起生活却在两处投宿，他们是有名无实的夫妻。他是个毫无感情的庸人，曾做过洞房花烛夜的美梦，但没有获得真实的新婚之夜。正如他自己所说的："起初我爱一些女人，后来爱一些兽类，现在我爱一些石头，我也和女人同兽类一样。"之前爱斯梅拉达拯救过他，而当女郎受难时，他却无力抗争，也不敢赴死搭救，严峻的考验证明："他是一个无耻的懦夫，把拖鞋当头盔的家伙。"当女郎落难时，他则认为"好多恩惠是一辈子不用报答的"。最后他和老师克洛德师生勾结，共同诓骗爱斯梅拉达。

3. 浪漫主义艺术的最好标本

（1）《巴黎圣母院》是一部具有鲜明浪漫主义艺术特征的小说。

首先，作品充满了奇特的想象，并充分运用了夸张的手法。爱斯梅拉达是美的典范，而伽西莫多的外形则被夸张到了丑的极致。乞丐王国中诗人甘果瓦与爱斯梅拉达名义上的结婚，吉卜赛女郎母女的相认和死别，墓窟中紧紧拥抱的伽西莫多与爱斯梅拉达尸骨，以及尸骨一旦被分开就化为灰尘等的描写，无不具有浓郁而奇特的想象色彩。然而小说想象丰富却不失细节真实，极度夸张又别具情趣，奇特古怪但不虚妄荒诞。

其次，作家笔下的环境刻画和气氛渲染呈现出主客观因素水乳交融的特点。广场上五光十色的喧闹场景，纵横交错的街道中阴暗压抑的氛围，高大的哥特式建筑，令人恐怖的巴士底狱，下层人民生活的神秘"怪厅"等，均与人的感受融为一体。特别是中世纪的巴黎圣母院，庄严肃穆而又巍峨神秘地耸立在塞纳河畔，犹如一个永不衰老的时间巨人俯视着芸芸众生，见证着人性的高贵与卑劣。

最后，小说结构精妙，情节曲折，多有离奇巧合的叙述，富有戏剧性。作品的结构在纵向上以爱斯梅拉达的悲剧命运为经，在横向上以爱斯梅拉达与四个男人的故事为纬。从前者看，原本快乐、自由的爱斯梅拉达仅仅因为美貌而招来杀身之祸的经历，对那个黑暗时代提出有力的控诉。从后者看，不同的故事线索以爱斯梅拉达为中心，编织起复杂的情节，不但反映了深刻的时代内涵，而且凸显了人性的美丑善恶。如在爱斯梅拉达与克洛德的线索中，写到了便衣跟踪、旅馆暗杀、法庭审判、密室忏悔以及克洛德的各种疯狂变态行为；在爱斯梅拉达与伽西莫多的线索中，展现的是传奇般的经历，伽西莫多当街劫艳、广场受辱、抢劫法场，以及殉情而死；在爱斯梅拉达与甘果瓦的线索中，呈现了乞丐王国内部五光十色的种种场景以及"怪厅"中摔罐为婚，新婚之夜甘果瓦不辞而别的情节；在爱斯梅拉达与弗比斯的线索中，一个英雄救美的老套爱情故事，最终演变为背叛和欺骗的阴谋；在爱斯梅拉达与黑衣女人巴格特的线索中，爱斯梅拉达的身世揭秘和母女相认的悲喜交集旋即变成了二人双双死在绞刑台上的人间惨剧。一波三折的情节发展,高潮迭起的故事叙述,充分显示了作家将小说与戏剧艺术手法合二为一的出色才能。

(2)《巴黎圣母院》将美丑对照原则运用得出神入化。

《巴黎圣母院》是雨果浪漫主义对照美学原则的成功实践。这一原则贯穿在整个叙事结构中、情节场面上和人物塑造上。

在情节叙述上,爱斯梅拉达的先后五次得救交相辉映,内涵丰富:第一次是伽西莫多拦路抢劫,由弗比斯相救;第二次是爱斯梅拉达受绞刑,伽西莫多将其救进圣母院避难;第三次是在圣母院内,克洛德妄图占有爱斯梅拉达,伽西莫多闻声赶来相救;第四次是克洛德唆使国王路易十一派兵镇压,巴黎的乞丐们营救爱斯梅拉达;第五次是克洛德带领官兵捉拿爱斯梅拉达,生母巴格特竭力搭救女儿。在爱斯梅拉达一次次厄运临头与一次次绝处逢生的对照中,呈现出人性中的美与丑、善与恶的对照。

在情节场面的对照上,雨果安排了两个王国、两个国王、两个法庭、两种审判的对比。一个是路易十一的封建王国,另一个是乞丐王国。巨大的巴士底狱成了国王处理国事的地方,路易十一毕生竭力维护中央集权,又是一个狡猾狠毒的政治家。而乞丐王国则是一个松散的组织,并没有等级森严的官阶,"国王"仅仅是首领而已,他靠江湖义气来号召大伙儿。封建王国的法庭随心所欲,栽赃陷害,草菅人命。法庭明知弗比斯活着,客店老板关于银币变枯叶的证词并不可信,但仍诬陷爱斯梅拉达为女巫;对伽西莫多的审讯也是这样,法官是聋子,伽西莫多也是聋子,聋子审问聋子,弄得满堂哄笑。而"奇迹宫廷"的法律是由乞丐、流民自己制定的,目的是为了维护这个区域,不让其他阶层的人擅自闯入。此外,宗教节日的嘈杂纷乱、狂欢的场面与广场上万头攒动、争看处决犯人的对比,巴黎圣母院平日肃静庄严的气氛与乞丐们奋力攻打、乱成一片以及伽西莫多全力守卫的对比,都造成色彩缤纷、摄人心魄的效果。

人物的对照是美丑对照艺术的精髓之所在,既表现在人物与人物之间的对照,也表现在人物自身的内外在对照上。同为正面人物,爱斯梅拉达和伽西莫多,一个美若天仙,一个丑陋无比,但二者的心灵却晶莹剔透,白璧无瑕。爱斯梅拉达的爱情是盲目的,不能分辨美丑,而伽西莫多则爱憎分明。反面人物克洛德和弗比斯,一个是神权的代表,一个是王权的代表;一个忧郁深沉严肃,淫欲隐蔽,一个欢乐明快,公开放荡;克洛德奸诈狠毒,不能满足自己的私欲,便置对方于死地,而弗比斯快活风流,看重钱财,只关心自己的利益;二人在冠冕堂皇的体态下包藏着肮脏罪恶的心肝，他们既有矛盾又相互勾结，同是巴黎人民的敌人。爱斯梅拉达与克洛德是一对矛盾，纯洁与阴毒是他们相互对照的特征；爱斯梅拉达与弗比斯是另一对矛盾，那是纯真与虚假的比照。克洛德和伽西莫多，一主一仆，一个义父、一个义子，一个是人性的异化，开始以"极大的怜悯之心"收养弃儿伽西莫多，抚养弟弟，最后发展成为迫害狂，对爱斯梅拉达充满占有的淫邪欲念；一个是人性的复归，开始对人类充满仇恨，拦路抢劫爱斯梅拉达，最后变成了人道主义者，对爱斯梅拉达充满真诚的爱慕。伽西莫多与甘果瓦，二人都受过女郎的恩惠，伽西莫多对女郎是滴水之恩以涌泉相报，为救女郎勇敢无私，不怕牺牲，而甘果瓦则是"好多债是不用偿还的"，怯懦自私，贪生怕死，反映出两种不同的道德观。人物之间的相互对照使得形象个性鲜明，栩栩如生。

　　人物对照还表现在人物自身之中。爱斯梅拉达天生丽质，热烈单纯，表里一致，是外在美和内在美的结合。伽西莫多外貌奇丑，而心灵崇高，形成美丑对照。雨果曾指出，这样描写能使"渺小变成了伟大，畸形变成了美好"。克洛德外表严峻冷漠，内心凶残歹毒，嘴上标榜禁欲主义，心里欲火炎炎。弗比斯仪表堂堂，像太阳神一样俊美，可是行为轻浮，灵魂空虚，是所谓愚蠢的美。人物的自我对照突出了心灵美的价值：内在美与外在美统一固然好，然而最重要的是内在美，即心灵美。心灵美是决定一个人好坏的唯一标准。人物的相互对照与自我对照互为补充，并联合以爱斯梅拉达为中心的诸多对照，从而形成多层次对照网，这显然是雨果塑造人物的独特方法及其艺术魅力所在。

　　（3）再现中世纪的世俗民情是浪漫派的一个重大特点。

　　《巴黎圣母院》在这方面也有出色的描写。雨果要复活这个时代，他说："这是关于巴黎的15世纪的一幅图画。路易十一在其中一章中露面。正是他决定了结局。这部小说没有任何历史意图，只不过想科学地、认真地、但仅仅作为鸟瞰式和片段地描画15世纪的风俗、信仰、法律、艺术，还有文明的状况。"在小说中，中世纪的民间节日、上演神秘剧和推选丑人之王的古风得到细致的描绘，特殊的流浪人社会、在街头和广场耸立的绞架、阴森恐怖的巴士底狱、巫术和炼金术的流行、宗教享有的特权、国王隐蔽和行踪不定的生活，都一一得到再现。雨果曾赞扬英国小说家司各特"把历史所具有的伟大灿烂、小说所具有的趣味和编年史所具有的那种严格的精确结合了起来"，他要将《巴黎圣母院》也写成这样的历史小说。

从艺术上看，《巴黎圣母院》有很多奇思异想，如爱斯梅拉达母女的重逢，伽西莫多在圣母院塔楼上与千百个乞丐奋战，他与爱斯梅拉达相抱的尸骨一被分开，就化为灰尘等，都是浪漫想象开放出来的奇葩。

《巴黎圣母院》还将巍然壮观的巴黎圣母院拟人化。这座象征着中世纪文明的大教堂，既是一座建筑，又是一个世界，同时还是巴黎，扩而言之，是中世纪的聚集点："这座可敬历史性建筑物的每一侧面，每块石头，都不仅是我国历史的一页，并且也是科学史和艺术史的一页。"[1]这座建筑是神奇的，里面有多少雕塑、多少艺术品啊！"不如说是人民劳动的结晶；它是一个民族留下的沉淀，是各个世纪形成的堆积，是人类社会相继升华而产生的结晶"[2]，雨果怀着无比热爱与赞赏的心情称呼这是"巨大的石头交响乐"。更进一步，这座石头建筑和伽西莫多结成一体，他对教堂像有磁性相吸那样的密切关系，他附着于教堂就像乌龟附着于龟壳一样：大教堂确实好像是对他百依百顺的生物；他意志所至，它就立刻发出洪亮的呐喊；伽西莫多仿佛一个形影不离的精灵依附于它身上，也充溢在整个教堂里，仿佛是他使这宏大的建筑物呼吸起来。他确实无处不在，化作无数的伽西莫多，遍布于教堂的每个地方。有时，人们惊恐地看到钟楼最高处有一个异样侏儒攀登、爬行，手脚并用地攀爬，从外面降下深渊，又从一个凸角跳到另一个凸角，在鬼怪雕像的肚腹里掏摸，这是伽西莫多在掏乌鸦巢；有时，人们在教堂的幽暗角落里碰到一个怪物，皱眉蹙额像活鬼似的，这是伽西莫多在沉思；有时，人们瞥见在钟楼下，有一个大脑袋和一团畸形的躯体，吊在绳端，发狂地摆荡，这是伽西莫多在敲晚祷的钟声……埃及人把他奉为这座教堂的神祇，中世纪的人以为他是个魔鬼，他却是这座教堂的灵魂。按常理说，一个畸形人连行动也不方便，而伽西莫多却能在圣母院高耸峭拔的塔楼爬上爬下，在凸出于建筑物之外的古怪雕像之间跳来跳去，胜过杂技团的小丑，这是浪漫主义的夸张笔法使然。巴黎圣母院在伽西莫多手下仿佛有了生命，散布着神秘的气息，它窥测和吞吐着人群，用钟声召唤人们来做祈祷，守护着它的石兽不时发出嗥叫；这个庞然大物，俯视着历代生活和眼前的悲剧，作为历史和当代生活的见证人，它并非无动于衷，而是与它的主人——伽西莫多共呼吸；它是人民智慧的结晶和法兰

---

[1] ［法］安德烈·莫洛亚：《雨果传：奥林匹欧或雨果的一生》，程曾厚、程干泽译，浙江大学出版社 2014年版，第127页。

[2] 同上书，第129页。

西文明的代表。将一座古建筑描绘得如此多姿多彩，在文学史上还不多见。

（四）精彩片段欣赏

● 译文选自

［法］雨果：《巴黎圣母院》，陈敬容译，人民文学出版社1982年版。

1. 愚人节、愚人王

实在的，这当儿在那窗洞口出现了一个容光焕发的丑怪，真是奇妙无比。在所有的五角形、六角形和多角形的面孔之后，最后来了一个出乎观众想象之外的几何图形的面孔，再不用别的了，单只这副奇特的丑相，就博得了观众的喝彩，连科勃诺尔本人也欢呼起来了。曾经是候选人的克洛潘·图意弗——天知道他的相貌要多丑有多丑——也只好认输了。我们也得认输。关于那四角形的鼻子，那马蹄形的嘴巴，那猪鬃似的红眉毛底下小小的左眼，那完全被一只大瘤遮住了的右眼，那像城垛一样参差不齐的牙齿，那露出一颗如象牙一般长的大牙的粗糙的嘴唇，那分叉的下巴，尤其是那一脸轻蔑、惊异和悲哀的表情，我们并没有这种妄想来给读者把一切都描绘清楚。请你想象一下那整个相貌吧，要是你能想象的话。

（第51—52页）

这位赛克罗平似的怪人出现在小礼拜堂的门槛上，毫无表情，又矮又胖，身材的高度和宽度差不多是一样的，正像一位伟大人物所说："下部方正"。从他那半是红色半是紫色的散缀着钟形花纹的外衣上，特别是从他的丑得出奇上，观众立刻认出了他是谁，异口同声地喊道：

"他是伽西莫多，那个敲钟人！他是伽西莫多，那个圣母院的驼子。独眼人伽西莫多！罗圈腿伽西莫多！好极啦！好极啦！"

（第52页）

1482年1月6日，整个巴黎的民众都沉浸在欢乐的气氛中。这一天既是主显节，又是"愚人节"，来自四面八方的群众聚集在巴黎圣母院的格雷沃广场欢度节日。雨果用他的生花妙笔把巴黎圣母院的敲钟人伽西莫多的丑陋外形活灵活现地呈现出来,描绘了一个当之无愧的"愚人王"。又瘸又丑的伽西莫多坐在由12个愚人之友会成员抬着的绘画花纹轿子上,被一群乞丐、仆役、小偷们簇拥着,喧闹着游行在巴黎的大街小巷。

2. 伽西莫多营救爱斯梅拉达

这一切都是如此迅速,假若是在黑夜,只要电光一闪便能全部看清楚了。"圣地!圣地!"人们跟着叫喊起来,千万双手高兴地拍响,伽西莫多的独眼骄傲地闪着亮光。

这种震动使那个罪犯醒过来了,她睁开眼睛看了看伽西莫多,又急忙合上眼,好像被救她的人吓住了似的。

(第401页)

伽西莫多在大门道下面停下来,他巨大的双脚站在教堂的石板地上,好像比那些罗曼式柱子还要牢固。他蓬乱的脑袋缩在两肩当中,好像一头只有鬃毛却没有脖子的雄狮。他粗糙的双手举着还在心跳的姑娘,好像举着一幅白布。为了怕把她弄伤或怕她受惊,他是非常小心地举着她的。他似乎觉得她是一件娇弱、精致、宝贵的东西,是为别人的手而不是为他那样的手生的,他好像不敢碰她一下,甚至不敢对着她呼吸。随后他忽然紧紧地把她抱在怀里,贴近他瘦骨嶙嶙的胸膛,好像她是他的宝贝,好像他是那孩子的母亲。他低头看她的那只独眼,把温柔痛苦和怜悯的眼波流注到她的脸上,忽然他又抬起头来,眼睛里充满了光辉。于是妇女们又哭又笑,群众都热情地踏着脚,因为那时的伽西莫多的确十分漂亮。他是漂亮的,这个孤儿,这个捡来的孩子,这个被遗弃的人。他感到自己威武健壮,他面对面地望着那个曾经驱逐他而此刻显然被他征服了的社会,那被他把战利品夺过来了的人类司法制度,那些只好空着嘴咀嚼的老虎,那些警官、法官、刽子手和国王的全部权力,通通被他这个微不足道的人凭借上帝的力量粉碎了。

(第401—402页)

胜利的几分钟过去之后,伽西莫多便急忙举着那个姑娘走进教堂里面去了,喜欢一切大胆行为的群众用眼睛在阴暗的本堂里寻找他,惋惜他这样迅速地从他们的欢呼声中走掉。忽然人们看见他又出现在有法兰西历代君王雕像的楼廊的一头,像疯子一般穿过楼廊,双臂高举着埃及姑娘,喊着:"圣地!"人们又大声欢呼。他跑遍了楼廊,又钻到教堂里面去了。过了一会,他又出现在最高的平台上,仍然双臂高举着埃及姑娘,仍然在疯狂地跑,仍然在喊:"圣地!"群众再一次欢呼起来。最后,他第三次出现在放大钟的那座钟塔顶上,仿佛是在那里骄傲地把他所救的人给全城看,他那别人极少听到而他自己也从未听见过的响亮的声音,狂热地喊了三遍:"圣地!圣地!圣地!"喊声直冲云霄。

(第402—403页)

伽西莫多是个弃儿,后被副主教克洛德收养,培养成为巴黎圣母院的敲钟人。他对义父忠心耿耿,言听计从,曾遵照义父的指令拦路抢劫爱斯梅拉达。当他被乞丐王国逮捕后,在广场上遭到审判、行刑鞭打、口渴如焚时,所有的人都看热闹,只有爱斯梅拉达不计前嫌,以德报怨,送给他一杯水。这杯水不仅解除了他的干渴,也抚慰了他的心灵,使这个畸零人第一次感受到人世间的温暖,冷漠的人性开始复苏。

当看到爱斯梅拉达被严刑拷打时,感受到人间真情的伽西莫多义无反顾地冒着生命危险营救女郎,挥拳打倒行刑的侩子手,用尽全身力气,把女郎高高地举过头顶,嘴里不停地喊着"圣地!圣地!",冲过人群,把女郎营救到巴黎圣母院。这段文字表现了伽西莫多的英雄壮举和对女郎的一片痴情。

3. 克洛德·弗罗洛威逼利诱爱斯梅拉达

他又讲起话来。那姑娘跪在绞刑架前,把脸孔埋在长长的头发里,任凭他说去。此刻他的声音又悲苦又温柔,同他那傲慢的面孔成了辛酸的对照。

"我呢,我爱你,啊,这是千真万确的。我内心如同烈火焚烧,但外表上什么也看不出。啊,姑娘,无论黑夜白天,无论黑夜白天都是如此,这难道不值得一点怜悯吗?这是一种无论黑夜白天都占据我心头的爱情,我告诉你,这是一种苦刑啊。啊,我太受罪了,我可怜的孩子!这是值得同情的事啊,我担保。你看我在温柔地向你说话呢,我很希望你不再那样害怕我。总而言之,一个男子爱上一个女人并不是他的过错。啊,我的上帝!怎么,你就永远不能原谅我吗?你还在恨我!那么,完结哪!就是这个使我变得凶狼，你看，就是这个使我变得可怕的！你看都不看我一眼！当我站在这里向你说话，并且在我俩走向永恒的边界旁战栗的时候，你或许正在想别的事，不过千万别对我提起那个军官。唉！我要向你下跪了，啊呀，我要吻你脚下的泥土了，不是吻你的脚，那样你是不愿意的。我要哭得像个小孩子，我要从胸中掏出，不是我的话，而是掏出我的肺腑，为了告诉你我爱你。一切全都没用，都没用！可是在你的心里你有的只是慈悲和柔情，你全身发出最美丽最温柔的光芒，你是多么崇高、善良、慈悲、可爱。哎，你单单对我一个人这样冷漠无情。啊，怎样的命运呀！"

他把脸埋在手里，那姑娘听见他在哭泣，这是他生平第一次哭泣。他站在那里哭得浑身哆嗦，比跪着恳求更加凄楚，他就这样哭了好一会。

"啊呀！"哭了一阵之后他接着说道，"我找不出话说了，我对你讲的话都是好好考虑过的。这会儿我又颤又抖，我在决定性的关头倒糊涂起来，我觉得有一种至高无上的力量统治着我们，使我说不明白。啊，要是你不怜惜我也不怜惜你自己，我就要倒在地上了。不要使我俩都受到惩罚吧，要是你知道我多么爱你！我的心是怎样一颗心呀！我是怎样逃避真理，怎样使自己感到绝望！我是个学者，却辱没了科学；我是个绅士，却败坏了自己的名声；我是个神甫，却把弥撒书当作淫欲的枕头，向上帝的脸上吐唾沫！这一切都是为了你呀，狐狸精！为了能更快地在你的地狱里沉沦！可是你倒不愿意要我这个罪人哪！啊，让我全部告诉你，还有呢，还有一件更可怕的事情呢，啊，更可怕的呀！……"

讲到最后几句的时候，他完全是一副神经错乱的样子，他有一会没出声，随后又像自言自语一般厉声说道："该隐啊，你是怎样对待你的弟弟的呀？"

（第537—539页）

神甫疯狂地把她拽过来抱在怀里，恶狠狠地大笑起来。"咳，对了，我是凶手！"他说，"我一定要把你弄到手。你不愿要我当你的奴隶，你就得让我当你的主人，我一定要占有你。我有一个窝，我一定要把你拽进去，你得跟着我，你一定得跟着我，否则我就会把你交出去！漂亮的孩子，你必须死掉或者属于我，属于一个神甫，一个叛教的人，一个凶手！就从今天晚上开始，你听见了吗？咱们走吧！快活去吧！咱们走！亲我呀，笨蛋！你得选择坟墓或是我的床褥！"

他的眼睛里闪出淫荡粗暴的光，他的色情的嘴唇火热地碰着姑娘的脖子，她在他的怀抱中挣扎，他拿湿漉漉的亲吻盖满了她一脸。

"别咬我，怪物！"她喊道，"啊，讨厌的肮脏的妖僧！放开我！我要扯下你那可恶的白头发，一把一把往你脸上扔去！"

他好像受着炮烙之刑的罪人一样，发出一声猛烈的叫喊。"那么死吧！"他咬牙切齿地说。看见了他那凶狠的眼光，她打算逃开去，他又抓住她，摇晃她，把她推倒在地上，然后拽着她漂亮的胳膊，拖着她迈开大步向罗兰塔拐角上走去。到了这里，他转身问她道："最后一次回答我：你愿不愿意属于我？"她使劲回答说："不！"

（第540—541页）

这段文字形象生动地把副主教克洛德复杂的情感世界呈现在我们面前。一方面他作为宗教神职人员，应该恪守宗教的职业道德，压抑克制自己的情感，但他又处在文艺复兴的早期，人性的觉醒和复苏不能不对他产生影响，使他处在神性与人性的两难处境难以自拔。一看到爱斯梅拉达，便萌生一种淫邪欲念，一种占有欲、兽欲，于是便采用各种卑鄙手段满足自己的欲望，起初指使伽西莫多拦路抢劫，继而嫁祸于人。女郎到了巴黎圣母院，克洛德表现得更加赤裸裸，深夜潜入爱斯梅拉达房间想施以非礼，占有不成就让女郎在他和绞架之间做一抉择。女郎憎恨和厌恶他，表现得决绝和果敢，始终不屈从于他的淫威欲念。克洛德的疯狂畸变的精神状态和凶神恶煞的蛇蝎心肠昭然若揭。

第九讲
夏洛蒂·勃朗特《简·爱》

一、夏洛蒂·勃朗特

夏洛蒂·勃朗特（Charlotte Bronte，1816—1855）是英国文学史上最耀眼的女性作家之一。她与自己的两位妹妹艾米莉·勃朗特和安妮·勃朗特都是19世纪英国才华横溢的著名作家，俗称"勃朗特三姐妹"。她们的非凡才能既为自身赢得了莫大的声誉，也让勃朗特之家成了文学史上的一个不朽传奇。毕竟，一个家庭中有两位天才作家已是极为罕见，而"一门三杰"都能在文学史上留名千古，这确实是英国文学史上独一无二的奇迹。

三姐妹中，夏洛蒂·勃朗特成名最早，其作品的接受度也最为广泛。1847年10月16日，夏洛蒂·勃朗特的《简·爱》在英国问世，其刚一"诞生"，立刻轰动了整个英国文坛。当时已经驰名文坛的英国大文豪萨克雷曾在给编辑的信中说："《简·爱》使我非常感动，非常喜爱。请代我向作者致意和道谢，她的小说是我能花好多天来读的第一本英国小说。"① 今天，时过近两百年，这部作品

---

① 祝庆英："序言"，[英]夏洛蒂·勃朗特：《简·爱》，祝庆英译，上海译文出版社1988年版，第1页。

依然是英语小说中拥有广大读者群的一部经典佳作，它不仅依旧被摆在各大书店最显眼的位置上，而且其生命力也随着戏剧、电影、电视剧等传播方式的更迭、拓展，历久弥新，甚至被激发得更为炽热、旺盛。1848年，小说《简·爱》在刚问世几个月后，就被搬上了戏剧舞台，此后在戏剧舞台上也一直长盛不衰；作为影视作品，目前它在大银幕上已被反复重拍不下六次之多，英国广播公司（BBC）更是在1983年和2006年先后两次将其改编成电视剧，每一次改编、每一次重拍都是《简·爱》的一次新的传播、新的接受。

《简·爱》初次为中国读者了解始于20世纪初，1925年《简·爱》的第一个中文译本诞生，如今国内已有60多个全译本和20多种简写本。它不仅进入了中国高校的课堂，而且也是国内中学生课外名著阅读的必读篇目。当下《简·爱》在中国的网络传播中，更是表现出了蓬勃的生命力，仅通过百度搜索《简·爱》，其相关网页便达4560多万条。这些事实清楚地表明，《简·爱》不仅具有极强的经典性而且也具有很明显的流行性，中国读者对《简·爱》的发现、解密、热爱和致敬百年未歇。

夏洛蒂·勃朗特的作品往往带有浓厚的自传性色彩，作品中主要人物的生活时代、环境和许多生活细节经常与作家的真实生活经历息息相关。不仅《简·爱》如此，夏洛蒂甚至把她的另一部小说《维莱特》的副标题也有意地定名为"夏洛蒂的真实生平"。因此了解夏洛蒂·勃朗特的真实生存境遇和人生故事，无疑对深入走进作家的艺术世界、深入探究其作品成功的奥秘极有补益。

夏洛蒂·勃朗特1816年4月21日出生于英国桑恩顿，4岁时随全家移居到英国北部约克郡的哈沃斯——一个工业化地区的一座苦寒、偏僻的乡镇。她的父亲原籍爱尔兰，早年毕业于剑桥大学，毕业后做了圣公会的牧师，但终生穷困不得志。夏洛蒂的母亲很早因病去世，家中留下六个孩子，五女一男，夏洛蒂排行第三。夏洛蒂的父亲早年曾出版过两本诗集，但家境的贫寒、中年丧妻和性格的孤僻，使他并没有切实地履行起一个好父亲的职责。读书看报之余，虽然他有时也能给孩子们一些学习上的帮助，但总的说来，他的阴郁、专制、自我中心都使这个家庭缺乏足够的温暖。

1824年，年仅8岁的夏洛蒂·勃朗特和自己的两个姐姐、一个妹妹被父亲送到了柯文桥女子寄宿学校读书。这是一所专门为穷人的子女提供教育的慈善性学校，条件极差但校规很严，孩子们终年无饱食之日，还要经常遭受体罚，每逢周日，还得冒着严寒或者酷暑步行几英里去教堂做礼拜。饥饿、劳累和粗暴冷酷的教养方式很快摧毁了夏洛蒂姐妹的健康，第二年，夏洛蒂的两个姐姐都染上严重的肺病，被送回家后没几天就都痛苦地死去了。此后，父亲把夏洛蒂和她的妹妹艾米莉接回了家，但寄宿学校的痛苦经历却已在夏洛蒂的心中留下了永远的伤痛。

勃朗特一家一向离群索居，与邻里鲜有交往，勃朗特家的孩子们也自幼敏感、内向，几乎没有外界朋友，姐弟四人除了茫茫旷野与沼泽地的陪伴外，只有彼此抱团取暖、相依为命。孤寂的生活中，他们能找到的唯一的慰藉，就是驰骋想象力，借编构离奇动人的故事来驱赶生活的穷困和乏味。勃朗特家里常年订有两份报纸，勃朗特先生也有不少藏书，这些书报进一步拓展了他们的视野、开启了他们的智慧。从童年时期开始，勃朗特家的孩子们就已开始创作诗歌、小说、戏剧等，现今保存下来的夏洛蒂姐弟的手稿有一百多份，小作家们对自己所进行的创作兴趣盎然、信心十足。他们甚至还联手创办过一份手抄小杂志，他们自编自写、自评自画，每月一期，虽然这份小杂志的作者和读者仅限于姐弟四人，但正是这种对创作的浓厚兴趣和勤奋的实践精神，为勃朗特姐妹日后的成功打下了良好的基础。

除了儿时不自觉的兴趣培养与写作实践外，夏洛蒂成长过程中日益显现的寻找生活出路的压力，尤其是她在求职过程中的不愉快经历，都对她日后踏上作家之路起了重要的推动作用。1831—1832年，夏洛蒂曾就读于罗赫德的一所教会学校，在那里她虽然仍备受压抑，但却与这所学校的负责人伍勒小姐结成了好朋友。1835—1838年，为了给弟妹们挣钱读书，她又曾回到这所学校教过几年书。1839年，她到一位有钱人家里担任过几个孩子的家庭教师，虽然家庭教师是当时社会能提供给知识女性为数极少的工作职业之一，但这一职业仍极受歧视。夏洛蒂亲身体验了这种心酸和屈辱，她在给妹妹艾米莉的一封信中曾这样写道："家庭女教师并没有个人的存在。除非与那她必须完成的烦人职责联系在一起，她是不被当作一个有理性的活生生的人的。"[1]很快她就辞职回家了。1839年和1841年夏洛蒂又先后两次外出做家庭教师，但因实在无法忍受那种屈辱，每次都只有几个月的时间就匆匆结束了。

为了避免外出谋生并能维持生计，勃朗特姐妹也曾打算自己开办一所学校。为提高法语水平，1842年夏洛蒂与艾米莉在姨妈的资助下，曾到比利时布鲁塞尔

---

[1] 宋兆霖主编：《勃朗特两姐妹全集》（第10卷），河北教育出版社1996年版，第58页。

短期进修法语,在那里夏洛蒂爱上了自己的法语教师埃热先生。埃热先生刚健、聪明,脾气暴躁却富有才华,他对夏洛蒂姐妹在文学道路上的成长帮助很大。但埃热先生已婚并与自己的妻子感情甚笃,所以夏洛蒂的这份热恋只能是一种单相思,这种绝望的爱情给夏洛蒂带来了极大的痛苦。

从布鲁塞尔回国后,夏洛蒂姐妹印制了招生广告,但是她们不仅没有招到一位学生,而且最终等来的却是税务人员。雪上加霜的是,此时勃朗特家中唯一的男孩——布兰威尔由于环境的刺激和生活的受挫,养成了酗酒、赌博、吸毒的恶习,失去工作并成了家庭的重要负担。困窘之际,夏洛蒂想到写作或许是一条出路。虽然早在1836年夏洛蒂20岁的时候,她曾经大胆地把自己的几首短诗寄给过当时的桂冠诗人骚塞,但却遭到这位大诗人的一番训斥:"文学不是女人的事情,你们没有写诗的天赋。"但是这些讥讽并没有让夏洛蒂真正地退缩,她一直仍在默默地坚持创作。1845年秋天,夏洛蒂在偶然读了妹妹艾米莉写的几首诗后,她突发奇想,觉得可以把姐妹们的诗歌整合到一起出一本诗集。于是三姐妹各自挑选了自己的一部分诗歌,最终组成了一部诗集,并于1846年利用已去世姨妈留下的遗产自费出版了这本诗集。顾忌于当时世俗社会对女性作家的鄙视,她们没有署真名,而是分别用了三个假名字:柯勒·贝尔、埃利斯·贝尔和阿克顿·贝尔。虽然诗集出版后反响寂寥,仅卖掉了两本,但这却让夏洛蒂姐妹备受鼓舞,并进一步坚定了她们想以文学创作谋生的信念。

此后,三姐妹开始埋头创作小说。就在同一年,安妮·勃朗特写成了《艾格尼丝·格雷》,艾米莉·勃朗特写成了《呼啸山庄》,夏洛蒂·勃朗特写成了《教师》,但是出版商仅接受了前两部作品却唯独退回了夏洛蒂的《教师》。这虽然是个不小的打击,但是夏洛蒂没有灰心,她开始憋着一股劲创作《简·爱》,仅用一年的时间就写成了。出版商对这部小说极为惊喜,两个月后,书就出版了,甚至比两位妹妹的作品出版得更早。她们的小说在出版的时候,依然都采用了假名字。

三本小说的问世,极大地震动了英国文坛,也给勃朗特全家带来了很大的欢乐,但是他们家的弟弟布兰威尔此时却因为持续的放荡、堕落,得了无药可救的疾病。1848年9月,布兰威尔终于去世了。在他的葬礼上,艾米莉受寒并引发了肺结核,三个月后也去世了。而安妮在照顾艾米莉的过程中也受到了感染,拖延了五个月后也离开了人间。

弟弟、妹妹们的相继离世,让夏洛蒂万箭穿心,她只能用全身心的创作来忘却生活的悲苦。1849年8月她创作完成了《谢莉》，同年10月这部作品出版，同样获得了巨大的成功。之后，夏洛蒂离开家乡去了伦敦，在那里她结识了萨克雷、盖斯凯尔夫人等许多文界名流，并与他们结下了深厚的友谊。为表示对萨克雷的敬意，夏洛蒂特意将《简·爱》的第二版题献给了萨克雷。1853年夏洛蒂出版了另一部小说《维莱特》，接着她又开始谋划下一部作品《爱玛》的创作。

　　1854年6月29日，夏洛蒂说服了固执倔强的父亲，与父亲的副牧师阿瑟·贝尔·尼科尔斯先生结了婚，这一年夏洛蒂已38岁。迟到的爱情给苦难的夏洛蒂带来了莫大的安慰与欢乐。但不幸的是，婚后的幸福并没有持续很长时间，六个月后，夏洛蒂受寒一病不起。1855年3月31日，夏洛蒂与世长辞，享年39岁，同时带走的还有一个尚未出世的婴儿。夏洛蒂正值声名鼎盛之际逝世，在国内外引起了很大的震动与深切的哀悼。1857年，她最初完成的那部小说《教师》，在其丈夫尼科尔斯的帮助下得以出版，他也亲自为这本书写了序言。

　　夏洛蒂短短的一生，留给后世的作品并非丰裕，主要集中为四部小说《简·爱》《谢莉》《维莱特》《教师》、许多书信及少量的诗歌，另外还有一本尚未完成的作品《爱玛》。这些文学遗产大都不是卷帙浩繁之作，但是作家在其中所构建的艺术世界却足够深远丰硕，包含着多重甚至是开掘不尽的意义。正因如此，夏洛蒂的作品并不是一种静态的经典，而是具有很强的能产性、创造性，就宛如是一场流动的盛宴，不同时代的读者总会从她的作品中常读常新，不同阶段都会收获到新的惊喜、新的发现。

　　夏洛蒂登上文坛之时，正值批判现实主义文学成为英国文学的主流之际。夏洛蒂在自己的创作中所流露出的文学思想恰好契合了当时文坛的主流诗学思潮，她的创作也鲜明地折射出了19世纪英国批判现实主义文学的许多基本特征。所以很长一段时间内，读者也主要是把她当作一个经典的批判现实主义作家来予以接纳的。甚至马克思也把夏洛蒂·勃朗特归入英国最出色的小说家之列，认为她与同时代的狄更斯等作家"在自己卓越的、描写生动的书籍中向世界揭示的政治和社会真理，比一切职业政客、政论家和道德家加在一起所揭示的还要多"[①]。

　　囿于生活环境和性别限制，和同时代的男性作家如狄更斯、萨克雷等人相比，夏洛蒂作品的题材虽然相对较为狭窄，主要局限于写她所熟悉的事物，如女教师、女学生、教会人士、学校生活等，但是她的作品对当时社会的揭发与批判

[①] 杨静远编选：《勃朗特姐妹研究》，中国社会科学出版社1983年版，第176页。

依然非常深刻,当时英国社会极为突出的阶级矛盾、贫富差距、女性地位低下等问题都在她的笔下有着清醒的反映。夏洛蒂的创作让人清楚地看到了英国这个当时号称全球第一经济强国的国家,其炫目的黄金外衣下隐藏着的严重社会问题。这也为她成为一个杰出的批判现实主义作家奠定了重要的基础。

在杰出的批判现实主义作家的光环之外,夏洛蒂的女性作家身份及其作品中对女性问题的密切关注是后世读者对其产生浓厚兴趣的另一个重要原因。不但如此,这种兴趣伴随着英美女权运动在19世纪后半期与20世纪后半期两次高潮的涌现,也被赋予了不同的具体内涵,这也变相地增加了夏洛蒂作品的能产性和读者解释的多元性。

夏洛蒂生活于英国维多利亚时代的早期,虽然当时英国已是世界上的头号工业大国,但那依然是一个典型的男权社会,女性不仅在社会上毫无地位可言,而且她们也被公开地剥夺了受教育权、择业权、婚姻自主权和财产权等社会权利。当时的社会对男女两性身份的未来预设存在着天壤之别:"人们期待他在生活中扮演一个角色,做点什么,而期待她们的只是活着。"[1]女子的生存目标唯一被鼓励的就是要当个好妻子、好母亲,即便不能生在富贵人家,也要努力通过婚姻获得财富和地位,而以作家为职业的女性则会被认为是违背了正当的女性气质,会受到各种激烈的攻击。除了早在20岁时就已经遭到过骚塞先生的讥讽外,1847年《简·爱》出版,夏洛蒂女性作家身份的曝光也让她备受指责。当时《每季评论》的撰稿人伊丽莎白·里格比恶毒地攻击夏洛蒂:"只要我们认定这本书是一个妇女写的,我们就不能作别的解释,只有认定这位妇女由于某种充足的理由,久已丧失了与她的同性交往的资格。"[2]另外也有人恶意地指责书中的女主人公厚颜无耻,并说《简·爱》这本书带有类似能导致法国大革命的雅各宾派学说的危险倾向。[3]

时过境迁,里格比式的恶毒攻击早已不值一哂,而夏洛蒂及其人物形象却更加深入地走进了后世读者的心中。

首先,夏洛蒂及其笔下的女主人公往往都具有一种明显的自尊自强的独立意

---

[1] [美]安妮特·T.鲁宾斯坦:《英国文学的伟大传统》(下),陈安全、高逾、曾丽明、陈嬿如译,上海译文出版社1998年版,第193—194页。

[2] 杨静远编选:《勃朗特姐妹研究》,中国社会科学出版社1983年版,第142页。

[3] 同上书,第586页。

识，励志意义非常明显。奋斗、进取、自尊自爱，可谓是夏洛蒂一生的主旋律，纵使生活曾对勃朗特姐妹千般不公、万般虐待，但夏洛蒂为了实现自己和妹妹们的文学抱负，依然百折不挠，不达目的绝不罢休。与此同时，她笔下的女性主人公也大都带有她自身性格的鲜明影像：诚实、坚强、自强不息、奋发向上。尤为难得的是，夏洛蒂与她笔下的主人公虽然都主张个人奋斗，但这种奋斗绝不是以损害他人或不顾他人为代价取得的。这种抗争与奋斗，让夏洛蒂和她的人物往往具有一种鼓舞人心的正面力量。这种精神具有超越时代的意义，即使到了今天，也依然为世界各国的女性所敬仰。

其次，夏洛蒂作品中鲜明的女性觉醒意识和两性平等意识也对后世产生了深远的影响。生活于维多利亚时代，夏洛蒂对作家身份的选择，本身就是一种对世俗偏见的忤逆，体现了明显的女性意识。同时在爱情婚姻问题上，她也激烈地反对各种形形色色的功利主义婚姻，倡导建立在爱情基础上的平等婚姻。她关于爱情婚姻问题的种种见解，生动地折射了一个妇女解放运动先驱者的先进思想内容。夏洛蒂作品中无论是简·爱、谢利、弗朗西斯，还是露西，她们都具有明显的、觉醒的两性平等意识。婚前，她们都勇敢地谋求经济独立，为养活自己而坚忍不拔地工作；婚后，她们都怀有追寻两性和谐的理想，与丈夫同甘共苦，共同撑起属于两性的一片蓝天。夏洛蒂的这种女性意识对后世产生了深远的影响。

最后，随着女性主义文学研究的不断推进，夏洛蒂思想中的矛盾之处，尤其是她对女性在家庭地位中的某些妥协性设计，也引发了20世纪女性主义批评的不断关注。尤其是一些女性主义批评家敏感地发现了伯莎·梅森这个可怕的疯女人的存在具有非同凡俗的意义，围绕着"疯女人来自哪里""伯莎怎么会变成疯女人"等问题的探讨，夏洛蒂及其创作在20世纪中后期一度再次成为文坛热点，而这也进一步增加了夏洛蒂作品的关注热度。

应该说，现实主义作家和女性主义作家是夏洛蒂最常见的作家身份标签，但除此之外，读者们对夏洛蒂的接受视角还有其他多种类型。尤其是进入20世纪之后，除了女性主义批评外，20世纪先后涌现的精神分析学说、接受美学、神话原型学说、后殖民主义学说、叙事学等众多研究视野都曾对夏洛蒂及其作品产生过浓厚的兴趣，在一波接一波的"连环式批评"的热潮中，夏洛蒂及其作品也愈加如"盐溶于水，糖溶于蜜"一般化入了众人的日常生活学习中。戴维·塞西尔曾经说："她（夏洛蒂）注定要不断地并且永远在文人作家的行列里前后徘徊，时而在前头，时而在尾端，加入那些无法安置的异人、奇才一伙。"[①]无独有偶，中国学者杨静远先生也指出，《简·爱》"可能是在我国影响最大的一部英国小说，它的影响当然不是像革命文艺对革命者的影响那样明确，那样立竿见影，见诸行动；它是无形的，潜移默化的，渗透到一个人的个性而后精神素质中去"[②]。从中不难看出，夏洛蒂及其作品对中国读者同样具有广泛而持久的影响力。

二、《简·爱》（Jane Eyre）

（一）作品生成过程及中译本

《简·爱》是夏洛蒂·勃朗特创作的第二部小说，她是在一种比较受挫的状态下开始这部作品的创作的。1846年夏洛蒂与自己的两位妹妹几乎同时完成了她们各自的第一部小说，但其余两人的作品不久就被出版商接受了，唯独夏洛蒂创作的《教师》却多次碰壁，前后竟六次被不同的出版商拒绝，这件事对夏洛蒂确实是一个不小的刺激。虽然她很快就调整好了状态开始了第二部小说——《简·爱》的创作，但即使如此，她的心中应该还是憋着一股劲的。

夏洛蒂用了一年的时间写成了这部作品，但事实上，她的生活中真正能挤出来用于写作的时间并不多。1847年8月底她在陪父亲到曼彻斯特做白内障切除手术的时候，在借住的一个宿舍里她开始了《简·爱》的写作。在照顾父亲的同时，她还要负责料理父亲及前来护理的护士等人的伙食，闲暇之余才能坐下来写作。9月底夏洛蒂和父亲回到哈沃斯家里的时候，这本书还只开了一个头。在哈沃斯的家中，夏洛蒂的创作时间依然并不宽裕，白天她要与妹妹们忙于编织、做饭等各种家务劳动，晚上9点以后，她们才能收起针线活，真正拥有属于自己的时间。她们经常相互交流讨论各自作品的故事情节，有时也会把已经写成的部分读给彼此听，但这些都是在瞒着家中其他人的情况下进行的。夏洛蒂经常用铅笔写作，她的眼睛近视得很厉害，每次写作她总要把本子拿得很近才能看得清。为了便于写作，她特意用一块木板当书桌，这既能解决近视的问题，也能够让她在

---

① 杨静远编选：《勃朗特姐妹研究》，中国社会科学出版社1983年版，第328页。
② 杨静远：《勃朗特姐妹的生平及其创作》，《名作欣赏》1986年第3期，第90页。

干家务的闲暇，或者夜里失眠的时候随时能拿起铅笔和纸来写作。作为家中当时的长姐，夏洛蒂担负的家庭责任尤为繁重，除了日常的操劳外，父亲的病情、弟弟的颓废以及其他两位妹妹的身体状况都让她担忧，尤其是《教师》出版的不利更是让她感到沮丧。她曾经用文字记录过当时的受挫感："柯勒·贝尔的书到处没人接受，也没人肯定它的优点，因此一种令人寒心的失望感觉开始袭击他的心。"①但夏洛蒂用惊人的勇气克服了所有的不利，1847年8月《简·爱》终于完稿了。

《简·爱》是一部自传色彩很浓的小说，虽然书中的故事是虚构的，但是女主人公以及其他许多人物的生活、环境，甚至许多生活细节，都是取自作者及其周围人的真实经验。如书中有关洛伍德慈善学校生活的描写就直接来自于夏洛蒂与姐妹们童年时期悲惨的寄宿学校生活经历，小说中那个可爱的小姑娘海伦的形象，就是以她的大姐——玛丽亚为原型塑造的。洛伍德慈善学校中的谭波尔小姐则来自夏洛蒂15岁在罗赫德教会学校读书时结识的学校负责人伍勒小姐。书中的男主人公罗切斯特先生脱胎于夏洛蒂在布鲁塞尔求学时暗恋的埃热先生，这段单相思的恋情让夏洛蒂在生活中备受折磨，她曾控制不住自己的感情给埃热先生写过一封热情而焦灼的长信，可是却没有等来埃热先生的任何回应。但作为一种补偿，夏洛蒂在书中安排了男女主人公有情人终成眷属的美好结局，这也算是对她往昔情感经历的一种慰藉吧。另外，罗切斯特的身上也部分地带有夏洛蒂年轻时非常崇拜的英国作家拜伦的性格特征，既富有迷人的魅力，又带有黑暗和恶魔的力量，让人爱恨交织。书中的女主人公简·爱的设计，明显带有作者自身的影子，但是在选用这个人物的时候，夏洛蒂也是经过一番颇为用心的考虑的。最初她在与妹妹们讨论自己作品的构思时，两位妹妹都认为女主人公理所当然应该写得很美，否则不太可能会引起读者的兴趣，但是夏洛蒂却说："我要向你们证明你们错了；我要写一个女主角给你们看，她和我同样貌不惊人，身材矮小，而她却要和你们所写的任何一个女主角同样能引起读者的兴趣。"②于是文学史上脍炙人口的简·爱的故事就这样结合着夏洛蒂众多的亲身经历和真切的生活体验而诞生了。

1847年8月24日，夏洛蒂把书稿寄给了史密斯-埃尔德出版社。因为以前碰到

---

① ［英］盖斯凯尔夫人：《夏洛蒂·勃朗特传》，祝庆英、祝文光译，上海译文出版社1987年版，第278页。
② 同上书，第280页。

过多次书稿寄出却得不到任何回复的经历,所以在给史密斯先生的信中,除了书稿外,夏洛蒂不仅附上了一个信封,同时还在信中特意说明对方可以将回信的邮资告诉她,后续她将以邮票的形式给史密斯先生寄去。这封信充分地折射了当时无名作家在出版商面前的卑微。

史密斯先生在收到书稿后,最初安排了两位审稿人先行审读,两位审稿人性格迥异,但都立刻被这本书深深地打动了,对这部小说大加赞扬。史密斯先生自己的好奇心也被极大地调动了起来,周日早晨他开始阅读书稿,本来他已经与友人约好了中午12点要一起外出骑马,但夏洛蒂的书稿让他爱不释手,他不得不临时取消了与朋友的约会,甚至午餐、晚餐都草草吃就,晚上上床前一口气读完这部书稿。史密斯先生预感到这绝对会是一本能受到空前欢迎的佳作,他决定要尽快出版。一个月内,初校的清样就寄到了夏洛蒂手中。又过了一个月,1847年10月16日,《简·爱》印刷出版了。

《简·爱》出版时的署名,仍旧是夏洛蒂以前与妹妹们合作出版诗集时用过的假名——柯勒·贝尔。小说出版后立即引起了巨大的震动,人们一方面被书中人物的故事深深地吸引,另一方面也对那个名不见经传的柯勒·贝尔产生了很大的好奇心。有人认为书中的情感写得非常细腻,作者应该是位女性,但也有人认为只有男性作家才能写出书中的热情和力量。整个英国的广大读者都急于知道这位无名的作者究竟是谁。萨克雷在给出版社编辑的信中也说"我猜不出作者是谁。要真是一位女子,那她比其他大多数女士们有更好的文笔,或受过古典作品的教育。……这是出自一位女子之手,可她是谁呢?"[①]可这时,甚至《简·爱》的出版商都不知道柯勒·贝尔究竟是真名还是化名,究竟是一个男人的还是一个女人的名字。后来围绕着"柯勒·贝尔""埃利斯·贝尔"和"阿克顿·贝尔"究竟是一个人还是三个人这个问题,也曾在几个出版社之间引起了较大的误会。最终夏洛蒂与妹妹安妮不得不亲自现身,解开了解正的谜底。

对于自己和妹妹们为何不愿用真名字出版作品的原因,夏洛蒂曾做过详细的解释。她说:"因为不喜欢公开个人的身份,我们没有用真名,而用了柯勒·贝尔、埃利斯·贝尔和阿克顿·贝尔。选择这种模棱两可的名字是因为自己觉得有顾虑,不敢用肯定是男人的名字。而我们又不想告诉人家我们是女人,因为——当时没有想到我们的写作方式和思想方式并不是人们所说的'女性化的'——我

---

① [英]玛格丽特·莱恩:《勃朗特三姐妹》,李森等译,天津人民出版社1992年版,第216页。

们有个模模糊糊的印象：人们会怀着偏见来看待女作家；我们注意到，评论家们有时用性格作武器来惩罚她们，用不是真心赞扬的奉承来报偿她们。出版我们这本小书是艰苦的工作。正如预料的那样，我们也好，我们的诗也好，人家根本不需要。但是对于这一点，我们一开始就有了思想准备；虽然我们自己没有经验，却看到过别人的经验。"① 夏洛蒂的顾虑不是多余的，当读者在得知她们的真实身份后，也确实是出现过一些非常负面的评价。而从夏洛蒂姐妹的作品当初都假托男性化的名字出版一事，也可以想象到当时的女性作家们究竟面临着怎样的困境。

但无论如何，喜欢《简·爱》的读者还是越来越多，作品出版后的第二年，就又相继两次再版，而且德国、美国的评论也很快就传到了英国。许多知名作家纷纷表达了对这部作品的喜爱之情，甚至英国维多利亚女王后来也成了《简·爱》的拥趸，她在自己的日记中多次记录下了自己对这部作品的喜欢之情。② 夏洛蒂·勃朗特，这位昔日名不见经传的小人物，由此在英国著名小说家中的地位也越来越重要，《简·爱》的经典地位也一直延续了到今天。

在中国，《简·爱》最早的汉译本由著名的鸳鸯蝴蝶派作家周瘦鹃先生翻译而成，题名为《重光记》，这虽然只是一个缩写本，但它却标志着《简·爱》在中国的初次登陆。此后，1935年伍光建翻译的删节本《孤女飘零记》诞生。一年后，李霁野翻译的小说全本《简·爱自传》出版。20世纪上半期，这几个译本的相继出现，为《简·爱》在中国步入经典小说的殿堂做好了铺垫。此后各个中译本相继出现，至今已拥有了不下60多个全译本和20多个缩写本，其中比较有代表性的是1980年上海译文出版社出版的祝庆英译本、1990年人民文学出版社出版的吴钧燮译本、1993年译林出版社出版的黄源深译本和2005年中国书籍出版社出版的宋兆霖译本。众多的中译本既形象地反映了《简·爱》在中国的受欢迎程度，同时也都产生了多样化的传播效果，提升了中国读者对外国文学的欣赏和接受水平。不仅如此，目前《简·爱》已入选我国的中学阅读教材，这也为《简·爱》在中国持久而稳定的经典地位的巩固打下了良好的基础。

---

① ［英］盖斯凯尔夫人：《夏洛蒂·勃朗特传》，祝庆英、祝文光译，上海译文出版社1987年版，第260页。
② 参见杨静远编选：《勃朗特姐妹研究》，中国社会科学出版社1983年版，第190页。

（二）作品梗概

简·爱父母双亡，自幼在舅父家寄人篱下。舅父去世后，舅妈里德太太将她视作眼中钉，家中的表兄、表姐对她更是百般欺凌。10岁时，她因反抗表兄约翰的殴打，被舅妈关进了恐怖的红屋子接受惩罚，恐惧和屈辱让她昏死过去并大病一场。简·爱的不屈服和倔强让舅妈极为恼火，不久她就被送到了洛伍德慈善学校。这是个类似于孤儿院的寄宿学校，条件恶劣且校规森严，学校的院长勃洛克赫斯特先生虚伪、刻薄，孩子们经常因为一点小事就受到惩罚。在这所人间地狱般的慈善学校里，简·爱唯一的慰藉是善良的老师谭波尔小姐和虔信宗教的同学海伦，但不久，海伦就病死于席卷全校的斑疹伤寒。这场浩劫般的伤寒病也迫使慈善学校的条件有所改善，简·爱在新的环境中接受了六年教育，后来又在这里任教两年。随着谭波尔小姐的嫁人离去，简·爱也渴望结束慈善学校的生活，去一个新的地方，过一种新的生活。她登报求职，应聘到了桑菲尔德庄园做家庭教师。

桑菲尔德庄园富丽、豪华，但男主人罗切斯特先生常年外出，每天陪伴简·爱的只有女管家费尔法克斯太太和不到10岁的小女孩阿黛尔。阿黛尔与罗切斯特并无血缘关系，她只是罗切斯特收养的一个法国孤女，但桑菲尔德庄园依然聘请了简·爱来做阿黛尔的家庭教师。简·爱在桑菲尔德庄园的生活悠闲而舒适，但偶尔也会被三楼上传来的一种毛骨悚然的怪笑声惊扰，但简·爱一直以为这是某位女仆的恶作剧，所以并未太在意。

一日黄昏，简·爱在外出散步时邂逅了一位因马受惊被摔下马的男士，她上前帮助那位男士重新登上马背，事后她才得知那位男士正是桑菲尔德庄园的男主人罗切斯特先生。罗切斯特不是什么美男子，性格有点阴郁，也有点喜怒无常，但却有一种引人注意的力量，他经常与简·爱围绕着某些思想辩论不休。

一天夜里，简·爱被一种阴惨惨的怪笑声惊醒，她意外地看到罗切斯特的房间里着了火，她不顾一切冲进去叫醒了熟睡中的罗切斯特，帮他逃过了一场灾难，但罗切斯特却叮嘱她一定要保密，不要告诉他人。不久，桑菲尔德庄园举办了一场隆重的宴会，罗切斯特邀请了许多上流人士来家中做客，其中漂亮的英格拉姆小姐光彩四射，罗切斯特好像也被她深深地迷住了，这让简·爱颇感失落。宴会期间，桑菲尔德庄园又来了一位不速之客——梅森先生，但当晚梅森就被三楼上的一位神秘的疯女人给咬伤了，简·爱帮助罗切斯特进行了应急处理，黎明时分，罗切斯特悄悄地把梅森送走了。

简·爱的舅妈里德太太病重，突然派人来召回了简·爱并交给她一封信。原来简·爱有位叔叔移居海外，他一直在打听简·爱的消息并想把自己遗产留给她，但这封信却被里德太太谎称简·爱已经死去而扣压了三年之久。生命弥留之际，里德太太终于良心发现，把这件事情告诉了简·爱。

帮助表姐安葬好舅妈后，简·爱又重新回到了桑菲尔德庄园，大家都在盛传着罗切斯特近日要与英格拉姆小姐结婚的消息，一想到自己即将要永远地离开桑菲尔德庄园、离开罗切斯特先生，简·爱既害怕又痛苦，但没想到罗切斯特告诉简·爱自己要娶的新娘实际上是她。简·爱觉得巨大的幸福感猝然从天而降，但是婚礼的前一夜，她在朦胧中却看到一个面目可憎的女人在镜子前披戴她的婚礼面纱，并把面纱撕成了两半。第二天婚礼举行期间，梅森与一位律师突然出现在教堂中，当众指证罗切斯特已婚，他的妻子正是被关在桑菲尔德庄园三楼密室里的那位疯女人——伯莎·梅森。

简·爱不想以情妇的身份留在桑菲尔德庄园，她拒绝了罗切斯特的请求，毅然出走。荒野沼泽中，饥寒交迫的简·爱被牧师圣·约翰和他的表姐妹所救，她与他们一起度过了一段平和的时光。期间，简·爱继承了海外叔叔的一笔不小的遗产。圣·约翰是个狂热的宗教徒，他请求简·爱做他的妻子并陪他到印度传教，但简·爱不想违背自己做人的原则与一个自己不爱的人结婚，恍惚中她仿佛听到了罗切斯特对她遥远的呼唤。她拒绝了圣·约翰，并重新返回了桑菲尔德庄园。

但此时，桑菲尔德庄园已经变成了一片废墟。疯女人伯莎·梅森一把火烧毁了庄园，她自己也坠楼身亡。罗切斯特在搭救伯莎时手臂受了伤，双目也趋于失明，变得又残又瞎。但简·爱毅然找到了罗切斯特，并与他结了婚。两年后，他们生了个儿子，罗切斯特的一只眼睛也逐渐恢复了光明。

（三）作品分析

作为一部广受不同时代、不同地域读者推崇、喜爱的作品，《简·爱》无疑是英国小说中最经得起推敲的小说之一。这部作品的主题含义丰富而又复杂，同时也拥有非常独特的艺术特色，下面主要从三个方面来分析：

1. 女性意识的时代急先锋：简·爱

在19世纪维多利亚时代，《简·爱》的出现是非同寻常的，书中通过简·爱这个年轻、平凡、一贫如洗的女孩宣告了女性应该拥有与男性一样的权利。这一宣告不仅对其最初诞生的社会语境来说，是"革命"性的，而且直到今天，也仍然具有非常重要的启发意义。

"家庭里的天使"是19世纪英国社会普遍认可的女性观，即女性的地位和荣耀不是在社会上，而是在家庭中，如著名的思想家约翰·拉斯金所说，家之所以能成为家，是因为"妇女在她的家门口以内是秩序的核心、痛苦的安慰和美的镜子"①。这意味着，当时的女性虽然与职场中激烈的生存竞争无关，但是有两类职责却是要必须奉守的：一是生活上的侍奉，一是道德精神上的侍奉，两者缺一不可。但简·爱身上却有许多与"家庭里的天使"格格不入的特征。

她出身卑微，自幼便受到各种奴役和压迫，可是这位表面柔弱的女性，心底却燃烧着一团永不屈服的反抗之火。在她还是一个孩子的时候，她就已经不自觉地走上了反抗压迫和追求平等的道路，舅妈与表兄的虐待让她在绝望中学会了"要反抗到底"；好友海伦遭受的莫名鞭打更让她领悟到，如果别人鞭打你，那便要把那根鞭子夺过来，当面把它折断，而且要"狠狠地回击"，因为"如果大家老是对残酷、不公道的人百依百顺，那么那些坏家伙就更要任性胡来了"②。正是这种感悟，让简·爱勇于去对抗一切不公正的行为。成长的道路上除了表兄的拳头虐打、慈善学校校长的专制性惩罚外，她还进一步遭受过罗切斯特以"爱"的名义、圣·约翰以"上帝"的名义发出的"囚禁"的诱惑。虽然外界的每一次伤害好像都有其"合理性"的理由，但简·爱"我不是天使，我是我自己"的人生信念，让她在人生的每一个危急关头都有力地捍卫了自己最为珍视的自由、独立和尊严。简·爱的反抗精神让她既迥然有别于传统小说中无病呻吟的上流小姐，也非常不同于昔日文学作品中黯淡无光的下层女性，她身上那种不与坏命运相妥协、勇于斗争、敢于争取做人的权利的可贵精神正是当时广大女性觉醒的标志之一。

在《简·爱》之前，西方文学中的女性主人公大都是美丽、动人的，拥有

---

① ［英］J. 拉斯金：《拉斯金读书随笔》，王青松等译，上海三联书店1999年版，第84页。
② ［英］夏洛蒂·勃朗特：《简·爱》，吴钧燮译，人民文学出版社1990年版，第68页。以下凡引用该作品，只在括号中标明页码，不再逐一详注。

美貌是女性获得爱情和幸福的必要前提。毕竟要达到道德上的纯洁无瑕,"家庭里的天使"确实是不宜对男性主动敞开心扉,也更不宜主动去沾染性的意识的,但是要接受婚姻市场上的被挑选、被追求甚至是被渔猎的地位,美貌也就不可避免地成了女性必不可缺少的武器之一。但是在英国小说史上,简·爱却是第一位不靠外貌全凭心灵美赢得男性爱慕的女性。作品中,简·爱与罗切斯特的爱情既不是诱惑也不是征服,而是建立在平等交流基础上的情感沟通、心理契合和精神上的欣赏。她贫穷、低微、不美、矮小,但是她机敏的言谈、睿智的思想、外柔内刚的品性和火热的灵魂却让罗切斯特深深地折服。而罗切斯特之所以也能让简·爱倾心眷恋,根本的原因也不是他的财富、门第,而是他主动抛弃贵族偏见与下层人平等相处的平民作风,他对金钱、门第等世俗观念的蔑视。这些也都让简·爱对他产生了深深的信赖感和志同道合感,同时,心灵上的相互沟通、精神上的相互交流更让他们两人的感情牢不可撼地结合到了一起。另外,在与罗切斯特的交往过程中,简·爱也并不是一个被动的爱情等待者,最初正是她主动地向罗切斯特首先挑明自己心中的爱慕之情的。虽然在此之前罗切斯特也早已情不自禁地爱上了她,但是第二天他还是故意调侃性地提起了这件事情:"顺便说起,简妮特,是你先向我求婚的。"简·爱的回答简单而坦诚:"当然,是我。"(第350—351页)没有丝毫的忸怩不安,没有丝毫的难为情,这份坦诚、勇气和自信正是来自简·爱在两性关系中的平等意识:男女两性在任何时候都是平等的,不是只有男性才有主动追求幸福的权利,女性也有同样的情感和要求,而由此简·爱也成了英国小说史上勇于为两性平等意识和女性真实情感主动发声的第一人。

  女性的独立首先在于经济上的独立,但在被剥夺了教育、择业等多种权力后,在简·爱所生活的那个时代,结婚嫁人便成了女性的唯一出路。夏洛蒂·勃朗特曾多次哀叹过没有工作、经济上的无法独立给女性们造成的悲惨状况,她说:"姑娘们成天闲居家中,她们的生活比在一所学校里干最劳累报酬最低的贱役还要糟。每当我看到,不仅在贫寒人家而且在富贵人家,整家整家的女儿坐等出嫁,我就打心眼里可怜她们。"[①]简·爱对经济上不能独立的弊端从小就有切肤之痛,正因为父母没有给自己留下一文钱,所以她才会寄人篱下,才会被表兄

---

① [英]夏洛蒂·勃朗特:《夏洛蒂·勃朗特书信》,杨静远译,生活·读书·新知三联书店1984年版,第231—232页。

怒骂为"耗子",说她是"一个靠人养活的""本该去要饭"的人,甚至连佣人们也指责她"白吃白住"。长大后的简·爱对经济上独立自主的要求是强烈的,也是贯穿始终的。甚至在她与罗切斯特热恋时,他曾要求她马上辞掉当家庭教师的苦活,她却执意不肯,她想"要凭这个来挣我的食宿,外加一年三十镑薪水"(第361页),因为她知道,"哪怕我有很少的一点点独立财产,那也会好得多"(第359页)。正是经济上的独立和对工作的认可与尊重才赋予了简·爱与罗切斯特平等对话的自信,也赋予了她不愿沦为他人情妇后而敢于离家出走的能力。在离开桑菲尔德庄园后,简·爱也确实是靠做乡村教师养活了自己并得到了圣·约翰等人的尊重。与此同时,简·爱强烈的经济独立意识也没有让她把钱当作人生的唯一目标。在无意中继承了叔叔的财产后,她一夜变富,但她却立即把其中的大部分财产转赠给了以前曾经帮助过自己的圣·约翰等人,因为在她的心目中,情谊是比金钱更重要的东西。作品的这个插曲,不仅让简·爱成了有钱人,也让她的个性更加丰满生动。

但是夏洛蒂·勃朗特毕竟是生活在女性走向觉醒的阶段,纵使她笔下的简·爱身上彰显了许多独立的女性自主意识,远远地走在了自己时代的前面,但是受制于当时根深蒂固的男尊女卑主流价值观念的束缚,仍然不能完全摆脱男权社会强加给女性的角色定位的影响。如作品中简·爱极度敏感的自卑意识和她最终也以回归家庭和扮演贤妻良母角色为荣的选择,说明简·爱的女性意识理想说到底仍然是以男权中心的价值标准为参照系进行建构的,这不能不说是颇为让人遗憾。但无论如何,简·爱这个形象能在19世纪一大群模板化的"家庭里的天使"中脱颖而出,如一道曙光照亮了此前黑暗而又辛酸的女性世界,并成功地开了后世女性作家合理塑造女性形象的先河。这种时代先锋意识,是极为不同凡响的。

2."灰姑娘"故事原型的模仿与颠覆

原型批评学家认为,艺术创作过程中,艺术家经常会受到集体无意识的影响,将某种约定俗成的社会心理与历史文化,以"原型"的形式带入自己的作品,而对"原型"的传承与突破,也就成了文艺发展过程中相辅相成的规律性现象。有学者曾经指出,"灰姑娘情结"是19世纪女性共同的集体无意识[①],作为

[①] 于冬云:《多元视野中的欧美文学》,中国华侨出版社2003年版,第28页。

一部魅力永传的艺术作品，《简·爱》匠心独运的叙事结构策略，生动地体现在作家对"灰姑娘"故事原型意味深远的模仿与颠覆的过程中。

从作品表层故事情节来看，《简·爱》与童话《灰姑娘》确实是有许多相似之处。如灰姑娘自幼丧母，饱受继母的虐待与刁难，简·爱自幼父母双亡，寄人篱下，受尽舅母、表兄和表姐的嘲讽、打骂；灰姑娘在宫廷舞会上与王子一见钟情迎来了自己的命运转机，简·爱在桑菲尔德庄园的宴会上与罗切斯特互相确认双方才是彼此最合适的伴侣；灰姑娘在午夜12点钟声敲响魔法结束时匆匆逃走，简·爱在婚礼日得知罗切斯特有个疯妻子后匆匆离开；灰姑娘最终与王子结婚，简·爱与罗切斯特终成眷属；如此等等。

两相比较，《简·爱》的表层故事与《灰姑娘》无论在故事路径还是在重要的故事要素上都有许多相似之处，尤其是简·爱与灰姑娘从小都经历过丧亲之痛，都遭受过女性长辈的虐待，最后都与意中人喜结良缘，这些都清楚地显示了在西方家喻户晓的《灰姑娘》故事原型对《简·爱》的重要影响及《简·爱》对《灰姑娘》故事模式的有意模仿。但细读作品，随着对《简·爱》深层故事情节的挖掘，不难发现，《简·爱》之所以能够从众多的同类作品中脱颖而出，并作为一部一流作品传世，重要的原因并非是它对《灰姑娘》故事的简单再现或现代翻版，而是从现实意义及价值内涵上对其原型的故事母题进行了一种大胆的改写和颠覆。这种改写和颠覆突出地表现在以下两个方面：

其一，对女性价值的重新定位。

在传统的《灰姑娘》故事中，美丽的容颜和华丽的服饰是"灰姑娘"实现人生际遇脱胎换骨的根本性前提，破衣烂衫、蓬头垢面的"灰姑娘"是无人识也无人知的，但是当她穿上华丽的衣服和晶莹的水晶鞋后，立刻光彩夺目，紧紧地吸引住了王子的注意力。但同样是舞会描写，在《灰姑娘》中至关重要的服饰、装扮却在《简·爱》中黯然失色，矮小、不美的简·爱除了一件灰绸长裙和一枚珍珠别针，别无他物，但她却压过那些珠宝披身的贵族小姐，时时都在牵动着罗切斯特的视线。不仅如此，在与罗切斯特热恋后，后者想给她买锦缎衣服和各种珠宝，让她打扮得漂亮一些，她却说："唉，先生！——别提什么珠宝啦！我不喜欢听人家谈起它们。简·爱戴上珠宝，听上去都显得既不自然又挺古怪。我宁愿不要它们。""别把我当个美人似的跟我说话，我只是你那相貌平常、像个贵格会教徒的家庭教师。"（第345—346页）夏洛蒂对简·爱服饰观的刻画，有意识地突破了灰姑娘所体现的女性价值观的窠臼，将简·爱的内在价值从肤浅的物质性符号中超拔出来，淡化了其"爱物"特征，增强了其自主、独立、追求平等、抗拒偏见等新的特质，并以人格美、精神美取代外貌美、服饰美，重新构建起了女性价值评判的新标准，这为后世西方女性文学写作树立了一种新道义和新倾向，意义深远。

其二，对男女两性关系的重写。

《灰姑娘》故事中，灰姑娘与王子的结合传达着一种明确的信息，即男人是强大的，女人是弱小的，女人的幸福必须要靠男性来成全，而且也只有男人才能拯救女人，这种两性关系明显地体现了一种男性优越论。《简·爱》中，男、女主人公的关系，虽然开篇时也明显带有王子与灰姑娘的影子，一个富裕、高贵，一个贫穷、卑微，但那种貌似俗套的强弱关系很快就被颠覆和改写。初次邂逅，罗切斯特坠马，是简·爱的臂膀的支撑让他重新登上了马背；罗切斯特房间失火，是简·爱的机警及时地将他救出了险境；梅森到访，罗切斯特紧张得浑身发抖，是简·爱肩膀的力量让他得到了平静；疯妻事件暴露后，罗切斯特哀求简·爱不要离开，是因为他相信只有她才能把他从污浊引向一种崇高的、更有价值的生活；作品结尾处，罗切斯特眼瞎、臂残，她成了他的眼睛、成了他的右手。可以说简·爱与罗切斯特的交往关系史，一直是由简·爱对罗切斯特的多次"支撑"连贯起来的，而且这种"支撑"广泛地涵盖了身体、情感和灵魂等多个层面。由此，谁是真正的强者，谁是真正的弱者，一目了然。而简·爱与罗切斯特之间新确立的两性间强者与弱者、拯救者与被拯救者的关系定位，也有力地颠覆了灰姑娘故事中"男强女弱"的传统意识。

综上所述，不难看出，《简·爱》虽然在表层故事情节中戏仿了童话《灰姑娘》的旧有情节，但它的深层故事内容却已经有力地突破了原型母题的情节束缚，并从而变相地偏离了原来由男权文化所设定的基本原则，表层故事与深层故事意味深远的对照，让作品的叙事模式也有力地充当了夏洛蒂为女性权利发声的武器。

3. "阁楼上的疯女人"的秘密

《简·爱》中，罗彻斯特的原配夫人，被丈夫藏身于桑菲尔德庄园顶楼上的"疯女人"伯莎·梅森，是一个非常容易被读者忽视但又非常神秘的存在。作者在她身上着墨不多，书中她仅出现过六次。除了令人毛骨悚然的喊叫外，她大部分时间都是沉默的，极少说话。但她的每次现身都带有极大的危险性，并让人觉得诡异、恐怖。她好像是简·爱情感道路上最大的阻碍者,但实际上又恰恰是她的存在才真正地促进了简·爱的爱情由感性走向了理性的升华。她的身上似乎藏着许多秘密,对这些秘密的解码可以让读者更加清晰地看到许多故事内外的内容。

首先,"疯女人"伯莎的设置与夏洛蒂对19世纪英国哥特文学影响的接受应该是存在着一定的联系的。夏洛蒂成长的时期正值西方浪漫主义时期,除了对司各特、拜伦等典型的浪漫主义作家的喜爱外,夏洛蒂对当时被称为"黑色浪漫主义"的哥特文学也很感兴趣,她与弟弟妹妹们的早期习作中就有许多"哥特"式作品的存在。"哥特小说最显著的特征是对神秘而恐怖的气氛的渲染和设计些令人毛骨悚然的故事情节:如孤独矗立的阴气森森的古堡庄园;由于惊慌失措而在漆黑夜晚狂奔的女子;狞笑的男性暴力君主形象;尖声怪气的鸟叫等等。"[①]"阁楼上的疯女人"伯莎的设置及其身上所附有的恐怖、神秘因素,与哥特文学的魅力一脉相承,一定程度上确实有效地强化了作品的刺激性因素,造成了悬念,强化了作品的吸引力,同时也加速了作品情节的发展。

其次,"疯女人"伯莎的婚姻故事和生存状态从反面例证了19世纪女性难为人知的生活的阴暗面。虽然作品中伯莎的故事主要都是通过她的丈夫罗切斯特讲述出来的,甚至她的"疯子"的标签也首先是通过罗切斯特传达给众人的。但是过滤掉罗切斯特慷慨激昂、义愤填膺的控诉性和自辩性的情绪色彩后,读者依然不难发现,伯莎实际上是一个非常不幸的女人,而且她的不幸绝不亚于那些肆意指责她、控诉她的人的不幸。最初,她与罗切斯特一样都是名利婚姻的受害者,他们的父亲一个贪恋对方的财产,一个贪恋对方的家世,一对年轻人都是在不能自主的情况下进入婚姻的。但是相较于罗切斯特,伯莎的婚后生活更为不幸,因性格、趣味的差异,她的丈夫从未爱过她、尊敬过她、了解过她,并且他还在第一时间就滴水不漏地设计好了防止他们结婚消息外传的策略。婚后伯莎一直过着类似弃妇的生活,"她的坏脾气蔓延滋长、快得惊人;她的邪恶日甚一日,又快又猛"(第411页),这也过早地激发了她家族基因中疯狂的种子。婚后四年,医生终于诊断伯莎"疯了"。虽然当时的法律并不允许伯莎与罗切斯特离婚,但早已设计好的"隐婚"的策略却让罗切斯特获得了极大的自由,在偷偷地把伯莎

---

① 丁礼明、朱琪:《解析〈简·爱〉中的女性哥特主义元素》,《华东交通大学学报》2007年第3期,第104页。

从她的家乡运回桑菲尔德庄园并关进了顶楼后,他不但合法地享用着伯莎陪嫁的三万英镑,而且也"合乎道德"地拥有了钻石单身汉的便利。此后十年的时间里,他一直在周游世界的过程中借一个个情妇抚慰不幸的婚姻带给自己的伤害。而与此同时,伯莎则一直像个真的野兽一样在暗无天日的桑菲尔德庄园的顶楼里被关了十年。

对于不幸的婚姻给自己造成的痛苦,伯莎心中无疑也是充满了恨意的。她的"疯狂"并非是一直持续的,她也有一连几天,有时是连着几个礼拜都是清醒的,清醒的日子就是她复仇的日子。期间她不停地骂自己的丈夫,也不停地要伺机报复真正伤害过她的人,所以她刺伤过代表自己家族的弟弟,放火烧过自己丈夫罗切斯特的床,也烧过差点成为罗切斯特新妻的简·爱的床,但是她从未去袭击或伤害过除此之外的其他人,包括庄园的各类仆人、客人。甚至当她第一次去烧罗切斯特的床的时候,她的手指也似乎有意无意地划过当时还只是一名普通的家庭教师、与罗切斯特并无任何情感纠葛的简·爱的门,谁又能确定这不是一种善意的提醒呢?

可以说,伯莎带有明确的指向性的复仇目标,变相地证明了她绝不是一个简简单单的"疯子",她背后承载着的是千千万万像她一样被功利性、商品性、交换性婚姻所伤害,但又不能发声的广大女性无法诉说的悲哀和痛苦,她用无声的行动向不公平的夫权社会宣战。

20世纪美国女权主义评论家吉尔伯特和古芭在《阁楼上的疯女人》中曾经提出,伯莎·梅森与简·爱是一体两面式的存在,伯莎的所作所为是简·爱内心深处的所思与所盼,是隐藏在后者体内的愤怒火焰的外化和发泄,同时也是昔日被关在红屋子里的幼年简·爱长大后被有意隐藏起来的内心隐曲。①应该说这种分析也是其有自身的合理性的,毕竟作品中的伯莎与简·爱,一暗一明,一个用行动一个用语言,共同承担起了男权社会的受害者、控诉者、反叛者的角色和责任。虽然小说人物结构关系所套用的"三角关系"公式让她们站在了对立的位置上,但"事实上,按照生活本身的逻辑,简·爱与伯莎·梅森同是受男性压迫的姊妹"②。

---

① 参见[美]桑德拉·吉尔伯特、苏珊·古芭:《阁楼上的疯女人——女性作家与19世纪文学想象》(下),杨莉馨译,上海人民出版社2015年版,第431页。
② 朱虹:《禁闭在"角色"里的"疯女人"》,《外国文学评论》1988年第1期,第92页。

（四）精彩片段欣赏

●**译文选自**

[英]夏洛蒂·勃朗特：《简·爱》，吴钧燮译，人民文学出版社1990年版。

1. 简·爱对女性真实心理愿望的思考

不管谁是不是会责备我，可我还要说，有时候，当我独自去庭园里散步。一直走到园门边，朝门外的大路向远处望去；或者，当我趁阿黛尔正在跟她的保姆一块儿玩，费尔法克斯太太正在贮藏室里做果冻时，爬上三道楼梯，掀开阁楼天窗，来到铅皮屋顶上，极目眺望僻静的田野和山冈，巡视着朦胧的天际；每当这时候，我总是渴望我的目力能够超出这个极限，能一直望见那繁华的世界，那些我只听说却从没见到过的生气蓬勃的城镇和地区。这时候，我总企望自己能有比现在更多的实际经历，能比现在有更多的机会既接触跟我同样的人，也结识各种不同的性格。我珍视费尔法克斯太太身上的优点，阿黛尔身上的优点，但是我相信一定还存在着其他各种更为鲜明生动的优点，而我希望能目睹我相信存在的东西。

谁会责备我呢？无疑会有许多人，人家一定会说我不知足。但我没有办法，我生性不安分，有时候这使我深为苦恼。这时，我唯一的安慰是一个人在三楼的走廊里踱来踱去，在这儿的寂静和冷清中感到安心，任自己的心灵去随意冥想它所见到的一切光辉幻象，——不用说它们是既多彩又灿烂夺目的；任自己的心脏随着狂热的跳动而起伏，在跳动受阻时憋得难受，在跳动欢畅时心花怒放。而最可喜的，还是让我内心的耳朵去专心倾听一个永不会结束的故事——这个故事由我的想象力创造出来而且不断讲述下去，生动活跃地充满着种种我所一心渴望而在我实际经历中并不存在的事件、生活、激情和感受。

强调人应该满足于平静是没有用的，他们必须有行动，要是他们没找到机会，也会设法去创造它。千百万人被注定了要忍受比我更死气沉沉的处境，也有千百万人在默默反抗他们的命运。谁也不知道，除了政治反叛以外，在千头万绪的生活中有多少各种各样的反叛被人们硬压了下去。女人一般总被认为是非常安静的，但女人也跟男人有一样的感觉。她们也跟她们的兄弟们一样要发挥她们的能力，要有她们的用武之地。她们对太严厉的束缚，太绝对的停滞不变，会完全跟男人一样地感到痛苦。要是她们那些较占便宜的同类们，说她们应该局限于做做布丁，织织袜子，弹弹钢琴，绣绣钱包，那就未免太见识短浅了。要是她们想超出习俗认为女性所必需的范围，去做更多的事，学更多的东西，那么为此谴责她们或者嘲笑她们，也未免太没头脑了。

（第144—145页）

上述文字是简·爱从洛伍德寄宿学校来到桑菲尔德庄园几周后的一段心理活动描写。庄园里的平静、祥和让简·爱觉得满意，但最初的新鲜感消失后，简·爱又开始感觉到了一种生活的单调、乏味，她渴望能去了解庄园外更为开阔的世界，渴望能拥有更为丰富的人生经历。由于身边缺乏能与之进行旗鼓相当的思想交流的人，所以很多时候简·爱只能独自借无穷的心灵冥想去感受人世间本应拥有的丰富多彩。即使简·爱知道，当时社会对女性的普遍要求是做一个家庭里的天使，含蓄谨慎、安分守己、清心寡欲，但她认为，这是违背了女性的真实天性和真实情感需求的，她坚信女性与男性一样，具有相同的感觉、情感和梦想，女性的舞台和世界并不应只是狭小的家庭领域，她将那些忽视女性合理需求的习俗常规斥之为是"没头脑"的表现。这反映了简·爱明确的男女"平权"意识，也为后文她关键时刻的爱情抉择打下了良好的基础。

2. 简·爱与罗切斯特第一次思想交流

罗切斯特先生坐在他那把锦缎面的椅子上，看上去显得跟我以前所见到的样子不同，——没有那么严厉，更远没有那么阴郁。他嘴角带着笑意，两眼闪闪发亮，是不是喝了酒的缘故我不敢肯定，不过我想多半是的。总之，他是正处在饭后的好心情中，比较和气、爽快，也比较随便，不像早上那样一副冷淡、生硬的神气。但话虽如此，他看上去仍旧十分严肃，把他那很大的头靠在鼓起的椅背上，让炉火的光照亮着他花岗石凿出来似的脸和又大又黑的眼睛——因为他的眼睛确实又大又黑，而且也非常漂亮，有时候两眼深处也并非没有某种变化，即使不是温柔的话，至少也会使你想到这种感情。

他眼望着炉火足足有两分钟，而我也一直看了他那么久。这时，他突然掉过头来，发现我的目光正盯在他的脸上。

"你细细地看着我，爱小姐，"他说，"你觉得我漂亮吗？"

要是我考虑一下，我是会含糊而有礼貌地说几句俗套话来回答他这个问题的，可是不知怎么，我一不小心，一句答话就脱口而出："不，先生。"

"啊！我敢打赌，你可真有点儿特别！"他说。"你样子就像个古怪、安静、严肃而又单纯的nonnette（法语：小修女）似的，两手搁在身前坐在那儿，眼睛老是一个劲儿地盯着地毯（顺便说一句，除了有时死盯着我的脸，比如说就像刚才似的）。人家问你一个问题，或者发一句议论，让你非回答不可的时候，你就会毫不客气地冒出一句回话来，就是不算鲁莽的话，至少也是冒失的。你这到底是怎么回事呀？"

"先生，我太直率了，请你原谅。我本来应当回答说，问到外貌的问题，是很不容易当场就随口作出回答的。应当说，各人有各人的审美观，说美并不重要，或者诸如此类的话。"

"你本来就用不着这样回答。美并不重要，说得好！原来，你表面上装作缓和一下刚才的冒犯，抚慰抚慰我叫我平静下来，实际上是狡猾地在我耳朵背后又戳了一刀！再说下去！请问，你还在我身上找到了什么毛病？我想我的五官四肢都跟别人没什么两样吧？"

"罗切斯特先生，请让我取消自己最初的回答。我并不是有意话中带刺，只是一时失口。"

（第175—177页）

这段文字描写了简·爱与罗切斯特初次邂逅后的第一次单独相处和聊天，这段对话是罗切斯特对简·爱形成独特认识的重要一幕。当时简·爱虽然已经知道了眼前这位男士就是自己有钱的贵族主人，但面对罗切斯特提出的他是否漂亮的询问，她依然脱口而出："不，先生。"这个回答让罗切斯特深受震动，因为他心中有过一道伤口，他昔日认识的一位非常漂亮的法国女演员曾经当面吹捧他、赞美他，背后却骂他是丑八怪并给他戴了绿帽子，这件事让罗切斯特非常受伤。但眼前这位出身平民、其貌不扬的女孩子竟然敢当面说自己不漂亮，简·爱的坦诚、直率、不卑不亢立刻让罗切斯特眼前一亮，毕竟就罗切斯特的地位和身份而言，他是很少能遇到如此坦诚之人的。紧接着简·爱的道歉，又让罗切斯特看到了简·爱性格中善解人意的一面。两句对话使罗切斯特意识到，简·爱是一个可以值得与其在精神上进行平等交流的人。他对简·爱的好感及简·爱在罗切斯特面前的尊严感也由此初步奠定。

3. 简·爱的爱情告白

我心中的悲伤和爱所激起的感情爆发，正在渐占上风，正在竭力要左右局势，要求能压倒一切，战胜一切，要求存在、扩张，最后成为主宰，是的，——还要求公开说出来。

"我离开桑菲尔德感到伤心。我爱桑菲尔德。——我爱它，因为我在这儿过了一段愉快而充实的生活，——至少过了短短一段时间。我没有遭践踏。我没有被吓呆。没有硬把我限制在头脑较低下的人中间，排斥在与聪明、能干、高尚的心灵交往的一切机会之外。我能跟我敬重的人面对面地交谈，跟我所喜爱的，——一个独特、活跃、宽广的心灵交谈。我认识了你，罗切斯特先生，一旦感到我非得永远跟你生生拆开，真叫我感到既害怕，又痛苦。我看出了非分手不可，但这就像是看到了非死不可一样。"

"你从哪儿看出了非这样不可呢？"他突如其来地问。

"哪儿？是你，先生，让我明明白白看出来的。"

"在什么上面？"

"在英格拉姆小姐身上，在一位高贵而美丽的女人——你的新娘身上。"

"我的新娘！什么新娘？我没有新娘！"

"可是你就会有的。"

"对，——我就会有的！——我就会有的！"他咬牙切齿地说。

"既然这样，我就非走不可了，你自己亲口说过的。"

"不，你非留下不可！我发誓非得这样，——这个誓言是算数的。"

"我跟你说，我非走不可！"我有点发火了似的反驳说。"你以为我会留下来，做一个对你来说无足轻重的人吗？你以为我是个机器人？——是一架没有感情的机器？能受得了别人把我仅有的一小口面包从我嘴里抢走，把仅有的一滴活命水从我的杯子里泼掉吗？你以为，就因为我贫穷，低微，不美，矮小，我就既没有灵魂，也没有心吗？——你想错了！我跟你一样有灵魂，——也完全一样有一颗心！要是上帝曾赋予我一点美貌、大量财富的话,我也会让你难以离开我,就像我现在难以离开你一样。我现在不是凭习俗、常规,甚至也不是凭着血肉之躯跟你讲话,——这是我的心灵在跟你的心灵说话,就仿佛我们都已经离开了人世,两人一同站立在上帝的跟前,彼此平等,——就像我们本来就是的那样!"

"像我们本来就是的那样!"罗切斯特先生重复了一句,——"就这样,"他补充说,将我一把抱住,紧紧搂在怀里,嘴唇紧贴着我的嘴唇:"就这样,简!"

(第339—340页)

上面这段文字描绘了简·爱在极端愤怒、悲伤情况下激烈情感的大爆发,其中既有她对罗切斯特给自己造成的人格、尊严"伤害"的反抗,也有她对罗切斯特炽热感情的大胆告白。这段文字感情充沛,同时充满了理性的光辉,深切地体现了简·爱对命运、价值、地位等的主动思考和努力把握。简·爱虽然身材矮小、其貌不扬,但却拥有一个智慧、善良、坚强独立的高贵灵魂。在社会地位悬殊的爱情面前,简·爱没有退缩,而是大胆地追求自己的所爱,因为她真切地认识到自己与对方的身份差异并不代表自己的低下,事实上,他们在本质上、在灵魂上、在爱情之中、"在上帝面前"是平等的。于是,简·爱敢于去爱一个社会阶层高于自己的男人,更敢于主动向对方表白自己的爱情——这在当时的社会中是极其大胆的,更是极为罕见的。简·爱灵魂的高贵、人格的独立,让罗切斯特对她爱慕已久,眼前简·爱不拘常规的主动告白更让他卸下了一切心灵的包袱,两个互相对等的灵魂终于准备组成一份完整的爱情了。这段爱情表白也成了文学史上最响亮的女性爱情宣言之一。

4. 简·爱出走桑菲尔德庄园前内心的矛盾纠结

"那么说你不肯让步?"

"对。"

"那你是要判定我活着受罪,死后受诅咒了?"他的嗓门高了起来。

"我劝你活着不犯罪,希望你死时心安理得。"

"那么你把爱和清白无辜从我这儿夺走?你又把我重新退回去,拿肉欲当爱情,用作恶当消遣吗?"

"罗切斯特先生,我不会把这种命运强加给你,就像我不会硬要把它作为自己的命运一样。我们生来就是要挣扎和受苦的，——你我都一样，那就去这样做吧。你会比我忘记你更早就把我忘记的。"

"你说这些话是拿我当撒谎的人看了，你侮辱了我的名誉，我说过我决不会变心，你却当面告诉我我很快就会变心的。你这样做，证明你的判断是多么背离实际，你的想法是多么是非颠倒！把一个同类逼到绝境，难道比为违犯仅仅是人为的法律还好一些么？——这种违反并不会损害到任何人，因为你既无亲又无友，用不着担心因为跟我一起生活而得罪了他们。"

这倒是真话，他这样一说，我自己的良心和理智也起来反对我，指责我拒绝他是罪过。它们呼声之高，几乎也不亚于感情，而感情正在拼命大声疾呼。"哦，答允吧！"它说。"想想他的苦痛，想想他的危险处境，——瞧瞧他一旦被独自撇下时会是个什么境况吧。要记住他那不顾一切的性子，考虑一下绝望之余的轻举妄动。——安慰他，挽救他，爱他吧。告诉他你爱他，愿意成为他的。这世界上谁在乎你，你干些什么又会损害到谁？"

然而回答仍旧是不屈不挠的——"我自己在乎我自己。越孤单，越无亲无友，越无人依靠，我越是要尊重自己。我要遵从上帝颁发、世人认可的法律。我要坚守我在清醒时，而不是像现在这样疯狂时所接受的原则。法律和原则并不是为了用在没有诱惑的时候，它们正是要用在像现在这样肉体和灵魂都起来反对它们的严肃不苟的时刻。既然它们是毫不通融的，那他们就不容违反。如果我为了自己的方便就可以打破它们，它们还会有什么价值？它们是有价值的，——我一贯这样相信。如果说我此刻不能做到相信它们，那全是因为我发了疯——几乎发了疯的缘故，我血脉贲张像着了火，我心跳快得都数不清了。原定的想法，已下的决心，是我眼前唯一必须坚持的东西，我要牢牢守住这个立场。"

（第430—431页）

这段文字展现了简·爱内心冲突最为激烈的一幕。婚礼上突遭巨变，罗切斯特已婚、妻子尚存的事实让简·爱如闷雷击身，欲哭无泪。稍后，罗切斯特又向她倾诉自己昔日的不幸婚姻，以自己感情真挚深沉和希望能得到救赎为由，请求她留下继续留在他的身边。简·爱的理性与情感仿佛撕裂成两个自我：一方面，面对罗切斯特的苦苦挽留，她的情感向她大声疾呼留下；另一方面，宗教和法律都提示她，若留下则只能是当罗切斯特的情妇。简·爱深爱罗切斯特，也深知自己与罗切斯特情意相投，此次离他而去，今生或许将难以再次找到真正的爱情，眼前罗切斯特在感情上对她的迫切需要，更使她难以舍弃这份情感。但是，理智告诉她，罗切斯特毕竟还是骗了她，如果她留下来的话，情妇身份将使她最为珍视的尊严、人格荡然无存。多重情感与理智的矛盾纠结，让简·爱陷入了巨大的痛苦之中。但最终理性的力量突破了情感的包围，人之为人的尊严压倒了富裕、稳定生活的诱惑，简·爱选择了离开。简·爱在强大爱情的压力之下对尊严的选择，赋予这一人物极强的精神魅力。

第十讲
福楼拜《包法利夫人》

一、福楼拜

古斯塔夫·福楼拜（Gustave Flaubert，1821—1880）是世界文坛享有盛名的法国作家。福楼拜曾就读于巴黎法学院，后因被怀疑患癫痫病而辍学，此后他一直住在鲁昂，专心创作，终生未婚。《包法利夫人》是福楼拜用了将近5年的时间于1856年完成的。这部作品开创了文学史上的一个新纪元，也成为他的代表作。此后，他又创作了《萨朗波》（1862）、《情感教育》（1869）和《三故事》（1877）等。

福楼拜的成就主要在于，他在对19世纪法国社会风俗人情进行真实细致描绘的同时，也对现代小说的审美趋向进行了探索。他的"客观的描写"既有巴尔扎克式的现实主义特征，又有自然主义文学的现实主义特点。新小说作家极力推崇福楼拜对现实主义的创新，并进一步加以发展。因此，19世纪自然主义的代表作家左拉认为福楼拜是"自然主义之父"，而20世纪的法国新小说派又把他称为"鼻祖"。

福楼拜之所以能够被自然主义和新小说派所推崇，与他个人的生活经历和写作策略密不可分。福楼拜于1821年12月12日出生于法国鲁昂一个传统的医生家庭。他的父亲是法国西北部诺曼底地区鲁昂市一位著名的外科医生，并从1818年起任鲁昂市立医院院长。受父亲影响，福楼拜从小在医院的环境中长大，并对死亡、手术以及尸体解剖等现象习以为常，这种环境不仅培养了他与宗教格格不入的思想，也培养了他的悲观情绪和冷静意识。福楼拜自幼便喜欢阅读文学名著，并显露出强烈的文学天赋。1834年福楼拜编辑了一份手抄小报《艺术与进步》。1835年，14岁的福楼拜在特鲁维尔海滨度假时与音乐出版商、《音乐报》创刊人施莱辛格的妻子艾丽莎相遇并对她一见钟情。第一次见到艾丽莎，福楼拜整个人僵在这位漂亮女人的面前。1840年，福楼拜按照父亲的意愿赴巴黎攻读法律，因病于1844年中断学业。在巴黎，福楼拜结识了他仰慕已久的法国大文豪维克多·雨果。1843年起，福楼拜开始尝试创作长篇小说，并于1845年完成《情感教育》的初稿。1845年，福楼拜的父亲过世后，他同母亲一起住在鲁昂市郊的克鲁瓦塞别墅，潜心写作，直至去世。

1846年7月，福楼拜在巴黎结识了女诗人路易丝·高莱，两人有将近十年的交往，并留下了大量信札。期间，高莱曾两次向他求婚。1849—1851年，福楼拜去马其顿、埃及、希腊和意大利等地旅行，这为他日后的创作积累了丰富的素材。1856年，《包法利夫人》的发表，轰动了当时的法国文坛。但是这部作品很快便受到了当局的指控，罪名是败坏道德、诽谤宗教。当局要求法庭对"主犯福楼拜，必须从严惩办"，幸好有律师塞纳的声望和辩护，福楼拜才免于处分。但是"政府攻击、报纸谩骂、教士仇视"的局面，对他是很大的压力，使他放弃了现实题材的创作，转向古代题材。经过四年（1858—1862）的艰苦写作，福楼拜的历史小说《萨朗波》于1862年问世。1869年，《情感教育》完稿出版，成为福楼拜的第二部以当代生活为题材的作品，小说的副标题是"一个青年的故事"。1871年，巴黎公社革命爆发，福楼拜对此采取了敌视和诋毁的态度。1874年，福楼拜出版了作品《圣·安东尼的诱惑》。福楼拜曾说，圣·安东尼就是他自己，他曾一次次开始写作这部小说，又一次次搁笔，欲罢还休。作品通过一系列群魔作恶的场面，描写了中世纪埃及一位圣洁隐士抵制魔鬼种种诱惑的故事，表达了作者对社会贪欲的极端厌恶，同时也反映出作者的悲观主义和宿命论情绪。晚年的福楼拜除悉心指导莫泊桑写作外，一直在写最后一部长篇小说《布瓦尔和佩库歇》（1881），只差一章没有完成。这部小说可以说是《情感教育》的姊妹篇，描写的是1848年革命在外省的反响，与《情感教育》所描写的1848年革命时期的巴黎相呼应。革命期间外省保守势力的惶恐不安与嚣张气焰，拿破仑三世上台时教士们欢欣鼓舞的情态,以及工农群众的情绪和动向,在小说里都有真实的描绘。1880年,福楼拜因中风去世,终年59岁。

纵览福楼拜的一生不难发现,他的一生都在远离世俗,潜心写作。他一生交友不广,不喜欢社交,也很少外出旅游(除了为了创作的需要去收集素材之外)。他在青年时期与作家杜冈、诗人布依耶结下深厚的友谊,一有新作总是先念给他们听。这二人虽然文学成就不大,但却对福楼拜在创作上由浪漫主义转向现实主义起了不可忽视的作用。而福楼拜个人的情感生活也是其小说创作的重要素材。福楼拜虽然终生未娶,过着独居生活,但他的感情生活却是丰富多彩的。他生命中有五个重要的女性:艾丽莎·施莱辛格、福寇夫人、路易丝·高莱、玛蒂尔德公主和朱丽埃·赫尔贝尔。特别是他对施莱辛格夫人的初恋代表了他"整个生命中的一项伟大的爱"和"唯一的激情"。在与这些女性的交往中,福楼拜加深了对女性的心灵世界、情感世界的了解,这对于他小说中的女性人物塑造具有重要的作用:《包法利夫人》中的艾玛、《萨朗波》中的萨朗波、《情感教育》中的阿尔努夫人等,都颇具个性,并成为世界文学史中重要的人物形象,她们也不断地强化着福楼拜在世界文坛中的重要地位。

二、《包法利夫人》(*Madame Bovary*)

(一)作品生成过程及中译本[①]

《包法利夫人》的故事是否取自现实生活存在争议,比如作家纳博科夫固执地认为,追求故事的真实性是孩子的行为,世间从未有过艾玛这个女人,但小说却万古流芳,"一本书的生命远远超过一个女子的寿命"[②]。不过,研究者还是坚称,小说中的夏尔·包法利的原型是欧解·德拉玛,他曾在福楼拜父亲主持的鲁昂医院实习,并取得行医执照。他于1836年和30岁的寡妇(小说中改为45岁)

---

① 关于中译本情况主要参见熊辉:《百年中国对福楼拜〈包法利夫人〉的译介和接受》,《兰台学刊》2016年第7期,第7—11页;王增岩:《〈包法利夫人〉在中国的经典化研究》,湘潭大学2011年硕士论文,第19—23页。

② [美]弗拉基米尔·纳博科夫:《文学讲稿》,申慧辉等译,上海三联书店2005年版,第113页。

结婚，寡妇死后又于1839年8月和17岁的农家女德尔芬·库蒂丽叶（包法利夫人艾玛的原型）结婚。

德尔芬长得很美（据说鲁昂博物馆有她的画像），曾在鲁昂一家修道院学习，但她生性风流，迷恋社交生活，对平凡的婚后生活不满，有过两次婚外恋。1848年3月6日，她在倾家荡产之后服毒自尽。这种婚外恋的风流韵事在法国文学史上并不少见，但福楼拜在此基础上构思并创作的《包法利夫人》，通过一个女性的毁灭，对法国庸俗的浪漫主义和资产阶级进行了批判。

该作品虽然早在20个世纪20年代就有人撰文介绍，但是真正完整的中译本最早是由李劼人翻译、上海中华书局出版（1925年11月）的《马丹波娃利》。之后李健吾的译本根据Librairie de France的1921年法文本翻译，于1948年9月由上海文化生活出版社出版。事实上，早在翻译出版《包法利夫人》之前的1935年，李健吾撰写的《福楼拜评传》就在上海商务印书馆出版，其中第二章就有关于《包法利夫人》的论述。虽然截至2018年，《包法利夫人》的中文译者已高达40多个，但是最受欢迎、最具生命力的译本还是李健吾译本，直至今天仍有很强的影响力。此后还出现过罗国林先生的译本（花城出版社1991年版）、许渊冲先生的译本（译林出版社1992年版）、张放先生的译本（陕西人民出版社1998年版）等，尤其是21世纪初，多种译本流行，其中2007年就有多个译本出版，分别是王忆琳译（哈尔滨出版社）、朱华平译（广州出版社）和冯铁译（河南文艺出版社）等。2017年9月18日，毕飞宇在浙江大学名为《屹立在三角平衡点上的小说教材——〈包法利夫人〉》的主题演讲中称："《包法利夫人》是可以当小说教材的。"2018年，由著名翻译大家许渊冲译的《包法利夫人》再次被江苏凤凰文艺出版社出版，内文精心编排、装帧精美，依旧被广大读者和研究者关注并购买。同时，作为一部经典的世界文学名著，《包法利夫人》在国际影视领域也备受关注，并多次被改编成电影作品上映。20世纪30年代起，德国（1937年、1969年）、法国（1991年、1933年）、英国（1975年、2000年）、美国（1949年）、苏联（1989年）等都对《包法利夫人》进行改编与拍摄。1991年，由克劳德·夏布洛尔执导，伊莎贝尔·于佩尔、让-弗朗索瓦·巴尔梅、克里斯托弗·马拉沃伊等人主演的剧情片《包法利夫人》，于当年4月3日在法国上映。1992年，该片获得第64届奥斯卡金像奖最佳服装设计提名。2015年，导演苏菲·巴瑟斯执导的《包法利夫人》在希腊、美国上映，再次使《包法利夫人》这一经典作品回归到大众阅读视野中。可见，这部被视为"十全十美的小说"依旧是世界文学经典文库中的重要作品之一。

（二）作品梗概

艾玛是富农卢奥的女儿，十三岁便进了修道院接受贵族教育，并在浪漫主义小说的熏陶下成长。后来，艾玛的母亲死了，父亲把她嫁给了夏尔·包法利医生。夏尔是个军医助手的儿子，天资不高，但很勤勉、老实，是一个平庸懦弱的医生，前妻是个寡妇，已经死了。

艾玛结婚了。在这以前，爱情"仿佛是一只玫瑰色的大鸟，只在充满诗意的万里长空的灿烂光辉中飞翔"①。婚后，她却发觉夏尔医疗技术平庸，甚至还治坏过病人，其他方面也"像一条人行道一样平淡无奇"（第35页），她悔恨自己为什么要嫁给他。

有一次，夏尔医好了一位声名显赫的侯爵的口疮。侯爵便邀请夏尔夫妇到他的田庄做客。在那之后艾玛开始按照上流社会的标准来布置家居，调教仆人。她变得易躁和任性，对丈夫老是看不顺眼，也不愿在乡下住下去了。夏尔为了不让艾玛生病，便搬到荣镇居住。

奥默是荣镇的药剂师，夸夸其谈，经常标榜自己是个无神论者。他没有医生执照，但私自给农民看病。莱昂是奥默事务所的实习生，因为有共同爱好，很快与艾玛陷入情网。为了摆脱这一苦闷，莱昂选择去巴黎学习。对莱昂的回忆令艾玛烦恼、神伤。但不久，于谢堡的地主罗多夫·布朗瑞"拯救"了她。他是个风月场中的老手，初见面便打下勾引她的坏主意。罗多夫利用在荣镇举办展览会的机会接近艾玛，并诱使艾玛做了他的情妇。他们瞒着包法利医生常在一起幽会，艾玛要求与罗多夫一同私奔。然而，罗多夫嘴上答应和艾玛一同出逃，当天却说为了艾玛着想而失约。随后，艾玛生了一场大病，病好后想痛改前非，重新生活。可是偶然的机会艾玛再次遇见了别离三年的莱昂，他们的旧情又复燃了。艾玛再一次把自己的全部热情倾注在莱昂身上，沉溺在恣情的享乐之中。

商店老板勒合，是个善于算计的人，他从一开始就看出艾玛是个爱打扮的女人，很早便自动上门兜揽生意，并赊账给她，满足她各种虚荣的爱好。为了满足自己的虚荣，她背着丈夫向商人勒合借债的雪球也越滚越大。

---

① ［法］福楼拜：《包法利夫人》，许渊冲译，译林出版社1992年版，第34页。以下凡引用该作品，只在括号中标明页码，不再逐一详解。

莱昂渐渐也厌烦了艾玛,尤其是为了自己的前途,他开始回避她。正在这时,艾玛接到法院的一张传票,法院限定艾玛在二十四小时内,把全部八千法郎的借款还清,否则将扣押房产家具。艾玛无奈去向勒合求情,要他再宽限几天,但他翻脸不认人,不肯疏通。艾玛去向莱昂求援,莱昂以借不到钱为由躲开了。她去向公证人吉约曼借钱,可是吉约曼却想趁机占有她。最后,艾玛想到找罗多夫帮助,但罗多夫说他没有钱而拒绝了她。受尽屈辱与打击的艾玛,心情万分沉重,回到家后吞食了砒霜,几天后死了。

为了偿清债务,夏尔变卖了全部家当。他在翻抽屉时,发现了艾玛和莱昂的来往情书以及罗多夫的画像。他心灰意懒,闭门不出。一次,他在市场上遇见了罗多夫。夏尔原谅了罗多夫,认为"一切都要怪命"(第313页)。不久夏尔死了,艾玛留下的女儿被寄养在一位远方的姨母家里,后来进了纱厂做了童工。这之后有三个医生到荣镇开业,但不久就被奥默先生挤垮了。这位药剂师的主顾多得吓人,当局不敢得罪他,舆论包庇他。奥默先生到底得到了十字勋章。

(三)作品分析

作为一部文学经典,《包法利夫人》寓意丰富又复杂,是法国现实主义文学的典范之作。下面主要从两个方面来分析:

1. 悲剧女性形象:艾玛

艾玛是小说中的核心人物,也是一位堂吉诃德式的人物,不同的是,堂吉诃德痴迷的是骑士小说,艾玛迷恋的则是浪漫主义小说。从表面上看,艾玛是一个被浪漫主义性情毁灭的小资产阶级女性,她的悲剧来自自己"不合理"的精神追求,她始终活在一个不切实际的幻想中,对爱情充满着奇情异想,不满平庸生活,但这些美梦最终被现实无情地击碎了。儒勒·德·戈吉耶将艾玛的这种不切实际的幻想称为"包法利主义",即"人所具有的把自己设想成另一个样子的能力"[①]。"包法利主义"是平庸卑污的现实和渴望理想爱情、超越实际可能的幻想相冲突的产物。作为一种精神现象,它是七月王朝和第二帝国时期享乐生活盛行的恶浊风气孕育而成的。而从艾玛这一人物形象来看,她沉迷浪漫幻想,却又

[①] 转引自冯寿农:《法国文坛对福楼拜的〈包法利夫人〉的批评管窥》,《法国研究》2006年第3期,第12页。

心地纯良。她的悲剧有着深刻的原因，福楼拜并没有单纯将之归为社会因素，因为他的小说"表现的是人类命运的精妙的微积分，不是社会环境影响的加减乘除"①。

福楼拜通过艾玛一生的悲剧对19世纪中叶法国资本主义的浮华虚荣和冷酷虚伪进行了控诉。著名诗人波德莱尔非常推崇这个人物，他说艾玛所处的法国社会"是一个绝对陈腐（更甚于陈腐）、愚蠢和贪婪的社会。它厌恶的是想象，喜爱的是占有……公众对于精神上的东西的兴趣明显地减少了，他们在热情方面的预算日益减少"②。小说中的艾玛出生于小农家庭，但父亲却将她送到修道院接受贵族教育，而修道院的教育和消极浪漫主义文学严重损害了艾玛的正常心理。艾玛对浪漫爱情的憧憬、对子爵府的珠光宝气舞会的向往都反映出了她"不合理"的精神追求；而自私自利的药剂师奥默、奸诈阴险的商人勒合、傲慢自负的罗多夫、怯懦畏惧的莱昂等更是构成一幅具有普遍意义的法国市井人物画。福楼拜在给自己的朋友布依耶的信中以很粗糙的方式来宣泄对社会的不满："这个时代的愚蠢现象真令人反感，我感觉到要脱肠了，粪便都涌到嘴巴上面来了。"③尤其是艾玛去世后，包法利先生变卖了所有家产偿还债务时，发现妻子生前的婚外情，他在悲痛中离世，而年幼的女儿也被送进了纱厂当了童工。与之相反的是，那些置她和家人于死地的中产阶级的代表们罗多夫、莱昂、勒合、奥默的日子却蒸蒸日上，尤其是药剂师奥默先生更是在挤走了荣镇其他同行后，居然还获得了政府颁布的十字勋章。这种鲜明的对比饱含着作者对当时社会的愤怒控诉，他也在字里行间流露出对艾玛悲剧命运的同情。福楼拜曾在给高莱夫人的信中说："就在此刻，同时在二十个村庄中，我的可怜的包法利夫人正在那里忍受苦难，伤心饮泣。"福楼拜"在杀死艾玛的同时也杀死了他自己的一部分，正如他说'艾玛即我'所暗示的。艾玛的愿望就是他的愿望，只不过表达的方式更加明确，更加强烈，但这种愿望却遭到那个时代趋势的阻挠和诋毁"④。可以说，艾玛毁灭于一个充满恶俗、精神贫乏的社会，而福楼拜所描绘的浪漫爱情以及对艾

---

① ［美］弗拉基米尔·纳博科夫：《文学讲稿》，申慧辉等译，上海三联书店2005年版，第114页。
② ［法］波德莱尔：《1846年的沙龙——波德莱尔美学论文选》，郭宏安译，广西师范大学出版社2002年版，第49页。
③ *Gustave Flaubert to Louise Golet, Sep.30, 1855, Correspondance* II, Nabu Press, 2010, pp. 597–600.
④ ［美］雅克·巴尔赞：《从黎明到衰落———西方文化生活五百年》，林华译，世界知识出版社2002年版，第564页。

玛不幸命运的同情，则表达了他对生活物质化、世俗化趋势的抗拒。

同时，福楼拜通过艾玛这一人物形象，不仅揭露了法国庸俗的资产阶级，更是寄托了自己的价值追求。小说中对于"偷情"与"婚外恋"细节的描写被认为"有伤风化"。然而，福楼拜通过"艾玛事件"对当时的社会负面现象进行批判的同时，也在"动摇、唤醒这些衰老的灵魂，结束这种越来越具有传染性的虚伪，最终完成文学对社会的精神建构"①。所以，福楼拜在小说中一方面展现了对生活中的庸俗、冷酷、虚荣等普遍现象的失望之情，另一方面又对人类的爱情、浪漫、纯善给予了期望，"伟大的小说家和戏剧家在人文主义传统中所扮演的角色，就是生动地提醒我们要看到这个对比和这个可能性"②。而福楼拜正是这样一位对人类精神价值不断关注与追求的伟大作家。

2. 客观冷静的叙事风格

福楼拜是一个极其严谨的现实主义作家，他强调小说取材应该像科学实验一样精确无误。在小说艺术上，他强调客观、冷静、平实的"零度风格"，主张作者应该避免在小说中出现，也不要轻易对小说中人物做道德上的善恶判断。同时，福楼拜具有唯美主义的创作倾向，却又是一位伟大的现实主义大师。这种奇妙的结合，使他在法国文坛乃至世界文坛上独树一帜。

（1）简洁生动的语言艺术

福楼拜虽然是著名的"苦吟派"，但是他的语言清澈流畅，简洁生动，被公认为是法语的典范。他信奉布瓦洛的名言："流畅的诗，艰苦地写。"有时，为了寻求一个理想的字词，福楼拜常常终日伏案，刻苦雕琢。《包法利夫人》是福楼拜最具盛名的代表作，体现了他精致雕琢的语言艺术。比如，他写杜比克家的寡妇："虽然长得丑，骨瘦如柴，满脸的疙瘩像春天发芽的树枝，但并不愁嫁不出去，供她挑选的还不乏其人"；写药剂师："他的表情看来洋洋自得，神气平静，就像挂在他头上的柳条笼里的金翅雀一样"；写商人勒合："他客气得到了卑躬屈膝的地步，老是半弯着腰，不知道他是在打招呼，还是有求于人"……这些语言简洁直白，但三言两语就描绘出人物的性格特征。事实上，福楼拜苦心经

---

① 高红梅：《〈包法利夫人〉的价值理性取向与社会建构》，《北方论丛》2008年第3期，第51页。
② ［英］阿伦·布洛克：《西方人文主义传统》，董乐山译，生活·读书·新知三联书店1997年版，第165页。

营文字的目的是为了追求文字的优美流畅。他要求自己的文字同时具有"诗的韵律和科学语言般的精确性",强调自己小说中文字的抑扬顿挫与铿锵有力,这不仅便于读者理解,而且还易在心灵上打动读者,进而实现其作品的审美性效果。

同时,为追求客观性叙述,福楼拜在小说中大量地运用自由间接引语来通过叙述者间接地把人物的活动传达给读者,打破了叙述者语言和人物语言之间的界限,突出叙事的客观真实性。

比如,小说中对于艾玛从奢华的子爵府回到现实生活后的心理落差描写:

> 她放弃了音乐:为什么要演奏?给谁听呀?既然她没有机会穿一件短袖丝绒长袍,在音乐会上,用灵巧的手指弹一架埃拉钢琴的象牙键盘,感到听众心醉神迷的赞赏,像一阵微风似的在她周围缭绕不绝,那么,她又何苦自寻烦恼,去学什么音乐呢!她的画夹和刺绣,也都丢在衣橱里了。有什么用?有什么用?针线活也惹她生气。
>
> (第55页)

这段描写中"她放弃了音乐"似乎是第三人称叙述者的声音,后面的"为什么要演奏?给谁听啊?"似乎是艾玛的第一人称内心独白,但也可以看作是作者对她的观感,其中的疑问句、感叹句以及口语化的语言表达,模糊了全聚焦和内聚焦声音,更加真实地表达了艾玛对上流社会的强烈愿望以及自己不真实的幻想所表现出的焦躁心情,也深刻地反映了福楼拜独特的语言艺术——自由转换融合了客观世界和人物内心、将叙述主体和经验主体形成了互嵌模式。

(2)追求客观真实

作为医生的儿子,福楼拜似乎天生就将笔当作了解剖刀:他冷静客观,精细准确,主张客观化的写作,以自然科学精确的方法来进行艺术创作。所以,福楼拜对于笔下的人物形象、社会风俗、人情世态的观察可谓细致客观。

比如小说中对于子爵府的描绘:

> 城堡是意大利风格的近代建筑,房屋平面呈"凹"字形,中间是三座台阶,紧挨着山坡上的一大片草坪,有几只母牛在吃草,草坪两旁有一丛丛稀疏的大树,中间有一条弯弯曲曲的沙子路,路旁是修剪过的花木,杜鹃花、山梅花、绣球花,凸起了一团团大大小小的绿叶。一条小河流过一座小桥;雾中可以看见几所茅屋,疏疏落落地散布在草地上,草地周围是两座坡度不

大、植满了树木的小山冈，再往后走，在树丛中，有两排并列的房屋：车库和马房，那是旧城堡没有拆毁的遗址。

（第40页）

这段精致的风景描绘既凸显了子爵府的高贵奢华，又从艾玛的眼光出发，刻画了艾玛对于上流社会所流露出的向往之情。他笔下人物的一举一动都是他自己的亲身体验。福楼拜在给批评家泰纳（Taine）追叙艾玛服毒那一幕的信中写道：

> ……我的想象的人物感动我，追逐我，倒像我在他们的内心活动着。描写艾玛·包法利服毒的时候，我嘴里仿佛有砒霜的味道，我自己仿佛服了毒，我接连两次消化不良，饭全吐了。①

福楼拜曾言："包法利夫人，就是我！"这当然不是说作家有着完全一样的情感经历，而是说，从某种意义而言作家秉承的是一种反思性的客观描绘：他从对人物的冷静中观察反观出了自我和所有人性的灰色；他用典型化的手法集中描绘了主人公所面对的处境、条件，共同构筑了这个文学史上著名的"外省风俗"，又在道德中立中将故事客观化了。在这一切限制中，福楼拜让艾玛在逻辑上不可控制地走向了毁灭。的确，他把自己对生活的感知、分析、领悟都熔铸在包法利夫人这一形象中，可以说艾玛是福楼拜精神灵魂的真实写照，那是过去的那个浪漫主义的福楼拜，而非现实主义的福楼拜。"但是艾玛不倾心艺术，所以成了庸俗的浪漫主义的牺牲品；而福楼拜却凭借现实主义的艺术，超越了浪漫主义的自我，写出了《包法利夫人》。"（"译序"，第7页）福楼拜对于这一人物的真实刻画又深刻反映了他创作中对于客观真实性的追求。

（3）零度写作

福楼拜是一个冷静精致的作家，为保持小说创作的客观化，他在小说创作中强调作者应该与笔下的人物保持一定的距离，将自己隐藏起来不发表任何意见。1852年福楼拜在给好友的信中说："艺术家的创造工作必须像上帝在创造他的世界一样，全知全能，我们可以到处感觉得到，却看不到。""一个小说家没有权利说出他对人事的意见，在他的创作中，他应该模拟上帝，这就是说，制作，然

---

① *Gustave Flaubert to Hippolyte Taine, Nov.20, 1866, Correspondance* III, Nabu Press, 2010, p. 562.

后沉默。"①他反对作者对笔下的人物及其生活进行干预，主张作者应该退出作品。这种"零度写作"风格是福楼拜小说创作的重要艺术。

《包法利夫人》中，福楼拜对全知全能视角加以限制与缩小，很少对人物内心世界进行清晰的描写，而是通过人物日常生活中的行为活动来表现他们的内心气质。艾玛上学时看到缎面精装本作品中陌生作者的署名，心醉神迷地凝视着猜作者是伯爵还是子爵；在参加完子爵府的舞会后，艾玛对子爵及其生活场面十分向往；在回家路上忽然后面来了几个骑马的人，艾玛相信她认出了子爵；随后她捡到了子爵的雪茄烟匣，她瞧着烟匣，把它打开，闻闻衬里的味道，闻到的是马鞭草香精加烟味；回家后艾玛重新雇用了一个14岁的、样子很乖的小孤女来干活；她不许小姑娘戴软帽，教她回话不要用"你"，而要称"太太"……在这一系列的情节中，福楼拜并没有任何心理描写，而是极其客观地在对其行为进行客观、冷静、从容的抒写，更加凸显了他"零度写作"的艺术风格。

（四）精彩片段欣赏

● 译文选自

［法］福楼拜：《包法利夫人》，许渊冲译，译林出版社1992年版。

1. 夏尔求婚

晚上，夏尔回到家里，一句一句地把她说过的话恢复原状，他苦苦地回忆，并且补充话里的意思，想了解在他们相识之前，她是怎样生活的。不过他想来想去，他心里出现的艾玛不是他们第一次见面时、就是他们刚刚分手时的模样。于是他又寻思，她要是结了婚会怎样呢？结婚？和谁？唉！卢奥老爹有的是钱，而她！……她又那么漂亮！但艾玛的面孔总是出现在他跟前，一个单调得像陀螺旋转的嗡嗡声总是在他耳边响："要是你结婚呢！怎么？要是你结婚呢！"夜里，他睡不着，喉咙发干，口渴得要命；他下床走到水罐前倒水喝，并把窗子打开；满天星光灿烂，一阵热风吹过，远处有狗吠声。他转过头来向着贝尔托。

夏尔想到，反正他并不冒什么风险，于是下决心一有机会就求婚；但是

---

① *Gustave Flaubert to Louise Golet, Dec. 9, 1852, Correspondance* II, Nabu Press, 2010, p. 294.

每次机会来了,他害怕说话不得体,又给自己的嘴贴上封条。

卢奥老爹却不怕有人把他的女儿娶走,因为女儿待在家里,对他没有什么好处。他心里并不怪她,觉得她这样有才气,怎么能种庄稼呢?这个该死的行业!也从来没见过哪个庄稼汉成了百万富翁呵!老头子靠庄稼不但没有发财,反倒年年蚀本;因为他虽然会做买卖,喜欢耍花招,但是谈到庄稼本身,还有田庄内部的管理,那就恰恰相反,他可并不内行。他不乐意把手伸出裤兜去干活,过日子又不肯节省开销,一心只想吃得好,穿得好,住得好。他喜欢味道很浓的苹果酒,半生不熟的嫩羊腿,搅拌均匀的烧酒掺咖啡。他一个人在厨房的灶前用餐,小桌上什么都摆好了,就像在戏台上一样。

当他看见夏尔靠近他的女儿就脸红,这不意味着总有一天,他会向她求婚吗?于是他就事先通盘考虑一下。他觉得他貌不出众,不是一个理想的女婿;不过人家都说他品行好,很节省,有学问,那当然不会斤斤计较嫁妆的了。而卢奥老爹不卖掉二十二亩田产,恐怕还不清他欠泥瓦匠、马具商的重重债务,何况压榨机的大轴又该换新的了。

"要是他来求婚,"他心里盘算,"我就答应他吧。"

九月份过圣·密歇节的时候,夏尔来贝尔托待了三天。眼看最后一天像头两天一样过去,一刻钟又一刻钟地缩短了。卢奥老爹送他回去;他们走的是一条坑坑洼洼的小路,马上就要分手;是求婚的时候了。夏尔心里打算,还是到了篱笆转角再开口吧;最后,篱笆也走过了。

"卢奥老爹,"他低声说,"我想和你谈一件事。"

他们站住了。夏尔却开不了口。

"说吧!你以为我不知道你要说什么吗?"卢奥老爹和气地笑着说。

"卢奥老爹……卢奥老爹……"夏尔结结巴巴地说。

"好了,我是巴不得呢,"田庄的主人接过来说。"虽然,不消说,小女和我是一样的意思,不过,总得问她一声,才能算数。好,你走吧,我回去问问她。要是她答应,你听清楚,你用不着走回头路,免得人家说话,再说,也免得她太紧张。不过,怕你着急,我会把朝墙的窗板推开,开得大大的:你伏在篱笆上就看得见。"

卢奥老爹走了。

夏尔把马拴在树上。他赶快跑回到小路上来;他待在路上等着。半个小时过去了，于是他看着表，又过了十几分钟。

忽然响起了撞墙的声音；折叠的窗板打开了，靠外边的那一块还在震动。

第二天，才九点钟，他又到了田庄。他一进来，艾玛脸就红了，勉强笑了一笑，装装样子。卢奥老爹拥抱了他未来的女婿。他关心的婚事安排留到日后再谈；他们有的是时间，因为要办喜事，也得等到夏尔服丧期满，那才合乎情理，所以要等到明年开春前后。

（第23—25页）

这段关于夏尔求婚的细节描写可谓是一气呵成，自然流畅，没有一处累赘字句。从语言表达上看，福楼拜的语言简洁优美，很少夸张，往往三言两语就勾画出鲜明生动的形象。小说中对于夏尔求婚细节的描写不过数百字，却形象地将夏尔·包法利的懦弱、卢奥老爹的爽直功利刻画得淋漓尽致。福楼拜不仅要求文章结构严整，用词准确精准，而且还要求文字读来朗朗上口，和诗一样具有节奏和韵律美。同时，福楼拜在写人物与人物之间的过渡时，并没有任何过渡性的指示，而是顺着人物自身语言行为的发展顺势而为，从而导致其小说客观、冷漠的艺术风格。比如，夏尔在求婚时想"反正他并不冒什么风险"，卢奥老爹则想"女儿待在家里，对他没有什么好处"，要是夏尔来求婚，就答应他吧……在夏尔与卢奥老爹的对话中可以看出，小说中似乎并不存在一个叙述者，而是通过人物自身所处的语境、言语行为来推动故事情节的发展，也使小说所呈现的人物生活与社会情态更为自然生动，也更合乎生活的本来面貌。

2. 农业展览会见闻

于是略万先生坐下；德罗泽雷先生站了起来，开始另外的长篇大论。他讲的话也许不如州议员讲的冠冕堂皇，但他也有独到之处。他的风格更重实际，这就是说，他有专门知识，议论也高人一等。因此，歌功颂德的话少了，宗教和农业谈得多了。他讲到宗教和农业的关系，两者如何共同努力，促进文化的发展。罗多夫不听这一套，只管和包法利夫人谈梦，谈预感，谈磁力。演说家却在回顾社会的萌芽时期，描写洪荒时代，人住在树林深处，吃橡栗过日子。后来，人又脱掉兽皮，穿上布衣，耕田犁地，种植葡萄。这是不是进步？这种发现是不是弊多利少？德罗泽雷先生自己提出了这个问题。罗多夫却由磁力渐渐地谈到了亲和力,而当主席先生列举罗马执政官犁田,罗马皇帝种菜,中国皇帝立春播种的时候,年轻的罗多夫却向年轻的少妇解释:这些吸引力所以无法抗拒,是因为前生有缘。

"因此,我们,"他说,"我们为什么会相识?这是什么机会造成的?这就好像两条河,原来距离很远,却流到一处来了,我们各自的天性,使我们互相接近了。"他握住她的手;她没有缩回去。

"耕种普通奖!"主席发奖了。

"比方说,刚才我到你家里……"

"奖给坎康普瓦的比泽先生。"

"难道我晓得能陪你出来吗?"

"七十法郎!"

"多少回我想走开,但我还是跟着你,一直和你待在一起。"

"肥料奖。"

"就像我今天晚上,明天,以后,一辈子都和你待在一起一样!"

"奖给阿格伊的卡龙先生金质奖章一枚!"

"因为我和别人在一起,从来没有这样全身着了迷。"

"奖给吉夫里·圣马丁的班先生!"

"所以我呀,我会永远记得你。"

"他养了一头美利奴羊……"

"但是你会忘了我的,就像忘了一个影子。"

"奖给圣母院的贝洛先生……"

"不会吧!对不对?我在你的心上,在你的生活中,总还留下了一点东西吧?"

"良种猪奖两名:勒埃里塞先生和居朗布先生平分六十法郎!"

罗多夫捏住她的手,感到手是暖洋洋、颤巍巍的,好像一只给人捉住了的斑鸠,还想飞走;但是,不知道她是要抽出手来,还是对他的紧握作出反应,她的手指做了一个动作;他却叫了起来:

"啊!谢谢!你不拒绝我!你真好!你明白我是你的!让我看看你,让我好好看看你!"

窗外吹来一阵风,把桌毯都吹皱了,而在下面广场上,乡下女人的大帽子也掀了起来,好像迎风展翅的白蝴蝶一样。

"利用油料植物的渣子饼,"主席继续说。他赶快说下去:

"粪便肥料,——种植亚麻,——排水渠道,——长期租约,——雇佣劳动。"

罗多夫不再说话。他们互相瞅着。两个人都欲火中烧,嘴唇发干,哆哆嗦嗦;软绵绵地,不用力气,他们的手指就捏得难分难解了。

"萨塞托·拉·盖里耶的卡特琳·尼凯丝·伊利沙白·勒鲁,在同一农场劳动服务五十四年,奖给银质奖章一枚——价值二十五法郎!"

"卡特琳·勒鲁,到哪里去了?"州议员重复问了几遍。

她没有走出来领奖,只听见有人悄悄说:

"去呀!"

"不去。"

"往左边走!"

"不要害怕!"

"啊!她多么傻!"

"她到底来了没有?"杜瓦施喊道。

"来了!……就在这里!"

"那叫她到前面来呀!"

于是一个矮小的老婆子走到主席台前。她的神情畏畏缩缩,穿着皱成一团的破衣烂衫,显得更加干瘪。她脚上穿一双木底皮面大套鞋,腰间系一条蓝色大围裙。她的一张瘦脸,戴上一顶没有镶边的小风帽,看来皱纹比干了的斑皮苹果还多;从红色短上衣的袖子里伸出两只疙里疙瘩的手。谷仓里的灰尘,洗衣服的碱水和羊毛的油脂使她手上起了一层发裂的硬皮,虽然用清水洗过,看来也是脏的;手张开的时候太多,结果合也合不拢,仿佛在低声下气地说明她吃过多少苦。她脸上的表情像修道院的修女一样刻板。哀怨、感动、都软化不了她暗淡的眼光。她和牲口待在一起的时间太多,自己也变得和牲口一样哑口无言,心平气和。她这是第一次在这样一大堆人当中,看见旗呀,鼓呀,穿黑礼服的大人先生,州议员的十字勋章,她心里给吓唬住了,一动不动,也不知道该往前走,还是该往后逃,既不明白大伙儿为什么推她,也不明白评判委员为什么对她微笑。吃了半个世纪的苦,她现在就这样站在笑逐颜开的老爷们面前。

"过来,可敬的卡特琳·尼凯丝·伊利沙白·勒鲁!"州议员说,他已经从主席手里接过了得奖人的名单。他审查一遍名单，又看一遍老婆子，然后用慈父般的声音重复说：

"过来，过来！"

"你聋了吗？"杜瓦施从扶手椅里跳起来说。

他对着她的耳朵喊道：

"五十四年的劳务！一枚银质奖章！值二十五个法郎！这是给你的。"

等她得到了奖章，她就仔细看看。于是，天赐幸福的微笑出现在她脸上。她走开时，听得见她叽叽咕咕地说：

"我要送给神甫，请他给我作弥撒。"

"信教信到这种地步！"药剂师弯下身子，对公证人说。

会开完了，群众散了。既然讲稿已经念过，每个人都各归原位，一切照旧：主人照旧骂佣人，佣人照旧打牲口，得奖的牛羊在角上挂了一个绿色的桂冠，照旧漠不关心地回栏里去。

这时，国民自卫队上到镇公所二楼，刺刀上挂了一串奶油圆球蛋糕，大队的鼓手提了一篮子酒瓶。包法利夫人挽着罗多夫的胳膊，他把她送回家里。他们到门口才分手，然后他一个人在草地里散步，等时间到了就去赴宴。

宴会时间很长，非常热闹，但是招待不周。大家挤着坐在一起，连胳膊肘都很难动一下，用狭窄的木板临时搭成的条凳，几乎给宾客的体重压断。大家大吃大喝。人人拼命吃自己那一份。个个吃得满头大汗；热气腾腾，像秋天清晨河上的水蒸气，笼罩着餐桌的上空，连挂着的油灯都熏暗了。罗多夫背靠着布篷，心里在想艾玛，什么也没听见。在他后面的草地上，有些佣人在把用过的脏盘子摞起来；他的邻座讲话，他不搭理；有人给他斟满酒杯，虽然外面闹哄哄的，他的心里却是一片寂静。他做梦似地回想她说过的话，她嘴唇的模样；军帽上的帽徽好像一面魔镜，照出了她的脸；她的百褶裙沿着墙像波浪似的流下来，他想到未来的恩爱日子也会像流不尽的波浪。

晚上放烟火的时候，他又看见了她，不过她同她的丈夫，还有奥默夫妇在一起。药剂师老是焦急不安，唯恐花炮出事。他时常离开大伙儿，过去关照比内几句。

花炮送到杜瓦施先生那里时，他过分小心，把炮仗锁进了地窖；结果火药受了潮，简直点不着，主要节目"龙咬尾巴"根本上不了天。偶尔看到一支罗马蜡烛似的焰火；目瞪口呆的群众就发出一声喊，有的妇女在暗中给人胳肢了腰，也叫起来。艾玛不出声，缩成一团，悄悄地靠着夏尔的肩头；然后她仰起下巴来，望着光辉的火焰射过黑暗的天空。罗多夫只有在灯笼的光照下，才能凝目看她。

灯笼慢慢熄了。星星发出微光。天上还落下几点雨。艾玛把围巾扎在头上。

这时，州议员的马车走出了客店。车夫喝醉了酒，忽然发起迷糊来；远远看得见他半身高过车篷，坐在两盏车灯之间，车厢前后颠簸，他就左右摇摆。

"的确，"药剂师说，"应该严格禁止酗酒！我希望镇公所每星期挂一次牌，公布一周之内酗酒人的姓名。从统计学的观点看来，这也可以像年鉴一样，必要时供参考……对不起。"

他又向着消防队长跑去。

队长正要回家。他要回去看看他的车床。

"派个人去看看，"奥默对他说，"或者你亲自去，这不太碍事吧？"

"让我歇一口气，"税务员答道，"根本不会出事！"

"你们放心吧，"药剂师一回到朋友们身边就说。"比内先生向我肯定：已经采取了措施。火花不会掉下来的。水龙也装满了水，我们可以睡觉去了。"

"的确！我要睡觉，"奥默太太大打呵欠说。"不过，这有什么关系呢？我们这一天过得好痛快。"

罗多夫眼睛含情脉脉，低声重复说：

"是啊！好痛快！"

大家打过招呼，就都转身走了。

（第131—136页）

农业展览会是小说中最精彩的一章，其中重要的原因之一就是福楼拜在这里体现出的杰出的文体风格：作家几乎将所有的人物都集中到了展览会现场，使用平行插入或多声部配合的方法凸显了戏剧性的场面。在1853年10月12日的一封信中，福楼拜曾说："如果交响乐的艺术特征可以移植到文学中来，那么我小说的这一章就是例证。那将是多种音响的综合。可以听到牛儿哞哞鸣叫，情人窃窃私语，政治家慷慨陈词。阳光明媚，一阵风吹来，掀动了妇女们头上宽松的白帽……我完全靠对话交流与性格对比的手段来取得戏剧性的效果。"[1]在这里，他把报刊和政治演说的陈词滥调与一对男女的轻浮调情穿插在一起，让那些公共话语中好大喜功的"官腔"与私密对话中蕴含的撩拨此起彼伏。令人惊叹的是福楼拜的确没有对他们进行善恶判断的情感附加，但是读者仍然会感受到这两种丑恶扭结在一起，粗鄙而浅薄。

从内容和结构上看，福楼拜对这场盛会的开幕式进行了浓墨重彩的描绘：说长道短的居民、准备酒宴的帐篷、等到州长光临时鸣放的射石炮安排、待检阅的部队、高朋满座的酒店、挂满国旗的街道……就在这非凡的热闹气氛中，各种头面人物，上至省府参事，下至本地乡绅，粉墨登场。其中，药店老板奥默，上蹿下跳，出尽风头；教堂执事勒斯蒂布杜瓦，趁机向参加会议的农民出租教堂的椅子，来"捞一点好处"；省府参事在主席台上发表演说，大肆吹嘘全国农村的进步和政府对农民的关心，而罗多夫钻在二楼，甜言蜜语地勾引包法利夫人，两个人一个慷慨激昂，一个窃窃私语，构成了一副绝妙的讽刺肖像图。小说的故事背景（1837年至1846年）为法国资本主义工商业迅速发展的时期，在这一时期，资本主义的农业生产与技术也有了相应的进步。而福楼拜却对这种政府所宣扬的虚假繁荣进行了深刻的揭露，在展览会颁奖式中，刻画了一位矮小的老妇人形象。这个"干瘪苍老"的老妇形象吃了半个世纪的苦，却只获得一枚价值二十五法郎银质奖章，这对于前面州议员所宣扬的"繁荣景象"无疑是一个反讽。在此，福楼拜将资本主义社会"经济繁荣"的实质、资产阶级的虚伪浮夸和对劳动人民的欺骗表现得淋漓尽致，并真实展现了资本主义发展时期的社会现实。通篇故事发展到此处，福楼拜驱使命运开始以精确的方式毁灭可怜的艾玛：这场五光十色、喧嚣混乱的农业展览会是导致包法利夫人失足的关键时刻。罗多夫在第一次见到艾玛时就对她起了恶意，而农业展览会便为此提供了一个相互接触彼此的机会。在展览会上，罗多夫为艾玛做向导，并诱使其成为自己的情妇。可见，福楼拜精心描绘的这场农业"盛会"是多么肮脏与虚假，"会开完了，群众散了。既然讲稿已经念过，每个人都各归原位，一切照旧：主人照旧骂佣人，佣人照旧打牲口，得奖的牛羊在角上挂了一个绿色的桂冠，照旧漠不关心地回栏里去"。福楼拜通过这个场面对19世纪中叶法国资本主义的浮华虚荣和冷酷虚伪进行了有力的

---

[1] *Gustave Flaubert to Louise Golet, Oct.12, 1853, Correspondance* II, Nabu Press, 2010, p. 407.

批判与讽刺。

3. 艾玛之死

奥默根据他推理的原则，把神甫比作死尸引来的乌鸦；一见教士，他就浑身不舒服，因为黑道袍使他想到了裹尸布。他讨厌道袍，有一点是由于尸布使他害怕。

然而，面对他所谓的"天职"，他并没有退缩，而是按照拉里维耶先生临走前的嘱咐，陪同卡尼韦回到包法利家去；要不是他太太反对，他甚至要把两个儿子也带去见见世面，这好比上一堂课，看看人家的榜样，将来头脑里也可以记得这个庄严的场面。

房间在他们走进去的时候的确是庄严而阴森森的。女红桌上蒙了一条白餐巾，银盘子里放了五六个小棉花球，旁边有个大十字架，两边点着两支蜡烛。艾玛的下巴靠在胸前，两只眼睛大得像两个无底洞；两只手可怜巴巴地搭在床单上，就像人之将死其心也善，其形也恶，恨不得早点用裹尸布遮丑一样。夏尔的脸白得如同石像，眼睛红得如同炭火，没有哭泣，站在床脚边，面对着她；而神甫却一条腿跪在地上，咕噜咕噜地低声祷告。

她慢慢地转过脸来，忽然一眼看见神甫的紫襟带，居然脸上有了喜色，当然是在异常的平静中，重新体验到早已失去的、初次神秘冲动所带来的快感，还看到了即将开始的永恒幸福。

神甫站起来拿十字架；于是她如饥似渴地伸长了脖子，把嘴唇紧贴在基督的圣体上，用尽了临终的力气，吻了她有生以来最伟大的一吻。接着，他就念起"愿主慈悲"、"请主赦罪"的经来，用右手大拇指沾沾圣油，开始行涂油礼：先用圣油涂她的眼睛，免得她贪恋人世的浮华虚荣；再涂她的鼻孔，免得她流连温暖的香风和缠绵的情味；三涂她的嘴唇，免得她开口说谎，得意得叫苦，淫荡得发出靡靡之音；四涂她的双手，免得她挑软拣硬；最后涂她的脚掌，免得她幽会时跑得快，现在却走不动了。

神甫擦干净他自己的手指头，把沾了圣油的棉花球丢到火里，过来坐在临终人的身边，告诉她现在应该把自己的痛苦和基督的痛苦结合在一起，等候上天的宽恕了。

说完了临终的劝告，他把一根经过祝福的蜡烛放进她的手里，象征着她将要沐浴在上天的光辉中。艾玛太虚弱了，手指头合不拢，若不是布尼贤先生帮忙，蜡烛就要掉到地上。

但是她的脸色不像原来那样惨白，表情反而显得平静，仿佛临终圣事真能妙手回春似的。

神甫当然不会视而不见。他甚至向包法利解释：有时主为了方便拯救人的灵魂，可以延长人的寿命。夏尔记起了那一天，她也像这样快死了，领圣体后却起死回生。

"也许不该灰心绝望，"他心里想。

的确，她慢慢地向四围看了看，犹如大梦方醒，然后用清清楚楚的声音要她的镜子。她照了好久，一直照得眼泪汪汪才罢。

那时，她仰起头来，叹了一口气，又倒在枕头上了。

她的胸脯立刻急速起伏。舌头整个伸到嘴外，眼珠还在转动，灰暗的像两个油尽灯残的玻璃罩，人家会以为她已经死了，但是她还拼命喘气，喘得胸脯上下起伏，越来越快，快得吓人，仿佛灵魂出窍时急得蹦蹦跳跳似的。费莉西跪在十字架前，药剂师也弯了弯腿，卡尼韦先生却茫然看着广场。布尼贤又念起祷告词来，脸靠在床沿上，黑色的道袍长得拖地。

夏尔跪在对面，向艾玛伸出胳膊。他抓住了她的双手，紧紧握着，她的心一跳动，他就哆嗦一下，仿佛大厦坍塌的余震一样。垂死的喘息越来越厉害，神甫的祷告也就念得像连珠炮；祈祷声和夏尔遏制不住的啜泣声此起彼伏，有时呜咽淹没在祷告声中，就只听见单调低沉的拉丁字母咿咿呀呀，好像在敲丧钟似的。

忽然听见河边小路上响起了木鞋的托托声，还有木棍拄地的笃笃声；一个沙哑的声音唱了起来：

　　天气热得小姑娘
　　做梦也在想情郎。

艾玛像僵尸触了电一样坐了起来，披头散发，目瞪口呆。

　　大镰刀呀割麦穗，
　　要拾麦穗不怕累，
　　小南妹妹弯下腰，
　　要拾麦穗下田沟。

"瞎子！"她喊道。

艾玛大笑起来，笑得令人难以忍受，如疯如狂，伤心绝望，她相信永恒的黑暗就像瞎子丑恶的脸孔一样可怕。

　　那天刮风好厉害，

　　吹得短裙飘起来！

　　一阵抽搐，她倒在床褥上。大家过去一看，她已经断了气。

（第291—294页）

　　福楼拜在写到艾玛之死时，似乎是在做科学观察笔记。他依然毫不留情地逼着读者亲临一个服毒之人的濒死状态：焦渴的嘴唇，空洞的眼神，在死亡边缘的挣扎，对下地狱的恐惧……请注意神甫涂圣油时艾玛的急迫与渴望："神甫站起来拿十字架；于是她如饥似渴地伸长了脖子，把嘴唇紧贴在基督的圣体上，用尽了临终的力气，吻了她有生以来最伟大的一吻。"福楼拜在法语中创造了一种语句结构——分号加连接词表达动作的延展，在英文译本中可以表达为"; and"中文译本中常常只能保留分号。他让动作蓄积着日常且饱满的情感，每个动作都似乎是一个镜头，慢慢扫过，逐一展开。神甫为她做最后的仪式就是这样的方式，一系列持续的动作和场景，在看似客观无动于衷的描绘中，带来了生动的细节。此外值得注意的是，艾玛在经历痛苦的折磨中看到神甫，"居然脸上有了喜色，当然是在异常的平静中，重新体验到早已失去的、初次神秘冲动所带来的快感，还看到了即将开始的永恒幸福"。请大家回忆小说第三部第一章，艾玛与莱昂旧情复燃之后参观大教堂的部分，他们潦草应付地听着门房讲解大教堂里宗教的艺术表达，心不在焉，欲火难耐，终于忍不住中途要离开，但是那个门卫不解风情地劝他们至少再看看北门的彩色玻璃，"那里有《复活》，《最后的审判》，《乐园》，《大卫王》，还有在火焰地狱里《受罪的人》"（第266页）。这对男女完全不理会，慌不择路地上了一辆马车重续了旧缘。当我们把这两部分对照连接阅读的时候，我们便会发现福楼拜小说结构的严谨：在激情催化之下，艾玛那时没有耐心也没有勇气去参观、去考虑最后的审判和地狱之火，但是在她弥留之际，她是多么渴望永生，多么惧怕审判！"她有生以来最伟大的一吻"就是发生在这一时刻。福楼拜实在深刻而残酷！

　　福楼拜写作时总是"入戏太深"，难怪写完这一章他痛哭流涕地叫着："包法利夫人死了！包法利夫人死了！"人们笑道："既然是你写的人，不让她死不就是了。"福楼拜回答："可她必须死。""她必须死"——现实的逻辑丝毫没给艾玛以任何活下去的余地。艾玛死了,而瞎子的歌声却出现在她死前的最后一秒。在此,"瞎子"具有双重隐喻,一方面指瞎子的歌声,另一方面则暗指艾玛对自己生前看不清人世险恶的自称。对艾玛之死的争议历来不断,福楼拜对艾玛这一人物的塑造,既批判她的愚蠢不忠,又对她的幻想、自由、纯粹、激情给予同情。艾玛对自由的渴望,对平庸生活的不甘,蕴含的是人类对于理想人生意义的追求与探寻。而当这一切都幻化为泡影时,艾玛之死便具有深刻的哲学意义。

第十一讲
哈代《德伯家的苔丝》

一、哈代

托马斯·哈代（Thomas Hardy, 1840—1928）是19世纪末20世纪初英国杰出的现实主义小说家、诗人，其代表作《德伯家的苔丝》是世界文学中毋庸置疑的经典。

哈代出生于英格兰西南部的多塞特郡，这是一个有着田园色彩、牧歌情调的美丽地方，远离现代工业文明而保持着古老传统，恬静优美，古朴寂寥。哈代从这个地方建立起自己的生活理想，终生去追求亲身经历过的富有诗情画意的田园生活。

青年哈代是多塞特郡的建筑师，16岁终止学业，继承祖辈的建筑职业，跟建筑师当学徒，绘制乡村教堂的图形，以便维修。哈代22岁时前往伦敦，在伦敦国王学院学习建筑，曾获得英国皇家建筑学会和建筑联盟学院的奖项。哈代在学建筑时尝试写作诗歌，但总是遭遇退稿，后来又改写小说。1871年，哈代发表第一部作品。1874年，《远离尘嚣》的出版给他带来文名，从此，哈代放弃建筑师的工作，专事写作。

中年是哈代小说创作的黄金时期，他出版了十多部长篇小说，还有一些短篇故事。哈代把自己的小说分为三类:"罗曼史与幻想小说""机敏与经验小说"和"性格与环境小说"。其中影响最大的是"性格与环境小说",标志着他现实主义创作的最高成就。由于这部分小说大多以英国西南部多塞特郡及其附近地区为背景,哈代在小说中给这一地区命名为"威塞克斯",因此又称为"威塞克斯小说"。"性格与环境小说"主要有五部:《远离尘嚣》(1874)、《还乡》(1878)、《卡斯特桥市长》(1886)、《德伯家的苔丝》(1891)和《无名的裘德》(1895)。这些作品在今天看来大都是经典之作。

阅读经典作品有两个层面,一是历史地阅读,二是现实地阅读。所谓"历史地阅读"是把作品放在产生的那个时代,看它对时代脉搏的把握和对未来发展的揭示。从"历史地阅读"来看,哈代的作品反映了资本主义侵入农村之后,给古老传统、风俗习惯、道德规范带来的巨大变化,以及宗法制农村解体,个体农民走向贫困破产的痛苦历程。哈代的小说经历了从田园牧歌向田园挽歌的过渡。早期发表的《绿荫下》是这首牧歌的"序曲",描写了人与自然和睦相处,里面有充满诗情画意的乡村风景。后来的《远离尘嚣》依然描写古老的生活方式和风俗习惯,有欢闹的羊市、小作坊、大谷仓等传统乡村生活场景,记述了恬静的田园生活,但也透露出悲剧的情调。这时的哈代已开始了解到,在新的经济条件下,幸福的田园生活只是一种幻想。再后来到《还乡》《卡斯特桥市长》《德伯家的苔丝》和《无名的裘德》里面,田园生活的幻想逐渐被抛却,哈代敏锐地感受到田园乡村在工业化进程中的沧桑巨变,田园挽歌的画面逐步凸显。

经典作品除了"历史地阅读"外,还要"现实地阅读",剖析作品对于今天的我们和我们今天所处的时代有何启发。从这一层面来看,哈代的作品带给我们诸多启示,比如现在大家比较关注的生态环境问题。哈代的作品表达了农业文明向工业文明转型时期环境的变化、社会的变迁、人们价值观的转变,对于我们今天处理好工业发展与生态文明建设之间的关系,有一定借鉴意义。哈代生活的时代虽然没有严重的自然危机和生态问题,但他却在深入地思考人与自然的关系,深层次地关注着人类的命运,用作品表达他对生态变化的忧虑,给后人以警示。哈代堪称保护自然的倡导者和先驱,试图用作品唤醒人类的良知和生态意识——人类不应该为了自身的发展无所顾忌地利用和破坏自然,而是应该保护好自然,把一个优良的自然环境传递到子孙后代手中。

老年哈代致力于诗歌创作。他的小说在生前受到文学批评界的攻击,尤其是最后两部小说《德伯家的苔丝》和《无名的裘德》受到的攻击最甚。蒙受打击的哈代从《无名的裘德》出版之后就再没有写过小说，而是转向诗歌创作。对于哈代晚年转向诗歌创作的原因有许多猜测，他因最后两部小说而遭受的批评和压力不能不说是一个主要的、根本的、直接的原因。哈代在诗歌创作方面也取得了很大成就。《威塞克斯诗集及其他》《过去与现在的诗集》《列王》等都是他诗歌创作的杰作。哈代的小说自问世以来一直深受广大读者的喜爱，现在他的诗歌也越来越受到诗歌爱好者、研究者的重视，甚至给予他"现代诗歌之父"的美誉。

1928年1月11日，哈代在自己设计的寓所里去世，他的遗体由英国政府以国葬的规格，安葬在威斯敏斯特大教堂的"诗人之角"。他的心脏则被取出来，装在一个玻璃匣子里，安放在他的第一个妻子艾玛的墓穴里。

二、《德伯家的苔丝》（*Tess of the D'urbervilles*）

（一）作品生成过程及中译本

1889年8月，哈代在他的新居麦克斯门住下来，开始写作《德伯家的苔丝》。苔丝是哈代根据他熟悉的三个女性人物的经历塑造出来的。据哈代本人回忆，一个是他在爱敦荒原上曾经看到过的一位美丽少女，一位是他小时候熟悉的一个姑娘，还有一位是他在一次宴会上遇到过的一位美貌妇人。哈代将记忆中的三位美丽女性合成了苔丝的形象。

小说中苔丝的结局设计也取自哈代儿时的见闻。他幼年上学时，总要路过布朗先生开的小酒店。布朗太太为人友善，富有同情心。有一天，布朗太太以前的情人来到酒店，把布朗太太的过去告诉了布朗先生。布朗太太一气之下杀死了她过去的情人，因此被判处绞刑。哈代把这一见闻融进苔丝的故事结局中。小说中的环境描写也是以哈代家乡的现实环境为基础的。塔布篱牛奶厂的原型是哈代父亲的一个农场，对布蕾谷的描写则取自多切斯特东北部的农村风景。

《德伯家的苔丝》于1891年7月至12月在《写真》周刊上连载。同时，哈代将小说寄给了詹姆斯·奥斯古德-米尔维因恩出版公司。1891年11月，小说以三卷本的形式出版。哈代在书名下加上这样一句话："一个纯洁的女人，托马斯·哈代真实描写。"①

《德伯家的苔丝》在我国已有二十多个中译本。自1957年张谷若先生的译本出现以后，六十年来不断有新译本出现，比较著名的有吴笛、王忠祥和聂珍钊、孙法理、黄健人、宋碧云、郑大民等人的译本，其中有些译本，像张谷若先生的译本，不断再版和重印，成为翻译界的典范。从翻译形式上看，有翻译的，也有编译、译写、注释的；从存在方式来看，有纸质版的，也有电子版的。从书名翻译来看，有《德伯家的苔丝》《苔丝》《苔丝姑娘》《德伯维尔家的苔丝》等不同译法。20世纪80年代初期，在我国甚至曾掀起一股"苔丝热"。

（二）作品梗概

五月下旬的一个傍晚，一位牧师为了编写新郡志，考察附近居民的家谱，他考察后告诉苔丝的父亲约翰·德北：他是当地古老的世家——德伯维尔家族的后裔，只不过他们家的姓念白了，念成了德北菲尔德。这一突如其来的消息使这个贫穷的乡村小贩乐得手舞足蹈，他异想天开地要16岁的大女儿——正值妙龄的苔丝，到附近一个有钱的德伯维尔家去认"本家"，幻想借此摆脱经济上的困境。实际上，这个德伯维尔家与苔丝的家族毫无渊源。这家的男主人是一个靠放高利贷发起来的暴发户，发财后不敢留在原籍，千里迢迢地迁到这儿，并想改换姓氏，遂到图书馆里查找，感到"德伯维尔"这个姓氏无论看上去还是听起来都很顺心，于是便用了这个姓氏。对这一隐情，苔丝和她的父母一无所知。高利贷商人去世以后，家里只剩下瞎眼的德伯维尔太太和一个娇生惯养、轻薄成性的儿子——亚雷·德伯维尔。苔丝到这儿来认亲后，亚雷见苔丝长得漂亮，便装出一片好心，让苔丝到他家帮着养鸡。三个月后，亚雷借机玷污了她，苔丝成为一个失身女子。

失身后的苔丝对亚雷极其鄙视和厌恶，于是带着心灵的伤痛和肉体的创伤回到父母身边，发现自己有了身孕。她的受辱不仅没有得到社会的同情，反而受到耻笑和指责。婴儿生下后不久也夭折了，痛苦不堪的苔丝决心改换环境，到英国南部的一家牛奶厂做工。在牛奶厂，苔丝认识了安玑·克莱。安玑出身于富有的牧师家庭，却不肯秉承父兄的旨意，继承牧师的衣钵，甘愿放弃上大学的机会，

---

① 《德伯家的苔丝》生成过程参照聂珍钊：《托马斯·哈代小说研究：悲戚而刚毅的艺术家》，华中师范大学出版社1992年版，第201—203页。

来到牛奶厂学习养牛的本领,以求自立。在牛奶场厂,苔丝和安玑互相产生了爱慕之情。当安玑的父母提议他与一个门当户对的富家小姐结婚时,安玑断然拒绝。而苔丝的思想却十分矛盾,她既对安玑正直的为人、自立的志向和对她的关怀深有好感,又感到自己已经失身于人,不配做他的妻子。但强烈的爱最终战胜了对往事的悔恨,苔丝和安玑结了婚。新婚之夜,苔丝下定决心,要把自己失身的事原原本本地告诉安玑。但她讲完自己与亚雷的往事之后,貌似思想开通的安玑不仅没有原谅她,反而翻脸无情,只身一人远涉重洋,到巴西去了,尽管他自己也曾经和一个不相识的女人有过放荡的生活。被遗弃的苔丝心碎了,她孤独、悔恨、绝望,但为了全家人的生活,只好忍受屈辱和苦难。同时,她还抱着一线希望,盼着丈夫能回心转意,回到自己身旁。

一天,在苔丝去安玑家打听消息回来的途中,发现毁掉她贞操的亚雷居然成了牧师,满口仁义道德地在布道。亚雷还百般纠缠苔丝,企图让她再次委身于他。苔丝又气又怕,随即给丈夫写了一封长信,恳求安玑迅速归来保护自己。而安玑在巴西贫病交加,遭尽了生活的磨难,当初发财致富的愿望成了泡影。回首往事,他觉得对不起苔丝,决定返回故里,与她重归于好。但这期间,苔丝家里发生了变故:父亲突然去世,住房被房主收回,全家人无处栖身,生活也没有着落。在这困难的关头,亚雷利用对苔丝家人的帮助,诱使苔丝和他同居,而安玑的归来把苔丝从麻木浑噩的状态中唤醒。在绝望之中,苔丝失手杀死亚雷,追上安玑,他们在荒野里度过了几天逃亡的快乐生活。最后在一个静谧的黎明,苔丝被捕,接着被判处绞刑。安玑遵照苔丝的遗愿,带着忏悔的心情,和苔丝的妹妹丽莎开始了新的生活。[①]

(三)作品分析

《德伯家的苔丝》别出心裁的副标题,匠心独运的人物塑造,"路"意象、绘画性、音乐性的运用与呈现,赋予它别样的艺术魅力。

1. 副标题惹争议

哈代在写完《德伯家的苔丝》后,给它加上了副标题"一个纯洁的女人",

---

① 参见[英]托马斯·哈代:《德伯家的苔丝》,王忠祥、聂珍钊译,长江文艺出版社2000年版,内容简介。

但正是这个副标题引起当时文学批评界对哈代的大肆攻击。有评论家认为，把苔丝这样一个既失身于人又杀了人的女子称为纯洁的女人简直是荒唐，用"一个堕落的女人"来形容她更恰切；他们谴责这部小说在情节上虚伪，在道德上不健康。哈代也得到了许多评论家的支持，他们认为《德伯家的苔丝》是英国小说中划时代的伟大作品，并且宣称它在道德上是非常严肃的。

对于评论界的争论，哈代本人解释说，副标题中的"纯洁"一词是一个胸怀坦荡的人对女主人公所做的评判，这个形容词具有一种自然的属性，它有自身的美学特征，与文明礼法中衍生而出的、纯属人为的意思毫不相连。哈代认为，苔丝虽然两次失身于亚雷，但她是迫不得已的，罪责不在她。因而，哈代反对传统观念中对"失身女人"的看法，把苔丝称为"纯洁"的女性。在哈代看来，评价一位女子好坏的标准不应看她做了什么，而应看她的意向，如果她是被迫的、无辜的，那么她就是纯洁的，纯洁不应该仅指肉体上的完美，更应该指精神上的洁白。基于此，哈代坚持认为苔丝是纯洁的，不管有多少人有攻击他，他都不改变初衷。在《德伯家的苔丝》第一版的"弁言"中，哈代写下这样的话："如果为了真理而开罪于人，那么，宁可开罪于人，也强似埋没真理。"①

2. 苔丝的纯洁与反抗

苔丝是小说中最重要的主人公，她身上最闪耀的品质一是纯洁，二是反抗。她不仅有着姣好的面容，而且生而具有美好的品质和人格魅力。就算她经历了被玷污、被遗弃的苦难，她的纯洁依然丝毫不减。纵使势单力薄甚至以卵击石，苔丝也无畏地向蔑视她尊严、毁灭她人生的人和事，发出愤怒的抗议。

苔丝的纯洁表现在天生丽质、不慕门第、自我牺牲、爱情忠贞等多个方面。她是个端庄秀丽的乡下姑娘，是在大自然中成长起来的女孩儿，接受了晨曦雨露的滋养，鸟鸣花香的润泽，青草绿树的呵护，田野生活的磨砺。生活的艰辛和困苦并没有夺去苔丝应有的魅力，她生着一双灵动而天真的眼睛，两片娇艳生动的嘴唇，嘴角微微上翘，显出几分稚气。苔丝的美是一种清水出芙蓉之美，不是整容整出来的。她首次出现在读者面前时，是一个天真无邪的16岁少女。山间绿茵茵的草地上，一群身着白衣的姑娘在翩翩起舞，而苔丝头戴一条红发带，在姑

---

① ［英］哈代：《德伯家的苔丝》，张谷若译，人民文学出版社1984年版，第2页。以下凡引用该作品，只在括号中标明页码，不再逐一详注。

娘群中十分引人注目。她没有华丽的服饰，仅此一条发带就是最好的装饰。苔丝的美也是外表清丽和内心至善的合而为一，是人和自然的协调统一。小说中这样描写苔丝对大自然的热爱："在这些旷山之上和空谷之中，她那悄悄冥冥的凌虚细步，和她所活动于其中的大气，成为一片。她那袅袅亭亭、潜潜等等的娇软腰肢，也和那片景物融为一体。"（第126页）她怜悯小动物，"从来连一个苍蝇，一只小虫儿，都不忍得伤害"（第539页），表现出劳动者的恻隐之心。

苔丝不慕门第。面对自己是德伯维尔世家末代子孙的事实，苔丝没有执着于随风而逝的过往，没有把祖先的光荣作为炫耀的资本，因为她享受的是自己所拥有的质朴生活。苔丝没有像父亲那样对拥有显赫的祖宗而洋洋得意，也没有像母亲那样因从天而降的贵族身份而沾沾自喜。她不爱慕虚荣，而是以自己的出身自豪，不愿意改姓贵族祖先的姓氏。苔丝说："我本是爸爸和妈妈两个人养的"，"我的美貌还都是妈妈给我的哪，她哪，不过是个挤牛奶的女工罢了"。（第149页）苔丝那么坚持自己现在的身份，就算后来安玑·克莱为她高贵的血统而夸赞她，甚至还想以此来向自己的父母炫耀，苔丝仍然不愿意依附那早已被尘土掩埋了的姓氏，从不借这个姓氏来抬高自己的身价，更没有跻身上流社会的想法。这与虚荣的亚雷一家以及附庸风雅的上流人士构成鲜明的对照：苔丝有自己天然而不矫饰的本性，这本性里饱含着对自我本真的热爱。这是对那个时代被虚荣冲昏了头脑的人的一种无言讥讽。

苔丝富于自我牺牲精神而又善良无私，这是这一形象摄人心魄的极为重要的方面。家庭生活的贫寒，父母养家的无力，让苔丝作为家里最大的孩子，过早地承担起家庭生活的重担。第一次去德伯维尔家认亲，苔丝是极不情愿的。但是家里唯一维持生计的老马已死，弟弟妹妹嗷嗷待哺，父亲又时常酗酒，生活委实艰难。为了一家人的生活，苔丝这个从未出过远门的姑娘，带着羞怯的心情，到冒牌的德伯维尔家去攀亲。这是一次以贞操为代价为家庭做出的牺牲，因为轻薄成性的亚雷·德伯维尔一直垂涎于苔丝的美貌，在苔丝到他家做工后不久就找机会玷污了她的贞节。和安玑结婚后，苔丝主动告诉丈夫自己失去贞节的事，结果遭到丈夫的遗弃。安玑一个人远走巴西，留下伤心欲绝而又孤苦无依的苔丝。为了挣钱养活自己，也为了补贴父母的家用，她到英国中部高原地区去打零工，干连男工都不愿意干的农活儿，在凄风冷雨中挖萝卜，承受常人难以承受的艰辛劳作。也是为了家庭，苔丝第二次委身于亚雷，牺牲掉作为一个好女孩所有的一切，因为家庭的命运便是她的命运，她的命运便是家庭的命运。她的身体不是她自己的，属于她自己的唯有魂灵。苔丝第二次委身于亚雷，是以终身幸福为代价为家人做出的牺牲，因为父亲病死以后，一家人被迫露宿街头，无处安身。为了家人的活命，苔丝第二次接受亚雷的帮助，但也因此失去了和回心转意的丈夫安玑幸福生活在一起的机会。

除了富于自我牺牲精神以外，苔丝还非常善良、无私。在牛奶场，苔丝和三个同伴同时爱上了安玑，而安玑只爱苔丝一人，这一点苔丝十分清楚，但她没有因为自己一个人得到安玑的爱就在女友面前炫耀，反倒为那三个女伴感到难过。她想到自己是一个失身女子，满心打算着牺牲自己，替她的同伴帮忙，成全她们之中任何一个人与安玑的爱情。在人类感情中最个人、最具有排他性的爱情面前，苔丝所表现出的慷慨狭义、善良无私，让我们感受到这个乡村姑娘的纯情和她那颗晶莹剔透的心。那三个同样心地善良的挤奶女工，像众星拱月一般，映衬着苔丝的纯洁，因为从她们身上我们可以更好地看到苔丝的真纯和执着，她的真实、善良和坚定，她的无与伦比的质朴、聪慧和诗意。因为有这三个女伴的衬托，苔丝的形象更加真实、丰满、纯洁、高尚。

对爱情的忠贞不渝和刻骨铭心是苔丝这一形象感人至深的另一个所在。苔丝把爱情视为生命，始终不肯牺牲自己的爱情。被亚雷玷污后，按常理来说，亚雷十分富有，又非常喜欢苔丝，她不如从此委身于他，想办法让他娶她，况且苔丝的母亲也一直在撮合这件事。但苔丝不爱亚雷，始终鄙视他。虽然失身于亚雷，但苔丝不甘心做他的玩物，她宁可忍受"失身女人"的地位，也不屈服于亚雷，跟他生活在一起。苔丝爱安玑，不是因为安玑出身于上层社会，而是因为他有广博的知识，温柔体贴，能真正平等地对待下层劳动者，对他们充满了友爱；同时也因为他对苔丝的苦苦追求里那种令人真实感受到的爱。苔丝把安玑看作神明一样来崇拜："她五体投地地崇拜他，认为他只有优点，没有缺点，觉得凡是导师、哲人和朋友所应有的学问知识，他没有一样不完备的。她看他的全身，到处都是十全的男性美。他的灵魂就是圣徒的灵魂，他的智慧就是先知的智慧。"（第276页）哈代在小说中为这份单纯无私的爱配上了秀丽的风景，人物的性格和情感完全融化到美丽的大自然里面。在十月里许多美好的下午，"水堰潺潺的声音，老不离他们的耳边，渠水哗哗的声音，也和他们喁喁的情话相互应答"，而夕阳"散出一层像花粉似的光辉"。（第277页）美丽的风景与美好的爱情相互映衬。

然而，苔丝爱得那么卑微，因自己的不幸失身而惭愧、懊悔，结果就使她在与安玑的爱情中有了那么多的犹豫。苔丝觉得自己若是接受了安玑的爱，便是对他爱情的亵渎和玷污，而且玷污的不仅仅是安玑的名誉，还有他的精神和灵魂。因而，面对安玑真诚而执着的追求，苔丝的内心几多徘徊，几多辗转，这都源于她那纯洁的性情。她最终遵从了自己原本的心意和忠诚于爱情的崇高品德，在新婚之夜向安玑坦诚了自己的过往，并在告白之前还宽宏大量地饶恕了丈夫荒唐的过失。她的心地是那么善良，可是，安玑并没有原谅她，坦白前的欢乐变成了坦白后的无言。苔丝只能默默忍受安玑对她的不公对待，甚至还那么顺从地听从安玑的命令：少给他写信，不去找他。这都是因为苔丝太爱安玑了，爱得如此赤诚，安玑的智慧和非凡让她相信他的所作所为都是正确的。为了安玑，柔弱的苔丝默默忍受了多少艰辛，挨过了多少孤苦的日子，饱尝了多少生活的艰辛！她始终相信丈夫会回心转意，回来与她重聚。苔丝爱安玑的心是那么的坚定，为爱情已经到了至死不渝的地步，正如苔丝的同伴伊茨对安玑所说的："她为你能把命都豁出去。"（第378页）甚至苔丝在艰苦的高原上干活时，在怒号的北风和凄冷的苦雨中想到的都不是自己，而是担心安玑会遭遇不幸。尽管苔丝也在给安玑的信中抗议自己受到的不公平对待，但也是因为她爱得深沉，况且安玑也太过绝情，把苔丝遗弃，将她置于各种威胁之中，使她的心被现实挤压得过于绝望。苔丝最后虽然出于无奈再次回到亚雷身边，但看到丈夫归来，她还是毅然同亚雷决裂，因为她内心的爱情没有改变，她唯一的希望便是安玑，她在人间唯一的依靠也只有安玑。

作者哈代给了苔丝最后的安慰，让她和安玑安静地度过了美好的五天，那是属于真正夫妻的甜蜜的五天，苔丝在这五天里享受到了早该享受到的爱情。苔丝的死也被染上了圣洁的色彩，被赋予夺目的光辉和神性的韵味："东方天边上一道银灰的白光，使得大平原离得远的那些部分，都显得昏沉黑暗，好像就在眼前；而广大景物的全体，却露出一种嗫嚅不言、趑趄不前的神情，这是曙光就要来临的光景。"（第546页）当天空显现出生机的时候，苔丝却要走向死亡了，而她在走向死亡时是那么平静和安详。其实，她不是去赴死，而是要回到真正的天堂。苔丝的纯洁不属于人间，因为维多利亚时代的人间对她的伤害太大了，她是个纯洁的天使，要返回天堂了。

小说给苔丝设置的被玷污、被抛弃的悲剧命运，似乎是对纯洁的根本摧毁。其实，从苔丝那自始至终都没有改变的性格、本质和品格里，我们看到了她的执着和坚毅，看到了她心灵的刚强，看到了她灵魂的纯洁和她人格的崇高，社会对她的无情摧毁反倒让我们看到了纯洁的崇高和威力。这满是苦痛的命运里,这缠绕苔丝一生的悲剧里,写满了苔丝的纯洁。我们为她那孤苦和满是伤痛的心灵感到悲痛,我们的情感在她那悲苦的命运里得到真正的宣泄,我们的心灵为她所遭受的无情的伤害而震颤,我们更因为她的心灵和灵魂的高尚而得到情感境界的升华。

反抗也增加了苔丝的魅力,因为苔丝觉得自己是独立和自由的,她有自尊,她要捍卫自己。将苔丝这样一个柔弱的女子放在当时的社会环境中,就会发现她内心的强大。她反抗亚雷的纠缠,抗议安玑的薄情,蔑视宗教的虚伪,迎接生活的挑战。

哈代所处的维多利亚时代是个拘谨保守的时代,是男权占据高位的时代,女子的"失身"被看作耻辱和罪孽,而男性的不贞却无可厚非。苔丝无辜地被亚雷玷污,但她没有选择当时许多女子都会选择的那条路——成为别人的情妇,而是选择离开,毅然决然地离开。不论亚雷多么有钱,苔丝宁愿冒着遭受流言蜚语的危险,也不愿做亚雷的玩物。当亚雷看到苔丝离开,跳上马追上她,并花言巧语地想让她跟他回去时,苔丝毫不犹豫地说:"我已经说过,我不再要你的东西了。我还是说不要就不要。我不能要!我要是继续要你的东西,那我不就成了你的哈巴儿狗了吗?我决不干!"(第114页)这番话里既有苔丝对自己的厌恶,也有对亚雷的痛恨,苔丝的性格里有着凛然的坚定。几年以后,被丈夫遗弃的苔丝又与亚雷进行了博弈。面对亚雷皈依宗教的虚伪和可耻的哀求,苔丝愤怒地讽刺他:"像你这种人,还有和你一样的人,本来都是拿我这样的人开心作乐,只顾自己乐个够,至于我怎么受罪,你就管不着啦;你作完了乐,开够了心,就又说你悟了道了,预备死后再到天堂去享乐;天下的便宜都叫你占了去了。真不害羞!我不信你,我见了你就有气!"(第430页)在与亚雷博弈的过程中,苔丝是输了,但苔丝赢得了结果,因为她最终逃离了亚雷的魔掌,她自始至终从内心深处反抗、痛恨亚雷,痛恨肮脏和卑鄙。

苔丝对安玑的爱胜过一切,甚至像奴隶一样甘愿一生做他忠实的奴仆。但当安玑无视她的个人尊严时,苔丝对他提出严正的抗议。当安玑嘲弄苔丝"是个不懂事儿的乡下女人"时,她愤然反击:"由地位看,我自然是一个乡下人,但是由根本上看,我并不是乡下人哪!"(第328页)当苔丝在孤苦无依中等待心爱的安玑归来,而他又没有只言片语给她时,苔丝在给他的信中提出强烈的抗议:"唉,安玑呀,你待我怎么这么狠心呢!我不应该受到这样的待遇。我已经把这件事前前后后地仔细琢磨过了，我永远——永远也不能饶恕你！你分明知道我无心害你，但是你为什么老这样害我呢？你太狠心了，真太狠心了！我只有慢慢地把你忘了好啦。我在你手里一点儿公道也没得到！"（第510页）

苔丝蔑视宗教的虚伪。虽然在她生活的时代，人们大多信仰宗教的力量，但面对现实的残酷戕害，而上帝又保持沉默时，苔丝反抗那个虚无的上帝给人类规定的戒律。在被亚雷玷污后，她选择逃离亚雷，回到自己的家乡。在路边，她看到用红色字样写的宗教训诫"不要犯（奸淫）"时脱口而出："呸，我不信上帝说过这种话。"（第119页）在自己的孩子还没有接受洗礼就要离开人世而有可能下地狱时，苔丝再一次选择了反抗，因为狠心的人们遗弃了她这个被迫失去贞节的女子和她无辜的孩子，父亲害怕玷污他那所谓的德伯维尔家族的名声，拒绝让牧师到家里来给孩子洗礼。想到孩子会因为私生和没有洗礼的双重厄运，被打入地狱的最底层，苔丝内心十分不安，她毅然自己扮作牧师，为婴儿举行了洗礼仪式。这一举动是对宗教最强烈的蔑视。面对宗教的无情，苔丝发出了绝望和痛苦的呼喊："那么我不喜欢你了"，"我永远再也不上你的教堂里去了"。（第148页）在蔑视宗教的同时，苔丝也蔑视了英国当时的法律。她骨子里透露出的正气和抵抗，让她愤然反抗并杀死亚雷，也让她敢于冲破世俗的樊篱，要安玑在自己死后娶她的妹妹为妻。苔丝倔强的反抗是对束缚人性的宗教的嘲弄。

苔丝天性中具有的反抗精神也让她勇敢地去迎接生活的挑战。面对自己"失贞"的事实和人们对"失身女人"的非议，她曾痛苦地哭泣，但她没有逃避，更没有选择羞惭地死去。苔丝没向糟蹋她的邪恶势力妥协，而是勇敢地接受了安玑的爱，并全心全意去爱他。苔丝冲破的是当时的人们死死纠缠的传统观念罗网，她用自己的行动证明了她不屈不挠的反抗。她的纯洁里面蕴含着刚毅的反抗，这种刚毅的反抗赋予苔丝以闪耀的魅力和震撼力。

3. "路"意象、绘画性、音乐性的运用与呈现

《德伯家的苔丝》在叙事艺术上可圈可点，首先是"路"意象的运用。《德伯家的苔丝》中有很多关于路的描写，"大路""小路""小径""平坦的路""山脊上的路"，比比皆是。孤立地看这些路的描写似乎没有多大意义，但从整体上看则构成了人物运动的轨迹和情节发展的媒介，象征着人生道路的坎坷曲折，具有深刻的哲理意义。

《德伯家的苔丝》开篇即在路上。苔丝的父亲，一个乡村小贩，走在通往

马勒村的路上。"五月后半月里,有一天傍晚的时候,一个中年男子,正从沙氏屯,朝着布蕾谷里的马勒村,徒步归去……他那两条腿,一走起来,老摇晃不稳,他行路的姿势里,又总有一种倾斜的趋向,使他不能一直往前,而或多或少地往左边歪。"(第13页)苔丝的父亲在这儿碰到为编写新郡志而考察各个家谱的牧师,得知自己是曾经一度显赫高贵的德伯维尔家族的直系后裔,由此拉开故事的序幕。尔后是当地的五朔节庆祝活动,小说的主人公苔丝出场。一群身着白色衣裙、手拿柳枝条和白色花朵的姑娘,在路上行进起舞,而苔丝是其中最醒目的那个。

《德伯家的苔丝》的情节发展也大多是在路上,苔丝所有的经历都发生在路上。苔丝走在认亲的路上,她"在纯瑞脊十字架下了大篷车,步行着上了一座小山,朝着那块叫围场的地方走去;因为别人告诉她说,就在围场边儿上,能找到德伯太太的宅地坡居"(第58页)。苔丝人生的遭际就从这里开始。苔丝在路边的树林里被亚雷玷污。哈代悲愤地写道:"哪儿是保护苔丝的天使呢?哪儿是她一心信仰、护庇世人的上帝呢?""这样美丽的一副细肌腻理组织而成的软縠明罗,顶到那时,还像游丝一样,轻拂立即袅袅;还像白雪一般,洁质只呈皑皑。为什么偏要在那上面,描绘上这样一种粗俗鄙野的花样,像它命中注定要受的那样呢?为什么往往是在这种情况下,粗野鄙俗的偏把精妙细致的据为己有呢?"(第109页)"我们那位女主角从此以后的身份,和她刚迈出她父母家的门槛、到纯瑞脊的养鸡场去碰运气那时候的身份,中间有一条深不可测的社会鸿沟,把它们隔断。"(第110页)苔丝的命运从此以后就向着悲剧的方向转变。苔丝在去牛奶厂的路上寻求命运的转机。"五月里一个茴香发香味、众鸟孵小雏的早晨,离苔丝·德北从纯瑞脊回来以后,约莫有两年或三年之间的工夫——这是苔丝潜修静养的时期——她第二次离开了家。"(第148页)苔丝在路上谈恋爱。在和安玑一起去车站送牛奶的路上,苔丝答应嫁给安玑:"于是他们两个……穿过一片昏沉的夜色,坐着车走去,马也没人管,只自己随便前进,雨也没人管,只自己任意打来。她已经答应了他了。"(第273页)苔丝和安玑乘马车去一个曾经见证繁华、但如今败落为农舍的地方结婚,这幢农舍昔日是德伯维尔家族豪华的府邸。苔丝在路上被丈夫抛弃。苔丝讲述完自己不幸的过去之后,安玑一时无法接受,打开门走了出去,而苔丝也很快赶过来,但推心置腹的谈话无法拉回丈夫那颗被世俗成见蒙蔽的心。也是在去安玑家打听消息的路上,苔丝碰到了摇身一变、成为传道者的亚雷,而他开始了对苔丝的第二次纠缠,让苔丝的命运滑向更深的泥潭。在逃亡的路上，苔丝和安玑度过了五天虽然风餐露宿，但真正甜蜜的婚姻生活。他们一路风尘，一路甜蜜。最后在一个静谧的黎明，苔丝被捕，并被判处绞刑。小说的最后，安玑和苔丝的妹妹丽莎在路边望着标志着对苔丝施行绞刑的黑色旗帜。"那两位无言注视的人，好像祈祷似的，把身子低俯到地上，一动不动地停了许久；同时黑旗仍旧默默地招展。他们刚一有了力气，就站了起来，又手拉着手往前走去。"（第550页）小说首尾呼应，以在"路"上揭开小说的序幕，又以"路"结束小说，完成主人公曲折的"命运之路"。"路"象征着人生道路的坎坷曲折，记录了主人公一生的种种遭遇和对人生的不断探索，具有深刻的哲理内涵。

哈代的建筑师经历和对音乐的热爱也在《德伯家的苔丝》中得到表现，这就是小说环境描写的绘画性和情绪渲染的音乐性。

哈代以绘画的手法描写了主人公不断变化的活动空间，色调由春夏的暖色向秋冬的冷色过渡，隐喻着苔丝由欢快、纯真到被侮辱、被戕害的悲剧命运。春天的马勒村风和日丽，姑娘们沉浸在五朔节的舞会庆祝活动中，她们在春天盎然的绿意中和温暖的阳光下翩翩起舞。此时的苔丝洁白无瑕，充满青春的活力。夏天的牛奶厂光影变换，绿色的草地上移动着白色、黄色、红色的牛群，苔丝与安玑相爱了，他们在原野上散步，脸上洋溢着快乐，心中充满对幸福的渴求。秋天的纯瑞脊，空气中弥漫着浓重的夜雾，好似一张无法挣脱的网。在凋落的秋叶和雾气的迷蒙中，猝然跃出一个粗野的画面——苔丝遭到亚雷的玷污，女主人公的命运开始逆转，向着悲剧的深渊沉陷，一发而不可收。冬天的棱窟槐一派肃杀，灰白的天空，凛冽的寒风，映衬着苔丝在黄褐色高原上挖萝卜的孤身远影，彰显着苔丝孤苦伶仃、四处漂泊的境况和冷酷严峻的环境带给她的重压，而最后城里塔楼上飘荡的黑旗则宣告了苔丝生命的完结。

哈代也善于以音乐的手段来表现人物情绪的变化，这和他对音乐的爱好有密切关系。青年时期的哈代经常在下班之后跟父亲一起为乡村的庆祝活动或舞会演奏舞曲，直到夜深人静，尽兴而归，这赋予他的作品一种音乐感。如果我们把前面谈到的绘画性和音乐性对应、联系起来的话，就会看到一种音画同步的关系："暖色调的画面配的是轻快的音乐，冷色调的画面配的是沉重的音乐；画面越鲜亮，节奏越轻快，画面越晦暗，音调越低沉。"[①]苔丝在牛奶厂的生活是小说中

[①] 张世君：《哈代"性格与环境小说"的悲剧系统》，《外国文学研究》1982年第4期，第30页。

达到最高饱和点的暖色调画面,哈代给它配上了最轻快的音乐:"和谐的琴声,像清风一般,沁入她的心脾……飘扬的花粉,好像就是曲调变成、目所能睹的东西……那气味难闻的丛芜开的花儿,却都放出光彩……颜色的波浪和声音的波浪,也融合在一起。"(第178页)而在苔丝做工的冬季农场,有的只是呼号的狂风,凄冷的大雨,最后伴她走向生命终点的是城里的钟声。小说的开头是欢乐的铜管乐声,结尾是执行死刑的钟声。这种首尾呼应的音乐形成了人物命运一喜一悲的对照,由欢乐转向悲哀,由轻快转向沉重。音乐性与小说的内容相表里,有力地渲染了作品的氛围。

(四)精彩片段欣赏

● 译文选自

[英]哈代:《德伯家的苔丝》,张谷若译,人民文学出版社1984年版。

1. 当坦白遭遇成见

苔丝的叙述完结了;连反复的申明和详细的解释,也都作完了。她的声调,自始至终,都差不多跟她刚一开口那时候一样的高低;她没说为自己开脱罪名的话,也没掉眼泪。

但是身外各种东西,在听她表明身世的过程中,连在外貌上,都好像经历了一番变化。壁炉里的残火,张牙怒目,鬼头鬼脑,仿佛表示对于苔丝的窘迫,丝毫都不关心。炉栏懒洋洋地把嘴咧着,也仿佛表示满不在乎。盛水的瓶子放出亮光来,好像只是在那儿一心一意研究颜色问题。所有身外一切东西,全都令人可怕地反复申明,自脱干系。然而无论哪样东西,实际上却和克莱吻苔丝那时候,并没有任何改变;或者不如说,无论哪样东西,本质上都没有任何改变;但是神情上却前后大不相同了。

她把故事说完了以后,他们从前耳边絮语的余韵,就好像一齐挤到他们脑子里面的角落上,在那儿反复重念,仿佛提示,他们从前的行动,全是盲目而愚昧的。

克莱作了一种不合时宜的举动:他拨弄起炉子里面的火来。他对于这段新闻,还没完全领会到它的意义呢。他拨完了火,站了起来;那时候,她这一番话的力量才完全发作;他脸上憔悴苍老了。他努力要把心思集中,就在地上一阵一阵地乱踩。他用尽了方法，都不能把杂念驱逐，所以才作出这种茫无目的的举动。他开口的时候，他的声音是她所听见过他那富于变化的种种音调里最平常、最不切当的那一种。

"苔丝！"

"啊，最亲爱的。"

"难道我得当真相信你这些话吗？看你的态度，我得相信你这些话是真的。唉！你不像是疯了的样子！你说的话应该是一派疯话才对呀！但是实在你却又并没疯……我的太太，我的苔丝——你没有什么可以证明你疯了吗？"

"我并没丧失神智，"她说。

"可是——"他恍恍惚惚地看着她，又头晕眼花地说，"你为什么不早告诉我哪？哦，不错，我想起来啦，你本来想要告诉我来着——可是我那时候没让你说！"

克莱说这些话和别的话，只是外面上虚应故事罢了，他心里还是照旧像瘫痪了的一般。他转身走去，俯在一把椅子背儿上。苔丝跟着他走到屋子中间他所在的地方，站在那儿，拿两只没有眼泪的眼睛瞅着他。跟着她就在他脚旁跪下，跪下以后，又趴在地上，缩成一团。

"你看着咱们俩爱的份儿上，饶恕了我吧！"她口干唇焦地低声说。

"我已经饶恕了你了！"

他没回答，她又说：

"你也像我饶恕你那样，饶恕了我吧！我饶恕你了，安玑。"

"你吗，不错，你饶恕了我了。"

"但是你可不能饶恕我，是不是？"

"唉，苔丝，这不是什么饶恕不饶恕的问题！你从前是一个人，现在又是另一个人了。哎呀，老天爷——饶恕两个字，怎么能应用到这样一桩离奇古怪、障目隐形的魔法幻术上哪！"

他说到这儿，就住了口，把这几个字眼儿琢磨；于是忽然又狞笑起来，笑得迥异自然，阴森可怕，赛过地狱里的笑声。

"别价，别价！这要我的命！"她尖声喊着说。"唉，你慈悲慈悲吧，慈悲慈悲吧！"

他没回答；她满脸煞白，跳了起来。

"安玑,安玑!你这一笑是什么意思?"她喊着问。"你知道我听了你这一笑,心里是什么滋味儿?"

他摇了摇头。

"我自始至终,老成天价提心吊胆、战战兢兢,一时一刻都怕你不痛快、不遂心。我老心里想,我要是能让你遂心,能让你如意,那我该多高兴;我要是不能让你遂心如意,那我该多么不配作你的太太!我白天晚上,没有一时一刻不是那么想的,安玑。"

"这个我知道。"

"我还只当是,安玑,你真爱我——你爱的是我自己,是我本人哪!要是你真爱我,你爱的真是这个我,那你现在怎么能作出这种样子来,怎么能说出这种话来哪?这真叫我大吃一惊!我只要已经爱上了你,那我就要爱你爱到底儿——不管你变了什么样子,不管你栽了多少跟斗,我都要一样地爱你,因为你还是你呀!我不问别的。那么,唉,我的亲丈夫哇,你怎么居然就能不爱我了哪?"

"我再说一遍,我原来爱的那个女人并不是你!"

"那么是谁?"

"是另一个模样儿跟你一样的女人。"

她听了这些话,就觉得她从前害怕的事,现在果然实现了。他把她看成一个骗子了!看成一个外面纯洁,心里淫荡的女人了。她见到这一点,灰白的脸上是一片恐怖,两颊的肌肉都松松地下垂,一张嘴差不多都看着好像只是一个小圆孔的样子。真没想到,他居然会这样看待她,她吓得魂飞魄散,身软肢弱,站都站不稳了;他以为她要摔倒,就走上前去。

(第321—324页)

苔丝在新婚之夜向安玑坦白的一幕无疑是小说最为精彩的篇章,这是苔丝和安玑两人命运的重要转折点。正直、自立的安玑爱上了苔丝,对她关怀备至,而苔丝也从心底爱上了安玑,两情相悦,并终成眷属。按理来说应该是"从此以后王子和公主过上了幸福的生活",但由于苔丝此前失身于亚雷导致她陶醉在爱河之中时内心充满了忐忑和矛盾,她觉得自己配不上安玑,因而在他向她求婚时屡屡推诿。但最后她的退缩在安玑的温情坚持下失败了,而她所有想坦白的企图都被轻轻地阻止。最后,在结婚前的那个礼拜,她下决心写了一封长达四页的自白信，慌慌张张地塞到安玑的门下，不曾想这封信像捉弄人似的被塞到了地毯下面。直到举行婚礼的清晨，苔丝突然产生一种直觉，发现了信的所在，但为时已晚。新婚之夜，她出于忠诚与挚爱，向安玑倾诉了往事，尽管她的母亲一再劝诫她千万不能主动把此事告诉安玑。苔丝希望丈夫能抚平她心头的创伤，带她向灵的境界飞升，可貌似开明的安玑却无法摆脱社会礼法和习俗的偏见，对苔丝的不幸遭遇不仅不表同情，反而将她遗弃，尽管安玑自己也有过和女性鬼混的经历，而苔丝不假思索地原谅了他。一方面是成年男子放荡的行为，一方面是无知少女天真的受骗，然而这个男子却不能原谅这个女子！父辈严苛的礼法，社会对男女的双重标准，此刻把安玑牢牢地攫住了，那个思想解放、冲破世俗的安玑·克莱不复存在了。他觉得自己屈尊俯就，娶一个农家姑娘为妻，这个姑娘就应该白璧无瑕，纯洁如玉，不能有丝毫的裂隙。讲述了自己不幸遭遇的苔丝在安玑眼里不再是思想纯洁、天真无邪的农家少女了，而是堕落家族的余孽。究其根本，安玑对苔丝的情感不像苔丝对他那样真纯无私，他看中苔丝，是因为苔丝不仅美貌，而且能干，适合做一个农场主的妻子。因此，虽然安玑有对美好生活理想的追求，这种理想曾引领苔丝走出人生的阴影，去追求幸福的生活，但他囿于世俗的成见又将苔丝推向生活的泥淖，任其挣扎、沉沦，最终毁灭。而在这一部分里没有出现的亚雷，是一个不在场的在场，是他的轻薄和引诱埋下了苔丝人生道路上的炸弹，这枚炸弹不仅粉碎了苔丝的幸福，也让安玑的人生笼罩上浓重的阴霾。同时，他又像一块试金石，试炼出观念的改变是如何的任重而道远。

经典作品是一个布满了未定点和空白的图式化纲要结构，需要读者在阅读中对未定点进行确定，对空白加以填充，这种确定、填充或具体化，需要读者的想象力来完成。作为一部常读常新的经典之作，《德伯家的苔丝》等待更多的读者用更丰富的想象力，解读出更新颖的内涵。

第十二讲
泰戈尔《齐德拉》

一、泰戈尔[①]

罗宾德罗纳特·泰戈尔（Rabindranath Tagore，1861—1941）是举世公认的文学家、艺术家和社会活动家，他在各个领域都取得了卓越的成就，做出了令人瞩目的贡献。泰戈尔是亚洲第一位获得诺贝尔文学奖的作家，其文学家的身份历来最受重视。泰戈尔的文学家身份主要是因为其诗歌得到公认的，他是一位天才诗人，被印度人和孟加拉人誉为"诗祖"和"诗圣"。他8岁开始练习写诗，从发表处女座《野花》到1941年逝世前一星期口授最后一首诗《你创造的道路》，诗歌创作生涯长达72年之久。泰戈尔的诗歌类型十分丰富，有抒情诗、叙事诗、政治诗、吟物诗等，他还创作大量的歌词。他所创作的诗歌类型和题材之丰富，在世界上可谓少有。泰戈尔是伟大的爱国主义者，他生活于英国殖民统治时代，成长于英国殖民统治时代，因此，炽热的爱国主义情怀、对祖国独立自由的憧憬等是他诗歌创作的主旋律。《故事诗集》是他在这方面的代表作。泰戈尔所处的时代也是印度由传统社会向现代社会转化的时代，因此，反对旧时代各种陋习也

[①] 这一部分主要参考以下著作：唐仁虎等：《泰戈尔文学作品研究》，昆仑出版社2007年版；何乃英：《泰戈尔和他的作品》，华中科技大学出版2018年版。

成了他诗歌创作的重要主题之一。《金色船集》《齐德拉星集》《收获集》等是他在农村期间创作的诗歌作品。泰戈尔采用现实主义的方法创作这些作品，展示了孟加拉水乡的真实风情，也暴露了当时底层社会的诸多问题。泰戈尔的爱情诗歌与他批判社会陋习的创作主题关系密切。实际上，爱情是文学创作永恒的主题，爱情诗歌在泰戈尔诗歌中占有相当大的分量，甚至贯穿他一生的创作。《帕努辛赫诗抄》《普通的姑娘》《恋爱的心怀》等都是名篇佳作。

  泰戈尔的小说创作主要包括短篇小说与长篇小说。短篇小说的创作也贯穿了泰戈尔的创作生涯。从1887年7月发表第一个短篇到1941年去世之前不久写成的《穆斯林的故事》，泰戈尔一共写有100余篇短篇小说。与诗歌相比，泰戈尔的这类作品更加接近现实，更具有社会意义，这些作品是他在19世纪最后十几年到20世纪初在孟加拉乡下管理祖产时写成的。他以敏锐的观察力，把握时代现实的本质，创作出许多反映民族觉醒、反对殖民主义的短篇小说，比如《太阳和乌云》《陌生女人》《平凡的故事》等。反对封建主义是泰戈尔短篇小说的另一个创作主题，比如《原来如此》《判决》《无法避免的灾难》《河边的台阶》《素芭》等。长篇小说创作方面泰戈尔也取得了丰硕的成果，他一生共创作了13部中长篇小说（含一部未完稿），第一部是1878年创作的长篇小说《科鲁娜》（未完），最后一部是1934年发表的中篇小说《四章》。《沉船》是泰戈尔最受欢迎的长篇小说，故事情节曲折，笔调轻松，既歌颂了男主人公的无私，又表现了他的软弱和动摇；既描写了主人公纯真的爱情，也叙述了他们的不幸；既很好地表现了男女主人公的感情纠葛，也写出了人物感情的复杂性。《戈拉》是泰戈尔长篇小说的代表作，被认为是史诗小说。作品描写了印度孟加拉知识分子中激进的民族主义者、正统印度教徒和改革派印度教徒之间的斗争，揭露了印度教中存在的问题，尤其是隐藏在它背后的社会病态，描绘了19世纪七八十年代孟加拉地区的社会生活。总体来说，爱国主义、人道主义贯穿了泰戈尔中长篇小说创作的始终，小说较全面地反映了知识分子和妇女群体，真实地勾画了他们的情操、心态和理想。

  泰戈尔的戏剧创作不可忽视，他的剧本也具有多样化的特色：从形式上可以分为话剧、诗剧、歌剧、舞剧、象征剧、独幕剧和多幕剧等；从题材上可以分为神话传说、历史故事和现实生活等；从影响上看，有的偏重继承古代梵语戏剧和孟加拉民间戏剧的传统，有的则偏重接受西方近代话剧的影响；从思想内容来看，他的剧本大部分具有社会、政治、哲理的性质，反映出先进与落后、压迫与被压迫的矛盾，表现了作者对生活和社会的见解。这些剧作在印度各地巡演，在群众中影响很大，产生的意义不可低估。《蚁垤的天才》是泰戈尔早期的作品，取材于印度大史诗《罗摩衍那》，是一个神话传说剧，解释了人性中善的一面，即善良的人性战胜了恶。《大自然的报复》也是泰戈尔早期的剧本，泰戈尔非常重视这个剧本，认为这是他全部创作的一个序曲。《邮局》发表于1912年，在西方很受欢迎。剧本充满诗情画意和浪漫主义色彩，表达了"人性向往自由。向往阳光和自由自在的空气。人性是不能被封闭的"的道理。《独身者协会》是泰戈尔最长的一个剧本，相当于一部长篇小说。剧本内容取材自现实生活，带有滑稽和讽刺的特点，嘲笑和揶揄了"独身者协会"的一些成员，展示了现实生活的一个方面。

除了诗歌、小说和戏剧之外，泰戈尔还写了大量散文。这里的散文指的是广义上的，其中既有属于文学性的散文，也有不属于文学而属于人文社科方面的文章和专论。属于文学性散文范畴的有游记、书信、通讯、杂感、随想、日记、回忆录等；属于非文学性散文范畴的有作者对宗教、哲学、教育、文学、文化、历史、伦理道德、政治经济、社会问题等直接发表看法的文章，参加社会活动发表的文章、讲话等；另外还有一些如写风俗习惯、人生修养、经历感受等相关的文字。

泰戈尔不仅是杰出的文学家，同时也是杰出的艺术家。他在音乐、绘画、影视和园林建筑等领域都显示了自己独特的才华。

他创作的歌曲《印度的主宰》和《金色的孟加拉》分别被印度和孟加拉国定为国歌，这在世界上是极其罕见的。他的歌曲不仅数量多，而且质量高，其特点是语言精练，旋律优美，大胆创新，自成一派。据说在印度，凡是有人说孟加拉语的地方，都可以听到他的歌曲。泰戈尔的歌曲所表现的内容极为广泛，有的描绘丰富多彩的大自然，有的反映千变万化的现实生活，有的赞颂神秘莫测的神灵世界，有的歌咏至亲至爱的印度和孟加拉。泰戈尔从小受到印度古典音乐的深刻影响，在他家里每星期举办的祷告会都以歌唱《吠陀》和《奥义书》的赞美诗为中心。他在孟加拉管理田产时，对孟加拉民间音乐产生浓厚的兴趣。在早年访问英国时，曾经阅读过莫尔的《爱尔兰歌曲集》一书，并且聆听过伦敦的音乐会，因此，在进行音乐创作时，他将印度的古典曲调、孟加拉的民间小调以及英国的音乐巧妙地融合在一起，既充分表达了古典曲调的典雅性，又生动表现出民间小调的简朴性，还融入若干外国音乐的元素，创造出独具特色的音乐风格。

在绘画方面，泰戈尔从小就曾经练习过绘画，长大以后也偶尔为自己的诗配画，可是没有长期坚持下来。但是泰戈尔对绘画一直怀有浓厚的兴趣，也写过美术评论文章，并且与画家讨论过美术理论。年逾六旬的泰戈尔重新拾起画笔，成果丰富，曾经在欧洲和美洲各大城市，比如伦敦、巴黎、伯明翰、柏林、慕尼黑、哥本哈根、莫斯科、纽约等地，举办过个人画展。泰戈尔说："我的绘画就是线条的韵律，最诗化的线条。我的画如果有一天被人们认可的话，那也肯定是因为画中的节奏（韵律）被人们认可，而不是因为它阐明了某种思想或某种事实而被认可。"[①]董友忱先生认为，泰戈尔的绘画大致可以分为三类：第一类是描绘自然界各种景观的风景画，这类作品是他热爱大自然的形象体现；第二类是描绘各式各样人物的人物画，其中以女性肖像居多；第三类是具有象征意义的抽象画，其中有各种各样怪异的飞禽和想象的走兽等，泰戈尔的绘画难以简单地归入某个流派。

除此之外，泰戈尔还是一位哲学家、爱国主义者和世界公民。

二、《齐德拉》（*Chitra*）

（一）作品生成过程及中译本

印度丰富悠久、活力强大的民间文学为泰戈尔提供了丰富的创作素材。泰戈尔有诸多文学创作均取材于印度大史诗《摩诃婆罗多》，《齐德拉》也不例外。不过在《摩诃婆罗多》当中，涉及阿周那与齐德拉的情节并不复杂，更没有过多着墨于二人曲折的情感之路。在1913年英文本《齐德拉》的序言中，泰戈尔也清晰地介绍了大史诗中的故事情节。

史诗中的基本故事是：般度五兄弟在流浪的过程中共同娶了木柱王之女黑公主。以五年为一个周期，五个兄弟轮流与黑公主生活一年。在一个人与黑公主生活的一年中，其他四人不能够去黑公主的卧室，否则就要受到应有的惩罚。然而当时为了击退一伙危害般度兄弟的强盗恶人，阿周那迫不得已，进入黑公主的卧室去拿自己的神弓，由此违反了规约。事后阿周那主动接受惩罚，自愿到森林中

---

① 董友忱主编：《诗人之画——泰戈尔画作欣赏》，中西书局2011年版，第15页。

流放苦修十二年。

来到曼尼普尔国之前,阿周那先遇到了龙女,而且背弃了不近女色的誓言与龙女结婚,二人还育有一个女儿。然后他流浪到曼尼普尔王国,遇到了国王齐德拉瓦哈那以及公主齐德拉。阿周那当时惊艳于齐德拉的美貌,请求国王将女儿嫁给他。

国王问清阿周那的情况后,对他说明:曼尼普尔王族中有一位祖先普拉般遮那,多年无子嗣,为了能够得到一个继承者,这位先人进行了严格的苦修,感动了湿婆大神。湿婆大神赐福于家族,允诺他和家族后裔代代都会有男孩出世。然而到了齐德拉瓦哈那这里,只有一个女儿齐德拉。因此就把齐德拉从小当成王子来培养,她将来要继承王位。因此国王对阿周那说,齐德拉将来生的孩子必须留在曼尼普尔王国,将来做王国的继承人。如果阿周那答应,就允许他和齐德拉成婚。阿周那答应了这个条件,娶齐德拉为妻,在曼尼普尔都城中度过了三年的时光。在齐德拉产下一子后,他热情地拥抱了齐德拉,向齐德拉和她的父亲告别,重新开始流浪的生活。

通过以上分析可以看出泰戈尔创作这部诗剧与大史诗相同的地方非常少。"这个戏剧的创作契机是作者的一个奇特的想象。"①孟历1347年(公元1940年)拜沙克月,泰戈尔为孟加拉文版《齐德拉》作了序言。在序言当中,泰戈尔回忆了自己在当时创作《齐德拉》时的情景:"很多年以前,我乘火车从圣蒂尼克坦前往加尔各答。当时好像是恰特拉月。铁道两旁是荆棘丛生的树林。在树林中,黄色的、紫色的和白色的花儿在盛开。看着看着,我的心中不禁想到,再过一会儿,阳光就会变得灼热起来,到那时这些花儿将带着五颜六色的海市蜃楼消失,村落院子里的树枝上将结满芒果,大树将以它们体内蕴藏的浓浓汁液汇集成累累果实。"②

孟历恰特拉月是公历的3月中旬到4月中旬。这本就是一个万物生机勃发之时,在南亚次大陆更是风光旖旎,韶光淑气。沉浸于眼前美景,泰戈尔诗人的思绪不禁飘飞起来:"不知为什么我会想到,如果一个漂亮的姑娘感觉到,她以她

---

① 侯传文:《话语转型与诗学对话——泰戈尔诗学比较研究》,中国社会科学出版社2010年版,第130页。
② [印度]泰戈尔:《花钏女》,董友忱主编:《泰戈尔作品全集·第2卷(上)》,王海曼译,石景武校,人民出版社2015年版,第269页。

那青春的魅力迷惑住了她的爱人之心,那么,她就会作为小妾而斥责她的爱人,因为他把她的美色作为自己幸福的主要部分与人分享。这就是她的身外之物,这恰似从季节之王春天那里获得的新郎,为了靠短暂的诱惑力量达到活生生的目标,如果她内心有合适的品质和力量,那么对于她的情人来说,那种摆脱了诱惑力量的给予,就是最大的收获和两人在一起的支柱。"①于是,"我脑海中就产生了用话剧形式表达这种思想的想法,同时,我心中浮现了《摩诃婆罗多》中花钏女的故事。很多天以来,我在心中就一直在构思改编这个故事。最后,在奥里萨邦一个叫作般杜亚的寂静的村落里,我终于有了愉快地写作此书的空间和时间"②。

在泰戈尔的回忆中,他当时创作这部诗剧是有明确的目的的,他要表明那种摆脱了诱惑力量的给予是灵魂的永久特征。"这种品质和力量是生命中的宝贵财富,它并不依赖于冷酷大自然的迫切需要。"③

《齐德拉》目前的中文译本从译介语言上来说有三种:第一种是以孟加拉文原著为底本翻译为中文,主要有两个版本:白开元译本,以及王海曼翻译、石景武校对的译本。白开元译本收录在《泰戈尔精品集·戏剧卷》(2017年版)中。王海曼译本定名为《花钏女》,收录在《泰戈尔作品全集·第2卷(上)》(2015年版)中。第二种是以泰戈尔自译英文本为底本翻译为中文。这一种译本也是很长时间以来我国接触该剧本的主要渠道,译本数量众多,译文风格多样。但要注意的是,这一英文底本与孟加拉文本相差很大。1913年泰戈尔亲自将孟加拉文的《齐德拉》翻译为英文,定名为 *Chitra*。但是在英文本中,原文内容被大幅度删减。从英文底本翻译的主要有以下几个版本:瞿世英译《齐德拉》,上海商务印书馆1923年版;吴致觉译《谦屈拉》,上海商务印书馆1923年版;王树屏译《萋恰》,重庆国家编译社1944年版;以及冰心译《齐德拉》,人民文学出版社1961年版。第三种中文译本是从印地语转译,译者为倪培耕,收录在河北教育出版社出版的《泰戈尔全集·戏剧卷》(2006年版)中。

---

① [印度]泰戈尔:《花钏女》,王海曼译,石景武校,董有忱主编:《泰戈尔作品全集·第2卷(上)》,人民出版社2015年版,第233—234页。

② 同上书,第234页。

③ 同上。

（二）作品梗概

孟加拉文本的《齐德拉》共有十一场戏。戏剧中的男主角是《摩诃婆罗多》中般度五兄弟之一的阿周那（অর্জুন，Arjuna），女主角是曼尼普尔的公主齐德拉（চিত্রাঙ্গদা，Chitra）。一次偶然的打猎中，齐德拉遇到了正在苦修的阿周那，此时的阿周那正在十二年的流放惩罚中。齐德拉对英姿飒爽的阿周那一见钟情并对他吐露爱意。但是当时的齐德拉没有如花的美貌和曼妙的身姿，从外形上来说，齐德拉并没有引起阿周那的爱慕之情，他因此告诉齐德拉自己身负十二年不娶妻的誓言，不配做她的夫君，由此断然拒绝了齐德拉的浓情爱意。但是齐德拉陷入苦恋之中无法自拔，于是祈求爱神玛达那和春神伐森特，希望他们能够给她一天的完美容颜。爱神与春神答应齐德拉的请求，并且赐予了她整整一年的美貌。

阿周那打破誓言，与"变身"后的齐德拉坠入爱河。期间齐德拉有喜悦、有痛苦、有纠结，而阿周那也多次尝试弄清眼前美女的真实身份，但都无果。一年还没有结束时，阿周那已经对这样空虚的时光感到厌倦。而此时他从村民口中得知当地的保护人是公主齐德拉，于是对这位"不曾谋面"的公主产生敬佩之感和莫名情愫。在一年将要过去之时，齐德拉向阿周那展现了自己真实的身份和容貌。阿周那不仅没有斥责、怪罪、厌恶齐德拉，反而与真正的齐德拉相爱，两人最终实现了从身体结合到精神结合的升华。

下面根据戏剧文本简要介绍各场次主要情节。第一场地点在爱神的静修林，出场人物是齐德拉、爱神与春神。这一场中齐德拉向爱神和春神诉说自己的身世以及与阿周那初次相遇的情景，告知二位神灵自己前来求助的原因。听过齐德拉的诉说之后，爱神与春神决定赐予齐德拉一年的美好青春容颜。第二场地点在湿婆神庙，人物是齐德拉与阿周那。阿周那看到变身后的齐德拉美丽曼妙，向她求爱，但是齐德拉看到阿周那是因为自己的容颜而一改当初的态度，不惜破坏自己的誓言，感到十分愤慨，当时悲痛地拒绝了期望已久的阿周那的求爱。第三场人物为齐德拉、爱神与春神。齐德拉向爱神与春神讲述变身后的自己与阿周那相见、分离与最后相爱结合的经过。齐德拉内心十分悔恨与愧疚，恳请春神收回恩赐。二神拒绝收回一年美丽容颜的恩赏，并且劝告齐德拉在这一年中尽情享受爱情的滋味。第四场人物为齐德拉与阿周那。二人互诉情感表达爱意。当阿周那暗示想要带齐德拉回家时，齐德拉委婉拒绝，并且暗指现在二人所拥有的感情并不是恒久之情,只是一种幻象。第五场中人物为爱神与春神。内容比较简洁,主要是春神戏说每日为爱神工作太辛苦,爱神却说春神天性顽皮。从中也可以看出春神是一个性格活泼的形象。第六场人物为阿周那与齐德拉。一开始是阿周那梦醒后的独白,诉说昨夜梦境。齐德拉上场后,阿周那向齐德拉讲述从前五兄弟一同打猎的愉快的场景。围绕着打猎,二人互诉衷肠。第七场人物为爱神与齐德拉。齐德拉因为自己以欺骗换来的爱情而终日不得安宁,她请求爱神能够结束这场爱情的游戏。但是爱神再一次劝说齐德拉,不要破坏这场游戏。第八场人物为齐德拉与阿周那。在平静的一天中,阿周那询问齐德拉的身份和家庭情况,但是一无所获。齐德拉感慨一年还没有过去,阿周那已经对这样的生活产生厌倦。第九场包括两个场景。场景一:人物包括众多匆忙逃离的村民和无所事事的阿周那。强盗来袭,村民寻找公主齐德拉。阿周那此时得知当地保护人是一位公主。场景二:阿周那回到神庙,齐德拉出场。阿周那询问公主齐德拉的情况,齐德拉在惊讶之中无奈地感慨公主没有美丽的容颜,命运不佳。这时阿周那欲出门为村民战斗,被齐德拉阻止。阿周那再次谈起、想象中的公主齐德拉。但是齐德拉情绪激动,感叹如果现在的自己没有美丽的容貌,阿周那也不会与自己在一起。最后阿周那安慰齐德拉,未出门战斗。第十场人物为爱神、春神与阿周那。爱神、春神提醒齐德拉今晚是一年期限的最后一夜。齐德拉请求二位神灵在这最后一夜中让自己的美丽变得更加耀眼。第十一场是最后一场,人物为齐德拉与阿周那。齐德拉内心坚定,向阿周那表明自己的真实身份以及原本相貌,并且表达出自己的内心。阿周那非但没有离她而去,而是欣然接受了真正的齐德拉,并且感慨遇到这样的爱人,自己无比荣幸,生命更加圆满。

(三)作品分析

诗剧《齐德拉》在泰戈尔的戏剧创作中是比较有特色的一部,无论在人物塑造还是艺术特色方面都可圈可点。下面主要从几个方面来分析:

1. 丰富饱满的人物形象——齐德拉

这部戏剧的主人公无疑是曼尼普尔公主齐德拉了。齐德拉形象的成功塑造,得益于这个人物在戏剧中心理、性格的转变以及主体意识的不断建立。在这一过程中,人物的心理、行动也恰到好处地诠释了泰戈尔本人的爱情观与婚姻观。剧中齐德拉的转变是一种蜕变，是从自我意识模糊到获得独立的主体意识的过程。在这一过程中，她明白了真实的自我是成长为一名真正女性的基础，真实是爱情的根基，虚幻的外表只是一时的愉悦，而不是长久深厚的感情来源。

（1）模糊的自我意识

在一定的社会生活当中，自我的身份总是相对于"他者"而存在的。一个人不能单独地认识自我，只有存在一个参照系，才能够获得自我形象认知进而逐步建立起自我意识。更重要的是，这种相对于"他者"的自我意识的形成不是一蹴而就的，甚至可以说不是一帆风顺的，其中经常会遇到辛酸与痛楚。但这也是生而为人必须经历的过程。"我是谁"这个命题自古以来就是人类不断追求却似乎永远得不到确切答案的问题，也正因为这种不确定的魅力，使得人类社会能够不断前进。对于个体来说，这也是从降生之日起就必须面对的问题，人的一生或许都在为这个问题而不懈奋斗。

剧中的公主齐德拉，呱呱坠地之时，在生理性别上是一个小女孩。但这样一位小公主彻底偏离了家族的"期待视野"：她的出生打破了神意，在所有人眼中，她本该是一位能够保家卫国的王子。但是齐德拉的父亲并没有因为她的生理性别就放弃对齐德拉男性气质的塑造。因此从小到大，齐德拉就在王子教育的环境中成长，在王室的培育下，具有了在那个社会当中只有男性才能具备的社会性别与形象：在外形上，她打扮得像个男子，是一位假小子；在能力上，她具有保家卫国的武艺，能够承担起像王子一样的责任；更重要的是，在自我意识当中，齐德拉就认为自己是一位王子，她还没有对自己的生理性别和社会性别的不同而产生困惑。可以说，如果没有阿周那的出现，如果没有齐德拉对阿周那的一见钟情，齐德拉也许一生都是父亲的"好儿子"，将来也会是百姓的"好国王"。当然，齐德拉也会结婚生子，但如果没有爱情的催化剂，她也许都不会明白在当时什么是世人眼中的"女性气质"。

（2）挣扎的自我意识

前文提到，对阿周那的爱意使得齐德拉的自我意识开始动摇，她对自己的身份产生了困惑。这里的身份困惑主要基于以性别为基础的身份，并且这样的性别身份也会带来各种各样社会当中约定俗成的规约。对于此时的齐德拉来说，她认为阿周那不喜欢自己是因为她不是被当时社会所认可的女性，她不具备一个女性应该具有的女性气质：外表美丽明媚，性格温柔婉约。初次与阿周那见面的齐德拉身着男装，佩戴弓箭，活脱脱一个少年模样，完全不具备一个同龄少女应有的曼妙身姿,因此阿周那才会在"嘴角飘忽着一丝好奇的微笑"。爱情的力量促使齐德拉要改变自己的身份,做回一个"真正的女性"。于是,她回到王宫,愤而折断所有的弓箭,脱下戎装,开始讨厌自己磨出老茧的结实双臂,唾弃自己学到的诸般武艺和勇猛力量。齐德拉还进而穿戴上了女性的服饰——多彩靓丽的纱丽,佩戴上了女性特有的种种配饰——手镯和脚镯。在外表上,齐德拉具备了社会上对女性约定俗成的形象要求。然而这并不是随意的服饰转变,这里的服装和首饰俨然成为一种身份区别的符号:只有男性才可以身着戎装、佩戴弓箭;只有女性才可以身着纱丽,佩戴首饰。值得注意的是,在印度社会当中,女性佩戴脚镯,不单单是因为它们美丽,脚镯在女性行动的时候发出的清脆声响成为一种预警,防止女性对丈夫不忠,实为一种监测工具。齐德拉在容貌上祈求春神赐予美貌,在服饰上也加以改变,使自己外形上充满女性气质。更重要的是,为了赢得阿周那的感情,齐德拉在内心也不得不认可了女性的身份和地位:她羡慕那些依赖他人、目不识丁、腰肢青藤般苗条、羞怯温存的普通女子,因为她们具备社会所认可的女性力量。从社会分工的角度来说,齐德拉也认为:女人既然身为女人,就只能是大地的艳丽,只能是柔光,只能关注情爱——耍甜蜜的花招,面露千种妩媚万般柔情,时刻匍匐在地,搂住男人的脚,嫣笑,哭泣;日日以男人为中心,服侍照料——这样,她的一生才是成功的。她的功业,她的英武,她的学识,有什么用?①至此,经过种种内心疑惑与情感挣扎,齐德拉是从外到内成为一个"全新"的齐德拉,这个"全新"的齐德拉已经完全顺从社会的期待视野和传统规约,成为阿周那心目中的爱人,成为所谓的"真正的女性"。

(3)蜕变后的自我意识

变身后的齐德拉如愿以偿地与阿周那生活在一起,日日享受着爱情的甜蜜。然而在一年的时间之内,他们的相处也并不是和风细雨,岁月静好。齐德拉的内心几乎时刻处于激烈的矛盾之中,一方面她十分渴望阿周那的爱情,非常珍惜与阿周那在一起的短暂时光;然而另一方面,愧疚与自责疯狂地折磨着她,使得齐德拉内心不得安宁。她的自责来源于自己的欺骗,因为在内心深处,齐德拉还是无法摆脱先前的自我认知,潜意识当中她依旧认为自己是女扮男装的公主,即使容貌改变,衣着女性化,并且说服自己变成柔美的女子,但是对自己变身后的

---

① 参见[印度]泰戈尔:《齐德拉》,《泰戈尔精品集(戏剧卷)》,白开元译,安徽文艺出版社2017年版,第30页。以下凡引用该作品,只在括号中标明页码,不再逐一详注。

认可并非如此容易。所以这时的齐德拉又分裂成两个截然不同的形象，内心深处被"阿周那的爱人"与"曼尼普尔的公主"两个形象撕扯着。纠结与痛苦的原因也是齐德拉暂时还没有完全认清爱情的本质，还没有彻底明白何为真正的女性。于是在阿周那面前，齐德拉努力趋近爱人心中渴望的柔美形象；而在爱神与春神面前，齐德拉又成为"疯女人"，深深地厌恶虚假的自己，强烈地责备羞耻的欺骗。在这样的情况下，齐德拉与阿周那看似美妙的爱情其实时时面临坠入"万丈深渊"的险情，他们的爱情是虚幻的游戏，不具备坚实的根基。而阿周那对这种无所事事的生活渐渐显露的疏离之感也是齐德拉更加痛苦的深层原因。在一年期限的最后一晚，齐德拉可以选择悄然离去，可以选择祈求阿周那原谅自己，但是她没有这样做。即使明白恢复原貌的她很可能失去爱人，她还是选择勇敢地做回自己，哪怕阿周那会永远离自己而去。更重要的是，齐德拉最终明白了什么是真正的爱情，什么是真正的自我。她的爱情观和婚姻观也得到了蜕变：作为女性，我是齐德拉，不是女神，不是庸俗的女人，不是让人顶在头上膜拜的女人，也不是遭到鄙视被人豢养的女人（第38页）；作为爱人和妻子，我不是只会甜蜜花招的"恋人"，而是能够同甘共苦的"战友"。正如她对阿周那所说的："艰险的道路上，你如让我站在你身旁，为你分忧解愁；艰苦事业中，你如同意我成为你的左膀右臂，与你同甘共苦，你将看到一个真实的我。"（第38页）

2. 妇女观、爱情观与婚姻观

（1）妇女观

其实通过以上的分析，如果我们将齐德拉从史诗背景中抽离出来，这个人物形象会具有更广泛、更抽象的意义，即妇女要走出家庭，参与社会事务，拥有独立生活的能力。齐德拉之所以能够在最后幡然醒悟，决心做回自己，一方面是因为她意识到爱情的根基是双方坦诚相待；但是另一方面也因为齐德拉在阿周那想象原来的公主齐德拉的过程中，意识到自己生命的意义不仅仅是依托在爱情之中的。爱情是生命的一部分，但不是全部；爱情建立在自我价值实现的基础上，而不是自我价值实现的途径。而齐德拉最初实现自我价值的重要一部分就是运用自己的武艺和智慧保家卫国。这样的齐德拉，是百姓心中的慈父慈母，受到了人民的爱戴；这样的齐德拉，在后来也是大英雄阿周那爱慕的对象，受到了爱人的尊重。如此可以看出，正是这样一位独立的齐德拉才是赢得他人尊重、爱慕的对象。并且，这样的齐德拉不仅仅是只会服侍丈夫的家庭妇女，她的价值在社会中起到了巨大作用。这不禁让人联想到弗吉尼亚·吴尔夫所写的《自己的一间屋子》中女性独立的条件，也会让人想到鲁迅所说"娜拉走后会怎样"的情景。齐德拉拥有自己的事业，能够使得自己独立，这是成为一个人的真正基础。泰戈尔在谈到妇女问题时，有一句话与齐德拉的形象颇有一致性："……她们不仅要除去脸上的面罩，而且还要撕去她们心中的面罩，这种面罩使她们被隔绝在大部分世界之外。她们出生的这个世界，今天正在从各方面全部清楚地展现在她们的面前。现在她们不再扮演迷信工厂制造出来的玩偶了。她们自然养育生命的智慧，不仅仅为家里人，也要用于保卫全人类了。"[①]走出家庭，进入社会，妇女只有独立自主，才会发现更多实现自我价值的渠道。

（2）爱情观与婚姻观

通过以上分析，可以发现齐德拉与阿周那的相处过程折射出的爱情观与婚姻观对当代的男女爱情以及婚姻也有一定的借鉴意义：爱情的基础是真实，是坦诚相待。短暂的美貌或许能给对方短暂的愉悦，但虚假之爱终究不能持久。只有忠贞，只有为民造福的共同理想，能使夫妻终生相守，白头偕老。（参见"译序"，第12页）

然而只有齐德拉一个人的努力与转变是远远不够的，阿周那对爱情的认知也有一个类似的转变过程。阿周那最初也无法跳出对于女性形象认知的窠臼，认为女性就是应该具有"女性气质"，柔情蜜意，不要走出家庭。也正是这样齐德拉才会按照社会刻板的印象将自己重新加以改造。但是空无的甜美只可能是短暂的，无所事事的生活不能带来真正的精神满足。在听人说到齐德拉是当地的保护者时，阿周那就已经开始思考自己到底爱慕何种女性了。剧终时，齐德拉选择展现真正的自我形象时，阿周那并没有厌恶与离开，而是满足地感慨自己无比荣幸，这也说明了在齐德拉蜕变的同时，阿周那的情感与思想也同样得到了升华。

3. 丰富多彩的修辞手法

诗剧《齐德拉》创作于孟历1298年帕德拉月28日，最初泰戈尔用母语孟加拉语写就，在遣词造句上，泰戈尔有意模仿史诗中的风格和手法，尤其是其中的多首诗歌，更是匠心独运。在1913年泰戈尔亲自翻译的英文本中，"许多歌曲未

---

① ［印度］泰戈尔：《妇女》，董有忱主编：《泰戈尔作品全集·第12卷（下）》，刘运智译，董有忱校，人民出版社2015年版，第864页。

译，翻译的几首歌词也成了散文，形式和内容与原作大相径庭，甚至已经看不出原貌"（"译序"，第14页）。更重要的是，大量的诗意表达被删除，使得英文本与孟加拉文相比，只是骨架尚存但血肉不在。在孟加拉文版本中，泰戈尔运用多种修辞手法，使得诗剧充满委婉含蓄的诗意，可读性很强。

（1）隐喻

隐喻在诗剧中经常使用。比如在第六场中，阿周那向齐德拉回忆自己当初和另外四个兄弟一起去森林中打猎的情景。此时阿周那兴致很高，他们兄弟一起捕获了一只异常美丽的金鹿，并且对齐德拉说自己非常想再去打猎。但是齐德拉听闻后却若有所思，告诫阿周那赶快结束已经开始的狩猎。她反问阿周那，"你难道认定那只诱惑的金鹿很乐意让你捕获？"（第25页）这里的"金鹿"明显是一个符号，诗剧当中多处将不同状态下的齐德拉比作"母鹿""疯鹿"等，因而这里应该是齐德拉自比为金鹿，让阿周那赶紧停止这场虚无的狩猎。因为"这是一只野鹿，不会束手就擒。无人知道它会何时梦幻似地飞驰而去。它可以参与片时的嬉戏，但不会戴永久的枷锁……主啊，下雨的今天，你我之间也在做类似的游戏"（第25—26页）。末尾的"游戏"一词更进一步点明齐德拉以金鹿自比的心态，同时也将阿周那比作狩猎金鹿的猎人，而且将他们之间的感情的发生比作狩猎一般的游戏。

（2）双关

本体的本质由喻体的性质、功能和名称体现，叫作双关。这个定义也适用于隐喻。但隐喻要求同时描写喻体和本体。[1]也就是说，只要描写喻体，即可同时表现本体。[2]

《齐德拉》中双关的使用也比较普遍，并且常常和隐喻相互结合，使得文本含义更为隐晦，同时也加强了文本的可读性。比如第六场开始时阿周那的独白：

（森林，阿周那）
阿周那：早晨醒来，我仿佛获得了梦中的
　　　　无价之宝。可这人世间没有安放
　　　　这珍宝的地方，没有可镶嵌它的
　　　　王冠，也没有能串联它的绸带，

---

[1] 黄宝生译：《梵语诗学论著汇编》（上），昆仑出版社2008年版，第129页。

[2] 黄宝生：《印度古典诗学》，北京大学出版社1999年版，第260页。

> 然而我并非随手扔弃它的糊涂虫。
> 所以,我这个刹帝利的双臂日夜
> 闲待着,无事可做。
>
> (第24页)

根据剧本上下文以及上文的论述,齐德拉拒绝了阿周那将要带她回家的愿望。而第五场比较简短,是齐德拉与爱神、春神的少量对话,场景与阿周那的独白没有直接衔接。所以可以将阿周那的独白与第四场的末尾相互连接起来阅读,即这段独白是与第四场二人就寝相连,阿周那在齐德拉的倾诉之后的独白。如此,这里的双关用法就比较容易理解。阿周那其实是将齐德拉比作梦中的无价之宝,但是齐德拉不愿与他一起回去,并且对于阿周那来说,齐德拉始终是谜一样的存在,他不知道她的身份到底是什么,因此他才会担心没有安放这"珍宝"的地方。而这"珍宝"又是梦中所获,仿佛不可触及,是虚幻的,这也在暗示齐德拉与阿周那目前的情感实质:这种欢乐的时光不过是须臾之间的存在,不可能是真实而长久的。

(3) 明喻

明喻是有喻词的比喻,在诗剧《齐德拉》中使用非常广泛。明喻的使用能够使本体更加形象可感,为读者提供了想象的空间。这里仅列举一些:

① (湖面上荡漾的水波,) 好像亿万条喷火的蛇。(第15页)
② 这位英雄心中澎湃的激情像
   喷溅发颤的饥渴的火花的祭火(第15页)
③ 虚假的羞赧拘谨,
   像解开的衣裙落到脚边。(第18页)
④ 我沿着清晨飘落素馨花、
   杂草丛生的林径,朝远处跑去,
   像一只害怕自己影子的母鹿。(第18—19页)
⑤ 我这长久赋闲的生命,
   像冬眠多日后苏醒的蛇,活跃起来了(第33页)

（四）精彩片段欣赏

● **译文选自**

［印度］泰戈尔：《齐德拉》，《泰戈尔精品集（戏剧卷）》，白开元译，安徽文艺出版社2017年版。

1. 齐德拉初识阿周那时的内心起伏

爱　神：这是我在吉祥时刻给人的教诲。
　　　　在人生的良辰吉日，我提醒女人
　　　　意识到自己是女人，男人意识到
　　　　自己是男人。嗯，之后又发生了什么？
齐德拉：我又惊又怕地问道："你是谁？"
　　　　我听到他回答："我是俱卢家族的
　　　　阿周那。"我泥塑木雕般地站着，
　　　　忘了对他施礼。啊，他就是
　　　　大名鼎鼎的阿周那！今生今世，
　　　　对我来说，他是个奇迹！我听说，
　　　　阿周那为践行誓言，心甘情愿
　　　　独自在森林里生活了十二年。眼前
　　　　这位就是英雄阿周那！多少日子
　　　　我这个假小子在心里狂妄地想：
　　　　我要凭借自己的臂力，让他的声望
　　　　黯然失色。我肯定能实现这个心愿。
　　　　我女扮男装，期待与他决斗的日子，
　　　　显示我巾帼英雄的气概。啊，糊涂虫，
　　　　你的壮志豪情哪儿去了？我如果
　　　　能成为他站的土地上的一棵草，
　　　　就让那豪迈气概化为一撮尘土，
　　　　在他的脚下获得珍贵的死亡吧！
　　　　我已记不清当时我在胡想什么，

　　　　　忽然发现这位英雄慢慢地走进
　　　　　密林深处消失了。我一机灵，
　　　　　缓过神来，连声责备自己：哎，
　　　　　傻姑娘，你没有对他表示敬意，
　　　　　没有问一个问题，也没有求他原谅，
　　　　　像个粗人一样干站着。英雄阿周那
　　　　　表情冷漠地走了。那一刻我假如
　　　　　猝死，就没有任何烦恼了。第二天
　　　　　早晨，我脱下男装，穿上鲜艳衣裙，
　　　　　带了手镯、耳坠，系上金腰带。
　　　　　全身不习惯的服饰，使我感到羞臊
　　　　　拘谨。我悄然回到那片树林里，
　　　　　在湿婆神庙里又看到了他。
爱　神：请往下说，在我面前不必害羞。
　　　　　我是心灵之神，深谙心灵的一切奥秘。
齐德拉：我已记不清我做了什么，
　　　　　听到他对我说了哪些话。爱神啊，
　　　　　你别再问了，羞怯像炸雷落到我
　　　　　头上，但未把我劈成碎片。我身
　　　　　为女人，却有男人一样的生命力。
　　　　　我仿佛坠入噩梦，不知道是如何
　　　　　返回王宫的。他最后说的一句话
　　　　　像火红的匕首刺入我的耳朵：
　　　　　"我是立誓言的苦修者，不配
　　　　　做女人的丈夫。"这是男人出家的
　　　　　誓言！我恨我无能，未能打动他的心。
　　　　　爱神啊，你知道，许多修道的隐士
　　　　　在女人足前献上一生苦修的成果。
　　　　　可是这个刹帝利却还不动摇地苦修！
　　　　　我返回王宫，折断所有的弓箭。
　　　　　磨出老茧的结实的双臂，一直是

> 我骄傲的资本,此时,我使劲儿
> 捶打它,徒劳地发泄心头的恼怒。
> 多年之后,我才明白,作为女人,
> 若不能征服男人的心,学到的武艺
> 就分文不值。倩女藕一般的柔软
> 玉臂的魅力比我的臂力大一百倍。
> 依赖他人、目不识丁、腰肢青藤般
> 苗条。羞怯温存的普通女子,是何等
> 幸运!英雄豪情和修行的坚毅,
> 向她们怯生生的目光认输。啊,爱神,
> 请伸手一把夺走我的全部傲岸,
> 踏碎我的各种武艺和勇猛。现在,
> 请教我爱人的知识,给我女性的力量
> 和从不使用刀剑的女人的武器!

(第4—6页)

　　以上文字出现在戏剧的第一场中,是齐德拉与爱神对话的一部分。这部分内容主要是齐德拉向爱神与春神回忆往事,表明在神庙初次见到阿周那的情景以及自己向爱神、春神求助的深层次原因。以上的文字之所以具有动人的力量,是因为它再现了齐德拉曲折变化、矛盾冲突的心理。尤其是所选文字的上半部分,细腻地表现了齐德拉当时的内心:见到自己心中的大英雄时"又惊又怕",回忆起自己从小的愿望就是在武艺上与大英雄一比高下,以此来实现当英雄的梦想。但是面对阿周那,当时的豪情壮志却一瞬间烟消云散,整个人都被阿周那深深吸引,说不出一句话来。当阿周那离去之后,齐德拉又倍加悔恨,这是因为她觉得当时自己呈现在阿周那面前的是一个形象不佳、举止粗鲁的齐德拉,并且为自己打扰他休息没有道歉而感到愧疚。面对阿周那,在经过了"惊""悔"的内心波折之后,齐德拉决心改变自己的形象。只不过此时的齐德拉被爱情冲昏头脑,一心认为阿周那没有顾及自己是因为对方的相貌丑陋,完全不像一个"正常的女性"那样美丽、温柔、婉约。于是此时齐德拉的改变就是从外表开始,回到家之后将平时所着的戎装、武器全部换成具有女性标志的手镯、耳坠。

　　所选文字的第二部分可以看出,此时的齐德拉已经到达情绪的高潮,恨自己无能，没有打动阿周那的心。在行动上也更加激烈，不惜毁掉平时使用的弓箭，而且还有意伤害自己充满力量的身体。这一部分文字也揭示了齐德拉祈求爱神与春神赐予自己美貌容颜的原因，那就是齐德拉此时的爱情观：英雄豪情只会被美丽温存的女子折服，女人具有力量在爱情面前一文不值。这样的结论也是齐德拉在一番强烈的内心纠结之后所得出的。一方面，此时的齐德拉并没有从一开始就完全否定自己具有力量的身体，身怀武艺、保卫国家，这些都是齐德拉一直以来骄傲的资本；但是另一方面，因为所爱之人的"嘲笑"，齐德拉又认为阿周那嘲笑自己的原因是因为自己假小子一般的外表。为了赢得阿周那的爱，齐德拉甘愿成为阿周那欲望的客体，变成一位外表上美丽温柔的女人。

2. 虚幻的爱情无法长久

（阿周那和齐德拉）

齐德拉：大英雄，你在看什么？

阿周那：我在看你的纤手用采来的鲜花编花环。娴熟和灵巧这对孪生姐妹，仿佛一直在你的手指上欢快地做游戏。我一面看一面想。

齐德拉：想什么？

阿周那：我在想，亲爱的，你以抚摸的温柔那么文雅地把我流放的日子编成花串，我将头戴这永不枯萎的欢乐花串回到家中。

齐德拉：那是爱情之家吗？

阿周那：难道不是吗？

齐德拉：不是。你把它带回家？千万不要谈什么家庭。家庭属于永远。请把永恒之物带回家去。林中的花朵枯萎，你把它扔在哪儿的屋里？毫不怜惜地扔在石头屋子里？不如扔在森林的内宅，那儿，

> 每日嫩芽枯死，树叶落地，花蕊
> 凋零，花瓣零落，每时每刻，
> 短暂的生命绽放，衰败。日暮
> 黄昏，我的游戏结束，我也在
> 那儿花似的枯死，融入树林中
> 千百种终止的欢乐旅程。谁的
> 心中也没有怨恨。

阿周那：只能这样吗？

齐德拉：是的。英雄啊，不必为此难过。
在今天倦乏的日子，扔掉往昔
倦乏的日子曾经喜欢的东西吧！
守护你应有的幸福，为别的东西
多花一分钟，那些东西就会变成
痛苦。接受现有的一切，多珍藏
一些日子吧。在"憧憬"的早晨
你想获得一切，在"满足"的黄昏，
就别再奢望更多的东西了。白昼
已逝。把花串挂在脖子上吧。
英雄啊，让我疲惫的身子靠着
你的臂膀。中止假装的不满，
让双唇的热吻把你我连为一体！
来吧，你我以双臂俘获对方，
坦然承认甜蜜恋爱的永久失败。

阿周那：最亲爱的，你听，森林外面远处的
村庄里，为祭神吹响了恬静的法螺。

（第21—23页）

　　这段文字是戏剧中第四场的全部内容，是齐德拉与阿周那的对话。在此之前，变身后的齐德拉已经与阿周那结合并且已经生活了一段时间。但是读者不难发现，这一番对话字里行间都浸润着忧伤。不妨联系具体语境来看一下这一场内容的产生背景：在第三场的末尾，齐德拉与爱神对话，此时的齐德拉情绪激动，虽然已经获得阿周那的爱，但是她内心深处是对自己深深的厌恶。齐德拉"难以忘却的是，身心内外仿佛有了丈夫的二房"（第20页），不仅自己要面对这个多余的"二房"，还要忍着种种难言的情感"亲手打扮这个小妾，每日必须把她送往我欲望的圣地的洞房里"（第20页）。于是，面对另一个自己，尊重燃烧着嫉妒之火的齐德拉恳请爱神收回这一年的美貌赏赐，但是被神灵拒绝了。春神的理由耐人寻味："鲜花绽放后凋落时，果实露面。被晒乏的柔情的花瓣，轻轻地飘落，真相就自豪地显现。那时，阿周那见了你，会觉得自己是幸运儿。"（第21页）

于是在第四场戏中的齐德拉，处于情绪高涨之后回归到平静的阶段，但是这样的平静之中齐德拉比最初没有获得阿周那的爱情更为无望：虽然现在二人的生活甜蜜幸福，但是却不会剩下多少这样的日子，一年的恩赐结束之后，阿周那还是会离开自己，甚至说不定会因为自己的欺骗而厌恶自己。这时的齐德拉内心伤感而无奈。所以当阿周那提出要带她回家的时候，齐德拉以委婉的语气拒绝了。

之所以说齐德拉是在委婉地拒绝，是从艺术上来说的。这里使用了隐喻这一手法，本体是齐德拉，喻体是花朵。阿周那将花环暗指齐德拉，想要将她带回家中，与亲人一起生活，这样二人就可以长久地生活在一起。但是齐德拉很清楚自己美艳的容貌不可能持久，更不会赢得阿周那长期的爱慕。对话末尾"我也在那儿花儿似的枯死"更加明显地以花自比，点明自己内心之意。文字表面是二人在谈论花，但实际上是在探讨他们之间的真实情状。

3. 找回自我

（最后一夜，阿周那、齐德拉）

齐德拉：我的主啊，你如愿以偿了吗？
　　　　我这柔软玉体的甘醇的美色之酒，
　　　　你饮完了吗？还剩下一些吗？
　　　　你还想要一些吗？我拥有一切，
　　　　你收下了吗？我的主啊，没收下？
　　　　不管好坏，剩下的今天全给你。
　　　　因为心上人喜欢，我才费尽周折，
　　　　把从欢乐园里采来的这美的鲜花

敬献在你的莲足前。如果祭拜
已经结束，就命令我把花篮扔到
寺庙外面，接着以欣慰的目光
注视着你的女仆。其实，我不像
我敬献的芳香鲜花，我的主啊，
我并不那么俊俏，那么甜美温柔。
我有优点也有缺点，有功德也有
过失。今生有诸多贫乏和渺茫的
希望。我是人世之路上的旅客，
双脚受伤，衣裳沾满灰尘。我从
何处能获得花样的柔情？一生中
能有几秒钟的冰清玉洁？然而，
我有一颗永不褪色永不蚀损的
女人的心。带着痛苦、欢乐、
希冀、忧愁、羞赧、懦弱……
尘土飞扬的大地的怀中，儿女的
几多迷茫、几多悲伤、几多情爱，
浑然交融。她既有无限的不完美，
也有无穷的圣洁。花香如已消逝，
你不妨看一眼你永世的女仆吧。

（太阳冉冉升起。齐德拉摘掉面纱）

齐德拉：我是齐德拉，国王的女儿。也许
你还记得，从荷塘畔的湿婆神庙
走出一个女人，她戴着许多首饰
折磨她扭捏的身体。记不清她不知
羞耻地说了哪些胡话。她以男人的
方式对男人提出要求，被你断然拒绝。
你做得对。你如接受那个平庸的女人，
"愧疚"将一辈子刺痛她的心。
主人啊，我就是那个女人。但又
不真是那个女人。她只是我拙劣的

　　　　假象。后来，我获得春神的恩典，
　　　　有了一年的美貌。我玩弄花招，
　　　　使英雄的心疲惫不堪。她其实不是我。
　　　　我是齐德拉，不是女神，不是庸俗的
　　　　女人，不是让人顶在头上膜拜的女人，
　　　　也不是遭到鄙视被人豢养的女人。
　　　　艰险的道路上，你如让我站在你身旁，
　　　　为你分忧解愁；艰苦事业中，你如同意
　　　　我成为你的左膀右臂，与你同甘共苦，
　　　　你将看到一个真实的我。我肚里怀的
　　　　孩子，如果是个男孩，我要从小把他
　　　　培养成英雄，成为第二个阿周那，
　　　　把他送到你的足前——心上人啊，
　　　　那时，你才真正地了解我。今天，
　　　　我匍匐在你的脚下，我是齐德拉——
　　　　国王的女儿。
　　阿周那：心爱啊，今天我无比荣幸。

（第37—39页）

　　这一部分内容是整个戏剧的第十一场，也是最后一场。在这一场中，主要是齐德拉向阿周那的倾诉。齐德拉的话语可以说是整个戏剧的一个凝缩，但也是一种升华。齐德拉向阿周那说明了自己初遇阿周那的情景、对阿周那一见钟情的感受、因渴望爱情而祈求恩赐的过程。但是更重要的是，此时的齐德拉在渴望拥有爱情、得到暂时却虚幻的爱情以及被爱情折磨的过程中，获得了真正的自我。这一真实自我的实现是靠着齐德拉的不断反省与对自己的诘问逐渐产生的。这一真实的自我已经不仅仅是退却美丽外表的、最初的假小子齐德拉，而是拥有主体意识、懂得真正的爱情内涵之后产生的全新的齐德拉。此时的齐德拉不惮于向阿周那展示真实的自己，因为她已经完全意识到：真实的自己不是女神，不是庸俗的女人，不是让人顶在头上膜拜的女人，也不是遭到鄙视被人豢养的女人。真实的齐德拉作为国王的女儿，拥有一身的武艺和智慧，可以保家卫国，承担起一个"王子"的责任；真实的齐德拉，是渴望爱情的女人，但是希望能够成为爱人的伙伴与挚友，一同克服艰难困苦，而不单单只靠虚假的美丽外表赢得虚幻的爱情；真实的齐德拉，也希望成为一位优秀的母亲，能够有足够智慧抚养下一代，使孩子们也能够成长为拥有优秀品格的人。于是，在齐德拉对着阿周那勇敢摘掉面纱的那一刻起，齐德拉就成长为一位更加具有自主意识的女性。而阿周那认为自己"无比荣幸"，也是对齐德拉倾诉的一个回应，表明自己现在认识的齐德拉才是内心深处真正渴望着的爱人。

第十三讲
卡夫卡《诉讼》

一、卡夫卡

弗朗茨·卡夫卡（Franz Kafka，1883—1924），生于布拉格一个犹太家庭。父亲原是一个半行乞的乡下屠夫的儿子，后来积蓄了一份财产，成为服饰品商人，之后又当上了小工厂的老板，为人自信而偏执。1901年到1906年，卡夫卡在布拉格大学学习德语文学和法律，获得法学博士学位，毕业后曾去法庭实习。卡夫卡于1907年10月进入私营的Assicurazon Generali保险公司任临时职员，1908年起在布拉格半国立的波希米亚王国劳工工伤事故保险公司任职员，直到1922年由于健康原因提前退休。他两次与在柏林工作的女职员菲莉斯订婚，又两度解除婚约。1919年，他同出身贫寒的犹太姑娘朱丽叶订婚，但次年又解除了婚约。他曾与记者密伦娜恋爱，于1923年与多拉在柏林同居。他于1917年患结核病，1924年病逝。卡夫卡的早期写作（1902—1912）只有一部散文小说集《观察》，共收18篇作品，此外还有一部未完成的长篇小说《乡村婚事》。1912年是卡夫卡创作的爆发期，《变形记》和《判决》就是他在这一年创作的。1912年至逝世前，他创作了许多短篇小说，如《司炉》（1913）、《在流放地》（1914）、《为某科学院写的一份报告》（1917）、《乡村医生》（1918）、《饥饿艺术家》（1922）

等，还有三部未完成的长篇小说：《美国》（又译作《失踪者》）、《审判》（又译作《诉讼》）和《城堡》。此外，卡夫卡还写有大量的书信、日记和随笔。

卡夫卡恐怕是现代世界最孤独的作家了，他害怕孤独，但更害怕失去孤独。他为了描写孤独，宁可自己忍受孤独，因此他同时失去了爱情、友谊和家庭。他在给朋友勃罗德的信中将他害怕孤独而又热爱孤独的矛盾心理表现得淋漓尽致："极度的孤独使我恐惧。实际上，孤独是我唯一的目标，是对我的巨大的诱惑，不是吗？不管怎么样，我还是对我如此强烈渴望的东西感到恐惧。这两种恐惧就像磨盘一样研磨着我。"卡夫卡把握不了外部世界，便逃避、退却，一头隐匿在自己的私生活里，投入自己的有限的自我之中。"无须走出家门，待在自己的桌子旁边仔细听着吧。甚至不要听，等着就行了。甚至不要等，待着别动，一个人待着，世界就会把它自己亮给你看，它不可能不这样。"①这便是卡夫卡的内心世界。

卡夫卡自1907年10月进保险公司供职后，到1922年因病退休，一直在保险公司工作。保险公司里无所事事的无谓工作同他热烈而执着的创作生活简直是令人绝望的对比。卡夫卡的生存就是为了写作，而要生存首先得工作。工作带来不幸，不幸刺激写作，写作耗尽了生命。但是，卡夫卡在工伤保险公司里的15年经历，足以使他看清资本主义社会的黑暗和人生的荒谬。在这里，公文旅行令人感到真正的悲哀和恐怖。卡夫卡的作息时间也非同一般，他自己将自己孤独地封闭起来。每天上午8点到下午2点上班；下午3点到7点30分睡觉；接着散步、吃饭，晚上11点到凌晨3点写作。这是"颠倒黑白"的拼命。

卡夫卡从小酷爱读书，常常彻夜不眠，这严重地影响了他的身体。上大学时他迷上了尼采，遇事便要寻根究底，而世上许多事原本就是无法寻根究底的。卡夫卡潜心创作后就更少睡眠了。这使得卡夫卡一生都伴随着头痛、失眠和神经衰弱。他常常不得不中断创作，而中断创作更使他心急如焚，这又加剧了他的头痛和失眠，致使他终于在1917年患了肺结核，并且咯血了。但是，卡夫卡并没有被疾病所吓倒，反倒更加珍惜自己有限的生命，拼命写作。他甚至故意诱发自己的肺结核，以逃避结婚、逃避家庭、体味疾病、体味人生。这使他过早地结束了自己的生命。而他临终前的最后遗言，又将护理他的克劳普斯托克博士难住了。他

---

① 叶廷芳主编：《卡夫卡全集》（第5卷），河北教育出版社1996年版，第15—16页。

要求博士继续大计量地给他用吗啡:"杀了我吧,不然,你就是凶手。"

卡夫卡的生活方式决定了他的创作。他的生活与艺术之间没有距离,他在生活中体验着艺术,又通过艺术还原他的生活体验。勃罗德认为,"作品倒是另外一回事,最主要的是,卡夫卡本身即足以影响别人。"[①]写作就是卡夫卡生命中的一切,没有了写作,卡夫卡的生活将变得毫无色彩和意义。卡夫卡说:"在我身上最容易看得出一种朝着写作的集中。当我的肌体中清楚地显示出写作是本质中最有效的方向时,一切都朝它涌去,撇下了获得性生活、吃、喝、哲学思考,尤其是音乐的快乐的一切能力。我在所有这些方面都萎缩了。"[②]"外界没有任何事情能干扰我的写作(这当然不是自夸,而是自慰)。"[③]"我身上的一切都是用于写作的,丝毫没有多余的东西,即使就其褒义而言也没有丝毫多余的东西。"[④]卡夫卡为了写作而拒绝了友谊、爱情、婚姻和家庭,他选择了他自己所惧怕的那份孤独。他的小说所表现的也正是现代人的这种孤独感,所以,卡夫卡自己的生活与创作就在这里合而为一了,他成了在生活上最无作为和在创作上最有成就者。

总之,卡夫卡的一生,单纯而又复杂,平常而又极易引起争论。"作为犹太人,他在基督徒当中不是自己人;作为不入帮会的犹太人,他在犹太人当中不是自己人;作为说德语的人,他在捷克人当中不是自己人;作为波希米亚人,他也不完全属于奥匈帝国人;作为劳工工伤事故保险公司的职员,他不完全属于资产阶级;作为资产者的儿子,他又不完全属于劳动者;但他也不是公务员,因为他觉得自己是个作家;而就作家来说,他也不是,因为他把精力常常花在家庭方面;但是在自己家里,他比陌生人还要陌生。"[⑤]卡夫卡什么都不是,但他又什么都是;他无所归属,但这反倒使他容易成为世界性作家。

---

① [日]三野大木:《怪笔孤魂——卡夫卡传》,耿晏平译,中国文联出版公司1987年版,第52页。
② 叶廷芳主编:《卡夫卡全集》(第6卷),河北教育出版社1996年版,第184页。
③ 叶廷芳主编:《卡夫卡全集》(第7卷),河北教育出版社1996年版,第131页。
④ 叶廷芳主编:《卡夫卡全集》(第9卷),河北教育出版社1996年版,第189页。
⑤ Gunther Anders, *Franz Kafka*, trans. by A. Steer and A. K. Thorlby, Bowes and Bowes, 1960, p.18.

二、《诉讼》（*Der Prozess*）

（一）作品生成过程及中译本

《诉讼》写于1914年至1918年，卡夫卡写作这部作品时断断续续。当然，像卡夫卡其他长篇小说一样，这部作品最后并没有完成。在卡夫卡写给朋友布罗德的遗嘱中，此书也在被焚毁之列。众所周知，勃罗德没有执行卡夫卡的遗嘱。1924年在卡夫卡去世之后，勃罗德首先于1925年整理出版了这部杰作。

本书的德文原书名为*Der Prozess*，既有英译者转译的"审判"的意思，更有"诉讼""过程""进程"的意思。"审判"强调的是打官司的结果，"诉讼"强调的是打官司的过程。就卡夫卡的小说而言，"作者要强调的，或者说他所着力表现的显然不是有结果的审判，而是无结果的诉讼过程，是这个过程消耗了人的毕生精力！在他看来，这也是人的根本处境：一个人自懂事起，只要你介入了社会生活，无不卷入不知不觉、无休止的、而且是无望的诉讼过程中。"①因此，叶廷芳和章国锋认为小说书名译为《诉讼》似乎更恰切些。

目前，《诉讼》已有16个中译本，最早的中译本出自著名翻译家曹庸之手，1964年由上海新文艺出版社出版，书名为《〈审判〉及其他作品》。这一译本转译自英译本，1966年由作家出版社再版。1969年，台湾大业书店出版了诗人、德语翻译家李魁贤译的《审判》。同年，黄书敬的译本由台湾志文出版社出版。1982年，湖南人民出版社推出钱满素、袁华清翻译的《审判》，该译本根据伦敦Martin Secker and Warburg公司1963年再版的Willa与Edwin Muir合译的英译本转译而来。1986年，著名德语翻译家孙坤荣翻译的《诉讼》由外国文学出版社出版，这一译本直接译自德语，在对作品译名的选择上也更符合德语Der Prozess的含义。此后越来越多的德语专家纷纷参与对《诉讼》的译介，如章国锋、张荣昌、韩瑞祥、宁瑛等，章国锋的译本因收入叶廷芳主编的《卡夫卡全集》而广为流传。2016年，北京大学出版社出版了由姬健梅翻译的《审判》，姬健梅为德国科隆大学德语文学硕士，该译本此前曾在台湾出版。该译本称首次收入卡夫卡未完成的多篇遗稿，但其实早年章国锋的译本已是从德语原文翻译，并收录了这些遗

---

① 叶廷芳主编：《卡夫卡全集》（第3卷），河北教育出版社1996年版，第1页。以下凡引用该作品，只在括号中标明页码，不再逐一详注。

稿,只是编排顺序略有不同而已。该译本收录了舒兹的波兰文版《跋》和帕斯里的《手稿版后记》,以及清华大学法学副教授赵晓力的导读《落后于时间》。此外,王滨滨、王印宝、张小川、冯亚琳、诺亚、徐逸林、田晓楠等人翻译的《诉讼》也在我国陆续出版。随着中译本的不断复译和再版,《诉讼》逐渐成为中国读者进入卡夫卡及其精神世界的一道必经之门。

(二)作品梗概

小说共分为十章。第一章写约瑟夫·K.的被捕。"一定有人诬告了约瑟夫·K.,因为,他没有干什么坏事,一天早晨却突然被捕了。"(第3页)这一天是他30岁生日。房东太太8点没有送来早餐,K.拉铃询问,陌生人出现在门前。他告诉K.,"您已经被捕了"。他们既没有逮捕令,又没有任何证件。K.更衣后去见监督官。法庭就设在毕斯特纳小姐的房间里。监督官说:"我也无法告诉您是否被控犯有罪行,或者更确切地说,不知道是否有人控告您。您被捕了,这倒是千真万确,但更多的我就不知道了。"(第11—12页)

第二章为"初审"。K.接到电话通知,下周日审理他的案子,地点在郊区的街道,并告知门牌号码,但K.忘了问几点钟去。他决定上午九点去那里。K.找到了那个地方:一幢大得出奇的建筑,但他不知道审讯室的确切位置。十点钟了。K.被带入一间中等大小的房间,里面挤满了人。K.被带上讲台后,预审法官说:"你在一个钟头零五分钟之前就应该到这里了。"预审法官一边翻着笔记本,一边用确信无疑的口气问K.:"您是房屋油漆匠喽?""不对,"K.说,"我是一家大银行的首席业务助理。"K.发表了一通演讲,痛斥法庭的黑暗。

第三章为"在空荡荡的审讯室里"。下一个周日K.又去了那地方,一个女人告诉他,"今天不开庭"。她男人是法院听差。他们的居室开庭时腾出来作法庭。K.说:"这就是那帮人在这儿研究的所谓法律书,审判我的就是这种人!"(第43页)K.在楼梯边看到一张字条:"法院办公室在楼上。"K.随听差一起去参观法院办公室。在候审室里有许多卑微的被告。K.在空气沉闷的长廊里几乎晕倒。

第四章为"毕斯特纳小姐的女友",这一章较为简短。K.没有找到同毕斯特纳小姐说话的机会,他给她写信,没有回音。一位德国女教师蒙塔格搬进了小姐的房间。女教师请K.去餐厅,表明毕斯特纳小姐不愿与他谈话。

第五章为"打手"。一天晚上，K.下班回家前在收发室处听到储藏室内有呻吟声，他推门进去，发现有两个人正在挨鞭打。这两个人就是看守。他们挨鞭打是由于K.在预审法官那里告发了他们，K.对此却一无所知。

第六章为"K.的叔父以及列妮"。K.的叔父卡尔、以前的监护人来城里找K.，询问案子的有关情况，因为他的女儿艾尔娜给他写信谈到过这个案子。K.交代完公事，带叔父外出，告诉了他这个案子。叔父要K.去乡下，但K.说那等于畏罪潜逃。于是，叔父带K.去找胡尔德①律师。律师的女仆列妮开门迎接，他们进屋后发现律师躺在床上。律师说愿意帮忙，他早已听说了K.的案子。屋内只有一支蜡烛，非常昏暗。屋外有打破瓷器的声音。K.出去看看，是女仆故意把他引出来的。他与列妮幽会。

第七章写律师、工厂主和画家。一个冬天的上午，外面正下着雪，天气昏暗，K.坐在办公室里准备写一份辩护词。好几个月了，律师的第一份申诉书还未交上来。K.准备回忆自己的一生。K.心不在焉地接待工厂主。工厂主让K.去见画家，这位画家给法院的人画像。K.来到画家的房内。画家介绍了无罪判决的三种可能性：宣判完全无罪（真正无罪，complete acquittal），不过这种结果只是在传说中有过；暂缓无罪（表面无罪，apparent acquittal），不过这样便可以马上重新逮捕起来；延期宣判（拖延，prolongation），这意味着案子会一直拖延下去。

第八章写商人布洛克和解聘律师。K.决定当面解聘律师，他来到律师家，出来开门的是商人布洛克。布洛克是个谷物商，律师代理他的案子5年了。他对律师也不忠实，还聘请了别的律师，大约有5个。商人说律师半年后写的申诉书空洞无物，毫无用处，不能确定审理日期，案子一拖再拖……（在作者的手稿中，此章未完）

第九章为"在大教堂里"。K.受命接待一个意大利同行去参观大教堂。K.去办公室会见经理和意大利人。意大利人说，他先办理业务，"两个钟头之后，也就是说十点"，他们在教堂会面。K.回办公室翻查意大利语字典，做好准备。K.乘出租车来到教堂，那里空荡荡的。"K.是准时到的，他走进教堂时，正好钟敲十点，但意大利人连影子都见不到。"外面下起大雨，意大利人不可能来了。一个教堂杂役指点他离开这里来到中堂。一位神甫爬上讲台，拧亮灯。K.想离开

---

① 胡尔德（Huld）这个名字在犹太教神秘教义中意为"神的恩典"。

教堂，但神甫准确无误地叫了他的名字！神甫讲了法门的故事，最后说："法院是不会向你提出要求的。你来，它就接待你，你去，它也不留你。"

第十章是结局。K.31岁生日的前一天晚上九点钟，两个男人来到K.的住所，将K.带到一个荒无人烟的采石场，执行了死刑。"一个人的双手扼住了K.的喉咙，另一个人将刀深深地刺进了他的心脏，并转了两下。K.的目光渐渐模糊了，他看见那两个人就在他的面前，头挨着头，观察着这最后一幕。'真像是一条狗！'他说，意思似乎是，他的耻辱（the shame）应当留在人间。"（第183页）

（三）作品分析

卡夫卡的《诉讼》属于那种初看也还明白，越看却反而越糊涂的小说。埃里希·海勒说："避免解释《诉讼》的唯一办法就是不去阅读它，而这也正是卡夫卡最为欣赏的办法。"[①] 但遗憾的是，每当读者开始阅读这部小说时便往往欲罢不能、无法停止。小说的情节并不复杂：主人公约瑟夫·K.在他30岁生日的那天，突然在他的寓所里被捕了。"一定有人诬告了约瑟夫·K.，他没有干什么坏事，一天早晨却突然被捕了。"（第3页）小说开头一句便给读者留下许多疑问：谁诬告了约瑟夫·K.？谁说"有人诬告了约瑟夫·K."？这是怎样的一种"诬告"？诬告约瑟夫·K.干了什么坏事？他的姓为什么只是一个字母"K."？约瑟夫·K.是怎样被捕的？这些疑问和不确定性贯穿在整部小说之中，期待着读者去寻找线索和答案。随后，K.自知无罪，他想方设法为自己洗清罪名，但他最后认识到反抗是毫无意义的，默认了法庭的判决。于是，一天夜里，在一个废弃的采石场里K.被判处了死刑……显然，卡夫卡的这部小说与"法"相关，可以说，小说中的一切都笼罩在"法"之中，而小说中那个监狱神甫所讲的关于"法门"的故事又是整部小说的核心。况且，卡夫卡的作品大多与"法"有关，"在他的作品中处处有法官的座席，处处宣告被执行判决"[②]。因此，探测小说中"法"的内涵及其界限，不仅对于理解这部小说是至关重要的，并且，对于理解卡夫卡的所有作品也是有意义的。小说中的"法"又不是一个内涵单一确定的概念，它包含着至少三个层面含义；而"法"的内外界限也常常是不确定的、变化

---

① Erich Heller, *Kafka*, Fantana/Collins, 1977, p. 80.
② ［奥］马克斯·勃罗德：《卡夫卡传》，叶廷芳、黎奇译，河北教育出版社1997年版，第131页。

的，可以说，小说中的世界就是法门内外的世界，这也是卡夫卡自己的世界。

1. 自我控告

翻开小说，我们发现其中法庭、法官、检察长、警察、被告、律师，乃至看守、刽子手等都一应俱全，然而却缺少明确的原告。"一定有人（Someone）诬告了约瑟夫·K."，这个"有人"是谁呢？并且这个"一定"（must have been telling lies）在语气上也只是一种推测或猜测，直到小说结束时我们仍然不知道是谁控告了约瑟夫·K.。如果没有其他人控告约瑟夫·K.，那么约瑟夫·K.的原告就应当是他自己了。"他只得仔细地回忆他的一生，就连最微不足道的行为和事件也得从各个角度详细解释清楚。"（第104—105页）约瑟夫·K.自我控告了约瑟夫·K.，正如卡夫卡自我控告了卡夫卡。卡夫卡说，《诉讼》中的一切"皆出于我表达个人内心生活的欲望"①。因此，通过卡夫卡的自我控告，我们便可以解读约瑟夫·K.的自我控告。

卡夫卡的一生始终伴随着犯罪意识，始终存在某种对犯罪和惩罚的焦虑和恐惧。卡夫卡出生时，父亲的事业正处于兴旺发展阶段。父亲一门心思做生意，他的生活没有给任何其他事情留下空间和时间。母亲一门心思帮助丈夫，白天给他工作，晚上听他抱怨、发牢骚，陪他打牌，在他们49年婚姻生活中几乎天天如此。然而，不幸的是，他们却没有满足孩子的要求。卡夫卡作为这个家庭的头生子完全被忽略了，并受到了最为严重的伤害。卡夫卡一直保留着某种惊恐的想象，他认为父亲就是审判他的最后法官。多年以后，卡夫卡在那封著名的《致父亲》的信中回忆起，他经常和妹妹奥特拉一起谈论并思考他父亲，但"并不是想要想出什么对付你的办法来，而是为了以全副精力，以幽默、以严肃、以爱、抗拒、反感、服从、负罪感，以脑袋和心脏的一切力量来详细研讨那在我们与你之间晃悠的可怕的诉讼，谈一切细节，一切方面，利用所有的机会，无论相距远近都来共同谈透这个问题。在这场诉讼中你总是声称自己是法官，但实际上，至少在绝大多数情况下，你同我们一样，是既弱小而又诚惶诚恐的一个当事人"。卡夫卡36岁时还抱怨说："因为我是一个年幼的孩子，在反对父亲的斗争中失败了，但是这些年来，我一直没有使自己离开这个战场，虽然他仍然在那里一次又一次地击败我。"卡夫卡在这场战斗中所失去的是自信，所得到的却是无穷无

---

① 叶廷芳编：《论卡夫卡》，中国社会科学出版社1988年版，第151页。

尽的负罪意识："想起这种无穷无尽时，有一次我在描述一个人时说得很正确：'他担心羞耻将在他身后继续存在下去。'"①卡夫卡所描述的这个人就是《诉讼》中的主人公K.，小说中的最后一句话就是："他的耻辱应当留在人间。"

1885年9月卡夫卡有了一个弟弟格奥克，但格奥克在1887年春天死于麻疹；同年9月母亲又生下一个男孩亨利希，但半年以后，即1888年4月，亨利希也死了，他死于中耳炎。奇怪的是几乎没有人注意到这两个孩子的死，以及他们的死对幸存的卡夫卡的影响。卡夫卡本来就缺乏母爱和父爱，两个弟弟的出生无疑使卡夫卡进一步失去了父母的为数不多的关爱。两个弟弟的死对卡夫卡父母的打击是灾难性的，父母更加无暇去关注渐渐长大的卡夫卡。卡夫卡对这两个闯来同他争夺母爱的竞争者必定怀有强烈的怨恨。卡夫卡希望他们远离他的生活，远离他的父母，并且，在最初的想象中他甚至想通过魔法将他们谋杀。然而，后来当事情没有按照通常的程序发展，卡夫卡的幻想竟真的变成了事实：他的两个年幼的弟弟都夭折了时，卡夫卡的内心又充满了犯罪感和恐怖感。两个弟弟的死给卡夫卡留下了如此沉重的精神负担，以至于他自己从来都没有觉察到。卡夫卡的弟弟没有控告卡夫卡，但卡夫卡的内心的犯罪意识却挥之不去，抑郁成疾。弗洛伊德曾经说过："每一个病人的症候和结果都足以使自己执着于过去生活的某一时期。就大多数的病例而言，这过去的时期往往是生活史中最早的一个阶段，如儿童期或甚至于早在吸乳期内。"②卡夫卡给弗洛伊德的理论提供了一个典型的例证。

从小学到中学，卡夫卡将一系列考试看作是一次又一次公开或秘密的审讯。他每一次侥幸地通过考试，他相信都将给他带来下一次更为严峻的审讯。1893年卡夫卡参加了中学的入学考试，这就是一次严峻的公开审讯。这一年同卡夫卡一起进入布拉格德语中学的学生有83人，而经过一年又一年的考试淘汰，8年之后，坚持参加了中学毕业考试的只剩下24人。对于卡夫卡来说，"每次考试，从一开始到最后，都是末日审判的预演。一次考试及格，并不能给他带来什么安慰；所有这些只是意味着，他又一次在法庭上蒙混过关了，并且，这只不过是在他无尽的罪孽的总数上又多加了一条"③。1901年，卡夫卡参加了大学入学资格

---

① 叶廷芳主编：《卡夫卡全集》（第8卷），河北教育出版社1996年版，第260、239、262页。译文根据英译本有所改动。
② ［奥］弗洛伊德：《精神分析引论》，高觉敷译，商务印书馆1984年版，第215页。
③ Ernst Pawel, *The Nightmare of Reason: A life of Franz Kafka*, Farrar·Straus·Groux, 1984, p. 34.

考试这场最后的考试,在卡夫卡看来,这是一次血战,为此他经历了无数个不眠之夜。最终他通过了考试,但却没有什么值得夸耀的。据说卡夫卡的同学贿赂了希腊语教师的仆人,在考试前得到了试卷,卡夫卡也从中受益。无疑,卡夫卡又得为这次考试的成功应付来自内心的审判。

卡夫卡与他的第一个女友菲莉斯长达五年的恋爱史使卡夫卡充满了犯罪感。卡夫卡与菲莉斯曾两次订婚,又两次解除婚约。卡夫卡1912年8月13日在勃罗德家里结识菲莉斯,两年后于1914年5月在柏林订婚,两个月后于1914年7月解除婚约。《诉讼》成稿于1914年8月至1915年1月间,卡夫卡去世后由好友勃罗德在1925年整理出版。正是在解除婚约后的痛楚和自由中卡夫卡着手创作《诉讼》,但小说最终没有写完。

菲莉斯认识卡夫卡时是柏林一家公司的速记员兼打字员,24岁。她头脑清醒,开朗大方,具有高度的协调能力和实际工作能力,而这些则正是卡夫卡所缺乏的。9月20日他给菲莉斯写了第一封信。8天之后卡夫卡收到了菲莉斯的回信。从此他们开始了长达五年的恋爱,在此期间卡夫卡给菲莉斯写了五百多封信,这些信常常被认为是卡夫卡唯一完成了的、最长的小说。这些信记录了卡夫卡内心深处的另一场诉讼。五年来,卡夫卡与菲莉斯的恋爱是漫长而又痛苦的。一旦卡夫卡不得已必须面对婚嫁问题时,卡夫卡又下决心要解除这种关系。于是,菲莉斯找到了她的女友格蕾特·布洛赫,请她出面充当斡旋人。这位21岁的女子,也是一位速记打字员。格蕾特虽然相貌平平,但她那早熟的智慧和深切的同情心却给卡夫卡留下了深刻的印象,以至于他们的关系早已越过了一般朋友的关系。有一段时间,他给格蕾特写的信比给菲莉斯写的信要多得多,也要长得多。格蕾特成了卡夫卡倾诉痛苦的对象,卡夫卡则成了格蕾特依恋的对象。而这暗中发生的种种变化和迹象,菲莉斯不可能毫无觉察。

1914年7月11日,卡夫卡来到柏林,准备同菲莉斯和格蕾特一起从这里出发继续前往北海旅游胜地格勒森多夫。然而,第二天早晨他发现,他在旅馆的房间已经变成了一间审判室,他自己站在了被告席上。菲莉斯是原告,她将格蕾特·布洛赫,还有她妹妹埃尔娜也带来了。卡夫卡的朋友恩斯特·魏斯无可辩驳地成了被告的辩护人。反对卡夫卡的证据是不可动摇和无可辩驳的。他写给格蕾特的大量的书信提供了充分的证据,菲莉斯从中引用了一些具有实质意义的控告性段落。

卡夫卡拒绝为自己辩护,一直保持沉默。然而,当争论持续了几个小时后,菲莉斯终于被卡夫卡的沉默所激怒，宣泄和展露了她所深藏的痛苦。整个审判期间，卡夫卡都感觉到是格蕾特坐在那里审判他；而后来他渐渐地意识到，他总是被自己审判，并且自己也是死刑执行人。判决的结果就是正式的订婚被正式地取消了。

约瑟夫·K.的审判与卡夫卡所指的在阿斯康尼切尔旅馆里的有关自己的审判，二者之间的联系是显而易见的。譬如，毕斯特纳是否就是指菲莉斯？或者格蕾特·布洛赫是否是这一形象的原型？尽管人们对此有诸多不同看法，但却无法否认她们之间的联系。譬如，毕斯特纳碰巧也是一位打字员，身材高大、瘦削，"她是个讨人喜欢的好姑娘，又和蔼，又正派，又精明能干，这一切我都很佩服"（第19页）。K.与她的关系总是若即若离，最后还是分道扬镳。K.临死前仿佛见到了毕斯特纳小姐幽灵般的身影，"他便选择了毕斯特纳小姐消失的方向。他并不是想追上她或尽可能看见她的背影，而是为了记住她给他的警告"（第181页）。1914年7月23日，卡夫卡在日记中写道："在饭店里的法庭……，所有一切都处于躯体的疼痛之下。可怕的、沉重的痛苦之夜。"①阿斯康尼斯切尔旅馆里的"审判"给卡夫卡留下了多么深刻的创痛，这在他的小说《诉讼》中可以找到足够多的证据和线索。日后，卡夫卡在一封致勃罗德的信中写道："我面临的情况是，悲惨地生活，悲惨地死去。'仿佛活下去是耻辱'，这大概是《诉讼》这部长篇小说的结束语。"②（卡夫卡在给父亲的信中也说过类似的话）勃罗德则说得更为清楚："K.没有爱，从来不曾爱过，无论对B.小姐或他的母亲，与职业的关系也只是例行公事、力求无误而已。这是他心中半潜的意识，折磨着他，但却是人类普遍之罪，为此缘故，他自己的良心对他提出了诉讼。"③

2. 社会控告

《诉讼》是一部"同情弱者，暴露社会黑暗"的作品，卡夫卡是一个"预言的天才"，这大概是对这部小说最一般的理解了。"在卡夫卡笔下，这个既具体（被告分明看到了那个设在'阁楼'上的法庭）又遥远（无人主持审判），既腐

---

① 叶廷芳主编：《卡夫卡全集》（第6卷），河北教育出版社1996年版，第324、325页。
② 叶廷芳主编：《卡夫卡全集》（第7卷），河北教育出版社1996年版，第246页。
③ ［奥］马克斯·勃罗德：《卡夫卡传》，叶廷芳、黎奇译，河北教育出版社1997年版，第181页注释1。

朽又恐怖的法院乃是现代资本主义法律机器的象征"①。然而，对《诉讼》的这种解读也常常受到人们的质疑，"被认为不符合文本的原意，至少限制了文本的意义"②。事实上，作为一个熟悉法律并以法律为职业的作者，在他的作品中描写司法黑幕、揭露法律问题，应当是十分自然的事情，尽管我们不能也不应该将作品的全部意义都局限在这一领域。

卡夫卡在大学里学的是法律，并获得了法学博士学位，之后又在法院里实习过一年，1908年进入保险公司后也一直从事与法律相关的工作。在最初为公司撰写的1907年和1908年的报告中，他便熟练地运用了许多法律条款，其内容涵盖了整个工业结构，还包括那些操作机动车的新问题。卡夫卡写过一篇小说，题目就叫《关于法律问题》。因此，《诉讼》"忠实地再现了奥匈帝国刑事程序的很多细节"③，当然不是什么奇怪的事情。美国当代法学家博西格诺甚至将他长达80万字法律教科书取名为《法律之门》，并将卡夫卡的小说《法的门前》直接置于卷首。④

卡夫卡说："我们的法律不是大家都知道的，它们是一小撮统治我们的贵族的秘密。我们深信，这些古老的法律被严格地遵守着，但是，依照人们不知道的法律而让人统治着，这毕竟是一件令人痛苦的事。"⑤在小说《诉讼》中，"法"是神秘的，没有人了解"法"的真相。主人公K.不知道自己何以被捕，就连前来逮捕他的监督官也不知道K.被捕的原因："我们甚至对这件案子一无所知……我也无法告诉您是否有人控告了您。您被捕了，这倒是千真万确，但更多的我就不知道了。"（第11页）更有甚者，审理这个案子的预审法官也不知道K.究竟是谁，他曾用一种"确信无疑的口气问K.，'您是房屋油漆匠啰？'K.说，'不对，我是一家大银行的首席业务助理。'"（第34页）审讯过程则是不公开的，"因为审判程序不仅对公众保密，而且也不让被告知道"（第95页），甚至连法官本人也不知道。在法庭的后面则有一个庞大的机构在操纵，这个庞大机构存在的意义"在于逮捕无辜的人，对他们进行荒谬的审讯，这种审讯在大多

---

① 叶廷芳：《现代艺术的探险者》，花城出版社1986年版，第48页。
② 谢莹莹：《权力的内化与人的社会化问题——读卡夫卡的〈审判〉》，《外国文学评论》2003年第3期，第17页。
③ [美]理查德·A.波斯纳：《法律与文学》，李国庆译，中国政法大学出版社2002年版，第172页。
④ [美]博西格诺：《法律之门：法律过程导论》，邓子滨译，华夏出版社2002年版。
⑤ 叶廷芳主编：《卡夫卡全集》（第1卷），河北教育出版社1996年版，第411页。

数情况下没有结果"（第38页）。K.在临死前发问："他从未见到过的法官在哪里？那个他永远无法企及的高级法院又在哪儿？"（第183页）总之，"只要一名刽子手就能取代整个法院"（第125页）。

卡夫卡所在的布拉格波希米亚王国劳工工伤事故保险公司当时是正处于迅猛发展的资本主义世界的一部分，它就像一张近于史诗般错综复杂的巨网，覆盖着整个哈布斯堡王朝，尽管它经历了动荡、膨胀、萧条，但却一直保持着一种完全不同的分离状态，而没有垮塌。这个特别的小小的帝国，始建于1198年。由于日益增长和强大的工人运动的力量，议会通过了一项全面的社会法案，由于这一法案保险公司得以成立，并迅速发展起来了。

不久，卡夫卡就注意到：公司的全体人员的工作效率极低，尽管缺乏强有力的立法也是其中的原因之一，但更重要的是公司最初的管理人员完全没有实际经验，或者说连普通的商业意识都没有。事故保险和健康保险的金额不是依据承担风险的程度，而仅仅基于投保企业的雇员的人数。既然由雇主单方面负责提供雇员的数目，他们便尽可能地少呈报一些雇员。他们没有投入太多的保险金；公司为整个地区也只雇用了七名询查员，这也不是什么秘密，其结果是引起一系列的欺骗与夸大其词的行为。不可避免的结果就是亏损，从1893年开始，亏损每年以令人震惊的比率增加。到了1908年，维也纳官僚政府便感到必须采取行动改变这种状态，克服他们的那种积重难返的惰性了。保险公司与整个奥匈帝国一样，都处在这种危机四伏、风雨飘摇之中，从卡夫卡的小说中我们能感受到这一点。"这个庞大的司法机构始终保持着一种微妙的平衡，如果有人稍微变动一下这个机构的组织，就会摔跟头从而彻底毁灭，而这个机构则可以靠自身其他部分的补偿作用而恢复平衡，因为它的各个部分是相互关联的。"（第99页）整个司法机构牵一发而动全身，任何局部的改动和变化都是不可能的。

当时奥匈帝国的保险法朝令夕改，充满了任意性和歧义性。"在内务部的诸法令、诸政令、诸决定、行政法庭的诸判决中，全都确定下来的法律解释，被按严格的逻辑制定的1906年的行政法庭的判决彻底否定后，在行政法庭的新的判决中又重新启用。"[①]这种法律的任意性和歧义性更是卡夫卡描写的重点。譬如，主人公的被捕完全是莫名其妙的："我是在清晨躺在床上时被捕的，也许，他们接到的命令是去逮捕一名同我一样的油漆装饰匠——从预审法官的话来看，这

---

① ［日］平野嘉彦：《卡夫卡——身体的位相》，刘文柱译，河北教育出版社2002年版，第116页。

并不是不可能的，但是，他们却抓了我。"（第36页）"某些案子的最终判决往往是不知在什么时候，由于某个人随便讲了一句什么话而作出的。""即使他们（法官）很快就接受一种有利于被告的看法，他们回到办公室后，第二天或许又会作出相反的决定，给被告以更加严厉的判决，比他们当初声称将放弃的原判重得多。"（第97页）并且，"法官们对一件案子往往各执己见，众说纷纭，最后弄得一团糟"（第158页）。

卡夫卡看到了资本主义社会法律的荒谬和残酷。"法律总是被罪恶所吸引。"（第30页）"不但无罪的人反正要被判刑，而且还得不明不白地进班房。"（第41—42页）"这一整套司法制度的内部和它的外部一样令人讨厌。"（第55页）"谎言构成了世界的秩序。"（第177页）"法庭是法律正义的唯一机构；可是又无法通过法庭来保证法律正义。作为正义的唯一机构，法庭理应受到请愿人的尊重；作为事实上不正义的机构，法庭又该受到他的蔑视；所以，由于正义的唯一机构不能提供正义，请愿人会感到愤怒。"①当卡夫卡看到那些由于安全设施不足而伤残的工人时，他像那些请愿人一样也充满了激愤。据勃罗德记载，卡夫卡在保险公司里目睹了那些伤残工人接受各级官员的推诿、搪塞、斥责甚至谩骂，卡夫卡曾惊讶地说："这些人是多么老实啊，他们没有冲进保险公司，把一切砸得稀巴烂，却跑来请求。"②卡夫卡感到工人已经成了强大的官僚机构的牺牲品，于是他在法庭上甚至悄悄地损害公司的利益，有时还给原告支付诉讼费。在《诉讼》中，那些被告也总是像卡夫卡的当事人一样，永远是一副诚惶诚恐的样子："他们站得不是很直，弓着背，屈着膝，像沿街乞讨的叫花子。"因此，主人公约瑟夫·K.也像卡夫卡一样悲叹道："这些人多么谦卑有礼啊！"（第53页）卡夫卡对于那些社会的弱小者赋予了深厚的同情。

美国当代法学家波斯纳说："请想象一下，一天早晨醒来，你因为莫须有的罪名被捕，并且发现自己无法找到被指控的罪名——而你不可能做过任何可能被认为违反了任何法律的事情。作为不公平生活的有力象征，严格的责任感——为无过错的、甚至是完全无法避免的行为造成的后果承担法律责任——已经够糟糕的了。而约瑟夫·K.不是因为他所做的任何事情而受到惩罚，不论这些事情是否含有过错；他没有做过任何事情。在他的世界当中，不但意图或罪过同惩罚割

---

① 叶廷芳编：《论卡夫卡》，中国社会科学出版社1988年版，第321页。
② ［奥］马克斯·勃罗德：《卡夫卡传》，叶廷芳、黎奇译，河北教育出版社1997年版，第77—78页。

裂，而且行为同惩罚也完全割裂了。"①不论你做了什么，即便你什么也没做，你也无法逃避"法"的魔圈。总之，"法"无所不在，无所不能，"每一栋房子的阁楼上都有法院办公室"，"一切都属于法院"。（第132、122页）

3.宗教控告

卡夫卡是犹太人，但他不信犹太教；他与基督徒很亲近，但他更不是基督徒。不过，卡夫卡绝不是无神论者，他有着非同寻常的宗教意识和宗教情怀。"宗教就是卡夫卡的全部世界，或者说卡夫卡是以宗教的眼光看待世界上的一切事物的。"②"因为他的敏感性和他的思想、他的整个内心世界，是由犹太人的宗教情感，和对帕斯卡尔、陀思妥耶夫斯基、列昂·布卢瓦、克尔凯郭尔的著作，特别是《圣经》的经常阅读形成的。他对希伯来语和犹太教法典的研究，以及他对犹太人的宗教剧的热情，证明了信仰世界——超越了需要所经历的最悲剧性的和最个人的形式——对他产生了吸引力。"③卡夫卡有关宗教的原罪意识由来已久，并且非常强烈。卡夫卡说："有时候我觉得，没有人比我更懂得原罪。"④"没有什么别的东西比这种毫无根据的负罪感更牢靠地黏附在我的灵魂里，正因为它没有真实的理由，所以不管悔恨也好，还是弥补也好，都无法消除这种负罪感……"⑤卡夫卡的朋友勃罗德一再地强调这一点，并非是没有道理的。勃罗德说："应该将卡夫卡归入'危机神学'的行列，这个神学的倾向性是：在上帝和人之间，在人与通过人的力量产生的善举之间，横亘着一条永远不可能弥合的鸿沟。"⑥而卡夫卡所从事的保险业也有点宗教的味道："保险事务类同于原始部落的宗教，这些部落以为通过形形色色的法术便可以挡开灾祸。"⑦在卡夫卡那里，"法"指的是什么？罗纳德·海曼说："对犹太人来说，摩西五经象征着、代表着宇宙的、普遍有效的法律，在犹太教的神秘教义中

---

① ［美］理查德·A.波斯纳：《法律与文学》，李国庆译，中国政法大学出版社2002年版，第178—179页。
② 叶廷芳编：《论卡夫卡》，中国社会科学出版社1988年版，第57页。
③ ［法］罗杰·加洛蒂：《论无边的现实主义》，吴岳添译，百花文艺出版社1998年版，第151页。
④ 叶廷芳编：《论卡夫卡》，中国社会科学出版社1988年版，第170页。
⑤ 叶廷芳主编：《卡夫卡全集》（第5卷），河北教育出版社1996年版，第387页。
⑥ ［奥］马克斯·勃罗德：《卡夫卡传》，叶廷芳、黎奇译，河北教育出版社1997年版，第172页。
⑦ Angel Flores ed., *The Kafka Problem*, New Direction, 1946, p. 248.

谈到过，早在创造世界以前，法就存在了。"①

犹太民族是一个十分重视法的民族，《圣经》中的"十诫"就是上帝为人立的法，以后拉比犹太教又被描述为"双重律法"的宗教，"因为拉比犹太教既有'口传律法'，也有'成文律法'，口传律法是对成文律法的解释和补充"②。犹太教和基督教的主要区别就在于：前者恪守法律，后者笃信基督。在卡夫卡笔下，"法""既不是希伯来《圣经》，也不是犹太律法"③，它无处不在、无处不有，有着丰富的，甚至充满矛盾的所指和含义，人们稍不经意就可能犯法，但它究竟是什么，却又不可言说、无法言说，同样充满了神秘性。譬如，1911年年底卡夫卡就谈到："犹太法典说：一个没有妻子的男人不是男人。"④像K.没有结过婚一样，卡夫卡什么也没有做，但他的独身生活便已犯了法，这是他内心深处隐秘的罪孽。

整部《诉讼》写的就是有关"罪与法"的问题。本雅明这样评论卡夫卡："在远古世界以罪的形式呈现的镜中，他只看到以审判形式出现的未来……"⑤"在大教堂里"一章无疑是小说的高潮，主人公起初试图逃避法律的判决，继而又向不公正的法律进行挑战，但到头来反倒愈陷愈深，最后他被召唤到了大教堂。神甫与K.素不相识，但他能明白无误地喊出他的名字。他知道K.是一名被告，正是神甫要寻找的人。K.名义上是去陪一个意大利人参观教堂，实质上则是神甫让人叫他到这里来的。神甫让K.扔掉手中的名胜古迹画册，扔掉世俗的奢华和理解，关注自己的罪、自己的问题。K.说："这是一个误会。一个人怎么会无缘无故地被判有罪呢？"神甫说："可是，有罪的人都这么说。"针对K.的自我欺骗，神甫给他讲了那个著名的"法门的故事"。最后神甫告诫K.："写在纸上的东西是不会改变的，不同的看法往往反映的是人们的困惑。""用不着把他的每句话都看作真理，只要当成必须如此就行了。"神甫讲的这些对于K.来说过于深奥，过于陌生，K.更加迷惑不解："K.虽然同神甫靠得很近，却不知自己身在何处。"他一个人在黑暗中也找不到出去的路。神甫说："你首先应该知道我是谁。""我是属于法院的……，法院是不会向您提要求的。你来，它就接待你，

---

① [英]罗纳德·海曼：《卡夫卡传》，赵乾龙等译，作家出版社1988年版，第270页。
② [英]诺曼·所罗门：《当代学术入门：犹太教》，赵晓燕译，辽宁教育出版社1998年版，第20页。
③ Harold Bloom ed., *Franz Kafka's The Trial*, Chelsea House Publishers, 1987, p. 20.
④ Ernst Pawel, *The Nightmare of Reason: A life of Franz Kafka*, Farrar·Straus·Giroux, 1984, p. 264.
⑤ 秦露：《文学形式与历史救赎：论本雅明〈德国哀悼剧起源〉》，华夏出版社2005年版，第236页。

你去,它也不留你。"(第178页)

　　这里的法和法庭,如果不从宗教意义上去理解,还能从什么意义上去理解呢?"卡夫卡所写的全部故事都是关于一个问题的直接的想象的表述,这个问题就是:置身于这个世界的人类怎样才能调节自己的生活以便与属于另一个世界的法律保持一致,这法律的奥秘是人类也无法确切地加以解释的,尽管看上去这些奥秘并不是什么奥秘。"① 在这部小说中,法庭代表上帝:"法,上帝的别称;上帝,法的别称。"② K.寻找法庭就是寻找上帝,正像那个法门前的乡下人,他在临死前,"在黑暗中看到一束亮光从法律的大门里源源不断地射出来",但是,由于 K.认识不到自己的罪,所以他越努力反而离法庭越远,也就是离上帝越来越远。勃罗德曾经说过:"'接近上帝'和'正确生活'在卡夫卡那里是一回事。一个没有国土的民族的一员,是不能正确生活的。"③ 卡夫卡因为不能正确生活,所以他也就无法接近上帝。我们知道,"罪"在希腊文原意是:"当射箭的人偏离了目标,场上的核查员便高喊'罪'!也就是说你偏离了目标。"因此,《圣经》上说世人都犯了罪,意思是世人已远离了人类的目标,远离了神。由于我们任何人都不可能是完人,所以单靠自己的努力和勤奋是无法接近神的。K.所做的一切无疑证实了这一点。

　　K.最终被判决死刑。他已经"意识到反抗毫无意义"(第180页)。临死前他对自己的罪已有所觉察。他意识到在这个罪恶的世界里,自己作为其中的一分子,虽然为罪恶势力所害,但自己也在有意无意中危害他人,因为他也是这个罪恶社会中的一个环节。"一个诚实的、按照公务条例得到丰厚薪水的公务员就是一个刽子手。"④ 卡夫卡曾经说过:"我们发现自身处于罪恶很深重的状态中,这与实际罪行无关。《诉讼》那部小说的线索,是我们对时间的观念使我们想象有'最后的审判'这一天,其实审判是遥遥无期的,只是永恒的法庭中的一个总诉讼。"⑤ 本雅明无疑看到了这一点,他说卡夫卡小说中的人物最大的特点之一就是充满恐惧感,这种恐惧就是"对未知的恐惧,对赎罪的恐惧"⑥。因此,

---

① 叶廷芳编:《论卡夫卡》,中国社会科学出版社1988年版,第65页。
② [法]雅克·德里达:《文学行动》,赵兴国等译,中国社会科学出版社1998年版,第141页。
③ [奥]马克斯·勃罗德:《卡夫卡传》,叶廷芳、黎奇译,河北教育出版社1997年版,第181页。
④ 叶廷芳主编:《卡夫卡全集》(第5卷),河北教育出版社1996年版,第309—310页。
⑤ 叶廷芳:《现代艺术的探险者》,花城出版社1986年版,第140页。
⑥ [德]瓦尔特·本雅明:《经验与贫乏》,王炳均、杨劲译,百花文艺出版社1999年版,第344页。

K.最后引颈受戮。K.就这样结束了自己的一生。《诉讼》的多重意义也在这里显现出来了。

以上我们从三个层面分析了《诉讼》中的"法",但是,这里的"法"究竟意味着什么却没有唯一的答案。"法"门内外既壁垒森严,又常常没有边界。要服从法律的精神就得先掌握有关法律条文的知识。这样一来,所谓"法"的问题也就成了语言问题。于是,人们开始用崇拜语言来代替崇拜上帝,从严格地遵从上帝的意旨变成了对法律的遵从。然而,知识又培育起怀疑精神,并且,当法律条文引发出无限的模糊意义时,解释就成了人类永恒的任务。"这些法律由来已久,且非常古老,为了解释它们已经做了几百年的工作,而且这种解释也许已变成了法律本身。"(第411页)在这无休止的"程序"中,每一代人都身陷其中,扩展并限制着他的前辈的解释,无限地堆积各种解释,理性正是以这种方式寻求真正的信仰。而这种信仰和理性的张力,这种根本不可调和的敌对双方之间的动态的、永远保持警觉的平衡就是犹太传统的灵魂,他们绵延不绝的生命力的源泉。约瑟夫·K.的斗争,他就像他的作者一样无力将理性和信仰调和起来,这一灵感应当更多地归功于他的精神遗产,而不是精神病、文学或者政治。卡夫卡写作《诉讼》就是这种无休止的探寻中的一部分,现代读者阅读它在某种程度上也就是参与这种探寻。

(四)精彩片段欣赏

● 译文选自

[奥]卡夫卡:《诉讼》,叶廷芳主编:《卡夫卡全集》(第3卷),章国锋译,河北教育出版社1996年版。

1. K.被捕了

一定有人诬告了约瑟夫·K.,因为,他没干什么坏事,一天早晨却突然被捕了。他的房东格鲁巴赫太太的厨娘每天早上8点钟本应给他送早餐来的,这天却没有露面,这种事过去从未发生过。K.又等了一会儿,倚在枕头上看见住在街对面的那位老太太正以一种对她来说异乎寻常的好奇打量着他。他又惊讶又饿,便拉了拉铃,并立即听见有人敲门。一个他在这所公寓里从未见过的男人走了进来。这人又高又瘦,却长得相当结实,身穿一件合身的黑衣服，像旅行装那样有许多褶边、口袋、束带和纽扣，此外，还系了一条腰带。虽然没人知道这些东西是用来干什么的，但这身装束看上去却十分合身。"你是谁？"K.在床上坐起来问。可是，来人并不回答K.的问话，仿佛用不着解释他的出现。他只说了一句："您拉铃了吗？""安娜该给我送早餐来了。"K.说，接着便仔细地打量起来人，并猜测他究竟是谁。这人经不起K.长时间的注视，便转过身走到门边，把门打开一条缝，对显然站在门后的某个人说："他让安娜给他送早餐来。"隔壁房间里响起一阵短促的笑声，不知是一个人还是几个人发出来的。虽然陌生人从笑声中没听出他早已知道了的回答，但仍然用报告的口气对K.说："这可不行。""真新鲜。"K.说着跳下床，匆匆穿上裤子，"我倒要看看隔壁房间里到底有什么人，格鲁巴赫太太怎样向我解释这样的打扰。"虽然他马上意识到不该大声说出这句话，这样做就等于承认陌生人有权监视他的行动，但又觉得此刻这已经无关紧要了。不过，陌生人倒的确是这样理解的，他对K.说："您不觉得您应该待在这里吗？""只要您不说明您是谁，我就既不待在这里，也不想跟您说话。""我是好意。"陌生人说着自愿打开门。K.慢慢走进隔壁房间，第一眼看到那里同昨天晚上几乎没有什么变化。这是格鲁巴赫太太的起居室，摆满了各种各样的家具和地毯，陈列着许多瓷器和照片，也许空间比过去稍大，但乍一看是很难发觉的，尤其是因为屋里发生了一个主要变化：一个男人手拿一本书坐在窗前。那人抬眼望着K.。"您得待在自己屋里！弗兰茨没告诉过您吗？""不错。不过您到这儿来干吗？"K.说，并把目光从这个新相识移向站在门边的那个叫弗兰茨的人，接着又移回来。透过敞开的窗户，他看到那位老妇人怀着老年人特有的好奇走到了对面的窗前，打算把一切看个仔细。"我想向格鲁巴赫太太……"K.说着移动脚步，仿佛想摆脱那两个远远站着的人，向门口走去。

"不行！"窗边的人把书扔在桌上，站起身来说，"您不能出去，您已经被捕了。"

"看起来似乎是这样，"K.说，"不过，为什么呢？"他问道。

"我们无权告诉您。"

（第3—4页）

2. 法的门前

法院门口站着一个值班的门警。一个乡下人来到这个门警跟前，要求让他进去。可是门警不让他进去。乡下人问："以后我是否可以进去？"门警说："那倒有可能，但现在不行。"乡下人没有料到进入法门有这么多的难关，他原以为法律人人有份，随时都可以进入它的大门。接着，乡下人做了各种努力，他把自己所有的东西都送给了门警，门警笑着都收下了，但却并不放他进去，只是说："我之所以收下你的土特产，是为了让你明白，你能做的事你都做了，但我就是不放你进去。"于是，乡下人开始了他的漫长的等待，直到他临死前，他终于忍不住向门警提了一个问题："人人都在追求法，但是，这些年来，怎么只有我一个人跑来要求进去呢？"门警看出此人已经走到了他的尽头了，为了让他正在消失的听觉还能听得见，他对他大声号叫道："这里再也没有人能够进去了，因为这道门仅仅是为你而开的。我现在就去把它关上。"①

3. K.的结局

K.31岁生日的前一天晚上，大约9点钟——此时街上已寂静无声——两个男人来到他的住所。他们身穿礼服，脸色苍白，体态臃肿，头戴好像脱不下来的大礼帽。在大门边，他们彼此谦让了一番，在K.的房门前又更加客气地相互推让，请对方先进门。K.不知道他们的到来，此刻正身穿黑色礼服，坐在门边的一把扶手椅上，慢慢地戴一副新手套。他好像在等人。在好奇地打量了一番来人之后，他急忙站起身来。"你们是来找我的吗？"他问。来人点点头，其中的一个将手中的帽子向另一个指了指。K.意识到他等的不是这两个人，便走到窗前，朝漆黑的街上望了一眼。街对面几乎所有的窗户都是黑的，许多窗子放下了窗帘。整栋楼只有一扇窗里还亮着灯，几个孩子在铁栅栏后玩耍，由于他们还不会走路，只能伸着小手去抓对方。"他们把又老又蹩脚的演员派来了，"K.自言自语说，并朝四周瞧了瞧，仿佛想证实一下自己的印象，"想随随便便把我干掉。"他猛地转过身来问他们："你们

---

① 叶廷芳主编：《卡夫卡全集》（第1卷），河北教育出版社1996年版，第172页。译文经过简写，有所改动。

演的是什么戏？""演戏？"其中的一个抽动着嘴角问另一个人，仿佛请那人出主意。另一个人装得像个哑巴，丑陋的五官不停地颤动着。"他们不准备回答任何问题。"K.想，并去取帽子。

还在下楼时，两个人就想抓住K.的胳膊。但K.说："等到了街上再说。我不是病人。"一出大门，他们就以一种K.从未见过的姿势抓住他，肩膀紧紧地顶着他的肩膀，胳膊并不弯曲，而是伸直了扭住K.的整个手臂，并以一种训练有素，使人无法反抗的方式抓住他的双手。K.挺直身躯，姿态僵硬地走在他们中间，三个人连成一个整体，倘若其中的一个倒下，其他二人也会立即倒下。只有无生命的东西才能组成这样一个整体。

（第179—180页）

一个人的双手扼住了K.的喉咙，另一个人将刀深深地刺进他的心脏，并转了两下。K.的目光渐渐模糊了，他看见那两个人就在他的面前，头挨着头，观察着这最后一幕。"真像是一条狗！"他说，意思似乎是，他的耻辱应当留在人间。

（第183页）

卡夫卡有关法门的故事充满了悖论：大门敞开着，却又有守卫；门警答应放他进去，又一直不肯放行；乡下人可以闯进去，但他自己又禁止自己进入；乡下人最终没有进去，而门又是专门为他开的。海南大学的张志扬先生进而发挥道："门，既是范域的限定，又是这限定的缺口，既可破门而入，又破门而出，'进入存在'或'超出存在'。如果完全的隔就不必通了，完全的通就不必隔了，又通又隔，于是有门，所以，门是限定中的否定。门的肯定是在否定中或通过否定建立起来的。""迄今为止，人建立世界，就是建立门。"经他这么一解释，简单的道理变得十分深奥起来。其实，人建立门的目的，就是让人进出；而与此同时，人建立门的目的也是为了不让人进出。门，既可以打开，欢迎你的到来；又可以关闭，拒绝你的进入。

看来，这个故事的寓意虽然含混，但却含混得清清楚楚；它如此深刻，又如此完整，以至于可以做出各种不同的解释，同时又根本不能再做任何解释。对于这故事，还是那位神甫说得好："没有必要去把每一件事情都当作是真实的，人们只要把它当作是必须的。"这就是说，解释是可能的，但绝对的解释却是不可能的；接受是必须的，而理解却并不是绝对的。门里面是什么，可能什么都有，也可能是彻底的无。门，作为没有真理的真理，它守卫着自己，但它并不是自己守卫自己，而是由一个门卫守卫着，但门卫什么也不守卫，因为门一直开着，其实门里面什么也没有。

总之，《诉讼》是一部关于"审判"的小说。小说既被人看作是对"无罪"的审判，也被人们读作是对"有罪"的审判，同时还被人们解释为对"审判"的审判。主人公约瑟夫·K.莫名其妙地在自己的寓所里被捕了，最后被判处死刑，这是对"无罪"的审判；K.在上诉的过程中渐渐认识到，在这个罪恶的世界里，自己作为其中的一分子，作为这个罪恶世界中的一个环节，虽然为罪恶势力所害，但自己也在有意无意地害他人，这便是对"有罪"的审判；在所有这些审判的背后还有一个最后的总审判，这与实际罪行无关，"诉讼"是遥遥无期的，只有永恒的法庭的一个总诉讼，这就是对"审判"的审判。从"对无罪的审判"来看，小说的主要意义在于社会批判；从"对有罪的审判"来看，小说的主要意义就在于它的自觉的伦理道德意识；从"对审判的审判"来看，小说的意义便主要在宗教方面。

第十四讲
赫胥黎《美妙的新世界》

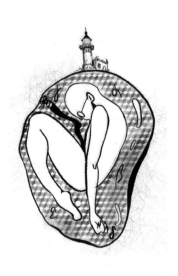

一、赫胥黎

阿道斯·赫胥黎（Aldous Huxley，1894—1963）是20世纪英国最为著名的作家之一，也是对20世纪乃至今天的世界文坛产生重要影响的作家之一。他的全名为阿道斯·伦纳德·赫胥黎（Aldous Leonard Huxley）。赫胥黎出生于英格兰的名门望族，其祖父是生物学家、进化论支持者托马斯·亨利·赫胥黎（Thomas Henry Huxley，1825—1895），他的父亲伦纳德·赫胥黎（Leonard Huxley，1860—1933）是一名传记作家。他的外祖父汤姆·阿诺德（Tom Arnold，1823—1900）是英国文学研究专家，也是英国著名诗人和文化批评家马修·阿诺德（Matthew Arnold，1822—1888）的弟弟，他的母亲茱莉亚·阿诺德（Julia Arnold）可谓出身于书香门第。他的哥哥朱利安·赫胥黎和他同父异母的哥哥安德鲁·赫胥黎都是杰出的生物学家，赫胥黎本人最早的教育就开始于他父亲设施完备的植物学实验室。这种家庭背景，毫无疑问为他后来在其创作中表现出丰富的生物学、遗传学等学科领域的知识打下了良好的基础。这种诗书传家的背景，冥冥之中为他后来登上文坛储备了不可忽视的家族基因。

1894年7月26日，赫胥黎出生于萨里郡的戈德尔明，先后就读于山边中学和著名的伊顿公学，1916年毕业于牛津大学的巴利奥尔学院。大学毕业的同一年，赫胥黎出版了他人生中的第一本书，这就是他的诗集《燃烧的车轮》。1919年至1921年间，赫胥黎为《雅典娜神庙》杂志工作，其后将主要的时间和精力都用于自己的创作，并在意大利度过了不短的时间。他于1937年移居美国加利福尼亚州，1963年在加州病逝。

赫胥黎14岁那年，他的母亲因病亡故，其后父亲续弦。家庭的变故对赫胥黎的心灵与情感造成了不可忽视的创伤。17岁那年，赫胥黎的右眼因点状角膜炎而感染了眼疾，这实际上让他的右眼差不多失明了有两三年，终结了他想当一名医生的早期梦想。丧母之痛与眼疾之苦，对正处于青春期的赫胥黎无异于巨大的挑战。1913年，时年19岁的赫胥黎进入牛津大学巴利奥尔学院攻读英国文学。一年以后，爆发了震惊全世界的第一次世界大战。1916年，赫胥黎自愿报名参加英国陆军。不过，由于身体健康不达标，他被拒绝了。幸运的是，后来他右眼的视力得到了部分恢复。既然投军无门，他就和好友一起编辑《牛津诗刊》。1916年6月，赫胥黎以一级荣誉文学士毕业。由于经济上还要依赖父亲的接济，赫胥黎决定去找工作。他在伊顿公学谋得了一份教职，在那里教法语，乔治·奥威尔（本名艾瑞克·布莱尔）和史蒂文·朗西曼都是他的学生。学生们对他的印象是，他不能胜任教职，尤其是不能让他的课堂井然有序。不过，布莱尔和其他的学生都高度评价赫胥黎对法语的精通。17岁时，赫胥黎完成了他的第一部长篇小说（未出版）。他从20多岁的头几年开始认真地开始创作，奠定了自己作为一个成功作家和社会批评家的地位。除了创作小说和诗歌外，他在这一时期还为《名利场》和《英格兰时尚》等杂志撰稿。

在第一次世界大战期间，为了谋生，赫胥黎在靠近牛津郡的加辛顿庄园当了一名农场劳动者。这座庄园是奥拓林·莫雷尔夫人的家，他在此有机会见到了布卢姆斯伯里小组的几位成员，包括伯特兰·罗素、阿尔弗雷德·N.怀特海和克里夫·贝尔等文化名流。他在加辛顿庄园与布卢姆斯伯里小组成员的相遇，成了他发表的第一部长篇小说《克罗姆庄园》描写的重要内容。

1919年，第一次世界大战刚刚结束后的英国，经济萧条，就业困难。所以，当约翰·米德尔顿·穆瑞重组《雅典娜神庙》杂志，向赫胥黎伸出橄榄枝时，赫胥黎毫不犹豫地接受了这份堪称"及时雨"的工作邀请。也正是在这一年，赫胥黎同相识于加辛顿庄园的比利时难民玛利亚·妮斯结了婚，二人育有一子马修·赫胥黎。1923年，赫胥黎一家三口前往意大利定居。在意大利期间，赫胥黎经常有机会去看望他的朋友D. H. 劳伦斯。劳伦斯1930年去世之后，赫胥黎便着手编辑《劳伦斯书信集》，并于1932年出版。赫胥黎在此阶段创作的小说，主要关注科学进步的非人性化方面，这主要体现在《美妙的新世界》之中。其他作品如《加沙盲人》则是以和平主义为主题。也正是从20世纪二三十年代之交开始，赫胥黎开始创作并编辑了一些探究和平主义问题的非虚构作品，包括《目的和手段》《和平主义百科全书》和《和平主义与哲学》。赫胥黎不仅以笔为旗倡导和平主义，他还积极实践，是"和平公约联盟"的活跃成员之一。

1937年，赫胥黎一家三口以及朋友杰拉尔德·赫尔德搬到了好莱坞。自此以后，他主要就定居于南加利福尼亚，一直到离开这个世界。中间有一段时间曾经居住于墨西哥的陶斯，并在那里完成了《目的和手段》一书。《目的和手段》出版于1937年，其中包括多篇关于战争、宗教、民族主义和伦理的短文。这部作品集中表现了在现代社会中人们都希望能够生活在一个"自由、和平、公正、爱如弟兄"的世界里，但在如何实现上却无法达成一致的观念。定居加州期间，赫尔德向赫胥黎介绍了吠陀哲学、冥想和素食主义，这三者都植根于婆罗门教、佛教的非暴力原则。赫胥黎对吉杜·克里希那穆提的学说仰慕至极，并于1938年与其结为好友。自此以后，二人开始持久地交流各自的观念，有时甚至到达了论争的边缘，因为克里希那穆提代表的是更加高雅、超然、象牙塔一般的视角，而赫胥黎因为关心的是一些实际问题，所持的则是在社会和历史中形成的立场。赫胥黎曾为克里希那穆提的《最初与最后的自由》（1954）一书撰写导论来介绍其基本思想。赫胥黎本人也成了印度教徒斯瓦米·帕拉瓦南达圈子里的一名吠檀多信徒。赫胥黎后来还成了西方学院（Occidental College）时任校长瑞姆森·贝尔德的密友。赫胥黎在这家邻近老鹰岩的学院里度过了不少时光。1939年，他以"塔尔扎纳学院"之名，把这所学院写进了自己的社会讽刺小说《许多个夏天之后》，同时也把贝尔德吸收到了小说的人物之中。这部小说让他荣获了詹姆斯·退特·布莱克纪念奖。

这一时期，赫胥黎以好莱坞电影编剧的身份赚取了丰厚的收入。克里斯托弗·伊舍尔伍德在自传《我的导师和他的门徒》宣称，身为电影编剧的赫胥黎每星期的收入高达3000美元（这在当时是很大的一笔数目），而且把其中的很大一部分用于帮助欧洲的犹太和左翼作家与艺术家难民，把他们从希特勒德国运送到美国。1938年3月，赫胥黎的小说家兼电影编剧朋友安妮塔·露思为其牵线搭桥，让他同米高梅电影公司建立了联系。不久，米高梅即聘请他担任电影《居里夫人》的编剧。由赫胥黎担任编剧的《傲慢与偏见》（1940）为他在电影界赢得了美誉。他还因为给包括《简·爱》在内的许多电影所做的工作获得了报酬。瓦尔特·迪士尼于1945年委托他以《爱丽丝漫游仙境记》及其作者刘易斯·卡罗尔的传记为基础来创作电影脚本。不过，这个脚本最终并没有被采用。

1949年10月21日，赫胥黎致信乔治·奥威尔，祝贺他的《一九八四》出版，声称这是"一部极为出色而又极为重要"的作品。在这封致奥威尔的信中，赫胥黎对未来做了如下预测："我认为，在下一代人中，这个世界的领导人们将会发现，同俱乐部和监狱相比，婴儿生育调控与麻醉药催眠将是更加有效的治理手段，而对权力的贪欲完全能够通过建议人们热爱他们的奴役状态而获得满足，一如通过鞭笞和踩躏迫使人们驯服一样。"①赫胥黎对发达世界有可能为自己制造的未来具有极为深重的忧虑。基于这样的忧虑，他在自己的创作和谈话中发出了一些警告。比如，1958年，在由记者迈克·华莱士编导的电视访谈中，赫胥黎扼要地谈到了他极为关心的几个主要问题：世界人口过剩所导致的困境和危险、社会制度明显的等级化趋势、在容易受到说服影响的大众社会里运用科技手段的意义等。

赫胥黎是一位非常有骨气或者说特立独行的作家。1953年，赫胥黎和妻子玛利亚提出美国公民身份的申请。在接受美国官方审查时，他拒绝拿起武器为美国而战，而且不愿意声明他的反对理由是建立在宗教理想这一基础之上的。而这是自1950年美国颁布《麦卡伦法案》以来唯一可以豁免的理由。有鉴于此，法官不得不宣布休庭。一怒之下，赫胥黎撤回了他和妻子递交的申请。不过，他和家人仍然留在了美国。1959年，赫胥黎拒绝了麦克米兰政府授予他下级勋位爵士的提议，因为他们没有给出任何理由。而他的哥哥朱利安已于1958年被授予爵位，他同父异母的弟弟安德鲁后来在1974年也获颁爵位。

赫胥黎的一生，与东方文化，尤其是印度的吠陀哲学、瑜伽，甚至是中国的道家学说都有广泛联系。从1939年开始直到1963年病逝，赫胥黎持续同南加利福尼亚的吠陀学会保持着广泛的联系。这个学会由斯瓦米·帕拉瓦南达创办并担任其负责人。赫胥黎被这个学会所接纳，并在这里学习冥想和灵修。

1944年，赫胥黎为斯瓦米·帕拉瓦南达与克里斯托弗·伊舍尔伍德共同翻译的《薄伽梵歌：神之歌》撰写了导言，其后由南加州吠檀多学会出版。

---

① Grover Smith ed., *Letters of Aldous Huxley,* Chatto & Windus, 1969.

从1941年至1960年，赫胥黎为该学会出版的《吠檀多与西方》杂志撰写了48篇文章。从1951年至1962年，他与伊舍尔伍德、赫尔德及剧作家约翰·万·德鲁腾一起为该刊编委会服务。赫胥黎偶尔也会在好莱坞和圣塔巴巴拉的一些吠陀寺发表演讲，其中《知识和理解》及《我们是谁？》两场已经通过CD发布了。然而，他的不可知论和投机倾向，使他很难充分拥抱任何形式的制度化的宗教。

1955年，赫胥黎的发妻玛利亚因为癌症而去世。第二年，也就是1956年，赫胥黎娶了作家劳拉·阿齐娜为妻。劳拉同时还是一个小提琴家兼心理治疗师，她为赫胥黎撰写了传记《这一永恒时刻》，在玛丽·安·布劳巴赫于2010年所制作的纪录片《赫胥黎论赫胥黎》中，讲述了关于他俩的婚姻故事。

1960年，赫胥黎被诊断出患有喉癌，这对他来说可谓晴空霹雳。在接下来的几年里，他创作了乌托邦小说《岛》，还在加州大学圣弗朗西斯科医学中心和伊瑟冷研究所两地，发表关于"人类的潜能"的系列演讲。这些演讲对于"人类潜能运动"的肇始至关重要。

在一场火灾烧毁了赫胥黎的大部分文献之后，所剩无几的文献中具有最实质性价值的入藏位于洛杉矶的加州大学图书馆，还有一些入藏斯坦福大学的几个图书馆。

1962年4月9日，赫胥黎接到通知，告知他被英国皇家文学学会遴选为文学伴侣（此系该学会授予的最高荣誉）。在同年4月28日的回信中，赫胥黎表示他接受这一头衔。赫胥黎与英国皇家文学学会的往还书信收藏于剑桥大学图书馆。该学会邀请赫胥黎于1963年6月前往伦敦，并发表演讲。尽管他为打算在该学会发表的演讲准备了一份草稿，然而，他恶化的健康状况意味着他根本不可能出席这场活动了。

临终之际，由于罹患喉癌而不能说话的赫胥黎给妻子劳拉写下了如下请求："摇头丸，100毫克，静脉注射。"根据劳拉在《这一永恒时刻》里对赫胥黎的死亡所做的叙述，1963年11月22日上午11:20，她不得不给他注射了第一针摇头丸；一小时后，她给他注射了第二针。当天下午5:20，赫胥黎在美国加州病逝。

极为巧合的是，时任美国总统约翰·F.肯尼迪于赫胥黎死亡的当天在得克萨斯州遇刺身亡，而另外一个著名的英国作家C. S.刘易斯也于当天下午5:30在英国病逝，比赫胥黎离开这个世界晚了大概十分钟。尽管媒体对肯尼迪遭到暗杀的消息报道遮蔽了对两位作家死讯的报道，然而这种极为罕见的巧合却赋予了彼得·克利福特以灵感，让他写出了《在天堂和地狱之间：在某个超越死亡的地方同约翰·F. 肯尼迪、C. S. 刘易斯和阿道斯·赫胥黎的一场对话》。

1963年12月，赫胥黎的哥哥朱利安在伦敦主导了他的追悼会。1971年，他的骨灰被安葬在英格兰萨里郡吉尔福德瓦茨公墓的家族坟茔之中。

二、《美妙的新世界》（*Brave New World*）

（一）作品生成过程及中译本

1931年，从5月到8月的四个月时间里，正在法国滨海萨纳里旅居的赫胥黎着手创作《美妙的新世界》，这是他的第五部长篇小说，也是他的第一部反乌托邦（anti-utopia）小说。此时的赫胥黎，已经在英国奠定了其作为一名小说家兼社会讽刺作家的地位。据赫胥黎自述，他创作《美妙的新世界》的灵感来源于H. G. 威尔斯的多部长篇小说，包括《现代乌托邦》（1905）和《像神一样的男人们》（1923）。威尔斯对未来的诸种可能性所抱持的充满希望的愿景，让赫胥黎产生了一种开始创作嘲讽这些小说的作品的想法，于是就有了《美妙的新世界》这部想象力非凡的科幻反乌托邦小说。在给一位美国熟人亚瑟·哥尔德斯密斯女士的信中，赫胥黎写道，自己"一直就以开H. G. 威尔斯的玩笑为乐"。但是，后来，他"被自己的一些想法所带来的兴奋迷住了"。与当时大多数最为流行的乐观主义乌托邦小说不同，赫胥黎试图提供一种关于未来的令人恐惧的愿景。赫胥黎把他所创作的《美妙的新世界》称为"消极的乌托邦"，这多少都受到了威尔斯本人的《睡人醒来》和D. H. 劳伦斯作品的影响。乔治·奥威尔认为，《美妙的新世界》至少部分地源自苏联作家叶甫盖尼·扎米亚京于1921年发表的长篇小说《我们》。然而，赫胥黎在1962年一封写给克里斯托弗·柯林斯的信中说道，他在听说过《我们》很久以前就创作了《美妙的新世界》。根据《我们》的英语版译者娜塔莎·朗达尔的说法，奥威尔认为赫胥黎是在撒谎。

说到《美妙的新世界》中的科学未来主义，学者们认为这是对英籍印度裔科学家J. B. S. 霍尔丹在《代达罗斯，或科学与未来》[①]一书中所表达的观点的抄袭。霍尔丹用古希腊代达罗斯神话来象征科学，尤其是他自己所从事的生物学

---

① J. B. S. Haldane, *Daedalus, or Science and the Future. A Paper Read to the Heretics, Cambridge, on February 4, 1923*, Kegan Paul and Co., Ltd., 1924.

的革命性本质。霍尔丹的这本书，底稿是其1923年2月在剑桥大学向一个知识分子俱乐部"异端协会"发表的演讲。在这本小书中，霍尔丹提出的一个基本观点是，科学的未来将越来越取决于生物学，正如它在过去取决于物理学和化学一样。[1]值得注意的是，霍尔丹这本小书的文笔也很活泼有趣，他设想一名剑桥大学的本科生在2024年正向他的导师读一篇关于应用生物学的进步的文章，其中介绍了人工进化的固氮有机体、通过应用内分泌学人工改变性格，最后还介绍了体外人工培育（这就是试管婴儿的前身）。在同一本书中，霍尔丹还表达了对人类从某些科学进步能够获得裨益的怀疑，争辩说，"如果科学的发展没有伦理学的发展与之相伴，那么它给人类带来的就不是进步而是不幸"。

很显然，如果把《美妙的新世界》同霍尔丹的《代达罗斯，或科学与未来》一书联系起来阅读，那么任何一个严肃而实事求是的读者都不会否认赫胥黎从霍尔丹的书中所获得的丰富信息和灵感启发。

值得注意的是，在20世纪20年代，赫胥黎曾在英格兰东北的杜伦县碧岭瀚镇的一家高级化工厂卜内门公司工作过一段时间。根据朱利安·巴基尼为《美妙的新世界》最新一版撰写的导言中所说，赫胥黎在这家化工厂获得的工作经验，即他所看到的"一个置身于自由散漫而毫无规划的世界中的井然有序的天地"成为他创作这部小说的重要灵感来源。[2]就在动笔创作《美妙的新世界》之前，赫胥黎再次造访了他曾经工作过的卜内门化工公司，耳闻目见的化工科技的发展再次给他留下了深刻印象。那个时候的卜内门，已经于1926年合并之后成为帝国化学工业公司的一部分。《美妙的新世界》中的人物之一，即世界国的总统穆斯塔法·蒙德（Mustapha Mond）就是以该公司的首任董事会主席阿尔弗雷德·蒙德爵士（Sir Alfred Mond）来命名的。

赫胥黎早年的美国之行也赋予了《美妙的新世界》许多特征。他在美国旅行中所见到的青年文化、商业至上和性乱交，以及许多美国人内向的本质都让他感到愤怒。值得注意的是，他在前往美国的船上读到了亨利·福特的《我的生活与工作》。赫胥黎在离开旧金山后，见证了福特传记中写到的那些原则在他所遇到的每件事情中的运用。

---

[1] "Daedalus, or Science and the Future (2) Icarus, or the Future of Science," *Nature*, 1924, Vol.113 (2847), p. 740.

[2] Julian Baggini, *Atheism*, Sterling, 2009, p. 86.

1931年，经济大萧条中的英国发生的许多事情，以及大规模的失业与对金本位货币标准的放弃，使得赫胥黎相信并断言，如果人类文明要渡过当前的危机，"首要和最终的需要"就是稳定。理解了这一背景之后，当我们在《美妙的新世界》中读到作者把"稳定"作为世界国的首要原则之一来强调时，就丝毫不会感到奇怪了。

赫胥黎出生于19世纪和20世纪之交，目睹了人类惨烈的第一次世界大战，在战后十多年又遭受到了源自美国的大萧条的袭击。他既看到了科学技术的大发展，也对人类和人性所遭受的毁灭感到震惊。他把自己在三十多年的人生旅程中所学、所见、所闻、所感、所思中的很多内容，都写入了《美妙的新世界》这部让他声闻遐迩的名著之中。他利用这部小说中的背景和人物表达了人们广泛拥有的一些观点，尤其是对在快速发展的未来世界中个体丧失特性的忧惧。

《美妙的新世界》这部小说的标题用了一个英国文学典故，出自莎士比亚的传奇剧《暴风雨》。剧中女主角米兰达自幼随父，从未见过除自己的父亲以外的其他人，当她看到因为海难而出现在眼前的一群人时，情不自禁地高声赞美道："神奇呀，这里有多少美好的人！人是多么美丽！啊，美妙的新世界，有这么出色的人物。"①《美妙的新世界》自1932年首次刊布以来，仅在英语世界就推出了六十多个版本，发行近五百万册。除了各种纸质版行世，《美妙的新世界》还先后被改编成了戏剧、广播剧、电影和电视剧。1999年，美国现代图书馆出版公司公布"20世纪100部最佳英语长篇小说"名单，《美妙的新世界》排在第五名。2003年，罗伯特·麦克拉姆为《观察家》撰稿，将《美妙的新世界》列为所有时代中最伟大的100部英语长篇小说中的第53位。这些情况足以说明，《美妙的新世界》有其不可否认的影响力和生命力。

截至2019年3月，中国出版的《美妙的新世界》汉语译本已经有二十来种，主要有三种形式，分别是单行本、汉英双语版以及反乌托邦三部曲套装版。其中较早的译本是1985年由花城出版社出版的李黎译作，小说标题译为《美丽新世界》。其后有孙法理、孟祥森、王波、宋龙艺、黄津、陈亚萍、王宝翔、吴妍仪、李和庆、章艳、陈超、麦芒、李毅、张金凤、杨婵等学者和翻译家陆续翻译过这部小说。除此之外，吉林大学出版社还于2017年推出了黄梅编译的《美妙的新世界》。该书是作为教育部最新版"语文新课标"重点推荐书目之一来推介

---

① William Shakespeare, *The Tempest*, Act V, Scene I, ll. 203—206.

的，这个美绘版主要是面向青少年读者。

《美妙的新世界》在中国的出版形式多样，版本众多，汉语译本和英语原版皆有，可见它在中国读者中的影响力是不容小觑的。

（二）作品梗概

《美妙的新世界》把故事发生的时间设定为福帝纪元632年，相当于公元2540年。首先出现在读者面前的是"中央伦敦孵化与条件设置中心"——一幢灰白而矮矮的三十四层大楼。这幢大楼虽然其貌不扬，但是它却承担着生产世界国公民，设定他们的阶级地位、情感与心理的重要使命。接下来，小说详细描写了孵化与条件设置中心主任带着一帮新来的学生参观各个部门，试图给他们一个全局印象。世界国的公民，都是通过人工授精、睡眠教育、巴甫洛夫条件反射等一系列程序设定而生产出来的。他们的阶级属性，在出生之前就已经被设定好了，分别属于"阿尔法"（α）、"贝塔"（β）、"伽马"（γ）、"德尔塔"（δ）、"艾普西龙"（ε）五个"种姓"或阶级；在每一个种姓或阶级内，又划分为"加"和"减"两个小类，其中阿尔法和贝塔属于最高种姓阶级，其余三个阶级从上到下依次排列，都属于普通阶级。

在心理局工作的伯纳·马克思邀请在孵化与条件设置中心工作的护士列宁娜·克朗去美国的新墨西哥州旅游，其中至少可以有三天在"野蛮人保留地"——印第安村落——度过。他们两人都从属于阿尔法种姓阶级。在体验野蛮人保留地的风土人情时，伯纳和列宁娜结识了约翰。约翰原来是托马金和琳达的孩子。为了巩固自己在孵化与条件设置中心的地位，伯纳·马克思临时决定把约翰和他的妈妈琳达带到美妙的新世界去。在这个号称"美妙的新世界"的世界国里，"野蛮人"约翰一边被热烈地围观，一边也得到了前所未有的机会体验新世界社会生活的方方面面。伦敦的上层阶级都争先恐后地以一睹"野蛮人"约翰为快，外人只能通过公认的监护人伯纳而见到约翰，这使得伯纳成了炙手可热的风云人物。人们开始正常地对待他，既不议论他代血剂里的酒精，也不嘲笑他的外貌了。许多人开始用各种方式讨好伯纳，都希望被邀请参加有野蛮人在场的晚会。"至于女人嘛，只要伯纳有一点邀请的暗示，谁都可以让他上手。"伯纳把约翰和他的妈妈琳达带入新世界的决定，不仅满足了世界国的科研需求，也为他本人扭转了要被主任开除的危局，而且还为他带来了各种有形无形的好处。这种春风得意般的成功使他同现有秩序和解了,可谓一箭多雕。甚至列宁娜也分享了由野蛮人带来的巨大名气,既反映了"流行时尚的光辉",也吸引了"显耀人物对她的注意"①。列宁娜逐渐喜欢上了约翰,爱他爱得比自己认识的任何人都深,而约翰也对列宁娜产生了深深的爱慕之意。但是,列宁娜向往的主要是约翰的肉体,认为他"天生就那么没法挑剔、举世无双"(第210页),而约翰却把列宁娜视为他心目中的女神和王后,"他总是把自己当作罗密欧,而把列宁娜当作朱丽叶"(第202页),生怕自己配不上她。然而,自从列宁娜陪约翰去看了一场感官电影后,约翰发生了地震般的意外:约翰开始正面地反抗新世界,不再接受伯纳对他的监护,拒绝新世界上层阶级的"文明人"对他的围观,拒绝参加人们热切期待的野蛮人晚会。

  约翰的激烈反应,对伯纳而言无异于灾难,使得"那应当成为伯纳整个事业光辉顶点的时刻,竟然变成了让他蒙受奇耻大辱的时刻"(第193页)。伯纳那自信而快活的气球被上层阶级的指责戳了个千疮百孔。为痛苦所打压的伯纳,一方面希望从好友赫姆霍尔兹处寻求到安慰,一方面又想着如何小小地报复约翰与赫姆霍尔兹,因为约翰不仅拒绝出席晚会导致他受人非议,而且还在很短的时间内同赫姆霍尔兹成为推心置腹的好友。同样因约翰的拒绝出场而痛苦的列宁娜在好友范尼的怂恿下,决定吞服唆麻后直接去找约翰,希望能够成其好事。列宁娜大胆而赤裸裸的欲望表白,让约翰暴跳如雷。正当列宁娜为遭到约翰粗暴的拒绝而惊恐不已时,约翰接到了母亲病危的通知。约翰火急火燎地赶往公园巷弥留医院去探视母亲琳达。尽管琳达还能依稀从约翰的呼唤中认出自己的儿子,然而约翰却没有任何办法真正唤醒吞服了过量唆麻的母亲。约翰陪伴在母亲琳达的病床旁,不停地回忆往昔,却遭到了被护士长安排来病房里设置死亡条件的一些多生子男孩的干扰,孩子们对琳达的好奇和嘲讽让约翰愤怒不已。琳达去世后,约翰对美妙的新世界的厌恶和仇恨得到了总爆发,他想拯救在这个医院工作的体力劳动者德尔塔,扔掉了会计助理打算派发给他们的唆麻片,想给他们自由。闻讯而来的赫姆霍尔兹也投入了扔毒品的行动,由此引发了群殴和骚乱。警察赶来平息了暴乱,随后把约翰与赫姆霍尔兹以及伯纳带到了世界国的总统穆斯塔法·蒙德面前。约翰与世界国总统展开了一场激烈的思想交锋,对所谓新世界的文明感

---

① [英]阿道斯·赫胥黎:《美妙的新世界》,孙法理译,译林出版社2013年版,第181页。以下凡引用该作品,只在括号中标明页码,不再逐一详注。

到无比失望,下定决心不当总统的实验品。约翰虽然没有获准随伯纳与赫姆霍尔兹一起去遥远的海岛,而是离开伦敦,前往帕特南附近小山上的一座旧灯塔过起隐居生活来。他决心靠坚强的意志和自食其力的劳动生存下去,最终却被外界发现,记者蜂拥而至。感官电影摄影大师达尔文·波拿巴特聚焦约翰的生活拍了一部名为《萨里郡的野蛮人》的电影,上映之后引起了轰动,吸引了像蝗虫一样乘坐直升机前来围观的人群。他们对约翰极尽骚扰、讽刺、羞辱之能事,致使约翰在愤懑与失望中自杀了。

(三)作品分析

《美妙的新世界》一经出版,就引起了广泛关注。英国作家兼文学批评家瑞贝卡·韦斯特称赞说,这是赫胥黎"迄今为止技艺最为娴熟的小说";大名鼎鼎的李约瑟为这部小说的出版而欢呼,称之为"赫胥黎先生无与伦比的作品";大哲学家罗素对这部小说赞赏有加,盛赞"赫胥黎在《美妙的新世界》中明白无误地展示了他一贯的精湛技巧"。不过,《美妙的新世界》也遭到了赫胥黎同时代的批评家们的否定性评价。例如,在1935年5月4日的《伦敦新闻画报》上,英国作家G. K. 切斯特顿就认为,赫胥黎正在反抗"乌托邦的时代"。20世纪80年代,美国的社会批评家兼媒体文化研究者尼尔·波兹曼在其代表作《娱乐至死》中把《美妙的新世界》同《一九八四》联系起来,对赫胥黎和奥威尔进行过精彩比较。在他看来,"奥威尔担心我们憎恨的东西会毁掉我们,而赫胥黎担心的是,我们将毁于我们热爱的东西"[①]。

批评家和知识分子们在《美妙的新世界》的评价上所表现出的分歧,恰恰表明了这部作品的丰富内涵和独特艺术魅力,值得我们对其做深入分析。

1. 科学与技术对人的操控

在《美妙的新世界》里,赫胥黎表达了对科技压抑人性的高度警惕。他对科技发展可能对人性造成的负面冲击发出预警,这是其深厚的人文主义情怀的重要体现。我们深知,科学技术的发展,从来就是一把双刃剑:一方面能够造福人类,增强人类认识自然、改造自然的能力,另一方面也能够带来灾难,摧残人

[①] [美]尼尔·波兹曼:《娱乐至死》,章艳、吴燕莛译,广西师范大学出版社2009年版,第4页。

性，毁灭自然乃至人类文明。赫胥黎在小说中描绘了一个被称为"美妙的新世界"的世界国。这个国度里，人不再是由父母生育出来的，而是采用生物化学方法把人从遗传上、从胚胎发育过程中进行培养。换句话说，世界国取消了胎生，人都是通过人工授精技术，在流水作业生产线上"生产"出来的。世界国的人的阶级地位、情感态度、喜怒哀乐差不多都是利用一系列生物学的方法、心理学的方法、化学的方法等预先设定好了的。世界国的人被划分为五个大的"种姓"或阶级，其中阿尔法最高，贝塔次之，依次下降，艾普西龙最低。上层阶级或者高级种姓的人不仅体格高大健美，而且从事的工作也远比下层阶级或者低级种姓的人优越。他们主要从事管理和统治工作，而下层阶级或者低级种姓的人则从事各种体力工作和杂役。显而易见，人类对自身的标准化生产已经达到了极端化的地步，这既是赫胥黎超凡想象力的艺术结晶，也是他对人类未来社会发展的敏锐预测。

1996年7月5日，英国科学家伊恩·威尔穆特博士成功地克隆出了一只小羊，小羊与它的"母亲"一模一样。这只小羊的名字就是多莉。2018年11月26日，贺建奎宣布一对名为露露和娜娜的基因编辑婴儿于11月在中国健康诞生。他称，由于这对双胞胎的一个基因经过修改，她们出生后即能天然抵抗艾滋病病毒HIV。这一消息迅速激起轩然大波，震动了中国和世界。这两则科技新闻前后相隔二十二年，内容看似互不相干，但实质上都反映了生命科学发展的最新动态及其对人类胚胎生育的潜在威胁。如果克隆技术和基因编辑技术都用于人类的自我生产，那么赫胥黎在20世纪30年代初期的小说里所描写的景象就很有可能成为人类的真实生存处境。而这正是赫胥黎及其《美妙的新世界》当初所发出的预警的意义之所在。

世界国的基本原则，就是镌刻在中央伦敦孵化与条件设置中心门口的格言"社会、本分、稳定"。这一格言，道出了世界国赖以存在的核心秘密，那就是通过科学手段来生产人类，使各个阶级的人都认同自己的阶级意识、恪守自己的阶级职责，也就是保持了社会所要求的本分，这样就使得世界达到了统治者所梦想的稳定。如果有个别人敢于表现出与众不同的异端思想，那么"他"或者"她"就会被开除，被流放到蛮荒之地去，小说中的伯纳与赫姆霍尔兹的命运就是如此。

除了被运用到极致的生物技术，在世界国里还有一样东西被运用到了极致，那就是"唆麻"。在印度《吠陀经》里，唆麻指的一种麻醉性的植物液汁，赫胥黎在《美妙的新世界》用它来指代一种麻醉剂。世界国的人，只要吞服了唆麻，便可享受美妙的唆麻假。对于伯纳及其所在的团结小组来说，在祈祷中吞下，大家就"眼睛发亮了，面颊泛红了，内心的博爱之光闪耀在每一张脸上，绽放为幸福和友好的欢笑"，这不仅可以让他们团结而充实，甚至可以在迷狂中感觉到"福帝"的来临（第92页）；对于列宁娜这样的肉欲女郎来说，"那温馨的、绚丽的、友爱缠绵的唆麻假日的世界"就是人生幸福的极致，"只需吞下一小片，十种烦恼都不见"（第69页）；对于约翰的母亲琳达来说，"回归文明对她意味着回归唆麻"（第168页），她不但可以躺在床上一天又一天地享受唆麻假日，而且醒过来不会头痛，恶心，想呕吐，还不用背负任何心理和道德负担，哪怕这样过量服用唆麻会缩短她的寿命她也不为所动，最终因唆麻中毒而死去；对于警察来说，处置骚乱的妙招就是喷唆麻枪；对于德尔塔们这样的下层阶级或低级种姓来说，每天领取并服用定量的唆麻，就可以做稳奴隶，所以当约翰以"自由"的名义扔掉他们的唆麻时，他们回报的是老拳而不是感谢。很显然，在世界国里，唆麻无异于灵丹妙药，是幸福与快乐的源泉，也是从肉体和精神上控制人的毒药，是温柔的镇压剂，是"没有眼泪的基督教"（第266页），是极具伪装性而令人上瘾且欲罢不能的社会统治手段。

此外，在通过丰裕的生产满足人们的物质欲望的同时，世界国还制作大量的感官电影、生产"色唆风"音乐满足他们的娱乐欲望，提供合适的假期和无限制的性生活。这样一来，世界国的人就既无烦恼，也无暇思考，而是在充分的欲望和过度的娱乐支配下过着行尸走肉的生活，社会的稳定就获得了有效保证。

世界国就这样以科学的发展和技术的进步为核心统治手段，同时辅以包括欲望控制在内的辅助手段，确保了社会的稳定和统治的权威。在这种高度集权的社会里，个体是没有真正的自由也没有独立的个性可言的。与科学的发展和技术的进步给人类带来的福祉相比，其对人类所制造的霸凌和摧残来得似乎更为深重、更为恐怖。这正是赫胥黎在《美妙的新世界》里想要表达的核心观念之一。从当时欧美社会的发展与科技进步来看，赫胥黎在20世纪30年代初期所表现出的这种警觉是走在时代前列的；从其后乃至当今的社会发展与科技进步来看，赫胥黎当年所发出的预警仍然有其价值和生命力。

赫胥黎与其说是在发布一篇科学预言，而毋宁是在提醒我们警惕科学的乌托邦主义，揭示美国的福特式资本主义对人的控制和剥削的深重焦虑，讽刺了新世界"社会、本分、稳定"的霸权式口号。从小说文本可以清楚地看出，无论是哪一个种姓的新世界人,他们除了分工、地位等方面的外在差异外,在骨子里都是新世界集权主义的奴隶——他们不能恋爱,不能结婚,也不能生育,所有的人都必须对国家效忠。在新世界中,社会、本分、稳定霸占了人的一切,抹杀了人的一切。这样的一个新世界,尽管未必马上到来,尽管未必最终会到来,但是即使设想一番这样的生活,也足以令人震惊和忧虑,也更令每一个读者同作者一道认真思考这样一个尖锐的问题:一切物质欲望都满足之后人是否就幸福了?赫胥黎为读者(或许更多的是为他自己)指引的方向是"一个清醒的社会"和"高级功利主义"的理想。这样的社会和这样的理想是否最终实现,我们当然不得而知,但是赫胥黎在他的构想中表现出的对精神生活的向往却值得重视:毕竟人是一种有理智、有情感、有思想的动物,除了物质欲望之外,他不能没有精神生活的追求,倘若忽略或拒绝精神生活,就没有真正的幸福可言。从某种意义上说,这种在精神层面表现出的对人的生存的关注和思考实在是超出仅仅从物质层面做出的考量。

在小说发表十五年之后的1947年,赫胥黎撰写了一篇序言,十分清晰而详细地阐述了他创作这部小说的主要思路,其中特别指出:"《美妙的新世界》的主题并不是科学本身的发展,而是科学作为能够影响到人类个体的一种力量的发展。……它所特别描述的科学进步是指可能应用到人类身上的生物学、生理学和心理学研究的未来成果。要根本改变生命质量只有依靠各种生命科学。研究物质的科学在某些方面的应用可能破坏生命,或者让生命令人难以忍受地复杂和痛苦起来。"(第5页)

2."文明"与"野蛮"令人毛骨悚然的对比

在《美妙的新世界》里,赫胥黎用大胆的想象,描绘了一个在他自己的时代之后大概六个世纪后有可能出现的文明社会——世界国。这个文明世界有一套属于自己的标准。在这个文明世界里,物质丰裕自然是不在话下,环境优美而卫生也不在话下,建筑物的高大挺拔也是不在话下,交通工具的发达也不在话下。说到交通工具,我们在小说里看到,上层阶级上下班或者外出度假,都是乘坐直升机,即便是下层阶级上下班或者出行,也可以乘坐很便利的单轨火车。日常起居中的设施都非常方便,有电梯、电视、真空振动按摩器、收音机、滚烫的咖啡和温暖的避孕用品,每间寝室都有自动香水机,到处都可以听到合成音乐,总之,应有尽有。伯纳和列宁娜去新墨西哥印第安人保留地度假途中住宿的圣塔菲旅馆，从侧面反映了新世界的物质丰裕程度。小说第三章写道，如果一个人洗完澡后走出浴室，就可以像列宁娜那样，使用墙上的自动喷洒装置，给自己涂抹爽身粉，澡盆上方有八种不同香水（包括古龙香水）的水龙头供人选用，如果想轻松轻松，就可以使用真空振动按摩器。在唆麻的抚慰与兴奋之外，世界国的人还享受着无穷无尽的物质丰裕和设施便利。

这个文明世界的第一条标准就是消灭了胎生，所有的人都是通过人工授精而在流水作业线上生产出来的。这就意味着生活在"美妙的新世界"里的文明人都是无父无母的，自然也无兄弟姊妹，也无姑表叔侄。这同时也意味着世界国的公民既没有血缘亲情的联系，也没有伦理道德的约束。在世界国里，传统的婚姻关系不复存在，男孩女孩在少儿阶段就可以做性游戏，长大成人后可以过无节制的性生活，而且可以随意属于彼此，这可以视为这个文明世界的第二条标准。文明世界的第三条标准就是反对过去，关闭博物馆，炸毁历史纪念建筑，查禁福帝纪元150年以前的一切书籍。文明世界的第四条标准就是通过鼓励消费而实现统治。这些原则，主要是通过睡眠教育而被灌输到世界国的各个等级的头脑之中的，等他们长大成人后就自动地在社会中加以践行了。

在小说的第十六章，世界国的总统在与野蛮人约翰的交锋中，集中阐述了世界国是怎样通过各种手段建立起自身的文明体系的。正是遵循上述原则，同时辅以各种方法，世界国的公民都成了"可爱的、驯服的动物"。在总统蒙德看来，"现在的世界是稳定的，人民过着幸福的生活，要什么有什么，得不到的东西他们绝不会要。他们富裕，他们安全，他们从不生病，也不怕死，他们快快活活，不知道激情和衰老，没有什么爸爸妈妈来给他们添麻烦，也没有妻子儿女和情人叫他们产生激情，他们的条件设置使他们实际上不能不按为他们设置的路子行动"。

这四条原则，加上前面所说的作为核心统治手段的科技掌控，差不多保证了世界国的稳定。世界国总统蒙德一语中的地指出："没有社会的稳定就没有文明。没有个人的稳定就没有社会的安定。"（第46页）换句话说："稳定那是第一的也是最后的需要。"（第47页）按照蒙德阐明的主张，工业化和工业文明就意味着对文明的否定。他明白无误地亲口告诉野蛮人约翰，在他自己所理解的文明，也就是美妙的新世界的文明里，西方人曾经引以为精神支柱的基督教荡然无存，被当作神一样来崇拜的只有福帝。诗歌也好，莎士比亚也好，它们在这个文明中是没有任何立锥之地的。古老而有魅力的东西，美的东西，在美妙的新世界都是不受待见的。不仅如此，在这个组织严密、秩序高度被调控的社会中，连高贵和英雄主义也都是不需要的。在蒙德眼里，高贵和英雄主义都是政治无能的症候。在这位踌躇满志的总统看来，他的子民生活在这样既稳定又安定的社会里，饱享着文明的成果，显然是幸福的，也是自由的。

为了使这种文明看起来令人艳羡，小说中特意用了不少篇幅描绘了一个野蛮世界，这就是位于美国新墨西哥州的印第安人保留地，让这里的一切都同世界国的文明形成强烈对比。

在世界国，去保留地度假差不多是对少数有资格的上层阶级成员的一种奖励，小说中的伯纳就是为数不多的有资格者之一。他在办理了审核手续后，带着列宁娜近距离地体验了印第安人保留地的风土人情。

在伯纳带着列宁娜去找保留地总监签字时，这个脸短而圆的矮个儿像个话痨一样趁机向两人介绍了保留地方方面面的情况。按照总监的叙述，位于新墨西哥州的五十六万平方公里明确划分为四个不同的保留区，每个区都由高压电网隔离。这样的电网一共有五千多公里长，电压高达六千伏特，足以把任何想要从保留地逃出的人和动物电死。保留地的人都是生下来的，只有家庭而没有条件设计，有的是骇人听闻的迷信、死去的语言、基督教、图腾崇拜、祖先崇拜、凶猛的动物、传染病和祭司等。除了得意扬扬地陈述这些七零八碎的信息外，总监更是对保留地的习惯和风俗大加嘲讽，认为它们都是令人厌恶的。他还高调宣称，生活在保留地的大约六万印第安人和混血儿是"绝对的野蛮人"。除了新世界的检察官偶尔去访问保留地外，它"跟文明世界就没有任何往来"（第113页）。总监是个阿尔法减，他对保留地的认知和态度，大体上代表着新世界上层阶级的一般认知和基本态度，甚至连下层阶级的伽马飞机驾驶员都对如何观察和评价保留地的人和事表现出令人难以置信的优越感。

飞机终于把伯纳和列宁娜带到了马尔佩斯印第安人村。展现在这两个从文明世界到来的"高级"旅客面前的，是原始、散乱、肮脏、无序的种种景象，是满满的异域情调，是皱纹、衰老和疾病。小说中使用了一个又一个的特写镜头，让来自文明世界的访客在惊奇和恐惧中耳闻目睹了印第安人的方方面面。映入读者眼帘的第一个特写镜头是两个赤裸、涂着各色油彩、戴着典型的印第安人服饰的耍蛇人，第二个特写镜头是个全身佝偻、瘦骨嶙峋、极度衰老的人从楼梯上往下缓慢挪行，第三个特写镜头是戴着恐怖面具在广场上跳着奇怪的瘸腿舞的人群，第四个特写镜头是郊狼人鞭打一个求雨的小伙子，出现在第五个特写镜头中的则是牙齿脱落、皮肉松弛、满身奇臭的琳达。与石堰门口等着列宁娜的垃圾堆、灰尘、狗和苍蝇相比，这一个又一个的特写镜头所展现的差不多就是印第安人村落的日常生活。对于生活在其中的印第安人来说，这些情形是多么的平常而正常，但是却让来自世界国的列宁娜感到愤怒而难以置信，不敢想象印第安人怎么能够在这样的环境里过日子，一边皱眉，一边嚷嚷着"很可怕"。见到年轻的妇女给孩子喂奶，她臊得转过脸去，认为这是她一辈子都不曾见过的猥亵事情，忙不迭地后悔不该来这儿，着急忙慌地求伯纳带她离开。

从字面的意义来看，小说完全是把保留地当作嘲讽、否定的对象来加以描绘的。作者信笔所至，每一个特写镜头都或隐或现地在包含着同世界国方方面面文明的对比。第七章最后一个特写镜头中出场的琳达，更是对保留地的风俗习惯、日常生活的彻底否定。她本来是个贝塔减，二十多年前曾有世界国的男朋友，他就是文明世界孵化与条件设置中心主任托马金。当初来马尔佩斯度假时，发生了一场意外。琳达在山里独行时，摔到了一道悬崖下面，脑袋受了伤，从此就再也没有见过那个"狠心的、不近人情的坏蛋"。后来是几个马尔佩斯猎人发现了她，把她带回了村子。当时的琳达，已经怀上了托马金的孩子，这就是小说中重点描写的人物之一约翰。

对于保留地的印第安人来说，来自文明世界的琳达是一个闯入者，更是个破坏者。因为她不事稼穑，不会缝补衣服，唯一熟悉的是新世界的胎孕员工作。更让村子里的女人们痛恨到骨髓的是，她对男人来者不拒，与情夫波培更是保持着一种畸形的关系。在这些被琳达抢走自己的男人的女人眼中，琳达无疑是个坏女人，是反社会的，她和约翰在村子里遭受歧视和暴力，是再自然不过的事情了。琳达则反过来指责说："这儿的女人非常可恨，她们疯狂，疯狂而且残忍。她们当然不懂得马尔萨斯操、培养瓶、换瓶之类的东西，所以她们总在生孩子，像狗一样。太叫人受不了了。"（第133页）她甚至认为儿子也从印第安人那儿传染了疯病。

伯纳打着科学研究的旗号，决定把约翰带到世界国，让约翰所代表的野蛮近距离地展现在世界国上层阶级的各路要人面前，并最终把他逼上以自缢来抗议文明世界的绝路。从小说的叙事逻辑来看，这表面上是对野蛮人约翰所代表的印第安原始文化的彻底否定。但是，从作家的创作意图来看，这其实是对伯纳、赫姆霍尔兹、列宁娜所代表的文明的反叛与否定。世界国总统蒙德引以为豪的文明，在野蛮人约翰眼里与毒药无异。所以，在小说的最后一章，也就是第十八章的开头,特意描写野蛮人在卫生间呕吐的场景。当赫姆霍尔兹问野蛮人是不是吃了什么不合适的东西才呕吐的,野蛮人回答说,这都是因为他中了世界国的文明的毒。他需要净化自己,需要自由、需要独立、需要诗歌、需要疾病、需要衰老、需要宗教、需要上帝、需要祷告……这或许才是通往幸福、抵达自由的正确途径。

3. 承上启下的反面乌托邦小说艺术
(1) 开创英语世界的反面乌托邦小说叙事模式

在赫胥黎之前的时代,欧美世界存在着一条几乎未曾中断的乌托邦文学发展脉络,其源头最早可以追溯到古希腊时代大哲学家柏拉图的《理想国》,而奠基之作则出自同为英国人的托马斯·莫尔。乌托邦文学,尤其是乌托邦小说的主要内容是描绘一个并不存在于现世中的美好社会,以此来对当下不完美的社会提出批评。这个社会大多存在于遥远的未来。在这样的社会中,既没有压迫,也没有剥削,人的本质得到了全面的对象化,人的潜质得到了充分的实现。无论是莫尔为我们描绘的乌托邦岛国,或者康帕内拉用心绘制的"太阳城",或者是弗朗西斯·培根笔下的新大西岛,甚至威尔斯笔下的现代乌托邦,展示的都是完美无缺,甚至美轮美奂的"明日之国"。尽管乌托邦小说有其明显的社会批评指向,然而其中所描绘的不同形象的美好未来社会却一直令人神往,具有积极的理想主义的引导作用。在强大的西方乌托邦文学传统中获得滋养的赫胥黎,却以其奇诡的想象力和敏锐的洞察力,开创了西方文学史,尤其是英国文学史上的反面乌托邦小说传统,描绘了一个在科技的宰制下人沦为既没有个性也没有自由的"美妙的新世界"的人。我们从中看到的是一种是非颠倒、黑白莫辨、伦理错位、道德反常、历史与美遭到阉割的"文明"。赫胥黎意图通过描绘这样一个奴役人的集权社会,来警醒人类认真思考自己的未来。大致而言,赫胥黎所开创的这种反面乌托邦小说叙事模式,有四个特别值得注意的方面:第一,极力渲染科学技术对人的奴役;第二,全面描绘一个令人毛骨悚然的集权社会;第三,将科幻小说与社会讽刺小说的优长加以有机结合;第四,政治观念的表达远远超前。正如赫胥黎的同胞切斯特顿敏锐地指出的那样,赫胥黎正在反抗"乌托邦的时代"。1914年前,西方社会的话语体系大多数都是建立在人类能够解决一切经济和社会问题这一论点的基础之上。在第一次世界大战结束后的十年时间里,人类的话语转向了对这场大灾难的起因的检视。那个时候,H. G. 威尔斯和乔治·萧伯纳有关社会主义和"同一个世界"的许诺的作品，被视为幼稚的乐天派的观念。切斯特顿写道："在乌托邦时代之后来临的，我们或许可以称之为美国的时代，就像经济繁荣时期一样持久。对许多人来说，像福特或者蒙德一样的人似乎已经解决了社会迷局，并且使资本主义成为共同的利益。但是，对于我们来说，资本主义并不是固有的，它与一种虽不能说是炫耀的，然而可以说是轻快的乐观主义相伴而来，它并非我们的率性的或者否定的乐观主义。这种乐观主义远甚于维多利亚时代的正义，或者甚至远甚于维多利亚时代的自我正义，将人们攥入了悲观主义，因为目前的衰落导致了远比那场战争更大的幻灭。一种新的痛苦，一种新的困惑，贯穿在一切社会生活之中，而且在全部文学和艺术之中都得到了反映。就此而言，《美妙的新世界》更多的是有关对乌托邦时代，而不是对维多利亚时代的反叛。"由赫胥黎所开创的英语世界的反面乌托邦小说叙事模式，其后在乔治·奥威尔那里得到了借鉴和光大，在玛格丽特·阿特伍德那里得到了继承和丰富。尽管奥威尔曾经指出，赫胥黎部分地从扎米亚京得到了启发，然而赫胥黎自身的独特艺术创造才是其在20世纪的反面乌托邦文学史上占据显耀地位的根本保证。

（2）庄谐并用的反讽艺术

在赫胥黎所描绘的世界国里科技发达，交通便捷，物质丰裕，娱乐随手可得，男女交往随意而频繁，社会稳定，任何使人产生激动、不满和愤懑的因素皆被斩草除根。乍一看上去，这的确是个非常美好的社会。按照新世界总统踌躇满志的宣言，这是"一种连哲学家们做梦也没有想到过的存在"，这是一个罕有其匹的"极乐世界"。但是，我们细读全书，进入对小说文本所指层面的解读，则不难发现，能指层面的乐观其实是不存在的，至多是一场虚幻的华丽的梦。在这个美妙的新世界里，人失去了独立性和自由。赫胥黎在描绘世界国的每一方面的成就、每一种进步、每一种便利时，从表面上来看都是用的一本正经的笔调，然而内骨子里却是为了对其进行讽刺和批评。这种言在此而意在彼的反讽艺术，固然与赫胥黎在其早期的社会讽刺作品里所使用的讽刺手法有其内在的关联，然而只有在《美妙的新世界》里，他才表现出了高超的庄谐并用的反讽艺术。换言之，他的讽刺和批评，并不是通过抽象的说教来体现的，而是通过情节的设置、人物的设置来实现的。

（3）出神入化的用典艺术

在整部小说中，赫胥黎都十分注意运用来自莎士比亚的典故，几乎达到了出神入化的境地。在《美妙的新世界》中，赫胥黎至少四十次直接提到莎士比亚之名或者引用莎士比亚戏剧中的台词，提到的莎士比亚戏剧多达十一部。这些用典，场合不同，功能也各有差异。比如，上文已经指出，《美妙的新世界》这部小说的标题，出自传奇剧《暴风雨》。这里的用典，对整部小说，特别是就其中所使用的反讽艺术而言，具有某种奠基性意义。无论是从小说的创作意图，还是从小说的情节发展来看，赫胥黎对莎士比亚的化用和引用都具有无可置疑的象征意味。在野蛮人约翰眼中，莎士比亚是美和文明的符号，他十二岁生日之后不久读到的一部破旧的书就是《威廉·莎士比亚全集》，他的情感表达方式和对美的领悟就来自莎士比亚对他的滋养，他同世界国的总统辩论的时候引经据典的主要来源就是莎士比亚。而在《美妙的新世界》里，莎士比亚意味着要被阉割的过去，意味着社会不稳定的诱因，因为他太过古老，必须禁止。在有的时候，赫胥黎所使用的莎士比亚典故起到了以少总多、画龙点睛之功效。比如，小说第八章写到，约翰随意翻开由波培带给琳达的《威廉·莎士比亚全集》时，读到的却是《哈姆莱特》第四幕第四场的如下台词：

  不，而是生活，
  在油渍斑斑汗臭熏人的床上。
  浸渍在腐败、调情和做爱里，
  下面是恶心的猪圈……

（第144页）

  这原本是丹麦王子哈姆莱特斥责他的母亲和叔叔乱伦的话，却正好可以让约翰用来表达他对母亲和她的情夫波培之间那种荒淫的关系。颇具反讽意味的是，正是从这次随意的阅读体验开始，约翰被莎士比亚迷住了，他的内心世界开始翻腾，他从那些话里读到了让人想哭的美。他在似懂非懂之中觉得，他所读到的《哈姆莱特》中的台词，"是一种美丽得慑人的咒语"（第144页）。与莎士比亚的奇妙相遇，不仅让年少气盛的约翰找到了表达愤怒的渠道，而且成就了他对美的体验，让他在饱受歧视的印第安人村落里能够享受孤独，让他在列宁娜疯狂勾引他以享云雨之乐时也能引用米兰达的台词来坚定自己的决心，也让他在与世界国总统的论战中拥有了真正的文明底蕴。在一般的情况下，赫胥黎在《美妙的新世界》中频频使用来自莎士比亚戏剧中的典故，既丰富了整部小说的文学色彩，也增强了反讽意味：野蛮人言必称莎士比亚，而以文明自诩的世界国的人则以谈论莎士比亚而脸红；野蛮人用莎士比亚进行自我教育，而美妙的新世界的学校里的学生则"当然不读"莎士比亚。

除了以上三个方面的艺术特色之外，小说中所使用的对比手法和人物命名艺术也值得关注。

（四）精彩片段欣赏

● 译文选自

［英］阿道斯·赫胥黎：《美妙的新世界》，孙法理译，译林出版社2013年版。

1. 野蛮人约翰拯救德尔塔

公园巷弥留医院的体力劳动者共是一百六十二个德尔塔，分成两个波坎诺夫斯基小组，其中有八十四个红头发的多生女和七十八个深色皮肤长脸型的多生男。六点钟下班，两个小组都在医院走廊上集合，由会计助理发给他们每天的定量唆麻。

……

"住手！"野蛮人以洪亮的声音大叫，"住手！"

……

"那是损害灵魂和身体的双重毒品。"

"把它全扔掉——那些可怕的毒品。"

一句"全扔掉"穿透了德尔塔们一重一重混沌的意识，刺痛了他们。人群中发出了愤怒的嘟哝声。

……

"可是，你们愿意做奴隶吗？"他俩走进医院时野蛮人正在说话。他满脸通红，眼里闪耀着热情和义愤的光。"你们喜欢做小娃娃吗？是的，哇哇叫，还吐奶的娃娃。"他说下去。他对他想拯救的人的畜生一样的愚昧感到烦恼，不禁使用难听的话来骂他们，可他的咒骂撞在对方厚重的蒙昧的甲壳上，又蹦了回来。那些人盯着他，目光茫然，表现了迟钝而阴沉的仇恨。

"是的，吐奶！"他理直气壮地叫道。现在他把伤心、悔恨、同情和责任全忘光了，这种连禽兽也不如的怪物所引起的难以抑制的憎恨似乎左右了他。

"你们就不想自由，不想做人吗？你们就连什么叫人、什么叫自由都不知道吗?"愤怒使他说话流畅起来,话语滔滔不绝。"不知道吗?"他再问了一句,可是得不到回答。"那好,"他严厉地说,"我就来给你们自由,不管你们要不要。"他推开了一扇朝向医院内部庭院的窗户,把那些装唆麻片的小盒子一个一个扔了下去。

穿卡其布的人群看着这过分亵渎的惊人场景,不禁目瞪口呆,又惊讶又恐怖,说不出话来。

"他疯了,"伯纳瞪大了眼睛盯着,悄悄地说,"他们会杀死他的。会……"人们突然大叫起来。一阵涌动把他们向野蛮人气势汹汹地推了过去。"福帝保佑!"伯纳说,他不敢看了。

"福帝帮助自助的人!"赫姆霍尔兹·华生笑了,实际上是狂喜的笑。他推开众人,走向前去。

"自由!自由!"野蛮人大叫,他继续用一只手把唆麻扔到院子里,同时用另一只手击打着向他袭来的面目相同的人。"自由!"赫姆霍尔兹突然到了他的身边——"好赫姆霍尔兹,老兄!"——赫姆霍尔兹也在挥着拳头——"终于做了人了!"说话时赫姆霍尔兹也在一把一把将毒品往开着的窗户外面扔。"是的,做了人了!做了人了!"毒品一点都不剩了。他抓起钱箱让他们看了看那黑色的空匣子。

德尔塔们呼啸着以四倍的愤怒扑了上来。

……正在此时,谢谢福帝!戴着鼓眼睛猪鼻子的防毒面具的警察跑了进来。

(第232—238页)

这段选自小说的第十五章。刚刚遭受了丧母之痛的"野蛮人"约翰,目睹像蛆虫一样的德尔塔们排队领每天的定量唆麻的场景,触发了他对所谓美妙新世界的愤怒与对决。他对这些稳稳当当做奴隶而不自知的德尔塔们既"哀其不幸",又"怒其不争",于是振臂一呼,想给他们自由。但是,野蛮人的抗争没有可靠的基础,在完全没有发动下层阶级起来反抗自己的被奴役状态的前提下,冒然而空洞地说要送给他们自由,这注定了他的失败。约翰把斗争的目标锁定在损害灵魂和身体的双重毒品唆麻上,这虽然有其可取性,但是,他所采取的方式或手段却过于简单、粗暴,即使有好友赫姆霍尔兹前来助阵,他们仍然避免不了愤怒的德尔塔们的暴力反击。野蛮人差不多是以一人之力去对抗整个世界国,大有堂吉诃德的遗风;他把自己想象成下等阶级的救世主,他的悲哀却在于不懂得去发动和引导德尔塔们自觉走向通过革命而争取自由的道路。

2. 文明的代价

　　穆斯塔法·蒙德跟他们三个人一一握手,话却是对野蛮人说的。"看来你并不太喜欢文明,野蛮人先生。"他说。

　　野蛮人看了看他。他曾经打算撒谎、吹牛或是怒气冲冲一言不发,但是总统脸上那亲切的样儿却叫他放下心来,他决心直截了当说真话。"不喜欢。"他摇摇头。

　　……

　　"有时候千百种弦乐之音会在我耳里缭绕不去,有时又有歌声。"总统说。

　　野蛮人的脸突然焕发出了欢乐的光彩。"你也读过莎士比亚?"他问道,"我还以为这本书在英格兰这地方没有人知道呢。"

　　"几乎没有人知道,我是极少数知道的人之一。那书是被禁止的,你看。但这儿的法律既然是我制定的,我当然也可以不遵守,我有豁免权,马克思先生,"他转身对着伯纳,加上一句,"而你,我怕是不能够不遵守。"

　　伯纳陷入了更加绝望的痛苦之中。

　　"可是,为什么要禁止莎士比亚呢?"野蛮人问道。由于见到一个读过莎士比亚的人感到兴奋,他暂时忘掉了别的一切。

　　总统耸了耸肩。"因为莎士比亚古老,那是主要的理由。古老的东西在我们这儿是完全没有用的。"

　　"即使美也没有用?"

　　……

　　"因为我们的世界跟《奥赛罗》的世界不同。没有钢你就造不出汽车,没有社会的动荡你就造不出悲剧。现在的世界是稳定的,人民过着幸福的生活,要什么有什么,得不到的东西他们绝不会要。他们富裕,他们安全,他们从不生病,也不怕死,他们快快活活,不知道激情和衰老,没有什么爸爸妈妈来给他们添麻烦,也没有妻子儿女和情人叫他们产生激情,他们的条件设置使他们实际不能不按为他们设置的路子行动。万一出了事还有唆麻——那就是你以自由的名义扔到窗外去的东西，野蛮人先生，自由！"他哈哈大笑，"想叫德尔塔们懂得什么叫自由！而现在又希望他们懂得《奥赛罗》！我的好孩子！"

野蛮人沉默了一会儿说："可是《奥赛罗》总是好的，《奥赛罗》要比感官电影好。"

"当然要好，"总统表示同意，"可那正是我们为安定所付出的代价。你不能不在幸福和人们所谓的高雅艺术之间进行选择。我们就用感官电影和馨香乐器代替了高雅艺术。"

"可那些东西什么意思都没有。"

"意思就在它们本身。它们对观众意味着大量的感官享受。"

……

野蛮人摇摇头。"在我看来这似乎可怕极了。"

"当然可怕。跟受苦受难的太高的代价比起来，现实的幸福看起来往往相当廉价。而且，稳定当然远远不如动乱那么热闹，心满意足也不如跟不幸做殊死斗争那么动人，也不如抗拒引诱、或是为激情和怀疑所颠倒那么引人入胜。幸福从来就不伟大。"

"我看倒也是的，"野蛮人沉吟了一会儿说，"可难道非弄得这么糟糕，搞出些多生子来不行吗？"……"恐怖！"

"可是用处多大！你不喜欢我们的波坎诺夫斯基群，我明白；可是我向你保证，是他们形成了基础，别的一切都是建筑在他们身上的。他们是稳定国家这架火箭飞机、使之按轨道前进的方向陀螺仪。"……

"我在猜想，"野蛮人说，"你为什么还培育这样的人呢？——既然你从那些瓶子里什么东西都能得到，为什么不把每个人都培养成阿尔法双加呢？"

穆斯塔法·蒙德哈哈大笑。"因为我们不愿意叫人家割断我们的喉咙，"他回答，"我们相信幸福和稳定。一个全阿尔法社会必然动荡而且痛苦。你想象一座全是由阿尔法组成的工厂吧——那就是说全是由各自为政、互不关心的个体组成的工厂，他们遗传优秀，条件设置适宜在一定范围内自由进行选择，乐于承担责任。你想象一下看！"他重复了一句。

野蛮人想象了一下，却想象不出什么道理来。

"那是荒谬的。硬叫按阿尔法标准换瓶和按阿尔法条件设置的人干艾普西龙半白痴的工作,他是会发疯的——发疯,否则他就会砸东西。阿尔法是可以完全社会化的——但是有个条件:你得让他们干阿尔法的活。艾普西龙式的牺牲只能由艾普西龙来做。有个很好的理由,艾普西龙们并不觉得在作出牺牲,他们是抵抗力最小的一群。他们的条件设置给他们铺好了轨道,让他们非沿着轨道跑不可,他们早就命定了要倒霉,情不自禁要跑。即使换了瓶他们仍然在瓶子里——他们被一种看不见的瓶子像婴儿一样、胚胎一样固定住了。当然,我们每个人的一生,"总统沉思着说,"都是在一种瓶子里度过的。可我们如果幸而成了阿尔法,我们的瓶子就相对而言比较宽敞。把我们关在狭窄的空间里,我们就会非常痛苦。理论上很明显,你不能把高种姓的代香槟加进低种姓的瓶子里。而在实践上,也已经得到了证明。塞浦路斯实验的结果是很有说服力的。"

……

野蛮人深沉地叹了一口气。

"人口最佳比例是,"穆斯塔法·蒙德说,"按照冰山模式——九分之八在水下,九分之一在水上。"

"水下的人会幸福吗?"

"比水上的人幸福。比你在这儿的两位朋友快乐,喏。"他指着他们俩。

(第242—250页)

这段选自小说的第十六章。当前往制止骚乱的警察把约翰、赫姆霍尔兹和伯纳三人带到世界国总统穆斯塔法·蒙德跟前时,约翰原以为会有一场气势汹汹的审判在等着他们,却没有想到总统的态度很亲切,表现得也很聪明。这使他放下了戒心,对总统直言不讳。总统则抓住这个机会,向众人眼里的野蛮人详细阐述世界国的文明的各项原则。这是一场没有硝烟的战斗,"文明"与"野蛮"在唇枪舌剑中集中对决。作为要给予德尔塔们自由的拯救者,约翰代表的是被世界国的上层阶级嘲笑和围观的野蛮人;作为驻跸西欧的世界国总统,穆斯塔法·蒙德显然认为自己是文明的化身。因此,在总统和约翰之间展开的论战,就具有了统摄全局的意义。在谈到用感官电影和馨香乐器代替高雅艺术、人民的幸福、阶级结构的冰山模式和世界国的稳定等问题时,他自信满满,洋洋得意。但是,他的每一次夸耀,都遭到了约翰的质疑和否定,也引发了约翰的困惑。在约翰看来,总统所代表的文明，尤其是靠牺牲科学、艺术和宗教等得到幸福和稳定，这样的代价实在是太过高昂。至于总统大加赞赏的人口比例的冰山模式，更加让人毛骨悚然。在这样的社会里，自由和幸福究竟是奴役状态的恩赐，还是虚幻的精神许诺？这是值得每一个读者深思的。

第十五讲
海明威《老人与海》

一、海明威

厄内斯特·海明威（Ernest Hemingway, 1899—1961）是在世界文坛享有盛名的美国作家，也是美国大众心目中富有传奇色彩的文化英雄。1925年，海明威以《三篇故事和十首诗》在文坛崭露头角，他在给美国出版商霍勒斯·利夫赖特的信中写道："我的书既能赢得高雅博学之士的赞美，又可以得到一般大众的喜爱。我不会写作让中学文化水平的读者看不懂的书。"[①]在诺贝尔奖官方网站动态发布的前十位最受欢迎的文学奖获得者排行榜中，海明威的名字一直在第二、第三、第四的位次上变换；中国国家图书馆、中国高等教育数字图书馆和读秀几大数据库2019年4月9日的目录检索结果显示，仅海明威的《老人与海》一书的中译本就有307个。这两组数据资料，足以说明海明威在全世界读者中经久不衰的文学魅力。

海明威之所以能够成为广受全世界读者欢迎的经典作家和美国文化英雄，与他个人的生活经历和写作策略密不可分。海明威于1899年7月21日出生于伊利

---

① Carlos Baker ed., *Ernest Hemingway: Selected Letters, 1917—1961*, Charles Scribner's Sons, 1981, p. 155.

诺伊州与芝加哥相邻的橡树园镇上一个保守的新教徒家庭。他的父亲是医生，喜欢打猎、钓鱼等户外运动。受父亲影响，海明威一生都热爱大自然，喜欢钓鱼、打猎、拳击、斗牛等运动。他的母亲有良好的艺术修养，婚后在家里教授声乐和钢琴。海明威幼时学习过大提琴，他后来的文学创作从早年习得的音乐技巧中受益良多。中学毕业后，海明威进入《堪萨斯星报》工作。报馆要求记者写文章时要用词明确，使用短句、短段落，语言表达要直接、简洁、明晰、精确，海明威独树一帜的散文风格得益于这一时期的文字训练。1917年，美国宣布参加第一次世界大战。1918年，海明威加入美国红十字战地医院服务团，7月在意大利前线救助伤员受伤，身中237块弹片，因此获得意大利政府颁发的银十字勋章。1919年1月，海明威伤愈回到美国。1921年9月，他与哈德莉·理查逊结婚，12月与她一同去巴黎。在巴黎期间，他担任《多伦多星报》驻欧记者，撰写有关欧洲的报道。1923年，海明威第一次去西班牙看斗牛，从此爱上西班牙和西班牙斗牛，并以自己最喜欢的斗牛士的名字给他和哈德莉的儿子取名约翰·哈德莉·尼卡诺。1926年，海明威的第一部长篇小说《太阳照常升起》由斯克里布纳公司出版。1927年4月，他与哈德莉离婚，5月与保琳·帕发弗结婚，次年回国后定居佛罗里达州的基维斯特岛。1934年2月，海明威与保琳去非洲打猎，历时72天。同年5月，新买的彼拉尔号渔船运抵基韦斯特。1935年6月，海明威捕到重785磅的鲨鱼，与当时的世界纪录仅差12磅。同年10月，海明威出版记录非洲打猎经历的著作《非洲的青山》。1936年7月西班牙内战爆发，12月海明威结识到佛罗里达旅游的玛莎·盖尔荷恩。1937年，海明威不顾家人的反对，与北美报业联盟签订了合同，2月取道法国前往西班牙考察并报道西班牙内战的进展情况，协助荷兰导演伊文思拍摄纪录片《西班牙大地》。1940年海明威与第二任妻子保琳离婚，与玛莎结婚后定居古巴瞭望农场。同年，西班牙内战题材的长篇小说《丧钟为谁而鸣》出版。1941年2月，海明威接受《午报》邀请，与玛莎一起报道抗日战争情况，访问战争中的中国，采访过宋庆龄、周恩来、蒋介石、宋美龄，发表《美国对中国的援助》《中国空军急需加强》等6篇报道。[①]6月，海明威回到古巴瞭望农场。同年，美国驻古巴大使馆授意海明威组建反德国间谍活动的情报组织，他本人将该组织称为"骗子工厂"，瞭望农场是活动总部。1944年3月，海明威与《柯里尔》杂志签约，赴伦敦报道英国皇家空军的战斗情况，曾随英国皇家空

[①] 杨仁敬编著：《海明威在中国》，厦门大学出版社2006年版，第56—57页。

军空袭德国，随巴顿将军的第四步兵师行动。在此期间，他结识第四任妻子玛丽·威尔什。第二次世界大战结束后，海明威与玛丽定居古巴的瞭望农场，美国驻古巴大使馆举行仪式，授予他铜质勋章。1952年9月，《老人与海》出版，获得巨大成功。1953年，该小说获得普利策文学奖。1953年8月至1954年1月，海明威与玛丽去非洲打猎。打猎结束后，他们由内罗毕飞往刚果的途中，飞机螺旋桨撞上电线，紧急迫降乌干达。第二天，他们在一个简易机场改乘一架十二座小型飞机，起飞后又摔到地面上。飞机起火，机上人员虽幸免于难，海明威的身体却多处受伤。10月，海明威获得诺贝尔文学奖。1960年10月，海明威出现抑郁症症状，11月底住进明尼苏达州的梅约专科医院进行治疗。1961年1月12日，新当选的总统肯尼迪邀请海明威参加就职典礼，他因病不能出席。4月，海明威高血压、抑郁症病情加剧，再次住进梅约专科医院。6月26日，在海明威的强烈要求下，医生同意他出院。海明威于6月30日回到爱达荷州凯彻姆的家中，7月2日早晨开枪自杀。

总览海明威的一生就会发现，他成年后一直选择在美国大都市以外的边缘或异域空间中生活，他的个人生活和文学写作将美国主流社会传统精神中清教的劳动美德与现代消费社会中休闲消遣的生活方式完美结合在一起。他先后游历或旅居过的国家有意大利、加拿大、法国、西班牙、瑞士、奥地利、德国、肯尼亚、中国、古巴、英国等，亲历过第一次世界大战、西班牙内战、第二次世界大战，喜欢钓鱼、打猎、拳击、斗牛、旅游等现代休闲生活方式，并擅长于将自己的生活经历转化为文学作品，在这些作品中塑造了一个又一个职业角色不同的"准则英雄"：《太阳照常升起》（法国、西班牙，1926）叙述第一次世界大战后英美青年在法国和西班牙的生活，塑造了一个斗牛英雄罗梅罗的形象；《永别了，武器》（意大利，1929）叙述第一次世界大战期间美国青年亨利厌恶战争，逃离战争，并与英国护士凯瑟琳相爱的故事；《死在午后》（西班牙，1932）是一本关于西班牙斗牛的书；《丧钟为谁而鸣》（西班牙，1940）叙述美国志愿者乔丹在西班牙内战中炸桥的英雄故事；《非洲的青山》（肯尼亚，1935）叙述海明威到肯尼亚打猎的经历；《有钱人和没钱人》（美国、古巴，1937）叙述大萧条时期船长哈里·摩根在美国基韦斯特岛和哈瓦那之间艰难求生存的故事；《过河入林》（意大利，1950）叙述亲历过两次世界大战的美国人坎特威尔上校重访意大利会友、打猎的故事；《老人与海》（古巴，1952）叙述古巴老渔夫桑提亚哥在墨西哥湾流钓鱼的故事。就文学声誉来看，海明威自从因第一部长篇小说《太阳照常升起》而一举成名,此后出版的每一部小说,无论文学成就高低,都能进入畅销书排行榜,受到美国大众读者的欢迎。综上可知,海明威和他的小说人物一起,一生游走在不同的文化空间中,并在不同的竞技场上,以钓鱼、打猎、斗牛、参战、写作等活动中展现出的超凡个人能力,打造出一个个阳刚魅力十足的英雄神话。在20世纪上半叶的美国,老一辈开疆拓土的前现代生活已远去,工业文明、都市生活时代已到来,海明威及其男主人公在边缘异域空间中展示不同技艺的个人神话,满足了美国大众失落在现代都市中的怀旧情感。在海明威有过度张扬之嫌的男性英雄气概中,美国大众抵制工业文明所带来的标准化、均质化操控,实现个体自由和感性解放的需求得到了象征性满足。甚至包括海明威的个人生活方式,也成为大众崇尚的个性化消费娱乐姿态。在此意义上,美国大众把海明威当作生活体验丰富多样的文化偶像,依照自己日常生活实践中的情感需求和审美需求,将不同层面的海明威神话内容整合到自己的日常文化消费实践活动中,并不断地模仿、复制、拼贴,进而制造出更多富有时代特色、丰富多样的海明威神话文本,像各种捕风捉影的海明威传奇故事,根据海明威的文学作品改编的影视剧,旅游公司、酒店、餐饮业制作的与海明威有关的广告,海明威迷们发起的海明威模仿秀,等等。这一切缘自海明威的大众文化活动,就像一场流动的文化盛宴,不断地强化着海明威在美国大众中的偶像魅力。

二、《老人与海》(*The Old Man and the Sea*)

(一)作品生成过程及中译本

《老人与海》的故事取材自现实生活中一个古巴渔夫的真实经历。小说中的老渔夫桑提亚哥的生活原型是一个叫格雷戈里奥·富恩斯特的古巴渔民。1928年,他驾船前往美国新奥尔良,途中遭遇热带风暴。就在他弃大船登小船逃生时,发现了驾小船在风雨中搏斗的海明威,于是邀请他上了自己的船。两人共渡难关,并由此成为好朋友。1934年,海明威购买了彼拉尔号渔船,请富恩斯特做彼拉尔号船长。此后,两人经常一起出海钓鱼。1960年,由于政局变动,海明威离开古巴,将彼拉尔号留给了富恩斯特。海明威去世后,富恩斯特将彼拉尔号捐给了古巴政府,并协助政府在海明威故居建立了海明威博物馆,他本人成为博物馆的馆长，负责接待到海明威故居参观旅游的外国游客，不再驾船航海打鱼。2002年，104岁的富恩斯特去世。富恩斯特曾经对海明威讲述过自己21岁那年只身一人去外海钓鱼的经历：他钓到了一条约1000磅的大马林鱼，大鱼将他的小船拖到了几十公里以外。鲨鱼将大鱼的身体吃掉了一大半，上岸时只剩了一个大鱼骨架。1936年，海明威据此写作了一篇通讯《在蓝色的海上》，发表在4月号《老爷》杂志上：

> 一个老人独自在加巴尼斯港口外的海面上打鱼，他钓到一条马林鱼，那条鱼拽着沉重的钓丝把小船拖到很远的海上。两天以后，渔民们在朝东方向六十哩的地方找到了这个老人，马林鱼的头和上半身绑在船边上。剩下的鱼肉还不到一半，有八百磅重。鱼在深水里游，拖着船，老人跟着它一天、一夜、又一天、又一夜。鱼泛到海面上，老人驾船过去钩住它。鲨鱼游到船边袭击那条鱼，老人一个人在湾流的小船上对付鲨鱼，用桨打、戳、刺，累得他精疲力尽，鲨鱼却把能吃到的鱼肉统统吃掉。渔民们找到他的时候，老人正在船上哭，损失了鱼，他快气疯了，鲨鱼还在船的周围打转。①

　　这则通讯经常被研究者作为海明威创作《老人与海》的素材提及或引用。实际上，海明威在写作通讯文稿时已经对现实生活中的古巴渔夫形象做了一些修正。富恩斯特是在年轻力壮的21岁时只身钓到大马林鱼的，他的马林鱼约重1000磅，通讯中的渔夫变成了老人，大鱼不到一半的体重变成了约800磅，也就是说完整的体重约1600磅。如此一来，海明威就将富恩斯特年轻时钓大鱼的经历改造成了一个廉颇虽老、尚能征战的老英雄故事，只不过他的运气不佳而已。

　　海明威于1950年圣诞节过后不久，在古巴哈瓦那郊区的瞭望农场开始写作《老人与海》。1952年5月份，海明威与《生活》周刊达成协议，杂志社付给海明威4万美元的高额稿酬，在9月份第一期全文刊载《老人与海》。结果，刊载《老人与海》的那期《生活》杂志两天之内售出了约532万份。随后出版的《老人与海》单行本一次就卖出了15.3万册，在畅销书排行榜上停留达半年之久。1958年，好莱坞购买了《老人与海》的电影拍摄权，又付费请海明威做拍电影时的捕鱼顾问，他还在电影中客串了一个穿花格衬衫的赌徒，镜头只有几秒钟。

---

① 董衡巽编选：《海明威研究》（增订本），中国社会科学出版社1980年版，第14页。

上面提到，《老人与海》已经有307个中译本。最早的中译本是著名女作家张爱玲翻译的，1952年由香港中一出版社出版。1957年，诗人余光中译本由台北重光文艺出版社出版，海观译本由新文艺出版社出版。此后，著名学者、翻译家黄源深、吴劳、李文俊、董衡巽、赵少伟、孙致礼都翻译过《老人与海》。《老人与海》还被选入我国的中学阅读教材，可见这篇小说在我国读者中的受欢迎程度是多么高。

（二）作品梗概

古巴渔夫桑提亚哥是一个独自一人划着一条小船在墨西哥湾流中打鱼的老汉。老汉身形干瘦，脸上有太阳留下的黄褐斑，手上伤疤累累，外表看上去处处显老，唯独两只眼睛的颜色跟海水一样，透出开朗、打不垮的神气。在小说开篇，老汉已经连续84天没有钓到一条鱼。头40天，有个叫马诺林的男孩跟他在一起。可是，过了40天一条鱼都没有钓到，孩子的父母认为老人是彻底地倒霉了。于是，孩子照爸妈的吩咐上了别的船。但是，看老汉每天摇着空船回来，孩子心里很难过，总是来帮他搬钓鱼用具，陪他一起回家。

这天，桑提亚哥又空手归来。他和男孩坐在餐馆里，有些渔民拿他打趣，他也不生气，照常和孩子聊棒球，顺嘴编排用快网捞鱼、就着鱼吃黄米饭等逗趣的事儿。晚上，他梦见少年时代的非洲，梦见金色海滩、高陡的岬角和褐色的大山。但他不再梦见狂风巨浪、女人、大鱼、搏斗，只是梦见海滩上那些狮子，它们在暮色中像小猫般打闹玩耍，很是惹他喜爱。

第二天清晨，老汉又划着小船出海。天还没有大亮，他就把全部鱼饵都抛出去了。他想，今天是第85天了，我得好好干它一天。正想着，伸出船外的三根绿竿子中的一根陡然一坠，老汉凭经验判断，准是条大鱼咬钩了，心里很高兴。

大鱼拖着小船一直往远海游去。老汉身背钓绳，自言自语地说："那孩子要跟我来就好了。"①天亮前，他把其余的钓绳割断，跟钓到大鱼的绳子连起来备用。太阳升起来了，大鱼没有任何游累的迹象。"鱼啊，"他说，"我喜欢你，佩服你，可是不等今儿天黑，我就要你的命喽！"（第38页）

---

① ［美］海明威：《老人与海》，董衡巽译，百花文艺出版社2013年版，第32页。以下凡引用该作品，只在括号中标明页码，不再逐一详注。

大鱼继续拖着小船游。老汉的双手被钓绳划破了，还抽筋。他吃一些金枪鱼肉补充体力。太阳再一次落下去。老汉为了增强自己的信心，回忆起当年他在卡萨布兰卡酒馆与黑人大汉掰手腕赢得"冠军"称号的经历。他对自己说："我从来没见过、没听说过这么了不起的鱼。可是我得杀死它，幸好我们不必想法儿杀死星星。"（第51页）

太阳第三次升起来的时候，大鱼开始转圈儿。老汉使出浑身的力气，把大鱼拽得近一些，调动自己的全部体力和意志力，将鱼叉扎进大鱼的内脏。老汉用绳子把它绑在船边，估计大鱼有一千五百多磅重。

老汉带着大鱼返航了。一条大鲭鲨循着血腥味追上来，在鱼尾处啃去了四十来磅肉。老汉用鱼叉扎死了鲨鱼。作为一个经验丰富的渔夫，桑提亚哥清醒地意识到，他的大鱼是注定要被鲨鱼吃掉的。但是，即使如此，他还是要与鲨鱼搏斗到底，因为"人可不是造出来要给打垮的"，"可以消灭一个人，就是打不垮他"（第71页）。鲨鱼们陆续追上来撕咬大鱼，老汉用船桨打，用刀插，用舵把、短木棒打，直到大鱼被咬得只剩下一个骨架。

晚上，老汉带着他的大鱼骨架回到了岸上，大鱼身长18英尺。在小说结尾处，老人睡着了，他又梦见那些狮子。

（三）作品分析

作为一部文学经典，《老人与海》寓意丰富又复杂，是海明威现代散文叙事艺术的典范之作。下面主要从三个方面来分析：

1. "准则英雄"桑提亚哥

通常，读者会将桑提亚哥认定为海明威式的硬汉形象。概括起来说，海明威式的硬汉形象具有以下突出特点：他们拥有健壮的身体，一门出色的职业劳动技艺，一种高度忠诚的职业信念。他们在现实中履行职业角色的过程中，总是会遭遇到这样或那样的困难，包括孤独、伤痛、失败，有时甚至是死亡的威胁，但是，他们却能够直面残酷的现实，以高超的职业技艺和顽强的意志，兑现自己的职业角色责任，尽显男子汉在"重压下的优雅"（grace under pressure）风度和生命的尊严。事实上，海明威早在他的成名作《太阳照常升起》中就塑造了一个著名的硬汉形象，即小说中的西班牙斗牛士罗梅罗。在此后出版的作品中，他也总是以塑造打不垮的硬汉形象见长。美国的海明威研究专家菲利普·扬将海明威小说中的硬汉形象称作"准则英雄"（code hero），《老人与海》中的硬汉桑提亚哥正是这样一名"准则英雄"。

作为一位海明威式的"准则英雄"，桑提亚哥的身体力量十分强大。小说开篇时，他虽然已是一个外表处处显老的老人，但他的"两只眼睛跟海水一个颜色，透出挺开朗、打不垮的神气"（第8页）。小说中还设计了一个细节，以表现桑提亚哥年轻时体魄之强健。当年，他曾经在卡萨布兰卡的酒馆，跟身体最棒的码头工、一个黑人大汉比赛掰手腕，结果桑提亚哥打败了对手，从此以后，人们都管他叫"冠军"。从大鱼咬钩，到叉死大鱼，老人和大鱼之间的体能较量时间持续了大约两天两夜。在此期间，老人的双手被钓绳勒得流血，他就把两只手轮流伸到海水里泡一泡，在太阳下晒一晒。他的双手抽筋，又饿又累，却不断地给自己打气说，"你行"，"你永远行"，"要懂得即使如何受苦也要像个男子汉的样子"。（第63页）桑提亚哥不仅是体能强大的"冠军"，还是个打鱼技艺超群的"冠军"。这一点，小男孩马诺林一再提起过，在他跟大马林鱼较量的过程中也充分表现出来。作为一个技术了得、经验丰富的渔夫，在大马林鱼咬到鱼钩后，桑提亚哥立刻就判断出这不是一条普通的鱼。接下来，他凭借自己的技术跟大马林鱼相持——既不能把钓绳拽得太紧，使得大鱼脱钩，也不能把钓绳松得太快，使得大鱼把小船拽翻了。直至最后时刻，他调动自己的体力、意志力、打鱼技艺，把鱼叉准确地插进马林鱼的大胸鳍后面。至此，海明威也写就了一个类似廉颇虽老尚善征战的渔夫独自钓大鱼的硬汉神话。

在小说中，海明威还通过叙述桑提亚哥对待孤独、失败的态度，尽显其内心深处打不垮的生命尊严。在连续84天钓不到一条鱼的倒霉日子里，桑提亚哥不抱怨，坚守着打鱼人出海打鱼的职业角色准则。在与大鲨鱼的搏斗过程中，尽管他很清楚，他的大鱼注定要被成群赶来的鲨鱼吃掉，但他还是拼尽全力打到底，直至他的大鱼被咬得只剩下一个骨架。他要证明"人可不是造出来要给打垮的"，"可以消灭一个人，就是打不垮他"。从连续84天钓不到一条鱼，到钓到大马林鱼，再到大马林鱼被鲨鱼吃掉，桑提亚哥身上充分显示出海明威式"准则英雄"的内在骄傲和生命尊严。正是在此意义上，海明威最初曾经想给小说取名为"人的尊严"，后来觉得这个书名太正式，才定名为《老人与海》。

在20世纪50年代，海明威通过桑提亚哥表现出来的英雄主义精神与美国主流社会的价值观是契合的。第二次世界大战结束后，美国的国家主义、爱国主义教育十分兴盛。在这样的背景下，按照国家的强盛需要，学校里培养的是有理性知识、有技能的国家精英，或者说是能够在各个行当里取得成功的英雄人物。在此意义上，在茫茫大海上独自捕获大鱼的桑提亚哥成为当时最受美国大众欢迎的老英雄，以至于连牧师讲道都会引用桑提亚哥的故事，听众则被老渔夫的故事感动得热泪盈眶。

需要指出的是，由于海明威本人有时候会过分推崇男性阳刚的气概，他在表现桑提亚哥的强健体魄和打不败的非凡勇气时难免会流露出做作矫情的一面。比如，关于桑提亚哥年轻时与身体最棒的黑人码头工掰手腕的叙述就过度夸张。比赛从星期天早上开始，到星期一早上才决出胜负。比赛进行了八个小时之后，每隔四个钟头就换一个裁判，好让裁判睡觉，而两个掰手腕者却一直彼此盯着对方的手和前臂，连手指甲都出了血，最终结果是桑提亚哥为自己赢得了"冠军"称号。在这次一天一夜的大战之后，桑提亚哥"拿稳只要他真的想胜，不管是谁他都能打败"（第49页）。如此打不败的英雄气概，实在是有点过于夸张矫情。

作为一位伟大作家，虽然海明威对桑提亚哥硬汉气质的过度推崇有矫情做作之嫌，但是，他在小说中也表现了老渔夫作为普通人的一些特点。作为一个技艺超人的钓大鱼的渔夫，他也能够理解与自己目标不同的渔夫。小说开篇时提到，有个叫马诺林的小男孩跟随桑提亚哥出海，他的父母见老人连续40天没有钓到一条鱼，就叫他离开老人，上了别的渔船。桑提亚哥将男孩父母的选择理解为人之常情。他连续84天没有钓到一条鱼，餐馆里的渔民拿他打趣，他也不生气。"他向来憨直，没想过他打几时起养成了谦和的态度。但他知道他已经养成了这种态度，知道这并不丢脸，也不损害真正的自尊心。"（第11页）

老人在日常生活中不仅为人谦和，和孩子在一起时，还流露出天真的童趣。我们一起来看老人和孩子回到窝棚里的一段对话：

> "您有什么吃的呢？"孩子问。
> "一锅黄米饭就鱼吃，给你来点儿好吗？"
> "不用，我回家吃。要不要我生火？"
> "不要，回头我来生，不然我吃冷饭也行。"
> "我可以用一下快网吗？"
> "当然可以。"

（第12—13页）

其实，根本没有什么快网，也没有黄米饭和鱼，但是他们天天都要这么胡诌一遍，老少相逗成趣，天真又温暖。孩子还给老人送晚饭，并对他说："有我活着，就不能让您空着肚子去打鱼。"正因为老人与孩子之间存在着这样一种纯粹的温暖情感，老人在与大鱼较量的艰难过程中，多次想到孩子能跟他在一起就好了。

海明威在重点突出桑提亚哥超凡的硬汉气质和天真温暖的情感状态的同时，也没有完全忽略他作为普通渔夫对打鱼获利的世俗目标的惦记。他钓到大鱼的第一个夜晚，就盘算过："它是多大的一条鱼啊，要是肉味儿鲜，上市能卖多好的价啊。"（第34页）在杀死大鱼，把它在小船边上捆绑妥帖后，桑提亚哥开始估算大鱼能带给他多少利益："看它那模样，有一千五百多磅重，他想。搞不好还重得多。拿出三分之二来，切洗干净，卖三毛钱一磅，一共多少钱呢？"（第67页）总而言之，海明威塑造的老渔夫桑提亚哥形象之所以能打动读者，除了因为他非凡的硬汉气质，还因为他对待孤独失败的优雅风度、对待他人的包容理解、对待孩子的天真柔情、对待世俗生存的实际打算等普通人性的丰富复杂的内涵。

2. 人与大自然关系的多重性

海明威在《老人与海》中揭示出人与大自然关系的多重性。人与大自然关系的多重性首先体现在人与大海关系的叙述中。桑提亚哥在第85天出海时，有一段文字专门叙述老渔夫对于人与大海关系的思考。由于英文中的sea一词是没有阴性和阳性之分的，海明威在这段文字中借用西班牙语中阴性的la mar和阳性的el mar来称呼大海，以此来召唤读者对于大海的男性与女性的生命内涵、人与大海的关系之思考。当人们爱她的时候，就称大海为la mar。那些爱她的人们有时候也会说她的不好，但即使如此，人们也说她就好像是个女人。那些靠大海赚钱的年轻渔民却称之为el mar，把他说成是个竞争对手，是个场所，是个敌人。"老人却始终把她看成是女性（feminine），有时慷慨给予、有时不肯开恩，要是她撒野、使坏，那都是出于她不能自主的原因。他认为，月亮对她的影响，就像影响女人的情绪一样。"[①] 从这段文字中可以看出，人是有差异性的，就像老人和那些年轻渔民，大海是有多重自然品格的，在此意义上，人与大海的关系

---

① Ernest Hemingway, *The Old Man and the Sea,* First Scribner Paperback Fiction Edition, Simon & Schuster Inc., 1995, p. 30.

也应该是有多个层面、多种形态的。年轻渔民与大海的关系是斗争、征服、利用的关系，其背后是西方文明中以人为中心的人类中心主义价值观。老人与大海的关系是相互敬重、理解，其背后是让以人为主体的to be成为being的海德格尔式哲思。

再比如桑提亚哥和大马林鱼、大鲨鱼的关系也是多层次的。大马林鱼咬钩后，他一边与大鱼斗智斗勇，相持较量，一边称大鱼是漂亮、沉着、高尚的兄弟。但是，作为渔夫，他必须尽责杀死大鱼。老人胜利返航途中，大鲨鱼把他的大马林鱼咬得只剩了一个大鱼骨架。尽管老人不屈不挠地与大鲨鱼搏斗到最后一刻，但他很清醒地认识到："他现在给打败了，败得彻底，没法挽救了。"接下来，老人想，自己失败的原因是他出海太远了。老人对待失败的态度不仅尽显"准则英雄"身处重压下的优雅和尊严，也启发我们进一步反思：人类在向大自然索取利益的斗争中，是否应该为自身设限？海明威在小说中反复提到老人桑提亚哥现在的梦：再也不是狂风巨浪，不是女人，不是大事，不是大鱼、搏斗、角力，而是异域他乡，是暮色中的非洲海滩，是海滩上那些狮子，那些狮子在海滩上像小猫般地打闹着玩，很惹他喜爱，就像他喜爱那个孩子一样。小说的最后一句话"老汉正梦见那些狮子"，其隐含的意义耐人品味。也许，如很多评论者和读者都认同的那样，在老人年轻时，狮子曾经是力量和勇气的象征，但是，在老人现在的梦中，桑提亚哥已不再年轻，也不同于视大海为获取财富的自然场域的年轻渔民，他更向往那些暮色中像小猫一般嬉戏的狮子，与大自然、与其他狮子愉悦地和谐共处。

3. 精致的现代散文叙事艺术

1954年，诺贝尔文学奖委员会在授奖词中对海明威在《老人与海》中体现出来的叙事艺术给予高度评价："他能把一篇短小的故事反复推敲，悉心裁剪，以极简洁的语言，铸入一个较小的模式，使其既凝练，又精当（精确恰当），这样，人们就能获得极鲜明、极深刻的感受，牢牢地把握它要表达的主题。往往在这样的情况下，他的艺术风格便可达到极致。《老人与海》（一九五二）正是体现他这种叙事技巧的典范。"[①]具体来说，《老人与海》的叙事艺术主要包括：

---

① ［瑞典］安德斯·奥斯特林：《授奖词》，象愚译，引自［美］海明威：《老人与海》，董衡巽译，百花文艺出版社2014年版，第2页。

（1）简洁干净、凝练含蓄的散文文体

海明威锤炼语言之功始自中学毕业后在《堪萨斯星报》做见习记者期间的文字训练。报社要求记者写文稿要用短句，少用形容词；要正面说，不要反面说。这种新闻稿写作训练，造就了海明威简洁有力的语言风格。他善用短句，偶尔用长句，也只用"and"连接，少见一系列转折词串起来的逻辑关系复杂的长句子。他也很少使用形容词和副词。英国小说家赫·欧·贝茨高度评价海明威对英语书面语言的革新之功，称他"是个拿着一把板斧的人"，此前，"书面英语有增无已地变得日益浮华、啰嗦，只适用于一国一地，偏狭得叫人难受；它继续演进的趋势是要探讨和解释什么东西，而不是表现和描绘一个对象。它满载着一大堆不起作用的字，现在终于到了把这堆字割爱的时候了"。"海明威所孜孜以求的，是眼睛和对象之间、对象和读者之间直接相通，产生光鲜如画的感受。为了达到这个目的，他斩伐了整座森林的冗言赘词，他还原了基本枝干的清爽面目。他删去了解释、探讨、甚至于议论；砍掉了一切花花绿绿的比喻；清除了古老神圣、毫无生气的文章俗套；直到最后，通过疏疏落落、经受了锤炼的文字，眼前才豁然开朗，能有所见。"① 海明威本人在《死在午后》中曾经用冰山原理来概括自己的文体风格。他说："如果一名散文作家对于他写的内容有足够的了解，他也许会省略他懂的东西，而读者还是会对那些东西有强烈的感觉的……一座冰山的仪态之所以庄严，是因为它只有八分之一露出水面。"②

（2）象征和寓言

《老人与海》只写了一个老人、一个孩子、一条大鱼，情节简单到了极点，抽象到了至美至纯，但就在这种单纯中包蕴着丰富复杂的思想内涵，具有浓厚的象征和寓言意味。海明威本人反对批评家们将小说中的老人、孩子、大马林鱼、鲨鱼等形象简单地赋予什么象征内涵，尤其不认同鲨鱼象征批评家的说法，并声称《老人与海》"没有什么象征主义的东西。大海就是大海，老人就是老人，孩子就是孩子，鱼是鱼。鲨鱼全是鲨鱼，不比别的鲨鱼好，也不比别的鲨鱼坏"。但是，正如美国批评家贝瑞孙在评价《老人与海》时所说的："《老人与海》是一首田园乐曲，大海就是大海，不是拜伦式的，不是梅尔维尔式的；好比荷马

---

① ［英］赫·欧·贝茨：《海明威的文体风格》，赵少伟译，董衡巽编选：《海明威研究》（增订本），中国社会科学出版社1985年版，第132—133页。

② ［美］海明威：《死在午后》，金绍禹译，上海译文出版社1999年版，第193页。

的手笔，行文沉着又动人，犹如荷马的诗。真正的艺术家既不象征化，也不寓言化——海明威是一位真正的艺术家——但是任何一部真正的艺术作品，都散发出象征和寓言的意味。这一部短小但并不渺小的杰作也是如此。"（"译序"，第4页）

（3）重复的艺术

海明威的文体虽然以简洁凝练著称，但是，他在《老人与海》中并不排斥重复的艺术，而且运用得恰到好处。比如，桑提亚哥在与大马林鱼较量的过程中，先后4次在不同的上下文语境中重复使用同一句话"I wish I had the boy"，接下来又先后4次重复使用"If the boy were here"，在第2次重复时使用了非正规的虚拟语气动词"was"，紧跟着重复使用标准的虚拟语气句式"If the boy were here"。[1]从文学叙述语言的角度来看，海明威在此使用了重复的修辞手段，以强调男孩儿在桑提亚哥心里的重要性，更好地表达老人与大鱼孤独斗争过程中对温暖情感的热切诉求。对于自幼学习大提琴的海明威来说，这种形式上的语言重复还具有深层的主题再现功能，小说中重复叙述桑提亚哥的梦，意在揭示人与大自然的关系的多重性。在此意义上，海明威在叙述硬汉桑提亚哥钓大鱼、斗鲨鱼的故事的同时，也在思考人与大自然该是怎样一种关系这一生态伦理问题。

（四）精彩片段欣赏

● 译文选自

［美］海明威：《老人与海》，董衡巽译，百花文艺出版社2013年版。

1. 老人、老人与孩子

他是独个儿摇只小船在湾流打鱼的老汉，已经八十四天没钓着一条鱼了。头四十天，有个男孩跟他一块儿。可是过了四十天一条鱼都没捞着，孩子的爸妈便对他说，老汉现在准是彻底Salao，就是说倒霉透了，所以孩子照爸妈的吩咐跟了另外一只船，它第一个星期就捉了三条好鱼。眼看老汉每天摇着空船回来，孩子心里怪难受的，总要下海滩去，不是帮他搬回那堆钓

---

[1] Ernest Hemingway, *The Old Man and the Sea,* First Scribner Paperback Fiction Edition, Simon & Schuster Inc., 1995, pp. 45–51 and pp. 62–83.

绳，就是帮他扛走拖钩和鱼叉，再还有卷拢用来裹着桅杆的那张船帆。帆是用些面口袋补过的，一卷拢，看上去就像一面老打败仗的旗子。

　　老汉的样子枯瘦干瘪，脖颈儿尽是深深的皱纹。颧骨上有些皮肤癌黄斑，太阳从热带海面反射上来，就会造成这种没什么大害的皮肤癌。黄斑一直往下，蔓延到他脸的两侧；他那双手因为用绳索对付沉重的海鱼，留下了褶子很深的累累伤疤。不过没有一处伤疤是新的，全是老疤，像缺水缺鱼的沙漠里那些风蚀的岩沟一样老。

　　他这人处处显老，唯独两只眼睛跟海水一个颜色，透出挺开朗、打不垮的神气。"桑提亚哥伯伯，"孩子对他说。这时候小船已经给拖上沙滩，他们正爬着岸坡。"我可以跟您出海了，我们那条船已经赚了些钱啦。"

　　老汉教过孩子打鱼，孩子也爱他。

　　"不要，"老汉说。"你上了一条走运的船，跟他们待下去吧。"

　　"您记得吧，那回您八十七天没打着鱼，后来咱俩一连三个星期，天天打的都是大鱼。"

　　"记得，"老汉说。"我知道你离开我，不是因为你怕靠不住。"

　　"是爸爸叫我离开的，我是孩子，得听他的。"

　　"我知道，"老汉说，"这都是常情。"

　　"他不大有信心。"

　　"是那样，"老汉说，"咱们可就有信心了，对不对？"

　　"对，"孩子说，"我请您上餐馆喝瓶啤酒，喝完咱们把全套家伙扛回家去，行吗？"

　　"哪能不行呢？"老汉说，"打鱼人的交情。"

（第7—8页）

　　这段选自小说开头。海明威本人在答记者问时说过，《老人与海》本来可以写到长达一千多页，把村里每个人都写进去，包括他们如何谋生、怎么出生、受教育、生孩子等。在他看来，他所了解的渔村里的一切都是冰山在水面以下的部分，都可以略去不写，开篇就直接向读者呈现冰山露出水面的八分之一。一位技艺过人、勇气不凡的老人屡败不馁，独自划一只小船，在茫茫大海上捕鱼，这种开篇令人想起《圣经》中耶稣受难、复活的故事，充满象征、寓言的意味。老人和男孩马诺林之间的对话，则将寓言场景中的老人拉进现实世界的维度。桑提亚哥既是一位超越凡俗的硬汉，又是一个知人情冷暖的普通老人。

2. 老人与马林鱼、大鲨鱼

钓绳不停地慢慢往上，船前方的洋面跟着凸起，鱼也露头了。它一点一点不断地出来，两侧往外冒水。鱼在太阳底下很光彩，头部和背部都是深紫色，两侧的条纹给太阳一照，显得很宽，是淡紫的。它的箭形上颌有打棒球的木棒那么长，一把细剑似的越往前越尖；它挺直全身跳出水来，一转眼又像潜水鸟一样顺顺溜溜地钻进水里。老汉看见它那大镰刀般的尾巴没入水下，钓绳马上便开始飞快地滑出去了。

"它比我的船还长两英尺。"老汉说。绳子放得虽快，却很稳当，鱼没有惊动。老汉双手恰到好处地把住绳子，稍微过一点它就会断了。他知道，要是不能用稳定的拉力叫鱼慢下来，鱼就可能拖走全部的绳子，把它扯断。

它是一条大鱼，我得叫它服了我，他想。我绝不让它知道它有多大力气，也不让它知道它跑起来会叫我多狼狈。我要是它的话，我现在就要使出全身的劲往前奔，非把什么给拉断了撞破了决不停。不过，感谢上帝，鱼类没有我们宰鱼的人聪明，尽管它们更高尚也更有能耐。

（第44页）

这时候，鱼正在转圈儿过来，又安详又漂亮，只有大尾巴划动着。老汉拼命把它往船边拉。不过一刹那的工夫，鱼身偏了一下，马上它就扳正，开始又转一圈。

"我牵动它了，"老汉说。"刚才我牵动它了。"

他现在又觉得头晕，但他尽量对大鱼保持着牵制力。刚刚我牵动它了，他想。或许这回我能把它拉过来。手，两只都来拉吧。腿，两下里站稳吧。头，帮我干到底、帮到底吧。往常你根本没出过毛病，这回我要把它拉过来。

然而当他打起全副精神，早在大鱼靠拢以前就动手，使出浑身的力气来拽的时候，鱼只被拽过来半段路，接着它便扳正方向，游开去了。

"鱼啊，"老汉说。"鱼啊，你反正过会儿就得死的，你非要把我也整死不行吗？"

这样可什么也办不成，他想。他的嘴干得说不了话，但这会儿又腾不出手去够水。这一回我一定要把它拽过来，他想。鱼要再转很多圈儿的话，我可不行了。不，你行，他给自己打气，你永远行。

下一圈上，他差点儿成功。但是鱼又扳正了方向，慢慢游开去了。

鱼，你是在整死我，老汉想。不过你够格这么做，兄弟，我从来没见过什么东西比你更大、更漂亮、更沉着、更高尚了，快来弄死我吧。究竟是谁弄死谁，我不在乎。

现在你头脑糊涂啦，他想。你得保持头脑清楚。要保持头脑清楚，要懂得即使如何受苦也要像个男子汉的样子。或者说，像个鱼的样子，他想。

"头，清楚起来吧，"他说，声音小得自己也几乎听不见。"清楚起来吧。"

鱼又转了两圈，结果也一样。

真不知道我撑不撑得下去，老汉想。他已经落到每回都觉得自己要昏厥的地步。不过，我还要试一次。

他再试了一次，他把鱼拉转来的时候，觉得自己快要昏倒。

鱼扳正身子，在半空中摆着大尾巴，又慢慢游开去了。

我还要试一下，老汉答应自己，虽然他的两手已经磨烂了，眼睛也只是间或一阵阵才看得清东西。

他又试了一次，结果照旧。那么我再试一回，他想。只是他还没动手就觉得要昏过去了。

他的一切痛苦、他的残余体力、他久已失去的自尊心，这回他都调动起来，对付大鱼临死前的猛力挣扎。鱼侧过身来，轻轻地偏着身子游动，它的长嘴几乎要碰着船帮。它开始要打船这儿过去了，身子那么长，那么宽，吃水那么深，一闪闪的银光，一道道的紫条纹，在水里铺得没完没了。

老汉撂下绳子用脚踩住，尽量往高处举起鱼叉，使出全副力气，还绕上他新激起的劲头，把铁叉扎进鱼的侧面，恰恰扎到那翘在半空、跟老汉胸口一般高的大胸鳍后面。他觉着铁尖刺进去了，便伏在叉把上，再往深里攮，然后用全身重量顶进去。

这一下，死亡来到内脏，鱼惊活了，从水里跳起老高，现出它全身无比的长度和宽度、它全部的力与美。它像是挂在半空中，挂在船上这老汉头顶上似的。接着哗啦一声，它跌入水里，把浪花溅了老汉一身，溅了一船。

（第63—64页）

老汉看见它来,知道这是一条毫不害怕、想干啥就干啥的鲨鱼。他一边预备鱼叉,系上叉绳,一边盯着看鲨鱼奔来。可惜绳子短了点儿,因为给他截了好些去捆鱼了。

老汉的头脑现在挺好挺清楚,他满怀决心,但却不抱什么希望。先头那件事太好了,就长不了,他想。看见鲨鱼逼近,他瞅了瞅他的大鱼。说不定那本来就是个梦,他想。我拦不住它来攻我,不过我或许能打中它。Dentuso(尖吻鲭鲨),他想,叫你妈不得好报。

鲨鱼急忙扑向船后艄。它去啃鱼的时候,老汉看见它的嘴巴张得那么大,两只眼睛那么奇特,牙齿直往鱼尾近处的肉里那么嘎吱嘎吱地咬过去。鲨鱼的头伸出水面,脊背也露了出来。老汉听见大鱼皮肉被撕开的声音,当时他手拿鱼叉正朝鲨鱼头部捅下去,捅在两眼间的横线跟那道从鼻子往上去的直线相交叉的地方。这两道线其实是没有的,只有很笨重的、前面尖、颜色青的一个头,大大的一对眼睛,还有咬得嘎吱响的、伸出去吞噬一切的颌部。但那交叉点正是脑子的部位,被老汉扎中了。他用两只血糊糊的手来扎,使出全身力气将一把好铁叉往里杵进去。他扎的时候不存希望,但很坚决,下足了狠心。

鲨鱼翻过身来,老汉看见它眼里已经没有了活气,接着它又翻了个身,给自己身上缠了两圈绳子。老汉知道它死了,可是鲨鱼还不甘心。这时候,虽然仰天倒着,鲨鱼还甩打尾巴,咬得颌骨格格地响,像个快速汽艇那样一径扬水过去。水被它的尾巴打起一片白浪花,它的身子有四分之三露在水上,把绳子越绷越紧,绷得绳子发颤,终于啪的断了。在老汉的注视下,鲨鱼静静地在水面漂了不多一会儿,然后慢悠悠地沉了下去。

"它啃了四十来磅肉,"老汉讲出声来。它把我的鱼叉跟整条绳子也带走了,他想。现在我的鱼又在出血,别的鲨鱼会来的。

自从大鱼伤残了以后,他就没心再瞧它了。鱼给咬着的那阵子,他仿佛自己给咬了似的。

不过我扎死了咬我这条鱼的鲨鱼,它是我见过的最大一条鲭鲨。上帝见证,大鲨鱼我见过好些呢。

先头那件事太好了,就长不了,他想。现在我倒情愿那是一场梦,情愿我没有出海钓住大鱼,仍然独个儿垫着报纸睡在床上。

"人可不是造出来要给打垮的,"他说。"可以消灭一个人,就是打不垮他。"尽管这样,我打死大鱼,心里也不好受,他想。艰难的时候眼看要来了,但我连鱼叉都没有。那条鲭鲨心肠毒,本事大,又强壮,又聪明。不过我比它还要聪明。怕也未必吧,他想。也许是我武装得好点儿罢了。

"别想啦,老头儿,"他自言自语。"按这个道儿往前划船吧,有什么事就迎上去。"

(第70—71页)

上面是桑提亚哥跟马林鱼较量、跟大鲨鱼搏斗的片段。从叙述语言来看,海明威对老人钓大鱼、斗鲨鱼的描写细致、准确、生动。无论是大鱼咬钩后拉钓绳的松紧快慢,还是最后扎死大鱼时全身心高度紧张专注的发力瞬间,再到与大鲨鱼搏斗时的内心感受,都写得十分传神。这些段落之所以能写得如此精准生动,既缘于海明威本人就是一个钓鱼高手,有丰富的钓大鱼经验,也充分体现出他的语言锤炼功夫。从叙述内容来看,这些片段中融入了海明威对人与大马林鱼、大鲨鱼关系的哲理思考:其一,老人敬重大马林鱼独立的生命品格,它漂亮、高尚、安详,是他的朋友;其二,老人和大鱼又有征服与被征服的关系,在这个维度上人是更聪明的物种,可以运用心智制服、宰杀大鱼,对抗大鲨鱼的攻击,并尽显其打不垮的生命尊严;其三,作为聪明的宰鱼者,老人打死大鱼后心里也不好受。在失去大鱼后,老人对自己出海太远的反思透露出海明威对生态伦理的思考。

3. 老人的梦

不多久他便入睡了,梦见他少年时代的非洲,梦见那些绵延很长的金色海滩,那些白花花的、白得扎眼的海滩,还有高陡的岬角和褐色的大山。现在每个夜晚他都回到那一带海岸,梦里还听见一阵阵浪潮咆哮,看见一只只当地小船穿浪驶来。那样睡着,他会嗅到甲板上沥青和麻絮的气味,嗅到清晨陆上微风吹来的非洲气息。

平常,他一闻见陆风就会醒来,穿上衣服去叫起那孩子。但是今夜陆风的气味来得很早,他在梦里也知道还太早,便接着再睡,梦见群岛上那些白色山峰宛然拔海而起,又梦见加那利群岛的大小港湾和泊口。

他梦见的,再也不是狂风巨浪,不是女人,不是大事,不是大鱼、搏斗、角力,也不是他的妻子。他现在只梦见异域他乡,梦见海滩上的那些狮子。在暮色中，它们小猫般地打闹着玩，很惹他喜爱，就像他喜爱那个孩子一样。他从来没有梦见过那个孩子。

（第19—20页）

他梦见的不是狮子，却是一大批交配期的鼠海豚，前前后后有八英里或者十英里长。它们往空中一跳，很高，跟着又落回它们跳的时候给水面留下的坑洼里。

再一会儿，他梦见他还在本村，睡在自己的床上，呼呼的北风刮得他真冷，他的右胳臂全麻了，因为拿它当枕头来用着。

过后，他梦起了那长长一溜黄沙滩，瞧见暮色苍茫中有只狮子先下了海滩，其余的狮子随后也来了。晚风从岸上轻轻吹着停在那儿的大船。他呢，下巴颏儿靠在船头木板上，等着看还有没有些狮子要来。他觉得很自在。

（第55—56页）

在路那头的窝棚里，老汉又睡着了。他仍然趴着睡，孩子坐在旁边望着他。

老汉正梦见那些狮子。

（第87页）

小说中叙述老人的梦的片段分别出现在第84天夜晚、钓到大鱼与大鱼持续较量的过程中和失去大鱼后。从小说对老人的梦的叙述中，我们可以看出海明威赋予小说的寓意是十分复杂的。少年时代的老人曾经出海很远，到过非洲海岸，见到过狮子，也许，年轻的桑提亚哥崇尚的就是狮子的力量，志向在深海的大鱼。现在的老渔夫桑提亚哥虽然梦里总是要回到少年时代的非洲，但是梦境已经不再是狂风巨浪，不是女人，不是大事，不是大鱼、搏斗、角力，而是落日暖阳中在沙滩上如小猫般追逐打闹的狮子。或许，这正是海明威在英雄暮年对人、物共生共存，诗意地栖居于大自然之中的一个美好梦想。

第十六讲
卡尔维诺《如果在冬夜，一个旅人》

一、卡尔维诺

伊塔洛·卡尔维诺（Italo Calvino，1923—1985）是当代最杰出的小说家之一，他一生创作了多部小说作品，每一部都精彩绝伦。最为奇特的是，不管之前的作品有多么成功，他的新作往往都与前作迥然相异，却毫不逊色，甚至更胜一筹。卡尔维诺就是这样一位总让读者感到不可思议的文学魔术师，他的一生既不模仿别人也不因循过去的自己，而是不断地做着拓荒者的工作，以其蕴含着高超智慧的想象力和从不枯竭的创新意识，巧妙糅合现实和虚幻，为小说的发展开拓新疆界。他常常让读者（包括一些作者）在获得意外之喜时慨叹："原来小说还可以这样写！"在当代文学界中，写小说的人很多，但真正致力于小说艺术无限可能性开发的很少；进行形式创新的不少，但能将洞明世事的睿智与豁达融入其中的却不多。卡尔维诺不仅是读者热爱的作家，也是"作家们的作家"（能给同行以指导和帮助的作家）。

卡尔维诺于1923年10月15日出生于古巴，父母特意给儿子取名为伊塔洛（Italo，"意大利"的意思），让他不忘故土。他的父母都是出色的植物学家，弟弟后来成为地质学家，卡尔维诺多次提到自己的科学家家庭，称自己是"家中败类，唯一一个从事文学工作的"①。其实家里的科学传统也渗透到了他的血脉中，包括他的创作中。在卡尔维诺两岁时，举家迁回意大利。父母不信仰任何宗教，也培养了孩子自由思考的精神。当时的意大利已经被法西斯的阴云所笼罩，但是卡尔维诺在改革派社会主义者的父亲和同样反法西斯的母亲影响下，并未受到法西斯党化教育的荼毒。高中毕业后，18岁的卡尔维诺遵从父母的意愿进入了都灵大学农学院就读，但非其所愿，因为他对文学更感兴趣。1943年，德国占领意大利，卡尔维诺毅然中断学业，参加了意大利抵抗运动。正是在这些战斗余暇，游击队员围坐在篝火旁边讲述各式各样故事的时候，卡尔维诺开始关注讲故事的艺术，并萌发了创作的欲望。1945年，意大利解放后，他重返都灵大学，选择了在自己喜爱的文学院插班进修，同时开始走上了创作道路。他的创作生涯大致分为四个阶段。第一阶段（20世纪40年代），"新现实主义"文学时期。初入文坛的卡尔维诺用20天时间完成了他的长篇小说处女作《通往蜘蛛巢的小径》（1947），创作倾向与当时整个时代的总体氛围是相一致的，汇同于反映抵抗运动的文学潮流——新现实主义中。这一时期，他赞同新现实主义文学介入政治、反映现实的诗学主张，但也有自己的独到见解，认为重要的不在于真实再现，而是情感表现。他在专注于内容的同时，也执迷于形式；在激情澎湃之际，又保持一定程度的客观冷静。正是这种矛盾的张力，使他在新现实主义文学衰落之际发生了转变，进入了创作生涯的下一个阶段。第二阶段（20世纪50年代），童话和寓言式写作时期。他陆续完成了《分成两半的子爵》（1952）、《树上的男爵》（1957）和《不存在的骑士》（1959），合称《我们的祖先》。这一组既具有童话般幻想又有深刻现实寓意的作品，为当时沉闷的文坛吹入了一股清新之风。此外，他还完成了《阿根廷蚂蚁》（1952）和《烟云》（1958）等作品，这些作品虽然背景是现实主义的，但在笔调上别具一格，既有狄更斯式的夸张，也有卡夫卡式的梦幻。1956年，卡尔维诺花费多年心血搜集、精选和改写的近200篇意大利民间故事组成的《意大利童话》出版，被誉为"意大利的格林童话"。第三阶段（20世纪60年代早期和中期），试验探索时期。这期间他努力探索如何以新的小说形式使人们意识到人在现代社会中的异化问题。短篇小说集《马可瓦多》（1963）充满寓意又诗意盎然，《宇宙奇趣》（1965）和《时间零》（1967）则开始将科学和哲学融汇入文学内，形成一种新的文学理想。第四阶段（1967年

---

① ［意］伊塔洛·卡尔维诺：《巴黎隐士》，倪安宇译，时报文化出版企业有限公司1998年版，第34页。

后），创作成熟阶段。在熟悉并理解当代各种最新理论的基础上，卡尔维诺热衷于以小说家的方式对其加以表现和阐释，枯燥的理论在他的生花妙笔下幻化成一篇篇美丽的文字和令人愉悦的故事，并加诸了更为深层的价值探索。《看不见的城市》（1972）和《命运交叉的城堡》（1973）是他对小说艺术形态进行探索的具有里程碑意义的作品，《帕洛马尔》（1983）是他以第三人称写成的心灵自传。同时，《为什么读经典》和《美国讲稿》（另译为《未来千年文学备忘录》）等作品，集中体现了他的小说理论，既有对经典作家的精妙解读，也为我们提供了一个观照小说和文学的全新视野。

1985年，刚过耳顺之年的卡尔维诺接到了获得诺贝尔文学奖提名的消息，与文学界的最高奖项近在咫尺，然而死神的猝然降临使他与这一巨大荣誉失之交臂。这一年的9月19日，卡尔维诺因突发脑溢血去世。整个欧洲将之视为一场文化灾难，悲伤的意大利更是哀声一片，时任总统柯思嘉在吊唁辞中痛惋难抑："我国丧失了一个具有创造力和启发性的精神象征。"卡尔维诺英年早逝，没有来得及留下一本真正的自传；只怕即使有时间，他也不愿意这样做，因为他一向沉默寡言，不爱交际，认为作者只能在作品中确定自我，希望人们通过他的作品了解他。

二、《如果在冬夜，一个旅人》（*Se una notte d'inverno un viaggiatore*）

（一）作品生成过程及中译本

卡尔维诺一生中有很长一段时间在出版界工作，阅读文稿、编辑、写书评，不仅是一位作者，也是一位博览群书的资深读者、专业读者。这使他产生了想为读者写一本书的欲望，在书中探讨作者、读者、书籍、出版之间的关系。同时，他还喜欢小说开头的魅力。他说："我真想写一本小说，它只是一个开头，或者说，它在故事展开的全过程中一直保持着开头时的那种魅力，维持住读者尚无具体内容的期望。"[①]于是，他创作了《如果在冬夜，一个旅人》，小说的第一版

---

① ［意］伊塔洛·卡尔维诺：《如果在冬夜，一个旅人》，萧天佑译，译林出版社2012年版，第204页。以下凡引用该作品，只在括号中标明页码，不再逐一详注。

由埃伊纳乌迪出版社在1979年6月出版。卡尔维诺在其中"试图不仅将自己同化于十部小说的每一个作者,还同化于读者:再现一种特定的阅读的乐趣"(第2页)。他从核心症结——作者与读者的关系——入手,让作家和读者都形象化地出现在小说的叙述过程之中,从而对阅读这一主题进行了方方面面详尽而又深入的剖析。小说把十部只有开头的小说的叙事过程与读者的阅读过程有机地融合为一体,突破了简单的因果关系,使叙事与阅读同步进行,消弭了叙述与阅读之间的界限,为二者之间相互延伸、相互转换提供了可能,也就打破了作者与读者的旧式契约,最大限度地实现了二者的共谋。因此,这是一部在阅读中孕育培养出来的作品,是"一部阅读艺术的百科全书",其中"穷尽了阅读这个主题"[①],也为作者和读者之间的关系重辟新的沟通和交流之路。

《如果在冬夜,一个旅人》最早的中译本是吴潜诚带领着他的学生从1981年出版的威廉·韦弗(William Weaver)的英译本转译而来,于1992年在台湾出版,书名译为《如果在冬夜,一个旅人》。大陆的中译本是萧天佑从意大利文翻译而来,先由安徽文艺出版社于1993年发行,后由译林出版社收入《卡尔维诺文集》,当时中译名为《寒冬夜行人》;后来译林出版社发行单行本时,将其名改为《如果在冬夜,一个旅人》。

(二)作品梗概

男读者买回并开始阅读新出版的《如果在冬夜,一个旅人》,岂料读兴正浓,却发现该书装订有误,32页之后不断重复。他回书店询问,遇到同样遭遇的女读者,并得到书店老板的答复:出版社将该书与一本波兰小说《在马尔堡市郊外》弄混了,书店可以负责将误本换回。男女读者想将原来的故事读下去,于是换回了那本波兰小说,但是他们马上发现这完全是另一个故事,是一本辛梅里亚小说,并且也有印刷错误,仅有开头,后面全是空白页。他们决定前往大学请教一位教辛梅里亚文学的教授,教授由其中主人公的名字推定这是一本名为《从陡壁悬崖上探出身躯》的小说,并开始给他们口译这本书。虽然两位读者发现这完全是另一部作品,但还是被故事吸引住了。然而,这本小说却同样是残缺不全的,据教授讲是因作者自杀而没有写完。这时,女读者的姐姐告诉他们,作者用

[①] 何帆、文祥编选:《现代小说题材与技巧——当代外国著名小说家访问记》,中国文联出版公司1989年版,第269页。

另一种语言完成了这部小说,其名为《不怕寒风,不怕眩晕》,邀请他们前往学习小组共同研究这本小说。他们急于知道后文,应邀前往,但再次发现一个新故事,且只有25页的残稿。连续看了四个小说开头的男女读者,想要得到完整的小说。于是,男读者前往出版社寻找,被告知混乱的产生是由一名叫马拉纳的骗子借翻译著名作家作品为名,剽窃了一位不知名作家的小说《望着黑沉沉的下面》以滥竽充数造成的,并看到了这部小说的影印件。男读者一眼就看出这本书与他未看完的那四本小说中的任何一本都毫无关系,但还是津津有味地读了下去,可惜的是这份影印件同样残缺不全。男读者通过查阅马拉纳的卷宗,寻找小说的线索,从中发现马拉纳曾寄给出版社一位老作家弗兰奈里的手稿《在线条交织的网中》。他认为这本书也许和他要寻找的小说有关,于是要来了这本小说,并在女读者家中等待她时开始阅读起来,结果又是一个新的故事!还没有读完,女读者和她的朋友先后到来,混乱中这本书不翼而飞,这时男读者发现女读者认识马拉纳和弗兰奈里,并且她家中有一本外观上看上去与他带来的小说完全一样的书。然而,他很快发现这是一本实际名为《在线条交叉的网中》的新书。男读者带着这本书去找老作家弗兰奈里,还未卒读,小说就在离弗兰奈里家不远的地方被抢走了。老作家安慰他说,那是一本日本的伪作,英译本名字为《在月光照耀的落叶上》,并送了一本给男读者。为了继续追查这些小说,男读者决定去寻找造伪书的罪魁祸首马拉纳,在途中他开始阅读这本内容焕然一新的日本小说,下飞机时他还在边走边看,但手中的书却被警察作为禁书没收了。莫名其妙中,男读者再次遇见女读者的姐姐并因之被捕入狱,他发现这个女人的身份很神秘,似乎和伪书组织有千丝万缕的联系。她告诉男读者那本被没收的日本小说在这个国家是装上名为《在空墓穴的周围》的书皮出版的。于是男读者在监狱的图书馆中借阅这本小说,却只找到了一堆拆散的书页,又看到了一个新故事的开头。为了破坏伪书阴谋,男读者接受了秘密任务,前往一个小国。在那里,他从该国警察档案总馆馆长口中得知,一个禁书作者改写了他之前看到的那本小说,这本新著名为《最后的结局是什么?》。男读者设法与作者取得了联系,并让作者将手稿带给他,但见面时遇到警察,他只得到了前半部分,即又一个新故事的开篇。回国后,男读者前往图书馆查阅,在等待工作人员查找的过程中,听到了一个一千零一夜式的故事片段,他将最后一句话记在了他要寻找的10部小说的名字后面,组成了一个故事开头:"如果在冬夜,一个旅人,在马尔堡市郊外,从陡壁悬崖上探出身躯,不怕寒风,不怕眩晕,望着黑沉沉的下面,在线条交织的网中,在线条交叉的网中,在月光照耀的落叶上,在空墓穴的周围,……'最后的结局是什么?'他问道,急不可待地欲知下文。"最终,男女读者在不断寻找小说的下文、不断讨论关于小说的问题的过程中喜结良缘。

(三)作品分析

这是一部关于小说的小说,一本典型的"元小说"。作者在其中几乎穷尽了写作、阅读、翻译、出版、书籍审查等有关小说的一切主题,结构奇特,技巧不凡。

1. 巧妙的故事设置

《如果在冬夜,一个旅人》巧妙地运用了"套盒结构",男女读者寻书的过程构成框架故事,他们看到的十篇互异其趣的小说开头构成"嵌入小说"。在其中,卡尔维诺打破了小说类型之间的界限,呈现给人们各种小说类型和风格的杂糅与拼贴。这十篇只有开头的嵌入小说,每一篇都来自不同的国家,有着不同的主题、不同的故事情节、不同的人物和不同的背景,属于不同的文学类型或者文学形式,每一篇都是一个全新的故事。第一篇写一位神秘的旅人在一个小火车站欲将一个重要的箱子交给另一位神秘接头人,处处玄机,类似"间谍小说";第二篇隐含着有关两家世代有仇的年轻人情怨纠葛的"世仇小说"情节;第三篇像是神秘的年轻女子帮助犯人越狱的"阴谋小说";第四篇讲的是在特殊的革命年代里身处怀疑、背叛、阴谋之中的一女二男的故事,像是"革命小说";第五篇是记述一对杀人者毁尸灭迹过程的"凶杀小说";第六篇讲述了一位具有电话恐惧症的大学教授因接了一个神秘电话而卷入危险的故事,类似"心理小说";第七篇是一篇以镜子为主题的"哲理小说";第八篇有颇具日本风情的"新感觉小说"的痕迹;第九篇叙述的是一个年轻人前往一个充满魔幻色彩的小村子寻亲的故事,具有拉美"魔幻小说"的特点;第十篇讲述了一个厌倦世界者用自己的意念取消了一切(人、建筑物、自然界)却发现自己被政治势力利用的故事,应属"幻想小说"。此外,每个单篇小说中各种类型因素也交混杂糅。如第七篇《在线条交叉的网中》虽是一部以主人公的镜子哲学贯穿始终,通过人物的活动来证明世界就像一个万花筒的哲理小说,但其中又充满了挟持/反挟持、绑架/反绑架、伏击/逃跑等黑帮小说内容。其余九篇也是如此,读者难以确定小说的类型，每一部小说都处于含混的状态。因此，我们可以说《如果在冬夜，一个旅人》是一场聚集了各种类型小说的盛宴。

卡尔维诺之所以在这部小说中写了十个开头，是他有意为之。在一篇名为《你与零》的论文中，卡尔维诺阐释了其独创的"时间零"理论。何谓"时间零"？卡尔维诺举了一个形象的例子来进行说明，比如他作为一位猎人在森林中狩猎时遭遇一头雄狮，狮子向他扑来，他向狮子射出一箭。这一瞬间，"我的左手松开了弓弦，右手垂了下来，射出的羽箭飞在空中，停滞在其轨道的三分之一处。与此同时，向我扑来的雄狮也悬在稍远处的空中，张着血盆大口，定格在由它到我的距离的三分之一处"[①]。卡尔维诺将这一瞬间称之为"时间零"（T_0），之后，就是时间一（T_1）、时间二（T_2）、时间三（T_3）……结果可能是箭中狮亡，也可能是人丧狮口，或是两败俱伤。至于狮子跃起与弓箭射出，是发生在时间零（T_0）之前的事儿，即发生在时间负一（T_{-1}）、时间负二（T_{-2}）、时间负三（T_{-3}）……传统的西方叙事文学一贯以因果律和必然律为其重要基础，向来重视线性完整。因此，这些小说家们往往处心积虑地构建故事的来龙去脉，花大量笔墨梳理清楚T_{-1}、T_{-2}、T_{-3}和T_1、T_2、T_3……而卡尔维诺认为只有"时间零"（T_0）才是艺术家最应关注的时刻，它本身就包括了无数可能的T_{-1}、T_{-2}、T_{-3}和T_1、T_2、T_3。这一刻的时间仿佛浓缩了，是最生动的时间。而他认为，小说的开头就应该是T_0。卡尔维诺甚至想到要"写一本仅有开头的小说"（第228页）。他这样做了，并且成功了……

一般来说，小说要在时间逻辑中前进，要有建立联系、提供情况的一些必不可少的信息素材，只有在诗歌当中这种充分的浓缩比较多，可以净化到纯粹的程度，可以全是精华、没有废话。所以，卡尔维诺对"时间零"的运用，使他的小说具有诗的美感。"时间零"的实质在于把小说的来龙去脉简约为一个具有丰富诗性内涵的叙事点，从而使小说同时保留全部的可能，呈现出多维的开放结构。

2. 独特的阅读观与作者观

一般认为，读者只能第二手地去参与或被动地接受作家写出的小说，但卡尔维诺却将小说视为一种游戏，一种至少需要两个人参加的游戏，一方是作者，另一方是读者。所以，他在小说《如果在冬夜，一个旅人》中赋予读者主角的地

---

① Italo Calvino, "Zero and You," *Contemporary Literary Criticism*, Vol.73, Gale Research Company, 1993.

位，并设计了各式各样的读者：有男读者这样的传统读者，喜欢所有的期待都能被给予回答的封闭式文本，这样他在阅读时只要跟着作者走就可以轻松、愉快地进行阅读了；有女读者这样的理想读者，既努力保持一种感性的、纯真的阅读状态进行体验，又时时让自己成熟的理性分析能力发挥作用，既信赖作者，接受作者的修辞暗示和引导，又不是盲从者，而是经过自己的审慎思考和判断后，对作品进行理解和评价；有以罗塔里亚为代表的所谓的"专业读者"，将文本粗暴地割裂肢解、断章取义，来进行独断专横的阅读，注重的是外在于小说的一些东西，如生产方式的影响、异化过程、压抑的升华、性行为的语义编码、人体的元语言、政治生活与私人生活中的越轨行为等；甚至还有雕塑家伊尔纳里奥这样的非读者形象，在充满了文字的世界里，却行使读者最大的自由——"拒绝阅读"，书在他眼中，和其他的普通物质一样，只是可用来进行雕刻的材料，并没有什么特殊之处。

卡尔维诺其实在力图培养他的读者拒绝叔本华所谓的"单纯的阅读"[1]，成为思考型、批评型的读者。这种读者从不把阅读当作被动的观看，而是把它当作积极的参与；他有与作者对话的勇气和自觉，并渴望成为一个与作者之间建立起真正合作关系和交流关系的参与者。卡尔维诺不断地挑逗他的读者超越"无知的消费者"的角色，呼唤读者的智慧，赞赏原文策略。他反对把文学家看作是读者教育者的观点，甚至提道："文学必须在对着一个比他懂得的多的人讲话；他要创造出一个比他懂得更多的他自己，跟那个比这个他自己懂得更多的读者讲话。"[2]读者的地位在他心目中显然高于传统。

卡尔维诺的作者观同样不同流俗。什么是作者？当一个作者进行写作时，他一般不会问自己这个问题。他在写作，他理所当然地就是作者，他会好好地体味做一个作者的快感和痛苦，会按自己的理解去履行做一个作者的权利和义务。但是卡尔维诺不仅是一位成功的有创新意识的作者，还是一位出色的文学理论家、批评家。这种双重身份，使他要求对"作者"这一概念有更深刻的理解和考察。他在《如果在冬夜，一个旅人》中预设了各式各样的作者观念，并对其加以探讨

---

[1] 即不动脑子，只图热闹或只为消磨时光的阅读。这种阅读缺乏独立精神，总是盲目地附和别人的观点，不加分析地接受作者所写的一切。

[2] Italo Calvino, "Whom Do We Write For? Or The Hypothetical Bookshelf," *The Uses of Literature*, Patrick Creagh trans., Harcourt Brace Jovanovich, 1986, p. 85.

和反思。

在小说中的男读者看来,作者就是作品的创作者,是一个真实存在的有血有肉的人,其存在决定了作品的权威性和真实性。每一部作品的署名都代表着这一个特定的人,所以作品、署名、作品的创作者、生活中的作者四位一体,是统一的。在这个统一体中,处于中心地位的是生活中的作者,他的生平、思想、情感、习惯和观念决定了创作思想、创作意图、创作语言和创作风格,也就决定了作品的内容、形式和思想艺术特色。署名起到的是标志性作用,是代表作者对作品所有权的符号。所以,一部小说署名是谁,表示着这本小说的创作者就是谁,小说里传达的就是他的情感、语言和风格;如果署上了别的作家的名字,那要么就是侵权,要么就是出现了差错。因此,男读者在寻书的过程中,是从寻找作者入手的,这样就引出了一系列作者。他最初是想要阅读意大利作家卡尔维诺的新作,但在发现小说装订出现差错后,他回到书店要求退换,书店老板告诉他,他读的是波兰作家塔齐奥·巴扎克巴尔的作品,于是他换取了后者的作品;在下一章节中,他又被告知,读的不是波兰人的小说,而是辛梅里亚诗人乌科·阿蒂的作品;接着乌科·阿蒂变成了钦布里作家沃尔茨·维利安第;随后追寻的名单上不断增加名字:比利时作家贝尔特朗·汪德尔维尔德、瑞士著名惊险小说家西拉·弗兰奈里、不知名的作家、日本的伊谷高久、虚构国度阿塔圭塔尼亚的作家卡利克斯托·班德拉、另一个虚构国度伊尔卡尼亚的著名禁书作者阿纳托利·阿纳托林。十位作者先后进入文本,成为读者追寻的对象。

那么作者到底是谁呢?男读者陷入一座迷宫当中,作品、署名、创作了作品的作者和生活中的现实作者四者之间不仅完全脱节,而且不断出现颠倒、错位的现象。作者的世界是如何变得如迷宫一样混乱不堪的呢?这主要与书中一个从未真正出场却又无处不在的神秘人物有关,他就是译者艾尔梅斯·马拉纳。马拉纳认为文学的力量在于欺骗,文学中的真实就是欺骗,因此他想象中的文学作品是由虚假、伪造、模仿、拼凑构成的。根据他的这种理论,任何一部小说的作者都是真实作者虚构的一个人物,是作者的替身。他所谓的理想作者,是完全溶解在虚构之中的作者。马拉纳代表的是一种对作者权威地位发起挑战的观念,这一观念产生于20世纪初。最早发出讨伐檄文的是精神分析学派的创始人弗洛伊德,他宣布作品是由作者无法控制的潜意识书写的,从而初步卸掉了作者神圣的光环。1946年英美新批评理论家维姆萨特和比尔兹利发表的里程碑式论文《意图谬误》,进一步发展了同一流派中艾略特之前提出的"非个人化"理论,对作者是文本意义的起源和终结的观念提出了强有力的怀疑。他们认为，作者和作品应该是分离的，我们应该关注文本自身，而没有必要去勘察作者的意图。俄国形式主义和结构主义等同样都非常强调语言的自主性，视作者为文本的产物。随后兴起的接受美学进而提出文本只有经过读者阅读，才算真正最后完成。随后，罗兰·巴特在《作者的死亡》一文中，响亮地喊出了"作者死亡，写作开始"的口号①，这是一种形象化或隐喻化的说法，指从某种极端的意义上看，作者在文本中是缺席的②。巴特把文学视为一种话语的游戏，视为来自文化的无数中心的引语构成的交织物，作者不过是当下的"书写者"，只是一个主体，而不是一个具体的人。因此，文本背后并没有一个最后的所指、单一的意义（或一个所谓作者的信息）。紧接着福柯发表了《作者是什么？》，认为作者并不是源起的创造者，而仅仅是一种功能，被特殊的管理话语的社会机制所控制。正是在上述逐渐走下神坛的作者观点下，才会出现马拉纳对传统作者理念的解构。

　　除了读者、伪书制造者之外，卡尔维诺还设计了一位名为西拉·弗兰奈里的老作家形象，通过他的日记来分析、探讨和反思有关作者的种种观念。弗兰奈里想要克服自身的局限性，写出超越作者个人局限性的好作品。他反复思考作者的身份是什么，他的地位是什么样的，他应该如何做，应该具有什么样的作用。他多次想到要成为"书写的手"，提出要"消除自我"，使"写作"成为无人称形式，表达出一种想要去除一切主体性，成为无个性的自我书写的渴望。在传统小说中，作者往往就是叙述者，他明了一切，掌控着情节的发展、人物的命运，具有毋庸置疑的权威性和专断性，而读者和作品中的人物只能被动地追随作者的意识，缺乏自主性和独立性。而自福楼拜以后，现代小说的作者褪去了"传教士"的外衣，"自我隐退"于后台，放弃了直接介入的权利，让人物自主地展示自己，也给予了读者自由思考的天地。但是无论是传统还是现代，无论作者是否具有至高无上的特殊身份，读者和批评者一般不会出现在其正在阅读、评论的小说中，作者、文本、读者等几个层面是相互独立、互不干涉的存在。偶有一些小说，作者会直接对读者说话（比如《堂吉诃德》等），读者的地位也只是一个被动的接受者。而卡尔维诺在《如果在冬夜，一个旅人》中却使作者、读者和文本都进入到小说中，对人们习以为常的读者身份和作者身份提出质疑，打破人们阅

---

① Roland Barthes, *Image Music Text*, Hill and Wang, 1977, p. 142.
② A. Bennett and N. Royle, "Introduction to Literature," *Criticism and Theory*, Longman, 2004, p. 20.

读和创作文学作品时所形成的惯性的线性思维，真正实现了几个层面的互动、交融，以及平等对话。作者本人这时也只不过是其中一个角色、一个参与者，至多算是组织者，但再也不是一个全知全能的文本控制者了。

3. 多元的人称叙述和元小说策略

在传统文学中，第二人称代词"你"只是偶尔出现，与第一人称"我"和第三人称"他"的出场率不可同日而语，而且往往只是作为一个附属的受述者出现，而卡尔维诺的《如果在冬夜，一个旅人》整个框架文本全部运用第二人称叙述。小说开端就有一个声音在向"你"说话，它来自书中的字里行间，是一个很具亲和力、很直接的声音。它的第一句话就是："你即将开始阅读伊塔洛·卡尔维诺的新小说《如果在冬夜，一个旅人》。"（第1页）传统的叙事作品，无论是讲"我"的故事，还是讲"他"的故事，读者都置身于文本之外。而第二人称叙述对读者的召唤最强烈，且大多运用现在时态，这加强了读者与"你"的认同程度。《如果在冬夜，一个旅人》这本小说是一本关于阅读的书，主人公"你"的身份就是一位读者，与作为实际读者的我们的身份是一样的，从而使实际读者轻而易举地就将自己代入到主人公的角色中，产生强烈的认同感，造成了十分特殊的修辞效果和艺术感染力。同时，运用第二人称进行叙述，改变了传统小说的叙事格局，使视点转换更加灵活。第三人称"他"无所不知，有种居高临下的优越地位，却不免亲和力匮乏。第一人称"我"是有限视角，所知所为受种种局限，而第二人称"你"既可以分享第三人称的权利，又可以完成"我"所不能涉足的领域，作者还可以控制"你"保持距离感和神秘感，从而获得更好的艺术体验。当然，运用第二人称叙述，读者代入感太强，有可能产生不适，但卡尔维诺在小说中尽量减少了对人物的描述，几乎不写他的外貌、职业、个性等私人化的特征，从而最大限度地减少了这种不适。

进入嵌入文本后，卡尔维诺转换了人称叙述方式，以第一人称自传体的形式展开叙述，嵌入小说的主人公由框架文本中的"你"被置换为"我"。第一人称叙述更易表达内心，易使读者产生信任感，更有真实感。但如果说随意深入小说主人公的内心的权利是破格特许，那么基于同样的理由，小说中其他人物的思想感情就成了一个谜，也就是说无法揭示叙述者"我"不知道的事情，"我"无法知道其他人的想法，无法在自己不在场的情况下前往其他人去的地方，从而形成留白，留下悬疑和想象的空间。

而即使在嵌入文本中，卡尔维诺也没有单纯地只运用第一人称"我"，第二人称"你"仍然存在，读者"你"成为"我"的对话者，在这对话当中则运用了当代叙事学所谓的元小说的写作方法。"元小说"是指有关小说的小说，是关注小说的虚构身份及其创作过程的小说。传统小说往往关心的是人物、事件，即作品所叙述的内容，而元小说则更关心作者本人是怎样写这部小说的，作品往往喜欢声明作者是在虚构作品，喜欢告诉读者作者是在用什么手法虚构作品，喜欢交代作者创作小说的一切相关过程。小说的叙述往往在谈论正在进行的叙述本身，并使这种对叙述的叙述成为小说整体的一部分。

尽管"我"在十个截然不同的故事中都以主人公的身份出现，讲述属于"我"的故事，但是在这个过程中，却从没有放弃和"你"进行交流，以及对小说的具体写作过程的分析评价，不时地提醒读者"你"注意，这不过是语言的技术操作而已。叙述者对读者这种频繁的提醒经常会导致小说情节发展的中断，造成读者阅读的空隙。在这个空隙中，读者会猛然发现，叙述者在对自己说话，告诉自己这部小说是一个文学游戏，是作者、人物和读者共同参与的游戏，从而会保持清醒的自我意识，不受任何绝对权威的控制，独立地去寻找文本的意义。显然，这个有思想的叙述者"我"一直在有意识地消解作者的权威，取消其对文本的垄断。

卡尔维诺在《如果在冬夜，一个旅人》中，通过巧妙的故事设置、特别的人称叙事方式、多元的叙事角度以及娴熟的元小说策略，使小说成为一部真正开放、多义的"超小说"。它连接起故事、拟批评、文本、世界、阅读、创作，也连接起了作者、潜在的作者、实际的读者、作为人物的读者、隐含读者、身份不明的叙述者、第一人称叙述者、受述者、非读者、译者（篡改者）、抄写员，并使之形成多重对话。这种"超小说"以小说模拟网络，其开放性不仅活化了作者—文本—读者制式僵化的关系，置叙述于不确定的状态下，而且允许读者任意链接多向文本，推翻了传统封闭式阅读模式，将文本转化为迷宫式的实验剧场，使小说的模式变幻莫测。

（四）精彩片段欣赏

● 译文选自

［意］伊塔洛·卡尔维诺：《如果在冬夜，一个旅人》，萧天佑译，译林出版社2012年版。

1. "你"是谁?

你即将开始阅读伊塔洛·卡尔维诺的新小说《如果在冬夜,一个旅人》。先放松一下,然后集中注意力。抛掉一切无关的想法,让周围的世界隐去。最好关上门,隔壁老开着电视。立即告诉他们:"不,我不要看电视!"大声点,否则他们听不见。"我在看书!不要打扰我!"也许那边噪音太大,他们没听见你的话,你再大点声,怒吼道:"我要开始看伊塔洛·卡尔维诺的新小说了!"你要是不愿意说,也可以不说;但愿他们不来干扰你。

找个最舒适的姿势吧:坐着、仰着、蜷着或者躺着。仰卧、侧卧或者俯卧。坐在安乐椅上、长沙发上、摇椅上、躺椅上、睡椅上。躺在吊床上,如果你有吊床的话。当然也可躺在床上,或者躺在被窝里。你还可以头朝下拿大顶,像练瑜伽功。当然,书也得倒过来拿着。……

(第1页)

"你"究竟是那个文本中的第二人称受述者,还是正在读本句各个字的"你"呢?我们应该建立一种清晰稳定的区分:一个是内在的文本中的"你",是受述者,也是小说中的主人公,一个小说人物化了的读者;另一个是外在于文本的"你",有血有肉的读者。但是,实际上我们根本无法明确区分,话语模糊了二者的界限,发自小说中的声音所称谓的那个"你",既可以是文本内的又可以是文本外的,它不仅指的是受述者—主人公,也是指作为实际读者的你。只有随着对"你"的描写越多,"你"才越是逐渐成为一个标准的主人公,实际读者就越能强烈地意识到与"你"的差异,从而回到他们熟悉的观察者的角色上去了,在那里观察"你"这个人物的思考、言谈和行动。然而,这本小说中对"你"进行刻画的时候实在不多,因此实际读者总是迷惑于这个第二人称称谓究竟是向他们发出的,还是向受述者—主人公发出的,也就经常同时游移于受述者和观察者之间,甚至是同时占据这两者的位置。

实际上,在小说第一章和所有嵌入文本中,"你"都是个"六无"[①]人士,而且作为一个读者的一般经验轨道却极易辨别,因此,实际读者总是完全可以感受到第二人称叙述的强大吸引力,被拉向受述者的角色之中,其空洞的形象最

---

① 后现代主义的人物形象特征:无理、无本、无我、无要、无绘、无喻。

终被实际读者的千差万别而丰富。所以，第二人称叙事使得受述者、生活中实际的读者以及扮演小说主人公角色的读者之间的距离在不知不觉之间被消解掉了，还使叙事者和叙事对象之间形成了一种类似直接对话的氛围，二者的关系显得格外亲密，之间的距离被大大缩短了。采用第二人称叙述的目的，卡尔维诺曾解释为，想要保留"阅读的读者和被阅读的读者相互认同"的可能性，也就是说，让文本以外的实际读者真正参与到作品中去，飘荡在虚构的世界和他所身处的现实世界之间。在小说内，他是众多虚构的人物之一；在小说外，他与主人公产生身份认同。这在作者、作品和读者之间建立起一种新的关系，一种相互探索、相互磨合、相互认同的关系。

2. 谁在说话？

> 喏，你现在已准备好开始看第一页前几行了。你希望立即能看出作者独特的风格。遗憾，你没看出来。你又仔细想想，谁说这位作家有种独特的风格呢？恰恰相反，大家都知道，他的每一本书都不相同。他的独特性就是他的多变性。他的这部小说仿佛与他至今所写的所有小说毫不相同，至少与你能回忆起来的他的那些小说不同。

（第7—8页）

叙述者是谁呢？我们可以看到，文中的叙述者具有"零视角"，也就是传统的全知全能叙述功能。叙述者的身份似乎就昭然若揭了，只有作者可能做到这一点。可是，我们马上又陷入迷惑中了，如果叙述者就是"隐含作者"卡尔维诺，怎么会又用第三人称"他"来称呼自己呢？在这里，作者本身不再是小说外的"宏大叙事"者，而成为真实的作者所虚构的一个叙述者，也是小说中的一个人物。这时，名为卡尔维诺的作者也是被叙述者、被阅读的对象。这儿其实有两个作家卡尔维诺，一个是现实中这部小说的作者卡尔维诺，另一个是小说中和其他作家一起作为被追寻对象的卡尔维诺。本来现实中的作家不可能在创作小说的同时又作为小说人物被讨论，但是通过这种有意识设置的人名的重合，现实中的作家和虚构文本之间的界限就被抹杀了，作家也成为虚构文本，并进入到读者的视野中，成为被议论的对象。我们已知晓叙述者的身份是潜在作者，潜在作者本来是权威的、可靠的叙述者，但这在本部小说中，叙述者使用了很多表白自己不了解读者的语言，如"读者啊，我对你了解得太少了"（第52页），"读者啊，要问你是谁,多大年纪,问你的婚姻状况、职业和收入情况,未免太不礼貌。这些事你自己去考虑"(第34页)等诸如此类的表述;还有表示无法支配主人公,只能提建议的诸如"如果你愿意,可以……""也许你能……"之类大量提供选择方案的词句。这些都使得叙述者的可信度大大降低,造成一种含混的效果。一方面,使实际读者更容易与主人公产生认同感,另一方面也加大了阅读的趣味。

卡尔维诺在这里想让读者知道,文本只是作者的一种话语,或是一种游戏,而不是真理。作者本人也只不过是游戏的玩家,至多是组织者,而不是一个全知全能的文本的控制者。他鼓励读者参与其中,进行独立思考和个性化解读。

3. "我"是谁?

我今天晚上在这个车站下车,有生以来第一次来到这里,可我觉得非常熟悉这里的情形。……我就是小说的主人公,在小酒吧与电话亭之间穿梭。或者说,小说的主人公名字叫"我",除此之外你对这个人物还什么也不知道;对这个车站也是如此,你只知道它叫"车站",除此之外你什么也不知道,只知道你从这里打电话没人接。也许在某个遥远的城市里有个电话铃在响,但没有人接。

(第10页)

现在你已经看了好几页了,应该向你交待清楚,我在这里下车的这个火车站,是过去的火车站呢,还是现在的火车站。可是,书中的文字描述的却是一种没有明确概念的时空,讲述的是既无具体人物又无特色的事件。当心啊!这是吸引你的办法,一步步引你上钩你还不知道呢,这就是圈套。

(第11页)

我这个人一点也不引人注意,既无姓名也无背景。读者你之所以在下车的旅客中注意到了我并注视着我在酒吧与公共电话亭之间的穿梭行动,那是因为我的名字叫"我"。虽然你对我的了解仅此而已,但已足以促使你把你的一部分与这个你所不了解的人物"我"联系起来。作者也是这样,虽然他不愿谈论自己,他却决定把这部小说的主人公称为"我",使主人公不引人注目,因为这样他就不需要再详细描述主人公了;如果给主人公起个别的名字或加个什么修饰语，比起用"我"这个干巴巴的代词来就多多少少对主人公进行了说明。作者和你一样，写下这个"我"字时，就把他的一部分与这个"我"联系起来了，把他感觉到的或想象到的一部分与这个"我"联系起来了。要在我身上找到共同点是再容易不过的事，拿现在来讲吧，我的外表是个失去了换车机会的乘客，这是任何人都经历过的事。但是一本小说开头发生的事总要参照过去发生的事或将要发生的事，这就使得读者你和作者他要在我身上找到共同点具有一定的危险性。这本小说的开头愈是没有特色，愈是时间、地点不清，你和作者他就愈会冒更大的风险来把你们的一部分与我这个人物等同起来，因为你们尚不知道我的历史，也不知道我为什么急于要摆脱这只箱子。

（第14页）

叙述者直截了当以第一人称"我"进行叙述，但身份仍然有暧昧之处，时而是主人公，时而是作者的代言人，时而又像一位高明的读者。这个身份变化多端的"我"是一个横空出世的人，姓甚名谁，从何处来，往何方去，都不确定。同时，"我"在讲述"我"的故事时，仍然在不断地对"你"说话。本该作者交代的故事发生的时间、地点等，却被用叙述者"我"的口吻表达出来，而且"我"还道破了作者的意图，这使得作者的创作被叙述者所牵制，变得被动。另一方面，故事中的时间、地点、人物、情节都交代得不清不楚，显得暧昧不明，但时态一直是现在时，这就使得读者的阅读行为和故事的情节发展可以同时进行，增强了读者对主人公的认同感，并使其不由自主与叙述者的不安产生共鸣，开始担忧人物的命运，推测人物的行动，从而从一个局外人成为故事的参与者，从文本之外不知不觉被引入到虚构的世界之中。在这段文字中，作者与读者都不是中心，故事的叙述者拥有最大的主动权，成了操控全局的主宰者，这显然颠覆了传统意义上的作者与读者、叙述与阅读两组概念的内涵。

叙述者甚至还在"我"与读者"你"的对话中，讨论了作者"他"对"我"的虚构过程。在这个讨论过程中，我们可以轻易看出叙述者"我"的地位已经大大超越了小说主人公角色的局限，不再只是一般意义上的叙事者——传达或转述话语的人，其地位被提高到等同于作者甚至高于作者的位置，对叙事本身进行谈论、阐释和反思。

卡尔维诺巧妙地利用了叙述者"我"的话语权利，一方面限制了作者力图进行全知叙述的意愿，另一方面表现了叙事者极力想客观地对小说的创作意图、创作理论、创作过程进行反思的愿望，使读者意识到小说自身叙述行为的虚构性和叙述人物的不可靠，但同时这些思考又具有普适性，能够引起读者的认同感，因此叙述者也就牵制了读者与文本和人物之间的距离。在这里叙述者的身份和地位都与一般作品不同，和作者及读者之间都保持着一种模棱两可的状态，这种状态使得传统的封闭式阅读模式被推翻，叙述者与作家、读者之间的对话和沟通成为现实，不仅实现了叙述者的自由、作者的自由，也实现了读者的自由。

第十七讲
阿斯塔菲耶夫《鱼王》

一、阿斯塔菲耶夫

维克多·阿斯塔菲耶夫（В. П. Астафьев，1924—2001）是俄罗斯著名作家、剧作家，他的命运"完全融入到了这个时代，整个20世纪俄罗斯可怕的悲剧、正剧和闹剧"①之中。他的代表作为《牧童与牧女》（1971）、《鱼王》（1976）、《悲伤的侦探》（1987）等，多次获得国家奖。

阿斯塔菲耶夫1924年5月出生于克拉斯诺亚尔斯克边疆区叶尼塞河畔的奥夫相卡村。他七岁时，母亲例行去探望因"破坏活动"入狱的丈夫回家，不幸溺水身亡。这对他打击很大，祖母抚养了他。父亲出狱后，几经波折，病逝。他成了孤儿，进了孤儿院、寄宿学校。学校老师罗日杰斯特文斯基是位西伯利亚诗人，他发现并培养了阿斯塔菲耶夫的文学天赋。阿斯塔菲耶夫关于可爱的湖泊的作文登载在校刊上，后来扩写成了短篇故事《瓦休特卡湖》。

寄宿学校毕业后，阿斯塔菲耶夫曾去北极圈的库列伊卡村干活。他在那里挣钱买了张去克拉斯诺亚尔斯克的车票，进入铁路技工学校学习，然后在车站做值班员，给列车编组。1942年秋，苏联卫国战争期间，18岁的阿斯塔菲耶夫志愿参

---

① Гончаров П.А. *О периодизации творчества В. Астафьева* // Филологические науки. 2003. № 6. - С. 23.

军，1943年来到前线，在军队里当过司机、榴弹炮兵信号员等，作战英勇，几次身受重伤，曾获得红星勋章、勇敢奖章、战胜德国奖章、解放华沙奖章。

1945年秋，阿斯塔菲耶夫退役，和妻子一起到了她的故乡——乌克兰西部小城丘索沃伊。他的身体状况已经不允许他再从事自己的专业工作，1945—1951年期间，为了养家糊口，他做过钳工、铸工、搬运工、木工、肉品清洗工、肉食厂值班守卫、教师等各种工作。

战后艰苦的生活并没有使阿斯塔菲耶夫失去对文学创作的渴望。1951年，他参加了《丘索沃伊工人报》组织的文学小组课程学习，写出了自己的第一篇作品——短篇小说《公民》（后名为《西伯利亚人》）并刊登在这家报纸上。从1951—1955年，他作为文学撰稿人在这家报社工作，撰写了多篇报道、评论、小说故事等。1953年，他的第一部短篇小说集《下一个春天之前》发表；1955年，第二本小说集《灯火》问世；接着他又发表了一系列的儿童小说。1958年，他成为苏联作家协会会员；同年，首部长篇小说《融雪》出版；1959—1961年，他在莫斯科高尔基高级文学培训班学习。20世纪50年代末期，阿斯塔菲耶夫开始以别具一格的抒情笔调在苏联文坛独树一帜，主要创作有中篇小说《隘口》（1958）、《老橡树》（1960）和《陨星雨》（1960）。

1962年，阿斯塔菲耶夫举家搬到彼尔姆，1969年搬到沃洛格达。20世纪60年代是作家创作进入成熟和多产的时期，他的《偷窃》（1966）、《战争在某地轰鸣》（1967）、《最后一次问候》（1968）等充满了独特的自传色彩、忧伤情感的小说创作，真切地展示出现实生活的艰难、严酷，备受关注。作家也从这时候开始创作了许多小品文、议论文、哲理散文和回忆录抒情散文、日志等，发表在各个报纸杂志上，1972年结集出版，名为《树号》。在沃洛格达时期，阿斯塔菲耶夫还开始了戏剧创作，他完成的《请原谅我》等剧作在许多剧场排练上演。士兵的战争、西伯利亚的乡村生活、道德情感、人与自然的关系始终是他创作探索的主题。

20世纪70年代，阿斯塔菲耶夫的创作成就主要是《牧童与牧女》（1971）、《俄罗斯田园颂》（1972）和《鱼王》（1976）。1975年，他因中篇小说《隘口》《偷窃》《最后一次问候》《牧童与牧女》获得俄罗斯苏维埃联邦高尔基奖；1978年，他因叙事小说《鱼王》获得苏联国家奖。

1980年，阿斯塔菲耶夫回到故乡克拉斯诺亚尔斯克，他的创作进入到一个新的成果丰硕时期，创作视野从乡村、战争拓展到了城市等更加广阔的空间，完成了《悲伤的侦探》(1987)、《能看见的拐杖》(1988)等一系列的创作。1989—1990年，阿斯塔菲耶夫当选为苏联最高苏维埃代表。1989年，他获得社会主义劳动英雄称号。1991年，他因长篇小说《能看见的拐杖》获得苏联国家奖。

20世纪90年代，阿斯塔菲耶夫在故乡创作了他书写战争的最主要的长篇小说《该诅咒的与该杀死的》(1995)。小说问世后毁誉不一，引起了巨大的争论。1994年，作家因为对祖国文学的杰出贡献获得俄罗斯凯旋奖；1995年，他因《该诅咒的与该杀死的》获得俄罗斯国家奖。1997年，他完成了中篇战争小说《快乐的士兵》的创作。1997—1998年，《阿斯塔菲耶夫作品集》(15卷)出版。1997年，作家获得国际普希金奖。1998年，他获得国际文学基金会奖。

2001年11月29日，阿斯塔菲耶夫在克拉斯诺亚尔斯克市病逝，葬于家乡奥夫相卡。

二、《鱼王》(*Царь-рыба*)

（一）作品生成过程及中译本

"短篇叙事集"《鱼王》是阿斯塔菲耶夫最重要的代表作之一，目前已经有几百个版本、几十种语言在世界各地出版。但是当初它的面世就像作者所说，经历了相当困难的过程，作者甚至因为严苛的审查删改，生病住院。1976年，《鱼王》首次在苏联《我们的同时代人》杂志第4—6期连载时，因为没有通过当时的苏联官方出版审查，《达姆卡》和《诺里尔斯克人》这两篇没能面世。其实，即使发表了的第一部分也被删减得很多，"整个一章，许多行，大段小段的文字消失了"[①]。不过后来《达姆卡》刊载在了1976年的《文学俄罗斯》杂志上，《诺里尔斯克人》则在审查中仍然被禁止出版，直到苏联解体后，阿斯塔菲耶夫才得以将其在《我们的同时代人》杂志1990年第8期上发表，名为《没心没肺》，而后又出现在再版的小说《鱼王》中。因此，《鱼王》全书总共由十三篇既独立成篇又相互关联的中短篇小说构成，构思别具一格。

1982年，夏仲翼、肖章、石枕川、张介眉、李毓榛、顾蕴璞、杜奉真、高俐

---

① [俄]维克托·阿斯塔菲耶夫：《树号》，陈淑贤、张大本译，广西师范大学出版社2017年版，第123页。

敏等共同翻译的《鱼王》由上海译文出版社出版，但是只有十二篇，是缺乏《没心没肺》一篇的删节本；2017年，广西师范大学出版社出版了中文版《鱼王》全本，《没心没肺》由张冰翻译补入。

（二）作品梗概

《鱼王》由两部分共十三篇叙事故事组成。第一部分包括八篇：《鲍耶》《一滴水珠》《没心没肺》《达姆卡》《在黄金暗礁附近》《渔夫格罗霍塔洛》《鱼王》《黑羽翻飞》；第二部分包括五篇：《鲍加尼达村的鱼汤》《葬后宴》《图鲁汉斯克百合花》《白色群山的梦》《我找不到回答》。

全书以自然与人、人与社会的关系为主题，通过叙事主人公自白似的回忆讲述，深刻细致地描绘了荒凉苦寒、尽显壮美的西伯利亚深处严酷的自然环境、社会文明与普通人的生活，以及种种掠夺自然、破坏社会生态平衡、道德沦丧的丑恶行径，揭示出"或许人与自然的问题从未如此尖锐的时代"[①]里"人与自然，人与自然的和谐和对峙"[②]的真切景象，触及许多重要的哲学、道德、生态、社会问题。

（三）作品分析

在自然环境遭到极大破坏，社会生态体系岌岌可危，讲求自然生态平衡、社会生态合理的今日，在"生态平衡"关系中解读《鱼王》，或许会更加有助于我们认识阿斯塔菲耶夫这部经典独特的创作意义和审美价值。

"生态平衡"简言之就是人与自然、人与自然中的一切物种，以及人与人之间、人与社会间建立起来的动态平衡状态。"生态平衡"关系中的《鱼王》关涉两方面的重要内容。其一，自然生态的平衡，自然、自然界一切物种与人的相互作用和状态，生物圈的平衡。其二，社会生态的平衡，社会环境系统与个体之间的关系，社会圈的平衡。

[①] Иван Жуков. на Енисее реке жизни. —Царь рыба: Повествование в рассказах Астафьева В. П. Красноярск: Кн. издательство, 1987, с.3.

[②] Там же.

1. 自然生态的平衡

阿斯塔菲耶夫来自广袤的西伯利亚，他大部分的创作都取材于此。北极圈以北神秘的冻土带、大片的原始森林、奔腾的叶尼塞河水，纯朴善良的居民、贪婪狡诈的盗捕者、可怕的流放犯和苦役犯……西伯利亚著称于世的所有"独特"和"异样"都在阿斯塔菲耶夫第一人称叙事主人公的述说中栩栩如生，入木三分，充满了厚重、鲜活的特质：本真、原始、粗放、细致，很西伯利亚，很乡村，很生活。一草一木，一鸟一兽，万物皆有灵性。

阿斯塔菲耶夫1924年出生，属于多灾多难的一代。这一代人十七八岁时赶上第二次世界大战，或奔赴前线，或守卫后方，饱受战争之苦。他是"自高尔基之后，唯一的（还有舒克申）来自乡村底层的不幸家庭，在最艰难的时候成为文学家"[①]的苏联作家。在他的忆念叙事和自我独白中占有重要地位的是战争与和平，乡村与城市，善恶是非，道德责任，自然与人……在阿斯塔菲耶夫看来，许多人都在研究的自然与人的关系是最重要的问题。他认为，最引起他注意的是道德层面，他思考的是自然与现代人之间到底是什么样的关系。

"我们的土地是完整的、统一的，在任何地方，即使在最愚昧闭塞的原始森林里做人也要像个人！"[②]阿斯塔菲耶夫的生态平衡观首先便是他通过稽查员切列米辛对盗捕者的谴责阐明的生态整体思想。在他看来，"在萨满教巫师的眼里，泰加林幅员辽阔，在我们周围不祥地呜呜叫着，与天空融为一体，天空卷集着低矮的乌云。很难，几乎不可能想象，在这个黑沉沉的、深不可测、无边无际的汪洋某处，藏着渺小的孤独的人。"（第147页）人只是这个整体生态系统中的一分子，因此，从生态平衡的视野来审视人、审视自然，使得他面对建起了水电站、河岸永远不会干透、人们再也没法游泳的河流发出"不知安静为何物的人类，总是凶狠倔强地要把大自然驾驭、征服"（第433页）的慨叹，而海鸥则是"安安静静地在水面上盘旋，耐心等待大自然另外的恩赐"（第431页）。"有谁会反对让几百万千瓦乃至数十亿千瓦的电能供我们使用，为我们大家造福呢？当然，谁也不会反对！可是到何年何月我们才能学会不仅仅向大自然索取——索取千百万吨、千百万立方米和千百万千瓦的资源，同时也学会给予大自然些什么呢？"

---

① В.Астафьев, *Никакой я не пророк и не судья*, Красноярский рабочий, 9 сентября 2005.
② ［俄］维克托·阿斯塔菲耶夫：《鱼王》，夏仲翼等译，广西师范大学出版社2017年版，第300页。以下凡引用该作品，只在括号中标明页码，不再逐一详注。

生态一体的思想让阿斯塔菲耶夫强调人类和大自然是个完整循环的平衡系统，他说，大自然有着威慑一切的自然之力，因此，要爱大自然，敬畏大自然。"一切都值得尊重，甚至是尊敬。就连小而又小的苍蝇也不例外……就连这些小苍蝇也在地球上占据着自己的地位……"①"大自然就是会安排，让天下万物各得其所：有些东西要出声吼叫，有些就无声无息地生老病死。"（第58页）。尊重自然规律法则的观点在《鱼王》的结尾引用的《圣经》经典格言"凡事都有定期，天下万物都有定时"②中可见一斑。作家自己的一本省思生活、论及个人和他人创作的杂文集也名之以"凡事都有定期"③。在他看来，大自然是个整体，任何的破坏，对任何物种的破坏，都会让人类自食其果，都会给生态平衡和人类带来灾难。"真是一物制一物啊……自然界它自己会在善恶之间制造平衡。"（第188页）"大自然是不会被你玩弄于股掌之间的。"（第433页）譬如，在新建的水库里，长满了被老百姓叫作"水里瘟疫"的水草。这种讨厌的水生废物在尚未种植东西的新辟的水域里会长得更加迅速，仅仅一个基辅水库，一个夏天就长出了一千五百万吨水草，在克拉斯诺亚尔斯克水库里也是如此。

也因此，阿斯塔菲耶夫在"人跟鱼又何必互不相让，何必呢？"（第277页）的责问中，描写了"恶"人与大自然化身的"鱼王"的生死搏斗。那条称得上"大自然之王"的大鳇鱼在殊死的反抗中，让"恶"人自己挂在了"仅次于用鱼叉和炸药的最残忍的捕鱼方式"（第253页）——"排钩"上。

"挂在钩子上了！钩住了！完了！"他感到小腿上轻轻的刺痛——鱼还在挣扎，搅得排钩既扎进它自己的身体，也扎进了捕鱼人的身体。伊格纳齐依奇头脑里忧伤而顺从地，而且是完全顺从地冒出了一种无能为力的听天由命的念头，一种一闪而过的念头："有什么办法呢，完了……"

（第275页）

或许正是基于生态一体的思想，阿斯塔菲耶夫笔下的自然万物皆为生灵，皆充满了生命力。"живой, -ая, -ое, -ые"（充满生命力的，生气勃勃的，富有生气的，生灵的等）一词不仅是他喜欢的描绘人类、人类特点的形容词，也成为

---

① ［俄］维克托·阿斯塔菲耶夫：《树号》，陈淑贤、张大本译，广西师范大学出版社2017年版，第267页。
② В. П. Астафьев, *Царь-рыба*, М.: Издательство, Вече, 2016, с.430.
③ См. Астафьев, В. П. *Всему свой час*. – Москва, Молодая гвардия, 1985.

他特别喜欢的展示世间万物的修饰语，譬如："充满生命力的、火红的篝火"，"有生命力的空气"，"这枝干，这屋上的青烟，这才是有生命力的东西"，"生气勃勃的光亮"，"生气盎然的小花"，"鲟鱼——这些给河流增辉的生灵"等。显然，在阿斯塔菲耶夫看来，自然万物是与人类同等的生命存在，并不是人类的附庸；充满生命力的自然万物本身就是作者的主人公，作者审美书写的主体，而不仅仅是作者思想表达的拟人化的写作手段。因此，他享受的是"悄悄运行着的大自然散发出的生命力"①。土豆在他的眼里也并不只是一种果实，一种蔬菜。作者通过一系列细节逼真细致地揭示出，土豆是俄罗斯菜园里"值得最有才华的艺术家、最有天赋的雕塑家设计一座纪念碑"的"最主要的救主"，它的命运"酷似俄罗斯的妇女"。②

"情节和本事是存在的，其材料的组织受制于我的天性、原生态的题材和生活的自然流动。"③因此，与其说《鱼王》的创作淡化情节、淡化人物，毋宁说阿斯塔菲耶夫淡化了以人为中心的故事情节，淡化了当时盛行的"生活的主人"一类人物主人公的塑造，作者在整体生态的视野中力求本色书写的中心是自然，自然与人的关系。即使是在充满了对大自然歌咏的"一滴水珠"和"我找不到回答"中，小说中的叙事主人公"我"也是在政论性的抒情述说中力求与自然的"物我合一"。

> 一滴椭圆形的露珠，饱满凝重，垂挂在纤长瘦削的柳叶的尖梢上，重力引它下坠，它凝敛不动，像是害怕自己的坠落会毁坏这个世界。我也凝然不动了。
>
> （第94页）

甚至有人直接将阿斯塔菲耶夫的《鱼王》称为本体论的创作，探寻一切实在的最终本性。他创作中的大自然绝不只是他自己喜爱的中国唐朝诗人杜甫的"水流心不竞，云在意俱迟"④，自然只是作为主体"人"情感的，他笔下大自然的

---

① ［俄］维克托·阿斯塔菲耶夫：《树号》，陈淑贤、张大本译，广西师范大学出版社2017年版，第215页。
② 同上书，第230、233页。
③ В. Астафьев, *Никакой я не пророк и не судья*, Красноярский рабочий, 9 сентября 2005.
④ 阿斯塔菲耶夫在给《苏联文艺》杂志的信中，将其称为"高山小溪般清澈流畅的诗句"，参见［俄］维克托·阿斯塔菲耶夫：《维·阿斯塔菲耶夫给本刊的信》，钱诚译，《苏联文学》1985年第4期，第45页。

一切,花儿如何开放,晨光如何来临,原始森林的苏醒……

  一头母马鹿带着幼鹿从枯树旁走过去。母鹿摇晃着耳朵,用鼻子触碰着地面,一张一张地撕食着草叶,这与其说是在自己觅食,不如说在做榜样给幼鹿看。驼鹿走到离我们营地不远的奥巴里哈河上游来了,它吃树叶、水草,吃剩的残茎碎叶散落在河上。

(第98页)

  如此细致、逼真,甚至有时都让人觉得过于琐碎的描写,说明的是大自然就是他的创作对象,自然与人、自然与人之间的相互关系就是作品的主题。在对大自然的千姿百态、对自然与人形形色色的关系的塑造中,阿斯塔菲耶夫完成了"生态哲理和心灵的体验",道出了自然生态平衡问题的实质、人性与道德、人性论与义利观等问题。

  生态主题观当然也影响到我们对于《鱼王》体裁的界定。确实,《鱼王》由十三个中短篇叙事组成。尽管什克洛夫斯基"即使不能确定短篇小说集与长篇小说间的因果关系,只能弄清它们出现的时间年代先后的事实",仍然断定"短篇小说集是现代长篇的前身"[1],艾亨鲍姆甚至认为"长篇小说和短篇小说并不是同一性质的形式,相反却是彼此互不相关的形式"[2],阿斯塔菲耶夫本人也因为长篇小说是个"内容丰富而责任重大的词"[3]等诸多原因而不想称他的《鱼王》为长篇小说;但是被阿斯塔菲耶夫加了副题"短篇叙事集"的《鱼王》,却仍然被公认为一部完整的长篇小说,并且出版至今四十余年已经成为文学经典。而不知何时,《鱼王》出版时,"短篇叙事集"的副题已然消失,2016年俄罗斯维切出版社的《鱼王》便是如此。弄得阿斯塔菲耶夫三十年前自己就说过:"真奇怪!当我写《鱼王》时,我把它的体裁定作短篇叙事集,而批评家们无视我的意见,至今仍称之为长篇小说。"[4]

---

[1] Виктор Шкловский. *О теории прозы*. Издательство «федерация», Москва., 1929, с. 83.

[2] [俄]鲍·艾亨鲍姆:《论散文理论》,[法]茨维坦·托多罗夫编选:《俄苏形式主义文论选》,蔡鸿滨译,中国社会科学出版社1989年版,第175—176页。

[3] [苏]维·阿斯塔菲耶夫:《这本书的一切都很奇怪》(作者序),《悲伤的侦探》,余一中译,黑龙江人民出版社1989年版,第3页。

[4] 同上书,第3—4页。

短篇叙事集也好，长篇小说也罢，只要存在着自然与人，我们便离不开《鱼王》。

2. 社会生态的平衡

20世纪六七十年代的苏联经历了十月革命后国内战争、第二次世界大战（卫国战争）的腥风血雨，农业集体化的偏差，"大清洗"、肃反扩大化的悲剧；面临着政治高压、思想停滞，经济飞速发展、科技进步，道德沦落、人们的苟且偷安。历史记忆和文化记忆盛行于文学苑囿，此时问世的《鱼王》虽则满眼自然生态，实则透过历史的烟尘，隐含着作家对社会生态平衡的认知，特别是对从自然灾害转向社会灾难的揭示，以及对自然生态平衡和社会生态平衡的希冀。

作为社会环境体系与个体人之间的关系的社会生态系统，在阿斯塔菲耶夫看来就是简单的能让人"过得快快活活"（第615页），但是现实却常常相反。作者笔下地广人稀、气候恶劣的苏联北方社会体系结构简单，人们捕鱼、狩猎，单纯地生活着，他们的社会活动更多具有的是原始本能的个体自然属性，但是仍然处于整个社会的大环境体制中。"枪？！在从前，猎人用枪换酒喝要判鞭刑。农夫卖马，猎人卖枪，都要吃鞭子。""现在谁来鞭答呢？革命了，自由啦！"（第72页）这段对话明显地指出，"革命后"一些传统古朴的生活规则的被打破。尽管"古人还守着条没写下来的西伯利亚规矩：'不问逃犯和流浪汉的来头，只给饭吃。'"，但"三七年时，英明的惩戒营领导实施了条措施：逮住和交出诺里尔斯克逃犯，奖赏一百卢布奖金或者赏金，它们因此被隐晦地称为犹大的银币"。因此，"那些招募来的家伙、贪财鬼，已经接受各种贿赂的腐化分子，还有纯朴的北方各个民族——多尔甘人、恩加纳桑人、谢尔库普人、凯特人和埃文基人，他们自己也不知道自己做的是什么，便开始抓捕'人民的敌人'，把他们送到军队的各个哨位，它们都设在水很深的河口"。作者说这是个"热情高涨、麻木的时代"，这里出现了不称作"囚犯"的"特殊移民""诺尔斯克人"。（第120、121页）

而作为社会服务机构的乡村里小小的国营商店"雪松"则是这样的：

我到过楚什镇两次，在这期间却只有一回有幸见到"雪松"开门营业，其他所有的时间里，商店的门上总是贴着层层叠叠的布告，就像重病人的一张张病危通知书。先是简短的，不无傲气的"清洁日"。然后是与经商业务有关的"重新估产",接着就像是衰弱的胸膛里一声长叹"今日盘点",然后是一阵迟疑后,令人心惊的嘶叫"查对账目",最后是这位长期孤军奋战的战士满腔痛苦地迸出了一句"商品移交验收"。

（第179页）

阿斯塔菲耶夫"对语言有着绝对的把控力,叙述简洁、质朴、持重,人性且文学"①。这段关于国营商店"雪松"的描写,真实形象地浓缩了其时的社会生态。"这一切结束得突然而干脆。原计划要通过整个极北地区的筑路工程停止了。鲍加尼达村于是十室九空。"（第362、363页）传统的信条被摧毁,乡村衰亡,人生存无望……社会生态平衡触目惊心。

《鱼王》中特殊的一篇《没心没肺》集中体现了作家社会生态平衡思想。1976年,《鱼王》在苏联出版时,《诺里尔斯克人》在审查中被禁止面世,直到1990年才更名为"没心没肺"出现在再版的《鱼王》中。所以,1982年《鱼王》首次在中国翻译出版单行本时,只有十二篇,不包括《没心没肺》。此后,阿斯塔菲耶夫的其他作品,如《牧童与牧女》《陨星雨》《偷窃》《悲伤的侦探》《树号》《俄罗斯田园颂》等也相继翻译出版。但是,"对于大多数中国读者来说,《鱼王》是阿斯塔菲耶夫的代表作,是作家的名片。这部作品对我国新时期文学产生了不小的影响,直接或间接影响了一批中国青年作家的创作道路"②。2017年,《鱼王》在中国首度收入《没心没肺》,恢复这部小说全貌,重新翻译出版后备受瞩目,书评、网评纷至沓来。

诺贝尔文学奖获得者莫言2011年在香港中文大学的一次演讲中,曾说道:

> ……苏联的作家阿斯塔菲耶夫写了一本小说《鱼王》,在这本小说结尾的时候,他也罗列了一大堆这种风格的话语,来描述他所生活的时代。我只记得他那里面写"这是建设的年代,也是破坏的年代;这是在土地上播种农作物的年代,也是砍伐农作物的年代;这是撕裂的年代,也是缝合的年代;这是战争的年代,也是和平的年代"等等。那我就感觉到要我来描述我们现

---

① Белла Ахмадулина: *С любовью и печалью*, Красноярский рабочий, 29 ноября 2011г.
② 杨正:《阿斯塔菲耶夫与中国——纪念俄罗斯作家维·阿斯塔菲耶夫诞辰90周年》,《俄罗斯文艺》2014年第2期,第79页。

在所处的时代,我实在是想不出更妙的更恰当的话语来形容。①

莫言显然强调了20世纪中俄间长期的社会语境的"同一"。

《没心没肺》开篇似嫌啰唆离题亦随思绪跳跃的情节,起初让人以为这篇故事是对"在留言里奉承上级,赖掉了给瘦弱的北方弱视男孩的极地补助……",在诺里尔斯克(норильск)过着"奢侈生活"的市侩"巴黎人"的道德谴责,诚如《鱼王》是公认的充满了"道德激情"之作。但是阿斯塔菲耶夫一下子就把话题转到了当今诺里尔斯克的"巴黎人"不屑一顾,却"让人感到难堪,没法忍受,可能会头痛"(第119页)的"诺里尔斯克的历史"上,也许作者感到了自己的突兀,在2016年莫斯科出版的《鱼王》②中我们便看到了这里的空行。

但是或许我们可以把这里的空行看成是阿斯塔菲耶夫在正戏前特意给读者的"喘息",就好像灵魂被击打前稍许的"养精蓄锐"。因为接下来就是惨烈、血腥的"诺里尔斯克人③的故事"了,或许正因于此,1976年《鱼王》出版时,没有通过审查的这篇叙事短篇便名为《诺里尔斯人》。《没心没肺》是1990年作者在它面世时重新起的篇名。

阿斯塔菲耶夫通过讲述诺里尔斯克逃犯两次对河边渔民小木舍的惊险"光顾",展示了一个苏联军官的悲惨遭遇。他在20世纪30年代"大清洗"中成为政治犯,流放到了诺里尔斯克劳改集中营。为了求见斯大林、揭露真相,他几次出逃被抓,最后在集中营采石场挺身而出、主持正义时被杀。无论是塞满犯人去西伯利亚的火车和船,还是劳改营的"坏血病、伤风感冒、采矿场崩塌、风暴和严寒","咳嗽、呻吟、打架、大屠杀、偷窃和残忍的押解","见多识广的人"说的埋的死人全都是没有臀部的,以及成批的"了无痕迹"地消失在冻土带的垂死的囚犯,都残忍得令人不忍卒读,却又催促人去探掘究竟。就像书中听着"诺尔斯克人"讲述的渔夫:"哪还睡得着啊?!继续说吧。我们今天不捕鱼了。有风。"(第147页)

也难怪《没心没肺》当年被禁止出版,这个短篇叙事中提到的同样题材的索尔仁尼琴的《癌症楼》和《第一圈》也是此前几年被禁,然后在西欧发表的。此

---

① 莫言:《文学与我们的时代》,《中国作家(旬刊纪实)》2012年第7期,第219—220页。
② В. П. Астафьев, *Царь-рыба*, М.: Издательство, Вече, 2016.
③ 当时把原来的逃犯叫作"诺里尔斯克人",他们在那儿建了座陌生的很少有人知道名字的城市"诺里尔斯克"。

后，索尔仁尼琴更是因为书写苏联劳改营的长篇纪实作品《古拉格群岛》（第一部）于1973年在巴黎面世，而在1974年被驱逐出苏联。

篇名"没心没肺"在正文中出现了两次，责备人们对盐、对面包（粮食）的挥霍，都是在对话中，充满口语色彩。"像通古斯人所说，上帝救命……唉，我们多么没心没肺啊！会有盐，会有面包吃，可是——心呢！……"（第154页）因此，如果排除掉"没心没肺"（Не хватает сердца）的口语色彩，篇名本意就是"丧尽天良"（потерять всякую совесть）了。

诚然，无论叙事风格还是结构话语，"没心没肺"都显得与《鱼王》中其他各篇的自然抒情叙事笔调有些"格格不入"，甚至读来艰涩拘谨。作者用近乎"干巴巴"的笔调，速写了"诺里尔斯克的人"。但是正是看似"没心没肺"实则人性泯灭的"丧尽天良"，高度浓缩了当时社会环境系统与个体人间的关系，借此，阿斯塔菲耶夫将自然生态平衡中的《鱼王》提升到了社会生态平衡的高度。也正是这幅"没心没肺""不平则鸣"的白描，与充满了浓郁的"触景生情""感物起兴"的其他十二个短篇叙事，以俯拾即是的纪实叙事、尖锐杂议、实景对话、忆念反省、人格化的自然书写、真切感人的散文笔调，体现出作者创作中贯穿始终的政论性自白和道德哲理。就像阿斯塔菲耶夫在中国游天坛时，从皇帝的祭天犁地生发出的感慨：俄罗斯顿河哥萨克被强迫犁地——苏联的农业集体化运动，造成现在"人们已经全然不会劳动了，地种得一团糟，既不打粮食，也没有面包"①的恶果。

自然的生命性是俄罗斯思想中极其重要的方面。譬如，在索洛维约夫哲学体系中，自然具有生命性体征，万物之灵以有形和无形的方式存在于自然万物中的思想。在自我忆念和文学事实出色的艺术共谋中完成的《鱼王》，或许正是因为其描绘自然生态和社会生态平衡关系的尖锐笔触，在面临严重的生态社会危机时对众生灵魂的击打中，显示出夺目的魅力。

（四）精彩片段欣赏

● **译文选自**

［俄］维克托·阿斯塔菲耶夫：《鱼王》，夏仲冀等译，广西师范大学出版社2017

---

① ［俄］维克托·阿斯塔菲耶夫：《树号》，陈淑贤、张大本译，广西师范大学出版社2017年版，第188页。

年版。

1. 鱼王

鱼和人都筋疲力尽，鲜血流淌。人的血在冷水中凝结不起来。鱼的血到底是怎么样的呢？也是红的。鱼血。冷血。鱼身上的血毕竟很少。它要血有什么用呢？它生活在水中，用不着用血来暖和身子。人居住在陆地上，才需要温暖。那人跟鱼又何必互不相让，何必呢？河流之王和整个自然界之王一起陷身绝境。守候着他俩的是同一个使人痛苦的死神。鱼受折磨的时间会长些，它是在自己家里，再说它也不懂得如何去结束这种拖延的痛苦。可是他却很清楚，只消从船帮上松手就可一了百了。鱼会把他压到水下，使他战栗，钓钩刺得他皮开肉绽，促使他……

"怎么呢？促使我怎么呢？断气吗？挺尸吗？不！没那么容易，没……那么……容易！"捕鱼人更使劲地按住结实的船帮，猛地从水里往上一冲。他想耍个花招骗过这条鱼，突如其来地用足狠劲引体向上，想翻过这近在咫尺的、不高的船舷！

鱼被惊动了，激怒地把嘴一咂，弓起身子，尾巴一扫，渔夫立刻感到腿上一阵刺灼的疼痛，但几乎完全没有声音，像蚊子咬人一样。"这到底是怎么回事呀！"伊格纳齐依奇抽噎了一下，身体耷拉下来。鱼也立刻安静了下来，挨近他，似醒非醒的样子，已经不再顶住他的腰部，而是直抵他的腋下，鱼的呼吸声已经听不到了，鱼身四周的水波也只有轻微的晃动，于是他暗暗高兴起来——大鱼已昏昏欲睡，眼看就要翻身朝天了！空气正在消蚀着它的生命，它流血过多，在与人的搏斗中精疲力竭了。

伊格纳齐依奇不再动弹，默默地等待着，感到连自己也昏昏欲睡。

鱼似乎明白，他们是系在同一根死亡的缆绳上的，因此它并不急于跟捕鱼人同归于尽。它扇动着两鳃，发出一种像摇篮曲一般令人诧异的枯燥的吱吱声。鱼摆动着鳍和尾以保持自身和人都得以漂浮在水上。静谧的梦幻境界笼罩着鱼和人，使它们的躯体和神志都处于抑制状态。

在疫疠流行，大火成灾，各种自然灾害猖獗一时的年代里，野兽和人两相对峙的事在在可见，野熊、恶狼、猞狸和人觌面相迎，虎视眈眈，有时候双方一连几个昼夜等待着死亡。这种可怕的场面，叫人毛骨悚然，但是，一个人和一条鱼同遭厄运,一条通体冰凉、动作迟钝、满身鳞甲、眼珠蜡黄的鱼,这双眼睛不同于野兽的眼睛,不,野兽的眼睛是聪明的,而这对眼睛却像猪崽的那样饱食餍足而毫无理性——这种事世界上难道有过吗?

尽管在这个世界上无奇不有,但并非事事为人所知。这会儿,他这个芸芸众生里的一分子,马上就会精疲力竭,全身冻僵,抓不住船帮,和大鱼一起沉入河底,然后在那里漂来荡去,直到牵绳烂掉为止。而牵绳是卡普隆的,足以维持到冬天!有谁会知道:他在哪里?是怎么死的?受了多少罪?库克林老头大约三年前也是在这里——奥巴里哈河附近的什么地方葬身水底,一命呜呼的。连尸首都没捞着。水!自然力!在水底下乱石成堆,坑穴遍布,冲到了什么地方,就卡在哪个旮旯缝里了……

(第276—278页)

阿斯塔菲耶夫的《鱼王》揭示了严酷的人和自然、人和社会的关系问题。这几段内容是在主人公伊格纳齐依奇盗捕"鱼王",人鱼生死搏斗后,那条称得上"大自然之王"的大鳇鱼在殊死的反抗中,让伊格纳齐依奇"皮开肉绽"地挂在了"仅次于用鱼叉和炸药的最残忍的捕鱼方式"——"排钩"上,作者对人鱼"两相对峙、僵持"进行了细致描写。首先,作者发出了"人跟鱼又何必互不相让,何必呢?"的痛苦慨叹,然后以"鱼被惊动了,激怒地把嘴一咂,弓起身子,尾巴一扫,渔夫立刻感到腿上一阵刺灼的疼痛"和"鱼似乎明白,他们是系在同一根死亡的缆绳上的"结论性的叙写,阐明了人类和大自然生态一体、命运与共,应该和谐相处的思想:人只是世界的一部分,并不能任意摆布万物,一切的灾难都源于人的贪婪,人也因此会付出代价,受到惩罚。"在疫疠流行,大火成灾,各种自然灾害猖獗一时的年代里,野兽和人两相对峙的事时时可见","但是,一个人和一条鱼同遭厄运"却不是因为饥饿,因为生存的需要,只是因为伊格纳齐依奇贪得无厌、予取予求的习性,特别是他还触犯了渔夫们世代传承的禁忌——鱼王是不能捕杀的。同时,这几段描写也体现出作者夹叙夹议、细腻逼真、自由流畅、深刻自如的叙事笔法特点,富有象征性和寓意性。

2. 一滴露珠

一滴椭圆形的露珠,饱满凝重,垂挂在纤长瘦削的柳叶的尖梢上,重力引它下坠,它凝敛不动,像是害怕自己的坠落会毁坏这个世界。

我也凝然不动了。

在前线，战士就是这样手里握着炮绳，守在大炮旁边凝然不动，等候发布命令的声音的，这声音本身不仅是出自人口的一个微弱的声响，而且支配着一种可怕的力量——火，在古代，它被目为神灵而后来变成了杀人毒焰。火这个词，它曾经使人从四肢爬行中直立起来，把他抬到万物之灵的地位，而如今它竟变成了惩治者的铁腕——"开火！"在我所知道的语汇中不论过去和现在，都是一个最可怕和最有吸引力的语汇了！

一滴露珠垂挂在我脸的上方，清莹莹，沉甸甸。柳叶使它滞留在叶面的折槽里，露珠的重量还胜不过，或者说，暂时还无法胜过柳叶的柔韧。"别掉下来！别掉下来！"我念叨着，祈求着，祝祷着，全身心领略着内心和外界的宁静。

森林的深处好像听得到一种神秘的气息，轻微的足音。甚至觉得天空中浮云也像是别有深意，同时神秘莫测地在行动，也许，这是天外之天或者"天使翅膀"的声响？！在这天堂般的宁静里，你会相信有天使，有永恒的幸福，罪恶将烟消云散，永恒的善能复活再生。两条狗惶惶不安，不时地抬起头来。塔尔桑好像喉咙里滚动着一块小石头似的，低声地吼着，后来已重新打起盹来了，忽然又猛地张开嘴，却把一声猛吼连同嗡嗡叫着的蚊子又咽了回去，只是含含糊糊地号了一声。

小伙子们都睡得很香。

我给自己斟了一杯混有灰烬和蚊子的茶，望着火，想着有病的弟弟和我那半大不小的孩子。我觉得他们好像都还很小，是两个被人遗忘和抛弃而需要我的保护的孩子。我的儿子已经念完九年级了，两个肩胛骨突得高高的，撑着一件紧贴脊背的短上衣，腕关节的皮绷得紧紧的，两条腿像两根细棍接在膝盖下面。总而言之，他还没有发育成熟，还不结实，完全是个少年。可是他也快离开家庭了，去学习，去部队服役，去陌生人那里受人家管教。弟弟按年龄算，虽说已是个男子汉了，生了两个孩子，走遍了整个原始森林和叶尼塞河沿岸，去过遥远的泰梅尔，但他的身材比我的这个尚未成年的儿子还要小。脖子上的颈椎骨像小坚果似的一粒一粒凸出在外边，手腕子又细又弱，脊背因劳累而压得紧抵在骶骨上，肚子凹进去像镰刀的形状，背有点驼，个子瘦小，不过筋骨很好，其貌不扬的外形里却蕴藏着一股男子汉气派和坚强的禀性，可是，不知为什么我觉得我的儿子、弟弟和世上所有的人都很可怜。眼前在原始森林的篝火旁边,在这辽阔无垠的、警觉敏感的世界里,我的两个亲人却无忧无虑地酣睡着。在凌晨的酣畅的梦境里睡得口涎直淌,梦里也依稀理会到,不,不是理会到,而是感觉到有依靠,有人在旁边守护着他们,往篝火里添加木柴,把火烧得旺旺的,并时时在想着他们。

(第94—95页)

这几段内容节选自《鱼王》中的《一滴水珠》。这是一篇公认的哲理抒情之作,典型地代表了阿斯塔菲耶夫自白追忆、道德至上、诗意小说散文化的叙事特点。"一滴水珠"恰如大自然静谧和谐的象征,将叙事主人公的省思、忆念与现实生活勾连在一起。阿斯塔菲耶夫首先用"凝然不动"一词重复描绘水珠和人,既使得作者笔下的露珠充满了生命的气息和活力,与人实为一体,也使得"凝然不动"等待"开火"命令的前线战士自然地从主人公的记忆中跃然画面,残酷世界的另一面猝然间清晰地呈现了出来。然后,主人公对垂挂在脸上方的露珠,一遍又一遍地发出"别掉下来!别掉下来!"的内心祈求、祝祷,为了"全身心领略着内心和外界的宁静",为了"罪恶将烟消云散,永恒的善能复活再生",为了永久地远离战争,人世和谐……耐人寻味,立意深远。接着,在原始森林的篝火旁边,叙事主人公思绪万千,对有病的弟弟和自己幼子的牵挂开始自在舒缓地在他的意识中流淌,尽情地讴歌了人与人之间、人与自然之间、人与周围世界之间相互依靠、相互守护的期盼和幸福。值得注意的是,作者巧妙恰切地运用了神话意义的"万物之灵"——"火"与惩治者的铁腕——"开火!"在俄语中是一个词(огонь)的事实,将记忆从远古拉回现在;又以篝火的光明唤起对善的希冀,并对未来希望的象征——孩子们的形象进行了成功的刻画。

第十八讲
加西亚·马尔克斯《百年孤独》

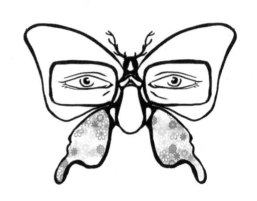

一、加西亚·马尔克斯

加夫列尔·加西亚·马尔克斯（Gabriel García Márquez，1927—2014）是来自拉丁美洲哥伦比亚的作家，是魔幻现实主义文学的最卓越的代表。他于1982年获得诺贝尔文学奖，对中国当代作家产生了深远的影响，莫言就曾说："加西亚·马尔克斯和福克纳无疑是两座灼热的高炉，而我是冰块。"①

加西亚·马尔克斯于1927年3月6日出生在哥伦比亚马格达莱省的海滨小镇阿拉卡塔卡。加西亚是加夫列尔父亲的姓，马尔克斯是母亲的姓，二者都不可省略。母亲路易莎的家族声名显赫，外祖父尼古拉斯·马尔克斯是经历多次战争立下战功的上校。外祖父"虽然并不富有，而且总是徒劳地等待着政府应允给内战退役老兵的抚恤金，不过他却成为当地社区显赫一时的人，小地方的大人物。他最后拥有一座大型木质房子、内铺水泥地板，比起大多数镇民所居住的简陋房舍，阿拉卡塔卡的居民公认这是十足的豪宅"②。而加西亚·马尔克斯的父亲加夫列尔·埃里希奥·加西亚是贫穷的外来者，来自玻利瓦尔的热带大草原，皮肤

---

① 莫言等著，邱华栋选编：《我与加西亚·马尔克斯》，华文出版社2014年版，第6页。
② [英]杰拉德·马丁：《加西亚·马尔克斯传》，陈静妍译，中信出版社2014年版，第22页。

黝黑，爱说话，性格外向、夸张，十分自信。他在小镇上做报务员，还是个私生子。在哥伦比亚，私生子非常常见，这一题材在加西亚·马尔克斯的书中也多次出现。加西亚·马尔克斯的父亲在与他母亲路易莎结婚前已有两名私生子，加西亚·马尔克斯也曾说："他却有十六个名字确凿的孩子；至于不为人知的子女究竟有多少，我们就不知道了。"①加西亚·马尔克斯的母亲路易莎是父母的掌上明珠，是阿拉卡塔卡的美女，活泼而优雅。当他父亲向他母亲求婚时，曾遭到他外祖父母的严词拒绝。此后他的母亲和父亲就私奔了，很快生下了小加西亚·马尔克斯，并把新生儿交由父母照顾。

上校不情愿地接受了女儿的婚姻，然后把所有的精力放在了他的长外孙身上，亲切地叫外孙"我的小拿破仑"。加西亚·马尔克斯从小跟随外祖父母生活，一直到8岁，其间与父母很少联系。他就在外祖父母的影响下成长起来，多年后他认为，他的世界观在8岁以前就定型了。外祖父是个退伍军人，曾参加哥伦比亚的两次内战，喜欢把他打仗的故事统统讲给他的外孙听。加西亚·马尔克斯从小就了解到内战的种种细节，多年后他声称，他作品中最重要的那些男性角色身上都带有很多外祖父的影子。

外祖母则总是滔滔不绝地讲述很多鬼魂的故事，用鬼魂来吓唬他。对外祖母来说，生者与死者之间并无明确的界限，所以鬼怪神奇的故事在她口中也是轻松平凡的，她总是娓娓道来，从容不迫。她把家里的两个房间空出来专门用来和鬼魂聊天。他们住在一幢阔大而古老的建筑里，有一个院子，里面住着几十口人，包括姑婆姨妈、临时工、仆从、印第安人，但只有两个男人，一个是外祖父，一个是小加夫列尔，其他都是女性。家里有一位姑婆法兰希丝卡给小加夫列尔的印象最深。她一生未婚，当感到自己大限将至时，就开始动手为自己缝制裹尸布，到织完的那日就躺在床上死了，如同《百年孤独》中的阿玛兰妲那样。每到黄昏时分，家里的女人们就全到屋子里去了，因为这是鬼魂出没的时间，有时甚至可以听到亡灵的轻叹。小加夫列尔此时偷偷出来一望，感觉每个角落里都有鬼魂在说话。巨大的庭院带有一种鬼魅的、阴郁的、衰弱的气息，这种氛围深深地感染了加夫列尔，乃至他离开多年后这些场景也让他时时忆起，魂牵梦萦，纠缠不休，构成了他一生最永恒而生动的记忆。

---

① ［哥伦比亚］加西亚·马尔克斯、P. A. 门多萨：《番石榴飘香》，林一安译，南海出版公司2015年版，第21页。

加西亚·马尔克斯8岁进入首都波哥大附近耶稣会办的学校读书,到中学毕业时,他已阅读了大量的世界文学名著。18岁时,他考入波哥大国立大学法律系,后转到卡塔纳大学读新闻学,不久因战乱而辍学,当了波哥大《新观察》报的记者,从此走向新闻和文学创作之路。这期间他被派往欧洲,遍访意大利、法国等地。1954年,他又回到波哥大,担任过电影编剧、时事评论员等职。1955年,他因撰写了报道《一位海上遇难者的自叙》受到军事独裁当局的指责,被迫流亡国外,先后在委内瑞拉、古巴、墨西哥当记者。1961年后他长期居住于墨西哥,从事文学、新闻和电影工作。

1954年,加西亚·马尔克斯发表了第一部短篇小说集《周末的一天》,获得哥伦比亚全国文艺家协会奖,这部小说集中出现了在此后多部作品中描写过的马孔多镇,呈现出魔幻现实主义的基本特点。1955年,他发表了第一部长篇小说《枯枝败叶》,以意识流的方式追忆了毁灭了的马孔多小镇的过去,将神奇的想象与严峻的现实相结合,标志着其魔幻现实主义风格的形成,他认为这是自己的第一部严肃的作品。1961年,他创作了小说《没有人给他写信的上校》,认为这是自己写得最好的长篇小说,最无懈可击。1962年,他发表了第二部短篇小说集《格兰德大妈的葬礼》,其中最具代表性的一篇是写马孔多镇的庄园主格兰德大妈的统治,她的去世象征着独裁专制统治的衰亡。另一篇《礼拜二午睡时刻》被他视为自己最好的短篇小说。

1967年,加西亚·马尔克斯的长篇小说《百年孤独》在阿根廷出版,将魔幻现实主义文学推向了高峰,也为作者赢得了世界性的声誉。1975年,他又发表了用8年时间写成的长篇小说《族长的秋天》。小说情节离奇,真实与虚幻交融,塑造了一个穷凶极恶的独裁者尼卡诺尔的形象,是拉美独裁统治者的缩影。作者认为这是自己在文学上最重要的成果,能使自己免于被遗忘。1981年,他发表长篇小说《一件事先张扬的凶杀案》,以新闻报道的方式再现了30年前的一场凶杀悲剧,作品中的魔幻成分明显消减。1982年,加西亚·马尔克斯与好友P. A. 门多萨的文学谈话录《番石榴飘香》出版。1985年,他发表了长篇小说《霍乱时期的爱情》,不同于以往的魔幻现实主义小说,而以现实主义手法讲述了一个动人的爱情故事。2002年,他出版了自传《活着为了讲述》。这本书以多年后他和母亲返回阿拉卡塔卡的旅程为开场,他认为这是他一生中最重要的经历。在那趟旅程中,加西亚·马尔克斯意识到,童年所发生的一切都具有文学价值,他由此确定了自己从事文学职业的意向和志向。

加西亚·马尔克斯大约14岁那年认识了他父亲朋友的女儿梅塞德斯·巴尔查，那年她9岁，他当时就知道自己会娶她。后来梅塞德斯13岁时，加西亚·马尔克斯忍不住一本正经地向她求婚，在此后的生活中这一提议成为一种暗示。他在心里认定梅塞德斯超过十年，此间他们也少有实质性交谈，但他们不慌不忙、耐心等待并深知必然会走到一起，所以多年后他在完全无法提供物质保障的情况下向她求婚并得偿所愿。1958年3月21日，俩人在订婚不到三年之时，在永援圣母教堂举行了婚礼。梅塞德斯开始整理他的文章、新闻剪报、文件、故事，为他的生活带来冷静和秩序。

加西亚·马尔克斯不是一个封闭在象牙塔中的作家，他曾在20世纪70年代活跃于政治宣传和运动，在政治上非常敏感。他极其重视了解各种信息，与进步的社会民主党人以及自由党人有着密切的联系。他与古巴前总统菲德尔·卡斯特罗是亲密的革命战友，与西班牙前国王胡安·卡洛斯一世、美国前总统比尔·克林顿也私交甚笃。1959年1月，他获邀乘坐古巴革命分子的飞机参加菲德尔·卡斯特罗的演讲，他们之间只隔着三个人，而且，切·格瓦拉就在他的旁边。1981年5月，他在巴黎参加了法国密特朗总统的就职典礼，以密特朗为首的许多法国杰出人物都是他的朋友。他不管什么事情都要跟他在世界各地的朋友们通话商量，所以他的电话费是一个天文数字。

二、《百年孤独》（*Cien años de soledad*）

（一）作品生成过程及中译本

《百年孤独》的故事在加西亚·马尔克斯心中孕育了18年，他却迟迟没有动笔，因为他还不知从何讲起，还没有找到合适的叙述方式。直到某个周末，他带着妻子和两个儿子准备去海边度假，开着娇小的白色欧宝汽车行驶在墨西哥蜿蜒曲折的道路上。还没有开多远，他突然想起了外祖父带他去看冰块的那个遥远的下午。不知从何而来，小说的第一个句子出现在他的脑海中，他立即把车停在路边，掉头，返回，断然取消了这趟旅程，一到家马上开始写小说。他坐在打字机前，18个月都没有起身。在灵感喷涌的那一刻，加西亚·马尔克斯终于恍然大悟："与其写一本关于童年的书，不如写下他的童年记忆；与其写一本关于真实的书，不如写下真实所呈现出来的样貌；与其写下阿拉卡塔卡与当地人的生活，不如写下他们眼中所看见的世界；与其让阿拉卡塔卡在他的书中复活，不如以说故事的方式向它告别。"①加西亚·马尔克斯终于为他深重的童年记忆找到了喷涌的出口，为他童年时代的全部体验找到了完美的文学归宿。

当年，"外公是世故、合理化的说教，外婆则是另一种世故、天启般的口若悬河，两者的语调都是绝对的肯定"②。经年累月以后，加西亚·马尔克斯在他的小说中将这两种再现和阐释现实的方式完美地结合起来，构成了他别具一格的叙述风格。所以小说的第一句话是："多年以后，面对行刑队，奥雷里亚诺·布恩迪亚上校将会回想起他父亲带他去见识冰块的那个遥远的下午。"③

给予加西亚·马尔克斯的创作影响的，还有他读过的一批现代主义作家——福克纳、吴尔夫、卡夫卡和乔伊斯等人的作品。17岁那年，他从朋友那里借来一本阿根廷作家博尔赫斯翻译的卡夫卡的《变形记》，当读到第一行："一天早上，格里高尔·萨姆沙从一个不安的梦境中醒来，发现床上的自己变成了一只巨大的虫子。"他就深深地着迷，并说："见鬼了，我外婆就是这么说话的。"④卡夫卡拓展了他的想象力，让他了解到，即便是最古怪的段落也可以用很平实的方法叙述，这也启迪了他多年后写作《百年孤独》的方式。

加西亚·马尔克斯在一年多的时间里沉浸于写作《百年孤独》，他的妻子梅塞德斯则努力维持家计，靠着赊账、抵押汽车、典当物品维持一家人的生活，她默默承担一切并负责为丈夫的写作准备条件，这令加西亚·马尔克斯心存敬意。这种对于女性的敬意也流露在小说当中，《百年孤独》中的男人总是狂热昏聩，女人则清醒理智，男人只知道一味地推倒历史，女人们则支撑着这个世界。

《百年孤独》出版后受到空前热烈的欢迎，但它进入大多数中国读者的视野，是在加西亚·马尔克斯获得诺贝尔文学奖之后。这部作品也在中国当代文坛掀起一场浩大的仿写运动，作家们竞相学习《百年孤独》中的叙述方式。2010年，经加西亚·马尔克斯授权，由南海出版公司于2011年6月出版了范晔翻译的中译本。此外，在《百年孤独》的英译本中，拉巴萨（Gregory Rabassa）的译

---

① ［英］杰拉德·马丁：《加西亚·马尔克斯传》，陈静妍译，中信出版社2014年版，第305页。
② 同上书，第38—39页。
③ ［哥伦比亚］加西亚·马尔克斯：《百年孤独》，范晔译，南海出版公司2011年版，第1页。以下凡引用该作品，只在括号中标明页码，不再逐一详注。
④ ［英］杰拉德·马丁：《加西亚·马尔克斯传》，陈静妍译，中信出版社2014年版，第102页。

本①获得了作家本人的认可，作家认为其翻译语言很出色，译成英语后显得明快有力。目前，《百年孤独》已被翻译成四十多种语言，畅销全世界。

（二）作品梗概

《百年孤独》讲的是布恩迪亚家族七代人一百年间的故事。布恩迪亚家族的第一代何塞·阿尔卡蒂奥·布恩迪亚的妻子乌尔苏拉·伊瓜兰也是其表妹。乌尔苏拉担心近亲结婚会像她的姑妈一样生出长着猪尾巴的孩子，于是拒绝与丈夫同房，丈夫因此受到同村人阿基拉尔的嘲笑。他一怒之下，以长矛刺穿了阿基拉尔的咽喉，从此夫妻二人深受阿基拉尔鬼魂的烦扰。为了逃避阿基拉尔的鬼魂，夫妻俩决定离开家乡。他们领着一群同伴，携带家人、牲口及所有生活用品，翻越山脉去寻找入海口，经过二十六个月的跋涉后决定放弃。为了避免原路返回，他们便建立了马孔多。

马孔多最初是一个二十户人家的村落，泥巴和芦苇盖成的屋子沿河岸排开，湍急的河水清澈见底，河床里卵石洁白光滑宛如史前巨蛋。何塞·阿尔卡蒂奥·布恩迪亚与乌尔苏拉在这里拓荒、发展和繁衍。他们在马孔多建立前翻山越岭的路上孕育和诞生了第一个儿子——何塞·阿尔卡蒂奥，他脑袋四方，头发粗硬，和父亲一样固执任性，而且缺乏想象力。他们在马孔多生的第一个孩子是他们的第二个儿子奥雷里亚诺·布恩迪亚，他沉默寡言，性格孤僻，拥有预言的本领，长大后成为发动了三十二场起义的著名上校。何塞·阿尔卡蒂奥·布恩迪亚整日投身于实验室，忙于炼制点金石的伟大发明，后来又忙于整治市镇，乌尔苏拉则勤劳、务实，一心扩展家业，每天两次用树枝穿着糖制的小鸡小鱼出门销售，尽力使这个古怪的家保持正常。后来，他们生了女儿阿玛兰妲。乌尔苏拉还收养了一名孤儿，11岁的少女丽贝卡，她带着装有父母骸骨的袋子，喜欢吃湿土和用指甲刮下的石灰墙皮。

何塞·阿尔卡蒂奥和弟弟奥雷里亚诺都为一位用纸牌算命的女人庇拉尔·特尔内拉所诱惑，并先后与之发生关系，哥哥与之生下了儿子阿尔卡蒂奥，交由乌尔苏拉抚养。庇拉尔怀孕后，何塞·阿尔卡蒂奥就避而远之，并跟随吉卜赛人出走，离开了马孔多。他与一群无国籍的水手一起周游世界六十五次，多年后返

---

① Gabriel García Márquez, *One Hundred Years of Solitude*, translated from the Spanish by Gregory Rabassa, Harper Collins, 2006.

家，与丽贝卡结为夫妻。奥雷里亚诺一度沉醉于父亲的实验室，熟悉了金银工艺，成为整个大泽区享有盛名的金银匠。他也为庇拉尔所启蒙，并在她的帮助下娶了政府官员摩斯科特的幼女蕾梅黛丝。奥雷里亚诺耐心地等待蕾梅黛丝长大，蕾梅黛丝活泼可爱，给全家带来了欢快的气息，却在某日半夜醒来，内脏打嗝般撕裂，火热的汁液爆涌浸透全身，三天后被自己的血毒死，一对双胞胎也横死腹中。庇拉尔与奥雷里亚诺也生了一个儿子，取名奥雷里亚诺·何塞，由他的姑妈阿玛兰妲抚养长大。姑侄之间朝夕相处，日后竟生出乱伦之情。

奥雷里亚诺卷入了自由派和保守派的战争之中。他率领同村的年轻人奇袭军营，缴获武器，枪毙凶手，成为上校。他把马孔多交给阿尔卡蒂奥管理后，便去投奔梅迪纳将军了。阿尔卡蒂奥嗜好发号施令，采用铁腕手段，成为马孔多有史以来最残酷的统治者。后来他因滥用公款被处以死刑。阿尔卡蒂奥在母亲庇拉尔的安排下与桑塔索菲亚·德拉·彼达未婚同居，生下了女儿，美人儿蕾梅黛丝，还有一对双胞胎儿子，奥雷里亚诺第二和何塞·阿尔卡蒂奥第二，这是家族的第四代了。美人儿蕾梅黛丝到了20岁还没学会读写，不会使用餐具，喜欢赤着身子在家里走来走去，天生拒斥一切常规，所有迷恋她的男人都莫名暴毙，最后她随着床单升天而去。

奥雷里亚诺第二和何塞·阿尔卡蒂奥第二兄弟俩身上集中了家族的缺点，却没有继承任何美德。他俩共享一个女人佩特拉·科特斯。她是从外地来马孔多从事卖彩票生意的，是个年轻整洁的黑白混血女人，黄色的杏眼使她的脸庞带上几分美洲豹般的凶悍，但她却有着慷慨的心灵和绝妙的情爱天赋。奥雷里亚诺第二最终娶了陈腐保守、刻板狭隘的费尔南达·德尔·卡皮奥，生下了儿子何塞·阿尔卡蒂奥、大女儿梅梅和小女儿阿玛兰妲·乌尔苏拉。儿子何塞·阿尔卡蒂奥由年逾百岁的乌尔苏拉抚养，乌尔苏拉此时几近失明，但头脑清醒，想将他培养成教皇，但他最终却沦为花花公子。梅梅与香蕉公司汽修厂的学徒马乌里肖相爱，却被母亲破坏。马乌里肖约会时被当作偷鸡人而中枪，子弹击断他的脊柱，从此卧床不起，梅梅则至死不再开口说话，并生下了儿子奥雷里亚诺。

第五代的阿玛兰妲·乌尔苏拉本是留学归来的已婚的现代女性，但返家后还是和自己的外甥奥雷里亚诺相爱了，并最终生下了一个世纪以来第一个在爱情中孕育的生命，取名奥雷里亚诺，也就是第七代，长着猪尾巴的孩子。阿玛兰妲·乌尔苏拉因为生产时大出血而死，悲痛中的奥雷里亚诺跑到市镇上游荡。回家后，他看见他的孩子只剩下了一张肿胀干瘪的皮，全世界的蚂蚁一齐出动，正沿着花园的石子路努力把他拖回巢去。

（三）作品分析

《百年孤独》是魔幻现实主义文学的典范之作，正如诺贝尔文学奖评奖委员会对加西亚·马尔克斯的评价："他的长篇小说把魔幻和现实融为一体，勾画出一个丰富多彩的想象中的世界，反映了拉丁美洲大陆的生活和斗争。"莫言在1986年在《世界文学》上发表了文章，也曾说："《百年孤独》这部标志着拉美文学高峰的巨著，具有惊世骇俗的艺术力量和思想力量。"[①]小说中的魔幻现实主义色彩不只体现在思想内容上，也体现在艺术形式上，下面主要从三个方面来分析：

1. 魔幻即现实

加西亚·马尔克斯代表的魔幻现实主义文学出现于20世纪30年代的拉丁美洲，其他的代表作家还有危地马拉的阿斯图利亚斯、墨西哥的鲁尔福。他们的作品都描写了拉丁美洲的社会现实，带有典型的魔幻现实主义的特点。阿根廷文学评论家因贝特评价魔幻现实主义时指出："作者的根本目的是借助魔幻表现现实，而不是把魔幻当成现实来表现。"魔幻只是手段，表现生活现实才是目的。还有评论家指出，他们的目的是变现实为幻想而又不失其真，要创造出一种似是而非、似非而是的艺术情境。而加西亚·马尔克斯本人认为，"拉美的现实生活是魔幻式的"，魔幻即现实，他对于西方人给他的称呼——"魔幻现实主义"，其实是不以为然的。西方把加西亚·马尔克斯视作一位现代主义或后现代主义作家，但他自己认为，他就是一个地道的现实主义作家。他认为，实际上你们认为魔幻的，在我看来就是我们的最大的现实；西方人不理解我们的现实，所以就给了它一种魔幻的说法。

加西亚·马尔克斯是始终描写拉丁美洲的。拉丁美洲的文化是一种杂交的、多元的文化。16世纪葡萄牙和西班牙开始入侵拉美，开始了长达300年的殖民统治，西方国家的移民也随之涌入，将其文化灌注其中。殖民者为补充劳动力的不足，又从非洲贩入大量黑奴，黑人文化也涌入其中。后来西班牙语、葡萄牙语逐

[①] 莫言等著，邱华栋选编：《我与加西亚·马尔克斯》，华文出版社2014年版，第5页。

渐取代了印第安语，成为其正式语言。哥伦比亚曾是西班牙的殖民地，《百年孤独》就是用西班牙语写成的。这样，外来的欧洲文化、非洲黑人文化与当地的印第安土著文化，包括阿兹特克文化、玛雅文化和印加文化，混合杂糅在一起。所以，拉美是各种文化的杂交体，这里流传着千奇百怪的神话传说。魔幻现实主义就诞生于这片复杂的土壤。

我们可以在《百年孤独》中发现诸多神话、魔幻的事物、夸张的手法，但所有这一切，加西亚·马尔克斯都认为来源于拉丁美洲的现实，这是一种神话现实，魔幻现实。为了表现这种现实，《百年孤独》需要丰富多彩的语言，需要令人信服的笔调，让奇特的事物极其纯真地同日常事物融合在一起。加西亚·马尔克斯认为："小说是用密码写就的现实，是对世界的一种揣度。小说中的现实不同于生活中的现实，尽管前者以后者为依据。"①《百年孤独》中的现实是通过魔幻手法来实现的。

首先，《百年孤独》创造出一系列来自生活的千奇百怪、扑朔迷离的魔幻事物。吉卜赛人梅尔基亚德斯拖着两块磁铁走家串户，能将马孔多各家各户的铁锅、铁盆、铁钳、小铁炉统统吸走，连木板中的钉子和螺丝也在绝望地挣扎。当何塞·阿尔卡蒂奥在家里被枪杀时，他的血自行穿越重重阻碍，为了避免弄脏地毯还特地拐了几个弯，执着地来到母亲乌尔苏拉身边向她报信。美人儿蕾梅黛丝被飞起的床单裹挟着升天而去。这些神奇的事物，看似魔幻，却都可以在哥伦比亚的现实中找到依据。美人儿蕾梅黛丝的飞天就源于作者听闻的一件趣事，一位美丽的姑娘与她的情人私奔而去，她的老祖母为了维护颜面就编出一个故事以掩盖真相，逢人便说她的孙女飞天而去。作者借助艺术想象对现实进行适当的加工处理，呈现出一个迷离惝恍的魔幻世界。

其次，《百年孤独》中置入了神话模式。小说中的多处情节都与神话传说存在平行和相似之处，使得情节与神话传说之间互相指涉，呈现丰富的互文性，读来韵味无穷。由于拉丁美洲文化的混合和杂糅，加西亚·马尔克斯既熟悉外祖母所讲的鬼怪故事，也了解《圣经》《一千零一夜》等经典神话故事。在《百年孤独》中，作者大量地置入了各种神话结构。何塞·阿尔卡蒂奥·布恩迪亚与乌尔苏拉因"偷食了禁果"而不得不离开家乡，失去了乐园，这与《旧约》中亚当和

---

① ［哥伦比亚］加西亚·马尔克斯、P. A. 门多萨：《番石榴飘香》，林一安译，南海出版公司2015年版，第41页。

夏娃因偷吃智慧树上的果子而被上帝逐出了伊甸园的故事相平行。他们长途跋涉寻找新家园的经历如同《旧约·出埃及记》中的塔拉迁居哈兰。小说中有一场下了四年十一个月零两天的热带暴雨，如同《旧约》中上帝对罪恶的人类的惩罚，也令人想起人类史上的洪水时期。所以，《百年孤独》犹如以《创世记》开始，以《启示录》结束的一部拉丁美洲的《圣经》。小说中吉卜赛人带来的飞毯在马孔多上空飞翔，与阿拉伯神话相似。而阿玛兰妲不停地编织精美的裹尸布，织了拆，拆了织，与《荷马史诗》中佩涅洛佩的做法何其相似。《百年孤独》中的这些情节总能在各类神话传说中找到明确的踪迹，使情节背后饱含寓意。

最后，加西亚·马尔克斯在《百年孤独》中常常运用夸张的手法。他认为："夸张实际上也是我们拉丁美洲现实的一个组成部分。我们的现实是十分夸张的。"①小说中，一场雨可以下四年十一个月零两天；有三千四百零八名马孔多人被杀，尸体装满了两百节车厢，每天傍晚从马孔多出发驶向大海；奥雷里亚诺上校发动三十二次起义全部失败，十七个私生子于一夜间全被杀害；马孔多在进行民主选举时，六名荷枪实弹的士兵逐户收缴了家中的猎枪、砍刀以及厨房里的菜刀……这些夸张的写法，是对现实的极大的嘲讽，也起到了惊世骇俗的效果。

2. 拉丁美洲的孤独

墨西哥作家卡洛斯·富恩特斯称《百年孤独》为"拉丁美洲的圣经"，因为《百年孤独》展现了拉丁美洲的历史、现在和未来，布恩迪亚家族的历史就是拉丁美洲历史的翻版。加西亚·马尔克斯本人则说："拉丁美洲的历史也是一系列代价高昂然而徒劳的奋斗的集合，是一幕幕事先注定要被人遗忘的戏剧的集合。"②作者正是通过《百年孤独》呈现了自己对拉丁美洲历史的深刻理解和阐释，其核心就是"孤独"。

《百年孤独》中"孤独"的内涵是丰富而多义的，不同于日常语言中的意义。布恩迪亚家族七代人的故事是不断重复的，人名是重复的，人物性格是重复的，乱伦是重复的。马孔多小镇上发生的一系列事件也是重复的：吉卜赛人以磁铁和放大镜换走了马孔多人的财富，反复多次；奥雷里亚诺上校发动武装起义，

---

① ［哥伦比亚］加西亚·马尔克斯、P. A. 门多萨：《番石榴飘香》，林一安译，南海出版公司2015年版，第74页。

② 同上书，第94页。

重复了三十二次，全部失败。《百年孤独》中的人物和故事形成了一部循环往复的历史，成为哥伦比亚乃至整个拉丁美洲历史的缩影，这种循环往复就是"孤独"。这种孤独的原因体现在各个方面：经济上贫穷落后，与世隔绝，因循守旧，当外国殖民势力入侵时，马孔多人只能任人摆布，经济上沦为附庸，随着种植园、工厂的出现，马孔多的财富都涌入殖民者手中；政治上头脑麻木混沌，在自由党和保守党的斗争中糊涂地充当工具，许多马孔多人徒劳地献出了生命，却无济于事；文明程度低下，布恩迪亚家族第一代人乱伦，最后一代人仍然乱伦，猪尾巴的孩子轮回出现，乱伦的继续就是代表一百年的轮回。最后，马孔多变得千疮百孔，布恩迪亚家族随着乌尔苏拉的逝去日益衰败，面对残破败落的现实，他们选择彻底地倒退，退回自己习惯的孤独的外壳。一百年的循环往复就是一百年的孤独。

小说中充满了大大小小的循环怪圈。马孔多由衰及盛、由盛及衰的历史，经过了一百年，又回到原点，这是一个循环，整个家族的人物行为也都呈现出循环往复的特点。年老的乌尔苏拉发现，家里的每个人都在无意中重复同样的路线，做同样的事，甚至在同一时刻说同样的话。第二代奥雷里亚诺上校退休后在屋里制作小金鱼，做好化掉，化掉再做，日复一日，年复一年；第二代阿玛兰妲晚年不停地为自己缝制裹尸布；第四代奥雷里亚诺第二反复地修理门窗；第四代美人儿蕾梅黛丝每天都花许多时间洗澡……这个家族的人总是不断地做着相同的事情，他们沉浸在自己的世界里，切断了与外界的联系，形成了家传的孤独气质。愚昧落后的状态循环不变，所书写的历史也保持不变，终于走向了彻底的消亡，这就是孤独的结局。这种看上去很魔幻的循环，实际上就是拉丁美洲落后的现状，就是作者所说的魔幻即现实。

加西亚·马尔克斯说："与其说马孔多是世界上的某个地方，还不如说它是某种精神状态。"[1]这种精神状态即是孤独。孤独即意味着循环往复，停滞不前，也意味着自我封闭，与世隔离。《百年孤独》中"孤独"的本质可以追溯到对时间的描写，小说曾通过其人物形象之口进行了相关的表述。何塞·阿尔卡蒂奥·布恩迪亚感叹："时间这个机器散架了。"（第69页）乌尔苏拉也感叹："世界好像在原地转圈。"（第259页）小说中的很多人都对时间发出了类似的

---

[1] ［哥伦比亚］加西亚·马尔克斯、P.A.门多萨：《番石榴飘香》，林一安译，南海出版公司2015年版，第100页。

感慨。这个家族的历史如同一架周而复始、永不停止的机器，是一个转动着的轮子，这只齿轮要不是轴会逐渐不可避免地磨损的话，会永远旋转下去。马孔多人发现时间出了问题，但却无法跳脱这一时间循环的怪圈。那么，这样的时间状态究竟意味着什么？阿根廷作家博尔赫斯说："假若我们知道什么是时间的话，那么我相信我们就会知道我们自己，因为我们是由时间做成的。造成我们的物质就是时间。"[1]可见，人的本质就是时间。那把自身置于过去、现在、未来流程中的时间意识，就是人的思想感情的主干。明确了时间意识，人才形成为人。时间意识就是人的思想意识，自我意识。当时间在打转的时候，布恩迪亚家族一百年来如旧，毫无进展，日益衰颓。当时间停滞，人的所有行为也变得毫无价值，人的自我意识也完全丧失，彻底陷入孤独。当时间循环往复的时候，意味着人的自我也在循环往复，这正是孤独的实质。只有时间行进如常，才能摆脱孤独。时间即人的本质，从时间描写可以看出作家所要传达的更具普遍性的深义。

　　加西亚·马尔克斯对于孤独的思考由来已久，且几乎贯穿他所有的作品。《枯枝败叶》中的核心人物生于孤独，死于孤独，一辈子在极端孤独中度过，《没有人给他写信的上校》中的人物是孤独的，《恶时辰》里的镇长也是孤独的，饱尝了权力带来的孤独的滋味。到了《族长的秋天》，其主题依然是孤独，讲的是权力的孤独，而《百年孤独》讲的是日常生活的孤独。至于孤独的原因，在《番石榴飘香》里加西亚·马尔克斯曾说：孤独，"是因为他们缺乏爱"，"布恩迪亚家族的人不懂爱情，不通人道，这就是他们孤独和受挫的秘密。我认为，孤独的反义词是团结"[2]。加西亚·马尔克斯由此指出了拉丁美洲孤独的症结所在，拉丁美洲人应当从孤独中走出，要团结，要开放，努力寻求解决问题的方法。

　　值得注意的是，加西亚·马尔克斯在描写布恩迪亚家族和马孔多小镇的孤独的时候，怀着悲天悯人的情怀，流露出无尽的感伤和诗意，他们那样孤独，又那样美。加西亚·马尔克斯以他独一无二的叙述方式赋予了"孤独"以丰富的内涵，指出了布恩迪亚家族、马孔多小镇孤独的原因，也即指出了哥伦比亚乃至拉

---

[1] ［阿根廷］豪·路·博尔赫斯：《作家们的作家——豪·路·博尔赫斯谈创作》，倪华迪译，云南人民出版社1995年版，第3页。

[2] ［哥伦比亚］加西亚·马尔克斯、P.A.门多萨：《番石榴飘香》，林一安译，南海出版公司2015年版，第98页。

丁美洲大陆孤独的原因，并明确指出了摆脱孤独的方式。1982年12月8日，加西亚·马尔克斯在瑞典斯德哥尔摩的诺贝尔文学奖颁奖典礼上做了题为《拉丁美洲的孤独》的演讲。最后，他说道："爱真的存在，幸福真的可能，那些注定经受百年孤独的家族，也终于永远地享有了在大地上重生的机会。"①他对布恩迪亚家族乃至整个拉丁美洲都充满了信心和希望。

3. 独特的叙述手法

加西亚·马尔克斯曾说，《百年孤独》是"我使出了浑身解数，运用了所有的写作技巧才写出来的"②。他既扎根于拉丁美洲的本土文学传统，又从现代主义作家那里汲取了一系列新颖的手法，从而形成了他独具特色的艺术思维样式和审美文化品格。而《百年孤独》中的叙述技巧尤为突出，具体表现在三个方面：

（1）循环往复的叙述结构

这主要体现在小说的叙述时序和时态上。小说的开头是这样的："多年以后，面对行刑队，奥雷里亚诺·布恩迪亚上校将会回想起父亲带他去见识冰块的那个遥远的下午。"（第1页）这种叙述因其独创性和典型性而被称为"马尔克斯式语法"。具体来看，"多年以后"，意味着是将来的事情，"奥雷里亚诺·布恩迪亚上校将会回想起"仍然是将来的事情，但是，"他父亲带他去见识冰块的那个遥远的下午"一下子又回到了过去，这段话的叙述者是站在一个"不能确定的现在"的某个时间段上，他既眺望着未来，又回想着过去，一句话把未来、现在与过去三个时空都联系起来，所以它的空间是空前广阔的，带有一种辽阔深远的历史感。它的意义就在于打破了传统的线性叙述时间，将现在、过去、将来三个时间维度立体交错地安排，叙述者可以自由地穿梭于时间的长河中，使小说带上了一种神秘莫测的时间循环意识。

这种叙述时序不只在小说的开头，而是贯穿了整部小说的始终。比如这两段："多年以后，面对行刑队，阿尔卡蒂奥将回想起梅尔基亚德斯为他朗读那一页页不可理解的文字时的颤抖，他自然是听不懂，但那铿锵的音调听起来仿佛教皇通谕的吟唱。"（第63页）"多年以后，在临终的床榻上，奥雷里亚诺第二将

---

① ［哥伦比亚］加西亚·马尔克斯：《我不是来演讲的》，李静译，南海出版公司2012年版，第27页。
② ［哥伦比亚］加西亚·马尔克斯、P. A. 门多萨：《番石榴飘香》，林一安译，南海出版公司2015年版，第79页。

会回想起那个阴雨绵绵的六月午后,他走进卧室去看自己的头生子。"(第161页)由此形成了整部小说的叙述基调,给读者提供了一种循环往复的时间感,从而强化了小说的孤独主题。这种区别于日常语言的文学表达,体现出《百年孤独》浓郁的文学性。

(2)平静、节制的叙述语调

加西亚·马尔克斯的叙述方式得自外祖母的启示。他在《番石榴飘香》里这样说:"她不动声色地给我讲过许多令人毛骨悚然的故事,仿佛是她刚刚亲眼看到的似的。我发现,她讲得沉着冷静、绘声绘色,使故事听来真实可信。我正是采用了我外祖母的这种方法创作《百年孤独》的。"[①]小说通篇就采用了这种平静、节制的叙述语调,使行文生出巨大的张力,令人回味不尽。这种语调在文学中由来已久,卡夫卡的作品也钟爱它,其源头可以一直追溯到《圣经》中的叙述。《圣经》用朴实、简洁的语言和平静、节制的语调来讲述上帝的各种大能,由此凸显出上帝的权威和神圣。

《百年孤独》中的叙述语调也得自作者惯常使用的那些布满悖论的句子,比如"在最久远的回忆中寻求最后的慰藉","他坚信自己的大限早已注定,这信念赋予他一种神奇的免疫力和一定期限的永生,使他在枪林弹雨中毫发无伤,最终赢得一场比胜利更艰难、更血腥、代价更高昂的失败"。阿玛兰妲为自己织绣寿衣,白天织晚上拆,"却不是为了借此击败孤独,恰恰相反,为的是持守孤独"(第228页)。即便是突如其来的死亡和极度的悲伤,也在唯美的场景叙述中化为平静。

(3)象征和隐喻

《百年孤独》的故事叙述中充满了耐人寻味的象征和隐喻。作者借助象征和隐喻的方式,在马孔多与哥伦比亚乃至整个拉丁美洲的现实之间建立了奇妙的关联,令读者浮想联翩。马孔多小镇经历了一百年的沧桑变化,正是一百多年来拉丁美洲大陆多灾多难的历史的象征。小说中的马孔多人突然得了健忘症,还带有传染性,很快传遍全村,人们连日常生活用品的名字都忘记了,不得不用贴标签的办法与此顽症斗争。健忘症象征着人们对民族历史和文化的遗忘,当时殖民者枪杀了三千人,数目如此巨大的屠杀事件他们居然也很快就忘了。又比如蝴

[①] [哥伦比亚]加西亚·马尔克斯、P.A.门多萨:《番石榴飘香》,林一安译,南海出版公司2015年版,第34页。

蝶,"每到傍晚,黄蝴蝶便飞进家来。每天晚上从浴室出来,梅梅都能看到费尔南达用杀虫剂拼命扑杀蝴蝶"(第253页)。梅梅的情人马乌里肖出现的时候,蝴蝶就随之而来,当她看见最后一只黄蝴蝶在风扇扇叶间撞得粉碎,她便认定马乌里肖已死。蝴蝶象征着爱情。再比如蚂蚁,第六代奥雷里亚诺回到家,看到全世界的蚂蚁一齐出动,正沿着花园的石子路努力把孩子的干瘪的皮拖回巢去。蚂蚁的出现象征家族最后一个人的死亡和家族的灭亡,蚂蚁是死亡的象征。再比如"黄色",小说中作者曾三次写到小黄花。第一次写吉卜赛人梅尔基亚德斯把假牙放在杯里,牙缝里长出了开黄花的水生植物,不久他便死了。第二次是阿尔卡蒂奥·布恩迪亚送葬那天,"黄色花朵像无声的暴雨,在市镇上空纷纷飘落,铺满了屋顶,堵住了房门,遮住了户外的牲口"。第三次是布恩迪亚的水泥地裂缝里长出了小黄花,从此这个家族便日趋衰落,不久乌尔苏拉也寿终正寝。黄色总是与死亡联系在一起。黄色在西方文化里和东方是不一样的。拉丁美洲的文化和欧洲比较相近,黄色的出现总是代表一种衰弱、死亡和不幸。还有美人儿蕾梅黛丝,她不停地洗澡,超凡脱俗,光彩照人,纯洁无瑕,不可侵犯,任何一个对她产生欲望和爱情的男人都会暴死,因为美是不可亵渎的,她的美是凡人不可企及的,她就是美和神圣的象征。

小说中还有无所不在的隐喻。当奥雷里亚诺第二与佩特拉·科特斯疯狂热恋之时,家里的牛羊牲畜也蓬勃地繁殖,使家里的财富猛增;当乌尔苏拉死后,整个家一夜之间进入暮年,柔嫩的苔藓、杂草荆棘疯狂蔓延,蜥蜴泛滥,蛛网扯下后几个小时内就会重生,动植物的疯狂生长隐喻了家族的荒凉破落。

(四)精彩片段欣赏

● 译文选自

[哥伦比亚]加西亚·马尔克斯:《百年孤独》,范晔译,南海出版公司2012年版。

1. 奥雷里亚诺

奥雷里亚诺是在马孔多出生的第一个孩子,到三月就满六岁了。他沉默寡言,性格孤僻,在母亲腹中就会哭泣,来到人世时大睁着双眼。剪脐带的时候,他四下打量房间的东西,好奇却毫无惊惧地观察人们的脸庞。随后,他任凭人们凑过来看,自己却无动于衷,专注地望着棕榈叶铺成的屋顶,那屋顶在雨水的巨大压力下似乎即将坍塌。乌尔苏拉没再想起他那全神贯注的目光，直到有一天，三岁的小奥雷里亚诺走进厨房，正赶上她从灶台端下一口滚烫的汤锅放到桌上。孩子在门口一脸困惑，说："要掉下来了。"汤锅本来好好地摆在桌子中央，但孩子话音刚落，它便像受到某种内在力量的驱使，开始不可逆转地向桌边移动，掉到地上摔得粉碎。

（第13页）

奥雷里亚诺·布恩迪亚上校发动过三十二场武装起义，无一成功。他与十七个女人生下十七个儿子，一夜之间都被逐个除掉，其中最年长的不到三十五岁。他逃过十四次暗杀、七十三次伏击和一次枪决。他有一次被人在咖啡里投毒，投入的马钱子碱足够毒死一匹马，但他仍大难不死。他拒绝了共和国总统颁发的勋章。他官至革命军总司令，从南到北、自西至东都在他的统辖之下，他也成为最令政府恐惧的人物，但从不允许别人为他拍照。他放弃了战后的退休金，到晚年一直靠在马孔多的作坊中制作小金鱼维持生计。他一向身先士卒，却只受过一次伤，那是他在签署尼兰迪亚协定为长达二十年的内战画上句号后自戕的结果。他用手枪朝胸部开了一枪，子弹从背部穿出却没有损及任何要害部位。

（第92页）

她意识到奥雷里亚诺·布恩迪亚上校并非像她想的那样，由于战争的摧残而丧失对家人的情感，实际上他从未爱过任何人，包括妻子蕾梅黛丝和一夜风流后随即从他生命中消失的无数女人，更不必提他的儿子们。她猜到他并非像所有人想的那样为着某种理想发动那些战争，也并非像所有人想的那样因为疲倦而放弃了近在眼前的胜利，实际上他成功和失败都因为同一个原因，即纯粹、罪恶的自大。她最终得出结论，自己不惜为他付出生命的这个儿子，不过是个无力去爱的人。

（第219页）

然而，有太多女人以同样的方式进入他的生活，在他脑海中成为茫然一片，他记不起是否就是她在初会的狂热中几乎淹没在自己的眼泪里，并且在死前不到一小时还信誓旦旦要爱他到死。他不再想她，也不再想其他女人，端着热气腾腾的咖啡走进作坊，打开灯来数点存在铁皮罐里的小金鱼。有十七条。自从决定不再出售，他仍然每天做两条，等凑够二十五条就放到坩埚里熔化重做。他干了一上午活计，全神贯注，心无旁骛，没有察觉到十点的时候雨下大了，有人在作坊前叫喊着关门别让水淹到家里；他甚至忘掉了自我，直到乌尔苏拉端着午饭进来并关了灯。

（第232页）

以上片段是关于布恩迪亚家族第二代奥雷里亚诺·布恩迪亚的描述，他是小说中着墨较多的人物，是小说的主角。作者多次写到他的孤独的精神状态："愈觉孤独异常"，"孤独入骨"，"可怕的孤独"，"孤独的沉思和无情的决断"，"孤僻遁世的性格"，"孤独的硬壳"。他是布恩迪亚家族孤独气质的最集中的代表。作者通过他富于传奇色彩的一生，表现了哥伦比亚残酷而真实的战争历史。奥雷里亚诺发动了三十二场起义全部失败，他无法从失败中总结教训谋求进步，只是不断地重复徒劳的努力，二十多年的战争只是让马孔多伤痕累累，停滞不前。奥雷里亚诺和十七个女人生了十七个儿子，一夜间全部被杀，出生入死的斗争生涯让他逐渐变得冷漠多疑，没有一丝温情。最终，他骤然发现内战毫无意义，因为自由党人和保守党人的区别仅仅在于自由党人举行早祷，而保守党人举行晚祷，所以他否定了自己的所有努力，草率地结束了战争，转而回家制作小金鱼，彻底遁入孤独，将自己完全封闭起来。作者以夸张的手法描写了奥雷里亚诺的战争生涯，却真实而准确地揭示出哥伦比亚内战的本质和痼疾。

2. 生死交融的神奇世界

一个失眠的夜晚，乌尔苏拉到院子里喝水，就看见普鲁邓希奥·阿基拉尔待在大瓮边。他浑身青紫，神情忧伤，正努力用芦草团堵住咽喉上的空洞。她不觉害怕，只有同情。回到房间后她把所见告诉丈夫，但丈夫没有在意。"死人是不会出现的，"他说，"只不过我们自己受不了良心上的负担。"两晚之后，乌尔苏拉再一次在浴室里看见普鲁邓希奥·阿基拉尔，他正用芦草擦洗脖子上凝结的血痂。另一天晚上，她又看见他在雨中徘徊。何塞·阿尔卡蒂奥·布恩迪亚终于无法忍受妻子的幻觉，抄起长矛冲进院子。死人就在那里，神情忧伤。

"见鬼去吧。"何塞·阿尔卡蒂奥·布恩迪亚冲他喊道，"你来一次我就再杀你一次。"

　　普鲁邓希奥·阿基拉尔没走，而何塞·阿尔卡蒂奥·布恩迪亚的长矛也没敢出手。从那以后他再也无法安睡。死人在雨中望着他时流露出的无尽伤痛，对活人的深沉眷恋，在家中遍寻清水来润湿芦草的焦灼神情，总在他脑海里浮现，令他饱受折磨。"他一定很痛苦，"他对乌尔苏拉说，"看得出他非常孤独。"她很受感动，再看到死人——掀开灶台上的锅盖时，明白了他要找什么，从此便在家中各处摆上盛着清水的大碗。一天晚上，何塞·阿尔卡蒂奥·布恩迪亚在自己房间里遇见死人在洗伤口，终于再也无法忍受。

（第20页）

　　失眠引起的狂热令他筋疲力尽，以至于一天凌晨，当那个头发花白、行动迟缓的老人走进他的卧室，他一时竟没认出来。那是普鲁邓希奥·阿基拉尔。最终，他还是想了起来，惊讶于死人也会变老。何塞·阿尔卡蒂奥·布恩迪亚不禁怀念起往昔，一阵心潮澎湃。"普鲁邓希奥，"他高声喊道，"你怎么跑这么远来这儿了！"死去多年以后，普鲁邓希奥·阿基拉尔对活人的怀念如此强烈，对友伴的需求如此迫切，对存在于死亡之中的另一种死亡的迫近又是如此惧怕，最终对他最大的冤家对头萌生出眷恋。他找了很久。

（第68页）

　　那是在梅梅上学后不久，一个炎热的中午，她正在长廊里缝纫时看见了死神。她当下认了出来，没有丝毫恐惧，因为她面前是一位穿蓝衫的长发女人，外表有些老气，与昔日帮忙下厨的庇拉尔·特尔内拉有几分相似。费尔南达很多次也在场，却没有看见她，尽管她是那样真实，那样有血有肉，好几回还请阿玛兰妲帮忙穿针。死神并未说到她何时会死，也没告知她是否会死在丽贝卡之前，只是让她从四月六日起开始为自己缝制寿衣。死神应许她尽可以做得精美复杂，但要像为丽贝卡缝制时一样认真，还说她会死在完工的当天傍晚，死时没有痛苦、没有恐惧也没有烦恼。

（第243页）

　　第一部分和第二部分是鬼魂阿基拉尔的故事，阿基拉尔死后依然存在于尘世之中，他身上依然秉持活人的种种性情，可怜多于可怕。第三部分是阿玛兰妲与死神的照面，她们如此从容和淡定的相处，令人不寒而栗。句式采用了自由间接引语，使叙述者和人物之间保持了距离，使得死神形象愈发平易近人。《百年孤独》为我们呈现了一个人鬼共存、生死交融的神奇世界，小说中的死神和鬼魂并不可怕，他们仍然是活人的延续，与活人一样眷恋生存，也可与人进行正常的相处和交流，不同于传统文学中魑魅魍魉的恐怖世界。这样魔幻般的世界源自现实中哥伦比亚人的思想观念，认为死人并不会在这个世界上完全消失。

作者以极其平静的口吻讲述鬼魂的故事，令句子充满张力。

3. 羊皮卷的秘密

> 看完这本很多故事因为缺页没有结束的书，奥雷里亚诺第二开始破译手稿，只是这项艰巨的任务不可能完成。手稿上的字迹仿佛晾在铁丝上的衣服，比起文字来更像是音符。一个炎热的中午，他正在钻研手稿，忽然感觉字迹并非单独待在房间里。背对窗口的光线，梅尔基亚德斯坐在那里，手放在膝盖上。他还不到四十岁，穿着同一件不合时宜的坎肩，戴着同一顶鸦翼状礼帽，发间的油脂因炎热而融化，沿着苍白的鬓角流淌，与奥雷里亚诺和何塞·阿尔卡蒂奥孩童时所见一模一样。奥雷里亚诺第二立时认出了他，因为这份记忆代代相传，从祖父遗传到了他这里。
>
> "你好。"奥雷里亚诺第二说。
>
> "你好，年轻人。"梅尔基亚德斯说。
>
> 从那以后的好几年里，他们几乎每天下午都见面。梅尔基亚德斯为他讲起世上万事，想把古老的智慧传授给他，却不肯译出手稿。"不到一百年，就不该有人知道其中的含义。"他解释道。对于这些交谈，奥雷里亚诺第二终生恪守秘密。
>
> （第163—164页）

> 在一道清醒的电光中，他意识到自己的心灵承载不起这么多往事的重负。他被自己和他人的回忆纠缠如同致命的长矛刺穿心房，不禁羡慕凋零玫瑰间横斜的蛛网如此沉着，杂草毒麦如此坚韧，二月清晨的明亮空气如此从容。这时他看见了孩子。那孩子只剩下一张肿胀干瘪的皮，全世界的蚂蚁一齐出动，正沿着花园的石子路努力把他拖回巢去。奥雷里亚诺僵在原地，不

仅仅因为惊恐而动弹不得，更因为在那神奇的一瞬梅尔基亚德斯终极的密码向他显明了意义。他看到羊皮卷卷首的提要在尘世时空中完美显现：家族的第一个人被捆在树上，最后一个人正被蚂蚁吃掉。

（第358页）

当马孔多在《圣经》所载那种龙卷风的怒号中化作可怕的瓦砾与尘埃旋涡时，奥雷里亚诺为避免在熟知的事情上浪费时间又跳过十一页，开始破译他正度过的这一刻，译出的内容恰是他当下的经历，预言他正在破解羊皮卷的最后一页，宛如他正在会言语的镜中照影。他再次跳读去寻索自己死亡的日期和情形，但没等看到最后一行便已明白自己不会再走出这房间，因为可以预料这座镜子之城——或蜃景之城——将在奥雷里亚诺·巴比伦全部译出羊皮卷之时被飓风抹去，从世人记忆中根除，羊皮卷上所载一切自永远至永远不会再重复，因为注定经受百年孤独的家族不会有第二次机会在大地上出现。

（第359—360页）

以上片段展现了布恩迪亚家族几代人破译羊皮卷的过程。羊皮卷源自布恩迪亚家族的第一代何塞·阿尔卡蒂奥·布恩迪亚的好朋友，吉卜赛人梅尔基亚德斯。他曾多次来过马孔多，还在布恩迪亚家里住过一段时间，临死前他留下了神秘的羊皮卷，上面书写着奇怪的符号，神秘而诡异。直到小说的结尾，羊皮卷的秘密才得以破译，其预言完全应验。人物自身也常常感到来自命运的预示，所有人的命运以及马孔多的命运都在它们真正到来之前被提前预叙和暗示，使得小说通篇弥漫着宿命和哀伤的气息，成为一种独特的叙述风格。结局似乎早已注定，当现实应验的那一刻，是震撼人心的，使整部小说弥漫着一种宿命和恐怖的氛围。羊皮卷的出现，贯穿小说的全篇，如同引人入胜的悬念，扣人心弦，大大增加了小说的故事性和可读性，这也是《百年孤独》令全世界的读者痴迷的魅力之一。

第十九讲
索因卡《死亡与国王的侍从》

一、索因卡

渥雷·索因卡（Wole Soyinka，1934— ）是尼日利亚乃至南部非洲地区最负盛名的剧作家、诗人、小说家、评论家和翻译家。1986年，瑞典文学院主要因他创作的"丰富的、生气勃勃的、给人以艺术灵感的"[①]戏剧而将诺贝尔文学奖授予他，索因卡因此成为南部非洲第一位获此奖项的作家，现已被视为非洲最伟大的作家之一。

索因卡是约鲁巴族人，出生在尼日利亚西部城市阿贝奥库塔。他的祖父是一位有名的牧师，父亲是当地英国圣公会教会小学的校长，母亲是一个商贩。父母都是虔诚的基督徒，他们的家庭具有浓厚的基督教文化氛围。索因卡自幼受到双重文化的熏陶：英语和约鲁巴语同是伴随着他成长的语言，基督教的圣经故事和约鲁巴族名目繁多的精灵鬼怪传说纷纭交错地涌入他天真烂漫的心灵，在那里萌生出五光十色的奇幻想象，孕育成为他日后广阔的文化视野。

索因卡在阿贝奥库塔度过童年，11岁时离家到伊巴丹读中学，中学毕业后在

---

① ［瑞典］拉尔斯·格伦斯坦：《授奖词》，邵殿生译，［尼日利亚］渥雷·索因卡：《狮子和宝石》，邵殿生等译，漓江出版社1990年版，第447页。

拉各斯政府医药部门工作过一段时期，18岁考入伊巴丹大学，两年后转入英国利兹大学英文系。当时利兹大学的学生戏剧活动十分活跃，常常演出欧洲的古典戏剧和现代戏剧。在这样的氛围中，索因卡对戏剧的兴趣被诱发了起来。他积极参加学生剧团，如饥似渴地阅读古今戏剧作品。这段生活经历为他从事戏剧工作奠定了基础。

1957年大学毕业后，索因卡来到伦敦。1958年，他在伦敦皇家宫廷剧院开始了戏剧生涯。他不仅写剧本，而且做剧本审校，担任导演并参加演出。皇家宫廷剧院是20世纪50年代英国戏剧活动的中心，在那里，索因卡沉迷于伦敦的戏剧活动，开拓并丰富了视野。在此期间，他创作的剧本《沼泽地居民》（1958）、《新发明》（1959）、《狮子和宝石》（1959）等相继在伦敦和伊巴丹上演，获得出人意料的成功。

《沼泽地居民》是一出严肃的悲剧，展现了主人公伊格韦祖在传统的乡村社会生活与近代都市生活方式之间痛苦的彷徨，反映了作者对非洲前途的思考和迷惘。创作于同一时期的《狮子和宝石》则是一出风格迥异的喜剧。村里最漂亮、聪明的姑娘希迪像一颗宝石，有许多追求者，主要角逐对手是一名青年小学教师和村里的老酋长。小学教师是一位满口摩登名词、"连月亮也是西方的圆"的醉心西方文明的新派人物，但他没有钱，送不起彩礼。老酋长虽然年事已高，妻妾盈室，但他却有实力，能呼风唤雨，而且生财有道。务实的希迪最终选择了老酋长。该剧是对《沼泽地的居民》的传统与现代冲突主题的继续探讨，只不过是以轻松的喜剧形式表现出来。剧本的对话全部采用自由体诗句写成，朗朗上口，适宜朗诵。剧本的核心情节中穿插着载歌载舞的场面和以哑剧形式表演的戏中戏，洋溢着轻松愉快的喜剧氛围。

索因卡早期创作的这些剧本显示了索因卡对社会问题的关注，初步奠定了他在传统与现代之间确立创作主题的稳定选择。这些剧本叙事明晰，结构严谨，冲突鲜明，然而当时的艺术风格还不太清晰。

1960年1月，在尼日利亚独立前夕，索因卡回到了尼日利亚，在伊巴丹大学任戏剧研究员，致力于探索约鲁巴民间戏剧与西欧戏剧艺术结合的道路。在此期间，他先后组建了"1960年假面具剧团"和"奥里森剧团"，忙于开拓尼日利亚的新戏剧事业。与此同时，20世纪60年代上半期也是索因卡在创作上的丰收时期。《裘罗教士的磨难》（1960）、《森林舞蹈》（1960）、《强种》（1964）、《孔其的收获》（1965）、《路》（1965）等杰出戏剧作品先后上演并出版。此外,索因卡还发表了他的第一部长篇小说《阐释者》(1965)。

《森林舞蹈》的出现,标志着索因卡的戏剧创作走向成熟,个人的风格已经形成。这部为庆祝尼日利亚独立而创作的剧本,被诺贝尔文学授奖委员会赞誉为"非洲的《仲夏夜之梦》"。剧情围绕着所谓"民族大聚会"而展开,在神秘的森林这个大背景里,历史与现实共时,生者与幽灵同台,传统氛围与现代场景重合。作者把西方表现主义戏剧、荒诞派戏剧的创作手法与撒哈拉以南非洲传统的民间戏剧特征完美地结合在了一起。通过幽灵之口,索因卡发出"三百年啦,什么变化也没有,一切照旧"[1],以及"我已经活了三世,但第一个世界仍旧是我向往的"[2]的感慨。"一切照旧",现实不过是历史的循环与轮回,这是作者所努力提示的思想观点。剧中主要人物都意味深长地担负着历史与现实中的双重角色,通过这样的人物设置作者试图告诉观众:尼日利亚虽然独立了,但是现实依旧像过去一样充满着背叛、不义与暴行,活人对历史遗留的污点与问题讳莫如深,而死人对现实也大为不满。尼日利亚人应当正视历史,直面现实,才可能走出轮回的困扰。

《强种》是索因卡在这个时期创作的唯一一部严肃的悲剧。故事发生在非洲沿海地带的某个乡村。按照当地古老的风俗,每年除夕之夜,都要找一个外乡人作为牺牲或替罪羊,对他进行虐待,向他扔垃圾,追打他,直至驱逐出境或虐待致死。人们相信,通过这种仪式,可以把全村一年的罪恶和污秽除去。青年教师埃芒为了保护白痴孩子伊法达,自愿充当牺牲。在被追逐的过程中,埃芒的意识不断闪回到过去,从他断断续续的回忆中,我们知道在埃芒的家乡也有这种习俗,他的父亲就是一个负责每年把村里的污秽带走的人,不同的是,在他的家乡,这是一个备受尊敬的工作。当年为了逃避世袭的替罪羊的命运,埃芒离开了家乡。但是就像俄狄浦斯一样,埃芒还是落入了命运的罗网。被迫成为牺牲、被四处追逐的埃芒最终实现了精神的超越,他终于理解了父亲无比骄傲地宣告他们的家族是"强种"的意义。虽然埃芒死了,但是他的死却引起了村里人普遍的良心不安。通过这样一个故事,索因卡似乎在传达这样一个观念:非洲所面临的转变时期需要像埃芒这样以个人的牺牲来拯救社会的人,只有如此巨大的牺牲才能唤醒这个古怪世界的良心。

---

[1] [尼日利亚]渥雷·索因卡:《狮子和宝石》,邵殿生等译,漓江出版社1990年版,第159页。
[2] 同上书,第198页。

《路》是一部寓意深刻的两幕话剧,是作家的代表作之一。怪异的艺术构思,荒诞不经的剧情,令人莫名其妙的对话,曲折隐晦的影射与象征,使《路》成为索因卡最难理解、最有代表性的荒诞剧,其中明显可见西方荒诞派剧作家贝克特的影响。对于该剧的主题,尽管评论界众说纷纭,但是作家对现实的思考、对国家前途的忧虑之情穿透表面的晦涩文字,现实的指向还是清晰可见。在这个剧本里,"路"和"卡车"是与剧本主题密切相关的两个象征性意象。这条"路"不断地发生车祸,而跑在路上的"卡车"大都破旧不堪,常出故障。司机们违章驾驶,横冲直撞,更有那位汽车配件商店的老板"教授"给不合格的司机伪造证件,编造事故证明。司机们及其助手们在这里大谈特谈的话题就是死去的伙伴和车祸中丧生的乘客,还有那条充满凶险的路。可以看出,作者是用影射的笔法讽刺性地揭示内战前夕尼日利亚的危机四伏,就像被不称职的司机驾驶在危险道路上的破卡车,充满凶险。《路》中流露出了作者对尼日利亚社会出路的迷惘,弥漫于剧本的情绪是悲观的,那条连接着历史、又通向未来的路在作者笔下扑朔迷离、吉凶难料。

长篇小说《阐释者》讲述的是五个欧美留学归国的知识分子的遭遇。他们满腔热情地回国,希望用自己在西方学得的新知识回报祖国。但是内战前夕尼日利亚现实中存在的贪污受贿、营私舞弊、利欲熏心、盲目崇洋、虚伪庸俗、肮脏混乱等诸多弊端使他们离理想越来越远,不得不日益陷入迷惘、苦恼和绝望的泥潭。通过这些失路者的困惑,索因卡隐晦曲折地解释了国内种种问题的症结所在,是对社会问题的阐释,这也是作品名字的含义。除现实指涉之外,作品还表达了在索因卡的许多作品中始终萦绕着的历史循环观。贯穿作品始终的雕塑《众神像》在小说中具有重要意义。作者科拉用现实中的人物作为模特塑造众神像,表达了一种现实是历史的延续,历史可以用来解释现实的历史观。该小说被视作撒哈拉以南非洲最复杂的小说之一,不仅在于其主题复杂深奥,而且在于它吸收了西方意识流小说的表现技巧,大胆采用联想、回忆、梦幻等手法,把现在、历史、未来三个时空穿插在一起,其间的过渡并无任何语言的提示,时空跳跃幅度大,故事表面的叙述线索不连贯,呈碎片状。这种表达方法加上蕴含于文本深层的充满玄学色彩的撒哈拉以南非洲的哲学观、历史观,使得整个小说像一座迷宫,增加了阅读难度。

1960年至尼日利亚内战前夕这一时期,索因卡的创作风格渐渐有了变化,由主题清晰、风格朴素渐渐向追求象征性、哲理性、神秘性转变,索因卡自己的独特风格已经形成并日益成熟。

  1967年，部族纠纷导致尼日利亚爆发内战。索因卡因反对暴力、反对内战而被军政府逮捕入狱。在被囚禁的大部分时间里，索因卡被单独关押，没有人可以说话，没有书籍可以阅读，身心受到极大折磨。1969年战争结束前夕，索因卡被释放出狱。1971年，因不满军人政府的统治，索因卡实行了自我流放。此后直至1975年，索因卡大部分时间都在邻国加纳和欧洲渡过。这段时期，索因卡先后完成了倾泻内心愤慨的诗集《狱中诗抄》（1969）、剧本《疯子与专家》（1971）、随笔集《那个人死了——狱中笔记》（1972）、长篇小说《混乱岁月》（1973）等。这些作品大都是在狱中酝酿而成，它们的共同主题是控诉噩梦般的经历，抗议暴力，谴责强权。感情强烈、语言犀利构成这些作品的共同特色。

  1975年，尼日利亚国内形势好转，索因卡结束流亡生活，回到尼日利亚，在伊巴丹大学、拉各斯大学、伊费大学等高校担任教职。1985年，他被任命为联合国教科文组织所属的戏剧学院院长，1986年被全美文学艺术院聘为院士。他还与南非诗人丹·布鲁斯特一起创建了"非洲各族人民作家协会"，被选为该会总书记。归国后的索因卡的创作进入了一个新的阶段，在多个领域都有重大收获。在戏剧领域，除《死亡与国王的侍从》（1975）、《文尧西歌剧》（1977）、《未来学家安魂曲》（1983）、《巨头们》（1984）等剧本之外，他还创作了许多用意在宣传鼓动的时事讽刺短剧，如《回家做窝》（1978）、《失去控制的大米》（1981）、《重点工程》（1983）等。这些短剧形式活泼，有相当一部分在街头向群众演出后就完成了其历史任务，没有出版。此外，自传三部曲《阿凯：童年回忆录》（1981）、《伊萨尔：埃塞之旅》（1989）和《伊巴丹：动乱的年代》（1994），以及诗集《曼德拉的大地及其他》（1988）等都是这个时期的重要收获。而《神话、文学和非洲世界》（1976）、《艺术、对话和暴行》（1988）两部文学评论集则集中表达了索因卡的文学观和美学观，是理解索因卡创作的重要资料。索因卡的文学声望日高，在1986年获得诺贝尔文学奖。

  1993年6月，尼日利亚举行民主选举，这次大选最终以军政府中止"还政于民"的允诺的闹剧而结束，来自北方豪萨族的军人阿巴查上台执政，并随即宣布解散政府和议会，禁止一切政党活动和群众集会。索因卡多次组织公共集会表示抗议，他的名字再次上了政府的黑名单，他的剧本被禁演，书籍遭禁售，言论受到严密的监控。1994年，军政府下达对索因卡的逮捕令，索因卡不得不连夜逃离尼日利亚，再次流亡国外。在欧美流亡期间，索因卡利用自己的国际声望，继续反抗尼日利亚的军事独裁统治。他到处发表演讲，会见各国领导人，呼吁对尼日利亚的军事独裁政府实行制裁。尼日利亚军人政府对索因卡恨之入骨，1995年，索因卡被缺席审判，以叛国罪的罪名判处死刑。1998年6月，阿巴查因心脏病突然死亡，新政府撤销了对索因卡等人的"叛国罪"的指控。1999年2月，尼日利亚终于结束了军人政治，建立了民治国家。独裁政权倒台后，1999年索因卡接受了原伊费大学，现在的奥巴费米·亚沃洛沃大学（Obafemi Awolowo）名誉教授的头衔，但开出的条件是，这个大学必须禁止招收政府高级官员中的军官。

第二次流亡后的索因卡因全力以赴投身于社会活动，所以创作上处于相对低迷时期，鲜有新作问世。目前索因卡依然处于流散的生存状态，辗转于美国和法国等地。

索因卡不仅是一位文学家、学者，同时还是一位社会活动家。他积极参与国内政治，干预社会现实生活。他的创作也往往与他的现实关怀密切相关，具有强烈的战斗性。索因卡的身上有相信个人力量的拜伦的影子，在他看来，个人的行动能够影响社会的改变："作为不稳定社会环境的组成部分的个人的工作，能够唤起他所在社团的意识。"[①]对他来说，艺术家就应以激发社会新思想的倾向和引导社会变革为使命。作为尼日利亚文学界的一名斗士，索因卡的创作中也充满反抗奴役、号召社会变革的激情。

作为文学家的索因卡虽然在各个领域都颇有建树，但他首先是一位剧作家。索因卡的戏剧创作形式多样，有轻松的喜剧、幽默的闹剧、严肃的正剧、直截了当的时事讽刺剧、荒诞的哲理剧等。在艺术上，索因卡的创作深深扎根于南部非洲传统文化，尤其是约鲁巴文化。他不仅要表现非洲人的历史和现实，而且还要从传统文化中寻求精神资源，他往往按照约鲁巴族的神话思维构思情节，表现南部非洲独特的宇宙观、哲学观。同时他还把音乐、舞蹈、哑剧、挽歌、戏中戏等南部非洲传统戏剧元素吸收进他的戏剧创作，极大地扩大了戏剧艺术的容量。但是作为主要在欧洲完成教育的新一代知识分子，索因卡又深受欧洲古典戏剧和表现主义、荒诞派戏剧等现代戏剧的影响。双重文化的碰撞与融合成就了索因卡广阔的文化视野，使他成为"非洲的莎士比亚"。他的探索为非洲现代戏剧的发展

[①] Ketu H. Katrak, *Wole Soyinka and Modern Tragedy: A Study of Dramatic Theory and Practice*, Greenwood Press, 1986, p. 173.

指明了方向，开创了非洲戏剧的一个新的时代。

二、《死亡与国王的侍从》（*Death and the King's Horseman*）

（一）作品生成过程及中译本

《死亡与国王的侍从》于1975年创作完成并搬上戏剧舞台。该剧根据发生在欧尤的真实事件创作而成。欧尤是阿尔及利亚一个古老的约鲁巴王国。17世纪时，该王国声势达到顶峰。19世纪初，随着殖民势力的入侵，王国日趋衰落。1946年，在欧尤，"欧洛瑞·艾雷辛、艾雷辛的儿子和殖民地的地区行政官的命运交汇在了一起，并最终酿制《死亡与国王的侍从》中所呈现的悲惨结局"①。在真实历史事件的基础上，索因卡做了些改动："我在细节、事件的先后次序、当然也在人物刻画上，做了一些改变。为了剧作理论方面的一些不太重要的原因，我将事件发生的时间往前推了两三年，把时间设定在大战仍在进行时。"②

按照索因卡的说法，在他的《死亡与国王的侍从》之前，已经有人以此历史事件为原型，进行了艺术创作。"在英国殖民地政府的档案中，仍旧可以找到对这起事件的记载，约鲁巴作家杜若·拉迪波以这个事件为灵感，创作出了一处戏剧杰作《国王驾崩》。一家德国电视台也采用非法手段，以此事件作为题材拍摄过一部电影。"③

迄今为止，国内对于索因卡作品的翻译不够系统、及时、有计划。就戏剧来说，除了一些以丛书、选集、精选、导读等形式与其他作家的作品一起合集出版的个别作品及选段之外，最集中的一次对索因卡的翻译是1990年由漓江出版社出版、邵殿生等人翻译的索因卡戏剧集《狮子和宝石》，里面收录有《狮子和宝石》《沼泽地居民》《裘罗教士的磨难》《森林舞蹈》《路》《强种》《疯子与专家》七个剧本；此外，蔡宜刚翻译的《死亡与国王的侍从》，2003年由台湾大块文化出版社出版，2004年又由湖南文艺出版社推出，这是目前国内关于索因卡戏剧的唯一的单行本，也是《死亡与国王的侍从》唯一的中文译本。2015年，

---

① Wole Soyinka, *Death and the King's Horseman,* Methuen, 1982, p. 6.
② Ibid.
③ Ibid.

北京燕山出版社在"天下大师·索因卡系列"中，隆重再版1990年邵殿生等翻译的索因卡戏剧选集《狮子与宝石》，把蔡宜刚翻译的《死亡与国王的侍从》也收录其中。

（二）作品梗概

《死亡与国王的侍从》是一出五幕悲剧，它的情节并不复杂：殖民时期约鲁巴族的一位国王去世，按照当地的神话和习俗，他的侍从首领艾雷辛必须要在一个月以后举行一个自杀仪式追随国王而去。在准备自杀的一个月中，艾雷辛受到了族人们给予部族英雄的礼遇，大家愿意把最好的东西献给他。艾雷辛喜欢上了一个姑娘，而这个姑娘已经是市场领袖伊亚洛扎儿子的未婚妻。但出于对即将举行死亡仪式的艾雷辛的尊重，在伊亚洛扎的亲自操持下，艾雷辛和姑娘举行了婚礼。在仪式当天，死亡仪式受到了不理解这一习俗的英国殖民政府地区行政官皮尔金斯的干预，皮尔金斯强行将艾雷辛从仪式现场带走，并拘禁起来。皮尔金斯的行为在约鲁巴人中引起了愤怒和恐慌，因为在他们的观念中，如果这个仪式不能如期举行，世界就会陷入混乱甚至毁灭。最后代替艾雷辛完成这一死亡仪式的，是从国外赶回来预备为父亲送丧的长子欧朗弟，因为国王的侍从首领这个职位是世袭的。在监狱中，受到族人谴责、见到儿子尸体之后的艾雷辛，也最终用捆绑自己的锁链将自己勒死。原本由一个人完成的死亡仪式最终以父子两人的生命的终结而告终。

（三）作品分析

作为现代南部非洲的一名文化斗士，索因卡不仅在现实中积极干预社会生活，而且一直致力于建构南部非洲独立的戏剧美学，以期最终让南部非洲文学摆脱欧洲文学附属品的地位。《死亡与国王的侍从》在这方面具有代表意义，它以实践的形式表达了索因卡的戏剧美学观念。我们主要从三个方面对剧本进行分析。

1. 异质文化冲突主题

关于这个剧本的主题，存在很多争议。尽管索因卡在剧本的前言中予以否定，异质文化的冲突还是这个剧本最容易被捕捉到的一个表层主题。

在约鲁巴世界观里,一般认为有三重世界:祖先的世界、生者的世界和未来的世界。在三个世界之间,还存在一个连接起三个世界的中间通道,即第四空间。第四空间的通道必须打通,三个世界间的桥梁必须架起,否则,宇宙将会失去秩序,人类将会陷入灾难。在《死亡与国王的侍从》中,死去的国王代表着整个种族,而他的侍从首领则有义务和特权追随国王而去,替国王清除通道上的垃圾和障碍,帮助国王顺利地通过这条神圣的生命通道,重新连接起三个世界,整个种族才会重获生机。根据这个具有神话色彩的习俗观念,艾雷辛的自杀仪式是以牺牲个体生命的代价拯救整个种族,具有崇高的意义。

而作为西方文化代表的英国殖民地官员皮尔金斯和他的夫人珍不理解这个仪式对约鲁巴人的意义,他们从个体生命应该被珍视、"生命从来都不应该被随意舍弃"①的人文主义观念和禁止自杀的基督教文化观念出发,把这个仪式视作"野蛮的习俗"和"封建余毒",强行中断艾雷辛的自杀,最终导致更惨痛的悲剧的发生。站在皮尔金斯的文化立场上来看,他的干预行为是出于好意,无可厚非。

很明显,不同的文化对生命和死亡的不同理解是导致悲剧发生的直接因素。然而作为殖民官员的皮尔金斯如果能对约鲁巴文化多一份尊重和理解的愿望,悲剧或许可以避免。但是皮尔金斯没有做到或根本不想去理解异质文化。他与夫人珍穿着当地死亡制服准备出席化装舞会时,警官阿姆萨、家仆约瑟这些当地人都恐怖万分,明确告诉他们这种服饰是"属于死的仪式,不是给人类的"(第34页),可他们还是不予理睬,依然我行我素。留学欧洲的欧朗弟与带着埃冈冈面具(约鲁巴民俗文化中死去祖先的面具)参加化装舞会的珍的谈话一针见血:"我已经花了四年的时间和你们国家的人民相处。我发现,贵国人民并不尊重那些你们不了解的事物。"(第72页)对异质文化的这种漠视态度多少反映了一些优越的殖民心态,这是不能促成有效交流和理解的重要原因。欧朗弟对此评论道:"你们最伟大的艺术是生存的艺术,但是至少要保有谦卑之心,让其他人也能依照他们自己的方式生存。"(第76页)

---

① [尼日利亚]渥雷·索因卡:《死亡与国王的侍从》,蔡宜刚译,湖南文艺出版社2004年版,第73页。以下凡引用该作品,只在括号中标明页码,不再逐一详注。

2. 富有约鲁巴传统文化意识的悲剧观念

但是，对于文化冲突这个主题，索因卡自己在该剧的作者说明中却明确表示反对："这种体裁的死亡主题一旦被创造性地使用，就很容易得到'文化冲突'的套话，这是一个有成见的标签，……它预先假定了一个前提：在本土文化真实的土壤中，外来文化和本土文化在每一个假定情境中有潜在的平等。"[①]在索因卡看来，这种预先的假定思维恰恰落入了西方的二元对立话语模式，在本土文化土壤之中追求与外来文化的平等实质上是以潜在的不平等话语的存在为前提的。

从作家的创作意图上来看，这部剧本的创作目的，就是以创作实践来实现索因卡构建出的不同于西方悲剧传统、富有约鲁巴传统文化意识的悲剧观念，即具有神话色彩的仪式悲剧。在《第四舞台：通过奥冈神话直抵约鲁巴悲剧的根源》等论文中，索因卡提出：约鲁巴神话中作为"创造之神、路的保护人、技术之神、艺术之神、探索者、猎人、战神和神圣誓言的监护人"[②]的大神奥冈，是约鲁巴玄学体系中第四空间的第一个探索者和征服者。他牺牲自己拯救集体是为了穿透现象，去揭示存在的实质。因而，他的悲剧是崇高的存在悲剧，在约鲁巴悲剧中具有原型意义。在索因卡看来，关于奥冈的神话最能体现约鲁巴的玄学思维和文化意识，所以现代约鲁巴悲剧舞台上应该以各种变相的方式，反复上演奥冈征服第四空间的悲剧，这种悲剧实质上是"仪式悲剧"。

在《死亡与国王的侍从》这个剧本中，按照索因卡的"仪式悲剧"观念，几个人物都有鲜明的指向性：国王代表死者的世界，艾雷辛的新娘代表生者的世界，艾雷辛和她结合之后有可能孕育出的胎儿代表着未来的世界，而艾雷辛自己则是第四空间的征服者，他要在国王之前，打通连接着三个世界的通道，让国王平安通过这个通道，只有这样，宇宙才会重建均衡和谐的秩序，生命也才会继续往下延续，国王的子民才会得救。正如大神奥冈这个转换深渊的第一个征服者的行为是为了人类的福祉一样，艾雷辛的自杀也是为了同胞的集体利益，所以他的自杀行为本身就有一种普罗米修斯式的悲剧的崇高。由人物的设计来看，《死亡与国王的侍从》的基本情节结构就是一出模仿奥冈征服第四空间的"仪式悲剧"。自杀仪式中的任何环节在约鲁巴人的意识中都有和存在终极的神秘关联。这个剧本的中心情节就是沿着艾雷辛的自杀仪式和约鲁巴人的玄学体系的关系的

---

① Wole Soyinka, *Death and the King's Horseman*, Methuen, 1982, p. 6.
② Wole Soyinka, *Art, Dialogue and Outrage: Essays on Literature and Culture*, Methuen, 1993, p. 38.

理解而展开。

然而，对第四空间的征服意味着个体自我的牺牲，其间交织着分裂的痛苦。帮助英雄克服分裂的是意志。在《死亡与国王的侍从》中，出现了死亡仪式的中断。表面上看来，死亡仪式的中断是因为殖民官员的干预，但关键因素却来自艾雷辛自己：艾雷辛的意志不够坚定，没有能克服对尘世的留恋和抛弃自我的不安。在囚禁中，他告诉他的新娘："我的弱点不仅来自对白人的憎恨，他们粗暴地闯入我逐渐消失的存在，欲望的重量也落在我附着于大地的四肢之上。"（第92—93页）在白人干预之前，他的腿已经因为对尘世的留恋而变得沉重，但紧接着，他又说道："原本我可以将它摆脱，我已经抬起我的双脚，但后来白鬼闯入，于是一切都被玷污了。"（第93页）真正使他成为其信仰的背叛者的，正如他对市场领袖伊亚洛扎所说的，是思想上的亵渎，是因为他想到"在异邦人介入的事件里，或许有着诸神的旨意"（第98页）。在恍惚状态中，艾雷辛似乎看到了神对个体欲望的承认，才延迟了他进入神秘通道的脚步。艾雷辛的犹豫多少反映了索因卡的困惑：索因卡一直致力于挖掘本土的文化资源，但是作为在西方接受教育的作家，对个体存在价值的尊重已构成他的心灵结构的一个组成部分，所以当个体利益与集体利益发生冲突时，二者之间的选择不可避免地在他的意识中会出现某些彷徨。这就使《死亡与国王的侍从》这部以体现约鲁巴神话秩序为创作主旨的剧本中，渗透进了一些现代意识。

在约鲁巴人的感觉里，艾雷辛的犹豫差点给约鲁巴人带来灾难，是具有坚强意志的欧朗弟的自我牺牲为家族、也为约鲁巴人挽回了危局。作为被送到英国学习医学的新一代知识分子，选择了向传统文化返航，这个情节设置本身就有力地说明了传统文化的力量，也体现了索因卡在彷徨之后最终的文化选择。

3. 诗意的戏剧艺术形式

作为索因卡心目中的约鲁巴悲剧，在艺术表现手法上，《死亡与国王的侍从》融入了大量约鲁巴传统文化元素。

因为剧本的中心围绕一场反映集体意识的自杀仪式展开，所以戏剧中充满了大量仪式用语，这些仪式用语都是采用自由体诗句的形式，意象玄奥，辞藻华丽，极富装饰性。艾雷辛与走唱说书人的对唱问答、由市场大妈组成的合唱歌队的应和，既是作为死亡仪式的组成部分，也是推动情节发展的重要部分，同时也赋予整个剧本的语言以优美的诗意。

此外，这部戏剧还以音乐为第二语言，以舞蹈为第三语言。伴随自杀仪式过程的，始终是具有民族特色的鼓声、挽歌、舞蹈这些艺术形式。戏剧开场时的艾雷辛富有活力，他的精神是愉悦的，他的动作、语言、舞蹈和歌唱都充满感染人的力量。在整个自杀仪式举行的过程中，艾雷辛一直处于众人的包围之中，这些人都是具有象征意义的：走唱说书人既是自杀仪式的引导者，又是死去了的国王的代言人，不断地向艾雷辛发出召唤；而市场大妈们组成的众人则起着合唱队的作用，代表着约鲁巴集体意识。在鼓声显示艾雷辛上路的时刻到来时，在走唱说书人的引导下，在合唱队的挽歌中，艾雷辛跳起了转换深渊的舞蹈。通过和走唱说书人的对唱问答，艾雷辛向他的族人们报告转换深渊边缘的幻象，传递神的意愿，他们之间的问答和对唱相当于宗教记忆中的礼拜仪式。而在仪式悲剧的高潮时刻，即悲剧英雄即将完成自杀仪式的那一时刻，没有任何语言能够表达约鲁巴哲学的这一终极时刻，只有音乐才可以表现。在自杀仪式的最后时刻，"艾雷辛似乎情感失控。他手舞足蹈，完全沉浸在恍惚出神的状态"（第64页），与此同时，"挽歌涌现，声音更加响亮，情感更加浓烈"（第64页）。总之，自由体诗、音乐、舞蹈这些具有约鲁巴民族特色的艺术元素的使用，共同营造出了一个具有鲜明地域特征和生机活力的诗意戏剧世界。

总之，尽管对《死亡与国王的侍从》这个剧本表达的悲剧观念和"死亡仪式"背后的迷信因素在尼日利亚国内外都还存在很多争议，但作为成功地实践了索因卡关于约鲁巴传统悲剧理论的典型范本，《死亡与国王的侍从》在索因卡的创作中具有重要意义。也正是在这个意义上，诺贝尔文学奖授奖词中称这部作品为"一部真正的戏剧力作，思想丰富，寓意深厚"[①]。

（四）精彩片段欣赏

● **译文选自**

[尼日利亚]渥雷·索因卡：《死亡与国王的侍从》，蔡宜刚译，湖南文艺出版社2004年版。

---

① [瑞典]拉尔斯·格伦斯坦：《授奖词》，邵殿生译，见[尼日利亚]渥雷·索因卡：《狮子和宝石》，邵殿生等译，漓江出版社1990年版，第446页。

1. 死亡制服

阿姆萨（结巴得厉害，以颤抖的手指指着皮尔金斯的服装）："皮驴金先生"……"皮驴金先生"……

皮尔金斯：你是怎么回事？

珍（正走出来）：亲爱的，是谁来了？噢，阿姆萨。

皮尔金斯：对，是阿姆萨，他的行为诡异至极。

阿姆萨（他的注意力现在转向皮尔金斯夫人）：夫……夫……夫人……你也是！

皮尔金斯：你究竟是怎么搞的！

珍：亲爱的，你的衣服。我们为化装舞会准备的奇装异服。

皮尔金斯：噢，该死，我全忘了。（他把头上的面具摘掉，露出脸孔，他的太太随即也把面具取下。）

珍：我认为你已经吓到他那颗善良异教徒的心了。

皮尔金斯：胡扯，他是个回教徒。不会吧，阿姆萨，你不会相信这一派胡言吧？我想，你是个虔诚的回教徒。

阿姆萨："皮驴金先生"，我求求你，长官，你怎么想你处理那个衣服？它属于死的仪式，不是给人类的。

皮尔金斯：噢，阿姆萨，你真扫兴。就在那个会馆，你知道的，我才斩钉截铁地说——感谢上帝，阿姆萨他不相信任何怪力乱神。现在呢，看看你。

阿姆萨："皮驴金先生"，我求求你，脱了它。对你这样的人，碰那个衣服不是好的。

……

珍：噢，阿姆萨，那套衣服到底有什么让人恐惧的？你也看到，这是上个月从那些参加埃冈冈的人那儿没收的，这些人在城里制造事端，你自己还帮忙逮捕了领导仪式进行的那些人——如果巫术在当时没有对你造成伤害，它现在怎么可能伤害你？而且也不过就是瞧它几眼？

阿姆萨（目光依然朝上）：夫人，我逮捕做坏事的首领，不过我自己，我不碰埃冈冈。那个埃冈冈的东西，我不碰。而且我不说它坏话。我逮捕做坏事的首领,但是我对待埃冈冈有尊敬。

皮尔金斯:真是拿你没办法。我们不过是要怀念一下整场舞会最好的部分。只要他们有这种风俗,你就怎么也使不上力。怎么做都是对牛弹琴。阿姆萨,把你的报告或随便什么都好,写在那本便笺簿上,然后不要让我在这儿看到你。走吧,珍。我们待在这儿只会让多愁善感的他更加心烦意乱。

(第33—36页)

这段引文摘自第二幕。英国殖民政府地区行政官皮尔金斯和夫人珍为即将举行的化装舞会准备的服装是约鲁巴人的死亡制服,头上戴的面具是约鲁巴民俗文化中死去祖先的面具,他们只是为了在化装舞会中引人注目,却不想引起了当地人的恐惧和不满。为白人政府服务、力求欧化的当地警官阿姆萨见到两人的装扮后,也难以接受,心烦意乱。阿姆萨的反应背后是当地的习俗力量,皮尔金斯对此习俗表现得很不耐烦。通过这么一个围绕化装舞会的服装引起的不安,作者非常简洁精准地抛出了如何对待异质文化的问题。

2. 艾雷辛的自杀仪式

走唱说书人:艾雷辛阿拉棻,你能否听到我的声音?

艾雷辛:模模糊糊,我的朋友,它听起来模糊不清。

走唱说书人:艾雷辛阿拉棻,你能否听见我的呼唤?

艾雷辛:隐隐约约,我的国王,你的声音虚弱黯淡。

走唱说书人:你的记忆是否完整无缺,艾雷辛?
  我的声音是否该像一片草叶
  撩拨往昔令人不快的一面?

艾雷辛:我的记忆毋需刺激,但是你希望对我说些什么?

走唱说书人:我想说的都已经说了。我想说的仅与众人之父临终的愿望有关。

艾雷辛:父的愿望犹如甘薯种子埋藏我心
  这是疾疾的雨季,
  此刻正是作物该当收成的时节。

走唱说书人:如果你不能前来,我说过了,请对我发誓保证

　　　　　　　你会告诉我的爱驹。我将
　　　　　　　继续前行，独自穿越天门。
艾雷辛：惟有艾雷辛那忠诚不贰的心停止跳动
　　　　他的口信才会被获悉。
走唱说书人：假若你不能出现，艾雷辛，告诉我的爱犬。
　　　　　　我无法让它在天门久留
　　　　　　苦苦等候。
艾雷辛：狗儿不会从喂养者的手中逃脱。
　　　　会让骑士跌落的马儿缓缓停下脚步。
　　　　艾雷辛阿拉莱不会把国王和他同伴之间的口信托付给任何动物。
走唱说书人：要是你迷路了
　　　　　　我的爱犬会为你指引那条隐秘小径
　　　　　　让你找到我。
艾雷辛：那些七岔的路口，只会困惑异邦人。
　　　　国王的侍从诞生在屋子的僻静之处。
　　　　……
艾雷辛（他的声音疲惫无力）：我已超脱这凡尘俗世，此刻夜色慢慢降临。
　　　　　　　　　　　　　　陌生的声音引领我的步伐。
走唱说书人：河流从未如此高涨，
　　　　　　遮蔽了鱼的眼睛。夜色并非如此阴暗
　　　　　　致使白化症的患者找不到路回家。孩子
　　　　　　走在回家路上，并未渴望有人牵手引领。
　　　　　　长日将尽假面优雅地返回他的树丛……
　　　　　　优雅地。假面优雅地舞动，
　　　　　　在长日将尽之际返家，优雅地……
（艾雷辛的恍惚出神似乎益发强烈，他的步伐越来越沉重。）
伊亚洛札：战争的死神杀死了骁勇的战士
　　　　　让泅泳者溺毙的是水之死神
　　　　　市场的死神杀死了商人
　　　　　优柔寡断的死神夺走无所事事的性命
　　　　　短刃的弯刀辗转交易，刀锋因此不再锐利

> 美丽的事物凋谢于美感的幻灭。
> 为了让死亡的死神消失，得赔上艾雷辛的一条性命……
> 死亡的死神无法捉摸，
> 惟有艾雷辛……为它做出牺牲……
> 优雅地，侍从优雅地返回马厩，
> 在长日将尽之际，优雅地……

走唱说书人：我该如何讲述我目睹的事情？侍从在信差前面竭力奔驰，我该如何讲述我曾经目睹的事情？他说，一只狗可能会被陌生的气味迷惑，气味来自他从未梦想过的，所以他必须早它一步来到天堂。他说，一匹马可能会被不熟悉的卵石绊倒，跛足难行，所以他赶在马儿之前，急驰狂奔来到天堂。他说，最好别信赖会在天门之外犹豫畏缩的信差；噢，我该如何讲述我亲耳听闻的事物？但你是否仍听到我的声音，艾雷辛，你是否听见你最忠实朋友的声音？

（艾雷辛的动作看来好像在敏锐地感受声音来自何方，但结果却是更加沉浸在他自己出神恍惚的舞步里。）

> 艾雷辛阿拉荼，我再也感受不到你的血肉之躯，此刻，繁复的鼓声纷至沓来，但你已远远走在世人之前。天堂的时间还未到正午；让那些声称已是正午时分的人展开他们自己的归乡旅程吧。所以，你何须张皇失措，像个不耐烦的新娘：你何必急驰狂奔，遗弃了你的欧洛杭—伊欧？

（艾雷辛现在完全沉浸在出神状态，对周遭的一切不再有所知觉。）

> 格别度的深沉鼓声当时是否笼罩着你，犹如王室大象沉重的步伐？那些鼓声无法容忍任何匹敌者的存在，它们是否已经封阻你的双耳，让我的声音随风飘散，化成漂浮在夜空中的一片孤叶？艾雷辛，你的肉身是否变得轻盈，我为了让你多待片刻，而在你鞋里放置的那块泥土，是否正从你脚上缓缓洒落？彼岸的鼓声和我们在欧苏玻的鼓声和着相同的节奏击鸣。那儿是否存在我无法听见的鼓声，你周遭沉重的脚步是否有如格别度，抑或如同雷声轰鸣，响彻这世界的穹窿？艾雷辛，漆黑幽暗是否正从八方汇聚到你脑中？此刻，神圣通道的

尽头是否有一道光线，一道我不敢逼视的光线？我们经常听闻的那些声音，我们不时感受到的那些碰触，还有当那些绝顶聪明的人已然摇头喃喃着"不可能"的时候，我们心里灵光乍现的智慧，这光线是否能揭露这声音这碰触这智慧谁属？……你是否将会见我的父亲？你会不会告诉他，我陪伴你直至最后一刻？我的声音会在你的耳畔回响片刻，你是否会记得欧洛杭—伊欧，即使彼岸的音乐淹没你临死的身躯？彼岸的他们是否会认识你？他们是否有眼光来衡量你的价值，他们是否有勇气来爱你，他们会不会知道，身上披挂着象征荣誉的装饰、欢快地走向他们的是什么样的良驹。倘若他们无法办到，艾雷辛，倘若那儿有人以不起眼的小刀为你剖切甘薯，或是以小葫芦斟酒给你，你就转身回头，回到欢迎你的怀抱。那世界若非如欧洛杭—伊欧所期许的更加美好，我不会让你离去。

（艾雷辛似乎情感失控。他手舞足蹈，完全沉浸在恍惚出神的状态。挽歌涌现，声音更加响亮，情感更加浓烈。艾雷辛的舞步不失其灵活，但他的姿态，如有可能，甚至变得更加沉重。舞台上的灯光渐暗渐灭。）

（第58—64页）

这段引文摘自第三幕。为了整个部族的利益，在为国王举行葬礼前，侍从首领必须要举行自杀仪式，帮助国王顺利通过转换通道，人间才会重获生机，宇宙才会复归秩序。因此约鲁巴社会为艾雷辛举行隆重的自杀仪式，走唱说书人既是仪式的主持者，又是国王的代言人，他与艾雷辛的对唱应答传递出了这场仪式对于集体的重要拯救意义。辞藻华丽的自由体诗、音乐、舞蹈这些具有约鲁巴民族特色的艺术元素的使用，共同营造出了一个具有鲜明地域特征和生机活力的诗意戏剧世界。

3. 生命的态度

欧朗弟：你……嗯，你的气色看起来也相当不错，皮尔金斯太太。从一些小地方就可以看得出来。

珍：噢，你是说这个。这东西引起了轰动，真的，虽然不是它的所有一切都非常讨人喜欢。希望你没有受到惊吓。

欧朗弟：我为什么会受到惊吓？不过，难道你不觉得，穿着这个会相当燥热吗？你一定觉得浑身透不过气。

珍：嗯，我必须承认，是有点热，但是这东西的一切都有令人满意的理由。

欧朗弟：什么理由，皮尔金斯夫人？

珍：所有这一切。这场舞会。还有殿下亲临会场，以及一切的一切。

欧朗弟（语气温和）：那就是你用来亵渎我们祖先面具的好理由？

珍：噢，所以你毕竟还是受到了惊吓。真是令人失望。

欧朗弟：不，我并未感到震惊，皮尔金斯太太。你忘了，我已经花了四年的时间和你们国家的人民相处。我发现，贵国人民并不尊重那些你们不了解的事物。

珍：噢，所以你抱着寻衅好斗的姿态返乡。真是可惜，欧朗弟。我感到遗憾。

（陷入一阵令人不自在的静默。）

这样看来，整体来说，你并不觉得待在英国是有益的。

欧朗弟：我不是这个意思。我发现你的同胞在许多方面的表现令人敬佩，好比他们在这场战争中的表现和他们的勇气。

珍：啊，这场战争。当然，对这里来说，它极其遥远。我们这儿不时会有灯火管制的演习，但这只是用来提醒我们，有场战争正在进行。平日罕见的巡航舰通过航道，前往预定的目的地，或是进行演习。提醒你偶尔会有些激动人心的事情发生，好比那艘在港湾里被炸毁的船。

欧朗弟：这里？你是说，因为敌人的行动。

珍：噢，不。那场战争还不曾如此逼近。是船长自己把它炸毁的。我对于这件事的来龙去脉不是很了解。赛门曾经跟我解释过。他说那艘船必须炸毁，因为它已经给其他的船只带来危险，甚至对这个城市本身也是。如果不这么做，数百名沿海的居民或许会因此丧生。

欧朗弟：可能那艘船装载了军火弹药，并且已经起火燃烧。或者装载了一些他们一直在进行实验的致命毒气。

珍：有点像是那样的东西。船长和那艘船同归于尽。从容不迫的。赛门说过，得有个人留在船上点燃引信。

欧朗弟：那必定是一条非常短的引信。

珍（耸耸肩）：关于引信，我所知不多。我只知道没有其他方法可以拯救那些生命，没有时间可以想出其他的方法，所以船长当机立断，并且付诸实行。

欧朗弟：对……这一点我完全相信。我在英国就遇过像这样的人。

珍：噢，你看看！我欢迎你回来的方式真是别致，用这么病态的新闻。这则新闻也过时了。这事至少发生在六个月以前。

欧朗弟：我一点也不认为这新闻有什么病态。我倒觉得它相当能激励人心。这是一种对生命抱持肯定态度的评论。

珍：什么是对生命抱持肯定态度的评论？

欧朗弟：船长牺牲自我的行为。

珍：胡扯。生命从来都不应该被随意舍弃。

欧朗弟：那么在海港附近的那些无辜居民呢？

珍：噢，这种事谁知道呢？说不定这整件事根本就是被夸大了。

（第71—74页）

这段引文摘自第四幕。专程从英国归来为父亲治丧的欧朗弟来到总督府邸寻找皮尔金斯时，和皮尔金斯的夫人珍对谈。这段对话富含文化信息。一方面，这段谈话发生在化装舞会之后，珍身上还穿着约鲁巴人的死亡制服，因此，两人的谈话延续了第一幕中出现的话题，继续探讨英国人对待异质文化的态度的问题。珍和她的丈夫皮尔金斯对约鲁巴人的态度算是友善的，但却无法理解约鲁巴人，因为他们的态度中缺乏基于平等的尊重，正如欧朗弟一针见血指出的："我已经花了四年的时间和你们国家的人民相处。我发现，贵国人民并不尊重那些你们不了解的事物。"另一方面，两人的谈话过程中引入了一个"港湾里被炸毁的船"的新闻，对这个新闻，珍和欧朗弟的评价并不一致，不一致的原因是两种不同的文化对于个体生命的不同态度。珍从欧洲人文主义传统对个体生命的珍视和禁止自杀的基督教观念出发，坚持"生命从来都不应该被随意舍弃"，因而认为这则新闻是"病态的新闻"。而欧朗弟则从约鲁巴人的集体主义立场出发，肯定那个为了几百沿海居民的生命安全而引爆船只自杀的船长"对生命抱持肯定态度"。

第二十讲
弗兰纳根《深入北方的小路》

一、弗兰纳根

理查德·弗兰纳根（Richard Flanagan, 1961—　）是澳大利亚近年来出现的一位非常具有澳大利亚特色且取得世界声誉的优秀作家。在评论界，他有"澳大利亚的海明威"之称。澳大利亚文学史上还有多位值得放在这里介绍的作家，比如第一位赢得诺贝尔文学奖的澳大利亚作家帕特里克·怀特，再比如2006年移民并成为澳大利亚公民的另一位布克奖与诺贝尔文学奖双料得主J. M. 库切等。但是本书重点推荐这位仍然在世的当代澳大利亚作家，主要是因为他的多元化视野以及文本创作的功底注定这位作家不仅仅是澳大利亚文学史上的巨匠，也将是世界文学的重要组成部分。他用12年的时间写出来的小说《深入北方的小路》为他赢得2014年度布克奖的桂冠。

理查德·弗兰纳根是土生土长的澳大利亚塔斯马尼亚人，童年在塔斯马尼亚西海岸的偏远矿镇罗斯伯里（Rosebery）度过。19世纪40年代，他的祖先从爱尔兰来到塔斯马尼亚。他的父亲在第二次世界大战期间沦为日军战俘，被迫参与修建那条有"死亡铁路"之称的泰缅铁路线。他的妻子玛杰达·萨莫拉杰是斯洛文尼亚移民。弗兰纳根本人是牛津大学的硕士毕业生，但是他并不是天生学霸的类型。按照他自己对笔者的讲述，他儿时曾经有一段时间在语言表述方面存在障碍，所以要用字卡表达自己的意思。也许正是这种儿时的经历为他成年之后以文字为生提供了契机。弗兰纳根16岁就从高中辍学，做过门童、搬运工和河道向导等。在社会闯荡6年之后，22岁的弗兰纳根回到校园，到塔斯马尼亚大学攻读学士学位，并以优异的成绩毕业。之后，他申请到罗德奖学金（Rhodes Scholarship），在英国牛津大学伍斯特学院继续深造，并取得历史学硕士学位。牛津大学毕业的弗兰纳根并没有留在欧洲，而是回到自己的祖国继续从事创作。

到目前为止，弗兰纳根已经出版了7部小说，这些作品都与他的生活经历相关。他的小说处女作《河道向导之死》来自其亲身经历。在他辍学在塔斯马尼亚州富兰克林河（Franklin River）上做河道向导期间，曾经发生过一次事故，他坠入水中，被人们发现时几乎死亡。这一事件曾被当地的报纸长篇幅报道。弗兰纳根在作品中，通过对向导濒死时刻获得的"幻象"的描述，讲述了塔斯马尼亚作为罪犯流放地的悲惨历史，痛斥了英国殖民主义者对美丽的大自然，特别是这块土地上繁衍生息的土著人的残忍践踏。这本书对塔斯马尼亚风景的优美描述以及深刻的寓意受到读者和学界的高度评价，荣获澳大利亚的两个区域大奖——维多利亚总理文学奖和南澳大利亚总理文学奖，并入选澳大利亚文学界最重要奖项——迈尔斯·富兰克林奖的短名单。

弗兰纳根的第二部小说《只手之声》延续了第一部小说中对塔斯马尼亚自然风光的热爱以及对欧洲移民（作为次要情节）的关注。该作品讲述的是第二次世界大战后斯洛文尼亚移民在塔斯马尼亚的挣扎与困境。与第一部充满玄秘色彩的《河道向导之死》不同，《只手之声》较为写实，但是书中仍然充满了象征和隐喻。该小说获得了1998年的迈尔斯·富兰克林奖。弗兰纳根又亲自将这部小说改编为同名电影，并入围1998年第48届柏林国际电影节的"金熊奖"提名。

2001年，弗兰纳根的第三部小说《古尔德的鱼书》问世，并在2002年获得英联邦作家奖。这本书源自他在博物馆里看到的一位流放犯绘制的栩栩如生的鱼的素描图。他从这位流放者的角度重写过去的殖民历史。与他的第一部小说相似，这部小说采用魔幻现实主义的手法以及多重叙事风格的糅合，是典型的后现代作品。

弗兰纳根在2006年出版的第四部小说《未知的恐怖分子》中从历史走回到现实世界。作者把视角聚焦于一个失控的当代社会。这部作品反映了弗兰纳根对"9·11"事件后世界局势的回应和思考。与库切的《等待野蛮人》相似，作品在警告人们，当局以反恐为借口所发起的对待所谓野蛮人的行径只会给人们带来更多的不知名的恐惧，将他们推向绝望与崩溃的边缘，最终被摧毁的是个体的尊严和自由。有评论者认为该作品是"后9·11时代的精彩沉思"。

弗兰纳根的第五部小说《欲》重新回到了他熟悉的澳大利亚殖民地的历史，描写的是澳大利亚土著人的遭遇。故事发生在19世纪的塔斯马尼亚和伦敦。主人公是塔斯马尼亚殖民地总督、英国的北极探险家约翰·富兰克林爵士和他收养的土著孤儿。故事中还出现了英国作家查尔斯·狄更斯。在两地纷繁交错发生的故事展现的是塔斯马尼亚土著居民种族灭绝的悲惨遭遇以及英国人征服的欲望。该书获得西澳大利亚总理文学奖、昆士兰总理文学奖以及塔斯马尼亚图书奖。

弗兰纳根的第六部小说《深入北方的小路》就是本书中重点介绍的一本，是一部有关澳大利亚第二次世界大战记忆的小说，在后面会重点介绍与分析。

弗兰纳根最近出版的第七部作品是《第一人称》，讲述的其实是作者早年为名人代笔写传记的经历。书中的主角基夫梦想成为一名小作家，却不得不到处做各种烦人的代笔工作。在接受英国《卫报》关于这本书的采访中，他明确地表达了自己对文学创作的态度："小说不是谎言，而是一种必要的真相。……若没有小说，我们会很容易地处于深受第一人称的谎言毒害的状态。"

弗兰纳根是一位严肃的公共知识分子，也曾是一位电影制作人。除了编导自己的电影之外，他与其他在好莱坞非常活跃的澳大利亚籍演员以及导演合作，参与制作了《澳大利亚》这部电影。他也曾是一位言辞激烈的记者、环保斗士。他公开演讲，上街游行，参加媒体政治辩论，为英国的《卫报》和美国的《纽约客》定期撰写时事评论，积极推动塔斯马尼亚绿党改革。他对澳大利亚当下时局的关注在澳洲作家中首屈一指，并产生了巨大的社会效应。

二、《深入北方的小路》（*The Narrow Road to the Deep North*）

（一）作品生成过程及中译本

《深入北方的小路》是弗兰纳根创作的第六部小说。该作品以弗兰纳根父亲的真实经历为蓝本，再现澳军战俘被日军奴役修建泰缅铁路的那段不堪回首、几乎被遗忘的历史。弗兰纳根呕心沥血12年创作出这部作品。表面上看，这是一部战争题材的小说；深层次上看，他要从中探究人性的本质。这部作品可以说是弗兰纳根的巅峰之作，也是澳大利亚文学中的一颗瑰宝。《深入北方的小路》在出版后得到了世界各地读者与学者的重视，并一举摘得2014年度布克奖的桂冠。

泰缅铁路被称为"死亡铁路"，是日本人为了战争期间的军备物资运输修建的。泰缅铁路所经之处多是热带雨林区或人迹罕至的地方，地形险峻，气候恶劣，瘟疫肆虐，所以导致大量人员的死亡。早在20世纪初，英国人为了殖民需要就勘测了泰缅铁路，但是发现当地自然条件过于恶劣，技术条件也不允许，就放弃了。他们认为就是要修建也需要六七年的时间。而日方要求18个月内修完这条铁路。他们胁迫6万多名盟军战俘和约30万名东南亚劳工来到这个区域修建铁路，同时也派了许多日本的士兵和军官来看守。在疾病、饥饿、过度疲劳、奴役、虐待、体罚、屈辱的境遇之中，大约1.6万名战俘和9万名劳工失去了生命。可以说这条长达415公里的铁路，平均每修筑1公里就有约600人丧命，它是一条建立在累累白骨之上的铁路。弗兰纳根的父亲阿奇·弗兰纳根就是这些战俘中的一员。作为澳大利亚士兵，第二次世界大战期间他在爪哇岛被日军俘获，然后被运往泰缅边境，参与修建死亡铁路。幸运的是，他没有在这场劫难中成为白骨，而是侥幸活了下来，可以有机会给自己的孩子讲述那段历史。

弗兰纳根是历史专业的学生，为了把父亲这段历史放到作品中来展现，他认真地创作与修改了12年才最终完稿。令人欣慰的是，他的父亲临终前看到了这本书的完整手稿。到目前为止，《深入北方的小路》已经被翻译成不同的语言在43个国家畅销。回答中国记者对于该书受欢迎原因的问询时，弗兰纳根的回答是："我想可能是因为世界变得越来越不确定了，没人知道明天会怎样，无论是在美国、欧洲还是亚洲，人们都有类似的感受：很长一段时间以来，世界都毫无秩序可言，今天对的事明天可能就错了。既然所有人都不知道明天将会带来什么，这个故事可能会让他们想起，在一个不确定的世界中，我们还拥有彼此的爱，这大概是在我们的一生中唯一能确定的事了。不过这只是我的猜测，你得亲自问问我的读者们。"[①]

《深入北方的小路》不论是英文版还是中文版，书的封面都有一朵花。作者

---

① 转引自王敬慧：《理查德·弗兰纳根〈深入北方的小路〉：尚未游历的世界在门外闪光》，《文艺报》，2019年7月8日，http://www.chinawriter.com.cn/n1/2019/0708/c404092-31219447.html（访问时间：2019年9月4日）。

本人非常赞赏这样的封面设计，因为它符合作者整书所要表达的主要寓意：让希望在绝境中开花，那朵花是希望之花。金莉翻译的中译本于2017年由人民文学出版社出版。

（二）作品梗概

该书的书名来自松尾芭蕉的《奥之细道》，两本书的共性在于都是记录人生中所经历的各种生活磨难。在弗兰纳根的这本书中，叙事被分为五个部分，每个部分的引子都来自一首俳句。比如第一部的引用是松尾芭蕉的："一只蜜蜂/步履蹒跚地爬出/牡丹花"；第二、三、四和五部来自小林一茶："暮色/从沙滩上那个女人/涌出，覆盖晚潮"；"这个露水的世界/每颗露珠都是/一个挣扎的世界"；"这露水的世界/不过是露水的世界/然而"；"今世/我们行走在地狱的屋顶/凝视繁花"。每一部分的俳句引子都与该部分的内容形成了有机的整体，或者说都能恰到好处地总结该部分的主题。该书的扉页上写着一行小字——"献给第三百三十五号俘虏"，那是他父亲在战俘营中的号码。

该书的主人公名字叫多里戈·埃文斯，童年在塔斯马尼亚度过。他是家中七个孩子中唯一一个小学顺利毕业并拿到奖学金上了中学的孩子。墨尔本大学毕业后，他成了一名军医，并与当地殷实人家的女儿艾拉订婚。第二次世界大战爆发后，他即将被派往新加坡。在战前培训中，他在书店偶遇自己叔叔的年轻妻子艾米，并对其一见钟情。还未来得及重新选择订婚对象，他就受命紧急出发去海外，而且在日军攻陷新加坡时成为战俘。因为自己的医疗专业知识，他在被运到泰缅铁路修建地后发挥着军医的作用。残酷的战争结束了，他幸存下来，回到祖国被塑造成战争英雄的形象，职业也风生水起。但是尽管得到了巨大的名誉与声望，他仍然觉得生活中缺少什么，这主要是因为他认为真爱艾米已经死去。没有了爱情的主人公一直处于一种不满足的状态之中。简洁地说，小说的故事链条主要有两个，一个是多里戈的战争经历，着重讲述他如何竭力救治；另一个是他的爱情经历，主人公以意识流的手法追忆生命中唯一的真情——对艾米想而未得的爱。

"快乐的人没有过去，不快乐的人除了过去一无所有。"书中这句话解释与总结了主人公多里戈的特点，他注定是一个不快乐的人。但是这个不快乐的人并没有判断性地谴责战争的残酷和暴虐，而只是不动声色地回忆过去，从童年、少年、青年直至老年，一段段的经历碎片化地展现，如同电影中的蒙太奇手法一样。读者需要经过反复阅读才能拼接出多里戈·埃文斯的生平与形象。同时，通过多里戈与其他人物的视角，读者不仅看到了战俘所受到的非人待遇，也强烈意识到生命的脆弱与顽强，以及人性的善恶交织。

（三）作品分析

布克奖评审委员会主席安东尼·格雷林高度评价《深入北方的小路》这部小说，他认为作者涉及了文学的两大主题："爱情与战争……弗兰纳根文体雅致、行文雄辩，他用一个兼具罪恶与英雄色彩的故事，在东方与西方、过去与现实之间搭起一座桥梁。"

1. 不仅仅是爱情的力量

虽然这部小说不仅仅是在讲爱情，但是不可否认、不能否定，它是一部关于爱情的小说，也非常适合被拍成电影。主人公多里戈与艾米的爱情不是完全符合世俗标准的，尽管他第一次在阿德莱德书店遇到艾米时，还不知道她是自己叔叔的妻子。艾米簪在耳后的那朵鲜艳的茶花后来永远地留在了他的脑海里，这也是该书的封面用了一朵红艳艳的花的一个原因。这也如引子里用的那句松尾芭蕉的那首俳句，"一只蜜蜂/步履蹒跚地爬出/牡丹花"。多里戈最喜欢的诗人是丁尼生，他与自己所倾慕的艾米谈论丁尼生的《尤利西斯》。甚至于在与艾米的情爱活动中触摸着她的肌肤时，他会朗诵丁尼生的诗句："尚未游历的世界在门外闪光，/而随着我一步一步地前进，它的边界也不断向后退让。"

这部小说值得玩味的地方是它对爱情产生根源的展现。郎才女貌似乎不是描述艾米和多里戈爱情类型的词汇。从小说的文字描述来看，多里戈并不是一下子就被艾米的容貌所吸引，用多里戈自己的描述来解释：

> 他完全不知道。它似乎是一种超乎于爱情之上的力量。他回想他们第一次见面，觉得很平常。他注意到她嘴唇上方的痣被尘粒遮蔽得模糊了，不是因为她漂亮，而是因为透过飘满尘粒的光柱，她给他很深的印象。他想着他们奇怪的对话，不是因为它让他意乱神迷，而是因为它让他隐约觉得开心好玩。他记得第二天回店里去买卡图卢斯诗集，他记忆最深的是书，而不是

她。跟戴红茶花女孩的偶遇是新奇有趣的邂逅,他认为他会很快忘掉。①

这里所说的"超乎于爱情之上的力量"其实就是诗歌,诗歌是他们的共同话题。

在这部小说中,不仅主人公多里戈和艾米都喜爱诗歌,连看守战俘的日本军官都非常喜欢诗歌,特别是俳句。

> 他们为对方吟诵更多他们喜爱的俳句。与诗歌本身比较,他们更被自己对诗歌的善感深深打动;与诗歌的精髓比较,他们更被自己理解诗歌时显示的睿智深深打动;深深打动他们的不是他们记得某首诗,而是他们知道这首诗展现了自己和大和魂更崇高的那一面——大和魂很快会每天经由他们修造的铁路一直去到缅甸,大和魂将从缅甸向印度进发,大和魂将从那儿征服世界。
>
> (第109页)

2. 不仅仅是战犯的罪恶

战争小说都会描写战争的血腥、生命的渺小,并以此来激发读者对和平的渴望。该小说也是如此,而且文笔非常生动。多里戈救治他的战友杰克·彩虹的场面描写得如此细节化,读者尽管不在战场上,但是还是会被弗兰纳根的文字牢牢地定在那里,被迫目睹战争的血腥和残忍。

> 到处是血,竹桌上,他们身上,血滴到下面黑泥地里,流成滑溜溜的一条条。吉米·比奇洛和瓦特·库尼又用了好一会儿才抓牢杰克·彩虹,把他稳住,但那骨瘦如柴、小得可怜的身体还在上下抽动,好像从顶至踵通着电;他们摁着他,但手在血里打滑,眼下似乎所有东西都黏糊糊沾着血。
>
> "腿,"多里戈·埃文斯说,"抓住腿!"
>
> 但那儿的确没腿可抓,只有一个怪兮兮在动的东西,满是血,它好像只想独个儿待着,不受打搅。大腿仅剩的一小截被血弄得溜滑,在上面手术非常难;在昏暗的光线和血肉模糊中,多里戈·埃文斯什么都看不清楚。抽搐减弱,停下来,他努力找到缝合皮肉的线,他能顺着它找到股动脉,他快

---

① [澳大利亚]理查德·弗兰纳根:《深入北方的小路》,金莉译,人民文学出版社2017年版,第340—341页。以下凡引用该作品,只在括号中标明页码,不再逐一详注。

速把线结一个个剪开，杰克·彩虹又在猛烈抽搐。瞥眼儿的勺子在血糊糊的黏液里滑脱，血喷出来，划成一个很有劲道的圆弧，射得老远，直落到杰克·彩虹那条好腿的脚上。

（第242—243页）

最后，杰克·彩虹死去了，而多里戈仍旧在他的残腿上一丝不苟地做完了该做的手术。这个貌似镇定的外表下面是一个被死亡重重撞击了的心理创伤者，读者也更加深刻地感受到战争给人类造成的创伤。不过，这部小说的一个独特之处是它从不同的人物视角来观察和展现战争，比如两位喜欢俳句的日本军官的视角。

"中村想，在这种意义上，大和魂本身就是铁路，铁路就是大和魂，我们深入北方的小路，帮助把芭蕉诗歌的美丽和智慧带给更多人。"（第109页）这里面显示着人性的复杂与人生的矛盾：一方面是所谓"大和魂"让个体如同魂灵附体般相信人的无限可能性与征服性；另一方面，这些要推广"美丽与智慧"的使者最后成为无人性的杀人如麻的战争机器。小说中描述的这两位日本军官的世界观可以用三点来总结：第一，他们的天皇拥有至高无上的权威；第二，他们的所作所为都是对出于对天皇的无限崇拜和绝对服从；第三，他们会为了推广与传播大和文明（包括俳句）而勇往直前，目标是建立"大东亚共荣圈"。就在同时，纳粹德国正在欧洲尝试建立另一个共荣圈——"第三帝国"。这其实就是一种蛊惑宣传的手段，目标是建立纳粹的"新秩序"。与"大东亚共荣圈"一样，这些口口声声讲"爱与自由"的政客和战争狂人真正要建立的是极权主义。另一位目前定居澳洲的作家，2003年诺贝尔文学奖得主库切曾经创作了一本同样有深刻寓意的作品《等待野蛮人》。作品讲述的就是当"第三帝国"的官员来到一个边疆区域，把原本和平相处的各族人民变成了敌对者，最后官员跑掉了，留下来的是惴惴不安、时刻担心被袭击的边境居民。该书中最振聋发聩的段落如下：

> 帝国注定要存在于历史之中，并充当反历史的角色。帝国一门心思想的就是如何长治久安，苟延残喘。在明处，它到处布下他的爪牙，处心积虑追捕宿敌；暗地里，它编造出一些假想敌：城邦被入侵，民不聊生，尸骨遍野，赤地千里，并以此来巩固自己存在的合理性。[1]

---

[1] J. M. Coetzee, *Waiting for the Barbarians*, Penguin, 1980, p. 131.

同样，弗兰纳根作品的经典之处在于他不是简单地讲述战争中的好人或坏人，或者战争的暴虐，而是赋予作品多层面的阐释可能。他也会公正地赋予"敌人"以"人性"，深入挖掘像中村这样的施暴者背后的政治、历史、信仰等因素。战败回到日本，饥寒交迫之中，中村会为了两个锅贴和一叠美元杀死一个无辜的少年。他好在有妻子郁子的爱。在爱的滋润之中，中村人性中向善的部分被激发，开始努力做好人。中村"我是好人"的观念和行为让他感觉到内心能够安顿下来，面对疾病与死亡的威胁也能处变不惊。与昔日部下友川重逢后，中村终于认识到了他生命的悲剧意义："他继续闭着眼睛，意识到环绕周遭，人世间活着，那感觉就像他从没意识到它活过似的，当他终于把自己向这喜乐开放时，他意识到他要死了。"（第327页）这又再一次呼应小说的主题：人生不过是一次次不可逆转的从生到死的轮回。

当战争发生了，不会有真正的赢家，不论日本人，还是澳大利亚人，都是战争的受害者。心灵的创伤在战后的恢复将是缓慢艰难的。这本书另一个令人印象深刻的地方是它对这些幸存者战后生活的呈现。除了主人公本人因为被塑造为英雄而受到良好待遇之外，大多数的退伍士兵还要忍耐战后毫无激情且不被理解的平淡生活，而经历过死亡历练的人与和平世界的人是不容易交流与互相理解的。这部作品的多重视角很值得玩味，作为一个曾经攻读过历史专业学位的作者，弗兰纳根在给我们上一节如何理解历史的课程：那就是人类的历史可能是多重维度的，如果我们能够学会透过不同视角，特别是处于边缘地位的"贱民"视角，更全面地看世界，那么我们对这个世界的理解才能更加成熟和丰满。

3. 英雄不是完美的，但是他爱书

主人公多里戈是一个充满矛盾、性格复杂的人。他是一位战争英雄，在第二次世界大战期间竭力挽救了许多战友的生命，在战后的医疗管理工作中也努力发挥更多的作用。但是这位英雄也做过许多有损名誉的事情。第一个是他对妻子艾拉的不忠。整个的婚姻生活中，他只是尽丈夫的义务，但是从没有真正爱过艾拉。他心中只有一个他永远没有得到的爱人——艾米。他有过许多情人，但对谁都没有真正的爱情。第二，他不能安心接受战后所得到的荣誉。荣誉越多，他越觉得空虚乏味，而这个时候，能够拯救他的就是书籍。从某个角度来说，这本书的主题是对书的颂扬。对于多里戈来说，战后空虚的状态中，让他没有自杀或者自暴自弃的自救方法就是——"读书"。

主人公多里戈从小就喜欢读书。很小的时候，他和大人一起读《简报》《史密斯周报》。他尤其喜欢《尤利西斯》："因为我决心/要驶过日落的地方和西天众星/沉落到水里的地方，要到死方休"（第11页），"长昼将近月徐升；大海的呜咽里/有种种的召唤。来吧，我的朋友/去找个新世界，现在还为时不晚"（第13页）。他把这些视为人生可见的美好，并以此作为支持生命的激情所在。

在战俘营修建铁路的过程中，仍然是书籍和诗歌帮助他支撑下来。作者善于用诗歌中的文字来表达他对人生的隐喻。比如他引用的日本诗人小林一茶的诗"这个世界/是露水的世界/每颗露珠都是一个挣扎的世界"，它象征着每一个个体都是挣扎中的个体，用不同的方式顽强地进行着抗争。

主人公多里戈的死亡也与书有着千丝万缕的联系。当他和情人告别要回家的时候，情人抱怨得不到他的心，那种感觉"太难了，当你想要什么而得不到的时候"。这恰恰也是对多里戈心理状态的描述——他对艾米同样的爱而不能得，所以他急于逃避。

> 他一把抓起车钥匙。想着在乡村小路上醉酒驾车的强烈的快感——路灯，确保不要被抓住的躲闪都让他有快感，他也许又逃跑成功了。他快速穿好衣服，喝干最后那瓶五十毫升装格兰菲迪威士忌的最后一口，花了五分钟手忙脚乱地寻找系在苏格兰裙带上的皮制小荷包，终于在日本诗人辞世诗集下面找到了，然后，他离开，忘了把书带走。
>
> （第68—69页）

之后就是他在回家的路上遭遇一群青年醉驾，导致车祸死亡。

4. 东西方的对话

《深入北方的小路》可以被看作是与三百年前另一本同名日本书籍的对话。如果读者在英文网站上购买这本小说，会发现另一本日本作者松尾芭蕉的同名文集《奥之细道》。该书用俳句记述了松尾芭蕉与他的弟子河合曾良从江户（东京）出发，游历东北、至北陆的经历。而《深入北方的小路》也是在记录一个人在通往北方的路途中的艰难经历。

《深入北方的小路》一书对东方文化的吸纳不仅体现在每部分对日本俳句的引用，最主要的还是精神上的趋同性。比如关于书名在文本中出现方式就非常有特色地体现了这一点。尽管幸田上校逃脱了第二次世界大战之后军事法庭的审判，在日本安度晚年，但是他的晚年特别凄凉，甚至于他已经死亡的事实也不为世人所知。其原因是，他的子女为了领他的津贴，让他一直干尸在自己的住处，而不向政府申报。根本没有人知道他去世已经有多久。书中这个场景的描述是这样的："这个目前已死的活菩萨，在他身旁的床头柜上放着一本版本很旧的芭蕉的经典游记——《奥の细道》。有一页用一片干草叶标记着，桥本翻到那一页。'日日月月都是到达永生的行者。逝去的年份也是如此。'"（第310页）

这是一个他死去前留给人世间最后的箴言。这句话的出处是李白的《春夜宴从弟桃花园序》，原文是："夫天地者，万物之逆旅；光阴者，百代之过客。而浮生若梦，为欢几何？古人秉烛夜游，良有以也。……"它所表达的是这样的含义：在人的一生中，如果把它看作是与时间的抗衡，人永远不会是获胜者，而人生不过是一个又一个的轮回。

这种感觉在另一处关于《死亡之诗》的引用和介绍可以看到端倪。小说交代了一个关于创作辞世诗的故事。临终前，18世纪俳句诗人紫水终于回应了让他写辞世诗的请求——他抓起毛笔，画下他的诗，然后等着死去。紫水受惊的门徒看到他在纸上画了一个圆圈。

紫水的诗回转过多里戈·埃文斯的潜意识，一个被收纳的空无，一个无终结的谜团，没有长度的宽度，宏伟的轮轴，永恒的回归：圆——"线"的对立面。在这里，细路除了表示士兵们修造的铁路线以外，另一个意象就是最终是一个不断轮回的"圆圈"。这是作者弗兰纳根对生活的哲学认识基础，也是他在该书中的创作思想基础。

弗兰纳根一直非常善于借用东方文化的力量为他的文学作品添彩。这不仅体现在本部作品之中，在他的其他作品中都可以看到，特别是他的《只手之声》。该书的题目来自美国作家J. D. 塞林格的中短篇小说集《九故事》扉页里对中国禅宗公案的介绍："吾人知悉二掌相击之声，然则独手拍之音又何若？"俗话说，一个巴掌拍不响，那一个巴掌拍得响吗？塞林格的作品只是间接用这个禅宗公案表达自己的创作理念，弗兰纳根则大胆地把它用在作品的名称上，讲述的是欧洲移民在澳洲的故事。这个源自中国禅宗灵感的名字也确实帮助作者成功地吸引到了读者的注意，使得这本书在上市之后获得了巨大的市场成功，仅在澳大利亚本土就获得了15万册的销量。这个数字对于人口不到两千万的澳大利亚而言是非常大的，该书也获得澳大利亚出版协会最佳图书奖和万斯·帕尔默文学奖。该作品在第二年被拍成电影，也受到很高的赞誉。一个东方的充满隐喻含义的公案，从中国到了美国，又到了澳大利亚，通过不同的文化语境，用不同的方式被不断重述与再现。

回到《深入北方的小路》，弗兰纳根与松尾芭蕉的对话方式是讲述了另外一个人——多里戈·埃文斯从起点到终点的一生。在他生命的尽头，"他记起另一首诗，他能看见整首诗，但他不想看见它或知道它，他能看见卡戎热切的眼睛盯着他的眼睛，但他不想看见卡戎，他能尝到银币被塞进嘴里的味道，他在变成虚空，他能感觉到这虚空"（第378页）。

5. 宝剑锋从磨砺出

弗兰纳根这部作品不仅寓意深刻广袤，在叙事技巧上也非常值得称道。作品中"时间倒错"以及"多重视角转换"的技巧呈现出错综复杂的叙事风格，让读者读起来觉得很过瘾。它叙事的时间轴跟随主人公回忆的循环往复而曲折推进，时间的倒错进而使情节相互交叉糅合与映衬；小说叙述的主体是主人公，但是作者会在行文中时不时地加入其他角色的视角，从而更全方位地表现主题，也增添了作品的深度及复杂性。可以说，这是一本澳大利亚版的《战争与和平》。

澳大利亚风情，特别是塔斯马尼亚风情，是弗兰纳根最擅长且痴迷于描述的内容。他在早期从事新闻与历史写作中就有这样的倾向。比如1985年，他曾出版《绝美——戈登河乡村史》；1990年，他主编塔斯马尼亚绿党文集《世界在看：塔斯马尼亚与绿党》，表达了他对塔斯马尼亚自然环境保护的关注。他用文字与破坏环境的冈斯公司纸浆厂项目的斗争一直让人非常钦佩。冈斯公司计划投资23亿在塔斯马尼亚建造一个超级纸浆厂，尽管出于经济利益的原因，澳大利亚联邦政府和塔斯马尼亚政府都表示大力支持，但弗兰纳根连续撰文，批判纸浆厂对环境造成的破坏，揭露商业集团和政治家之间的暗箱交易。他也因此被一些希望发展经济的政府官员猛烈抨击，被称作"塔斯马尼亚的叛徒"。更有甚者，当时的塔斯马尼亚州州长保罗·列侬甚至公开宣布，"新的塔斯马尼亚不欢迎理查德·弗兰纳根和他的小说"。尽管自己的生命和家人的安全被威胁，尽管商业利益获得者恶意诽谤他，但是他仍然坚持在《月刊》杂志上发表了一篇题为《失控：塔斯马尼亚森林的悲剧》的长文。最后的结果是：塔斯马尼亚的环境问题被全国关注，几年以后，那位批判弗兰纳根的州长下台，冈斯公司也宣告破产。带着强烈的社会责任感，弗兰纳根用文字发挥着自己环保斗士的威力。

弗兰纳根特别喜欢将自己早期的非虚构创作阶段称为"学徒生涯"。1991

年,他曾为"澳大利亚最伟大的骗子"约翰·弗里德里希捉刀代笔写作了传记《代号伊阿古:约翰·弗里德里希的故事》。该书还未创作完成,请他代笔的主人公就已经去世,这本传记也被认为是"澳大利亚出版史上最不可信却最吸引人的回忆录"。它给弗兰纳根带来了可观的收入,同时也给他足够的素材让他在2018年发表了以此经历为基础创作的长篇小说。

弗兰纳根在英国求学期间认真研究英国的历史,他的学术研究成果也在1991年出版,书名是《靠救济生存的杂种们:1884—1939年英国失业者的政治史》。该书最初在纽约出版,他在书中的主要立场是为英国历史上曾经被诟病的工人翻案,认为他们并非一个自私、怯懦和散乱的下层群体。他以翔实的资料例证,大量的失业激起了工人的反抗,所有的事件与当时的政治斗争紧密相连。他所有这些非虚构的作品同时也预示和呼应了他在文学创作中所采用的观点与立场,分析这些作品可以更好地解读他的文学创作。尽管近些年弗兰纳根主要出版小说作品,但是他依然关注和评论着时事,比如他在2011年还发表了非小说类作品集《盖博先生,你做什么工作?》。

弗兰纳根善于让不能发声者发出声音。正如他所经历的关于塔斯马尼亚的历史定位,他认为塔斯马尼亚一直被主流话语中的二元对立逻辑划归为劣等的"他者",并造成了其作为缺少历史与文化的"处女地"的刻板印象。因而会有众多的政客和商人以"文明开化"或开发的名义对塔斯马尼亚进行掠夺。所以,他在非虚构小说中竭力为塔斯马尼亚发声。弗兰纳根对塔斯马尼亚的理解和捍卫态度也延伸到他对澳大利亚整个国家的看法。他反对澳大利亚在建构文化身份时采取的"英国化"或"美国化"态度,批评澳大利亚社会的物质化与商业化,批判狭隘的民族主义和种族主义,对于澳大利亚白人的仇外心理与表现尤为不满。同样,他的小说创作也是如此。在"边缘"和"中心"的对立中,他总是站在"边缘"来书写"小历史";在"弱者"与"强者"的对立中,他总是站在"弱者"或"不能发声者",比如流放犯、土著人、难民、战俘的身边,勇敢讨论难以言说、难以触碰、难以界定的民族身份认同问题,以挑战正统的官方宏大叙事。《深入北方的小路》的创作目的不是为了打造战争英雄的伟岸形象,也不是为了重新点燃人们对过往杀人者的愤慨与仇恨,而是试图引导读者瞥见人类脆弱的复杂性并拥抱诗意之美。它呼吁人们在一个充满挣扎的世界中摆脱思想的殖民化——恐惧,去感受无限和时间的永恒,去寻找逆境中唯一的希望之火——爱。这是一本经典作品,它能够让我们更多地思考,更宽容地理解世界与人性的复杂。

（四）精彩片段欣赏

● 译文选自

［澳大利亚］理查德·弗兰纳根：《深入北方的小路》，金莉译，人民文学出版社2017年版。

1. 万物之始总有光

为什么万物之始总有光？多里戈·埃文斯最早的记忆是阳光涌入一间教堂大厅，他和母亲、外祖母坐在那儿。大厅是木结构的，有极其耀眼的光。他蹒跚着在光的笼罩中前后走动，投入两个女人的臂弯。深爱他的女人。就像投身大海又回到沙滩。一次又一次。

"保佑你。"妈妈说着，抱住他，又放开，"保佑你，孩子。"

那肯定是一九一五年或一九一六年，他一两岁的时候。后来，影子来了，给它赋形的是一只举起的前臂，它黑色的轮廓在一个煤油灯油腻腻的灯光中跳动。杰基·马圭尔坐在埃文斯家黑暗的小厨房里哭泣。那个时代除了婴儿没人哭。杰基·马圭尔是个老男人，四十岁左右，或者更老。他在用手背擦掉他麻子脸上的眼泪。也许用的是手指？

（第3页）

本书采用意识流写作手法，小说以一句"为什么万物之始总有光？"的提问开头，带领读者进入一个似梦似幻的往事回忆之中。多里戈·埃文斯完整而支离的人生将由此展开：战争与爱情，挣扎与孤独，善与恶，希望与命运。如何理解"阳光"与"影子"的象征意义是这一片段的关键。不知道读者自己脑海中关于人生最初的记忆是什么？你现在可以试着回答或与朋友讨论一下这个问题。对于主人公而言，阳光象征着爱，而影子是那些让爱蒙上阴影的内容，比如杰基妻子的离家出走，再比如战争。因为妈妈是爱最本真的表现，正如罗曼·罗兰曾经说过：母爱是一种巨大的火焰。贾平凹的散文《我的人生观》中有一句话可以帮助理解爱与光的关系："人的一生是爱的圆满，起源于父母的爱，然后在世上受到太阳的光照，水的滋润，食物的供养，而同时传播和转化。"

2. 韩国裔战俘看守的思考

"为伟大韩国加油!"走着他厄运难逃的十三步,一个韩国人高喊。

什么伟大韩国?崔胜民不明白。我的五十块钱呢?我不是韩国人,他心里对自己说。我不是日本人。我是一个殖民地的人。我的五十块钱在哪儿?他想要知道。在哪儿?

当农民的父亲想过让他受教育,但日子艰难,上了三年初级小学,知道了一些日本神话和历史,他就离开学校,到一个韩国人家作佣人。他们给他提供住宿,每月给他两日元,经常殴打他。他当时八岁。十二岁时,他到一个日本人家做工,他们给他住,给他每月六日元,给他视情况而定的抽打。十五岁时,他听说日本人在招募看守——为了叫他们去位于帝国其他地方的战俘营里工作。薪水每月五十块。为了相似数额的薪水,他十三岁的妹妹向日本人报名去伪满洲国当慰安妇。她对他说她会在医院里帮着照护军人,跟他一样,妹妹非常兴奋。她不认字,也不会写字,他再没从她那儿收到一言半语,自从知道慰安妇是干什么的,他尽力不去想她,如果想了,他盼她死,为了她好。

他有很多名字,韩文名崔胜民,在釜山,他们给他取的日文名是三谷明也,点名时他对这名字说"到",现在看守用他的澳大利亚名字"巨蜥",他意识到他根本不知道他是谁。被判死刑的其他人中,有些对韩国和日本持有坚定不移的看法——战争、历史、宗教、正义。崔胜民认识到他对什么都没看法。但在他看来,其他人的看法好像不比没看法强,因为那不是他们的看法,而是口号里、无线电里、讲演里、部队手册里的观点,跟他们在日军受训时吸收的观点一样,在吸收过程中,他们忍受了没完没了的殴打。在釜山,因为声音太低,站姿不正确,他们扇他耳光;因为太韩国化,他们扇他耳光;为了向他演示怎样扇别人耳光——能多狠就多狠——他们扇他耳光。崔胜民对此恨死了。他想离开,回家去。但他知道,如果这么做,他会受惩罚,更糟的是他的家人会受到惩罚。他们说抽他耳光是为了使他成为意志坚强的日军战士,但他知道他永远不会成为日军战士。他会是监狱看守,看守那些算不上人的人,在死亡和投降之间优先选择后者的人。

坐在死囚牢里,在无望中,崔胜民多想拥有一个自己的看法。他希望,在这长夜之间,一个看法最终灵光一现,使他能自由表达,一个使他理解、同时体验到内在宁静的观点。他希望跟信仰天皇的日本军官或信仰韩国的韩国看守一样。也许他原先该要比五十块钱多的薪水。但没有什么看法灵光一现,倒是早晨来得真是太快了。

(第297—298页)

崔胜民在被杀头之前不想为韩国呼喊,因为他不认为自己是韩国人,也不认为自己是日本人。他说自己只是"一个殖民地的人",而一个殖民地的人是没有权力做自我选择的。他为日本人做战俘营的看守,只是为了生存所需要的五十块钱。可悲的是直到他因为战争罪被判死刑,他也没有拿到自己的报酬,也没有能够自由地做自己。

3. 死亡——光的幻灭

多里戈·埃文斯在早晨三点钟驶过帕拉马塔的一个交叉路口——在接下来的事情发生之后,这个时间地点从未向公众做出解释,没做解释的还包括对他体内酒精含量的检测结果,这是无关大体的小问题,紧接着,他发现自己在飞,猝不及防被甩到空中,再也不会回到地面。一车喝得烂醉的少年轻开着一辆偷来的斯巴鲁翼豹正从警察那儿逃离,他们闯了红灯,直撞多里戈·埃文斯年事渐高的宾利车,两辆车彻底报废,他们中有两人死了,澳大利亚最伟大的战争英雄之一穿透挡风玻璃飞出去,受了重伤,性命堪忧。

他有三天处于垂危状态,在那段时间,他拥有了关于他生活的最非凡出奇的梦想。光涌入教堂礼拜堂,他和艾米坐在里面。令人目眩的美轮美奂的光,他蹒跚学步,前后走动,出入它超越的与世无闻中,然后投入女人的臂弯。他在飞,他嗅着艾米的裸背,他飞得越来越高。在他周围,国家在准备哀悼,在争论青年人素质滑坡问题——比照一代人崇高的英雄壮举和另一代人卑劣的、可以导致谋杀的犯罪潜能。这期间,他认识到他的生命才刚开始,他对此感到惊愕,在一片早被清除干净的遥远的柚木丛林中,在一个被称为暹罗的不复存在的国度里,一个不再活着的人终于睡去了。

(第370页)

请注意这里光的再次出现。这一次是他与艾米处于爱的光环之中,这是他一直梦寐以求的状态。在这段摘录中还有一点可以讨论。为什么在致命的车祸发生之后，关于多里戈·埃文斯死亡的时间、地点和曾经喝过五十毫升威士忌的事情不再被提及？如果公众注意到事件发生的时间和地点，就会发现这位战争英雄的污点行为。从表面上看责任都在开车逃避警察的醉酒青年身上，实际上多里戈·埃文斯才应该为这一事件负全责，承担不谨慎与任性的罪责。

4. 万物之终

他感到羞愧，他感到失落，他感觉他的生活从来都只有羞愧和失落，好像光亮渐暗，妈妈在大声叫，孩子！孩子！但他找不到她，他正返回炼狱，一个上帝不眷顾的地方，他永远不会从中脱逃。

他记起丽奈特·梅森睡着的脸，他走前喝掉的五十毫升装格兰菲迪威士忌，兔子亨德里克斯画的土人伽迪纳，坐在一把富丽的扶手椅里，小银鱼在上面到处游，在叙利亚的村子里，在那儿，澳洲小龙虾布罗斯和他弄得像长钉似竖起的头发就要化为乌有，归于叙利亚的尘土。这张画留下了，会没完没了地被复制，但澳洲小龙虾布罗斯消失了，永远不会有什么未来、永远不会有什么意义能跟他的生命连在一起，这他无法理解。一个穿蓝色军服的人站在他上方。多里戈想告诉他，他很抱歉，但他张开嘴，只有口水流出来。

无论周围在发生什么，他都在飞速退进到一个巨大的涡旋中去，涡旋转得越来越快，充满很多人、很多事、很多地方，涡旋在倒退，转啊，转啊，更深些，再深些，还再深些，进到越来越强劲的风暴中，风暴在伤悼，在舞蹈，其中是被遗忘的事，或者被部分想起的事，故事，诗行，人脸，被误解的姿态，被唾弃的爱情，一朵红茶花，一个男人在抽泣，一个木制的礼拜堂，女人们，他从太阳那儿偷到的光——

他记起另一首诗，他能看见整首诗，但他不想看见它或知道它，他能看见卡戎热切的眼睛盯着他的眼睛，但他不想看见卡戎，他能尝到银币被塞进嘴里的味道，他在变成虚空，他能感觉到这虚空。

（第377—378页）

这个段落描述的是主人公去世之前的三天。因为自己有过濒临死亡的经历，所以弗兰纳根特别擅长描写死亡的经历。这部分也在与小说开首相呼应，以闪回的方式为主人公多里戈·埃文斯的一生画了一个圈，就如同他在小说开首部分中介绍的18世纪俳句诗人紫水在随从门徒的要求下写辞世诗时抓起毛笔画下的那个圆圈，这个中空的圆圈意象也是禅宗的重要符号。另外，在希腊神话中，卡戎是冥王哈迪斯的船夫，负责将死者的亡魂渡到冥河的另一面去。但生者需要付钱给这位冥河渡神，也就是书中说到的口钱，同样也是圆形的。

人名中外文对照表

阿斯塔菲耶夫　В. П. Астафьев
拜伦　George Gordon Byron
弗兰纳根　Richard Flanagan
福楼拜　Gustave Flaubert
歌德　Johann Wolfgang von Goethe
哈代　Thomas Hardy
海明威　Ernest Hemingway
荷马　Ὅμηρος
赫胥黎　Aldous Huxley
加西亚·马尔克斯　Gabriel García Márquez
卡尔维诺　Italo Calvino
卡夫卡　Franz Kafka
毗耶娑　Vyāsa
莎士比亚　William Shakespeare
索因卡　Wole Soyinka
泰戈尔　Rabindranath Tagore
夏洛蒂·勃朗特　Charlotte Bronte
雨果　Victor Hugo
约翰逊　Samuel Johnson
紫式部　Murasaki Shikibu

作品名中外文对照表

《奥德赛》　Ὀδύσσεια
《巴黎圣母院》　Notre-Dame de Paris
《百年孤独》　Cien años de soledad
《包法利夫人》　Madame Bovary
《悲惨世界》　Les Miserables
《悲伤的侦探》　Печальный детектив
《变形记》　Die Verwandlung
《城堡》　Das Schloss
《岛》　Island
《德伯家的苔丝》　Tess of the D'Urervilles
《第一人称》　First Person
《恶时辰》　La mala hora
《浮士德》　Faust
《格兰德大妈的葬礼》　Los funerales de la Mamá Grande
《古尔德的鱼书》　Gould's Book of Fish
《过去与现在的诗集》　Poems of the Past and the Present
《哈姆莱特》　Hamlet
《还乡》　The Return of the Native
《河道向导之死》　Death of a River Guide

《活着为了讲述》　　*Vivir para contarla*

《霍乱时期的爱情》　　*El amor en los tiempos del cólera*

《饥饿艺术家》　　*Ein Hungerkunstler*

《加沙盲人》　　*Eyeless in Gaza*

《简·爱》　　*Jane Eyre*

《卡斯特桥市长》　　*The Mayor of Casterbridge*

《看不见的城市》　　*Le Citta Invisibili*

《枯枝败叶》　　*La hojarasca*

《老人与海》　　*The Old Man and the Sea*

《雷斯勒斯》　　*The History of Rasselas Prince of Abyssinia*

《列王》　　*The Dynasts*

《路》　　*The Road*

《没有人给他写信的上校》　　*El coronel no tiene quien le escriba*

《美国》（《失踪者》）　　*Amerika*

《美妙的新世界》　　*Brave New World*

《摩诃婆罗多》　　*Mahābhārata*

《牧童与牧女》　　*Пастух и пастушка*

《判决》　　*Das Urteil*

《齐德拉》　　*Chitra*

《情感教育》　　*Sentimental Education: The History of a Young Man*

《如果在冬夜，一个旅人》　　*Se una notte d'inverno un viaggiatore*

《萨朗波》　　*Salammbo*

《少年维特的烦恼》　　*Die Leiden des Jungen Werthers*

《深入北方的小路》　　*The Narrow Road to the Deep North*

《狮子和宝石》　　*A Dance of the Forests*

《树上的男爵》　　*Il Barone Rampante*

《死亡与国王的侍从》　　*Death and the King's Horseman*

《诉讼》（《审判》）　　*Der Prozess*

《太阳照常升起》　　*The Sun Also Rises*

《唐璜》　　*Don Juan*

《通往蜘蛛巢的小径》　　*Il Sentiero dei nidi di ragno*

《威塞克斯诗集及其他》　Wessex Poems and Other Verses

《未知的恐怖分子》　The Unknown Terrorist

《无名的裘德》　Jude the Obscure

《一件事先张扬的凶杀案》　Crónica de una muerte anunciada

《伊利亚特》　Ἰλιάς

《鱼王》　Царь-рыба

《宇宙奇趣》　Tutte Le Cosmicomiche

《欲》　Wanting

《源氏物语》　The Tale of Genji

《远离尘嚣》　Far from the Madding Crowd

《在流放地》　In der Srafkolonie

《只手之声》　The Sound of One Hand Clapping

《族长的秋天》　El otoño del patriarca

后 记

经过两年多的酝酿，这本面向非汉语言文学专业的"外国文学经典导读"通识教育课程教材《外国文学经典二十讲》终于完稿付印。本书的撰稿人皆为长期从事外国文学经典教学与研究的高校教师，且每一讲的作者都是多年来一直致力于所撰写作家作品研究的专家，在相关领域研究成果卓著。曾艳兵教授是学界公认的卡夫卡研究专家；张冰研究员在俄罗斯文学、俄罗斯汉学、阿斯塔菲耶夫研究领域卓有建树；魏丽明教授一直专注于泰戈尔研究，并在北京大学开设了"泰戈尔导读"通选课程，她为本书拟定编写体例建言献策，指导贺晓璇博士撰写"泰戈尔《齐德拉》"一讲，并最终修定第十二讲；王敬慧教授多年来一直从事澳大利亚文学研究，并致力于为中澳文化与文学交流牵线搭桥；姚建彬教授从事英国乌托邦与科幻文学研究多年，并取得重要成果；郝岚教授致力于世界文学名著传播研究，并在天津师范大学开设了面向非汉语言文学专业学生的"世界文学经典选读"通识课程；高文惠教授是国内较早涉足非洲英语文学与索因卡研究的学者。撰稿学者还包括刘欣教授、李红梅教授、贺晓璇博士、王晓燕博士、张磊博士，以及山东师范大学文学院外国文学教研室的全体教师。上述各位专家学者在繁重的教学、科研工作中倾情协力参与本书编写，使得本书编者追求的融知识性、学术性与趣味性于一体的目标成为可能。

本书的编写体例由作家小传和作品导读两部分构成，而作品导读部分则包括作品生成过程及中译本、作品梗概、作品分析和精彩片段欣赏四个方面。上述体例设计将作家的个性化人生历程、作品的生成过程及其在我国的翻译与传播情况、作品整体分析与作品精彩细节鉴赏等融于一文,力图将外国文学经典的多重文学魅力呈现给读者。

衷心感谢山东省一流学科山东师范大学文学院中国语言文学学科为《外国文学经典二十讲》这本教材的出版提供资助。感谢山东师范大学教务处将"外国文学经典导读"这门课程列为通识教育课程重点建设项目。感谢北京大学出版社外语部的张冰主任、朱房煦编辑为本书付出的辛勤劳动,她们的工作热诚和高度的责任心令我备受感动。

本书执笔者如下(以目录先后为序):

  于冬云(山东师范大学):导论;第十五讲。

  杨江平(山东师范大学):第一讲。

  张雪杉(山东师范大学):第二讲。

  毛建雷(山东师范大学):第三讲。

  郎晓玲(山东师范大学):第四讲。

  刘亚(山东师范大学):第五讲。

  李大可(山东师范大学):第六讲。

  王化学(山东师范大学):第七讲。

  刘欣(泰山学院):第八讲。

  李红梅(潍坊学院):第九讲。

  郝岚、王晓燕(天津师范大学):第十讲。

  姜智芹(山东师范大学):第十一讲。

  贺晓璇(北京大学):第十二讲。

  曾艳兵(中国人民大学):第十三讲。

  姚建彬(北京师范大学):第十四讲。

  杨黎红(山东师范大学):第十六讲。

  张冰(北京大学):第十七讲。

  张磊(齐鲁师范学院):第十八讲。

  高文惠(德州学院):第十九讲。

  王敬慧(清华大学):第二十讲。

  刘亚、王雪、董霄阳、卢敬选、王桦林、张俊:电子课件设计。

  周青:插图创作。

本书最后由于冬云统一修改定稿。由于统稿者的能力及水平所限,其中的疏漏和缺憾一定仍有不少。我们衷心期望得到专家和读者朋友的批评指正,以期在本书再版时修正和补充。

外国文学经典二十讲

尊敬的老师:

您好!

为了方便您更好地使用本教材,获得最佳教学效果,我们特向使用该书作为教材的教师赠送本教材配套课件资料。如有需要,请完整填写"教师联系表"并加盖所在单位系(院)公章,免费向出版社索取。

北京大学出版社

教师联系表

教材名称	《外国文学经典二十讲》					
姓名:		性别:		职务:		职称:
E-mail:		联系电话:		邮政编码:		
供职学校:			所在院系:			(章)
学校地址:						
教学科目与年级:			班级人数:			
通信地址:						

填写完毕后,请将此表邮寄给我们,我们将为您免费寄送本教材配套资料,谢谢!

北京市海淀区成府路 205 号
北京大学出版社外语编辑部　朱房煦　　邮 购 部 电话:010-62534449
邮政编码:100871　　　　　　　　　　　市场营销部电话:010-62750672
电子邮箱:zhufangxu@pup.cn　　　　　　外语编辑部电话:010-62754382